当代中国学术思想史丛书

编委会主任 谢伏瞻　总主编 赵剑英

当代中国文艺理论研究

A Study of the Literary and Artistic Theory
in Contemporary China

(1949-2019)

上 卷

高建平 主编

中国社会科学出版社

图书在版编目(CIP)数据

当代中国文艺理论研究:1949—2019:全二卷/高建平主编.
—北京:中国社会科学出版社,2019.10(2022.10 重印)
(当代中国学术思想史丛书)
ISBN 978-7-5203-4986-4

Ⅰ.①当⋯ Ⅱ.①高⋯ Ⅲ.①文艺理论—研究—中国—当代 Ⅳ.①I206.7

中国版本图书馆 CIP 数据核字(2019)第 200593 号

出 版 人	赵剑英
责任编辑	慈明亮　陈肖静
责任校对	韩海超
责任印制	戴　宽

出　　版	中国社会科学出版社
社　　址	北京鼓楼西大街甲 158 号
邮　　编	100720
网　　址	http://www.csspw.cn
发 行 部	010-84083685
门 市 部	010-84029450
经　　销	新华书店及其他书店

印刷装订	北京君升印刷有限公司
版　　次	2019 年 10 月第 1 版
印　　次	2022 年 10 月第 2 次印刷

开　　本	710×1000　1/16
印　　张	75.25
字　　数	1156 千字
定　　价	418.00 元(全二卷)

凡购买中国社会科学出版社图书,如有质量问题请与本社营销中心联系调换
电话:010-84083683
版权所有　侵权必究

当代中国学术思想史丛书
编辑委员会

主　任　谢伏瞻

副主任　蔡　昉　高　翔　高培勇　姜　辉　赵　奇

编　委　(按姓氏笔画为序)

卜宪群　马　援　王延中　王建朗　王　巍
邢广程　刘丹青　刘跃进　李　扬　李国强
李培林　李景源　汪朝光　张宇燕　张海鹏
陈众议　陈星灿　陈　甦　卓新平　周　弘
房　宁　赵　奇　赵剑英　郝时远　姜　辉
夏春涛　高培勇　高　翔　黄群慧　彭　卫
朝戈金　景天魁　谢伏瞻　蔡　昉　魏长宝

总主编　赵剑英

书写当代中国学术史，加快构建中国特色哲学社会科学

谢伏瞻[*]

在中华人民共和国成立70周年之际，中国社会科学出版社修订出版《当代中国学术思想史丛书》（以下简称《丛书》），对于推动我国当代学术史研究，加快构建中国特色哲学社会科学学科体系、学术体系、话语体系具有重要的意义。

党的十八大以来，以习近平同志为核心的党中央高度重视哲学社会科学。2016年5月17日，习近平总书记主持召开哲学社会科学工作座谈会并发表重要讲话，明确提出加快构建中国特色哲学社会科学学科体系、学术体系、话语体系的重大论断和战略任务。这是一个极为重要的战略考量，关系我国哲学社会科学的长远发展，关系中国特色社会主义事业发展全局，是重大的学术任务，更是重大的政治任务。广大哲学社会科学工作者要以高度的政治自觉和学术自觉，以强烈的责任感、紧迫感和担当精神，在加快构建中国特色哲学社会科学"三大体系"上有过硬的举

---

[*] 谢伏瞻：中国社会科学院院长、党组书记。

措、实质性进展和更大作为。《丛书》即为加快构建中国特色哲学社会科学"三大体系"的具体措施之一。

　　研究学术思想史是我国的优良传统之一。学术思想历来被视为探寻思想变革、社会走向的风向标。正如梁启超在《论中国学术思想变迁之大势》中所言，"学术思想与历史上之大势，其关系常密切。""学术思想之在一国，犹人之有精神也；而政事、法律、风俗，及历史上种种之现象，则其形质也。故欲觇其国文野强弱之程度如何，必于学术思想焉求之。"我国古代研究学术思想史注重"融合""会通"，对学术辨识与提炼能力有特殊要求，是专家之学，在这方面有大成就者如刘向、刘歆、朱熹、黄宗羲等皆为硕学通儒。近代以来，随着"西学东渐"，我国哲学社会科学各学科逐渐发展起来，学术思想史研究亦以梁启超的《中国近三百年学术史》为发轫，以章炳麟、钱穆等为代表的一批学者用现代学术视角"辨章学术、考镜源流"，开始将学术思想史研究与近现代哲学社会科学发展结合起来，形成了不少有影响的名品佳作。新中国成立以后，在马克思主义指导下，我国哲学社会科学不断发展，特别是改革开放以来，哲学社会科学的地位更加凸显，在研究工作的广度和深度上不断取得新突破。但是，我国当代学术思想史研究没有跟上哲学社会科学发展的步伐，呈现出"有数量缺质量、有专家缺大师"的状况，有分量的研究成果寥若晨星，公认的学术思想史大家屈指可数。新时代，我国哲学社会科学地位更加重要、任务更加繁重，有组织、有计划地开展学术思想史研究和出版工作,系统梳理我国当代哲学社会科学各学科学术思想的发展脉络,总结各学科积累的优秀成果,既是对学术研究传统的继承和发扬,弥补当代学术思想史研究的不足,也将在中国特色哲学社会科学"三大体系"建设中发挥独特而重要的作用。

中国社会科学院是党中央直接领导的哲学社会科学研究机构,在加快构建哲学社会科学"三大体系"建设中发挥着主力军作用。早在建院之初的1978年,胡乔木同志主持的《1978—1985年全国哲学社会科学发展规划纲要(初稿)》就提出了研究"中国经济思想史""中国政治思想史""中国教育思想史""中国伦理思想史"等近10种"学术思想史"的规划。"当代中国学术思想史"丛书初版于2009年,在新中国成立70周年之际,予以修订再版,充分体现出我院作为"国家队"的担当。《丛书》以新中国成立以来学术思想史演进中的脉络梳理与关键问题分析为主要内容,集中展现在中国共产党坚强领导下,创建、发展和繁荣哲学社会科学各学科学术思想史的历程,突出反映70年来哲学社会科学各领域的成就与经验,资辅当代、存鉴后人,具有较强的学术示范意义。

学术思想史研究为哲学社会科学学科体系建设提供了有力的支撑。学科体系是加快构建中国特色哲学社会科学的根本依托。经过几十年的发展,我国哲学社会科学已拥有20多个一级学科、400多个二级学科,学科体系已基本确立,但还不健全、不系统、不完善，离习近平总书记提出的基础学科健全扎实、重点学科优势突出、新兴学科和交叉学科创新发展、冷门学科代有传承的要求还有相当大的差距。学科体系建设的前提是对各学科做出科学准确的评估，翔实的学术思想史研究天然具备这一功能。《丛书》以"反映学科最新动态，准确把握学科前沿，引领学科发展方向"为宗旨，系统总结文学、历史学、语言学、美学、宗教学、法学等学科70年的学术发展历程。其中既有对基础学科、重点学科学术思想史的系统梳理，如《当代中国美学研究》《当代中国文艺学研究》等；又有对新兴学科、交叉学科和冷门学科学术思想史的开拓性研究，如《当代中国近代思想史研究》《当代中国边疆研究》《当代中国简帛学研究》等。从学术思想史的角度，系统评价各学科的发展，对于健全学科体系、优化学科布局，加快构建中国特色哲学社会科学学科体系无疑是大有裨益的。

学术思想史研究为哲学社会科学学术创新提供了坚实的基础。学术体系是加快构建中国特色哲学社会科学的核心。主要包括两个方面：一是思想、理念、原理、观点、理论、学说、知识、学术等；二是研究方法、材料和工具等。习近平总书记指出，理论的生命力在于创新。只有不断推进知识创新、理论创新、方法创新，才能着力打造"原版""新版"的哲学社会科学。学术创新是有前提的，正如总书记所深刻指出的，理论思维的起点决定着理论创新的结果，理论创新只能从问题开始。从某种意义上说，学术创新离不开学术思想史研究，只有通过坚实的学术思想史研究，把握学术演进的脉络、传统、流变，才能够提出新问题、新思想，形成新的学术方向，这是《丛书》为哲学社会科学学术创新作出的贡献之一。学术思想史的研究内容、研究方法、材料与工具自成体系，具有构建学术体系的各项特征。《丛书》通过对学术思想史研究的创新，为哲学社会科学学术创新提供了有益的尝试。

一是观点创新。中华人民共和国成立以来，随着马克思主义在哲学社会科学领域指导地位的确立，我国思想界发生了大规模、深层次的学术变革，70年间中国学术已经形成了崭新格局。《丛书》紧扣"当代中国"这一主题，突破"当代人不写当代史"的思想束缚，独辟蹊径、勇于探索，聚焦中国特色哲学社会科学的发展道路、马克思主义指导下的中国学术发展、中国传统学术继承和外来学术思想借鉴，民族复兴在学术思想史上的反映等问题，从而产生一系列的观点创新。

二是研究范式创新。一个时代的主流思想和历史叙事，是由反映那个时代的精神的一系列概念和逻辑构成的。当代中国学术的源流、变化与当代中国政治、经济、文化、社会的变革密切相关。《丛书》把研究中国特色学术道路的起点、进程与方向作为自觉意识，贯穿于全丛书，注重学术思想史与中国学术道路的密切联系、学理化研究与中国现实问题的密切联系、个别问题研究与学术整体格局的密切联系、研究当代中国与启示中国未来的密切联系，开拓了学术诠释中国道路的新范式。

三是体例创新。《丛书》将专题形式和编年形式相互补充与融合，充分体现了学术创新的开放性，为开创学术思想史书写新范式探路。对于当代学术思想史研究，创新之路刚刚开始，随着《丛书》种类的增多，创新学术思想史研究的思路还会更多，更深入。

学术思想史研究为构建哲学社会科学话语体系提供了广阔的平台。话语体系是学术体系的反映、表达和传播方式，是有特定思想指向和价值取向的语言系统，是构成学科体系之网的纽结。习近平总书记指出，在解读中国实践、构建中国理论上，我们应该最有发言权。这就要求我们在构建话语体系时，要坚持中国立场、注重中国特色，用中国理论阐释中国实践，用中国实践升华中国理论，更加鲜明地展现中国思想，更加响亮地提出中国主张。要主动设置议题，勇于参与世界范围的"百家争鸣"。《丛书》定位于对当代中国学术思想的独家诠释，内容是原汁原味的中国学术，具有学术"走出去"、参与国际学术对话、扩大我国学术思想影响力、增强中华文化软实力的条件。《丛书》通过生动的叙述风格传播中国学术、中国文化，全面、集中、系统地反映我国当代学术的建构过程，让世界认识"学术中的中国""理论中的中国""哲学社会科学中的中国"。习近平总书记强调，把中国实践总结好，就有更强的能力为解决世界性问题提供思路和办法。《丛书》通过对当代中国学术思想史的描绘，让世界了解中国特色的学术发展之路，进而了解中国特色社会主义文化和中国特色社会主义道路。《丛书》中的《当代中国法学研究》《当代中国宗教学研究》《当代中国近代史研究》《当代中国近代社会史研究》等已经翻译成英文、德文等多种语言，分别在有关国家出版发行，为当代中国学术思想的国际化传播开拓了新路。

目前，《丛书》完成了出版计划的一部分，未来要继续作好《丛书》出版工作。关键是要坚持正确的政治方向、学术导向和价值取向。要提高政治站位，增强"四个意识"，坚定"四个自信"，做到"两个维护"，在思想上政治上行动上同以习近平同志为核心的党中央保持高度一致。要坚持马克思主义的指导地位，特别是用习近平新时代中国特色社会主义思想指导学术思想史研究和出版工作。要落实意识形态工作责任制，做到守土有责、守土负责、守土尽责。作好《丛书》出版工作必须坚持以质量为生命线。在任何时候都要坚持质量第一的方针，坚持"宁缺毋滥"的原则，多出精品力作。要把社会效益放在首位，实现社会效益和经济效益相统一。要严格遵守学术规范，秉承认真负责的治学态度，严肃对待学术研究，潜心研究，讲究学术诚信，拿出高质量的学术成果。

当今世界处于百年未有之大变局，中国特色社会主义进入新时代，这都对哲学社会科学提出了更高的要求，广大哲学社会科学工作者要积极响应习近平总书记和党中央号召，以习近平新时代中国特色社会主义思想为指导，努力提高政治站位，增强思想自觉，敢于担当，奋发有为，繁荣中国学术，发展中国理论，传播中国思想，加快构建中国特色哲学社会科学"三大体系"，为实现"两个一百年"奋斗目标，实现中华民族伟大复兴的中国梦作出应有的贡献。

是为序。

2019年10月

总目录

当代中国文艺理论70年的分期及发展历程(代序) …………… （1）

上 编

第一章 论"文学理论" ………………………………………… （3）
第二章 新中国文学理论建构初期的话语资源 ……………… （37）
第三章 胡风文艺思想的讨论与批判 ………………………… （63）
第四章 "黑八论"批判及反思 ………………………………… （91）
第五章 "文化大革命"时期的文学理论 ……………………… （119）
第六章 关于文学艺术批评标准的讨论 ……………………… （159）
第七章 "形象思维"的发展、终结与变容 …………………… （187）
第八章 人性、人道主义问题大讨论 ………………………… （216）
第九章 主体性的超越与局限 ………………………………… （241）
第十章 文学本体论研究的理论思考 ………………………… （272）

中 编

第十一章 文艺与意识形态 …………………………………… （303）
第十二章 科学方法论在文学研究领域的历险 ……………… （351）
第十三章 文学人类学及其在中国的发展 …………………… （376）
第十四章 文艺与政治、经济关系的重组与文论范式的转型 ……… （419）

第十五章 "后"语境中的文学理论研究 …………………………… （472）
第十六章 "古代文论的现代转换"：来源、内容与反思 …………… （504）
第十七章 "文化研究"热的孕育和发展 …………………………… （546）
第十八章 新媒介时代的文学理论 ………………………………… （567）

下　编

第十九章 马克思主义文艺理论研究的当代发展 ………………… （625）
第二十章 新中国文艺政策的建构、演变和发展 ………………… （685）
第二十一章 中国当代美学的发展与文学理论研究 ……………… （727）
第二十二章 外国文学理论的译介与中国文学理论的建构 ……… （752）
第二十三章 文学理论教学与教材建设 …………………………… （792）
第二十四章 台湾当代文学思潮 …………………………………… （819）
第二十五章 香港、澳门中国文学理论与评论 …………………… （878）
第二十六章 当代中国文论话语体系建设的历史、演变及路径 …… （937）
第二十七章 中华人民共和国成立以来文艺人民观的发展 ……… （972）
结语　资源分层、内外循环、理论何为
　　　——中国文论70年三题 ……………………………………… （994）
附录一　中国大陆文学理论大事记（**1949—2018**） ……………… （1014）
附录二　香港、澳门、台湾文学理论大事记（**1949—2018**） ………… （1104）

后记 …………………………………………………………………… （1149）

目 录

上 卷

当代中国文艺理论70年的分期及发展历程(代序) …………（1）

上 编

第一章 论"文学理论" ……………………………………（3）
第一节 文学理论的性质 …………………………………（3）
第二节 当代中国文学理论之源 …………………………（11）
第三节 文学艺术：作为意识形态还是作为社会文化现象 ………（19）
第四节 文学理论定位的寻找 ……………………………（30）

第二章 新中国文学理论建构初期的话语资源 ………………（37）
第一节 政治权威话语——毛泽东文艺思想 ……………（39）
第二节 学术权威话语——苏联文学理论 ………………（48）
第三节 边缘话语——中、西方文论传统 ………………（55）

第三章 胡风文艺思想的讨论与批判 …………………………（63）
第一节 "三大文艺批判运动"的总体社会背景 …………（64）
第二节 批判运动之前的理论分歧与论争 ………………（67）
第三节 批判渐次升级：1949—1955 ……………………（70）
第四节 论争与批判中的焦点理论问题 …………………（82）

第四章 "黑八论"批判及反思 …………………………………… (91)
第一节 "黑八论"产生的历史文化语境 ……………………………… (91)
第二节 "黑八论"的出笼及其主要内容 ……………………………… (95)
第三节 "黑八论"评述 …………………………………………………… (97)
第四节 "黑八论"引发的几点思考 …………………………………… (117)

第五章 "文化大革命"时期的文学理论 ……………………… (119)
第一节 "八个革命样板戏" ……………………………………………… (119)
第二节 "主题先行"和"三突出"论 ……………………………………… (123)
第三节 浩然、姚雪垠等人的创作 ………………………………………… (132)
第四节 "写作组"和《朝霞》:政治斗争的工具 ………………………… (141)
第五节 政治与文学的双重迷误 ………………………………………… (152)

第六章 关于文学艺术批评标准的讨论 ……………………… (159)
第一节 毛泽东的《讲话》与批评标准的确立 ………………………… (159)
第二节 文艺理论工作者对毛泽东文艺批评标准的解读 …………… (165)
第三节 新时期对文艺批评标准问题的反思与重建 ………………… (176)
第四节 新时代文艺批评标准的新界定 ……………………………… (183)

第七章 "形象思维"的发展、终结与变容 …………………… (187)
第一节 "形象思维"的提出 ……………………………………………… (188)
第二节 "形象思维"讨论在中国的兴起 ………………………………… (191)
第三节 改革开放与"形象思维" ………………………………………… (198)
第四节 对"形象思维"的反思 …………………………………………… (202)
第五节 "形象思维"论的三个发展 ……………………………………… (207)
第六节 从形象思维到符号思维 ………………………………………… (211)

第八章 人性、人道主义问题大讨论 …………………………… (216)
第一节 20世纪50、60年代关于人性与文艺关系的探索 ……… (217)

第二节　20世纪70、80年代关于人性、人道主义与文艺
关系的探索 ……………………………………………（222）

第九章　主体性的超越与局限 ……………………………………（241）
第一节　文学主体性的哲学来源 ………………………………（242）
第二节　文艺学自身的历史脉络 ………………………………（248）
第三节　"文学是人学"的来龙去脉 ……………………………（251）
第四节　文学主体性的意义 ……………………………………（257）
第五节　"文学主体性"的局限 …………………………………（264）

第十章　文学本体论研究的理论思考 ……………………………（272）
第一节　文学本体论研究的历史描述 …………………………（274）
第二节　文学本体论研究的历史价值 …………………………（288）
第三节　文学本体论研究的不足及其前景 ……………………（294）

中　　编

第十一章　文艺与意识形态 ………………………………………（303）
第一节　20世纪50、60年代关于文艺与意识形态关系的探索 ……（304）
第二节　新时期以来关于文艺与意识形态关系的讨论 ………（306）
第三节　关于"审美意识形态"的讨论 …………………………（310）
第四节　有关文艺与上层建筑关系的讨论 ……………………（322）
第五节　关于意识形态阶层、艺术生产的讨论与历史唯物
主义范畴网 ……………………………………………（337）

第十二章　科学方法论在文学研究领域的历险 …………………（351）
第一节　"老三论"在文学研究中的运用 ………………………（351）
第二节　"新三论"及其他科学方法论在文学研究领域
中的历险 ………………………………………………（366）
第三节　科学方法论的反思 ……………………………………（373）

第十三章 文学人类学及其在中国的发展 （376）
- 第一节 民族文学、比较文学、文学人类学 （376）
- 第二节 文学人类学的学科建构：西方与中国 （382）
- 第三节 神话学、原型批评与文化阐释派的崛起 （392）
- 第四节 中国的文学人类学派之当下发展及前景展望 （406）

第十四章 文艺与政治、经济关系的重组与文论范式的转型 （419）
- 第一节 文艺与政治、经济关系的重组与文论转型 （419）
- 第二节 围绕通俗文艺、金庸经典化、文艺商品化、大众文化等问题的论争 （425）
- 第三节 "人文精神"论争与钱中文等的"新理性精神"建构 （437）
- 第四节 有关文艺与市场、文化经济学的讨论 （450）
- 第五节 重新审视文艺审美自主化及其与政治、经济的关系 （463）

第十五章 "后"语境中的文学理论研究 （472）
- 第一节 选择与借鉴："后"语境与中国当代文学理论的接受取向 （473）
- 第二节 转折与变革："后"语境下中国当代文学理论范式的转变 （483）
- 第三节 扩张与批判：中国当代文学理论研究的现代性立场 （489）
- 第四节 危机与重建："后"语境与中国当代文学理论重构 （496）

第十六章 "古代文论的现代转换"：来源、内容与反思 （504）
- 第一节 古为今用："转换"说萌生的思想渊源 （505）
- 第二节 "文论失语症"与"重建中国文论话语"："转换"的场域和语境 （510）
- 第三节 重建中国文论话语："转换"说的主要目的 （521）
- 第四节 "转换"说反思：如何建构当代中国文学理论 （530）

第十七章 "文化研究"热的孕育和发展 …………………… (546)
  第一节 当代中国文论"文化"维度的孕育 ………………… (546)
  第二节 文化研究在中国的发展 ……………………………… (556)
  第三节 "文化转向"带来的转变与挑战 …………………… (560)

第十八章 新媒介时代的文学理论 ………………………… (567)
  第一节 媒介的概念与文学新媒介 …………………………… (570)
  第二节 媒介研究现状与文论发展动向 ……………………… (580)
  第三节 网络文学的发展对文艺理论的挑战 ………………… (595)
  第四节 直面新媒介:当代文论如何守正与创新 …………… (606)

当代中国文艺理论70年的分期及发展历程(代序)

高建平

十年前,在纪念中华人民共和国成立60周年之际,召开过不少会议,纪念60年的文论历程。在当时,有一个流行的说法,即"三十年河东,三十年河西"。这句话本是一个谚语,寓指人事无常,兴衰祸福不可预料。这里却倒用本意,从字面上理解这个表述,用以指中华人民共和国成立后的前30年,即从1949年至1978年,文艺理论具有某种"东方性",而从1979年至2008年,则具有某种"西方性"。这种表述,当然只是一个极粗略的概括。60年的文论,绝非这么一个谚语所能概括的。对于这一段历史,今天应该用历史的眼光来看。我们作为后来者,重要的是回到历史进程之中,如实进行描述,说明历史发展的曲折性,而不是执其一端,加以无限夸大,用一个时段否定另一个时段。60年纪念之后,转瞬又过了十年。在这十年中,出现了哪些新的变化,中国文艺理论正走在一条什么样的路上?也许,拉开一段距离来看历史,会看得更加清楚一些。一部写到当下的历史,非常难写,人在此山中,不识真面貌。但是,这不能成为回避的理由,难写仍然要写,容易写错,但比怕错而不写要强。

一 中国文论的"前30年"

从1949年开始的文艺理论,到1978年为止,经历了30年。这是中国社会大变动的30年,也是文论大变动的30年。由于中国的革命所具有的反帝反封建的性质,因此,从1949年开始的文艺理论,对文论的古代资源和西方资源，最初是持排斥态度的。

30年的文艺理论，大致可分为六个阶段。

第一个阶段是从1949年到1955年，在理论建设上以向苏联学习为主。

中国当代文学的开端，要追溯到一个事件，即1949年7月2日到19日在北平召开的中华全国文艺工作者代表大会（史称"第一次文代会"）。在这次大会上，来自革命根据地的作家，与原来在大城市的"左翼"作家聚集到一起，实现了革命的文艺队伍的"会师"。会上的三个报告，从标题上看，就显示了这一"会师"的特点。在会上，茅盾作了国统区文艺工作的报告《在反动派压迫下斗争和发展的革命文艺》，周扬作了根据地文艺的工作报告《新的人民的文艺》。在这两个报告分别总结了会师前的工作情况后，郭沫若作了总报告，展望文学的新前景，报告的题目是"为建设新中国的人民文艺而奋斗"。在会上，周恩来作了政治报告。毛泽东发表了讲话，他说："因为你们都是人民所需要的人，你们是人民的文学家，人民的艺术家，或者是人民的文学艺术工作的组织者。你们对于革命有好处，对于人民有好处。因为人民需要你们，我们就有理由欢迎你们。再讲一声，我们欢迎你们。"[①]"我们"是指共产党、刚刚进城的革命军队，以及即将诞生的人民政府，"你们"是指来参加会议的、来自农村根据地和大城市的文艺工作者。"欢迎"的理由是，"人民需要你们"。[②] 从这时起，中国文学的新局面得以形成，中国当代的文艺理论，也是从这时开始的。为了显示"大团结"，这次会议也向少数非"左翼"的作家发出邀请，但会议的目的是建立人民的文艺，是以革命的文艺队伍去团结这些非"左翼"的作家。这次会议同时也是一个整编的会议。从这时起，开始进行整编，形成了一支从事革命文艺工作的新的队伍，下一步就是分配岗位、各就各位、开始工作。

与此不同，在文艺理论中，所实现的是另一个"会师"，这就是根据地的文艺理论与苏联文艺理论的结合。前一个"会师"，是作家队伍的"会师"。在此之前，生活在不同环境下而有着相似的创作理想和艺术观

[①] 中华全国文学艺术工作者代表大会宣传处编：《中华全国文学艺术工作者代表大会纪念文集》，新华书店1950年版，第3页。

[②] 同上。

念,有着共同的革命目标的人们,由于形势的变化而聚集在北平这个即将成为新的政权首都的城市,并从此开始在一道工作。而后一个"会师",是共产党领导下的政权在建立意识形态时所实现的在理论上的结合。

这里所说的根据地的文艺理论,主要是指在毛泽东的《新民主主义论》和《在延安文艺座谈会上的讲话》等著作和谈话中所提出的文艺思想,也包括其他党的领导人关于文艺的著述和讲话。这些思想,建立在根据地的文艺实践的基础之上,也受到此前所接受的来自苏联的文学观点的影响。例如,像瞿秋白等早期的共产党人,就介绍了许多苏联的文艺理论。《在延安文艺座谈会上的讲话》中,两处引用了列宁的文艺观点,并引用了法捷耶夫的小说作为例子。① 从这个意义上讲,根据地的文艺理论,与苏联的文艺理论,并不是完全隔绝的,原本就有着同源关系。根据地的文艺理论,是马克思主义关于文艺的立场和观点与中国当时的具体实践结合的产物。

然而,在根据地,还没有系统的文艺理论教材,在根据地的一些大学里,也没有系统地讲授文艺理论方面的课程。这一切都要等到共产党占领了大城市,形成了新的文艺组织,致力于对大学进行改造,建设大学的学科体系和教学体系之时才有可能实现。

俄苏文学对中国的影响,在很早以前就出现了。中国人此前就对普希金、托尔斯泰、高尔基等的作品并不陌生。从20世纪20年代起,就有众多俄国文学的翻译和介绍。俄国的文艺理论著作,从别林斯基到车尔尼雪夫斯基,再到普列汉诺夫、列宁和高尔基,都有着大量的翻译。但是,这里所说的苏联文艺理论,是指50年代初对苏联教材成体系的引进。这主要是指三本书,第一本是1953年出版的季摩菲耶夫的《文学原理》,由著名诗人查良铮(穆旦)译成中文。第二本是1954年春天苏联专家毕达可夫到北京大学讲课的讲稿,以《文艺学引论》的书名出版。第三本是苏联专家柯尔尊在北京师范大学所作的讲演,以《文艺学概论》的书名出版。这三本书和两次苏联专家班的讲课,对当代中国文艺理论的建构,

---

① 毛泽东:《在延安文艺座谈会上的讲话》,载《毛泽东选集》第3卷,人民出版社1991年版,第854、866页两处引用列宁的话,第876页提到法捷耶夫的《毁灭》。

产生了重要影响。不少高校的文学教师，就是仿照这三本书的理论框架，结合一些中国文学的实例和各自对文艺理论的理解，写出了自己的文艺理论教材。

以前根据地所产生的理论，与从苏联引进的理论，原本都是马克思主义在不同国家和地区，结合各自的国情所进行的文艺实践的产物。来自根据地的理论固然适应当时中国的国情，但进入城市以后，文艺工作面临新的情况，产生了新的变化，同时，大学的课堂讲授也需要有系统的文艺理论教材，这都是原来在根据地不具备条件的。于是，根据地的理论与苏联理论的结合，成为当时占据主导地位的文艺理论。来自苏联的理论框架，成为当时众多文艺理论著作的蓝本。1953年召开的第二次"文代会"，周扬在大会报告中讲："我们把社会主义现实主义方法作为我们整个文艺创作和批评的最高准则，工人阶级的作家应当努力把自己的作品提高到社会主义现实主义的水平，同时积极地耐心地帮助一切爱国的、愿意进步的作家都转到社会主义现实主义的轨道上来。"[①] 这次号召全国文学艺术工作者，努力学习苏联文学艺术事业的先进经验，加强中苏两国文学艺术的交流，巩固和发展中苏两国人民在保卫世界和平的共同事业中的神圣友谊。这就使文艺理论界的苏联影响得到了高度的强化。

因此，这种理论上的会合，所构成的是当代中国文艺理论资源的第一层次的资源，或者说，是此后进行理论建设的前提。

这一理论建设的过程，也伴随着一系列的批判运动，包括对电影《武训传》《清宫秘史》，以及对萧也牧等作家的几篇小说的批评，对《红楼梦》的评论以及对"旧红学派"的批判等。这些批判运动通过具体例子来阐释文艺理论，也使批评标准具体化，从而深刻影响了文艺理论建构的进程。作为这一系列批判运动的高潮，是1955年对胡风文艺思想的批判。

第二阶段大致从1956年到1962年。经过一段时间理论上的整合和针对具体作品的批判，文化建设和理论建设的任务变得越来越迫切。根据地

[①] 周扬：《为创造更多的优秀的文学艺术作品而奋斗——一九五三年九月二十四日在中国文学艺术工作者第二次代表大会上的报告》，原载《文艺报》1953年第19期，载《周扬文论选》，人民文学出版社2009年版，第405页。

资源和苏联资源已经远远不能满足进入了大城市并成为执政党以后，中国共产党领导文艺工作的需要，不能满足随着文艺实践和时代发展而出现的理论需要，也不能满足在大学里讲授文艺理论的需要。这时，就迫切要求在文艺理论上有新的发展。

1956年，对于文艺理论的建设来说是一个时间节点。在国际上，这一年发生的一个重大事件是"苏共二十大"。这次会议对苏联过去的一些政策进行了检讨，也使中国共产党的领导层做了深刻的反省。1956年4月，毛泽东在《论十大关系》的报告中指出："最近苏联方面暴露了他们在建设社会主义过程中的一些缺点和错误，他们走过的弯路，你还想走？过去我们就是鉴于他们的经验教训，少走了一些弯路，现在当然更要引以为戒。"[1]这是中国人探索自己的社会主义道路的开端。同月，毛泽东在中共中央政治局扩大会议上说："艺术问题上的百花齐放，学术问题上的百家争鸣，我看应该成为我们的方针。"[2]这一方针经中共中央确定，成为关于科学和文化工作的重要方针，为文艺的发展和理论的探索打开了大门。

本着这一方针和相关的安排，在这一年的6月，朱光潜在《文艺报》上发表了《我的文艺思想的反动性》一文，对自己过去的文艺思想进行自我批判。由此，拉开了规模宏大的"美学大讨论"的序幕。这次讨论是当代中国美学和文艺理论史上的重要事件。当时，有一百多名学者参加，围绕如何建立马克思主义美学，美的本质的哲学基础，艺术的审美特征，以及"形象思维"等问题，展开了热烈的讨论。在这一讨论过程中，一些重要的美学思想形成和深化；一些老一代学者在讨论中展现了新的活力，并学习和掌握了在新的环境中从事人文学术写作的方法；一些年轻的学者在讨论中崭露头角并得到磨炼。这对美学研究队伍在中国的形成，对此后中国美学的发展和繁荣，都具有重要的意义。

在文艺创作和批评界，也出现了一些重要的事件，对后来的文学发展有着深远的影响。在这里，最突出的是新民歌运动。这与当时的"大跃

---

[1] 毛泽东：《论十大关系》，载《毛泽东文集》第7卷，人民出版社1999年版，第23页。
[2] 毛泽东：《在中共中央政治局扩大会议上的总结讲话》（1956年4月28日），载《毛泽东文集》第7卷，人民出版社1999年版，第54页。

进"运动联系在一起。这一运动对于鼓励民间的创造性,活跃民间文化生活,有积极意义;当然,与此同时,也出现了追求浮夸的艺术现象。今天,常常有人提到当时的鼓吹亩产万斤之类的诗,那是新民歌运动中的逆流。历史上一些事件的意义永远是多方面的,有积极意义也有消极意义。从中抽出几首诗来否定全部新民歌运动,也会走向偏颇。

在这一时期,理论上的一个重要的标志是,中央提出了"革命的现实主义与革命的浪漫主义相结合"的创作方法。1958年3月,毛泽东在成都举行的中央工作会议上,针对新诗的发展道路指出:"中国诗的出路,第一条民歌,第二条古典,在这个基础上产生出新诗来。形式是民歌的,内容是现实主义和浪漫主义的对立统一。太现实了就不能写诗了。"①其后,周扬在《新民歌开拓了诗歌的新道路》一文中提出:"毛泽东同志提倡我们的文学应当是革命的现实主义和革命的浪漫主义的结合,这是对全部文学历史的经验的科学概括,是根据当前时代的特点和需要而提出来的一项十分正确的主张,应当成为我们全体文艺工作者共同奋斗的方向。"② 这种创作方法的提出,一方面是在"大跃进"的背景下,在"新民歌"运动的刺激下,出现的对浪漫主义的强调;另一方面,也是"苏共二十大"以后,中国致力于在文艺方针和政策上形成一定的独立性,淡化"社会主义现实主义"提法的表现。在1960年召开的第三次"文代会"上,周扬作报告长篇论述了"革命现实主义和革命浪漫主义两结合"的创作方法,并将之与批判修正主义联系起来。③

1949年以后,在大学教材的使用方面经历了四个阶段,1950—1952年,对大学原有课程作减法,否定了一些旧教材,但新教材没有出现。1953—1956年是全面学习苏联。1956年以后,中苏两党和两国在意识形态上有了距离,在"大跃进"的气氛中,开始对苏联教材否定,并且有

---

① 转引自朱寨主编《中国当代文学思潮史》,人民文学出版社1987年版,第343—344页。
② 周扬:《新民歌开拓了诗歌的新道路》,载洪子诚主编《中国当代文学史·史料选》(上),长江文艺出版社2002年版,第462页。
③ 周扬:《我国社会主义文学艺术的道路——一九六〇年七月二十二日在中国文学艺术工作者第三次代表大会上的报告》,载《周扬文论选》,人民文学出版社2009年版。

了自编教材的要求。北京大学中文系和北京师范大学中文系1955级的学生分别编写的《中国文学史》教材，就是那个时代的产物。这一时期的文艺理论教材很少，1959年，有一本山东大学编的《文艺学新论》，以讲解文艺政策和大批判为主。1961—1962年，在三年自然灾害之后，党和政府在经济和文化政策上都开始调整。让学生编教材的"大跃进"式的做法成为过去，政府相关部门开始尝试邀请一批优秀的专家来编写教材。

1961年起，以群主编的《文学的基本原理》和蔡仪主编的《文学概论》这两部文艺理论教材的编写工作开始着手。其他一些教材，如朱光潜的《西方美学史》、王朝闻的《美学概论》等也开始编写。教材编写工作的开展，从侧面反映出文艺政策在调整。

1962年4月30日，中共中央批转文化部党组和全国文联党组《关于当前文学艺术工作若干问题的意见（草案）》。这份一般称为"文艺八条"的文件，是当时文艺政策调整的产物，也是一部关于文艺管理的章程，受到了文艺界的欢迎，也推动了60年代初期文艺的繁荣。同年3月，在广州召开著名的为知识分子"脱帽加冕"的全国科学技术工作会议，在经济复苏的时期给文艺发展吹来一股暖风。

第三阶段是从1963年到1965年。这是探索的三年，是理论上有所积淀的三年，但同时也是在理论上不断走向"左"倾的三年。

1963年的1月4日，中共中央华东局书记柯庆施在上海部分文艺工作者座谈会上提出"大写十三年"的口号。尽管柯庆施只是一位地方领导人，他提出的这个口号却在全国产生了巨大影响。文艺要反映当代现实，这一口号本身不是没有道理。中华人民共和国成立十三年了，也应该鼓励多创作一些反映当代生活的文艺作品，但是，在"不破不立"的思想指导下，这一口号所带来的，不是做加法，而是做减法。这一年3月，停演了"鬼戏"《李慧娘》。同年的12月12日，毛泽东作出批示："许多部门至今还是'死人'统治着。"[①] 根据这个指示，中国文联和各协会开

[①] 《毛泽东对文学艺术的批示》（1963年12月12日），载洪子诚主编《中国当代文学史·史料选》（下），长江文艺出版社2002年版，第512页。

始整风。批"死人统治"的风潮，到了1965年姚文元的文章《评新编历史剧〈海瑞罢官〉》的发表，达到了高潮。

当然，这一时期并非只是做"减法"。在理论上也有一些新的探索。经过多年的关于"古"与"今"、"洋"与"中"关系的探索，1964年9月27日，毛泽东在中央音乐学院的一个学生的来信上批示："古为今用，洋为中用。"这是一个带有指导性的方针，在此后被接受下来，受到普遍的欢迎。当然，不同时代对这句话的解释也不尽相同。毛泽东的本意是立足当下，为当下现实服务，克服以"古"和"洋"为本位的思想，从"古"和"洋"之中汲取营养。

在1964年4月6日至5月10日举行的中国人民解放军第三届文艺会演上，提出了后来影响极大的"三结合"创作方法。在同一年的6月5日至7月31日，全国京剧现代戏观摩演出在北京举行。这次观摩演出的一些有影响的剧目，构成了后来"八个样板戏"的雏形。

第四个阶段是从1966年到1971年，是"文化大革命"前期。1966年2月2日至20日，江青在上海与刘志坚、谢镗忠、李曼村、陈亚丁四人举行"文艺工作座谈会"，在会议之后，发表了《林彪同志委托江青同志召开的部队文艺工作座谈会纪要》（以下简称"纪要"）。"纪要"否定了中华人民共和国成立以后的文艺界的工作，提出了"黑八论"的说法并予以批判。这个"纪要"代表了"文化大革命"期间的文艺路线。同年12月26日，《人民日报》发表文章《贯彻执行毛主席文艺路线的光辉样板》，文中首次将现代京剧《沙家浜》《红灯记》《智取威虎山》《海港》《奇袭白虎团》，芭蕾舞剧《红色娘子军》《白毛女》，交响音乐《沙家浜》称为"革命艺术样板"和"革命现代样板作品"，由此形成了"八个样板戏"的说法。

第五个阶段是从1972年至1976年，这是"文化大革命"后期。在"文化大革命"前期所致力的大批判并树立了"样板"以后，这一时期开始了按照"三突出"的创作原则对"样板"进行模仿和创作的过程。这一时期，出现了《金光大道》《虹南作战史》《牛田洋》等一些小说，也有了《火红的年代》《艳阳天》《青松岭》《闪闪的红星》等一些电影的上映。在上海，出现了《朝霞》丛刊和《朝霞》月刊。文艺在艰难而曲折地发展着。例如，在1975年，出现了关于《海霞》和《创业》的争论。1976年1月，《人民文学》和《诗刊》复刊。

第六个阶段是从1977年至1978年。这是一切都在改变，却又波澜起伏的两年。在这一时期，一方面，开展着轰轰烈烈的揭批"四人帮"的运动；另一方面，"两个凡是"与"真理标准"讨论之间，存在着激烈的争论。

《人民文学》1977年第11期刊登了刘心武的小说《班主任》。1978年8月11日，卢新华的短篇小说《伤痕》在《文汇报》上发表。这些小说的面世，都引起了巨大的轰动，成为标志性事件。

在文艺理论界，冲破旧有的文艺理论体系，是从"形象思维"的讨论开始的。1977年12月31日的《人民日报》以及1978年第1期的《诗刊》，都刊登了《毛主席给陈毅同志谈诗的一封信》，信中三次谈到"形象思维"。"形象思维"问题在50年代至60年代初的"美学大讨论"中，曾是一个中心论题。1966年，由于郑季翘的一篇反"形象思维"的文章在《红旗》杂志上发表，以及随后的"文化大革命"而突然中止。在这一转变的1978年，重提"形象思维"，对文艺理论转型的意义极其重大。在"形象思维"讨论之后，开始了"真理标准"的讨论，最终导向这一年下半年的中央工作会议和中国共产党十一届三中全会，宣布工作重点的转移和提出改革开放的总方针。

总结这"前30年"，可以看出，中国的文艺理论是在曲折中前进的。这30年文论的开端，是中国共产党从根据地时期形成的文艺思想与从苏联引入的文艺理论的结合。而大学的文论教材，则经历了一个从引入苏联教材，到开始自编教材的过程。然而，所编的教材，基本上还是以这两方面的结合为基本框架，吸收各种因素而形成的。因此，我们对这种文论的构成，要有这种层次的意识。最初是以前两种为基本底色，对其他文论资源进行区分和辨识。后来，在"古为今用，洋为中用"的方针指导下，将不同的资源纳入已形成的框架之中。

对苏联文艺理论的意义，曾有过一些争论。有人认为，苏联文艺理论僵化，带来了教条主义的倾向。一些到中国来讲学的老师水平不高，带来的也不是俄罗斯文学的最优秀成果。另有人认为，在中华人民共和国成立初期，苏联文论被接受有其历史原因，毕竟在那个特定时代，填补了理论上的空白，提供了文艺理论的最初框架。伴随这种理论而来的，不仅有马克思列宁主义的文艺理论，而且也有俄罗斯文学的优良传统。这些都对当代中国文学的发展，有着积极的影响。我们可以从许多当代中国作家的作品中，看到托尔斯泰、契诃夫、屠格涅夫，直至高尔基、法捷耶夫的影子，而俄国文艺理论中关于党性与个性、形象与典型、文学成为历史的镜子的要求，以及经由俄国文艺理论家们解读的马克思和恩格斯关于文艺的论述和通信，都成为后来文艺理论建设的核心内容。

这一时期所提出的号召文学"写当下"，其本身也是有着积极意义的。如果文学家能深入当代社会生活中，写出同时代人的奋斗历程，他们的喜怒哀乐、爱恨情仇，这一定是有价值的，也是应该提倡的。但不幸的是，这一口号后来在"文化大革命"中被"四人帮"接了过去，成为通向"文化大革命"时代文艺理论的过渡。这恰恰印证了一个道理，那就是，真理往前迈了一步，就变成了谬误。"文化大革命"对中国文艺、对文艺理论，正像对中国社会的伤害一样，是怎么严厉地批判也不过分的。我们要坚定地、旗帜鲜明地在政治上和文化上反对任何为"文化大革命"招魂的观点和说辞。然而，这并不是说，"文化大革命"时代所产生的文艺作品就不能读，不要研究作为历史连续过程中的这十年所发生的一切，不要存留并研究在特殊年代所出现的文艺作品标本。只有说清楚这个过程，才能看到此后转向的意义。

这30年文艺理论的最后一段，是从"文化大革命"结束到中国共产党第十一届三中全会，是工作重心的转移和"改革开放"这一基本国策的提出。这短短的两年，内容非常丰富，是思想意识大变化的两年，也是文艺的新时期孕育的两年。"文化大革命"从文化艺术发起，也要用文化艺术来终结它。正如前面所说，这一时期"伤痕文学"和"形象思维"大讨论，成为"真理标准"的讨论，以及"改革开放"的先声。因此，这两年是通向下一个30年的过渡期。

二 中国文论的"后30年"

1978年年底中共中央十一届三中全会，宣布实现工作重心的转移，成为历史的新开端。在文艺理论界，也出现了新的气象。这一转变，正如前面所说，与从1977年起的变化，具有连续性。但是，如果说，1978年的"形象思维"和"真理标准"讨论，还仅仅是"务虚"的话，那么，从1979年开始，一些"务实"的工作开始了。

中国文论的后30年，如果说用"河西"来概括的话，可大致分为四个阶段。

第一阶段，可被称为"新时期前期"，从1979年至1984年。这一时期的首要任务，当然还是"拨乱反正，继续揭批'四人帮'"。如果向前回溯，可以说，有几件事在此前就开始了。随着一些"伤痕文学"作品的发表，文学艺术界出现了一些新气象。周扬和丁玲等人，也在这一时期得到了平反。1978年4月，中共中央批准全部摘掉"右派分子"的帽子，在此后的几个月中，此项工作在全国各地陆续展开。在这一过渡时期所发生的一系列事件，都为1978年年底的十一届三中全会做了准备。我们的区分还是按照惯例，以1978年年底为界。

在这一段时间里，发生了几件对文艺发展影响深远的事。第一件事，还是过去的一些文件被废除，一些错误被纠正，一些人被平反。继1978年为"右派分子"摘帽以后，1979年2月，中共北京市委作出决定，推倒林彪、"四人帮"强加在"三家村"头上的种种罪名，为邓拓、吴晗、廖沫沙平反。同年5月2日，中共中央批转中国人民解放军总政治部关于撤销1966年2月《部队文艺工作座谈会纪要》的请示报告。1980年9月，中共中央批转公安部、最高人民法院、最高人民检察院党组的报告，为"胡风反革命集团"平反。

这一段时间所发生的第二件事，是相关文艺口号上的明显变化。1979年4月，《上海文学》发表"本刊评论员"文章"为文艺正名"，认为把文艺理解为"阶级斗争工具"不全面，也不科学。这一围绕"工具论"的讨论，以及由此引出的关于文艺与政治关系的讨论，推动了对文艺性质的重新认识。1979年10月30日，邓小平在第四次"文代会"上发表祝词，重申艺术的"人民观"，反对"要求文学艺术从属于临时的、具体的、直接的政治任务"。1980年7月，《人民日报》发表社论"文艺为人民服务、为社会主义服务"，明确提出了文学的"二为"方向。这对调整文艺与政治关系的定位，否定"工具论"，具有决定性意义。

这一阶段发生的第三件事，是对文学艺术和整个人文学科，以及对意识形态变迁有着深远影响的"美学热"。"美学热"是被"文化大革命"中断了的50年代后期至60年代前期的"美学大讨论"的继续，但在这时，它所起到的作用，却是成为"思想解放"的动力源。要"美学"，不要"斗争哲学"，成为一个时代的呼声。从1978年恢复"形象思维"讨论，到各派美学家们在50年代"美学大讨论"时的论述的重申、发展和深化，再到对西方现代美学的翻译、接受、消化和吸收，美学成为一时的显学。

这一阶段发生的第四件事，是众多的杂志复刊或创刊，众多的学术社团的成立。例如，1978年2月，《文学评论》复刊，同年8月，大型文学刊物《十月》在北京创刊。一些更为专业的连续出版物，例如，中国社会科学院文学研究所理论研究室编辑的《美学论丛》，哲学研究所美学研究室编的《美学》，都在1979年下半年相继问世。1978年12月，"马列文艺论著研究会"成立，1979年5月，"高等学校文艺理论研究会"成立，1980年6月，"中华全国美学学会"成立，1980年11月，"外国文学学会"成立。这些社团在组织专业学术活动，促进文艺理论及相关学科研究的深化方面，起到了重要作用。

这一阶段发生的第五件事，是从研究马克思的《1844年经济学—哲学手稿》到"关于人性、人道主义和'异化'的讨论"。这一讨论与继续批判"文化大革命"以及在文学中倡导人性和人道主义有关。这原本是一个文学和美学问题，但后来讨论所涉及的范围溢出了文学与美学，最终以胡乔木1984年《关于人道主义和异化问题》的发表而告一段落。

随着关于人性、人道主义和异化的讨论的结束，以及"清理精神污染"运动的开始，20世纪80年代文艺理论讨论的主题以及面临的任务，也发生了一些变化。这时，文艺理论研究过渡到了一个新阶段，这个阶段可被称为"新时期后期"，大致可认定为从1985年到1991年。在这一时期，文学的"二为"方向已经确立，"美学热"的高潮已经过去，而前一阶段已经创立的杂志、成立的学会，都开始了正常的运行。在这一时期，文艺理论的生产语境有了很大的变化。

第一，是外国文艺理论和美学持续引入，在这一时期有了新的发展。"美学热"所关注的国内几派美学的研究，走到一定程度以后，就遇到了发展的瓶颈。学界逐渐进入美学研究超越派别，进而研究具体美学问题的阶段。这时，对"古为今用，洋为中用"这一口号有了新的理解，外国美学和古代美学，成为美学研究发展的重要资源。不再是纠结于被"古"和"洋"所包围和突围，而是有了自我建构的意识，以我为主而努力从"古"和"洋"之中汲取营养。

1985年2月，《外国美学》集刊创刊，这个集刊持续介绍和研究外国美学，拓展了中国美学研究者们的国际视野。同年10月底至11月初，在深圳召开了"中国比较文学学会"成立大会。1988年，由中国社会科学院文学研究所和外国文学研究所等16个单位合作在福州举办"文艺理论建设与中外文化交流学术研讨会"。这一中外合作的主题，对于此后中国文艺理论持续打开大门，实现中外文论的交流，起到了重要的作用。

第二，是关于"方法论"讨论。1985年，是文艺理论界的"方法论年"。这一年的1月，《马克思主义文艺理论研究》编委会召开了一个扩大会议，讨论批评方法问题。会上就系统论、信息论、控制论、符号论、结构主义、审美经验现象和接受美学七种方法论与传统方法的联系问题展开了讨论。随后，在3月，《上海文学》编辑部和《文学评论》编辑部与厦门大学合作，在厦门召开全国文学评论方法论讨论会。同月，中国文艺理论学会在桂林开会讨论方法论。4月，中国社会科学院文学研究所在扬州开会讨论方法论。10月，中国艺术研究院外国文艺研究所与华中师范大学合作，在武汉召开有关方法论的会议。在一段时间里，人人都在说方法论。在这一年中，以及随后的几年中，出版了众多有关方法论的书籍。[1]

如果说，对这种自然科学方法论本身的讨论，只是一种探索，而且这些方法的运用也常常显得牵强，因而在不久之后就被学术界所抛弃了的

---

[1] 江西省文联文艺理论研究室编：《文学研究新方法论》，江西人民出版社1985年版；傅修延、夏汉宁：《文学批评方法论基础》，江西人民出版社1986年版；鲍昌主编：《文学艺术新术语词典》，百花文艺出版社1987年版。

话，那么还是要承认的是，这一探索在理论上的影响却是极其深远的。它活跃了研究者的思维，激励了跨学科的探索精神，也冲破了既有的文学评论体系，使文学界迎来了批评的新模型、新思路迭出的时代。

1985年的文艺理论界，另一个受到关注的话题是有关文学主体性的论争。在这一时期，刘再复发表了题为《论文学的主体性》① 的长文；陈涌发表了《文艺学方法问题》② 对前文作了回应。由此引发了大讨论。

这一时期更为重要的，是一个规模巨大的文艺理论"向内转"的倾向。英美新批评的方法，从俄国形式主义到法国结构主义方法，都在这一时期被介绍到中国，并在学界产生了重大影响。这些方法，在国外都各有其背景，也各有其特点。它们传到中国，也常常不是研究先于应用，而常常有应用先于研究的特点。因此，中国学者常常会取其部分要素，将之嵌入自己的理论中。

这一时期的文学艺术创作本身，也出现了一些新的现象，现代主义和先锋派的文学和艺术，在年青一代的作家、艺术家中流行开来，引起了一系列的争论。

带有先锋派色彩的中国文学和艺术实践，从1978年以后就开始酝酿了。但是，在1984年以前，文学艺术上的主流还是现实主义的，伤痕文学、知青文学、改革文学、反思文学等各种流派，所使用的创作方法还是以现实主义为主。像王蒙的《春之声》《海的梦》那样的小说，只是模仿"意识流"的方法所做的试验而已。这种探索到了1985年，就迎来了一个转折点，出现了一大批探索性的作品。在小说中，有刘索拉的《你别无选择》③ 和徐星的《无主题变奏》④。在诗歌中，有韩东、徐敬亚等所谓的"第三代诗人"的说法，有别于中华人民共和国成立初期致力于写出政治意识形态内容的第一代诗人，和以张扬个性而同时关注社会的"朦胧诗派"为代表的第二代诗人，他们是关注日常生活、反英雄、反崇高的一代诗

---

① 刘再复：《论文学的主体性》，《文学评论》1985年第6期、1986年第1期。
② 陈涌：《文艺学方法问题》，《红旗》1986年第8期。
③ 刘索拉：《你别无选择》，《人民文学》1985年第3期。
④ 徐星：《无主题变奏》，《人民文学》1985年第7期。

人。这种代际的区分,对小说以及其他一些门类的艺术,特别是美术,也有启发意义,也能找到相似点。

在"新时期后期",前期单向的朝向"揭批'四人帮'"和"改革开放",拥抱新事物的学术走向,转变为在一方面继续"改革开放",与另一方面"反对资产阶级自由化"的平衡中前行。在文艺理论中,也走在一条从思想探索、打破禁区,通向回归学科、深化学术研究的路上。

当代中国文论"后30年"的第三阶段,是从1992年至2000年。这一时期,中国在走过从1989年至1991年之间的调整以后,开始了新一轮的改革开放。1992年春天的邓小平南方谈话,以及1992年秋天中国共产党第十四次全国代表大会宣布实行市场经济,使得文艺进入一个新的环境。经济发展了,对文艺和文艺理论的发展最终会是有益的,但在当时的直接影响,却有两面性。在市场经济大潮的冲击下,一些80年代的讨论,成为遥远的过去。美学这个学科不再热了,"'手稿'热""新方法论"的讨论,都成为过去。"文化搭台、经济唱戏"式的思维,使文论和美学都被放到了"台下",推向了边缘。在这一时期,没有突出的事件。在社会将文艺理论学科边缘化之时,学院保护着这个学科。这一时期出版了一些好的教材,一些较大规模的书和资料集,如叶朗主编的《中国历代美学文库》和汝信主编的《西方美学史》都在酝酿之中,蒋孔阳、朱立元主编的《西方美学通史》则于1999年出版。从这个意义上讲,文论和美学还是在静悄悄地生长着。

这一阶段,在文学评论界,出现了关于"人文精神"的讨论。这场讨论最初来自1993年2月华东师范大学中文系的一次师生对话,主题为"旷野上的废墟——文学和人文精神的危机"。由此引发以文学评论家为主体的国内学者开始了长时间的关于人文精神的大讨论。《读书》杂志和《文艺报》在这场讨论中,起到了重要作用,分别组织会议和专栏,推动这一讨论席卷全国。这一讨论的高潮一直从1993年持续到1996年,对市场经济带来的文学艺术的鄙俗化倾向,从人文精神的角度进行了批评。

在文艺理论界,这一时期出现了向文化研究的转向。学术界引进接受了英国文化研究、法国社会学派,以及德国法兰克福学派的一些观点,但更重要的是，面对中国的社会转型，市场经济的发展和社会生活的变化推动文艺理论研究者走出文学的范围，研究各种社会文化现象。这种研究倾向的提出，在最初只是作为对文论"向内转"的反转和突破，但后来就越走越远，滑向另一个极端，要研究"没有文学的文学理论"。

一些从事古代文论研究的学者，则在这时提出了"古代文论现代转换"的口号。这一口号从其基本精神上符合"古为今用"的原则，但围绕着是否可以转换、如何转换等，形成了一系列的争论。

如果说，在80年代具有一种思想领先，开一代风气的追求的话，那么，到了90年代，则出现了从思想走向学术的倾向，学术史研究成为时尚。

在这一时期，对文艺理论发展更具有推动力的，是通过一系列的活动，使中国与世界的结合更加紧密。这时，"全球化"成为一个受到普遍关注的话题。在经济上，这一时期中国进行着加入世界贸易组织的谈判。这种经济上与世界"接轨"的大趋势，也影响到包括文艺理论在内的各文化领域。

1992年10月，乘着邓小平南方谈话的东风，中国社会科学院文学研究所、外国文学研究所等17家单位齐聚河南开封，与河南大学合作举办了"全国中外文艺理论学术讨论会"。在此基础上，1994年7月，中国中外文艺理论学会在北京成立。这个学会在推动中外文学研究的对话方面，做了许多工作。1998年，中华美学学会加入国际美学协会，从而在与国际美学界直接交往方面，有了一个新的平台。

当代中国文论"后30年"的第四阶段，是从2001年到2009年。在这一时期，"文化研究"有了进一步的深入，也出现了对"文化研究"的反思。文学研究者是走出文学，还是留在文学之中；是"跨界""扩容"，还是对文学研究本身的进一步深化，出现了激烈的争论。

对于文艺理论研究者来说，这一段时期所面临的，是两大冲击，即市场和网络新媒体。这两个对文学具有重要推动力的因素，很早就为文艺理论研究者所关注。由于理论研究的滞后现象，直到这一时期，才出现了一批优秀的研究成果。

市场经济的发展，对文艺的影响是逐渐显示出来的，这是一个动态的过程。从本质上讲，市场不是作为文艺的对立面而出现的。并不存在以文艺为一方，以市场为另一方的斗争，更不存在谁胜谁负的问题。然而，市场经济改革的深化，却迫使文艺转场作战，在新的环境中生存。对于文艺来说，市场不是对手，而只不过是场地而已。① 但是，场地不同了，文艺也需要去应对。市场带来的文艺接受者主体性的发挥和选择权的增加、接受者分层又引发了文艺品位的分化。大众文化兴起并形成了对精英文艺的压倒性优势，雅俗之分的重新定位以及理论与批评中反"三俗"任务的出现等，这些都成为新的主题，使理论与批评呈现不同的面貌。

　　这一时段见证着网络文学的发展。1998年痞子蔡的《第一次亲密接触》发表时，很少有人会意识到，一种新的文学样式已经出现。1999年王蒙等六位著名作家起诉一家网站未经授权刊登他们的作品，迫使这家网站撤下作品，从此网站开始依赖并培植专为网络写作的作家。这对网站来说，是打击，也是转机，倒逼了专为网站撰写的文学作品的诞生。2000年安妮宝贝的《告别薇安》、2001年今何在的《悟空传》、2002年慕容雪村的《成都，今夜请将我遗忘》这一类的作品，现在看来具有先驱的意义。2003年，起点中文网开启收费阅读模式，实现了一个具有根本意义的转折。从此以后，网络文学以神话般的速度发展起来，蔚为大观，成为有着巨大的生产量、巨大阅读量、巨大影响力的文学存在方式。与此相关，一批理论研究者也介入其中，思考相关的创作规律、主题、美学特征、分类，以及批评伦理的问题。一些始终追踪这种文学样式的研究者，作出了突出的贡献。

　　随着网络新媒体的出现，另一批人开始关注"视觉转向"的问题。眼睛所遇到的，有文字，也有图像。② 网络文学发展的，是文字的浏览阅读。而在图像方面，从图画到电影、电视，再到网上的各种视频，游戏动漫，图与（对）文的优势不断发展，以致被一些理论家宣称图像时代的

---

① 高建平：《从市场的变迁看艺术的命运和使命》，《上海师范大学学报》（哲学社会科学版）2013年第5期。

② ［斯洛文尼亚］阿列西·艾尔雅维克：《眼睛所遇到的……》，高建平译，《文艺研究》2000年第3期。

来临。由此，图与文的关系研究，成为这一时代的另一个突出的主题。

这一时段一个更具影响力的成果，是全球化对文艺研究的影响。在2008年纪念改革开放三十周年之际，文学界和文艺理论界召开了一系列会议。当时的主题是：从"新时期"到"新世纪"。作为一个时代特征的"新世纪"，"月份牌"引发了一种冲动，形成一股潮流，并以"全球化"来命名。由此带来的各行各业的一个曾经很流行的口号："与世界接轨"。

2000年7月，中外文艺理论学会等单位在北京召开了一个名为"文学理论的未来：中国与世界"的国际研讨会，邀请了包括德里达、詹姆逊、佛克马、伊塞尔在内的众多国外学者来华参与学术对话。世纪之交，新世纪文论应该是什么样子？中国应该如何既跟上世界潮流，又走出自己的道路？这成为众多学者思考的话题。2002年10月，中华美学学会与北京第二外国语学院在北京召开主题为"美学与文化：东方与西方"的会议，来自世界众多国家的近一百名美学家参加了这次会议，围绕美学上的东西方关系，中国与世界关系等议题进行了讨论。① 这次会上所提出的从"美学在中国"到"中国美学"的话题，引起热烈的讨论。2005年，中华美学学会以"'美学在中国'与'中国美学'"为题，在徐州召开了全国美学会议。2006年，中华美学学会与四川师范大学在成都共同主办了"美学与多元文化对话"国际学术研讨会。这一类话题的背后，都有一个共同的思考：怎样融入世界又坚持文化的多元，怎样在多元的世界文化中发展好我们自己的这一元？这些讨论都显示出文艺理论研究的新世纪的特征。

回望这"后30年"，文艺理论建设的成果是巨大的。我们将之称为"三十年河西"，实际上是在一种中外交流对话中完成了当代中国文艺理论建设。对此，我们可以总结为以下几点。

第一，"古为今用，洋为中用"，虽然是1964年提出，但在当时，是针对当时艺术教育界对古代和西方的艺术"抽象批判，具体继承"的做法而提出的。当时的直接效果，是让艺术工作者下厂下乡，接触当代生

---

① 有关这个会议的论文集，参见高建平、王柯平主编《美学与文化·东方与西方》，安徽教育出版社2006年版。

活，让古代和外国的艺术形式为当下的现实服务。将这种观点转移到文艺理论建设中，强调要接受古代的和外国的理论资源，分学科进行研究，并努力将之融入文艺理论的体系之中，这是在"改革开放"国策实施以后才出现的。"前30年"，从接受苏联的文论开始，到逐渐脱离苏联模式；而"后30年"，则吸收多方资源，使文论得到空前的大发展。这是对"古为今用，洋为中用"方针认识的深化。认真研究古代文艺理论遗产，为当下的文艺理论建设服务，认真吸收外国的文艺理论中有价值的资源，为建设中国文艺理论服务，这方面的工作在"前30年"总是受到各种运动的干扰冲击，而到了"后30年"，才真正得到实施。

第二，在一系列的纠偏活动中，"五四"以来的现代中国文论遗产得到了重视。部分研究古代文论的学者，从学科本位出发，认为接受了西方文论会造成中国文论"失语"，只有回到古代去，才能建设真正的中国文论话语。这是一种中西二元对立的观点，要寻找纯而又纯的"中国性"。实际上，这种纯粹的"中国性"的寻找中，有一个根本的问题绕不过，这就是如何面对一个并不"纯粹"的、"五四"以来的现代中国的问题。正如前面所说，当代中国文艺理论，是从根据地的理论与苏联理论的会合开始的，但这种理论有一个现实前提，这就是，它与此前的文艺思想，有着一种承续的关系。"五四"以来的现代中国文论是一个重要资源，它并不"纯粹"，努力实现西方文论与中国古代文论的结合，也有许多成果，对当代文论建设，有着许多启发意义。我们今天认识到，要在此基础上"接着讲"，讲出时代的新意来。但在当时，要实现这一认识，仍需要理论上的努力，并克服一种追求"纯"的心态。

第三，关于文论的接受与中国立场的形成。当代中国文论的建设，不能离开对古今中外各种资源的接受。实际上，当代的文论体系，有一个从接受到中国化的过程。在美学研究中，学术界提出了从"美学在中国"到"中国美学"的发展过程，在文论中，也有类似的现象。从"接受"到"创造"，这是中国文论发展的必由之路。

第四，关于文艺学越界和扩容的问题。越界和扩容，在一段时间里，有积极意义。但越界后还要回归。在文学研究中，不能走向"没有文学的文学理论"。将文学作为跳板，进行社会、政治、文化，还有民族学、人类学、心理学、生理学，甚至经济和法律方面的批评，满足于闯入这些领域说一些外行话，再以此向文学领域里的人炫耀文学之外的博学，是没有意义的。扩界的目的，是吸收多方资源，最终还是要回到对文学的研究上来。文学本身的内容就已经非常丰富，有太多的问题供文学研究者去深入研究。对这些内容所进行的研究，是文学理论。一些原本是文学研究者离开文学闯入其他领域，说外行话。发现这些领域的人不承认，于是退回到文学领域中，说这是"文学理论"，不过是"没有文学的文学理论"，这对文学研究本身是一种伤害。也正是由于这种原因，造成了文学研究领域中理论与批评的脱节和文学理论研究的空间本身被挤压：当你研究的不是文学时，文学研究领域也就不需要你了！

三 两个"30年"之后的十年

在"三十年河东，三十年河西"之后，21世纪迎来了第二个十年。这十年的情况如何？这个"最近的过去"所做的事，实际上，与当下正在做的事连接在一起，很难分开。

在"三十年河西"过后，是否又迎来下一个"三十年河东"？会不会还是风水轮流转？风水说本是无稽之谈，历史不能如此循环。哲学上有所谓历史的螺旋式上升的说法，认为事物的发展走着一条"否定之否定"的道路。历史由于内部矛盾运动规律的作用，固然常常呈现曲线发展的态势，但"河东河西"说，只是对"前60年"发展的一个粗略而极不准确的概括。我们前面已经通过细分时段而说明了其复杂性。历史的曲线发展，不能被看成在走旋转楼梯，被一个外在的设计制约，向"西"后必须走向"东"。相反，忽"东"忽"西"所带来的历史发展教训要记取，一边倒的发展之路要避免。

正是在这一背景下，中国文论话语体系建设的任务被突出地提到了工作日程上来。不是照搬照抄古代关于文学的论述，也不是照搬照抄西方的文论，而是建立属于现代的中国文论，形成中国文论的学科体系、学术体系和话语体系。这三大体系如何建构？立足点在何处，从何处寻找资源？这方面的意识，在这个十年过程中变得越来越清晰。

从2009年至2018年的文论建设方面的情况，由于时间太近，很难分期。历史是连续发展的，在这十年，并没有在文论上的重大事件可作为分期的依据。依照一些政治上的事件来区分文艺理论建设，也常会有一些不太准确的地方。依照本文前面的做法，我们可以大体上将这十年分为前五年和后五年，这两个五年在文艺发展上有一些承续的关系。

从2009年至2013年这前五年，是从对此前文论的总结开始的。在2009年，文论界召开了一系列会议，总结从1949年到2008年文论发展的经验。所谓的"河东河西"说，正是那时出现的。在此后的五年中，理论的走向，有一些新的变化。

首先是中国与世界的关系，这一时期出现了一些新的认识。2010年，在北京召开了第18届世界美学大会，会议的主题是"美学的多样性"。这是一个规模空前的国际会议，会议邀请了数百名国外美学、文学和艺术理论的专家赴会，成为一个国际性的讲坛。这是前一阶段打开国门、加强文论和美学的国际交往后的结果，但同时也是加强对外国理论影响的反思的延续。会议致力于推动一个共识：西方美学占主导地位的时代过去了，我们迎来了一个美学上的多元对话的时代。对于中国美学和文论研究者的启示，就在于，我们要总结自己的美学，参加国际对话，使中国的美学、文学艺术的理论走出去，使之在世界美学中占据一席之地。在这一时期所召开的其他一些不同规模的国际学术会议，也大体延续了这一主题。

如果说得更远一点，21世纪以后的出版界，在翻译出版国外学术著作的选择上，也有了一个重要的变化。此前出版的，大都是西方的学术经典，而到了21世纪，由于国际交往日益频繁，中国学术界与国外学者的交往也越来越多，翻译出版国外当代学者的著作也渐成风气。翻译历史上的经典名著只能是学习，我们无法去与柏拉图、亚里士多德，与康德、黑格尔对话，但可与当代国外学者对话，相互启发。同时，随着中华外译工程的启动，也在推动着中国文论和美学走出去，在国际学术交流中起着越来越大的作用。

这一时期的第二个主题，是文艺理论与文学批评和文学史研究的实践，以及文学创作和欣赏实践的结合问题。从20世纪80年代国外文艺理论的大量引进开始，出现了理论引进消化不良，翻译著作质量不高，再加上国内一些学者以学写翻译体为美，写出的理论文章语言晦涩难懂，造成理论研究者与从事文学评论和文学史研究的学者距离越来越远。理论著作阅读者越来越少，理论研究者孤独求败、孤立无援，却又孤芳自赏。与此相对立，出现了一种"接地气"的呼声。"接地气"是否就意味着反理论？理论的研究必须有理论品格，必须广为吸收理论资源，必须有抽象的理论思考，在此基础上又如何"接地气"？文艺理论以什么样的方式与文学研究的实践，包括与文学批评和文学史研究的实际相结合？这个问题在20世纪80年代就已存在，到了这一时期变得特别突出。围绕着这个问题，一些学者进行了探讨。①

这一时期的第三个主题，是网络和新媒体文论研究的异军突起。网络和新媒体的文论，以及关于媒介意义的讨论，在此之前就已经出现。然而，此前对新媒体在文学艺术中的影响，以及由此引发的理论需求，是估计不足的。当网络文学已经蔚为大观，一些评论者与网站合作，作一些分类与介绍之时，很少有文学理论研究者参与其中，最初的理论研究也是以现象描述为主。这种研究在深化中，到了这一时期，关于网络文学的理论研究吸引了越来越多的人注意，逐渐细化，进入具体的分类研究之中。

这一时期的第四个主题，仍是继续文艺与市场关系的讨论。早在80年代改革开放之初，文艺作品精神价值与经济价值的讨论，就引起人们的关注。90年代以后，社会主义市场经济体制开始建立，文艺作品在市场中如何生存的问题，就变得越来越突出。到了21世纪，中国的文化产业迅速发展，文艺是事业还是产业的争论，文艺在遭遇市场时应该如何应对，都成为讨论的热点问题。2011年10月18日在中国共产党第十七届六中全会上通过了《中共中央关于深化文化体制改革推动社会主义文化大发展大繁荣若干重大问题的决定》，其中提到了要改革文化体制，大力发展文化产业。这一实践自然也引发了相关的理论思考。

关于这四个问题的讨论，都处于正在进行之中。有些是要通过讨论来澄清思想，有些则是在呼吁更为有力的具体的行动。

---

① 高建平：《理论的理论品格与接地性》，《文艺争鸣》2012年第1期；王元骧：《也谈文学理论的"接地性"》，《文艺争鸣》2012年第5期。

最近的五年，即 2014 年至 2018 年之间，前一阶段所提出的问题及相关的争论还在继续。在一些学术研讨会上，仍然是各执一词、各不相让、各抒己见。一些重要的理论问题逐渐变得清晰，形成了一定的共识。

在这一时期，从国家层面表示了对文艺工作与对文艺理论和美学的研究的高度重视。2014 年 10 月 15 日，习近平主持召开文艺工作座谈会并发表重要讲话，与此相应，中共中央宣传部也发布了贯彻落实讲话精神的相关文件。2017 年 5 月 18 日，习近平在哲学社会科学工作座谈会上发表讲话。2016 年 11 月 30 日，习近平在中国文联十大、中国作协九大开幕式上发表讲话，这些讲话，以及其他一些相关的讲话和文件，对文艺理论研究具有重要的指导和推动作用。

从另一方面看，这一时期通过国家社科基金的项目安排，以及一些报纸杂志专栏的组织，激活了这一时期的文论研究。

总结这一段时间在理论建构上的努力。学术界所做的努力主要有以下几点。

第一，对过去一个较长时间内西方文论在中国的压倒性影响进行反思和辨析，指出这种影响深刻的、结构性的缺陷。这其中包括偏离文学文本，将文学批评转化为政治和社会批评，以及将批评者主观预设结论强加到文学文本上去的现象。并在此基础上再向前迈进一步，理论反思逐渐走向深入，围绕现代中国阐释学的建构，开始了多方面的研究。

第二，推动文艺理论服务于文艺批评。这一时期不再满足于仅仅在口头上要求"接地"，而开始进行一些实际的行动。这包括创立一些发展文艺批评的杂志，其中比较突出的有 2015 年创刊的《中国文学批评》和《中国文艺评论》。这两份杂志的创刊，对于推动理论与批评的结合，促进文艺的评论和批评工作，起到了引领的作用。并且，从中央到地方，各种与文艺评论相关的协会、学会等社团，各种基地、中心等机构，都相应建立起来，有力地推动着文艺理论与批评的结合和文艺批评的发展。

第三，加快实施中国特色社会主义文论话语体系建设工程。在过去一些年，这一工程就已经提出，但如何建立，怎样将一些指导性的文件，与理论研究和大学教学结合起来，与文学的批评实践结合起来，实现理论上的创新，丰富中国文论的内容，使之完善化，体系化，这仍是学术界努力的方向。

四 建立既是现代的，又是中国的文艺理论

2019年3月4日，习近平在全国"两会"期间与文艺界、社科界政协委员交流时强调，希望大家"深刻反映70年来党和人民的奋斗实践，深刻解读新中国70年历史性变革中所蕴藏的内在逻辑，讲清楚历史性成就背后的中国特色社会主义道路、理论、制度、文化优势，更好用中国理论解读中国实践，为党和人民继续前进提供强大精神激励。"

这种"中国理论"，是来自中国实践，随着中国实践的发展而发展，并具有指导中国实践的作用。经过70年的努力，中国文艺理论有了丰富的积累，经过70年的曲折发展，中国文艺理论研究也积累了丰富的经验。在"河东河西"之后，我们还是要回到"中国理论"上来。这种"中国理论"，不是古代的，不能适应当代社会的理论，不是试图清洗掉一切外来影响的，纯而又纯的中国理论，也不是照搬照抄国外的理论，并将国外的理论填充进一些中国例证，而是立足在当代实践基础之上，广泛吸收古代的和西方的文艺理论的优秀精华，建设具有中国原创性的理论。

理论总是处在前进过程中，当我们说，存在着东南西北风之时，我们是基于一个想象，认为我们是处在一个静态的位置上，存在两种可能：一是像青铜或石头雕像一样，面对东南西北风而纹丝不动，二是像橡胶或塑料充气像一样，被风吹得东倒西歪。这种想象是不符合实际的，也很可笑。我们是在行进之中遭遇东南西北风的。这就像海上行进的帆船一样，对我们只有顺风、逆风和侧风。好的船工舵手就懂得如何乘顺风，借侧风，避逆风，走自己的路。

上 编

第 一 章

论"文学理论"

高建平

什么是"文学理论"？长期以来，人们将之作为一个既定的存在，并没有进行深入的辨析。从字面上讲，是"研究文学的理论"，但实际上，属于这一学科的文字多种多样，涉及了许多学科。它可以是"与文学相关的理论""依托文学而建立的理论"，甚至是"起源于文学的理论"，在许多情况下，被当成"文学理论"的只是一些文学理论研究者认为包含对文学的思考，甚至只是对他们有用的材料。由此，围绕"文学理论"的学科性质，它与文学间的关系、学科边界，以及它的功能等一系列的问题，学术界曾展开一系列的讨论，充分展现了这一学科的复杂性。在历史发展的长河中，"文学理论"呈现多种面貌，以不同的形式出现，在社会生活中起着不同的作用，因此，这种历史的维度也应纳入研究者的视野。

第一节 文学理论的性质

对于"文学理论"，我们已经在习惯上认为，在西方是从古希腊开始的，在中国是从先秦开始的，一些西方文论史和中国文论史分别这么写。然而，我们过去很少进一步思考为什么要这样写。我们认定，在雅斯贝尔斯所谓的"轴心时代"，各大文明中都出现了一种后来被称为

"文学理论"的东西。但是,我们没有进一步追究:那时并没有"文学理论""文艺理论",或者"文艺学"的学科名称,为什么可以将一个后起的名称运用到这一时期所产生的这些文字之上,这种使用的合理性如何?

在伍蠡甫主编的《西方文论选》中,第一位入选的文论家是德谟克利特,他提出了诗歌依赖于情感,以及"摹拟"的思想。① 大致与德谟克利特的时代前后,其他一些古希腊的思想家也提出了一些重要的与文艺有关的思想。例如,毕达哥拉斯关于"和谐"的思想,及其与音乐的关系的论述,成为西方美学的源头。尽管这些论述今天所保存下来的只是一些残篇,以零星的语录的形式出现。在他们之后,到了古希腊的古典时期,文论思想得到了很大的发展。在柏拉图的一些对话中,有很丰富的美学和文论的思想,但他并不试图对文学问题作系统的论述,而是在论辩的过程中展示一些对文学艺术性质的洞察。在柏拉图之后,亚里士多德的《诗学》在美学和文论史上,具有重要的地位。据研究者说,这部著作很有可能是亚里士多德的讲课笔记,对当时在雅典极其流行的悲剧进行了研究,对后世产生了巨大的影响。门罗·比厄斯利评价这本书时写道:"不管是在这本书,还是在亚氏现存的讨论美学与文学问题的其他著作(他还写了一篇名为《论诗人》的对话,但失传了)之中,都不存在某种可称为'美学体系'的东西。但是,从这一为文学门类提供理论的杰出范例,特别是从亚氏隐含着的对柏拉图及其他人的观点的回答,我们可以为建立基本的美学理论合理地抽取一些有价值的建议。"② 对于整个西方文论史,亚里士多德的《诗学》也许是一个例外,虽谈不上理论的体系,但对悲剧作了内容丰富而涉及面广泛的研究。其重要的原因,与"学园"的讲课需要有密切的关系。

除了这本书以外,我们很少看到系统的对文学进行论述的著作。在此

---

① [古希腊]德谟克利特:《著作残篇》,载伍蠡甫主编《西方文论选》,上海译文出版社1979年版,第3—6页。

② [美]门罗·比厄斯利:《美学史:从古希腊到当代》,高建平译,高等教育出版社2018年版,第75页。

以后，我们在普罗提诺的《九章集》、圣奥古斯丁的《忏悔录》、圣托马斯·阿奎那的《神学大全》中，都读到一些有关文学艺术的精彩论述，但在这漫长的一千多年中，没有人试图构建系统的关于文学艺术的理论体系。甚至在文艺复兴时期和法国新古典主义时期，也是如此。这几百年里，出现了许多对亚里士多德的《诗学》的阐释性著作，但系统的论述文学理论的著作，仍很少。只是到了17世纪后期，才出现了布瓦洛的效仿亚里士多德的《诗学》而写出的《诗的艺术》，并在此刺激下，在18世纪，欧洲各国分别有人写作较为系统的文学理论著作。如果我们将一部西方文论史，只是局限于系统的关于文艺理论的论著史的话，那么，这样的历史，就会写得很单薄，而且不能如实地反映历史真实。

由此，我们处于这样一个矛盾状态：写作文论史，要将许多非文论的著作包括进去。我们要从许多历史的、哲学的、神学的材料中，从各种语录、格言、书信、笔记，以及书籍的前言后记中，从文学作品的插叙和人物对话中，发现大量的文学艺术观点，将它们整理出来，编成文论资料集。如果德谟克利特、柏拉图、普罗提诺、托马斯·阿奎那重返人世，他们会惊讶地发现，自己居然是"文论家"。但是，如果不这么做，那么，一部文论史就会单薄得可怜，甚至不能成立。

在中国，情况也相似。郭绍虞任主编、王文生任副主编的《中国历代文论选》是从中国先秦选起。其中第一段所选的，是《尚书·尧典》中的一段著名的话："帝曰：夔！命女典乐，教胄子：直而温，宽而栗，刚而无虐，简而无傲。诗言志，歌永言，声依永，律和声，八音克谐，无相夺伦，神人以和。夔曰：於！击石拊石，百兽率舞。"[①] 这段话本来意在追记古代事迹，但对中国文学理论史具有极其重要的意义。其中说了以音乐实现教育的目的，诗乐间的关系，音乐对人、神、兽间和谐的重要性等，留给了后世无限的阐释空间。其中，朱自清摘出其中的"诗言志"三个字，说这是中国历代诗论的"开山的纲领"。

郭绍虞和王文生所编的这套书，接下去所选的是《诗经》《论语》

---

① 《尚书·尧典》，孙星衍《尚书今古文注疏》本，载郭绍虞主编、王文生副主编《中国历代文论选》，上海古籍出版社2001年版，第1页。

《墨子》《孟子》《商君书》《庄子》《荀子》，大都是从诗句和哲理议论中，摘出一些与文学艺术相关的论述，将之当作文学理论的内容。除了这些书以外，《左传》《国语》等书中，也有着一些有关文论的观点，例如，王运熙和顾易生主编的《中国文学批评史》提到《诗经》的"言志"与"美刺"，《左传》中的"观志"和"观风"，以及"三不朽"，① 被后世重视。

在中国此后的文论中，与亚里士多德的《诗学》相似，出现了一部重要而颇具系统性的专著，即刘勰的《文心雕龙》。刘勰总结前人的论述，统合儒道佛的思想因素，从各个方面对文学进行了论述。这部著作在中国的文论史上，具有重要地位。到了唐朝，出现了皎然的《诗式》和司空图的《诗品》，对诗歌也进行了全面的论述。但是，与欧洲的情况一样，这种对诗歌，以及对文学的系统而全面论述的著作，还是很少的。立志要通过"立言"以达到"不朽"，且所"立"之"言"又限于诗之"言"，这种人在历史上是很少的。如果我们翻看任何一本"历代文论选"的目录，无论在古代欧洲，还是在古代中国，都是如此。能够入选的，绝大多数是书的序跋、往来通信、议论性的随笔、笔记、日记，等等，当然也有像杜甫的《戏为六绝句》那样，以诗论诗。在宋代以降，出现了大量的诗话词话等对诗歌点评，以及文章、小说、戏曲的点评类著作。

我们过去的讨论，都纠缠于这些理论是否有系统，这些理论论著，尽管没有使用"文学理论"这个名称，是否仍然"在实际上"是"文学理论"。这种讨论是有意义的，但需要进一步深化，才能说清楚其根源。

中国学术界，在讨论马克思主义文论时，也曾有过类似的争论。马克思、恩格斯有一些关于文学艺术的论述和文章、通信，以及一些他们在世时未刊的手稿。但是，他们都没有写出关于文学和艺术的专著。中国学术界曾经围绕着他们的文学理论是否有"系统"发生过争论。认为没有系统的人，指出他们没有写出系统论述文学问题的专著，他们关于文学艺术的文字，常常是在一些讨论政治或经济问题的著作，或者是在一些有关文学的通信中，而不是专门论述文学问题的文章和书籍之中出现的。因此，

---

① 王运熙、顾易生主编：《中国文学批评史》（上），上海古籍出版社2002年版，第9—14页。

这些论述，要么是服从书的结构和论题，只是顺便提及文学艺术，要么是就事论事，针对一些作品来作评述，在评述时作一些发挥。与此相反，认为有系统的人，则提出，尽管马克思、恩格斯没有写出文学理论专著，但他们有关于文学的成系统的思考。在他们一些手稿、哲学和政治经济学论述，以及关于文学的通信之中，尽管没有对文学问题的详尽阐释，但却简短而意味深长，因此，他们"在实际上"是在写作"文学理论"。

类似的情况，在当代文学中也有出现。如果我们打开伍蠡甫等编的《现代西方文论选》的目录，我们看到的是德国学者里普斯的《移情作用、内摹仿和器官感觉》、意大利画家马里内蒂和博乔尼所写的未来主义绘画的宣言，还有法国哲学家柏格森关于生命哲学的论述，奥地利心理分析家弗洛伊德论白日梦同艺术的关系，等等。①

从这些例子，我们可以看到，"文学理论"至少有两种形态。

第一种形态是各种关于文学的思想、观点、见解，以各种各样的文体为载体，与各种不同的领域和学科联系在一起。这些人中绝大多数都不知道他们在谈论"文学理论"，甚至不承认自己是"文论家"。人人都在谈论文学，谈得好，讲出了深意，对后世有影响，被同时代人重视，或者用今天的话说，出了"金句"，就是"文学理论"。

第二种形态，是关于文学理论的系统的论述，以及围绕这个系统的评说，或者是朝向这个系统建构的努力。关于这方面的论述而形成的著作，有很多的名称，并不一定都叫"文学理论"。

记得30年前我去瑞典留学。有一次去斯德哥尔摩大学图书馆，问图书管理员关于文学理论的书。那位管理员在电脑上查了一会儿，又走到书库里找了一阵，半个小时以后，给我拿来了一本韦勒克、沃伦写的《文学理论》。这本书我当时就知道，国内有译本，也细读过。我想知道的是关于"文学理论"类的书放在什么地方，我想去翻翻，看国外这一类的书有哪些，而图书管理员所理解的，是一本名字叫"文学理论"的书。这一误会很有意思。对于非文学专业出身的图书管理人员来说，"文学理论"并不是一个类，她为了帮助我解决问题，通过图书馆内的电子目录，

---

① 参见伍蠡甫、林骧华编《现代西方文论选》，上海译文出版社1983年版。

在电脑上查到了一本名叫"文学理论"的书,而这并不是我的要求。

属于文学理论类的书当然有很多,名称各不相同。在中国,影响很大的苏联人的作品,在20世纪50年代有季摩菲耶夫的《文学原理》、毕达可夫的《文艺学引论》、谢皮诺娃的《文艺学概论》、柯尔尊的《文艺学概论》等。中国学者霍松林的《文艺学概论》、巴人的《文学论稿》等。随后,作为国家教材工程,有以群主编的《文学的基本原理》和蔡仪主编的《文学概论》。尽管名称各不相同,但其目的都是一致的,那就是提供适应大学讲课的教材。此后,类似的书在中国就大量出现,分别称为《文学理论基础》《文学理论引论》《文学理论大纲》《文学理论教程》《文学理论的基本问题》,等等。例如,在21世纪初,单单是《文学理论导引》这个书名的书,就分别有周宪、孙文宪和王先霈(合编)、季水河、童庆炳主编的共四本。20世纪80年代以后,中国学术界除了翻译前面说的韦勒克和沃伦的《文学理论》外,还有一些著作,例如,苏联学者波斯彼洛夫的《文学原理》、英国学者特里·伊格尔顿的《二十世纪西方文学理论》、瑞士学者沃尔夫冈·凯塞尔的《语言的艺术作品——文艺学引论》,给中国学术界以很大的启发。21世纪初,北京大学出版社还编译出版了"当代国外文论教材系列丛书",精选国外流行的教材多本,译成中文供国内学界参考。

学术研究与教材的编写,本来应该是两回事。学术研究的专著,应该提供原创性的理论研究成果,而教材,则要以通俗易懂的语言,向学生提供系统的知识。关于文学理论的学术研究,要回答有关文学的理论问题;文学理论的教材,要针对学生的接受情况,作出相应的设计,在规定的时间长度里,给学生提供有关文学理论的知识,并配合其他课题的教学。因此,我们需要区分理论体系与教学体系,说明各自面临的是不同的任务。然而,这两者又是有着密切的联系的。大学教育产生了建构教学体系的需求,这种需求会刺激研究的系统化,从而建立学院式的系统文学理论。系统的文学理论,注定会是学院式的,不在学院中的人,居然也写系统的文学理论,只能是例外。例外会有,但不常见。学院中的文学理论当然要重视学理、重视体系的建设。与此不同,文学界的作家和批评家,或者非文学研究者对文学所表述的意见,会包括一些有关文学的思想和主张,会给出一些非常好的见解，但他们一般不会致力于建立文学理论的体系。除此以外，还有一些人，这就是有关文学的行政管理部门的人，他们所关注的是文艺政策的制定，文学家群体中所出现的问题的解决，而不是理论体系的构建。

从这个意义上讲，文学理论是历史发展的产物。我曾经在一篇文章中，讲述"美学"这个学科的形成，说明在18世纪的欧洲，从夏夫兹伯里、维柯、博克、休谟、鲍姆加登、巴图等众多的学者提出许多概念，在康德那里完成了一个集合，在席勒和黑格尔那里得到了发展，才形成了作为现代学科的"美学"。[1] 这种集合，是与大学教育制度联系在一起的。康德的一生都在哥尼斯堡大学教书。他使用鲍姆加登等人的书给学生讲授美学，越讲越不满意，最终自己写出了一本《判断力批判》，于是，现代意义上的美学体系就此诞生了。

几乎与鲍姆加登创立"美学"概念同时，法国学者巴图（Abbé Charles Batteux）出版了《同一原则下的美的艺术》一书，提出了"美的艺术"（*Les beaux arts*）的概念。他将诗歌、绘画、雕塑、音乐、舞蹈等，归入这一概念之下。这一分类方法后来为"百科全书"派的学者所接受，得到了广泛的流传。[2] 由于有了这个分类和集合，现代艺术概念和艺术体系才得以形成，并且，在此基础之上，文学才有可能被称为"语言的艺术作品"，即从属于这个艺术体系，又由于以语言为媒介而成为这个体系中的一个独特的分支。

当代的文学理论，是建立在这种对文学的现代理解的基础之上的。这种学科的设立，对大学和研究院等体制的建立，既具有促进作用，也具有依赖性。对于人文学科来说，体制具有强大的力量，形塑学科形态，而研究性大学和研究院所的体制，国家和教育管理部门所颁布的学科目录，是学科形成的基础。古今学术体制的变化，从事学术研究的人的生

---

[1] 高建平：《"美学"的起源》，《外国美学》第19辑，江苏凤凰教育出版社2009年版，第1—23页。

[2] ［美］保罗·奥斯卡·克里斯泰勒：《现代艺术体系：美学史研究》，高艳萍译，《外国美学》第21辑，江苏凤凰教育出版社2013年版，第201—258页。

活和工作方式的变化，决定着学科知识生产的方式，也决定着这种生产的结果。

从这个意义上讲，我们对"文学理论"的概念，就不能平面地去理解，给它规定某种具体的形态，而应该将它与体制的历史发展联系在一起。中国社会科学院杜书瀛在《中国20世纪文艺学学术史》一书的总序论中，曾经指出：

> 我想突出强调：中国20世纪文艺学学术史，是由古典文论的传统的"诗文评"学术范型向现代文艺学学术范型转换的历史，是现代文艺学学术范型由"诗文评"旧范型脱胎出来，萌生、成形、变化、发展的历史；也可以说是中国传统文论在外力冲击下内在机制发生质变、从而由"古典"向"现代"转换的历史，是学术范型逐渐现代化的历史（现在正处在这个现代化的历史过程之中）。这是中国文论历史性的转变和发展。这是近代以来中国文化危机中强制性的选择，同时也是从不自觉到自觉的选择。因此，应该紧紧盯住近百年来从古典文论到现代文艺学的历史发展中学术范型转换这个最显著的特点。[①]

在这里，我想继续补充强调，这种转型，与古代的书院转变为现代的大学，与研究性大学对学科齐全的追求，以及相关的研究院所在中国的建立和发展，是联系在一起的。由于这种转型，推动了学科体系的建立，从而形成了"文学理论"这一学科，有了专门从事这个学科研究的专业，以及相关的教学要求。这时，传统的中国文人的学问，变成了现代学者的研究成果。

文学理论作为一个学科在中国成形以后，随着社会和文艺的发展，也在向前发展。几代中国学者，为了这个学科的成长，做出了艰辛的努力。学科成立以后，摆在这个学科内的学者面前的问题，就不再是：是否存在

---

① 杜书瀛、钱竞主编：《中国20世纪文艺学学术史》第1卷，上海文艺出版社2001年版，第23页。

"文学理论"这个学科？而是：这个学科应该做一些什么？也就是说，不是"何谓文论？"而是"文论何为？"毕竟，学科的存在决定了要培养研究这个学科的人，而有了这个学科内的研究者存在，下一步的问题就成了：他们要做什么？他们在做什么？一个显然不合理，但似乎事实上已经成惯例的定义是："文学理论"是从事"文学理论"工作的人通过研究所生产出来的"学问"。这里先申明，对这个说法要加以限制，有其底线和边界，这正是我们在后面要说到的内容。

第二节 当代中国文学理论之源

中国现代文学理论的形成，显示出与欧洲从18世纪到19世纪的美学与文学理论发展相似的过程。只是由于中国的现代化具有输入的特点，从而这一从古到今的转化在一个特殊的背景下展开。从19世纪末20世纪初，一批思想界的先贤，引进西方学术，整理古代资料，进行理论建构。中国现代文学理论，正是从他们开始的。

其中最重要的代表，应该是梁启超和王国维。梁启超在变法失败之后逃亡日本，带着改造中国的强烈愿望，接触西洋文化。他倡导的"诗界革命"，主张以"新意境""新语句"，并以"古人之风格入之"。[①] 他倡导小说界革命，其志在"新民"，通过小说，达到在道德、宗教、政治、风俗、学艺、人心、人格等方面进行革新的作用。[②] 所有这一切，都与当时的社会革命联系在一起，具有用文学改造中国的目的。

与梁启超的强烈的社会和政治功利性相比，王国维对引进西方美学理论，在中国建构现代形态的美学和文学理论方面，作出了很大的贡献。王国维在思想上受康德、叔本华等人影响，引入审美无功利的观念，并使它

[①] 见梁启超《夏威夷游记》，有关段落可参见王运熙主编《中国文论选·近代卷》（下），江苏文艺出版社1996年版，第286页。

[②] 见梁启超《论小说与群治之关系》，原载《新小说》1902年第1号，见郭绍虞《中国历代文论选》第4卷，上海古籍出版社1980年版，第207—211页。

在中国确立下来。① 佛雏记录他当年求学经历时曾写道:"回忆最初读静安先生《红楼梦评论》……为那种大气包举、义论新锐、文采流丽的高格调惊服不已,觉得这才是我国近代第一篇真正的文学批评,自有'红学'以来所未有。"② 另有论者说,王国维在 1904 年发表的《红楼梦评论》,"标志着一个新的文学理论时代的到来"。③

梁启超开风气之先,大声疾呼文学为社会改造服务,王国维致力于现代文论的建构,完成了一个对立的统一。中国自古就有学问上的入世与出世之说:入世者遵循儒家道统,知其不可而为之,要救国家于危亡之际,救民于水火之中;出世者援引释道,修身养性,关注日常生活,回归个人心灵。入世与出世两者构成互补关系。然而,20 世纪初,他律与自律的文学思想的倡导,并非只是一次新的轮回而已。在这时,现代艺术体系的思想引入了中国。尽管在梁启超等人那里,"谈论的方式,理解的方式,乃至著书体例、使用术语等,仍不脱什么'自有章法''有主脑在'之类,实际上与传统的小说评点的眼光相去未远"④,王国维却通过认真地研读康德、叔本华等人的著作,并介绍了从古希腊到近代英法德俄各国的哲学和文学家的思想,使现代美学和艺术(王国维将之译成"美术",其含义不同于今日之美术,而相当于"美的艺术")观念在中国得到了牢固的确立。

经历了世纪之初的草创阶段,现代美学和文学理论就在中国发展起来了。20 世纪前半期,中国的大学里,就陆续开设了文学理论类的课程。1912 年,原来具有书院色彩的京师大学堂正式更名为北京大学。开始了现代教育制度的建立。"它的文学门中也增设了哲学概论、美学概论、伦理学概论、语言学概论、希腊罗马文学史、近时欧洲文学史等现代化课程。……此后,1917 年 12 月 2 日是《北京大学日刊》登出的《改订文科

---

① 聂振斌:《王国维美学思想》,辽宁大学出版社 1997 年版,第 78 页:"王国维对美和美的范畴的论述,始终贯穿一个最基本的观点就是美的无利害性。"亦参见该书其他各处。

② 佛雏:《王国维诗学研究》,北京大学出版社 1999 年版,第 462 页。

③ 辛晓征、靳大成:《中国 20 世纪文艺学学术史》第 2 部上卷,上海文艺出版社 2001 年版,第 114 页。

④ 同上书,第 113 页。

课程会议记事》中，第一次在中国文学门科目中列入了文学概论，并排在第一位，课时为两单位，且为必修课。"① 这是在中国大学首次决定开设此课程。可能是由于一时难以找到合适的教员，直到 1920 年，才由周作人开始在该校讲授此课程。从 1920 年到 1949 年这 30 年中，文学概论类的书籍逐渐在中国发展起来。其中主要有马宗霍的《文学概论》②、刘永济的《文学论》③、姜亮夫的《文学概论讲述》④、程会昌的《文论要诠》⑤ 等一些将传统文论与现代文论结合起来的著作，也有一些翻译引进的书籍，如本间久雄的《文学概论》、厨川白村的《苦闷的象征》、温彻斯特的《文学评论之原理》、韩德的《文学概论》等。⑥ 从总体上讲，这些著作都对文学理论作为一个学科的建设，起了重要的作用。在这一段时间里，朱光潜出版了他的《文艺心理学》和《诗论》，宗白华也发表了许多关于中国文论和画论的文章。

与这种以大学教学为主，注重学科特性和理论自身的特性，以及对欧美理论介绍引进为主的理论倾向，不同于以报纸杂志为主要阵地，面向文学创作与批评的理论，后者与社会有着更为紧密的联系。20 世纪前半期的中国社会处于大变动之中，人们充满着焦虑感。无论是救亡还是启蒙，文学的社会功利性都被放在了第一位。鲁迅在日本求学期间，受现代美学影响，有着一种对艺术自律的要求，而到了 30 年代，则翻译普列汉诺夫和卢那察尔斯基的著作，成为审美功利性和通过文学艺术来实现人的改造，从而实现社会改造的理论的坚定捍卫者。如果说，过去的人重视文章，还有立言以求不朽的追求的话，鲁迅则放弃文学本身的独立价值，主张以速朽的文学实现社会的改造。30 年代"左翼"文学兴起，"左翼"

---

① 程正民、程凯：《中国现代文学理论知识体系的建构——文学理论教材与教学的历史沿革》，北京大学出版社 2005 年版，第 6 页。
② 马宗霍：《文学概论》，商务印书馆 1932 年版。
③ 刘永济：《文学论》，商务印书馆 1934 年版。
④ 姜亮夫：《文学概论讲述》，北新书局 1931 年版。
⑤ 程会昌：《文论要诠》，开明书店 1948 年版。
⑥ 这里的描述参考了程正民、程凯的《中国现代文学理论知识体系的建构——文学理论教材与教学的历史沿革》一书的第 11—44 页。

作家们更重视理论建设，从而形成以媒体为阵地，与大学的文学理论相对立的理论倾向。

新中国的文艺理论，是共产党根据地文学理论的继续。这种理论从40年代就开始了。1940年，毛泽东发表了《新民主主义论》，1942年，发表了《在延安文艺座谈会上的讲话》，这是建立中华人民共和国文艺理论形态的起点。1949年以后，以这两部著作为代表的毛泽东文艺思想在全国范围内普及。此后，知识分子的思想改造运动，一系列文艺方面的论争和批判，高等学校文艺学教学体系的争论，以及苏联文艺学教学体系的引入，都是这种文艺思想建设的延续。参与者和卷入者走到一起，为建立中华人民共和国文艺学而开始了相互磨合的过程。在这个过程中，一些理论建设起来了，一些理论被批判了。与此相对应，一批新的文艺理论家出现了，一些人挨批了，一些人改行了，一些人不再研究文艺学，改而从事古代文学或其他学问的研究了。

1949年7月2日到19日，北平召开了中华全国文艺工作者代表大会（史称"第一次文代会"）。在这次会议上，周扬代表"解放区"作了《新的人民的文艺》的报告，茅盾代表"国统区"作了《在反动派压迫下斗争和发展的革命文艺》的报告，再由郭沫若作了《为建设新中国的人民文艺而奋斗》的总报告。在历史上，这次会议被称为"会师"的大会。一些来自以前"国统区"的作家，与一些来自"解放区"的作家，在那个战场上胜负已定、新政权即将成立的前夕，相聚在即将成为新政权首都的北平，召开这样一次大会，当然具有重大的意义和深远的影响。一些研究者将这次大会看成中国当代文学的起点，这是有着充分理由的。这次大会成立了中华全国文学艺术界联合会（简称"文联"）和中华全国文学工作者协会（简称"文协"），开始了对全国文学艺术工作的领导。

这次会议同时也是当代中国文学理论的起点，尽管当时并没有成立一个全国文学理论研究者的组织。文学理论作为一种理论建设，在这一时期有着其独特的特点。中华人民共和国的文学理论建设，并不能简单理解为两方面的人合到一起，进行整编，并开始共同工作。对此，要从思想脉络上进行探究。

20世纪50年代文学理论，正是在上述的动态过程中形成的。毛泽东文艺思想,作为革命的文艺思想,与"五四"新文化运动所代表的文艺思想,有着继承关系。包括毛泽东在内的当时的领导人,都是"五四"精神影响下投身革命的一代青年。但是,在此后的革命运动,特别是根据地斗争的经历,使他们身上具有了与"五四"新文化运动不同的思想因素。

在《新民主主义论》中,毛泽东指出,"五四"新文化运动,"当时还没有可能普及到工农群众中去。它提出了'平民文学'口号,但是当时的所谓'平民',实际上还只能限于城市小资产阶级和资产阶级的知识分子,即所谓市民阶级的知识分子"。① 毛泽东还指出,"五四"以来的革命文艺运动对于革命有"伟大贡献",也有"许多缺点"。② 根据这一看法,《在延安文艺座谈会上的讲话》(以下简称《讲话》)则提出了一系列的根据地文艺的看法。其中最重要的一条,就是"为什么人的问题"。毛泽东认为,革命的文艺应该为四种人服务,这四种人包括工人、农民、士兵和城市小资产阶级。"五四"新文化运动只为其中的第四种人,即"城市小资产阶级"以及资产阶级的知识分子服务,这些人只是"革命的同盟者"。当时革命的性质,是新民主主义革命,以工农兵为主力军,与城市小资产阶级和资产阶级结盟。

当时文艺的主要服务对象,还应该是工农兵。说到这里,我们就更能理解这句话的真实分量了:"为什么人的问题,是一个根本的问题,原则的问题。"③ 这句话是《讲话》全文的总纲。毛泽东认为,当时的实际情况是,许多作家,特别是像那些来自上海亭子间的作家,人到了延安,立足点还没有转变过来,"灵魂深处还是一个小资产阶级知识分子的王国"④。他们只熟悉城市小资产阶级,习惯于为他们服务。因此,通过延安文艺座谈会,就要解决这种作家在延安对工农兵"不熟,不懂,英雄无用武之地"的问题,从而形成为工农兵服务的立场。在此基础上,毛

---

① 《毛泽东选集》第2卷,人民出版社1991年版,第700页。
② 《毛泽东选集》第3卷,人民出版社1991年版,第853页。
③ 同上书,第857页。
④ 同上。

泽东提出了普及与提高的关系上的向工农兵普及，从工农兵基础上提高的思想；提出了为政治服务，包括在党内，革命文艺是革命机器中的"齿轮和螺丝钉"的思想，在党外，以统一战线，即以抗日、民主和社会主义的现实主义这三个共同点为基础进行团结的思想；以及在文艺批评标准上，以政治标准第一，艺术标准第二的思想。对于《讲话》，有许多研究者认为，这是战时文艺思想，也就是说，要联系1942年的延安这一特定的时间地点来思考这一著作。这当然是有道理的，任何著作的写作，都离不开作者写作的时间地点。但是，这一著作所提出的一些基本观点，例如，使文艺从属于政治，为工农兵服务，以及成为进行社会动员的工具，以集体主义取代个人主义，通过阶级分析区分朋友和敌人，从而在手法上决定对朋友赞美和歌颂，对敌人暴露讽刺和打击，等等，与历史上的左翼文艺思想传统有着传承关系，体现出一整套对文学艺术的系统性要求。中华人民共和国成立后，这种思想就成为主导思想而推向全国。

20世纪50年代文学理论的建构，还有一个来源，这就是俄苏文学理论的引入。近年来，对于俄苏文学理论在中国50年代理论中所起的作用，有很多争论。俄苏文学理论对中国的影响，可以分成两个方面来理解。

第一个方面，是这种俄苏理论对50年代中国文学理论本身的影响。毛泽东的文艺思想在形成过程中，受到来自苏联的文艺思想多方面的影响。在《讲话》中，就至少有两处明确引用列宁在《党的组织与党的文学》中的观点。一处用列宁的文学要"为千千万万劳动人民服务"的思想论证为工农兵服务的方向，一处用列宁关于无产阶级文学艺术是革命机器中的"齿轮和螺丝钉"思想论证文艺为政治服务的观点。这两处对于《讲话》来说，都是最关键之处。50年代是一个中苏友好的时代，大批的俄罗斯文学作品被介绍到中国，在一个相对封闭的时代，俄罗斯文学成为中国人通向外界的一扇明亮的窗户，众多的俄罗斯文学作品，也成为当时中国人最重要的精神食粮。在一个封建主义的（传统的）和资本主义的（西方的）被打倒，而反对修正主义的（俄苏的）口号还没有提出之时，俄苏文学普遍为中国读者所喜爱，也成为一代中国作家效仿的对象。与此同时，一些俄苏作家理论家从别林斯基、车尔尼雪夫斯基、杜勃罗留波夫，到普列汉诺夫、高尔基、卢那察尔斯基，他们关于文学理论的论述对当时的中国文学理论的建构产生着积极而深远的影响。从今天的眼光看，我们当然可以指出，文学理论上的"一边倒"限制了我们的视野，但这个责任不能由俄苏文学理论本身来负，"一边倒"是当时中国学界的选择，而不是由这些理论的提供者所强加的。如果能历史地看待这个问题的话，我们就可以理解，俄国文学理论对当时的中国文学理论建设所起的作用，从总体上来说，是积极的。从这些论述中，我们学到了民主进步的思想，对艺术规律的尊重，以及现实主义的创作方法，也学习了"文学是人学"这一闪耀着光辉的思想。与此相反，在20世纪60年代，中国人是在"防修反修"的口号声中进入"文化大革命"的，这也从反面证明了俄苏文学理论对中国文学艺术的积极意义。

第二方面，是俄苏文学理论教学体系对中国文学理论教学的影响。中华人民共和国成立以后，共产党人从根据地带来了毛泽东的《在延安文艺座谈会上的讲话》。《讲话》是以领导人讲话的形式出现的，一个有关文艺的纲领性文献。怎样给既有的文学理论研究者们所熟悉的许多的问题一个全面的回答？怎样解决文学创作和批评实际上所碰到了许多更为具体问题？怎样给大学的文科教学课堂提供新的文学理论体系？这些都是迫切需要解决的问题。

1950年8月，教育部颁发《大学教学大纲（草案）》，对文学理论提出了要求："应用新观点、新方法，有系统地研究文艺上的基本问题，建立正确的批评，并进一步指明文学理论及文艺活动的方向和道路。"[1] 从1951年11月到1952年4月，《文艺报》展开了文学理论教学大讨论。讨论中对山东大学吕荧的文学理论课程的问题进行了批判，北京师范大学黄药眠也作了自我检讨。无论是吕荧还是黄药眠，都在新形势下，为了适应对课程的新要求，做了巨大的努力，但这种努力仍不能达到政治上的正确。

1953年，出版了查良铮翻译的季摩菲耶夫的《文学原理》。1954年春天，苏联专家毕达可夫来到中国，在北京大学中文系的文艺理论研究班讲授文艺学，他的讲稿后来以《文艺学引论》为书名出版。这两本书给中国

---

[1] 原文藏教育部档案室，转引自程正民、程凯《中国现代文学理论知识体系的建构——文学理论教材与教学的历史沿革》，北京大学出版社2005年版，第89页。

文学理论提供了基本框架，对中国以后的教材体系产生了深远的影响。

程正民在总结苏联文学理论教材时，指出它有五点正面影响：一、阐明文学的本质及其在社会生活中的地位和作用，即形成关于文学属于上层建筑的意识形态的理论；二、阐明文学的特性和文学创作的原则，即关于文学的形象、典型和形象思维理论；三、阐明文学作品的构成及内容与形式的关系，对文学构成的诸要素进行了说明；四、阐明文学发展客观规律，即说明文艺起源和发展规律；五、阐明评价文学作品的一系列重要范畴。

他同时也指出其四点负面影响：一、教材内容的政治化和哲学化；二、思维方式的简单化；三、理论自身的狭窄化；四、研究方法的单一化。①

这就是说，这种教学体系的引入，在当时有积极的意义，但也带来了许多的问题。它的积极意义，是在当时与中国既有的文学理论相比而见出的，而它的负面影响，则主要是在80年代的改革开放的大气氛中才显露出来的。

根据地的文论与俄苏文论，是从50年代到70年代文学理论建构的两个最主要的理论资源。当然，除了这两个显性的资源以外，另外三个资源则是隐性的：这就是20世纪初以来，特别是"五四"以来所发展起来的现代中国文学理论、中国古代的文学思想，西方的文学理论。

毛泽东在《新民主主义论》中，用三个形容词为新民主主义文化作了限定，这三个形容词就是：民族的、科学的、大众的。这部著作对这三个形容词分别作了解释：说它是民族的，就是说，对外国文化（主要指西方文化）要像对待食物一样，经过消化，吸收其精华，去其糟粕；说它是科学的，就是反对封建迷信，清理古代文化（指中国文化传统），同样像对食物一样进行消化吸收；说它是大众的，就是要为全民族百分之九十以上的劳苦群众服务，而不是像五四时期的"平民文学"那样，只服务于城市小资产阶级和资产阶级知识分子。② 这三个形容词决定了当时面

---

① 参见程正民、程凯《中国现代文学理论知识体系的建构——文学理论教材与教学的历史沿革》，北京大学出版社2005年版，第125—134页。

② 《毛泽东选集》第2卷，人民出版社1991年版，第706—709页。

对不同的思想资源时的理论立场。

前面所谈到的理论与历史的双向互动关系告诉我们,一个时代的理论立场必然影响到该时代的人的理论视野,因此,一切外来影响之所以能够实现都是由于当时当地的自身文化需要这种影响,一切对古代的和过去的文化的看法,都是从当代的理论观点出发的,是当代文化的延长。本来,这种实际上会出现的情况,是在复杂的历史运动中体现出来的。从事文化工作的人,使用过托古改制,使用过借用外来影响对文化全盘改造,各种各样的策略,在文化发展中留下各种各样的痕迹。像《新民主主义论》中这样将这一道理如此明确地表述出来,并将之当成一项文化政策,则完成了一种对外来影响和古代传统的清晰的切割。此后的文化政策就是这样建构出来的。

前两个资源与后三个资源,在50年代时处于不同的层面,起着不同的作用。前两个资源,对于50年代的理论研究者来说,是可靠的,可直接接受的,"自己的"理论,后三个资源,只是包含了经过"消化"可以被我们"吸收"的"营养"而已。

历史的发展,根据地的文学理论与俄苏的文学理论,在教学中在50年代逐渐磨合,形成各种各样的体系。但是,随着中苏关系的破裂,文化上"反修防修",俄苏文学理论的影响就逐渐被剥离。从"社会主义现实主义"到"革命现实主义与革命浪漫主义"创作方法的过渡,"标示了中国与苏联文艺理论的疏离关系。……在它的引导下,中国文艺学陷入了更加政治化的境地之中"。[①] 从此,文艺学更加走向激进,与通向"文化大革命"的中国政治结合在一起。

第三节 文学艺术:作为意识形态还是作为社会文化现象

1949年以后占据着主体位置的文艺学,是以对文学本质的一个基本

[①] 孟繁华:《中国20世纪文艺学学术史》第3部,上海文艺出版社2001年版,第115页。

认识为基础的，这个认识就是：文学艺术属于上层建筑的意识形态。

关于经济基础与上层建筑及意识形态关系的理论是马克思主义的一个基本理论，在马克思、恩格斯的著作，以及此后的众多的马克思主义重要作家那里，都有论述。

马克思的这种观点在《〈政治经济学批判〉序言》中得到经典的表述："人们在自己生活的社会生产中发生一定的、必然的、不以他们的意志为转移的关系，即同他们的物质生产力的一定发展阶段相适合的生产关系。这些生产关系的总和构成社会的经济结构，即有法律的和政治的上层建筑竖立其上并有一定的社会意识形式与之相适应的现实基础。"① 在进一步表述什么是上层建筑时，马克思写道："在考察这些变革时，必须时刻把下面两者区别开来：一种是生产的经济条件方面所发生的物质的，可以用自然科学的精确性指明的变革，一种是人们借以意识到这个冲突并力求把它克服的那些法律的、政治的、宗教的、艺术的或哲学的，简言之，意识形态的形式。"② 根据这种观点，艺术属于意识形态，作为艺术的一个门类的文学，也属于意识形态，它是一种上层建筑。

马克思和恩格斯曾多次谈到基础与上层建筑的关系，强调基础与上层建筑，特别是与意识形态关系的复杂性，努力消除这种思想所可能产生的误解。

马克思的这种观点，可以给文学艺术的研究者带来这样一些认识。

1. 精神生产随着物质生产的改造而改造，因此，必须用人们的存在说明他们的意识，而不是用人们的意识来说明他们的存在。

2. 我们必须将文学艺术放在一定的历史环境中理解，说明包括文学艺术在内的人的一切思想的产物，归根到底与社会发展的一定阶段相关。

但是，后来的马克思主义者总是试图从这一公式中解读出更多的东西。例如，在文学理论界，斯大林的一段话，就产生过很大的影响。斯大林以下面这种简单而直接的方式，表述了基础与上层建筑的关系：

---

① 《马克思恩格斯选集》第 2 卷，人民出版社 1995 年版，第 32 页。
② 同上书，第 33 页。

基础是社会在其一定发展阶段上的经济制度。上层建筑是社会的政治、法律、宗教、艺术、哲学的观点,以及同这些观点相适应的政治、法律等设施。

任何基础都有同它相适应的自己的上层建筑。封建制度的基础有自己的上层建筑,自己的政治、法律等等观点,以及同这些观点相适应的设施;资本主义的基础有自己的上层建筑;社会主义的基础也有自己的上层建筑。如果基础发生变化和被消灭,那么它的上层建筑也就会随着发生变化和被消灭。如果产生新的基础,那就会随着产生同它相适应的上层建筑。①

在20世纪80年代的中国,文艺学界曾围绕马克思与斯大林的异同产生过一个争论。强调马克思与斯大林的观点不同的是朱光潜。他提出要"坚决反对在上层建筑和意识形态之间划等号"。他认为,上层建筑指"政权、政权机构及其措施",而意识形态则指政治、法律、哲学、宗教,也包括艺术的观念。他认为,马克思、恩格斯早期在表述中也曾用"上层建筑"既指国家政权机构,也指意识形态,但他们一直强调两者之间的分别,而为了避免引起误解,他认为:"意识形态即有专名,何必僭用上层建筑这个公名,以致发生思想混乱呢?"②

针对朱光潜的这篇文章,吴元迈写了一篇商榷文章,他引证马克思和恩格斯的多篇文章,证明马克思和恩格斯没有把"意识形态"排除在"上层建筑"之外,同时,他也论证,斯大林的观点与马克思和恩格斯没有什么不同。③

这场争论出现后,有许多研究者参加讨论,各自提出了自己的观点。朱光潜此前就曾在与李泽厚和洪毅然的辩论中,写过一篇文章,取名为

---

① 《斯大林选集》下卷,人民出版社1979年版,第501—502页。
② 朱光潜:《上层建筑和意识形态之间关系的质疑》,《华中师院学报》1979年第1期。
③ 吴元迈:《也谈上层建筑与意识形态的关系——与朱光潜先生商榷》,《哲学研究》1979年第9期。

《美必然是意识形态性的》，论证他关于美是主客观统一的观点。[①] 这即已反映了他对"意识形态"这个词的理解。这时，在改革和思想解放的1979年，他通过论证"意识形态"与"上层建筑"的区别，力图说明美与文学，不一定与经济活动和政治运作等有着直接而密切的关系，这反映了他作为一位美学家关于美学和文学艺术的观点的表达。他所力图要做的，是这样的工作：我们今天应该怎样读马克思、恩格斯的著作？作为一位美学家怎样从中读出对于发展美学和文艺有益的意义？与此相比，吴元迈则更愿意回到文本，试图对马克思、恩格斯，以及斯大林的语义进行还原，并从中找到关联点。

朱光潜在那个思想解放的年代提出这样一种观点，代表着重新构建美学和文艺学的一次重要尝试。然而，在"基础与上层建筑"理论已经被普遍接受的情况下，他的这种尝试在理论上力量不足，在此后的文艺学研究中，也没有产生大的影响。

从"基础与上层建筑"出发，研究者进一步引用马克思主义关于阶级斗争的理论，指出："到目前为止的一切社会的历史都是阶级斗争的历史。"[②] 以及，"统治阶级的思想在每一个时代都是占统治地位的思想"[③]。这种思想，与上述斯大林的论述结合在一起，从而在中国出现了对文学艺术进行阶级分析的理论，并且使这种理论深深地嵌入当时占据着主导地位的文艺学之中。

这是中华人民共和国成立以后文学上的一个"大理论"。很多理论家们作出了许多努力，力图减少这种理论所带来的负面影响。例如，强调现实主义精神使作者可以摆脱自己的阶级局限，强调人性人道主义具有超越阶级局限性的能力，强调不同的阶级之间也有共同美，如此等等。这些理论都曾经起着积极的作用，但千变万化，都不能违背"基础与上层建筑"这一基本的逻辑。而根据这一逻辑所形成的文学理论，对过去文学的理

---

① 朱光潜：《美必然是意识形态性的》，原载《学术月刊》1958年第1期，载《朱光潜全集》第5卷，安徽教育出版社1989年版，第111—123页。

② 《马克思恩格斯选集》第1卷，人民出版社1995年版，第272页。

③ 同上。

解，没有说服力，对当代文学的指导，又起着阻碍的作用。

我们在讲文学是意识形态时，存在这样一种简单化的方法：先确定什么是意识形态的本质，再根据意识形态的本质推导出文学的本质。既然根据革命导师的语录，意识形态从属于上层建筑，而上层建筑又是由经济基础决定的。因此，意识形态就是经济关系的反映，特别是阶级斗争的反映。这种思想带来了很大的弊端。

关于基础与上层建筑，我们有这样一些想象。

第一，按照前面所说的斯大林的表述，是基础与上层建筑。下面是基础，上面是建在基础上的房子。这些房子是按照种种"观点"建起来的，但"观点"本身不能构成一个层次，而只是建造这些房子时的思考和方案。

第二，基础、上层建筑与意识形态。意识形态是"更高的即更远离物质经济基础"的，如哲学和宗教，"在这里，观念同自己的物质存在条件的联系，越来越错综复杂，越来越被一些中间环节弄模糊了。但是这一联系是存在着的"。[①] 根据这一描述，我们也许可以为这座房子加一层楼，即在基础之上，有第一层楼，是物质的上层建筑，第二层楼，是意识形态。

也许，这两种不同的想象，能够说明朱光潜与吴元迈两位先生的不同点。然而，这两种想象，只是众多马克思主义者的众多想象中的两种。细致分析各种想象，应该是一件有意思的事，但我们这里无法一一道来了。我们可以看一个最著名的，会对我们有启发意义的想象——俄国著名的马克思主义理论家普列汉诺夫这样写道：

> 如果我们想简短地说明一下马克思和恩格斯对于现在很有名的"基础"对同样有名的"上层建筑"的关系的见解，那末我们就可以得到下面一些东西：
> （一）生产力的状况；
> （二）被生产力所制约的经济关系；

---

① 《马克思恩格斯选集》第4卷，人民出版社1995年版，第253—254页。

（三）在一定的经济"基础"上生长起来的社会政治制度；

（四）一部分由经济直接所决定的，一部分由生长在经济上的全部社会政治制度所决定的社会中的人的心理；

（五）反映这种心理特性的各种思想体系。①

这就是著名的普列汉诺夫五层次说。与前面所说的两层小楼相比，这所五层大楼有这样几点新意。第一，"基础"是经济关系，即我们所说的生产关系，它受再下面的一层，即"生产力的状况"所制约；第二，加上了"社会中的人的心理"这一层面，指出"思想体系"是生长在这种"心理"之上的。

对于是"基础"下面还有一个更"基础"的东西即生产力，还是"生产力"与"生产关系"共同构成"基础"，专家们可以作进一步的分析。我们这里所关注的，是这个第四层，即"社会中的人的心理"。普列汉诺夫认为，"思想体系"建立在"心理"之上。他所说的"心理"，是一种社会性的普遍的精神倾向。他举的例子是，由于浪漫主义的时代心理，就出现了浪漫主义的文学、音乐和绘画。② 这种对"心理"的理解，是将它看成了一定时代的，普遍精神趋向，或者某种不可言传的"时代精神"。这种理解显然是很狭窄的。

普列汉诺夫的五层次说指出了经济活动与思想体系（意识形态）之间存在着中介，并通过"心理"这个概念，将此前人们只是抽象地表述过的中介具体化。从生产生活到人的各种观念体系，这中间的各种各样复杂的关系，并不是一个五层次模式所能穷尽的。恩格斯写道："如果不把唯物主义方法当作研究历史的指南，而把它当作现成的公式，按照它来剪裁各种历史事实，那末它就会转变为自己的对立物。"③ 对于普列汉诺夫的表述，我们也只能取参考的态度。

---

① ［苏联］普列汉诺夫：《马克思主义的基本问题》，载《普列汉诺夫哲学著作选集》，生活·读书·新知三联书店1962年版，第195页。

② 同上书，第196页。

③ 《马克思恩格斯全集》第37卷，人民出版社1971年版，第410页。

让我们从两个词的区别开始。我们所说的"意识形态"（德语 ideologie，英语 ideology）指的是成体系的思想，它来自于 Idee 或 idea，即人的意识、观念、主意、想法。从构词上看，我们所说的"意识形态"一词具有"观念学""意识学"，即对"意识"和"观念"等进行研究，从而形成相对于它们的专门学科的含义。

在马克思、恩格斯，以及普列汉诺夫、列宁的著作中，常常具有两个译法，即"意识形态"和"思想体系"。这个词取不同译法的原因在于，"意识形态"一词有时有贬义，指虚假的、幻想的思想，而"思想体系"的意思比较中性。马克思、恩格斯在写作《德意志意识形态》时，就是把德意志的"意识形态"当作批判的对象的。在阶级社会里，一个阶级需要以全社会的代表的身份出现，制造有益于自身统治的幻想，于是需要意识形态，而阶级消灭以后，是不是就不再需要这种"意识形态"了？马克思说："哲学家们只是用不同的方法解释世界，而问题在于改变世界。"[①] 解释世界需要"思辨哲学"，需要"意识形态"，而改变世界则需要"实践哲学"，需要当作"指南"而不是当作"教条"的唯物史观。当然，马克思和恩格斯在不同的情况下，对这些词的使用也不相同，把精力放在这种词义辨析上也许是需要的，但在这里，不是我们所要完成的任务。

既然"意识形态"是关于"意识"的思想体系，那么，它显然与"意识"是不同的东西。在各种各样的生活和生产活动中，到处都存在着人的意识和观念。马克思说，人与蜜蜂不同之处在于，蜜蜂虽然造出的蜂房构造精美，但蜜蜂没有意识。人在制造房子之前，就已经有了关于房子的设想，这是动物所没有的。如果这样的话，那么，人在造房子时，就有了意识。实用的科学技术活动，也是这种"意识"的发展。它们与具体的生产生活活动联系在一起。农民在种田时，牧民在放牧时，都要有关于种田或放牧的知识，有关于天气的知识。这些知识有的以口诀和谚语的形式口耳相传，更多的则在生产生活过程中跟着长者或长辈照样去做。这些

[①] 马克思：《关于费尔巴哈的提纲》，《马克思恩格斯选集》第 1 卷，人民出版社 1971 年版，第 18—19 页。

知识可以代代相传，也可以是在新的情况下不断有新的发现发明。在劳动生活中学习知识，在劳动生活中得到验证，化成他们的劳动能力。所有这些知识，都只属于"意识"而不是"意识形态"。

现代的实用技术，由于它们与生活的紧密结合，也不是那种漂浮于经济基础之上的"意识形态"，而是人们的经济生活的组成部分。当我们说科学技术是生产力时，绝不能只是狭义地将之理解为对科学技术的强调，而是说，当科学技术不是为科学而科学，而是以推动生产力的发展为目的时，它就不是离开经济基础而漂浮其上的"意识形态"，而是"生产"这个大过程的一部分。同样，不仅这种人与物的关系，而且在人与人的关系中，也是如此，家庭、爱情、友谊，等等，都是日常的生活情感，它们是社会凝聚的基础，而不是漂浮于社会之上东西。忠贞、勇敢、诚信等等道德，融化在文化的深处，通过传统的传承而形成，这是文化凝聚力之所在。

我们过去的理论，将国家、民族、阶级之间的斗争深入意识的各种层面，实际上，这里面有不同的层次。处于最基本的层面的生产和生活，本来并没有与国家、民族、阶级之间的斗争联系起来。这些观念只是在社会发展到一定程度时才出现，并在一定的历史时期才被激化的。生产活动，怎样种好庄稼、放好牛羊，直到制造机器，生产飞机火车，它自身与斗争无关。即制造武器，它本身也是一个专门的技术。在生活中也是这样，家庭、社会中，人与人交往过程，出现各种各样的爱恨情仇。所有这一切，都是伴随着人的活动的意识和心理，它们都不是意识形态。研究它们，对它们加以区分，要求人们要共同地对谁爱，对谁恨，并说明这方面的理由，这时，意识形态就萌芽了。

意识形态是由于物质产品生产与精神产品生产的分工而形成的。在人类进入文明社会之后，人划分为阶级，形成了政治权力结构，也有了一批专门制造体系的理论制造者。这些理论体系，包括离政治运作比较近的政治与法律理论，和离政治运作比较远的宗教和哲学理论。这种远和近，是从政治运作这个坐标系出发来决定的。如果换一个坐标系，就可以作出另一种描绘。例如，哲学（例如在希腊社会早期）离科学更近；日出而作、日落而息的古代老百姓，可以离皇权很远，对法律也不了解，但他们可能离宗教却很近。这些可以称为"意识形态"的东西，由于其"学"的（-ology）特点，随着分工的发展和现代社会的形成而获得专门发展的机会。从马克思、恩格斯他们所举例子来看，所谓"意识形态"主要是由这样一些社会和人文学科的理论组成。这些理论，部分是对社会上普遍存在的各种"意识"的总结、整理和发展，但更多的是被人们制造出来，以试图对人们的意识产生影响的，甚至纠正人们的日常意识的、成体系的思考。人们运用法律的意识形态影响人们关于权利和义务、合法与非法的意识，运用伦理和宗教体系影响人们关于善与恶的意识。

这些被称为意识形态的理论，可以有很强的自己的继承性，从事各种不同的思想、理论和精神方面的工作的人，从自身的传统出发，借助这种传统的力量，并在此基础上作出自己的发挥，试图反映并影响人们的意识。因此，意识形态并不是一个时代的人的意识的总和，而只是有关人的意识，甚至是试图作用于人的意识的思想体系而已。

从这里，我们回到文学艺术上来。文学艺术本身并不是思想体系，因此，也不是上面所说的"意识形态"。文学艺术固然是作家、艺术家有意识地制作出来的，但是，正像科学技术不是意识形态一样，并非所有有意识地制作出来的东西，就是意识形态。文学艺术渗透到我们生活的各个方面，可以包含各种类型的生活内容。前面说过，按照与经济关系的距离，哲学与宗教，比起政治与法律，要更远一点，但按照与人们生活的贴近程度，哲学与宗教又可能会比政治与法律，离普通人的生活更近。熟悉生活哲学的人可能会比懂得政治和政府运作方式的人，要多得多。一个普通的信徒进教堂的次数，肯定要比去法院多得多。这个道理运用在文学艺术中，就呈现另一种情况。文学艺术贴近人们的生活，它可以接近但不必然与政治需要结合在一起，它可以与经济生活有联系，但它的内容一般都与经济生活相距较远。

从一首爱情诗到一幅风景画，一曲田间小调，都是艺术。其中充满着人对生活，对世界的感悟，但这些不一定都具有意识形态性。我们会有意识地写诗、作画、谱曲、跳舞、唱歌，也会有意识地种田、狩猎、盖房子、造机器，所有这些，都不一定构成所谓的"意识形态"，或者说，用"意识形态"这个词，并不能很好地概括它们的本质。在当代社会，我们将电影、电视、戏剧、歌舞称为娱乐业。我们还提出了"文化产业""创意产业"等概念，将许多艺术品的生产划归其中，表明它们本身就是经济活动。另有一些艺术门类，从建筑到室内的设计，再从书籍设计到产品设计的巨大的行业，成为实用艺术。原本的精英艺术也受到来自先锋艺术和通俗大众艺术的挑战。在艺术经历了种种巨大的变化以后，如果再将它称为"意识形态"，就会使我们有恍若隔世的感觉。文学也是这样，我们有着各种各样的文学作品，它们反映生活、表现情感，给人以启示或愉悦，其中绝大多数并不与一定时期的经济政治构成对应的关系。

在今天，如果有人继续宣称文学和艺术属于意识形态，除了重复过去的旧教条以外，可能是想借此对艺术有所要求。这当然是文学评论者的一种选择，但这并非是对文学"本质"的揭示。同样，对于其他门类的艺术也是如此。说它们是意识形态性的，是希望它们起意识形态的作用。我们可以希望某些文学和艺术作品更具有意识形态性，从而运用文学和艺术作品进行意识形态宣传。我们还可以针对文学艺术上的一些不良的倾向，强调艺术要体现对生活的认识，具有思想内容，对精神文明的建设起作用。在国家危亡时，要求有救亡文学，在阶级斗争尖锐时，要求文学为这种斗争服务，并不等于它是意识形态，而是说，我们呼吁它在意识形态领域起作用。

文学艺术曾经在人的启蒙、社会的变革和改造中起过作用，并将继续起到重要的作用。它们都是一些重要的社会文化现象。近年来，人们谈论"艺术终结"，这种观点来源于黑格尔，按照黑格尔的体系，艺术与宗教和哲学放在一道，成为理念显现的三种形式。我们的许多将艺术看成意识形态的观念也来源于此。如果艺术是理念显现的一种形式，它就必然要终结。同样，如果艺术是一种意识形态，它也难逃被终结的命运。但是，艺术只是人类生活过程中的一种意识、意志、情感的凝结，只要人类存在，这样的艺术就会存在。如果说艺术要终结的话，那么，所终结的，只是它的意识形态功能而已。如果说终结以后还会有艺术存在的话，原因也恰恰在于，艺术只是在特定的时间、地点，由于特定的语境影响，才被赋予意识形态的功能。

按照前面所提供的对意识形态的解释，有一门与文学艺术相关的学科，应该更具有意识形态性，这就是美学。我们关于"美学"（aesthetics）这个学科，有两种理解，一种是广义的，指从古希腊毕达哥拉斯开始直到今天仍存在，并被不断发展着的美学。许多西方美学史，例如，鲍桑葵的《美学史》和门罗·比厄斯利的《美学史：从古希腊到当代》，都是这么写的，朱光潜的《西方美学史》也从古希腊写起。另一种是狭义的，指的是从夏夫茨伯里，经鲍姆加登，再到康德，覆盖西欧各国，从整个18世纪直至19世纪的美学创立过程。严格的、作为学科意义上的美学，是在这一过程中形成的。这是资产阶级登上历史舞台的时期，在这一时期，它创立着自己的"意识形态"，也包括美学。马克思、恩格斯所说的"德意志意识形态"，包括康德及他以后的一些哲学家在内。但是，"意识形态"的复杂性，恰恰在这里表现了出来。"美学"作为一门学科的形成，并非是当时处于上升时期的资产阶级观念的体现。相对于霍布斯等人提出，在17世纪与18世纪之交流行的"心理学上的利己主义"，夏夫茨伯里提出了审美的无功利静观的美学理论。[①] 相对于沃尔夫的理性主义的本体论，鲍姆加登强调感性独立性。[②] 现代美学的建构，在康德那里完成。康德所主张的，是审美无功利和艺术自律。[③] 最早的美学家们在资产阶级与封建贵族的斗争中，常常站在贵族的一边，赞美他们的高雅，但恰恰是他们的理论，后来为附庸风雅的资产阶级所接受。

与强调审美和艺术无功利的美学思潮相反，强调艺术的社会责任感的一派，也同样是一批对资本主义持批判态度的美学家们。从康德的信奉者席勒开始，就试图通过美育来改造社会。圣西门、孔德、罗斯金、莫里斯等众多的思想家们，都对资本主义的现存秩序持批判的态度。

文学理论的现代形态，正如前面所说，也是从这两条线索开始的。如果说它是上层建筑的意识形态的话，那么，它一方面可以被称为资本主义

---

① 参见［美］门罗·比厄斯利《美学史：从古希腊到当代》，高建平译，高等教育出版社2018年版，第295—301页。

② 同上书，第255—261页。

③ 参见高建平《"美学"的起源》，载《外国美学》第19辑，江苏教育出版社2009年版，第1—23页。

社会的意识形态；另一方面，它又从一开始就与资产阶级的意识形态持格格不入的态度。

第四节 文学理论定位的寻找

本章一开始时，我们曾经提到，许多人都将文学理论视为一个既定的概念。对于正在从事文学理论研究的老师，从事这个学科学习的学生，以及教学管理部分的人来说，这个学科的内容是被规定的。我们有科学研究管理部门和教育管理部门关于学科的种种分类，比方说，确定什么是学科的门类，门类下属的一级、二级、三级学科等。按照这种划分，文学是一级学科，而文学理论或文艺学就是二级学科，文学理论史等，就属于三级学科。

前面曾提到的从"诗文评"到"文艺学"的变化，正是适应了这种学科划分的需要而出现的。这种学科区分背后的推动力，是现代学科制度的建立，以及与此相关的研究性大学和研究院所中与学科相对应的设置。与此相对应的还有图书馆和书店关于图书分类系统，即先将图书分成一些大类，再细分成一些小类，并将同类的书放在一道。对报刊栏目的分类，对杂志的类型的分类，对百科全书词条的分类，在社会生活中，还有着多种多样这种分类的实践。对知识的分类，是我们对世界认识的体现，同时也决定着从事这些行业的人的活动方式和追求。各种各样的与学科和知识的分类的有关操作，在不断强化我们的学科概念，强化学科边界。

关于学科和知识的分类，由于涉及对人的岗位设立和工作分工，就有了更为复杂的因素。例如，大学的教学职位的设立、研究经费的分配，官员的设立以及相应的级别的形成，等等，一旦设立，就有着自身的延续性。在实际的操作中，总有一种"位置决定思维"的现象存在。当学科的重要性与从事该学科的人的地位、身份和利益联系在一起时，就会有人超出学科的意义和价值本身，带着强烈的情感来捍卫它。

从根据社会需要和知识分类的状况形成的学科分类，发展到出现一些人以某学科为专业进行工作，将之看成自己的事业。从这里再往前走一步，被归属于某一专业的，按照这个专业被训练出来的，并已经有了一些学科范围的这些人，开始按照自己的方式从事研究和思考，形成一个学科的研究路径、惯例和传统。这时，该学科的对象、范围就依照他们的关注点而决定，进而就出现学科研究对象漂移的现象。

根据学科划分，我们确定了这样一个学科的存在，这个学科就叫文学理论或文艺学。根据前面所说，对这个学科起码可以从两个方面来理解：一是关于文学的理论，这是这门学科建立时人们对它所作的规定，以及科研管理者不断从外部给它所进行的制约；二是文艺学家或文学理论的研究者实际上所研究的对象，包括过去的研究者通过自己的研究形成的学科传统和当下的研究者的兴趣所在。

研究者是通过阅读前人的书，以及与同行对话的过程中进入自己的学科的，于是，一门学科的研究者，有着自己的学科"路径"，包括学科传统、流行的做法、对本学科所面临的问题的理解，也包括对本学科现状的种种不满，等等。因此，对一个学科的规定，就转化为一种类型的人的活动，一种人的学术习惯和思维方式，这也决定了人际关系的圈子。属于一个学科的人，会有着自己的学术组织，如学会、协会、研究会等。他们会不远千里万里，跨越千山万水，到一个地方去，参加社团组织的会议，参与对话，相互关注所思考和写作的内容，相互呼应或者争吵，甚至相互感恩或记仇，分化和组织，从而形成依专业而定的小社会。不属于这个学科的人，哪怕共事多年，也没有真正的学术对话；不相关的人哪怕邻居多年，相关的交往也仅限于见面打一声招呼甚至不打招呼。所有这一切，都是学科的存在方式，它绝不能由外部对这个学科的某种规定所穷尽。从某种意义上说，学科成了许多人安身立命之地。

这时，我们就面临着一个悖论：一方面，一个学科的存在，是由于它有明确的研究对象，它在现代知识体系中有自己的位置，在社会大分工中有自己的功能。社会规定由一部分人研究文学理论，必然有它的需要。或者说，这个学科的存在，是根据体制，规定它是一个二级学科。由此，可以出版这个学科的书和文章，可以发行这个学科的杂志。这个学科存在的理由，是权威部门规定的学科目录。

然而，另一方面，文学理论作为一个学科，是在一个动态的历史过程中，由研究者创造出来的，它在自身的发展过程中寻找和确立自己的定位。这里又包括两个含义：第一，研究者用自己的研究成果建立了"文学理论"这个学科的核心内容，从而使得权威部门对这个学科的设立有决策依据。这个学科形成后，学科的基本理论预设，与此相应的该学科经典著作的选择和确定，以及学科教材的编写和推广，就成为重要的任务。由此更进一步，形成文学理论与文学史、文学批评的相互关系，有文学理论自身的历史写作，从而深化这个学科在学科知识网中的意义。

第二，这个学科建立以后，就有了一些以这个学科为业的群体，以及相应的这个群体的从业者。这些人既是被规定要从事文学理论专业研究的人，也是在有了文学理论这一学科背景并获得了相应的学术位置以后，在学术上自由发展的人。宽松自由的大学研究环境，会促使这些人越出既有边界之外寻找学术的出路。这时，就出现了文学理论研究者所研究的不是严格意义上的文学理论现象，或者说，文学理论这个学科的从业者突破学科边界，拓展研究的范围，并进而以这个群体所研究和写作的内容来界定这个学科的内容现象。换句话说，文学理论变成了被认定为文学理论的研究者所研究的内容。

从性质上讲，文学理论有两种类型：一是规范性理论，即规定哪些书写出来的文字是文学，哪些文字不是文学。在古代，有对各种文体的区分，在这种区分之上，确定一些文体属于文学，一些文体不属于文学。例如，诗词歌赋是文学，而一些应用性的文字就不是文学。然而，这种区分也不那么容易，一些奏疏、碑志、祭祀、序跋类文字，一些史传和书信，也常常颇具文学色彩。直到近代，"美的艺术"的观念和体系引入，将文学看成"语言的艺术作品"之时，作为诸艺术之中的一个门类的文学才建立起来。这种对文学的认定，本身就是一个规范性理论的形成过程。

还有一种类型的理论，就是描述性的理论。这种理论并不规定哪些文字是文学，哪些不是，而只是描述其特征。所描述的对象，是被一种普遍的社会实践所形成的学科划界所认定的。这种理论持一种信念，即一种文字被当作文学，具有超出这种文字之外的心理的或社会的原因，文字本身并不能自证其为文学。理论的任务，并不是要说出它们之所以是文学的原因，而是以它们已经被认定为文学为前提，说出它们是文学的理由。

当然，规定性的文学理论与描述性的文学理论两者之间，具有互为因果的关系。规定性的文学理论划定了研究的范围，描述性的文学理论给规定性提供了依据。然而，这两种理论从性质和面貌上讲，有着很大的不同。

综观历史，我们曾经有过对于文学理论的最高期待，即认为学会了理论，就可以创造出作品来。这是一种通过树立某种世界观，并进而接受某种创作方法，再通过采用一些创作技巧，从而生产出作品的思路。文学理论可以规定作者表现什么样的主题思想，这种主题思想反映了什么样的世界观；文学理论也可以规定作者到什么地方去寻找素材，怎样将生活中的素材转化为作品中的题材，如此等等。这时，文学理论有着崇高的位置。这个学科的研究者仿佛是在设计文学艺术创作工厂，规定这个创作工厂需要什么部门，什么流程，从哪里取得原料，到哪儿去销售产品。当作者生产出作品以后，他们还可以有一套标准进行评判，判定作者在创作过程中是否操作规范，从而产品合格。这一时期似乎是文学理论的黄金时期，但是，这又恰恰是文学理论对文学创作构成最大限制的时期。文学理论在这时做了超出它的能力应该做的事。

我们也有过对文学理论的最低期待，它认定文学理论无用，理论不要去干预文学创作，任何对文学创作的干预，都不利于好作品的出现。文学理论应只是对已有的文学作品进行描绘和分析。

例如，出现这样的叙事理论，对文学作品进行篇章结构的研究，像研究语法学一样，研究文学作品的语法。知道了这些方法，对于文学创作帮助很少。作家不是语言学家，在他遣词造句时，重要的是要将意思和情感表达到位，而不是句句合乎语言规范。作家不是叙事学家，在写作时不能叙事方法领先，叙事方法要为内容表达服务。作家对叙事方法的使用，常常是无意识的，或者仅凭直觉而采用的。对于作家来说，写作的机缘，可能是一个故事，一次情感触动，却很少会是为了试验一种叙事方法。叙事学是面对既有的文本进行分析，从而总结其规律。

描述性的分析仍是有用的，如果说，这些规律性的分析对作家来说用处比较小的话，至少对批评家来说，会起一些作用。叙事学知识可以帮助批评家解剖作品，进行结构分析，对阅读所获得的直觉性的感受进行反思。

当然，上述两种情况，都是对文学理论与文学创作关系的最极端的规定。实际上，绝大多数的文学理论，都是介乎两者之间的。在对文学理论作出最高规定时，文学理论方面的从业者们也没有忘记保护作家、艺术家"绝对自由"的呼吁，并且通过"形象思维"这个概念给作家、艺术家留下一定的空间。在对文学理论作最低规定时，那些主张对艺术的创作与欣赏持间接性态度的人也力图对文学艺术的创作和批评施加影响。例如，叙事理论力图给叙事作品以某种标尺，给人物的塑造、时间和空间的把握、视点的使用，等等，提供可计量的规定性；再如，对批评术语进行概念分析时，尽管具有间接性，不直接评判文艺作品，但通过诸如对"艺术"等术语下定义的手段，对什么是艺术提出见解，并由此使一些艺术获得被论述的权利和机会。

那么，究竟理论何为？或者说，怎样在这"最高"和"最低"之间找到自己的位置？理论家对作家、批评家和文学史家，是一个什么关系？

理论是要帮助创作的，这包括帮助作者学习创作，或者使他们改进创作。理论家就像体育教练一样。体育教练可以是，但不一定曾是最优秀的运动员。他们甚至不一定当过运动员，但他们必须是能够让运动员得到更好训练的人。因此，理论家与作家、艺术家，如果能构成一种类似运动员与教练员的关系，那应该是很理想的。拿到金牌属于运动员，教练也光荣。许多运动员在研究中走了弯路，达不到最好的成绩，是由于训练不科学，研究水平不高。但说到研究，涉及的问题就很多。什么样的研究，就叫水平高？对教练来说，还是要结合运动员的生理、心理，结合当今世界的最新运动潮流来研究，而不是离开这一切去研究。理论研究与创作的关系也是这样，理论能否促进创作，提高创作水平，还要看是什么样的理论，理论研究者做得怎样。

理论是要有益于文学批评的。在文学的创作和被接受过程中，批评家起着很重要的作用。文学批评家需要有文学的知识，有批评的标准，他们通过对文学艺术作品的及时反馈，影响作家的创作，也影响读者对作品的反应。批评家们需要有各方面的知识，需要了解时代、了解社会、了解作家。比起作家来,批评家更需要理论。批评文章的写作,要对作品进行分析,而不只是诉说感受。批评家与普通人一样,在阅读作品时要沉浸进去,进入感受之流之中。然而,批评家不仅要进得去,还要出得来。感受之流需要理论去捕捉和凝固,才能从中捞出有价值的东西,写出好的批评文章来。我们一般都说,批评文章要有"高度"和"深度",这个"高度"和"深度",就是理论训练所形成的高度和深度。

理论还是要有益于文学史的写作的。文学史不等于文学的编年史料,而是对文学史资料的拣选、整理、叙述和阐释,其背后的依托,就是文学理论。我们曾谈到过历史与理论的双向互动关系。理论的发展改变着人们的文学观念,从而改变着人们的文学视野、改变着人们的审美价值观,形成新的对文学史的看法。一个时代有一个时代的"文学史",在历史上,曾有过多次"重写文学史"的呼吁,这背后都与文学理论的变化和演进有关。

理论还被人们赋予了另一个功能,这就是通过文学来进行社会问题的介入。这当然不是一个新问题,而是一个老问题。"五四"新文化运动时,关于文学的理论,就已经成为关于社会的理论的一个组成部分。在当代学术界,这种思想被归为艺术对社会生活的"介入"的线索。作家艺术家带着社会责任感来写作,而理论家通过文学艺术的研究,实现对社会的参与。

当然,这种"介入"也是有限度的。前些年,国内学术界有过一次大讨论,与"文学理论"可不可以"越界"有关。一些学者认为,要严守学科边界,认为这代表了一个更为严肃的学术态度;一些学者认为,文学理论可以"越界"从而"扩容",这代表着新时代的要求。这种争论在不断深化,从而促进了文学理论的发展。

文学理论的边界是否存在?作为这种争论的一个极端,研究者会坚持传统的对文学的作家和作品分析,这种分析需要突破,要运用多种学科的方法和成果,深化对文学的研究。

作为这种争论的另一个极端,研究者要走出文学,从而建立"没有文学的文学理论"。文学理论不能离开文学,离开了以后,就会是无源之水、无本之木。记得我曾在一篇文章中作过一个比喻:一个可以自由地走进走出的常住地是"家",一个走进后不可自由地走出的常住地是"牢"。① 这个比喻可以表示两层意思：一是可扩大研究范围,从多方面、多角度对与文学有关对象进行研究;二是不能失去文学之根,从而出现文学研究者研究一切,就是不研究文学的状况。取这个态度,可以将这一争论引向积极一面,从争论中获取对文学理论发展有益的成果。

"文学理论"是一个说不尽的话题。我们讨论了什么样的材料,算作文学理论的材料,它在近代又经历了什么样的变化,说明文学理论既是一种古老的知识,又是一个现代的学科。接下来,我们讨论了当代中国文学理论形成的几种资源,以及这些资源间的相互关系。关于文学的意识形态属性,曾经有过很多的争论。近年来,围绕着文学的社会文化属性、文学的生产性,出现了一些新的观点,对此,本章对各种论述都或深或浅地进行了分析,意在将这种讨论引向深入。最后,关于文学理论的定位,它的规范性和描述性,以及文学理论与文学的创作、批评和文学史写作之间的关系,本章分别进行了讨论。

文学理论经历了一个不断建设、不断发展的过程。我们曾经说过,要继续引进包括西方文论在内的各国的文论,要传承和吸收古代文论,进行现代化改造。立足点,还是要放在当代文学和文化发展的需要上来。我想用三个最常用的、人们最熟悉的关键词,来说明这一立场。第一是"拿来主义",继续引进和学习外来文化和学术理论,对古代的文化也持"拿来"的态度;第二是"实践检验",要从当代实践出发,从文学发展的实际出发,既不能从一种虚拟出来的"世界性"出发,也不能从一种虚拟出来的"中国性"出发;第三是"自主创新",在当代实践的基础之上,建设既是现代的,又是中国的文学理论。

---

① 参见高建平《文学理论有明天吗?》,原载《中华读书报》2004年第11期,载高建平《全球与地方：比较视野下的美学与艺术》,北京大学出版社2009年版,第127—130页。

第 二 章

新中国文学理论建构初期的话语资源

泓 峻

  如果说中华人民共和国的诞生是以 1949 年 10 月 1 日天安门广场上的开国大典为标志的话,那么,新中国文学的诞生则应该以 1949 年 7 月召开的"第一次中华全国文艺工作者代表大会"为标志。在这次大会上,即将被选为"文联"主席的郭沫若在他的"总报告"中自豪地宣告,"五四"新文学经过 30 年发展,到中华人民共和国即将建立时,"代表地主阶级的封建文艺已经在理论上解除武装";"代表大资产阶级的国民党法西斯文艺"也已经"受到全国文艺界和全国人民的唾弃";"欧美没落资产阶级文艺影响之下的为艺术而艺术的文艺理论已经完全破产","曾经在这种为艺术而艺术的资产阶级文艺思想影响之下的许多文学家艺术家,也逐渐改变了他们的人生观和艺术观,接受了无产阶级文艺思想的领导";"无产阶级文艺思想领导的为人民服务的文学艺术,队伍日益壮大,方向日益明确,因此就日益受到广大人民群众的欢迎和拥护"。而在此之后,新中国文学的历史使命就是以毛泽东的文艺思想为新文艺的基本方针,"充分地吸收社会主义国家苏联的宝贵经验","为建设新中国的人民文艺而奋斗"。[①]

  郭沫若此时对文学史的描述,洋溢着胜利者的乐观与自信。中国共产党支持和领导下的"左翼"文学,自它产生以来,发展十分迅速。到了

[①] 郭沫若:《为建设新中国的人民文艺而奋斗》,载中华全国文学艺术工作者代表大会宣传处编《中华全国文学艺术工作者代表大会纪念文集》,新华书店 1950 年版,第 38—42 页。

20世纪40年代,在几次短兵相接的较量中,其声势不仅盖过了直接为国民党统治服务的官方"右翼"文学,而且也压倒了曾经颇有影响的自由主义文学。随着新政权的建立,反共的"右翼"文学及其代表人物已经不可能再在大陆发出自己的声音;本来就处于边缘地位的商业文学、现代主义文学、复古派文学也基本上失去了存在的空间;自由主义阵营的作家与理论家,要么远离文学,要么开始向"左翼"文学靠拢。因此,新中国文学直接承继的是以延安文学为正统的"左翼"文学传统,而新中国文学理论建设的目标只有一个,那就是以毛泽东文艺思想为指导的中国化的马克思主义文学理论。这一理论体系的话语资源,首先是毛泽东的文艺思想,这是新中国文学理论建构中绝对权威的话语;其次是苏联文论,这种话语资源在许多理论家那里与毛泽东文艺思想可以相互阐释,但同时,在另外一些理论家那里,它们成为试图填补毛泽东文艺思想留下的理论空白、突破毛泽东文艺思想的理论局限、校正毛泽东文艺思想的理论偏颇时,唯一能够借用的话语资源。在马克思主义文学理论内部,由于理论家革命经历不同,接受马克思主义文学理论的途径不同,对马克思主义文学理论理解的侧重点不同,特别是在"左翼"文学内部所处的位置不同,在20世纪40年代产生了不同的理论立场,形成了以周扬为代表的作为毛泽东延安文艺思想代言人的力量、以茅盾为代表的试图维护"五四"现实主义文学传统的力量、以胡风为代表的试图坚守鲁迅文学精神的力量。它们之间曾经就一些文艺问题有过论争,但到40年代后期,后两种力量也已经开始对第一种力量表示认同,被第一种力量所改造。20世纪50年代一些文艺问题的论争,大部分是40年代的延续,而代表延安文艺方向的理论家的正统地位与话语权则在中华人民共和国成立后得到了进一步的巩固与加强。中国古典文论与西方文论作为一种边缘形态的理论话语,也介入了新中国文学理论的建构过程,但它们是在被主流话语汰选改造之后,以"洋为中用"和"古为今用"的名义,从中提取出一些符合主流话语需要的概念与命题,从而参与这一过程的。

为了还原历史语境,笔者以洪子诚编选的《20世纪中国小说理论资料》为样本进行了一次文本调查。结果发现,在该书所选的1950—1959年十年间发表的46篇文章(包括领导人讲话、作家创作谈、小说理论、小说批评、座谈会纪要等几种类别，有些是节选）中，作为正面论据直接引用他人理论观点的有 34 处，其中涉及毛泽东 15 处，涉及俄苏文论家 14 处（高尔基 4 处，马林科夫 3 处，法捷耶夫 2 处，列宁、日丹诺夫、杜勃罗留波夫、加里宁、卢那察尔斯基各 1 处），其余涉及鲁迅 3 处，恩格斯 1 处，周扬 1 处。这一结果从一个侧面证实了本文关于中华人民共和国成立初期文学理论建构过程中使用的话语资源的一些基本判断。

第一节 政治权威话语——毛泽东文艺思想

一 毛泽东文艺思想的主要内涵

毛泽东是一位政治家，一位革命领袖。他一生著述颇丰，但真正涉及文学问题的文字并不是很多，1949 年以前的有关论述更少。在中国化的马克思主义文学理论建设过程中，周扬于 1944 年出版的《马克思主义与文艺》一书对马克思主义文学理论的普及起到十分重要的作用，许多 20 世纪 40—50 年代成长起来的中国当代文学理论家都曾谈到过这本书作为马克思主义文学理论的入门读物对他们的重要影响。而这本分不同专题以语录形式编选的读物，涉及毛泽东的文章一共只有三篇：《新民主主义论》《反对党八股》《在延安文艺座谈会上的讲话》（以下简称《讲话》）。其中，《反对党八股》一文只在"高尔基、毛泽东论文学语言"的题目下出现一次，摘选了一个段落，不到 700 字；《新民主主义论》一文也只在"毛泽东论近代中国的文化变革，新民主主义的文化只能接受无产阶级的文化思想即共产主义思想去领导"和"列宁、毛泽东论文学应成为党的文学，文学应当属于人民的"两个题目下各出现过一次，共摘引 12 个段落，约 2900 字。除此之外，其余入选《马克思主义与文艺》的毛泽东语录全部摘自《讲话》，内容涉及"文学的阶级性"与"人性""文学与政治的关系""文艺应当为工农兵服务、熟悉工农兵""文艺的普及与提高""文艺的统一战线""文艺的歌颂与暴露""作家应当学习马列主义和学习社会""文艺批评的政治标准和艺术标准"等论题，共 40 个段落 12000

多字（1953 年编入毛泽东选集第 3 卷的《讲话》全文为 19000 多字）。[①] 对周扬来讲，他在 20 世纪 40 年代所理解的毛泽东文艺思想主要就是毛泽东《讲话》这篇文献，而这种理解既基本符合毛泽东文艺思想的真实状况，也代表了中华人民共和国成立前人们对毛泽东文艺思想认识的水平。

毛泽东《讲话》是在延安整风这一特定的历史条件下产生的历史文献。抗日战争爆发以后，大批青年知识分子怀着纯洁的政治热情从敌占区和国民党统治区来到延安，其中不少是文艺工作者。对于这批文艺工作者而言，如何处理知识分子所要求的主体意识及艺术创作的独立性与党的事业发展所要求的纪律性及文学的党性之间的关系、如何解决知识分子的审美趣味与工农群众欣赏水平之间的矛盾、如何从他们普遍接受的"五四"现实主义文学传统与鲁迅的国民性批判主题转向接受延安所倡导的"文艺为政治服务"的文学观念，成为一些很现实的问题，令他们当中的许多人感到困惑与迷惘。而这些问题如果不加以解决，他们将很难融入革命队伍当中，甚至会使自己发出的声音成为革命队伍中异样的、很不和谐的声音。毛泽东敏锐地意识到这些问题的严重性，召开延安文艺座谈会，要解决的就是这些问题。

在《讲话》中，毛泽东明确提出了"以政治标准放在第一位，以艺术标准放在第二位"这一判断文学艺术作品价值的标准。一方面，毛泽东强调，他所说的政治性在当时主要是指是否有利于抗战，"一切利于抗日和团结的，鼓励群众同心同德的，反对倒退、促成进步的东西，便都是好的；而一切不利于抗日和团结的，鼓动群众离心离德的，反对进步、拉着人们倒退的东西，便都是坏的"。另一方面，他又指出，对于过去时代的文学艺术作品，也有政治上是否正确的问题，"也必须首先检查它们对待人民的态度如何，在历史上有无进步意义，而分别采取不同态度"。[②] 在毛泽东看来，那些艺术性很强而内容反动的作品，应该引起人们更大的

---

① 毛泽东《在延安文艺座谈会上的讲话》有多个版本。1949 年后通行的版本是毛泽东在中华人民共和国成立初期根据 1943 年《解放日报》上发表的版本修改而成的。这个版本最早出现在 1953 年出版的《毛泽东选集》第 3 卷中，之后成为通行的版本。

② 《毛泽东选集》第 3 卷，人民出版社 1991 年版，第 869 页。

警惕，因为"内容愈反动的作品而又愈带艺术性，就愈能毒害人民"。因此，尽管毛泽东也指出了"缺乏艺术性的艺术品，无论政治上怎样进步，也是没有力量的"，"我们既反对政治观点错误的艺术品，也反对只有正确的政治观点而没有艺术力量的所谓'标语口号式'的倾向"①，但他显然是从文艺的政治影响力这个角度去强调其艺术性的，相对于政治标准而言，艺术标准只具有"附庸"的地位。毛泽东这一思想对新中国文艺影响深远，到中华人民共和国成立之后，"文艺为政治服务""政治标准第一，艺术标准第二"成为中国文学理论界长期遵奉的"金科玉律"。

毛泽东《讲话》的另一个重要内容是要求文艺工作者"到工农兵当中去，向群众学习，改正自己的小资产阶级思想"。在座谈会开始的动员报告和座谈会结束时的总结报告中，毛泽东都把"文艺服务的对象"这一问题作为一个十分重要的问题提了出来并加以论述。尽管他认为"城市小资产阶级劳动群众和知识分子"与工农兵一样也是革命文艺服务的对象，但由于作家本人多属于"小资产阶级"这一群体，因此，他认为解决"文艺服务对象"问题的关键，是文艺家如何改变自己的小资产阶级立场，以自己的作品为工农兵服务。他批评一些文艺家兴趣"主要是放在少数小资产阶级知识分子上面"，"灵魂深处还是一个小资产阶级知识分子的王国"，"偏爱小资产阶级知识分子的乃至资产阶级的东西"②；要求作家"到工农兵当中去，向群众学习"，在这个过程中，熟悉人民的语言与人民群众的生活，纠正作品脱离群众、内容空虚、语言无味的毛病，同时"把自己的思想感情来一个变化，来一番改造"③，使之和工农兵大众的思想感情打成一片。

毛泽东认为，小资产阶级改造无论对党来讲，还是对知识分子自身来讲，都是一个十分艰难的过程。他甚至断定："小资产阶级出身的人们总是经过种种方法，也经过文学艺术的方法，顽强地表现他们自己，宣传他们自己的主张，要求人们按照小资产阶级知识分子的面貌来改造党，改造

---

① 《毛泽东选集》第3卷，人民出版社1991年版，第870页。
② 同上书，第857页。
③ 同上书，第851页。

世界。"① 因此，与小资产阶级的斗争被毛泽东认为是文艺战线上一项长期的、艰巨的任务。毛泽东在这里表达的观点在中华人民共和国成立后曾经被极为频繁地引用，他对"小资产阶级知识分子"文艺态度的判断，成为50年代文艺界开展思想斗争的最重要的理论依据之一。

在《讲话》中，毛泽东还极有针对性地对"从来的文艺作品都是写光明与黑暗并重""从来文艺的任务就在于暴露""我是不歌功颂德的；歌颂光明者其作品未必伟大，刻画黑暗者其作品未必渺小"等观点进行了严厉的批判，要求文艺家"真正站在人民的立场上，用保护人民、教育人民的满腔热情来说话"，歌颂人民、歌颂无产阶级、歌颂共产党、歌颂新民主主义和社会主义。他说，"对于革命的文艺家，暴露的对象，只能是侵略者、剥削者、压迫者及其在人民中所遗留的恶劣影响，而不能是人民大众"②，他把"不愿意歌颂革命人民的功德，鼓舞革命人民的斗争勇气和胜利信心"作为"小资产阶级的个人主义者"对于人民的事业缺乏热情的表现，认为歌颂谁与暴露谁体现的是阶级立场问题："你是资产阶级文艺家，你就不歌颂无产阶级而歌颂资产阶级；你是无产阶级文艺家，你就不歌颂资产阶级而歌颂无产阶级和劳动人民，二者必居其一。"③

如何理解现实主义文学的精神实质？一直是把现实主义作为自己的一面旗帜的左翼文学面对的一个重大理论问题，20世纪30—40年代，左翼文学内部在这一问题上有不同的立场，也有激烈的争论。《讲话》发表之后，一些观点与立场便因为与《讲话》精神不相符合，而逐渐失去了自己的合法性。中华人民共和国成立后到"文化大革命"前的"十七年"，虽然受苏联"解冻"时期一些文学观念的影响，类似"歌颂与暴露"这样的问题曾经被再次拿出来讨论，但在这一问题上，《讲话》的立场一直难以被突破。

《讲话》同时还对文学与生活的关系、普及与提高、文艺的大众化、如何对待民族的与外来的文化、人性论等一些左翼文学长期争论的问题进

---

① 《毛泽东选集》第3卷，人民出版社1991年版，第875页。
② 同上书，第872页。
③ 同上书，第873页。

行了论述,提出了"人类的社会生活是文学艺术的唯一源泉""普及基础上的提高"与"提高指导下的普及""继承一切优秀的文学艺术遗产,批判地吸收其中一切有益的东西"等理论命题。这些理论命题,经过40年代中后期周扬等人的进一步阐发,作为一些基本的文学原则被确立下来,成为新中国文艺学进行理论思考时的重要支点。

二 毛泽东文艺思想的来源

理解毛泽东的文艺思想,必须首先联系他独特的政治身份:与一般的文艺理论家不同,他是站在一个政治家的立场上,以中国革命的具体实践为历史背景,为解决中国革命中遇到的现实问题而思考文艺问题的,而他的文艺思想的巨大影响,也始终与他革命领袖的身份相关。

虽然毛泽东在早年的著述中,也有一些零星的谈论文学艺术问题的文字,但真正集中思考文学艺术问题,并逐渐形成自己的文艺主张,是在延安时期,也就是在他成为中国革命的领袖之后。1936年11月,中国共产党领导下的第一个全国性文艺团体——中国文艺协会在陕西保安县成立,毛泽东在这个会议上发表了一个演讲,提出中国共产党领导的事业实际上是在"文武两个战线上"展开的,只有"发扬苏维埃的工农大众文艺,发扬民族革命战争的抗日战争文艺"[①],才能够争取抗战的胜利。把文学艺术和军事并列称为"文武两条战线",这一看法毛泽东不仅在《讲话》中重提,而且贯穿在了他领导中国革命的全部实践过程当中。从把文艺作为革命的一条"战线"这一逻辑起点出发,就不难理解为什么他极为关注文艺界的思想动向与文艺家的政治立场,以及为什么他在中华人民共和国成立后常常亲自介入具体的文艺问题的争论,并多次主动发动起对文艺界"错误倾向"的批判运动。显然,他极为看重的是文学艺术在革命与建设过程中统一全党思想、发动群众、引导舆论方向方面的功用。

毛泽东文艺思想中另一重要内容——对民族形式的强调,同样是在延安时期逐渐明确起来的。这一观点的产生,源于他对"马克思主义中国化"这一对中国革命来讲更具根本性问题的思考。1938年,毛泽东在党

---

① 毛泽东:《毛泽东文艺论集》,中央文献出版社2003年版,第3页。

的六届六中全会上作的报告中指出:"马克思主义必须和我国的具体特点相结合并通过一定的民族形式才能实现",必须"使马克思主义在中国具体化",使之成为"新鲜活泼的、为中国老百姓所喜闻乐见的中国作风和中国气派"。① 到了1940年,毛泽东在《新民主主义论》中,把"民族形式"引进了文化领域。他说,"中国文化应有自己的形式,这就是民族形式","民族的形式,新民主主义的内容——这就是我们今天的新文化"。② 而之所以在这个时候提出文化的民族形式问题,又与抗日战争需要以民族利益为号召这一时代背景密切相关。中华人民共和国成立后,毛泽东进一步发挥了这一思想,使之成为毛泽东文艺思想当中另外一个具有标志性的内容。

从理论根源上讲,毛泽东文艺思想中的许多命题,直接来源于列宁,而不是马克思或者恩格斯,这显然与他们身份的相近有关:同样是作为一个革命政党的领袖,列宁的许多主张更能够在毛泽东那里发生"共鸣"。毛泽东在写文章时,极少像专业的马克思主义理论家那样到经典作家那里去寻章摘句,但在《讲话》中,他有两处直接引用了列宁的话以支持自己的观点,一处是在提出文艺为什么人这一问题之后,他说"这个问题,本来是马克思主义者特别是列宁所早已解决了的。列宁还在一九〇五年就已着重指出过,我们的文艺应当'为千千万万劳动人民服务'"。③ 另一处是在提出"党的文艺工作和党的整个工作的关系"问题之后,他说,"无产阶级的文学艺术是无产阶级整个革命事业的一部分,如同列宁所说,是整个革命机器中的'齿轮和螺丝钉'"。④

我们发现,毛泽东引证列宁的两处文字,涉及的是在他的《讲话》中最关键的两个问题。这两处引证都出自列宁的《党的组织与党的文学》(后改译为《党的组织与党的出版物》)。显然,毛泽东对这篇文献相当熟悉。另外,列宁关于两种民族文化的论述、对知识分子动摇性的批判以及

---

① 《毛泽东选集》第2卷,人民出版社1991年版,第534页。
② 同上书,第707页。
③ 《毛泽东选集》第3卷,人民出版社1991年版,第854页。
④ 同上书,第866页。

在人性论问题上的立场、要求作家表现工农大众、表现新生活的主张,都进入了毛泽东的文艺思想体系当中,二者之间的继承关系是很明显的。

毛泽东文艺思想,也吸纳了20世纪20年代以来中国"左翼"文学发展的理论成果。"文学是宣传","文学是一个阶级的武器",这些都是创造社成员在1928年从日本引入中国的文艺主张。尽管这些主张一开始受到了茅盾、鲁迅等"五四"作家的质疑,但还是进入了毛泽东的文艺思想体系当中。"文艺大众化"问题曾经在20世纪30年代被"左翼"文学家热烈地讨论过,而且他们还在"大众化"还是"化大众"的问题上一直争执不下。毛泽东的《讲话》实际上认同了大众化讨论中以瞿秋白等人为代表的认为知识分子必须先"取得大众的意识,学得大众的语言",然后才能创造大众文学的观点。而这种观点的进一步引申,便与知识分子的思想改造问题联系在一起。

三 毛泽东文艺思想的阐释与权威地位的确立

以《讲话》为代表的毛泽东文艺思想的权威地位,是逐渐确立的。据考证,1942年5月,即延安文艺座谈会召开的当月,"七七出版社"就曾印行《讲话》的记录稿本①,讲话的内容还迅速地被传达到解放区与国统区的文艺工作者当中。1943年10月19日,即鲁迅逝世7周年这一天,《解放日报》隆重推出了经胡乔木整理、毛泽东本人修改后的《讲话》文稿,并配发"编者按"。《讲话》正式发表前后的两年时间里,中国共产党的机关报《解放日报》还集中发表了一系列学习《讲话》的文章,包括刘少奇的《实现文艺运动的新方向的讲话》(1943年3月13日),舒群的《必须改造自己》(1943年3月31日),何其芳的《改造自己,改造艺术》(1943年4月30日),刘白羽的《读毛泽东同志〈讲话〉笔记》(1943年12月26日)等。1944年3月,周扬出版了他的《马克思主义与文艺》一书,在本书的《序言》里,周扬一开始就给予《讲话》很高的评价,认为它"给革命文艺指示了新方向","是中国革命文学史、思想

---

① 刘金田、吴晓梅:《〈毛泽东选集〉出版的前前后后》,中共党史出版社1993年版,第39页。

史上一个划时代的文献","是马克思主义文艺科学与文艺政策的""最通俗化、具体化的概括",是学习马克思主义文艺的"最好的课本"。①

毛泽东文艺思想成熟与传播的过程,正是中国共产党领导的革命事业不断发展壮大的过程,毛泽东本人在党内的威信也在随着这一过程而日渐提高。在延安文艺座谈会之后,解放区文学就是沿着《讲话》的方向发展的,而文学界开展的关于民族形式问题的论争、与胡风文艺思想的斗争,最终都更加巩固与加强了《讲话》的权威地位。到1949年7月"第一次中华全国文艺工作者代表大会"召开时,周恩来、周扬、茅盾、郭沫若的报告,都给予毛泽东《讲话》以极高的评价。周恩来在报告中讲,"我们应该感谢毛主席,他给予了我们文艺的新方向,使文艺也能获得伟大的胜利"②,周扬在报告中讲:"毛主席的《讲话》规定了新中国的文艺的方向,解放区文艺工作者自觉地坚决地实践了这个方向,并以自己的全部经验证明了这个方向的完全正确,深信除此之外再没有第二个方向了,如果有,那就是错误的方向。"③茅盾的报告在总结"国统区"文艺成绩的同时,更多的是对照着《讲话》精神,对国统区文艺中的错误倾向进行检讨,而郭沫若干脆以一个诗人的热情,在报告的结尾喊出了"伟大人民领袖,人民文艺的导师毛主席万岁"的口号。

这一切,都以十分确定的方式预示了一个新的文艺时代——毛泽东文艺时代的到来。

从《讲话》发表一直到"文化大革命"前,周扬在毛泽东文艺思想的阐释与其权威性的维护方面作出了别人无法代替的贡献。在"左翼"阵营中,周扬具有比较深厚的文学理论修养与美学修养,早年的文艺思想深受车尔尼雪夫斯基、普列汉诺夫等的影响,他本人翻译过车尔尼雪夫斯

---

① 周扬:《马克思主义与文艺》,作家出版社1984年版,第1页。
② 周恩来:《在中华全国文学艺术工作者代表大会上的政治报告》,载中华全国文学艺术工作者代表大会宣传处编《中华全国文学艺术工作者代表大会纪念文集》,新华书店1950年版,第32页。
③ 周扬:《新的人民的文艺——关于解放区文艺运动的报告》,载中华全国文学艺术工作者代表大会宣传处编《中华全国文学艺术工作者代表大会文集》,新华书店1950年版,第70页。

基的《生活与美学》①。30年代初周扬在上海领导过"左联"的工作，1937年秋到达延安，其理论才能得到毛泽东的赏识，被委任为陕甘宁边区教育厅长，负责边区的群众文化与教育工作。从1940年到抗战胜利，周扬一直主持延安鲁迅艺术学院的工作。毛泽东的《讲话》发表后，周扬以其马克思主义文艺理论家的敏锐眼光，认识到了《讲话》的划时代意义。他一方面在鲁艺的课堂上向学员宣传《讲话》的精神；另一方面还写下了大量研究、阐释《讲话》精神的理论文章，并主持编辑了"中国人民文艺丛书"，共计53种178部，全面反映解放区文艺创作的成就。同时，他还以推广群众性的秧歌剧、进行平剧（京剧）地方戏改革的方式，践行讲话精神。在40年代"左翼"内部关于民族形式、"主观性"等问题的论战中，周扬都因代表了毛泽东文艺路线的立场而立于不败之地。在第一次"文代会"上，周扬不仅得以代表解放区做报告，而且当选文联副主席。20世纪50年代，周扬一直是主管文艺的中宣部副部长，是党在文艺战线上最直接的领导者，在文艺理论工作者中具有极高的政治威信，对践行毛泽东文艺思想发挥了举足轻重的作用。

在毛泽东文艺思想的阐释与权威地位的确立方面，还有一些理论工作者起到了重要作用。这其中有些是像周扬这样兼具理论家与中共文艺战线领导者身份的人，如邵荃麟、何其芳、林默涵等人，有些是像蔡仪、以群、黄药眠这样的主要以学者与文化人身份而闻名的"左翼"理论家。在《讲话》发表以后，他们自觉地以讲话精神指导自己的学术研究，与各种违背马克思主义基本原则的错误观点和思潮进行斗争，在毛泽东文艺思想的理论化、系统化、学术化方面做了大量的工作，对中国化的马克思主义文学理论的建构做出了独特的贡献。其中像蔡仪这样的理论家，早在20世纪40年代就已经形成了自己的以"反映论"与现实主义为核心的美学与文艺学理论体系，出版了成熟的文艺理论与美学著作，如《新艺术论》

---

① 该书俄文原名直译应为《艺术与现实的审美关系》。周扬的中译本根据柯根（S. D. Kogan）的英译本转译，英文名即《生活与美学》，1942年由延安新华书店出版。1957年人民文学出版社出版该书时，根据俄文对此书作了校订和增补，1979年该社再版时，恢复了俄文原书名。

（商务印书馆 1943 年版）、《文学论初步》（生活书店 1946 年版）、《新美学》（群益书店 1947 年版）等。《文学论初步》《新艺术论》等文艺理论著作还在 1949 年以后修订再版。作为中国学者的马克思主义文学理论研究成果，这些著作在新中国文学理论建构中发挥了自己的积极作用。

第二节　学术权威话语——苏联文学理论

一　中华人民共和国成立前对苏联文论的引介

中国学者对苏联（包括 19 世纪俄国）马克思主义文学理论的介绍，始于"五四"时期。1921 年《小说月报》刊发的《俄国文学研究专号》上，就发表有郭绍虞的《俄国美论与其文艺》一文。之后，随着中国"左翼"文学的发展，俄国 19 世纪马克思主义文学理论家的理论与批评著作，列宁关于文学艺术的讲话、文章及相关言论，20 世纪 20 年代以后苏联的许多文学思潮与流派的观点和学说，便源源不断地被介绍到了中国。

现代文学史上第一个译介苏联文论的高潮，出现在 20 世纪 20 年代中期。1924 年，由苏联回国的太阳社成员蒋光慈在《新青年》季刊第 3 期上发表了《无产阶级革命与文化》一文，该文的主要观点取自苏联的"无产阶级文化派"与"岗位派"。1925 年，任国桢编辑《苏俄的文艺论战》一书，收入"列夫派"褚沙克的《文学与艺术》、"岗位派"阿卫巴赫的《文学与艺术》、沃隆斯基的《认识生活的艺术与今代》以及 1925 年 7 月联共（布）《关于在文艺领域内党的政策》的决议。这一时期列宁《党的组织与党的文学》（一声译）及《托尔斯泰与当代工人运动》（郑超龄译）等文章也首次被翻译了过来。对苏联文论的译介，成为之后国内"革命文学"论争的诱因之一。

在"革命文学"论争过程中，鲁迅、冯雪峰、陈望道、冯乃超、林伯修等人更是翻译了大量的俄苏文艺理论著作。1929—1930 年，鲁迅翻译了卢那察尔斯基的《艺术论》和《文艺与批评》，普列汉诺夫的论文集《艺术论》。冯雪峰从 1927 年到 1930 年这几年时间里，先后翻译了普列汉诺夫的《艺术与社会生活》、卢那察尔斯基的《艺术之社会的基础》、沃罗夫斯基的文学批评文集《作家论》、梅林的《文学评论》、列宁的《科学的社会主义之梗概》(即《卡尔·马克思》)、《论新兴文学》(即《党的组织和党的出版物》) 等一系列苏联的马克思主义文艺理论著作。通过这些翻译活动,普列汉诺夫、托洛茨基、卢那察尔斯基、波格丹诺夫、弗里契等俄苏文艺理论家的名字以及他们的文学思想开始为中国的文学理论界所熟悉。

1932年,联共(布)中央作出决议,解散"拉普",成立"全苏作家同盟"。在同年10月底至11月初召开的"全苏作家同盟"第一次大会上,批判了"拉普"的"唯物辩证法的创作方法",正式提出了"社会主义现实主义"的口号。当时中国的"左联"迅速在自己的刊物上对此进行了报道。一年之后,周扬发表《关于"社会主义的现实主义与革命的浪漫主义"》一文,依据吉尔波丁在全苏作家同盟第一次大会上的报告,对"社会主义现实主义"的内涵进行了阐释。之后,"社会主义现实主义"成为一个被中国的文论家反复讨论的极为重要的概念。

马克思、恩格斯等关于现实主义的文艺通信,在此之后,也从苏联译介进入了中国。在这一过程中,瞿秋白发挥了重要作用。

1932年,瞿秋白完成《"现实"——马克思主义文艺论文集》这部著作。此书包含了《恩格斯论巴尔扎克》《恩格斯论易卜生的信》,还包括在苏联理论家相关文章基础上撰写的《马克斯、恩格斯和文学上的现实主义》《恩格斯和文学上的机械论》等文章。[①] 1933年4月,瞿秋白的《马克斯、恩格斯和文学上的现实主义》一文发表于《现代》杂志。该文把马克思、恩格斯对"现实主义"创作方法的论述系统介绍到了国内,对国内纠正"左联"时期的一些错误认识,深化"左翼"理论家对现实主义文学精神的理解,起到了十分关键的作用。

20世纪30年代中期以后,随着中国文学理论研究的深入,一大批学

---

① 此书当时并未出版,而是在1936年由鲁迅辑入《海上述林》上卷《辨林》,并改副题为《科学的文艺论文集》。参见《瞿秋白文集·文学编》第4卷"编者附记",人民文学出版社1986年版,第2页。

术性较强的苏联文艺理论著作与教材被翻译介绍到了国内。据后来的学者统计，这一时期翻译的苏联学者的文艺学论著有罗达尔森的《世界观与创作方法》（孟克译，上海光明书店1937年版）、伊佐托夫的《文学修养的基础》（沈起予、李兰译，上海生活书店1937年版）、米尔斯基的《现实主义——苏联文艺百科全书》（段洛夫译，上海朝锋出版社1937年版）、维诺格拉多夫的《新文学教程》（楼逸夫译，上海天马出版社1937年版、以群译，重庆联营书店1946年版）、西尔列索的《科学的世界文学观》（任白戈译，上海质文社1940年版）、顾尔希坦的《文学的人民性》（戈宝权译，香港海洋书局1947年版）。[①] 另外，华西里夫的《社会主义的现实主义》、爱拉娃卡娃的《苏联文学新论》、高尔基的《苏联的文学》、阿·托尔斯泰的《苏联文学之路》等著作，也都是在这一时期被翻译介绍进来的。这些翻译的理论著作，对于当时中国的文学理论研究与教学发生了十分重要的影响。

二 中国化的马克思主义文论建构中的"苏联"背景

在中共内部，从建党起一直到20世纪30年代中期，曾经有着严重的把"共产国际"的领导绝对化、把苏联经验神圣化的倾向。苏联的文学理论，尤其是其文艺政策，在党内也往往被教条化，奉为圭臬。"左联"时期，这方面的问题表现得极为突出。随着抗战的爆发，民族矛盾上升为主要矛盾，建立"抗日民主统一战线"成为中国共产党的重要工作内容。在"左翼"文学内部，"革命文学"的论争也让位于对"文学大众化""民族化"问题的关注。毛泽东《讲话》发表之后，作为中国共产党自己的文艺纲领，《讲话》的政治权威性在"左翼"文学内部迅速确立。但是，苏联文论在"左翼"文学内部的权威性依然存在，它主要是作为具有权威性的学术话语资源被使用的。20世纪40年代"左翼"文学理论家探讨的问题，如典型问题、文学的真实性与倾向性问题、生活真实与艺术真实问题、艺术概括问题、创作方法问题，甚至包括文艺的大众化问题与

[①] 参见傅莹《外来文论的译介及其对中国文论的影响》，《暨南学报》（哲学社会科学版）2001年第6期。

民族化问题,都是苏联文论界曾经十分关注的问题,中国学者在这些问题上的大部分观点也都来自苏联。当时产生的一些文学理论命题,如文学是社会生活的反映、文学是语言的艺术、文学的形象性、文学的阶级性与党性原则,消极浪漫主义与积极浪漫主义的区别,等等,也都带有深深的苏联文论的烙印。而这些概念、范畴与理论命题的确立,是中国马克思主义文学理论研究的重要理论成果,也是新中国文学理论研究与教学活动借以展开的理论基础。

中华人民共和国成立初期,由于特定的历史原因,政治上采取了"一边倒"的策略,在全国上下各行各业、各条战线都在"向苏联学习"的氛围中,苏联文论的学术权威地位被进一步强调,使得苏联文论在新中国文艺理论建设的初期,发挥了更大的作用。

谈到苏联文论在中华人民共和国成立初期的影响,标志性的事件是1954年北京大学举办的"文艺理论进修班"。进修班的学员主要是各个综合性大学中文系教师及北大正式招收的研究生班的学生,授课人是苏联专家毕达可夫。这个进修班的成员毕业后,成为当时高校文艺学教学与学术研究的一支重要的新生力量。

20世纪50年代在中国产生很大影响的还有两本苏联学者编著的文学理论教材:季摩菲耶夫的《文学原理》和毕达可夫的《文艺学引论》。毕达可夫是苏联文艺理论家季摩菲耶夫的学生。1953年,季摩菲耶夫的《文学原理》已经由查良铮(穆旦)翻译到中国。毕达可夫在北大的讲稿经过翻译,后来也由高等教育出版社以《文艺学引论》为书名出版。尽管毕达可夫并非一个很著名的学者,他的《文艺学引论》与其老师三卷本的《文学原理》内容上并不完全一致,理论深度上也无法相比,但是在整体框架上,都将文学理论分为"文学本质论""文学作品构成论""文学发展论"几大版块;就文学的本质而言,它们都强调文学是一种特殊的意识形态,同时论及文学的形象性与艺术性;就文学作品构成而言,都采用二分法,把思想、主题等作为文学的内容,把结构、情节作为文学作品的形式,同时强调文学创作中内容和形式的统一;发展论则涉及风格、潮流、方法和文学的类型等问题。这两部文艺理论教材对新中国文艺理论体系的建立发生了巨大影响。就文艺学教材而言,不仅20世纪50年代国内学者自编的教材大多以此为参照,"文化大革命"前由中宣部组织编写的两部文艺理论教材(蔡仪主编的《文学概论》与以群主编的《文学的基本原理》)同样受到它们的深刻影响。在它们基础上,甚至形成了中国当代文学理论教学与研究的"苏联模式",这一模式20世纪80年代以后的许多理论家都力图摆脱而又无法完全摆脱。

由于中华人民共和国成立之初中苏之间特殊的关系,苏联文艺界的创作动态与理论动态能够被迅速地介绍到国内,从而对国内的文学创作、文学批评与文艺理论研究发生即时的影响,这成为当时苏联文论介入中国文艺理论建构的重要方式。比如,1956年由《文艺报》发起并引导的关于"典型"问题的讨论,就有着明显的"苏联"背景。

1952年,马林科夫在苏共十九大报告中对"典型"进行了狭隘的解释,认为"典型不仅是最常见的事物,而且是最充分、最尖锐地表现一定社会力量的本质事物","典型是党性在现实主义艺术中表现的基本范畴","典型问题经常是一个政治问题"。[①] 之后,苏联学术界围绕马林科夫的观点进行了持续几年的争论。当时,中国文联的机关报《文艺报》对此高度关注,多次进行报道。比如,1952年第21期的《文艺报》以摘录的形式译介了马林科夫报告中关于文学艺术的部分;1953年第15期的《文艺报》刊发《苏联文艺界讨论典型问题》的消息;1954年第14期、第20期的《文艺报》还对相关论争进行了连续的报道。1955年,苏联《共产党人》杂志第18期发表《关于文学艺术中的典型问题》的论文,对马林科夫在苏共十九大报告中对典型的看法进行了激烈的批评,1956年第3期的《文艺报》全文译介了这篇文章。接下来,1956年第8、9、10期《文艺报》开设了"关于典型问题的讨论"专栏,发表了张光年、林默涵、黄药眠、陈涌、巴人等人的文章,就典型问题进行了热烈的讨论。在20世纪50年代的学术讨论中,关于典型问题的讨论是开展得比较充分、比较深入的一次。《文艺报》的"编者按"说,发起这次讨论的目

[①] 《苏联共产党(布)中央委员会书记马林科夫在苏联共产党(布)第十九次代表大会上所作〈苏联共产党(布)中央委员会的报告〉关于文学艺术部分的摘录》,《文艺报》1952年第21期。

的是要"克服创作中的公式化、概念化和自然主义倾向",克服"文艺理论、批评、研究中的庸俗的社会学倾向",并认为"对典型问题的简单化的、片面的、错误的理解,对马克思列宁主义美学缺少认真的、系统的研究",是出现以上错误倾向的"主要原因之一"。《文艺报》"编者按"为讨论定下的这样的思想基调,显然受到"解冻"时期整个苏联文学艺术界思想氛围的影响。在发起国内讨论的过程中,作为对国内讨论的一种推动,1956年第10期的《文艺报》还译介了塔马尔钦科的《个性与典型》这篇文章。

除了典型问题的讨论外,20世纪50年代国内文艺理论界关于真实问题的讨论、"两结合"创作方法的提出、"形象思维"问题的讨论、"文学是人学"这一命题的提出,关于"如何塑造英雄人物形象"的论争,也都受到了苏联文论界新的文学思潮的影响。

三 苏联文论对毛泽东文艺思想的补充与校正

在"左翼"文艺阵营内部,相当长的时间里,毛泽东文艺思想的权威性与苏联文艺理论的权威性都是不容怀疑与否定的。对于许多人而言,两者之间完全一致,可以互相阐释。1944年周扬在他的《马克思主义与文艺》序言中就讲,《讲话》"一方面很好地说明了马克思、恩格斯、列宁等人的文艺思想;另一方面,他们的文艺思想又恰好证实了毛泽东同志文艺理论的正确"。[①] 然而,事实是,毛泽东的文艺思想既不与马克思、恩格斯的文艺思想完全重合,也不与列宁的文艺思想完全重合,更不可能与本身就有多种立场与观点、不断变化与发展着的整个苏联文论完全兼容。

就经典文论的层面讲,毛泽东文艺思想直接受到列宁文艺思想的影响,比较多地从工具论的角度看待文艺问题,与马克思,特别是恩格斯文艺思想中的现实主义立场有一定的距离。而与列宁的文艺思想比较起来,毛泽东文艺思想中工具论的色彩更加浓厚。在《党的组织与党的出版物》这篇文章中,列宁一方面强调"写作事业应当成为社会民主党有组织的、有计划的、统一的党的工作的一个组成部分";另一方面也承认"写作事

---

① 周扬:《马克思主义与文艺》,作家出版社1984年版,第1页。

业最不能作机械划一,强求一律,少数服从多数"的要求,"在这个事业中,绝对必须保证有个人创造性和个人爱好的广阔天地,有思想和幻想、形式和内容的广阔天地"。① 而毛泽东的《讲话》在引用列宁的观点强调文学的党性原则时,则忽视了列宁在艺术创作活动特殊性问题上的看法。

毛泽东文艺思想有其自身的立场与自身的逻辑,从这个角度讲它是自成体系的。但是,由于毛泽东本人不是专业的文艺理论家,他主要是站在一个政党领袖的立场上,以要求文艺为政党的政治目标服务的功利态度思考文艺问题的,这必然使他在文艺问题上的许多结论带有一定的局限性。同时,在有限的关于文艺问题的论著中,毛泽东文艺思想所涵盖的理论领域也是相当有限的,它不仅对许多文艺内部的具体问题如文艺体裁、文艺风格、创作心理与接受心理等问题缺乏学术性的论述与探讨,就是对马克思主义文艺理论的一些最基本的问题,如新旧现实主义之间的关系问题、文学的审美性与意识形态之间的关系问题、典型的共性与个性之间的关系问题、文学艺术的起源问题等,也要么只简单地提出了本身就有很大局限性与片面性的原则,要么根本就没有涉及。因此,中国化的马克思主义文艺理论的建构,不可能完全依托毛泽东文艺思想这一理论资源。而苏联文论,恰好可以弥补毛泽东文艺思想留下的许多理论空白。

苏联文论承接的是以别林斯基、车尔尼雪夫斯基等人为代表的19世纪俄国文论传统,这一传统又是与整个欧洲学术传统相衔接的。因此,在20世纪,苏联产生了普列汉诺夫、托洛茨基、卢那察尔斯基、波格丹诺夫、弗里契等一大批具有相当理论深度与理论个性的文艺理论家,同时还出现了一批像季摩菲耶夫、顾尔希坦这样的富有理论成果的专业的理论工作者。他们对许多具体的文艺问题,都有深入细致的思考与探索。在西方现代主义文论与欧洲19世纪资产阶级文论受到怀疑与批判的情况下,苏联文论成为中国马克思主义文艺理论工作者能够借助的最理想的理论资源。

另外,以《讲话》为代表的毛泽东的文艺论著当中,有些内容具有很强的政策性与时效性,与战争环境和特定的历史阶段中国共产党需要解

---

① 《马克思恩格斯列宁斯大林论文艺》,人民文学出版社1987年版,第183—184页。

决的具体问题有关。用一种毛泽东本人也认可的说法，叫"有经有权"。[①]中华人民共和国成立后，在新的历史条件下，对毛泽东延安文艺思想的机械的理解与运用，给文艺事业带来了许多不利的影响。而苏联文论，从1953年之后已经进入了"解冻"时期，开始就一些马克思主义文艺理论中十分重要的命题，如文学中的人性问题与人道主义问题，如何深化文学的现实主义精神问题，如何更好地处理文学的党性原则与作家的创作自由问题，等等，进行讨论与反思。在20世纪50年代，中苏之间文化交流的信息是十分通畅的，这一时期苏联文艺界的理论动态与思想动态都能够很快地传播到国内。苏联文艺界对这些问题的论争与思考，对国内的文艺理论界有直接的启发。20世纪50年代，苏联文论还具有理论上的合法性与学术上的权威性，它们因此成为国内的理论工作者试图纠正毛泽东文艺思想在实践的中出现的一些偏差时，唯一能够借用的话语资源。

第三节　边缘话语——中、西方文论传统

一　中国古典文论传统

中国古代有着与中国古典文学一起生长的丰富多彩的文论传统，产生了以刘勰、钟嵘、司空图、叶燮为代表的一大批文艺理论家和数不清的文艺理论著作，但是却鲜有站在特定的高度上对这些文论传统进行清理与总结的理论成果。通过"五四"新文化运动建立起来的新文学，疏离了中国古典文学传统；"五四"后建立起来的新的文学理论，也同样疏离了中国古典文论传统。在"五四"一代学人那里，急于与旧的传统决裂的心态使大多数人把主要的精力放在了外来理论的引介上。以建构的心态反观中国古典文论传统，发掘其中积极的因素，以用来作为新文学建设的理论资源，这一工作在"五四"新文化运动退潮之后才逐渐展开，到20世纪

[①] "有经有权"，即有经常的道理，也有权宜之计。据胡乔木回忆，《讲话》正式发表不久，毛泽东对他说：郭沫若和茅盾发表意见了，郭说："凡事有经有权。"毛泽东很欣赏这个说法，认为得到了一个知音。参见胡乔木《胡乔木回忆毛泽东》，人民出版社1994年版，第269页。

30—40 年代，产生了一批具有很高学术价值的理论成果。

中国古典文论研究方面的成果，首要的当属产生了以郭绍虞的《中国文学批评史》（商务印书馆，上册 1934 年版，下册 1947 年版）、罗根泽的《中国文学批评史》（包括《周秦两汉文学批评史》《魏晋六朝文学批评史》《隋唐文学批评史》《晚唐五代文学批评史》四卷，商务印书馆 1943 年版）和朱东润的《中国文学批评史大纲》（开明书店 1944 年版）为代表的几部中国古代文学批评史著作。这些著作以"文学批评"这种来自西方的新的文学观念为依托，在中国古代浩如烟海的诗文评点以及其他分散在经、史、子、集的文献资料中，归纳清理出了一条中国自己的文学理论与批评传统。而对这一代学人来讲，他们从事这项工作的目的，则不仅仅是要"阐明过去"，而是希望它同时可以"阐明现在，指引将来的路"。[①] 1949 年之后，这批学者成为新中国古典文论研究领域的中坚力量；这一时期的批评史著作大多也都得以修订再版，成为后来的学者在相关领域里开展进一步研究的基础。

20 世纪 30—40 年代古典文论研究的另一方面重要成果，是对中国古典文论中一些重要概念的阐释。中国古典文论有自己一套独立的概念体系，但是由于古典诗文评多建立在感悟的基础上，许多核心概念虽长期袭用却内涵模糊，处在"只可意会而不可言传"的状态之中。有些概念如"比""兴"在历史上虽然也有解释，然而多是经学家在儒家经典研究过程中的注疏，与文学比较隔膜且常常牵强附会。因此，以现代学术的要求为标准对古典文论的一些核心概念进行清理，就成为 20 世纪中国古典文论研究的一项重要任务。这方面的研究在 20 世纪 30—40 年代已经形成了对以后影响深远的三条路径：第一条路径是通过历时的考察与相关概念的比较，梳理一些核心概念发展与变化的轨迹，辨析这些概念与其他相关概念之间细微的差别，从而拨开附着在这些概念上的历史迷雾，廓清其理论内涵。虽然这种研究仍然不可避免地引入了一些现代的诗学观念，融入了一些现代意识，但基本上依托的是中国古典文论自身的文化传统。这方面

---

① 朱自清：《诗文评的发展》，载《朱自清选集》第 2 卷，河北教育出版社 1989 年版，第 354 页。

具有代表性的成果是朱自清的《诗言志辨》。第二条路径是借助西方的哲学、美学、心理学等理论，对中国古典文论中的一些核心概念进行解释。这种思路在解释诸如意象、趣味、境界这些被中国古典文论家搞得玄之又玄的概念时，常常能够收到快刀斩乱麻的效果。朱光潜的中国古典诗学研究基本上走的是这条道路。第三条路径是将东西方的文论术语放在同一个平面上进行对比，让中西方的文学观念在相互比较、相互参证中互相阐释，互相发明。这种建立在"东海西海，心理攸同；南学北学，道术未裂"[①]假设之上的研究，以钱锺书的《谈艺录》最具代表性。

20世纪30—40年代在中国古典文论研究领域做出较大贡献的许多学者，如郭绍虞、罗根泽、朱东润、钱锺书等人，在中华人民共和国成立后都延续了自己的学术生命，甚至在这一领域做出了新的引人注目的贡献。但是，在中华人民共和国成立初期，古典文论这一学科像其他涉及古代史的学科一样，被认为存在很多问题，需要在学术方法上进行深刻的改造。加上各种不断出现的文艺批判运动，使得这一领域内正常的学术活动受到很大冲击，正如有学者在回忆录中所说："即使有研究，也只能是悄悄地、偷偷地自己搞。"[②] 有些理论家的文章、著作甚至文艺理论教材中，有时候也会出现对中国古典文艺理论著作中某些观点的引用，但这种引用多是用来给当下的理论，特别是给主流的话语作注脚，经常断章取义、任意引申。在这种情况下，古典文论参与主流文学理论话语建构的可能性与空间是十分有限的。因此，古典文论话语在20世纪50年代是一种被严重边缘化的理论话语。20世纪60年代，古文论研究曾经出现了一个小小的热潮，但是不久就又因为"文化大革命"而中断。中国古典文论研究的复兴，以及作为一种不可替代的话语资源受到重视，都是发生在20世纪后20年的事情。

二 "五四"文论传统

"五四"是一个十分特殊的时代，在这一个时代里，许多看似矛盾的

[①] 钱锺书：《谈艺录》（增订本）"序"，中华书局1984年版，第1页。
[②] 张文勋、李世涛：《关于北京大学文艺理论进修班（1954—1956）的回忆——张文勋先生访谈录》，《文艺理论研究》2007年第2期。

东西奇妙地结合在了一起。"五四"先驱们一方面强调西方近代以来科学理性主义对于中国的意义，努力尝试着以科学的态度去面对自然与人生；另一方面，他们也接受了西方现代非理性主义思潮的影响，以一种激进的态度与传统决裂，以一种浪漫的乌托邦理想去勾画社会的未来。一方面，民族、国家的前途与命运始终萦绕在他们的心怀，为民族与国家献身成为他们一种挥之不去的情结；另一方面，个人中心主义观念对他们又有着不可抗拒的吸引力，对于作为一个个体的人的价值，他们怀有坚定的信仰。反映现实人生之"真"与表现自我之"真"，在西方文学理论中本是两种不同的文学观念，在许多时候它们是相互对立的。然而，在许多"五四"作家的观念中，再现与表现并不构成直接的对立，新文学的"真"与古典文学的"伪"才是一对水火不相容的概念。在反对"矫揉造作"的古典文学时，要求文学真实地反映现实人生与真实地表现自我成了可以不加区别的同一种声音。正因为如此，"五四"以后，似乎任何一种以张扬"五四"精神为旗号的文学主张都可以从"五四"文学中找到认同自身的根据，而任何一种打着超越"五四"、反思"五四"、批判"五四"旗号的文学主张，也都可以在"五四"文学中找到自己的对立面。

在"左翼"文学内部，"革命文学"论争时期、左联时期、大众语运动时期，不少人对"五四"文学采取了批判与否定的态度。"革命文学"这个概念本身就是针对"文学革命"而言的，"小资产阶级文学"是年轻的太阳社、创造社成员对"五四"文学的最基本的阶级定性。而以瞿秋白为代表的主张文学大众化的人，则提出要发动"第三次文学革命"来纠正"五四"文学的偏颇。毛泽东在他的《新民主主义论》与《讲话》中，对"五四"文学采取了基本肯定的态度，不过他是重新对"五四"新文化运动进行界定之后，从它代表了"新民主主义性质的文化，属于世界无产阶级的社会主义的文化革命的一部分"[①]这个角度去进行肯定的。在这种对"五四"精神重新界定的过程中，正如有学者所说："诸如革命、爱国主义、俄国十月革命的影响等，被不成比例地扩大；而另外一些与自由主义相关的思想，如个性主义、思想自由等，则被淡化，甚至忽

---

① 《毛泽东选集》第2卷，人民出版社1991年版，第698页。

视了。"① 就文学而言，在"左翼"文学的视野里，包含在"五四"文学中的启蒙立场、审美主义倾向、现实主义精神被弱化了，而"五四"文学中的功利主义态度、工具论立场则得到了充分的展开。

但是，在20世纪40—50年代，"左翼"文学内部也存在另外一种试图纠正对"五四"文学精神的片面理解，还原"五四"精神中被主流话语遮蔽了的内容的努力，这些努力首先是将"左翼"文学的合法性概念"现实主义"作为自己的旗帜，同时，一些人还打出了鲁迅这面旗帜。

在中国现代文学史上，鲁迅是一个巨大的存在。虽然在"革命文学"论争时期，一些"左翼"理论家曾经把批判的矛头对准过鲁迅，但这种极不明智的做法立刻受到中共中央的干预。鲁迅去世之后，毛泽东把他树为中国无产阶级文学的一面伟大旗帜，使他在中国"左翼"文学中的地位，可以与高尔基在苏联文学中的地位相媲美。但是，鲁迅思想与文学倾向的深刻性与复杂性，又不是毛泽东的有关论述能够全面涵盖的。这就使"左翼"文学内部一些试图突破主流文学观念束缚的人，从鲁迅那里寻找理论支持成为可能。这方面最突出的代表就是胡风。胡风一直以鲁迅精神的直接继承者自居，而他的"现实主义文学理论"所拟构的那种以"主观战斗精神"切入存在深层的认识主体，确实含有鲁迅那样孤独的"五四"启蒙者的影子。尽管胡风的文艺思想在20世纪40年代后期就被作为"左翼"文学中一种异己的声音承受着很大压力，进入20世纪50年代不久即被彻底否定，但鲁迅这面旗帜仍然具有极大的吸引力，试图借助鲁迅接通"五四"文学传统的努力也始终没有完全中断。我们从冯雪峰、丁玲这些经历过"五四"的作家20世纪50年代的有些言论中，甚至从刘绍棠这些被周扬称为"不知天高地厚"的年轻人的言论中，都能听到它的余响。

"左翼"文学内部另外一种试图纠正对"五四"文学精神的片面理解的声音，是以茅盾为代表的一批理论家发出的，他们打出的是"真实"这面旗帜。在中国20世纪文学史上，尤其是20年代以后，随着现实主义

---

① 魏绍馨：《历史的重估——胡适与五四新文学运动》，《中州学刊》1999年第1期。

文学理论越来越被放在独尊的地位上，出于意识形态的需要，其内涵常常被阐释得面目全非。而茅盾则在各种情况下都试图维护现实主义文学理论最初的精义，这与他早年对现实主义文学理论的深入研究与准确把握是分不开的。茅盾在倡导现实主义文学理论时，受法国19世纪理论家丹纳、左拉等人的影响，把实地观察、客观描写作为其第一要义。在他看来，正是客观描写与实地观察为现实主义的"真"提供了保证。而文学创作的过程，就是把作者自己对生活的观察真实细致地描写出来。现实主义文学揭露现实黑暗的主张以及"为人生"的目的，都必须建立在这一基点之上。在接触马克思主义文学理论之后，茅盾轻易地把他理解的"现实主义"转换成了马克思主义的文学观念。这一转换并非是对马克思主义的曲解，却与后来的"社会主义现实主义"有着不一致、不协调之处。进入20世纪50年代之后，茅盾的理论态度是极具代表性的：一方面，他尽量使自己接受主流的文学观念，特别是使自己的话语向主流的话语形态靠近；另一方面，他又难以摆脱或者不愿摆脱自己原来的文学立场。一有合适的时机，他就会发出与主流话语不太一样的声音。20世纪50年代，当自由主义话语已经彻底噤声，胡风的文学思想也被冠以"反革命"的罪名之后，主流话语之外，就只剩下要求文学的"真实性"这种声音还可以合法地存在。在新中国文艺理论建构过程中，这种声音是"五四"现实主义传统介入的一种重要方式。只是，相对于主流话语而言，它显得十分微弱，而且常常因为政治形势的骤然紧张而把发出这种声音的人置于十分不利的位置上。

三 西方文论传统

中国现代文学观念，基本上都是从欧美移植过来的。虽然有些经由日本转译进来，但其根源还在欧美。马克思主义文学理论，开始时不过是从欧美进来的新的文学观念中的一支。但是，随着中国共产党领导的革命事业的发展壮大，以至于后来夺取政权，马克思主义文学理论最终成为支配性的话语。除马克思主义文学理论之外，"五四"以后从欧美移植的文学观念还包括西方20世纪的其他文学理论，比如以象征主义为代表的现代主义文论、以白璧德等人的理论为代表的西方新古典主义理论以及英美新批评理论等。另一部分从欧美引入的文艺理论是20世纪以前的文论,包括欧洲的批判现实主义文论、德国古典美学、浪漫主义文论以及古希腊亚里士多德等人的文艺理论。

在中华人民共和国成立初期,由于以美国为代表的西方资本主义阵营对中华人民共和国的敌视,迫使新政权在政治上采取向苏联"一边倒"的政策,学术思想领域对西方资产阶级文化基本上是持否定态度的。这使得曾经作为西方文艺理论代言人的理论家的命运,也受到影响。不但离开大陆的胡适、梁实秋等人被列入了反动文人的行列,就是朱光潜、李健吾这样留在大陆的理论家,也不断地对自己曾经持有的"资产阶级唯心主义文艺观"进行检讨,并受到批判。实际上,文艺界主流话语对西方资产阶级文艺思想一直怀有极大的警惕。第一次"文代会"上,茅盾在总结"国统区"文艺的教训时,就把"漫无批判地'介绍'乃至崇拜西欧资产阶级古典文艺的倾向"[①]作为需要纠正的一种错误提了出来。到1953年第二次"文代会"召开时,周扬的报告仍然认为,"在文学艺术战线上,我们必须对西方资产阶级思想的各种表现继续进行批判的工作",并把"盲目崇拜西方资产阶级文化,轻视自己民族的传统"视为"资产阶级思想的典型表现之一"。[②] 这种政治氛围,是不利于对欧洲古典主义文学理论传统进行客观的认识与研究的,对其文论中合理性成分的借鉴就更加困难。

当然,欧美的"资产阶级文论"与现实政治的联系也是有远有近、有直接的有间接的。因而不同理论的命运也不完全相同。现代主义文论、新古典主义理论以及英美新批评理论等20世纪文论,由于被认为是当代资产阶级没落文艺的最直接的代表,而且有些文论流派在其国内就往往与无产阶级文学对立,因而在中华人民共和国成立前就被"左翼"文学排斥,中华人民共和国成立后基本上完全在中国大陆销声匿迹。20世纪以

---

① 茅盾:《在反动派压迫下斗争和发展的革命文艺》,载中华全国文学艺术工作者代表大会宣传处编《中华全国文学艺术工作者代表大会纪念文集》,新华书店1950年版,第61页。

② 周扬:《为创造更多的优秀的文学艺术作品而奋斗》,载中国文学艺术界联合会编《中国文学艺术工作者第二次代表大会资料》,1953年内部印行。

前的西方古典文论的命运则与此不太相同。由于有些理论是理解马克思主义哲学、美学与文艺理论的背景（如德国古典美学与艺术理论），有些属于俄苏文学的传统（如托尔斯泰等人的文论），有些对于理解马克思主义的现实主义文学理论有直接的借鉴意义（如19世纪英法的现实主义文学理论），有些与世界无产阶级文学运动有直接或间接的关联（如浪漫主义文论），因而作为一种学术话语，还多少保留了一点自己存在的空间。而古希腊亚里士多德等人的文学理论，尤其是那些被认为有着现实主义倾向的文学理论，其自身与政治意识形态的关联很少，作为一种理解西方文学理论发展线索的知识传统，也有一定的存在空间。只是对这些理论的研究，只局限在学院派极个别理论家那里，因而很难作为一种有效的力量介入当代中国文学理论的建构过程之中。而且，这种有限范围内的研究也有明确的价值选择，需要对其中可能对主流话语构成威胁的"异质理论"有高度的警惕与苛刻的批判。只要是与唯心主义沾上边的古典文艺理论家，从柏拉图一直到黑格尔，其文艺立场往往是被否定的。在这种简单地以唯物还是唯心给西方文艺理论家划界的思维模式下，许多理论家的理论贡献很难得到公允的评价，其理论中的合理性成分也就往往被掩盖了。

第 三 章

胡风文艺思想的讨论与批判

孟　远　周兴杰

中华人民共和国成立不久，连续爆发了三次大规模的文艺批判运动，分别是批判《武训传》运动（1951.3—1952.8）、批判"《红楼梦》研究"运动（1954.10—1955.3）和批判"胡风集团"运动（1955.1—1955.6）。这三次批判运动都将文艺批评上升为政治批判，形成声势浩大的运动态势，在对文艺界进行思想整顿的同时，也形成了不容忽视的精神冲击。其中，对胡风及所谓"胡风集团"的批判就是一场由文艺理论论争引发的批判运动。

胡风是中国现当代文艺理论发展史上一位重要而独特的理论家。关于一个理论家思想的讨论本属于学术问题，应该在学术范围内获得自由、平等的论争机会，以争取理论的发展和创新。然而，在胡风文艺思想的讨论中，学术讨论的边界从一开始就被突破了，逐渐演变为一场政治事件。由于讨论问题的态度、提出问题的角度、分析问题的深度上都表现出非学术化的倾向，故而，这场讨论和批判没有显现出更多的引人注目的理论价值。但是，这场批判折射出中国当代学术发展的曲折性、复杂性和历史特点，具有重要的学术史价值。它启发人们深刻反省中国当代学术发展的路径、曲折与动荡，从而为中国学术的未来发展提供思想借鉴和警示。

第一节 "三大文艺批判运动"的总体社会背景

包括批判胡风在内的文艺批判运动的发生，离不开中华人民共和国成立初期的历史背景。因为新生的中华人民共和国面临诸多困难，所以党和政府希望为中华人民共和国建设创造更为有利的思想条件。为此，党和政府高度重视文艺工作，大力推动了文化知识界的思想改造，文艺领域也屡屡成为思想斗争的前沿阵地，引发了这几次大规模的文艺批判运动。

中华人民共和国成立之初的几年是一个政治运动非常频繁的时期。在国内，通过持续采取军事行动和政治措施，基本结束了社会和政体的分裂局面，使国家重新统一起来，并确立和巩固了人民民主专政的国家体制。通过土地改革、"三大改造"、农业合作化等政治经济措施，完成了生产关系和所有制的彻底改造，奠定和巩固了新政权的经济基础。这些措施和第一个五年计划的实施，对国民经济的恢复和发展起到了极大促进作用，当然，之后的"大跃进"等"左"的冒进举措又导致了经济的严重失调。而且，通过"三反""五反""镇反""肃反"，以及思想改造等政治运动，党对全社会的整顿治理不断加强。

在政治、军事上取得了决定性的胜利之后，党和政府在思想文化领域面临的问题仍然十分复杂。这一方面固然是因为我们还必须与国内外的敌对势力在思想文化领域进行复杂的意识形态斗争；另一方面也是因为社会成员的思想状况同样十分复杂。中华人民共和国的成立让"翻身做了主人"的广大工农兵迸发出巨大的革命热忱，但他们普遍知识文化水平低下，阶级意识、政治觉悟也因之受到限制，还不能完全满足中华人民共和国建设的需要。同时，中小资产阶级和知识分子因为其知识文化方面的优势，成为中华人民共和国经济建设和文化建设上重要的依靠力量，但在思想上（特别是政治意识上）却存在复杂性和动摇性：即他们虽然大多具有爱国主义精神，拥护共产党和新政权，同情社会主义，但也深受西方民主主义和自由主义思想影响，存在崇美、亲美和恐美情绪。特别是当国际、国内形势出现变化时，他们往往会表现出较大的思想波动。

为应对这种复杂状况,党和政府将文艺实践当作解决思想文化领域问题的重要手段,故而才如此高度重视文化建设和文艺工作。例如,对于人民群众而言,文艺是团结和教育他们的手段,是培养他们的阶级意识和政治觉悟的途径,因而群众文艺活动得到大力扶持,为群众喜闻乐见的戏曲极受重视,戏曲改革极受重视。但对出身资产阶级或地主阶级的知识分子而言,文艺就不仅发挥团结和教育功能,许多时候还是用于改造和打击的思想武器。因此,如何写知识分子就变成了当时文艺创作的重要问题,需要有关领导作指示才能明确的重要问题。与此同时,由于本身就是思想文化领域的重要组成部分,文艺领域当然也具有上述的复杂性,并常常被这种高度的政治关注所放大,像当时的许多作品就被认为是不够革命的,甚至是反革命的,因而被禁或受到批判。这就使文艺领域既成为社会关注的焦点,也往往变成斗争的前沿和整风的重点。正如我们在历史上看到的,文艺事件不止一次成为政治运动的发起点。文艺领域因而既十分重要,又十分敏感,被频繁地"运动"起来。

由于这样的社会政治环境的影响,中华人民共和国的文艺理论研究与政治运动、文艺运动密切联系在了一起,它们的综合作用也制约了置身其中的文艺理论研究及相关论争。这种综合作用主要体现在如下几个方面。

首先,文艺组织迅速完成体制化,建立了强有力的文艺工作管理体制。将文艺工作纳入事业体制的步骤从中华人民共和国成立前夕的第一次"文代会"就开始了,并在很短时间内迅速完成。第一次"文代会"的最后一天,"中华全国文学艺术界联合会"这一全国性的文艺组织就宣告成立。郭沫若在《大会结束报告》中将这作为本次大会的一大收获,并预言了今后的文学艺术工作的效果,那就是"工作纲领将更加集中,工作内容将更加丰富,工作步骤将更加整齐了"。[①] 随后不久,另一个重要的文学组织"中华全国文学工作者协会"宣告成立,接着中华全国戏剧工作者协会、诗歌工作者联谊会等也宣告成立。然后是戏曲、电影、音乐、舞蹈、美术等各类相关的全国性文艺协会的成立。这些重要的文艺组织的负责人由中共中央宣传部甚至是毛泽东直接领导。从全国"文代会"闭

---

① 《中华全国文学艺术工作者代表大会纪念文集》,新华书店1950年版,第117页。

幕到1949年年底，各省、市成立了40个地方文联或文联的筹备机构，出版了40种文艺刊物。①这样，一个自上而下的、有行政色彩的文艺组织网络很快覆盖全国。这种文艺组织的体制化、机关化，使中华人民共和国的文艺实践迅速成为党领导下的文艺事业，使文艺界人士逐渐成为受体制制约的工作人员，使文艺话语、包括文艺批评和理论话语日益成为适应体制需要的话语，其整合作用是十分强大的。

其次，思想改造等运动整顿了知识分子的思想，巩固了马列主义、毛泽东思想的指导地位。如前所述，中华人民共和国成立初期发动了一系列运动。这其中，思想改造运动（1951—1952）是专门针对知识分子的。但是在此之前，有以历史唯物主义教育为主题的思想教育活动，在此之后，有对俞平伯的批判、对胡适的批判、对资产阶级唯心主义的批判、"反右"运动等，思想整风、改造的意图也贯穿在这些运动中。其中，知识分子也是主要的运动对象，而文艺界又往往处在这些运动的前沿，因此可以说，文艺界知识分子（当然包括文艺理论家）经历了包括思想改造运动在内的一系列政治运动的锻炼和改造。这一系列思想整风、改造运动取得了显著效果，那就是让马列主义，特别是毛泽东思想真正成为全中国的指导思想。

最后，"文艺为无产阶级政治服务""文艺为工农兵服务"的文艺政策强化了新政权对文艺界的管控。"文艺为无产阶级政治服务""文艺为工农兵服务"方针是在确立毛泽东文艺思想的领导地位过程中明确的，也是适应中华人民共和国成立之初的形势需要而确立的。这一方针在1942年"延安文艺座谈会讲话"时期就已提出。②第一次"文代会"上，周恩来的报告、周扬的报告，以及其他人的发言都从不同方面对此进行了阐述，使之在全国的领导地位基本得到确立。尽管以"文艺为无产阶级政治服务""文艺为工农兵服务"方针为指导的相关文艺政策，适应了中华人民共和国成立之初的形势需要，取得了多方面的成绩，但由于其内在的激进逻辑，也在相当大的程度上局限、阻碍了文艺的充分发展，因此对

---

① 田居俭主编：《中华人民共和国史编年（1949年卷）》，当代中国出版社2004年版，第837页。

② 《毛泽东选集》第3卷，人民出版社1991年版，第861页。

当时和之后的文艺实践造成了不容忽视的不良影响。

在这样的社会环境中，这一系列文艺批判运动形成了一种由最高领导人作出指示，党和政府相关部门组织发起，《人民日报》以社论来指导和引领运动方向，《文艺报》等各种报刊全力配合，最后形成席卷全国的政治运动的文艺批判运动的模式。经过这样的一系列文艺批判运动，文艺的政治管理体制进一步加强，对文艺界的理论改造不断强化，文艺界的整体政治觉悟不断提高。但是不得不说，每一次文艺批判运动都是对文艺界乃至知识界的沉重打击，而批判"胡风集团"运动则是三次运动中对知识分子伤害最严重的。

第二节　批判运动之前的理论分歧与论争

胡风是中国现代文学史上著名的文艺理论家、诗人和作家。他早年投身革命文艺运动，为"左翼"文艺运动作出诸多贡献，在国统区文艺界也被一些人奉为理论"权威"。但是他与周扬等党内高层理论家的文艺思想存在不同程度的分歧，对毛泽东《在延安文艺座谈会上的讲话》（以下简称《讲话》）精神的领会也有所保留，因而数次引发论战。

一　重庆座谈会：间隙初生

1942 年 5 月，《讲话》问世。《讲话》提出并回答了"文艺为什么人"和"如何为"两个核心问题，影响深远。《讲话》发表以后，解放区文化思想界发生了重大变化。胡风初次接触《讲话》是在 1944 年 3 月，他参加了由冯乃超主持的学习《讲话》精神的座谈会。1944 年 7 月，何其芳、刘白羽受命来重庆宣传《讲话》精神，胡风主持讨论。对于《讲话》的几个重要命题（如文艺为工农兵服务、知识分子思想改造等），胡风有自己的解读视角和方式。作为对这次讨论的回应，胡风在自己主办的《希望》创刊号上，发表了《置身在为民主的斗争里面》一文。文中，胡风坚持从他的理论原点——主观战斗精神——出发，主张作家的思想立场"不能停止在逻辑概念上面，非得化合为实践的生活意志不可"，

"只有从对于血肉的现实人生的搏斗开始,在文艺创作里面才有可能得到创造力的充沛和思想力的坚强"。① 他还坚持文学创作离不开感性的机能,作家的思想武装或思想改造不能够仅仅凭借"思辨的头脑"去把握,而必须经过作家内在的发酵、酝酿才具有实践意义。"承认以至承受了这自我斗争,那么从人民学习的课题或思想改造的课题从作家得到的回答就不会是善男信女式的忏悔,而是创作实践里面的一下鞭子一条血痕的斗争。"②

在《讲话》对知识分子的个人主义、自由主义和优越意识进行批判的时候,胡风却在自己的理论体系内深入阐释作家主观精神的重要性,分歧明显。同时,《希望》创刊号还发表了舒芜的哲学论文《论主观》,并在"编后记"中指出该文提出了"一个使中华民族求新生的斗争会受到影响的问题"。③ 后来胡乔木专门与舒芜在胡风家展开辩论,批评《论主观》的观点,未能说服舒芜。

二 香港的批判:《大众文艺丛刊》

1948年,香港新创刊的《大众文艺丛刊》展开了对胡风文艺思想的正面讨论,拉开了当代中国学术史上这次重要批判的序幕。《大众文艺丛刊》对胡风文艺思想的批判主要集中在"主观战斗精神"和"精神奴役的创伤"这两个关键词,以及知识分子作家如何与人民结合这样的实践命题上。批判者以《讲话》的话语系统为参照,以《讲话》的核心思想为标准,展开对胡风文艺思想的解读和批判。其目的旨在统一理论认识,为未来的文化建设做好理论准备。

值得注意的是,批判者的注意力很快由文艺问题转向了政治问题。他们认为,由于胡风对感性的强调,"对于作家所要求的,主要不是思想的改造和对群众关系的改变,而是强烈的感性机能;主要不是在实践

---

① 胡风:《置身在为民主的斗争里面》,载《胡风全集》第3卷,湖北人民出版社1999年版,第187页。

② 同上书,第190页。

③ 胡风:《〈希望〉编后记》,载《胡风全集》第3卷,湖北人民出版社1999年版,第292页。

中从观察、比较、研究去具体认识他的周围世界,而只是借这种精神力量去进行所谓'血肉的搏斗'",这样,"不仅唯物论被取消了,阶级观点也被取消了"。①

在如何与人民结合问题上,批判者强调,与人民结合首先就是到工农兵的生活实践中,进行思想改造,实现阶级立场的转变。"一切革命的作家必须与广大的工农兵劳苦群众相结合——在原则上,这是一个'地无分南北'的课题。"②并且,"认为只有具体的平凡生活才是最真实的政治,从而把政治事件还原为平凡的生活事件,群众还原为个别的被压迫者和战斗者,阶级还原为个人对个人的态度,那将是大错而特错"③。甚至,胡风描述作家创作过程中精神动态的表述("自我斗争")进一步被解读为"是作家和人民一种对等地迎合和抵抗的斗争"。④

针对上述批判,胡风写了长篇论文《论现实主义的路》。胡风将讨论限定在文艺创作领域内,从理论上进一步阐释了"主观战斗精神"的来源和基础。并且,胡风提出了"人格力量"(实践的生活意志),主张将革命的主义化为作家的实践意志,"凭着它去深入现实、把握现实、克服现实的实践意志"⑤;也正是在这个意义上,胡风将创作过程看作生活过程,"而且是把他从实际生活得来的(即从观察它和熟悉它得来的)东西经过最后的血肉考验的、最紧张的生活过程"。⑥

关于知识分子与人民结合的问题,胡风依然从"五四"文化传统和启蒙的角度来论证自己的看法。他认为,旧知识分子和有革命要求的知识分子"由于残留的所谓'优越感'和虽然困苦但却大都可以勉强得到的

---

① 荃麟:《论主观问题》,载中南七区高等院校编《中国现代文学史资料汇编》(下),河南人民出版社1979年版,第1207—1208页。

② 乔木:《文艺创作与主观》,《大众文艺丛刊》第二辑《人民与文艺》,香港生活书店1948年版,第11页。

③ 同上。

④ 荃麟:《论主观问题》,载中南七区高等院校编《中国现代文学史资料汇编》(下),河南人民出版社1979年版,第1212页。

⑤ 胡风:《论现实主义的路》,载《胡风全集》第3卷,湖北人民出版社1999年版,第532页。

⑥ 同上书,第523页。

生存的空隙，不容易做到决然地完全抛弃幻想，因而滞留在自作多情但实际上却是虚浮的精神状态里面"。① 为了克服这种游离性，知识分子要深入实践，在长期的磨炼中进行改造。至于那些深入人民的内容的作家，"他们的创作实践原就是克服着本身的二重人格，追求着和人民结合的自我改造的过程"。② 因为他们的创作实践"依靠着对于历史现实的发展方向的承受，依靠着把自己放在反封建的斗争要求里面，依靠着对于被革命思想所照明的人民的内容（负担、潜力、觉醒、愿望和夺取生路）的深入"。③

《论现实主义的路》是对《大众文艺丛刊》批判的理论回应，但是，《大众文艺丛刊》之所以发起这次批判，却并不仅仅是由于学术问题的分歧，而是出于政治规训和争夺文艺理论话语权的需要。当时，随着军事战场上的胜利，统一文艺思想上的认识显得越来越紧迫。胡风文艺观点与《讲话》的不对应性，被认作一种对抗或不服从态度，也为更大规模的批判埋下了伏笔。

第三节 批判渐次升级：1949—1955

1949 年以后，关于胡风文艺思想的讨论和批判渐次升级——由资产阶级唯心主义到反现实主义，由反现实主义到反马克思主义，由反马克思主义到反党集团，由反党集团到反革命集团。学术问题最终演变为政治问题，学术讨论发展为政治批判。这其中既有政治大环境的作用，也有个人小环境的影响。就前者而言，文化批判的政治模式正在形成，学术问题与政治问题的边界越来越模糊；就后者而言，个人的历史积怨随着权力分配再次爆发，学术讨论与人事恩怨盘根错节地纠缠在一起。

---

① 胡风：《论现实主义的路》，载《胡风全集》第 3 卷，湖北人民出版社 1999 年版，第 528 页。

② 同上书，第 529 页。

③ 同上。

一 批判渐次升级：从资产阶级唯心主义到反党反革命集团

1949年7月，在第一届全国文学艺术工作者代表大会（以下简称"文代会"）上，茅盾做了《在反动派压迫下斗争和发展的革命文艺》的报告，集中介绍了十年来国统区文艺运动的发展状况。报告在第三部分"文艺思想理论的发展"的第三节不点名地批评了胡风的文艺思想，明确指出"关于文艺中的'主观'问题，实际上就是关于作家的立场、观点和态度的问题"。[①] 报告没有对"主观"展开深入分析，而是解读为"崇拜个人主义的自发性的斗争"，将问题径直归结到思想改造、与人民结合的时代命题上。

1951年年底，在北京率先开始的文艺整风运动中，胡风问题再次被提出。为了表明对《讲话》的态度，解释一些理论问题，胡风写了题为《学习，为了实践》的理论文章。但周扬认为这篇文章没有自我批评，不宜发表。

1952年5月25日，舒芜在《长江日报》发表了《从头学习〈在延安文艺座谈会上的讲话〉》，表达了对《讲话》的忠实拥护和支持，忏悔过去的错误思想。舒芜的《论主观》1945年在《希望》创刊号上发表后，一直被当作胡风"主观战斗精神"的哲学基础，受到严厉批判。在这次忏悔中，舒芜点名批判了路翎错误的创作倾向，并呼唤"路翎和其他几个人，也要赶快投身于群众的实际斗争中"。[②] 针对舒芜的文章，胡风写了《关于〈希望〉的简单报告》，试图对《希望》的编辑情况进行说明。

1952年9月至12月间，召开了长达4个月的"胡风文艺思想讨论会"。9月26日，舒芜在《文艺报》上发表《致路翎的公开信》。信中，舒芜更彻底地否定了自己的过去，觉悟到"那是根本错误的，是与毛泽

[①] 茅盾：《在反动派压迫下斗争和发展的革命文艺》，载张炯主编《中国新文艺大系（1949—1966）·理论史料集》，中国文联出版社1994年版，第114页。

[②] 舒芜：《从头学习〈在延安文艺座谈会上的讲话〉》，载作家出版社编辑部编《胡风文艺思想批判论文汇集》第2集，作家出版社1955年版，第114页。

东文艺路线背道而驰的"。① 舒芜的反省是对旧我的决绝否弃，也是向胡风的"倒戈一击"。

针对这些批判，胡风写了《一段时间，几点回忆》，在讨论会上作了简要口述，试图解释一些理论问题。后来，胡风将文章呈送中共中央，但没有得到回音。

1952 年 12 月 11 日，在"胡风文艺思想讨论会"的第三次会议上，何其芳作了题为《现实主义的路，还是反现实主义的路？》的长篇发言，系统地批判了胡风的文艺思想，指出胡风在许多原则问题上的一系列错误。1953 年 1 月 30 日，《文艺报》发表了林默涵的文章《胡风反马克思主义的文艺思想》。文章剖析了胡风一贯的文艺思想，指出"它和马克思主义的文艺思想、和毛泽东同志的文艺方针没有任何相同点；相反地，是反马克思主义的、反社会主义现实主义的"。②

"胡风文艺思想讨论会"结束后，胡风没有再写理论文章回应或解释。1954 年 2 月 18 日，《人民日报》发表《中共中央七届四中全会公报》，批评党内一部分干部不能接受批评监督，对批评者实行压制报复的工作作风。胡风认为，终于到了澄清问题的时候。3—7 月间，胡风在朋友们的帮助下完成了《关于解放以来的文艺实践情况的报告》（即《三十万言书》），并呈送给中共中央。

1954 年 10 月，《红楼梦研究》批判展开。胡风在中国文联和作协的联席会议上，尖锐批评《文艺报》的压制小人物的作风和庸俗社会学的文艺观点。12 月 8 日，会议形势急转变化，周扬作了《我们必须战斗》

---

① 舒芜：《致路翎的公开信》，载作家出版社编辑部编《胡风文艺思想批判论文汇集》第 2 集，作家出版社 1955 年版，第 116 页。舒芜从 5 个方面反省了过去的错误：第一，我们过去一切错误的出发点，是硬要把自己倾向革命的小资产阶级个人主义追求过程，当作"正确"的革命道路；第二，我们为了辩护自己，不仅把群众自发的革命要求，夸张为革命的基本动力，否定了党的领导，而且照自己的面貌去涂改群众的面目；第三，我们为了援引同调，辩护自己，不但歪曲了群众的面貌，而且涂改了历史的真实；第四，我们在文艺思想上，根据资产阶级思想体系的指导，形成了按照小资产阶级面貌来改造世界的完整的一套；第五，我们的错误思想，使我们在文艺活动上形成一个排斥一切的小集团，发展着恶劣的宗派主义。

② 林默涵：《胡风反马克思主义的文艺思想》，载张炯主编《中国新文艺大系（1949—1966）·理论史料集》，中国文联出版公司 1994 年版，第 308 页。

的总结发言,指出"胡风先生的观点和我们的观点之间的分歧",认为胡风"实际是在反对'学究式的态度'口号之下来反对马克思主义理论的学习和宣传"。① 1955年1月,胡风写了《我的自我批判》,承认自己错误的根源是:"把小资产阶级的革命性和立场当作了工人阶级的革命性和立场,混淆了它们中间的原则的区别。"② 这种严厉的自我批判,在胡风来说还是第一次。但是,却没能阻止批判升级的脚步。

1955年1月21日,中宣部向中共中央报送了《关于开展批判胡风思想的报告》。1955年1月26日,中共中央发出通知,批转了中宣部的报告。胡风问题被定性为"反党反人民",批判的方向正在发生变化。

1955年2月5日和7日,中国作协主席团召开扩大会议,决定对胡风的资产阶级唯心主义文艺思想展开批判。全国大规模的胡风思想批判全面展开。

1955年4月1日,郭沫若在《人民日报》发表《反社会主义的胡风纲领》;4月13日,舒芜在《人民日报》上发表《胡风文艺思想反党反人民的实质》。思想领域的批判逐步发展为政治批判。

1955年4月,舒芜整理上交了他和胡风的私人信件,并送呈毛泽东审阅。由此,胡风等人被定为"反党集团"。

1955年5月初,由中宣部和公安部组成的胡风专案组成立,搜集胡风反党反革命"罪证"的取证工作在全国展开。

1955年5月13日,《人民日报》发表了舒芜的揭发材料《关于胡风反党集团的一些材料》。

1955年5月18日,全国人民代表大会第16次会议批准逮捕"胡风反党集团"骨干分子。这次会议上,有78人被正式定为胡风集团分子。

1955年5月24日和6月18日,《人民日报》分别公布了《关于胡风反党集团的第二批材料》和《关于胡风反党集团的第三批材料》。

1955年6月20日,人民出版社将关于胡风的三批材料结集出版,题目更名为《关于胡风反革命集团的材料》。胡风问题的性质由"反党"升

---

① 周扬:《我们必须战斗》,载作家出版社编辑部编《胡风文艺思想批判论文汇集》第3集,作家出版社1955年版,第13页。
② 胡风:《我的自我批判》,载《胡风全集》第6卷,湖北人民出版社1999年版,第458页。

级为"反革命"。

从1945年开始的理论对话,到1948年的理论批判,到1952年的思想批判,直到1955年,关于胡风文艺思想的讨论终于发展为大规模的政治批判,演变为一场巨大沉痛的历史悲剧。

二 学术批判理性的渐次丧失:从思想批判到政治批判

在1949年以后对胡风文艺思想的批判中,双方的力量和位置发生了倾斜性的变化——胡风始终处于辩解和澄清问题的被动处境。随着文化批判政治模式的形成,权威话语压抑了个人话语,政治话语压抑了学术话语,前者甚至成为唯一的话语。学术批判理性逐渐丧失,取而代之的是非同一的、非系统的、非逻辑的批判策略。

1949年以后对胡风文艺思想的批判,在内容上与1948年香港《大众文艺丛刊》的讨论没有太多不同。周扬在阐述"胡风先生的观点和我们的观点之间的分歧"时指出:"我们强调对于进步的、社会主义的作家,共产主义世界观的重要性,强调文学作品应当表现有迫切政治意义的主题,应当创造人民中先进的正面人物形象,强调民族文学艺术遗产的重要性和文学艺术上的民族形式,这些都是完全正确的,而这些也是胡风先生所历来反对的。"[①] 胡风与批判者的分歧与其说是观点的不同,不如说是各自所依据和使用的话语系统的不同。如果从学理层面进行沟通对话,在批判与反批判的过程中或许能够推动文艺理论的发展。但当时,发动批判的目的是维护《讲话》的真理性和权威性,使溢出《讲话》核心命题之外的思想归于一致。香港的批判可以看作是对胡风的召唤信号,胡风却做了进一步的专业答辩。1949年以后,随着《讲话》的权威性覆盖到全国范围,其真理性和普遍有效性更加不容置疑。胡风文艺思想与《讲话》的不对应就成为突出的文化政治事件。一场再批判运动开始了。批判的参照系始于《讲话》止于《讲话》,批判的逻辑在于权威话语的真理性。

---

① 周扬:《我们必须战斗》,载张炯主编《中国新文艺大系(1949—1966)·理论史料集》,中国文联出版公司1994年版,第295页。

第一，采取了非同一性的策略。所谓非同一性，即不在同一语境下讨论问题。如前所述，胡风的"主观战斗精神"着重于强调创作主体的精神状态，批判者却以为这是否定了生活实践的决定性意义，将创作归于神秘的东西——精神力量。根据是：这样的观点与《讲话》中人民生活是艺术的"唯一源泉"的表达相反①；根据是：与《讲话》中阶级斗争决定思想感情的说法不同，"胡风所说的'主观战斗精神'是没有阶级内容的抽象的东西"②；根据是：1942年的整风运动着重反对主观主义，胡风却"推荐了《论主观》这篇实际上是提倡主观主义的文章"③，并攻击所谓"客观主义"的创作倾向。

第二，采取了非系统性的策略。所谓非系统性，即不在整体语境中讨论问题。如前所述，在胡风的整体语境中，创作主体是焦点问题。正是从这个角度，胡风提出"主观战斗精神"是文艺创作的根本问题。批判者认为，胡风理论的实际效果，"就是阻碍文艺工作者认识思想改造的必要性"。④ 根据是：《讲话》认为根本问题是"为什么人的问题"，解决的办法是深入群众，加强思想改造；而胡风理论的根本问题是"作家主观战斗精神不够强烈或衰落了，解决的办法是加强作家的主观精神"。因此，"这是个原则性的分歧"。⑤ 事实上，胡风对于思想改造的认识源于两个方面：一是启蒙意识；一是创作规律。就后者而言，他坚持对于文学创作来说，"理论，只有变成了作家自己的血肉要求以后，才能够成为创作的力量，才能够在创造过程上产生力量"。⑥ 但这并不意味着胡风否认世界观

---

① 何其芳：《现实主义的路，还是反现实主义的路?》，载张炯主编《中国新文艺大系（1949—1966）·理论史料集》，中国文联出版公司1994年版，第311页。

② 林默涵：《胡风的反马克思主义的文艺思想》，载张炯主编《中国新文艺大系（1949—1966）·理论史料集》，中国文联出版公司1994年版，第298页。

③ 周扬：《我们必须战斗》，载张炯主编《中国新文艺大系（1949—1966）·理论史料集》，中国文联出版公司1994年版，第293页。

④ 林默涵：《胡风的反马克思主义的文艺思想》，载张炯主编《中国新文艺大系（1949—1966）·理论史料集》，中国文联出版公司1994年版，第303页。

⑤ 同上书，第301页。

⑥ 胡风：《答文艺问题上的若干质疑》，载《胡风全集》第3卷，湖北人民出版社1999年版，第207页。

的指导意义,他强调的是世界观和革命理论在怎样的途径上作用于创作活动。

第三,采取了非逻辑性的策略。所谓非逻辑性,即不在理性逻辑内讨论问题。关于题材与文艺作品价值的关系,胡风认为:"文艺作品的价值,它的对于现实斗争的推进效力,并不是决定于题材,而是决定于作家的战斗立场,以及从这战斗立场所生长起来的(同时也是为了达到这战斗立场的)创作方法,以及从这创作方法所获得的艺术力量。"① 这段话是胡风为《抗战文艺》终刊号所写,当时有人想编印选集,以总结抗战文艺成绩。胡风以为编选的目的不仅是"保存史料",不能是"抗战"题材就可以入选,"中心点"是要反映人民的斗争。在这一语境中,胡风谈到编选的标准——文艺作品的价值。这一观点作为"题材无差别论"受到严厉批判。题材的意义作为理论问题自然可以讨论,但批判者由此得出如下推论:"否认题材的差别的重要,其逻辑的结果就是否认生活的差别的重要"②;进而,"否认了革命作家必须到人民群众中间去,必须参加人民群众的斗争"。③ 结论是:"这样的观点也是直接和毛泽东同志的《在延安文艺座谈会上的讲话》相反的。"④ 事实上,由题材的差别到生活的差别,并不能够建立起严密的逻辑关系。

由此可见,在1949年以后对胡风文艺思想的批判中,学术的理性分析逐渐减弱,权威话语成为批判的武器和标准。个人话语和学术话语之所以受到压抑,是与当时的文化批判政治模式分不开的。为了维护意识形态话语的一统性,肃清思想领域的认识分歧成为重要的政治目标。因此,文化批判就成了当时政治运作的重要方式和手段。1951年关于电影《武训传》的批判,1954年关于《红楼梦研究》的批判,以及后来关于《海瑞罢官》的批判等都是这种政治模式的结果。关于胡风文艺思想的

---

① 胡风:《关于结算过去》,载《胡风全集》第3卷,湖北人民出版社1999年版,第275页。
② 何其芳:《现实主义的路,还是反现实主义的路?》,载张炯主编《中国新文艺大系(1949—1966)·理论史料集》,中国文联出版公司1994年版,第312页。
③ 同上书,第313页。
④ 同上。

批判亦不例外。尤其是发展到后期，讨论已经完全溢出学术领域和思想领域，意识形态的国家机器和强制性（压制性）的国家机器共同介入了其中。

首先，作为意识形态国家机器的报纸和刊物以"编者按"的形式宣判了胡风文艺思想的性质，引导批判发展方向。1952年6月，《人民日报》全文转载了舒芜的《从头学习〈在延安文艺座谈会上的讲话〉》，并加了一则"编者按"。按语指出，《希望》是"以胡风为首的一个文艺上的小集团办的"，这是首次公开明确提出了以胡风为首的小集团的概念。"编者按"对这个小集团的主张和性质作了如下概述："他们在文艺创作上，片面地夸大'主观精神'的作用，追求所谓'生命力的扩张'，而实际上否认了革命实践和思想改造的意义。这是一种实质上属于资产阶级、小资产阶级的个人主义的文艺思想。"[①] 1952年9月，《文艺报》在舒芜的《致路翎的公开信》的"编者按"中明确指出胡风与《讲话》的对抗态度："这种错误思想使他们在文艺活动上形成一个小集团，在基本路线上是和党所领导的无产阶级的文艺路线——毛泽东文艺方向背道而驰的。"[②] 1955年5月，《人民日报》在《关于胡风反党集团的一些材料》的"编者按"中，将胡风问题的性质从"文艺小集团"上提升到"反党集团"："从舒芜文章所揭露的材料，读者可以看出，胡风和他所领导的反党反人民的文艺集团是怎样老早就敌对、仇视和痛恨中国共产党的和非党的进步作家。"至于胡风的文艺观点，按语则不加分析地断定了其"虚假性"：什么"小资产阶级的革命性和立场"，什么"在民主要求的观点上，和封建传统反抗的各种倾向的现实主义文艺"，什么"和人民共命运的立场"，什么"革命的人道主义精神……这种话语能够使人相信吗……假的就是假的，伪装应当剥去"。[③] 此外，按语还号召与胡风有来往的人交出

[①] 舒芜：《从头学习〈在延安文艺座谈会上的讲话〉》，载作家出版社编辑部编《胡风文艺思想批判论文汇集》第2集，作家出版社1955年版，第109页。

[②] 舒芜：《致路翎的公开信》，载作家出版社编辑部编《胡风文艺思想批判论文汇集》第2集，作家出版社1955年版，第115页。

[③] 舒芜：《关于胡风反党集团的一些材料》，《人民日报》1955年5月13日。

更多的密信。

其次，作为强制性的国家机器通过行政手段（甚至暴力手段）发动了全国范围的批判运动。1955年1月，中宣部报请中共中央对胡风文艺思想进行彻底的批判。在《关于开展批判胡风思想的报告》中，中宣部对胡风的文艺思想给出了官方意见：系统地宣传资产阶级唯心论；借"现实主义"之名否定文学的党性原则；否认马克思主义世界观对文艺创作的作用；否认作家深入群众生活的重要性；否定民族遗产和民族形式；提出"五把刀子"的理论；片面地夸大文艺工作中的缺点，诬蔑文艺界的领导是"疯狂"的"宗派主义"的"军阀统治"。中共中央批转了中宣部的报告，并对胡风文艺思想的性质做出判决："胡风的文艺思想，是资产阶级唯心论的错误思想，他披着'马克思主义'的外衣，在长时期内进行着反党反人民的斗争，对一部分作家和读者发生欺骗作用，因此必须加以彻底批判。"① 来自最高权力层的"反党反人民"的定性，使对于胡风的批判从文艺问题发展为政治问题。

三　胡风的辩解与反击：《三十万言书》

胡风问题的最后结局，即便当时参与批判的主要人物也不曾料到②，事情的性质究竟是怎样一步步悄然发生变化的？或许有历史的偶然因

---

① 转引自李辉《胡风集团冤案始末》，湖北人民出版社2003年版，第174页。
② 周扬曾谈道："我在上面说了我们和胡风先生等在文艺思想上的基本分歧，但这并不等于否认胡风先生、阿垅先生、路翎先生在文艺事业上的劳绩。"[周扬：《我们必须战斗》，载张炯主编《中国新文艺大系（1949—1966）·理论史料集》，中国文联出版公司1994年版，第297页] 林默涵也在文章中说明："在政治上他是站在进步方面，对国民党反动的法西斯文化作过斗争。在这方面，胡风有他的贡献。"[见林默涵《胡风的反马克思主义的文艺思想》，载张炯主编《中国新文艺大系（1949—1966）·理论史料集》，中国文联出版公司1994年版，第298页] 何其芳曾指出："胡风同志是很早就参加革命文艺活动的文艺工作者。他一直坚持反帝反封建反国民党的立场，这是首先应该肯定的。"[见何其芳《现实主义的路，还是反现实主义的路？》，载张炯主编《中国新文艺大系（1949—1966）·理论史料集》，中国文联出版公司1994年版，第309页] 并且，关于小集团的问题，林默涵认为："我们说这是一个文艺上的小集团，并不是说他们有什么严密的组织，不，这只是一种思想倾向上的结合。"[见林默涵《胡风的反马克思主义的文艺思想》，载张炯主编《中国新文艺大系（1949—1966）·理论史料集》，中国文联出版公司1994年版，第308页]

素①，但是胡风对意识形态询唤的迟钝不能不说是主要原因之一。对于1949年以后遭遇的严厉批判，胡风认为是文艺界领导人宗派主义的结果。他选择"上书"中央的方式，试图通过学理分析，澄清本意、辨析是非。

胡风在《关于解放以来的文艺实践情况的报告》中以现实主义为核心，对有关理论分歧作了进一步的说明和解释。

第一，是对"社会主义现实主义"内涵的理解。胡风指出，"社会主义现实主义"是为了清算"拉普""唯物辩证法的创作方法"而提出的，它与旧现实主义有继承关系，也有原则区别。继承的是"作家的人道主义精神（为人民寻找更好的道路和更好的生活制度），作品内容的真实性或人民性（'从下面'看出来的具体的历史真实，并不限于直接表现人民本身）"②；区别是民主主义人道主义发展为社会主义人道主义——彻底反对人剥削人的制度；人民解放的道路得到了明确的政治方向。这种人道主义即是社会主义现实主义所要求的"社会主义的根本精神"。在此意义上，胡风指出"主观精神"即是革命人道主义精神。具体而言，它是指抗战初期那一种民族解放、人民解放的高扬的热情③；和人民痛痒相关的胸怀；对敌、友、我的爱爱仇仇的感情态度。④ 正是在这里，胡风发现了与批判者的分歧，后者认为社会主义现实主义者"首先要具有工人阶级的立场和共产主义世界观"。

第二，是对作家如何获得世界观的理解。胡风认为，作家世界观是在实践中获得的，是在反帝反封建的民主斗争中获得的；而且，"一定要在艺术实践过程中通过辩证的关系一步一步前进，上升，一直达到世界观的高度"。⑤ 因为如果不通过艺术实践，世界观就只是"不生产的资本"，不会化为作家自己的东西。显然，胡风是在文艺创作这个特殊专业领域谈及世界观的，主张"通过文艺的特殊机能进行艰苦的实践斗争，通过实践

---

① 比如，周扬与胡风的历史恩怨；舒芜的反省和觉悟；舒芜整理并上缴私人信件等。
② 胡风：《关于解放以来的文艺实践情况的报告》，载《胡风全集》第6卷，湖北人民出版社1999年版，第182页。
③ 同上书，第180页。
④ 同上书，第195页。
⑤ 同上书，第193页。

斗争的胜利（现实主义的胜利）达到马克思主义"。① 正是在这里，胡风发现了与批判者的分歧，后者认为"'正确的世界观'是在实践之前一次获得的，因而认识是一次完成的"。②

第三，是对作家如何进行思想改造的理解。胡风主张，创作实践是实践的一种；作家的思想改造要在创作实践中进行。胡风坚持从创作过程的规律讨论作家主观思想的变化："对于一个忠实于现实的作家，现实主义的作家，他的从生活得来的经验材料（素材），他的对于它的理解（思想）和感情态度，要在创作过程中进行一场相生相克的决死的斗争。在这个斗争过程中间，经验材料通过作家的血肉追求而显示了它的潜伏的内在逻辑，作家的理解和感情态度（主观世界）又被那内在逻辑带来了新的内容或变化，这才达到主观和客观的统一，产生了作品。"③ 客观生活只有通过创作主体的中介，才能够成为作品；对作家来说，忠实于现实要通过忠实于艺术，才能够实现。因此，如果否定了创作过程的实践意义，不但不能实现思想改造，"反而要使感受机能和认识机能渐渐衰萎的"。④ 正是在这里，胡风发现了与批判者的分歧，后者认为作家的思想改造必须通过马列主义理论学习和参加群众的实际斗争才可以实现，"恰恰抽去了创作实践"。

第四，是关于民族形式的理解。胡风认为，民族传统与民族形式是不同的范畴。在民族传统中有精华，但更多的是治人者残酷的"智慧"和治于人者的安命的"道德"。能够继承的传统，"只能是指那基本思想内容还是不违背今天历史要求，还在今天的战斗要求中保持着生命的东西"。⑤ 至于民族形式，从文学的内形式而言，它决定于语言的表现方式（表现感情的方式、表现思想的方式、认识生活的方式）是不是发挥了这种民族语言的最大的机能。民族形式的提出是为了克服新文艺的缺点，捍

---

① 胡风：《关于解放以来的文艺实践情况的报告》，载《胡风全集》第6卷，湖北人民出版社1999年版，第171页。

② 同上书，第174页。

③ 同上书，第215页。

④ 同上书，第217页。

⑤ 同上书，第231页。

卫"五四"反帝反封建的革命文学传统。胡风认为，克服的途径在于通过大众化的艺术实践，"把大众的感情、欲望、思想等化成自己的内在的经验，把大众的活的语言和表现感情、思维的方式等化成自己的主观能力"。① 正是在这里，胡风发现了与批判者的分歧，后者认为克服"五四"新文艺的缺点就要发扬民族文艺传统，借用民族形式的躯壳实现"和人民结合"的目的。

第五，是对题材意义的理解。胡风认为，"哪里有生活，哪里就有斗争，有生活有斗争的地方，就应该也能够有诗"。② 题材不能决定作品的价值。无论什么样的生活，无论什么样的题材，只要在现实主义艺术方法下，都可以获得意义。在此基础上，胡风指出分配题材是不符合创作规律的。他坚持创作过程是主客观化合的过程；作家的"主观精神"一方面是社会的东西所化合起来的（共性），另一方面是独特的化合状态（个性）；政治要求可以引导个性并使其发生变化，但不能抹杀独特的化合状态。因此，"作家只能从他身上能有的基础去通到社会内容，而且在绝大多数的场合，是只能通到他有可能通到的某些社会内容的"。③ 正是在这里，胡风发现了与批判者的分歧，后者认为题材对于作品有决定意义，新现实主义必须有工农兵的生活，题材的选择常常和作家的立场有关。

总之，胡风认为批判者的理论违反了创作规律，否定了文艺的专门特点，"一切都简简单单依仗政治"④，在读者和作家头上放下了五把"理论"刀子：

> 作家要从事创作实践，非得首先具有完美无缺的共产主义世界观

---

① 胡风：《关于解放以来的文艺实践情况的报告》，载《胡风全集》第6卷，湖北人民出版社1999年版，第246页。
② 胡风：《给为人民而歌的歌手们》，载《胡风全集》第3卷，湖北人民出版社1999年版，第439页。
③ 胡风：《关于解放以来的文艺实践情况的报告》，载《胡风全集》第6卷，湖北人民出版社1999年版，第280页。
④ 同上书，第298页。

不可，否则，不可能望见和这个"世界观""一元化"的社会主义现实主义的创作方法的影子……

只有工农兵的生活才算生活；日常生活不是生活，可以不要立场或少一点立场……

只有思想改造好了才能创作……

只有过去的形式才算民族形式，只有"继承"并"发扬""优秀的传统"才能克服新文艺的缺点；如果要接受国际革命文艺和现实主义文艺的经验，那就是"拜倒于资产阶级文艺之前"……

题材有重要与否之分，题材能决定作品的价值，"忠实于艺术"就是否定"忠于现实"……①

当胡风十分认真地从文艺创作规律辨析理论分歧的时候，当胡风十分真诚地总结1949年以来文艺实践情况的时候，他没有意识到，他的理论坚持在文化批判的政治运作模式中，是多么不合时宜。直到《红楼梦研究》批判形势的急转，胡风才突然发现这并不只是理论分歧的学术问题。1955年1月，胡风终于承认了自己的理论错误："不能从政治原则看问题"，"在几个根本问题上违背了马克思主义，违背了毛主席的文艺方针"；表现在态度上就是："拒绝思想改造，自以为是的个人英雄主义，狭隘的宗派情绪，严重地缺乏自我批评精神，以及脱离群众，轻视集体。"② 但是，为时已晚。所谓五把"刀子"终于落在了他自己的头上。

第四节 论争与批判中的焦点理论问题

围绕胡风文艺思想展开的论争与批判，虽然始终纠缠着难以肃清的历史积怨、纷繁复杂的人事纠葛，也与宗派主义纷争、个人性格因素有着密

---

① 胡风：《关于解放以来的文艺实践情况的报告》，载《胡风全集》第6卷，湖北人民出版社1999年版，第302—303页。

② 胡风：《我的自我批判》，载《胡风全集》第6卷，湖北人民出版社1999年版，第458页。

不可分的关系，成为特定历史阶段中的政治斗争的组成部分，但基本上还是围绕几个文艺理论问题展开的。并且从本质上说，围绕这些理论问题展开的批判与辩解，一定程度上体现了"五四"人文传统与革命传统的碰撞，体现了学术话语与意识形态话语的缠绕与交锋。因此，抓住围绕胡风文艺思想展开的论争与批判中的焦点问题进行剖析，既有助于澄清问题的实质，也有助于还原胡风文艺思想的独特面貌，客观评价其理论贡献。

一 "主观战斗精神"问题

"主观战斗精神"是胡风主客观化合论的核心范畴，可以涵盖胡风文艺思想中的一组相关概念，如主观、主观精神、搏斗、突入、自我扩张、人格力量等。在胡风文艺思想体系中，"主观战斗精神"是一个理论原点，具有生发和扩散意义，同时，这也是批判者重点攻击的靶心。

批判者主要从胡风对"主观战斗精神"的几种解释入手来论证胡风文艺思想的唯心主义性质。首先是从理论渊源上指出胡风的"主观战斗精神"其实来源于各种唯心主义思想，如尼采、柏格森和厨川白村。这些人是唯心主义理论家，那么，当然胡风的"主观战斗精神"也是唯心论的，甚至和胡适的思想在哲学上也是有着"血缘关系"的。如有批判者就说："他的'主观战斗精神'不是别的，就是尼采的'酒神精神'，叔本华的'生活意志'，弗洛伊特的'来比多'（Libido）。那是一种原始的兽性的盲目的生命力量，也就是主观唯心论发展成为法西斯思想基础的那一部分。"[①] 其次，具体到创作心理过程。有批判者指出胡风在两个方面与主导见解对立，一是在作家思想学习问题上，胡风不主张学习马克思主义，这是"企图用个别现象来推翻一般的规律"，当然也是"唯心主义""形而上学"的。二是不探究创作精神状态的社会来源，不主张深入生活斗争，因而与克罗齐的主观主义美学也是如出一辙。再次，在"真诚"的问题上，有批判者指出反动阶级也可以真诚地创作，但这不可能是现实主义的创作，证明并不如胡风所说，"真诚"就能进行现实主义创作。最后，胡风的"主观战斗精神"并未指明其阶级性，这当然也是唯

[①] 朱光潜：《剥去胡风的伪装看他的主观唯心论的真面目》，《文艺报》1955年第9、10期。

心论的，如此等等。因而，批判者们认为，胡风虽然引用了许多马克思、列宁、毛泽东的语录，但都只是扭曲他们，用来装饰、掩饰自己的唯心论的，"读了'胡风对文艺问题的意见'以后，我认为胡风的这些意见是直接和今天国家过渡时期总任务所规定的社会主义建设与社会主义改造的方针相对立的。他企图以个人主义的唯心论的文学观来代替马克思列宁主义的文学观。他抹杀马克思主义学习的重要意义，用诡辩的形式反对思想改造，甚至狂妄到要求党放弃领导，以资产阶级的反动的文学思想来作为当前文艺运动的准绳"。①

那么，究竟应该怎么来看待胡风的"主观战斗精神"呢？首先，应从胡风文艺思想的基本前提入手来认识这个问题。在文学与生活的关系上，他主张文学应当真实地、历史地反映现实生活。这是胡风文艺思想的一个基本前提。他认为："文艺的内容是从实际生活取来，它的内容以及表现那内容的形式都是被实际生活决定的"，② 然而，这种反映不是机械地、被动地反映，不是生活的复写，而是"必须站在比生活更高的地方，能够有把生活向前推进的力量"。③ 如何才能够做到这一点，如何从现实生活进入文学作品？关键在于创作主体的枢纽作用。一边是生活经验，一边是作品，如果"这中间抽调了'经验'生活的作者本人在生活和艺术中间受难（passion）的精神"④，就会造成艺术的悲剧。

所谓受难精神，即主观战斗精神。就创作主体与现实世界的关系而言，就是创作主体饱含着对生活的热爱，对理想的忠诚，全身心地投入现实人生当中，同那里的人们一起爱、一起恨，体验他们的心灵世界，进而获得深刻的现实认识和饱满的创作冲动。胡风十分认同 A. 托尔斯泰所坚持的创作原则："写作过程——就是克服过程。你克服着材料，也克服着你本身。"⑤ 胡风进一步解释了这个原则："这指的是创造过程上的创造主

---

① 黄药眠：《论胡风的"主观战斗精神"》，《文艺报》1955 年第 6 期。
② 胡风：《文学与生活》，载《胡风全集》第 2 卷，湖北人民出版社 1999 年版，第 293 页。
③ 同上书，第 318 页。
④ 胡风：《略论文学无门》，载《胡风全集》第 2 卷，湖北人民出版社 1999 年版，第 429 页。
⑤ 胡风：《人道主义和现实主义的道路》，载《胡风全集》第 3 卷，湖北人民出版社 1999 年版，第 237 页。

体(作家本身)和创造对象(材料)的相生相克的斗争;主体克服(深入、提高)对象,对象也克服(扩大、纠正)主体,这就是现实主义的最基本的精神。"① 为了实现这个基本精神,作家"在现实生活上,对于客观事物的理解和发现需要主观精神的突击"。②

就创作主体与艺术世界而言,就是创作主体以自己的全部情感与人物共同生活、成长,体悟他们的欢乐、痛楚、悲哀,使人物成为一个鲜活的生命个体。胡风同样赞赏 A. 托尔斯泰以下的结论:"艺术家是和自己的艺术一同成长的。他的艺术是和他反映的人民一同成长的,艺术家是和他所创造的英雄一同成长的。"③ 因此,作家就必须"把他的全部精神力量注向对于对象的追求上面,要设身处地体会出每一个情绪转变的过程。写妓女,他就得自己变成那个妓女,写强盗,他自己就得出没在深夜的原野和丛林……就像上帝无处不在一样,在作家所创作造着的艺术世界里面,作家自己也是无处不在的"。④ 换言之,"在诗的创造过程上,客观事物只有通过主观精神的燃烧才能够使杂质成灰,使精英更亮,而凝成浑然的艺术生命"。⑤

在《关于解放以来的文艺实践情况的报告》中,胡风又对"主观战斗精神"做了更为明确的概括:

一,新文艺是从现实人生的解放愿望(人类解放的愿望)产生的,为了反抗"病态的社会"。

二,文艺是写人,尤其是被压迫的人民的,不能是所谓"物";

---

① 胡风:《人道主义和现实主义的道路》,载《胡风全集》第 3 卷,湖北人民出版社 1999 年版,第 237 页。

② 胡风:《关于题材,关于"技巧",关于接受遗产》,载《胡风全集》第 3 卷,湖北人民出版社 1999 年版,第 79 页。

③ 胡风:《人道主义和现实主义的道路》,载《胡风全集》第 3 卷,湖北人民出版社 1999 年版,第 238 页。

④ 胡风:《关于创作发展的二三感想》,载《胡风全集》第 3 卷,湖北人民出版社 1999 年版,第 15 页。

⑤ 胡风:《关于题材,关于"技巧",关于接受遗产》,载《胡风全集》第 3 卷,湖北人民出版社 1999 年版,第 79 页。

说明了文艺的特殊性，文艺的任务是表现人（典型）的。

三，要通过写人去写出"人生的真实"。

四，要做到这，须得作家有和人民痛痒相关的胸怀。主观精神，革命人道主义的精神。①

这就是胡风的"主观战斗精神"。在胡风文艺理论体系中，所谓"主观战斗精神"及其涵盖的术语群，是就创作过程而言的。而这个过程，在胡风特有的表意体系中就是"和历史进程结着血缘的作家的认识作用对于客观生活的特殊的搏斗过程"。② 没有这个过程，文学就不成为文学。没有这个过程，现实主义就会丧失生命。因此，我们可以说，"主观战斗精神"的概念的确强调了文艺创作过程中的主观能动性的方面，但是，结合胡风的文艺思想整体来看，我们还是可以肯定他是马克思主义反映论和认识论的信仰者。

二 关于"社会主义现实主义"问题

批判运动中，"社会主义现实主义"问题是又一个批判的焦点。批判者认为，胡风在"社会主义现实主义"问题上的认识错误主要表现在如下方面。

首先，是社会主义现实主义与工人阶级立场和马克思主义世界观的关系问题。在1953年的文章中，林默涵就批判胡风理论的错误根源在于没有阶级立场，即"一贯采取了非阶级的观点来对待文艺问题"。③ 这是他分不清旧现实主义与社会主义现实主义的根源，也是他没有"党性"的根源，也是他在"民族形式"问题上出现认识错误的根源。批判运动中，批判者同样认为胡风否认现实主义的阶级性，这样，他虽然以反

---

① 胡风：《关于解放以来的文艺实践情况的报告》，载《胡风全集》第6卷，湖北人民出版社1999年版，第179页。

② 胡风：《今天，我们的中心问题是什么?》，载《胡风全集》第2卷，湖北人民出版社1999年版，第612页。

③ 林默涵：《胡风的反马克思主义的文艺思想》，《文艺报》1953年第2期。

映论为现实主义的哲学根基,却否认阶级性差异会产生"各种不同的"唯物主义认识论,因而把反映论当作了一般的唯物主义认识论,这就违反了"马克思主义的常识"。这也就证明了胡风是资产阶级观点和反马克思主义的观点。其次,对马克思主义经典作家的思想存在曲解。依据斯大林的一句话,胡风把社会主义现实主义的"本质的意义"理解为"写真实"。而蔡仪还原了这句话的语境,指出斯大林这句话是针对一些"旧知识分子"说的,并另外引用斯大林语录,说明斯大林其实是强调作家应该学习马克思主义的。同样的,胡风也歪曲了毛泽东的思想。例如,关于思想改造问题。文章认为毛泽东倡导的是一种到工农兵群众中去,到斗争中去的思想改造,而胡风的"思想改造"不过是作家知识分子"不断的自我斗争,不断的自我扩张",这自然也是错误的。最后,胡风把现实主义之为现实主义的根源说成"主观精神作用底燃烧"之类的作用,倒置了现实生活反映与现实生活的关系,因而是"主观唯心论"的,当然也就是"反人民、反现实主义"的。因此,结论早已注定:"胡风的篡改社会主义现实主义的基本理论,就是为了要反对我们文艺为工农兵服务的方向,首先就是反对知识分子出身的作家的思想改造。原来知识分子出身的作家的思想改造问题,是现阶段我们的文艺如何才能为工农兵服务的关键问题,而反对作家的思想改造,就是从根本上反对文艺的工农兵方向。"[①]

那么,胡风又是怎样认识"社会主义现实主义"的呢?

胡风是从他理解的历史唯物论来认识现实与人的关系,进而探讨文艺创作中的主客体关系的。人首先是感性的存在,即"感性的对象",有着独属于他的情感、热力、愿望和追求。人们以各自的"感性"在生产劳动和社会斗争中结成了各种各样的关系,构成了复杂的人类社会,因而,人也就成为"感性的活动",或者称作"对象的活动"。每个人都带着他的生命的全部内容生活在由其"感性的活动"构成的世界当中。因而,人是具体的人,历史的人,阶级的人,社会的人。作家创作时,在创作主体与创作对象之间构成了四组关系,即自己的感性活动与感性的对象的

---

① 蔡仪:《批判胡风的资产阶级唯心论文艺思想》,《文艺报》1955年第5期。

关系、自己作为感性的对象与对象作为感性活动的关系、对象作为感性的对象与作家作为感性活动的关系、对象作为感性活动与作为感性对象的作家的关系。因此,"从对于客观对象的感受出发,作家得凭着他的战斗要求突进客观对象,和客观对象经过相生相克的搏斗,体验到客观对象的活的本质的内容,这样才能够'把客观对象变成自己的东西'而表现出来"。①

在《三十万言书》中,胡风除了如前所述的强调他与批判者的区别,还援引《苏联作家协会章程》中关于"社会主义现实主义"的定义为依据,对这个概念做了如下表述:

> 在我们这里,社会主义的现实主义同样是一个广泛的概念。只要是有反帝反封建的倾向的、多少有人民解放的感情要求的作家,随处可以吸取人民底痛苦和渴求,都能够在自己身上找到某一基础,都有可能进入实践的。
>
> 同时也是一个体现了最高原则性的概念,它要求通过文艺底特殊机能进行坚苦的实践斗争,通过实践斗争的胜利(现实主义的胜利)达到马克思主义。②

从胡风的表述中不难看出,他的现实主义文艺理论是自成体系的、有一系列独特的概念、范畴,有独特的论证方法和表达方式,其中深深浸透着"五四"精神传统和人道主义关怀,也为其特定的斗争、创作环境所限定。一旦抽离出原有的语境,将会导致消极的误读。但无论如何,判定他的文艺思想是反马克思主义的,甚至反革命的,都言过其实了。

说到底,由于对"五四"精神传统的挚诚信仰,胡风的文艺思想和

---

① 胡风:《论现实主义的路》,载《胡风全集》第3卷,湖北人民出版社1999年版,第523页。
② 胡风:《关于解放以来的文艺实践情况的报告》,载《胡风全集》第6卷,湖北人民出版社1999年版,第171页。

理论主张贯穿着启蒙精神和现代意识,并作为一个前提构成其理论语境的基础。但正因为如此,在一些时代命题上,胡风和意识形态话语形成了理论语境的错位,进而引发了有意识的、有目的的误读。

从20世纪40年代中期到20世纪50年代中期,关于胡风文艺思想的讨论和批判持续了十年之久。讨论的核心问题并没有发生大的变化,但性质却发生了难以预料的改变。究其内因,恰在于学术话语和政治话语的复杂关系。学术问题本应在学术话语系统中讨论,政治问题本应在政治话语系统中批判。这是两个完全异质的问题。但在当代中国学术发展过程中,政治话语往往溢出了它的边界,使学术问题政治化。

在胡风一面,他执着地捍卫其现实主义理论,希望通过理论的答辩证实自己的正确性,表现出鲜明的个性特点。正如马克斯·韦伯所指出,"在科学的领地,个性是只有那些全心服膺他的学科要求的人才具备的,不惟在科学中如此"。[①] 胡风的职业意识使他固于学术话语中看待问题、讨论问题。在批判者一面,服膺于"超凡魅力"的政治权威。"人们服从他,不是因为传统或条律,而是因为对他怀有信仰。"[②] 因此,批评者的视界限于权威话语中,据此辨别是非、决断正误。在权威者一面,服膺于阶级二元论,试图通过文化批判的政治模式,达到思想的一统。这样,在胡风文艺思想讨论和批判中,双方各自使用不同的话语系统,不但不能推进理论问题的认识,还产生了更多的分歧和误读。尤其当文化批判的政治模式全面启动后,政治话语完全压抑了学术话语,思想批判演变为了政治批判。

1980年9月,"胡风集团"获得政治平反。1988年6月,胡风获得思想上的平反。中共中央办公厅1988年第6号文件指出:将胡风关于共产主义世界观、工农兵生活、思想改造等五个问题说成是"五把刀子",不符合他的本意,应该和他的总体思想联系在一起,故撤销;文艺界的宗派问题历史情况极为复杂,不宜简单下结论,本着历史问题宜粗不宜细的精

[①] [德]马克斯·韦伯:《学术与政治》,冯克利译,生活·读书·新知三联书店1998年版,第26页。

[②] 同上书,第57页。

神，对胡风宗派活动的指责予以撤销；对于胡风的文艺思想可以按照宪法关于学术自由、批评自由的规定和党的"百花齐放、百家争鸣"的方针，让人们通过文艺批评进行正常的讨论，不必在中央文件中做出决断。至此，一场持续了几十年的公案，终于回到了它应该的归属。

第四章

"黑八论"批判及反思

张永青　张爱武

在20世纪50年代和60年代前期，出现了一些重要的文学理论命题，这些命题被"四人帮"上纲上线，恶意污蔑为"黑八论"，在"文化大革命"期间受到了严厉的批判，持论的理论家遭受打击、迫害，有的甚至因此失去了生命，整个中国文艺界百花凋零，了无生机。事实上，这些文学观点，涉及了文艺的诸多有价值的命题，抛开其在特殊年代负载的政治色彩，这是当时的文学理论研究者所留下的一笔优秀的理论遗产，应该得到正确的评价和认真的总结。

第一节　"黑八论"产生的历史文化语境

任何理论都不是完全自足和纯粹的，文学和文学理论也不例外。尽管有其自身内在的机制和规律，但同时也是一定政治、经济、文化的现实。因此，还原和呈现理论置身的具体历史情境，是达到对其客观认识的一个基本前提。

20世纪50年代和60年代，在中国的发展史上是一段特殊的历史时期。随着新民主主义革命的胜利和中华人民共和国的建立，中国步入了社会主义建设时期。在中国共产党的领导下，各行各业均取得了令世人瞩目的成就，文学事业也获得了多元发展。但是，"由于我们党领导社会主义事业的经验不多，党的领导对形势的分析和对国情的认识有主观主义的偏差，'文化大革命'前就有过把阶级斗争扩大化和在经济建设上急躁冒进的错误"。① 而这些错误又在被放大后形成了极"左"思潮。反映到文学上，就表现为在处理文学和革命、文学和政治的关系问题上的简单化、绝对化倾向，致使文艺阐释模式从多元选择逐渐向功利主义美学的一元主导形态凝聚，成为主流意识形态的从属，从而在逐渐走向封闭的同时引发了大量的文艺论争和思想斗争。"黑八论"就是在这样的历史大背景下，由于多种因素综合作用而产生的。

具体说来，首先是革命和战争思维的影响。中华人民共和国是在刚刚取得了抗日战争和解放战争胜利之后建立起来的，战争的硝烟虽然已经散去，但由于多年来浸淫其中，所以在政治文化领域依然存在革命的思维定式，并直接影响到文学和理论的发展。这从当时文学用语的战争化就可见一斑。如"文艺战线上的斗争""抢夺文艺阵地""革命文艺""反动文艺""文艺战役""文艺战士""猛烈开火""重大胜利"等，都带有强烈的战争和革命的味道。实际上，革命本身是一个政治语汇，与文学的关系并非非常紧密，但当它与文学结合时，就产生了剧烈的化学反应，就使本身自足性很强的文学溢出自身，负载、承担了过多的责任，偏离了丰富的精神绘制，进而变得简单化了。革命并"不赞成那种过于复杂的历史叙事"，"并不鼓励纯思辨的理论探索"，"它更重视的，是与具体实践的匹配和结合"，"在这一过程中，任务、中心工作、宣传口号等实践性很强的话语方式"要求文学理论和文学创作适应其变化。② 于是，文学、革命、政治被整合，共同承担起建设民族国家的重任。

这种思维范式早在梁启超提倡的"文学革命""小说界革命"中即已初见端倪。那就是"从社会政治革命的角度思考思想文化革命，又从思想文化革命的角度思考文学艺术革命。这里的逻辑是：文学艺术的革命是

---

① 《中国共产党中央委员会关于建国以来党的若干历史问题的决议》，载中共中央文献研究室编《三中全会以来重要文献选编》（下），人民出版社1982年版，第797页。

② 程光炜：《文学想象与文学国家——中国当代文学研究（1949—1976）》，河南大学出版社2005年版，第105页。

为了思想文化革命，思想文化革命是为了社会政治革命。社会政治革命作为终极目标规定着思考思想文化革命和文学艺术革命的基本视域和话语样式。简言之，这三位一体的'革命'规定着有关'文学'的思考与叙述"。① 此时，救亡图存、抵抗外辱、改良国民性成为文学的责任。

之后，二三十年代关于"革命文学"的论争，进一步强化了这一思维方式。毋庸置疑，论争对一系列重大理论问题做了探讨，促进了文学理论建设，但同时也形成了几种极"左"的文学观念，具体表现为：抹杀文艺审美本性的片面的意识形态论；鼓吹文艺从属于政治的文学工具论；混淆文艺与政治的简单的阶级分析论；强调世界观决定创作的唯意志论；否认生活对文学决定作用的主题先行论；片面夸大文艺社会作用的"组织生活"论；文艺批评中的小团体主义、宗派主义等。这些错误影响甚广，可以说，对"黑八论"的全面围剿，是"革命文学"论争的再现。②

其次，某些文艺政策的错误引导。中国共产党的文艺政策是马克思主义文艺、美学理论和中国具体的文艺实践相结合的产物，是我党指导文艺发展的根本指针，是符合社会进步和人民需要的科学的正确的理论，在革命年代和社会主义建设时期都发挥了不可替代的决定性的作用。如新民主主义时期"民族的科学的大众的文化"的纲领、毛泽东《在延安文艺座谈会上的讲话》中确立的"文艺为工农兵服务"的方针、"双百方针"的提出等，均有针对性地为文艺的发展指明了方向，完成了特定历史阶段的任务。然而，在具体的执行过程中，由于片面地把"文艺从属于政治"的观念发展为"文艺为政治服务"，过于放大政治对文学的决定作用，政治干预过多、过死，既使文艺政策没有得到正确贯彻，又使文学的发展受到了阻碍。

突出的表现是无产阶级反对资产阶级斗争在文艺领域的五大战役：即对电影《武训传》的批判、对俞平伯的《红楼梦》研究中主观唯心主义的批判、对胡风文艺思想的批判、对文艺界"右"派文艺思想的批判、

---

① 余虹：《对二十世纪中国文论叙述的反思》，《文艺研究》1996年第3期。
② 参见邢建昌、姜文振《文艺美学的现代性建构》，安徽教育出版社2001年版，第150—151页。

1964年"文艺整风"中对所谓"封资修"文艺思想的批判等。五大战役混淆了政治问题和学术问题,"对一些文艺作品、学术观点和文艺界、学术界的一些代表人物进行了错误的、过火的政治批判,在对待知识分子问题、教育科学文化问题上发生了愈来愈严重的'左'的偏差"。[①] 正是由于政治路线中对"阶级斗争扩大化"和"千万不要忘记阶级斗争"的强调和政治对文学的强行介入,使得隶属于政治路线的文艺政策随之转向,文艺界"左"倾错误也恶性发展。

1963年12月12日和1964年6月27日,毛泽东分别作了关于文艺问题的两个批示。对于当前的文艺现状,他认为戏剧、曲艺、音乐、美术、舞蹈、电影、诗和文学等各种艺术形式,"问题不少,人数很多,社会主义改造在许多部门中,至今收效甚微。许多部门至今还是'死人'统治着","许多共产党人热心提倡封建主义和资本主义的艺术,却不热心提倡社会主义的艺术,岂非咄咄怪事"。[②] 文联和所属协会则情况更糟:"这些协会和他们所掌握的刊物的大多数(据说有少数几个好的),十五年来,基本上(不是一切人)不执行党的政策,做官当老爷,不去接近工农兵,不去反映社会主义的革命和建设。最近几年,竟然跌到了修正主义的边缘。"[③]

毛泽东的两个批示,否定了1949年以来文学艺术取得的实绩,是不符合文艺创作实际的;对于文联和文艺协会的批判,客观上助长了"左"倾文艺路线的进一步恶化;也为江青等人推行其阴谋政治提供了借口和"政策依据"。借此,林彪、江青等于1966年2月2日—2月20日召开了部队文艺工作座谈会,"黑八论"就是在其后形成的《林彪同志委托江青同志召开的部队文艺工作座谈会纪要》(以下简称《纪要》)中提出的。

---

① 《中国共产党中央委员会关于建国以来党的若干历史问题的决议》,载中共中央文献研究室编《三中全会以来重要文献选编》(下),人民出版社1982年版,第807页。

② 毛泽东:《关于文学艺术的两个批示》,载张炯主编《中国新文艺大系(1949—1966)·理论史料集》,中国文联出版公司1994年版,第13页。

③ 同上书,第13—14页。

第二节 "黑八论"的出笼及其主要内容

召开部队文艺座谈会，是林彪、江青两个反革命集团借座谈文艺的名义，来达到打倒文艺界，进而树立自己理论、为"文化大革命"做准备的目的。《纪要》由刘志坚、陈亚丁等起草，张春桥、陈伯达等作了多次重大修改，后经毛泽东审阅修改后，于1966年4月16日，作为中共中央文件在中共党内发表。1967年5月29日，在《人民日报》等报刊上，公开发表《纪要》全文。

《纪要》的核心内容是抛出"文艺黑线专政"论。《纪要》宣称，中华人民共和国成立以来，文艺界基本上没有执行毛主席的《新民主主义论》《在延安文艺座谈会上的讲话》等五篇著作的精神，而是"被一条与毛泽东思想相对立的反党反社会主义的黑线专了我们的政，这条黑线就是资产阶级的文艺思想、现代修正主义的文艺思想和所谓三十年代文艺的结合。"①"文艺黑线"具体表现为三点。

一、黑论点。"'写真实'论、'现实主义广阔的道路'论、'现实主义的深化'论、反'题材决定'论、'中间人物'论、反'火药味'论、'时代精神汇合'论，等等，就是他们的代表性论点"，"电影界还有人提出所谓'离经叛道'论，就是离马克思列宁主义、毛泽东思想之经，叛人民战争之道。"这是"文艺黑线专政"论的理论基础。

二、黑作品。"十几年来，真正歌颂工农兵的英雄人物，为工农兵服务的好的或者基本上好的作品也有，但是不多；不少是中间状态的作品；还有一批是反党反社会主义的毒草。"它们有的"歪曲历史事实，不表现正确路线，专写错误路线"；有的写英雄人物，但是犯纪律的，甚至"人为地制造一个悲剧的结局"；有的"不写英雄人物，专写中间人物，实际上是落后人物，丑化工农兵形象"；有的"对敌人的描写，却不是暴露敌人剥削、压迫人民的阶级本质，甚至加以美化"；有的则"专搞谈情说

---

① 《人民日报》1967年5月29日。

爱、低级趣味"以及爱和死的永恒主题。《纪要》认定这些都是资产阶级的、修正主义思想在文艺中的反映,必须坚决反对。

三、黑队伍。"我们的许多文艺工作者,是受资产阶级的教育培养起来的,在从事革命文艺活动的过程中,有些人又经不起敌人的迫害叛变了,或者经不起资产阶级思想的腐蚀烂掉了";有的进入大城市后,"在前进中掉队了"。由于从事文艺创作的主体出了问题,所以要重新教育文艺干部,重新组织文艺队伍。为此,"我们一定要根据党中央的指示,坚决进行一场文化战线上的社会主义大革命,彻底搞掉这条黑线。搞掉这条黑线之后,还会有将来的黑线,还得再斗争。"[1]

"四人帮"炮制的"文艺黑线专政"论片面夸大无产阶级和资产阶级两条路线斗争的尖锐性,全面否定中华人民共和国成立十七年以来的文艺思想、文学实践和30年代"左翼"文学的成就,其政治目的是很明显的。那就是为其在宣扬了"空白论"和"失败论"的基础上推行"根本任务论""三突出原则""从路线出发""主题先行论""反对真人真事"等做理论的准备。其中"黑八论"是其用来彻底打倒文艺界的武器和理论基础。

"文化大革命"期间,"四人帮"出于占领文艺阵地,并通过抢夺文化领导权进一步获取政治领导权的目的,对"黑八论"进行了更加猛烈的批判。具体体现为以下两点。

首先,继续夸大两条路线斗争的尖锐性,突出"文艺黑线"的危害性,强调"革命大批判"的重要性。批判的矛头直指"旧中央宣传部这个阎王殿",姚文元认为:"对旧中央宣传部周扬等人的揭发和清算,关系到用毛泽东思想总结几十年来的革命历史,关系到社会主义革命时期社会主义和资本主义两条道路斗争的历史,关系到党内以毛泽东为代表的无产阶级革命路线和资产阶级反动路线两条路线斗争的历史,关系到更深入地挖掘政治上资产阶级反党反社会主义的黑线,必须搞深搞透。"[2] 因此,对"黑八论"进行深入的批判,"对于文艺界'进行一次思想和政治路线

---

[1] 以上未注明出处的引文均源自《人民日报》1967年5月29日。
[2] 姚文元:《评反革命两面派周扬》,《红旗》1967年第1期。

方面的教育'，进一步肃清刘少奇反革命修正主义文艺黑线的流毒，提高执行毛主席革命文艺路线的自觉性，发展社会主义的文艺创作，有着重要的意义"。① 正是在这样上升到"革命高度"的指导思想下，极"左"思潮发展到极端状态，对"黑八论"的批判也愈加升级。

其次，歪曲马克思列宁主义、毛泽东文艺思想的原意，翻用"反右"斗争时"驾轻就熟"的阶级斗争武器，随意断章取义，上纲上线，"扣帽子""打棍子"，使学术问题变成了关涉你死我活的阶级斗争的政治运动。这实际上是重演《纪要》中的批判逻辑并进一步发展到了极致状态。于是，"黑八论"的成色更黑，罪行更严重了。（具体表现详见下节）

实际上，所谓的"黑八论"是学术界一直存在不同意见、仍在讨论的学术问题，根本谈不上什么政治"专政"，而是根据只言片语歪曲、捏造、拼凑出来的"欲加之罪"。但历史的阴霾掩盖不住真理的光芒，正是那一段"不能忘却的历史"，需要当代的文艺理论工作者重新反思当时文艺理论发展中的问题，还原文学原本纯净的天空，是应该的也是必须的。

第三节 "黑八论"评述

在这八论中，概括来说，"写真实"论、"现实主义广阔的道路"论、"现实主义的深化"论着重的是文艺作品能不能写真实和怎样反映生活的真实问题；反"题材决定"论、"中间人物"论、反"火药味"论、"离经叛道"论是与题材问题相关的观点；"时代精神汇合"论则是由哲学、美学渗透到文学的命题。②

一 "真实"问题

1. "写真实"论

在中国当代文学史上，关于"写真实"的讨论，是在有关现实主义

---

① 宇文平：《批判"写真实论"》，《人民日报》1971年12月10日。
② 参见朱寨《中国当代文学思潮史》，人民文学出版社1987年版，第494—497页。

的讨论中进行的。由于现实主义的一统天下，从本源的意义上讲，只是涉及某种艺术要求和倡导的理论性不强的"写真实"与主要维系现实主义理解和判断问题的"真实性"概念往往重叠在一起，呈现一而二、二而一的关系，加之中国特殊的文化语境，"写真实"又往往与政治问题、世界观问题、阶级立场问题纠缠不清，从而引发了数次的论争和运动。①

关于"写真实"最早的论争是在反"胡风文艺思想"的运动中。林默涵、何其芳分别撰文，批判胡风是从非阶级的观点看待文艺问题，忽视作家阶级立场对其艺术活动的影响，因而是反马克思主义和反现实主义的资产阶级文艺思想。② 面对指责，在"三十万言书"中，胡风借用斯大林的话进行辩驳："写真实！让作家在生活中学习罢！如果他能用高度的艺术形式反映了生活真实，他就会达到马克思主义。""犹如真正反映了客观世界的才是唯物论，通过艺术特征真正反映了历史真实的才叫现实主义。我们说这部作品是现实主义的，那意思是：这部作品写出了历史内容底真实。"③ 胡风的辩驳引起了更大的批判浪潮。④ 但这些批判，基本上与林、何的如出一辙，是非理论的政治讨伐。胡风从未否定文学的倾向性，其主张只不过是强调在艺术活动中不要强加外在的东西。因此，批判是错位的。

之后，在"反右"运动中展开了关于"写真实"的第二次论争，直至演化成大规模的批判。论争双方对于文艺要表现真实性没有异议，关键是如何表现，所以争论首先在作家的立场、世界观与创作的关系问题上展开。"写真实"论者认为："艺术的政治价值和社会价值，都是不能离开

---

① 参照洪子诚、孟繁华主编《当代文学关键词》，广西师范大学出版社2002年版，第260页。

② 见林默涵《胡风的反马克思主义的文艺思想》，《文艺报》1953年第2期；何其芳《现实主义的路，还是反现实主义的路》，《文艺报》1953年第3期。

③ 胡风：《关于解放以来的文艺实践情况的报告》，载谢冕、洪子诚主编《中国当代文学史料选（1948—1975）》，北京大学出版社1995年版，第170、174页。

④ 仅1955年《文艺报》上就有蔡仪的《批判胡风的资产阶级唯心论文艺思想》（第3期）、茅盾的《必须彻底地全面地展开对胡风文艺思想的批判》（第5期）、黄药眠的《论胡风的〈主观战斗精神〉》（第6期）、郭沫若的《反社会主义的胡风纲领》（第7期）、张光年的《论胡风的〈精神奴役的创伤〉》（第7期）等数十篇批判胡风的文章。

艺术的真实而存在的。"① 对于作家来说："世界观并不是决定他的创作活动的唯一条件，作者对于生活知识的积累，作者的艺术修养、经验、才能，也都是一些很重要的条件……因此，马克思主义只能包括而不能代替现实主义的创作方法。"② 这些论述的一个共同点是：把"真实性"作为现实主义的最高追求，作为整合文学艺术与政治关系支点来看待，这对于丰富和发展现实主义理论是有益的探讨。但在批评者看来，"摆在文艺作家面前首要的问题，就是站在什么立场上来看真实性的问题"。③ 作家如果站在人民的立场看待社会，就能反映出客观真实，否则就是歪曲客观真实，作品也就没有真实性，而"写真实"就是后者的体现。艾芜认为，如果只注重写真实，就在作家面前摆出"一个自由主义的广场"，两端是截然对立的两条道路：社会主义和反社会主义道路。所谓"写真实"，就是把作家放在"三岔口的路上"旁观、徘徊，以致落后。④ 周和说："写真实问题之所以重要，是由于对于这个问题的论争，从来都是伴随着世界观和写真实之间的关系来论战的。"他认为，作家的世界观和思想武装将决定其反映生活的深刻程度，而"右派文艺家却竭力设法贬低这一点，以强调单纯写真实为名，企图取消革命世界观对创作的指导作用"。目的"无非是要借此反对马克思主义世界观，反对文艺为政治服务的原则而已"。⑤ 李希凡的文章更加危言耸听，他说"写真实"和"干预生活"是从理论上提出了对社会主义的怀疑，是修正主义和反党逆流的结合，目的是向党进攻。⑥ 应该说，这里的争论仍然不是在一个层面进行的。

双方争论的焦点主要集中在究竟是否应该暴露社会的阴暗面问题上。"写真实"论者认为，现在我们的生活中还有灾荒、饥馑、失业、传染病、官僚主义以及各种不合理现象存在，所以，"作为一个有高度政治责

---

① 陈涌：《为文学艺术的现实主义而斗争的鲁迅》，《人民文学》1956 年第 10 期。
② 何直：《现实主义——广阔的道路》，《人民文学》1956 年第 9 期。
③ 茅盾：《关于所谓写真实》，《人民文学》1958 年第 2 期。
④ 艾芜：《谈所谓写真实》，《文艺报》1957 年第 26 期。
⑤ 周和：《真实·认识真实·写真实》，《文艺学习》1957 年第 10 期。
⑥ 李希凡：《所谓"干预生活"、"写真实"的实质是什么?》，《人民文学》1957 年第 11 期。

任感的艺术家,是不应该在现实生活面前,在人民的困难和痛苦面前心安理得地保持缄默的……一个真正的艺术家必须勇于干预生活"。① 陈涌说:"一个作品,如果不能不加任何涂饰地忠实地反映现实生活,即使它在政治上思想上十分进步……也是会失去艺术的真实,因而没有艺术的力量的。"② 这里强调的是作家要干预社会,不粉饰生活,而为了还原生活的真实,也可以揭露社会的落后现象,如此,达到艺术的真实才是可能的。对此,茅盾批评道:"右派分子叫嚣的'写真实',其实就是'暴露社会生活阴暗面'的代名词。""把暴露社会生活的阴暗面作为写真实的要求,在旧社会,也还说得过去,可是在我们这新社会里,却是荒谬透顶的。"所以,对于这个似是而非的资产阶级文艺口号,"必须从理论上和右派分子的实践上予以分析和驳斥,不使它继续挂羊头卖狗肉!"③ 周扬认为,"右派分子"的所谓真实是"消极的、落后的、停滞的、死亡着的东西,他们不能或者不愿意看到作为社会主义现实主流的一切生气勃勃的、强有力的、沸腾着的、前进着的东西",这会导致人们对社会主义制度的怀疑。④ 朱慕光批判何直、黄秋耘的"写真实"和"写阴暗面"是修正主义思潮,其错误在于没有认识到,写真实要求描写现实生活的主流和本质,而社会主义国家的本质和主流是光明的,暴露阴暗面是不能达于真实的。⑤ 姚文元则把"阴暗面"说成是"暗藏的反革命分子,右派分子,流氓,盗窃犯同一切敌视社会主义的阶级敌人的暗地里的破坏活动",和"资产阶级思想在某些人的心中还严重地盘踞着的事实"。⑥ 显然,批评者是从两条路线斗争的角度看待"写真实"问题的,批判的武器是阶级分析和阶级斗争,如此打压之下,提倡"写真实"的声音就越来越微小了。

---

① 黄秋耘:《不要在人民的疾苦面前闭上眼睛》,载《黄秋耘自选集》,花城出版社1986年版,第429页。
② 陈涌:《为文学艺术的现实主义而斗争的鲁迅》,《人民文学》1956年第10期。
③ 茅盾:《关于所谓写真实》,《人民文学》1958年第2期。
④ 周扬:《文艺战线上的一场大辩论》,《人民日报》1958年2月28日。
⑤ 朱慕光:《驳所谓"写真实"和"写阴暗面"》,《文艺学习》1957年第10期。
⑥ 姚文元:《文学上的修正主义思潮和创作倾向》,《人民文学》1957年第11期。

"文化大革命"期间,"写真实"论成了"制造反革命复辟舆论的代名词"①,它"离开无产阶级世界观而侈谈反映客观真实,只能是资产阶级的障眼法"。②而把抽掉阶级性的"真实性"奉为"艺术的最高原则",其恶毒用心就是"反对歌颂社会主义,而要'暴露'社会主义和无产阶级的所谓'黑暗'"。其性质"是刘少奇和周扬一伙用来召唤一切牛鬼蛇神向无产阶级专政进攻的反革命号角"。③作为"黑旗","写真实"论首先被拔掉了。

2. "现实主义广阔的道路"论

"现实主义广阔的道路"论是作为现代修正主义的文艺观点和"写真实"论的翻版而遭到批判的。此论的名称取自何直(秦兆阳)1956年发表的《现实主义——广阔的道路》④一文。该文的写作背景是:一方面,在"双百方针"的影响下,现实主义文学创作取得了实绩,文学理论和批评活动也随之非常活跃,冲破禁区,开始对现实主义的教条化进行质疑;另一方面,是苏联文艺界关于"社会主义现实主义"的讨论在国内的折射。

文章"以现实主义问题为中心",讨论了"教条主义"对于文学艺术的束缚。该文的副题"对于现实主义的再认识"就已经显示出反思的意味。

首先,作者鲜明地提出了自己对于现实主义的基本理解,"文学的现实主义,不是任何人所定的法律,它是在文学艺术实践中所形成、所遵循的一种法则。它以严格地忠实于现实,艺术地真实地反映现实,并反转来影响现实为自己的任务。它是指人们在文学艺术实践中对于客观现实和对于艺术本身的根本的态度和方法……不是指人们的世界观(虽然它被世界观所影响所制约),而是指:人们在文学艺术创作的整个活动中,是以

---

① 冀北文:《歌颂社会主义是无产阶级文艺的崇高任务——彻底批判反动的"写真实"论》,《光明日报》1969年9月16日。
② 宇文平:《批判"写真实论"》,《人民日报》1971年12月10日。
③ 蔚青:《彻底批判修正主义文艺黑线的代表性论点——斥周扬、夏衍一伙鼓吹的"写真实"论等反动文艺理论》,《北京日报》1970年1月22日。
④ 何直:《现实主义——广阔的道路》,《人民文学》1956年第9期。

无限广阔的客观现实为对象、为依据、为源泉，并以影响现实为目的；而它的反映现实，又不是对于现实作机械的翻版，而是追求生活的真实和艺术的真实"。"这是现实主义的一个基本的大前提。"所以，依此前提，"现实主义文学必须首先有一个标准，那就是当它反映客观现实的时候，它所达到的艺术性和真实性以及在此基础上所表现的思想性的高度。现实主义文学的思想性和倾向性，是生存于它的真实性和艺术性的血肉之中的"。这里，作者要表达的是，作为现实主义源泉的现实生活无限广阔，就决定了现实主义必然是广阔的、开放的，任何限定都可能使其含义狭小、含糊，从而形成对现实主义的束缚，给文学事业造成很多教条主义的清规戒律，进而妨害文学现实主义原则和作家创造性的发挥。

其次，秦兆阳以此为理论依据，大胆地向已经成为权威话语的"社会主义现实主义"理论提出了挑战。他认为定义本身是不科学的，表现在规定"艺术描写的真实性和历史具体性必须与用社会主义精神从思想上改造和教育劳动人民的任务结合起来"。在这样的表述中，似乎社会主义精神是游离于生活真实和艺术真实之外的，"而只是作家脑子里的一种抽象的概念式的东西，是必须硬加到作品里去的某种抽象的观念"。这等于是说"客观真实并不是绝对地值得重视，更重要的是作家脑子里某种固定的抽象的'社会主义精神'和愿望，必要时必须让血肉生动的客观真实去服从这种抽象的固定的主观上的东西；那结果，就很可能使得文学作品脱离客观真实，甚至成为某种政治概念的传声筒"。作者认为，艺术描写的真实性是现实主义的实质，而现实主义是艺术性、真实性、思想性，与典型化问题和典型化的方法紧密有机融合在一起的，任何割裂这几者关系的做法都是对现实主义的曲解。他进一步提出，现实主义有其时代性，是发展的，所以，新旧现实主义并没有绝对不同的界限，社会主义现实主义的定义自确立以后也从未有过最确切、最完善的解释，用几句简单的词句对社会主义时代的现实主义和现实主义文学作出硬性规定和说明是困难的。

再次，作者指出，文学事业上种种教条主义的束缚源于社会主义现实主义的定义产生的庸俗思想与国内相同性质的庸俗思想的结合，即对《在延安文艺座谈会上的讲话》的庸俗化的理解和解释，这主要表现在对于文艺与政治的关系的理解上和对于现实主义以及文学特点的认识上。秦兆阳认为，文艺应当为政治服务，这是没有疑问的，关键要看如何服务。第一，要把文艺为政治服务和为人民服务看作一个长远性的总的要求，不能眼光短浅地只顾眼前的政治宣传的任务；第二，必须考虑到如何充分发挥文学艺术的特点，不要简单地把文学艺术当作某种概念的传声筒。此外，还必须要考虑到各个作家本身的条件。如此，将思想性和艺术性统一起来，达于艺术真实，才能避免创作和批评上的教条主义，使作家们"从千万条教条主义的绳子下解放出来！"① 实现百花齐放。

秦兆阳的文章发表后，一些理论家和文艺工作者撰文表示支持。周勃认为社会主义现实主义与过去的现实主义，没有什么区别，它们均是以典型化为中心，所以新旧之分是不存在的。② 刘绍棠指出，社会主义现实主义要求作家从现实的革命发展出发结合着任务去反映和描写生活，而不是忠实于最现实的生活真实，这与现实主义是背道而驰的。③ 从维熙认为，社会主义现实主义的概念中社会主义的定义是主导的东西，而它不能弥补作家思想的缺陷，反而会使缺乏锻炼和生活经历的青年作家更多搬出主导的东西而忽略现实主义，这种现象是大量存在的。④ 客观讲，这些观点基本上在顺着秦兆阳的思路讲，没太多新意。

1957年下半年，在被打成"右派"后，秦兆阳等人的观点遭到了强烈批判。张光年认为秦兆阳与周勃的结论是取消社会主义现实主义："这就是取消当代进步人类的一个最先进的文艺思潮，取消工人阶级手中的一个重要的思想武器。如果接受了这个结论，就会对年青的社会主义文学发生极其不利的影响。"⑤ 姚文元把两人的观点视为"对于工农兵方向同过去文艺运动成绩的根本否定"，故而应当坚决批判和斗争。⑥ 林默涵在全

---

① 以上引文未注明出处的均见何直《现实主义——广阔的道路》，《人民文学》1956年第9期。
② 周勃：《论现实主义及其在社会主义时代的发展》，《长江文艺》1956年第12期。
③ 刘绍棠：《现实主义在社会主义时代的发展》，《北京文艺》1957年第3期。
④ 从维熙：《对"社会主义现实主义"的几点质疑》，《北京文艺》1957年第4期。
⑤ 张光年：《社会主义现实主义存在着、发展着》，《文艺报》1956年第24期。
⑥ 姚文元：《社会主义现实主义文学是无产阶级革命时代的新文学——同何直、周勃辩论》，《人民文学》1957年第9期。

面批判了秦兆阳的观点后,认为其是一个不折不扣的资产阶级修正主义者。① 李希凡则把《现实主义——广阔的道路》视为近两年来修正主义思潮的最完整的纲领和路线,是反党反社会主义的。②"文化大革命"时进一步被认定为"所鼓吹的就是不折不扣的资产阶级自由化"。③ 理论上"是刘少奇的反革命修正主义路线和以苏修为中心的现代修正主义思潮相结合的产物"。实际上是"一条资产阶级文艺发展的死胡同!"④ 于是,在政治罪名的重压下,关于现实主义的别样探讨就成了昙花一现。

3. "现实主义的深化"论

此论是时任中国作协副主席的邵荃麟意欲反驳和纠正当时文学思想和文学创作中的"左"倾教条主义倾向而提出来的。(背景详见"中间人物"论相关表述)

在"大连会议"的发言中,针对"两结合"方法对浪漫主义的过度强调,邵荃麟指出,要搞好创作,就必须坚持现实主义。因为现实主义"是我们创作的基础。没有现实主义,就没有浪漫主义。我们的创造应该向现实生活突进一步,扎扎实实地反映现实。而生活是现实主义的基础,故而作家除了要熟悉生活以外,还要向现实生活突进一步,进一步认识、分析、理解","现实主义深化,在这个基础上产生强大的革命浪漫主义,从这里去寻求两结合的道路"。其次,现实主义深化要求作家"看出思想意识改造的长期性、艰苦性、复杂性;更深地去认识、了解、分析、概括生活中的复杂的斗争,更正确地去反映人民内部矛盾"。再次,"作家应有观察力、感受力、理解力",在观察、感受生活的同时,通过自己独立的思考提高理解力、概括力。"不体察入微,对现实的分析、理解就不深。没有强大的理解力、感受力、观察力,就不可能有高度的概括力。"⑤

---

① 林默涵:《现实主义还是修正主义》,《人民日报》1958年5月3日。
② 李希凡:《评何直在文艺批评上的修正主义观点》,《人民文学》1958年第3期。
③ 北京部队机关无产阶级革命派:《"现实主义广阔的道路"是复辟资本主义的黑路》,《解放军报》1968年6月29日。
④ 鲁慧晴:《评"现实主义广阔的道路"论》,《出版通讯》1971年第10期。
⑤ 邵荃麟:《在大连"农村题材短篇小说创作座谈会"上的讲话》,载谢冕、洪子诚主编《中国当代文学史料选(1948—1975)》,北京大学出版社1995年版,第572—579页。

如此，才能达到深化现实主义的目的。

之后，康濯撰文强调了"现实主义深化"的现实意义。通过检视近年来短篇小说创作的实际，他认为，"整个地比一比，这其中强烈的现实性似乎要稍逊于强烈的革命性"。他说："革命现实主义和革命浪漫主义相结合的创作原则，其基础自然根植于现实生活。因而这当中的现实主义的一面，就不能不构成了这个创作原则中的主要内容。近年间我们短篇小说的巨大潮流，主要地也正是来源于现实主义。""对革命现实主义和革命浪漫主义相结合这一创作原则的追求，必须把现实主义放在主要的位置。怕只有这样，才能'结合'的更好，才能更好地达到百花齐放的繁荣。"[1] 这与邵荃麟的看法是一致的，也是正确的。但当时这类文章太少了，更多的是批判的大棒。批评者认为，理论上，"这套似是而非的理论，不过是批判现实主义和现代修正主义'写真实'的反动理论的大杂烩而已"。[2] 实际上，所谓加强现实性，"就是要暴露人民，暴露社会主义的'阴暗面'"。[3] "现实主义深化""是抽掉了革命性的现实主义，更是抽掉了共产主义者的革命理想的现实主义"。"本质上就是资产阶级的现实主义，是反对社会主义和共产主义的现实主义。"[4] 这和"文化大革命"时认为其"不过是'阶级斗争熄灭'论在文艺领域的反映"[5]，"是早已被毛主席痛斥过的'暴露文学'的变种而已"[6] 的论调如出一辙。于是，现实主义的光芒被黑雾彻底掩盖了。

综观对此三论的批判和探讨，涉及了文学理论中文学真实性和现实主义、现实主义和浪漫主义的关系两大问题。

中华人民共和国成立以来，现实主义作为基本原则，一直处于指导创作、整合文学理论的核心位置。所以，有关文学真实性问题的讨论是被纳

---

[1] 康濯：《试论近年间的短篇小说》，《河北文学》1962年第10期。
[2] 王文生：《"现实主义深化"论的货色从何而来》，《文艺报》1965年第11期。
[3] 吴立昌、戴厚英：《"现实主义深化"理论的真面目》，《学术月刊》1965年第4期。
[4] 《文艺报》编辑部：《"写中间人物"是资产阶级的文学主张》，《文艺报》1964年第8、9期。
[5] 苏习：《批判"现实主义深化"论》，《人民日报》1973年1月14日。
[6] 辽宁大学革命大批判写作小组：《坚持文艺创作为工农兵服务的方向——彻底批判"现实主义深化"论》，《辽宁日报》1970年8月27日。

入现实主义的框架中的。从理论层面讲，论争中，双方都认同现实主义"真实地反映现实生活"的基本要求，但出发点和侧重点是不同的。"真实论"者主要是强调在生活真实的基础上达到艺术的真实，但问题是，真实性是不能自动生成的，它需要作家主体的参与，而作家又不是生活在真空里的，其创作必然要受到立场、世界观和置身于其中的社会生活主流的影响和制约。因而，批判者以此作为理论依据，批评"真实论"者忽视阶级性、政治性，从而滑向了反社会主义，实际上这是一种错位的批评。"写真实"的提出是有着很强的针对性的。胡风反对的是缺乏作家主观精神的"客观主义"和依据理念生造内容及主题的倾向，秦兆阳要反拨的是对《讲话》进行庸俗化理解的教条主义，邵荃麟想纠正的是创作中的公式化弊端，共同点在于不满现实主义紧跟政治形势的现状，力图恢复现实主义的本来面貌。这在现实主义理论研究中日趋简单化、庸俗化的20世纪五六十年代的中国文艺界，无疑是十分及时的。而且，他们也不是纯粹的艺术至上主义者，而是在坚持社会主义倾向性的前提下，突出艺术真实的。而批评者站在主流意识形态的角度，在"政治标准唯一"指导下进行批判，就使现实主义进一步走向了封闭。

其后，对于"两结合"创作原则中"革命浪漫主义"的极度歪曲以及和"大跃进""浮夸风"的紧密结合，就离真正的现实主义越来越远了，而这三论也最终成了被批判的"文艺黑线"。

二　"题材"问题

1. 反"题材决定"论

此论是"四人帮"出于不敢公开反对"百花齐放"和"题材多样化"而发明的一个论调，"他们转弯抹角，生拉硬扯，死命地要把"题材多样化"这种合理的主张拉进'黑八论'，""暴露了他们推行资产阶级文化专制主义、大搞阴谋文艺的狰狞面目"。[①]

题材问题是关乎文艺创作的重要理论问题，在中国当代文学史上经过

---

① 张光年：《驳"文艺黑线专政"论——从所谓"文艺黑线"的"黑八论"谈起》，《人民日报》1977年12月7日。

数次论争。在中华人民共和国成立前夕的第一次"文代会"上，茅盾曾批评近十年国统区的文艺创作题材"取之于小资产阶级知识分子的占压倒的多数"，新中国的文艺应该"反映出当时社会中的主要矛盾和主要斗争"，突出描写工人和农民的生活。① 之后，在上海《文汇报》上展开的"可不可以写小资产阶级"的争论比较早地涉及了题材问题。1953年，在批判胡风文艺思想的运动中，何其芳批评胡风"否认题材的差别的重要，其逻辑结果就是否认生活的差别的重要。"尽管文艺作品的价值并非完全决定于题材，还要看对待题材的立场和观点以及在艺术上完成的程度，但是，"并不能因此就否定题材的重要性，否定它对于作品的价值的一定的决定作用"。② 为了反驳和全面阐述自己的文艺思想，胡风于1954年7月向中央递交了一份《关于解放以来的文艺实践情况的报告》。报告中胡风把何其芳的看法概括为"题材差别"和"题材主义"。前者认为题材与生活有重要和不重要的差别，后者认为题材对于作品有一定的决定作用，即为题材决定论。以此为理论支撑，又引发出"写重大题材"的倡导和以立场衡量题材的观点。胡风指出，受此理论支配，就会"不问什么作家，不问作家底生活基础和斗争要求底内在根据，也不问具体作品所包含的真实性和思想意义，一律以'题材'为标准"。如此，离开创作主体的生活和艺术实践，去规定题材的重要不重要，有意义或无意义，是本末倒置的机械论的提法。③ 尽管胡风的主张是符合创作实际的，但由于遭到批判，其反驳的"题材差别论"和"题材决定论"成为主导观念，又经过"反右"斗争、"大跃进"、阶级斗争扩大化、极"左"思潮的推波助澜，尤其是柯庆施"写十三年"的口号将之进一步理论化之后愈演愈烈，文艺创作主题狭窄，方法简单化、模式化，表现形式刻板化到了登峰造极的极端状态。

为了扭转这种错误倾向，党中央曾做过两次重要的文艺政策调整工

---

① 茅盾：《在反动派压迫下斗争和发展的革命文艺》，载谢冕、洪子诚主编《中国当代文学史料选（1948—1975）》，北京大学出版社1995年版，第38—39页。
② 何其芳：《现实主义的路，还是反现实主义的路》，《文艺报》1953年第3期。
③ 胡风：《胡风对文艺问题的意见》，《文艺报》1955年第1、2期合刊附册。

作。1956年，陆定一在关于"双百方针"的报告中谈到了题材问题，"题材问题，党从未加以限制，只许写工农兵题材，只许写新社会，只许写新人物，等等，这种限制是不对的……文艺题材应该非常宽广……因此，关于题材的清规戒律，只会把文艺工作窒息，使公式主义和低级趣味发展起来，是有害无益的"。[①] 同年10月，《文艺报》发表与报告同名的社论，对于题材问题上的偏向进行了理论批评。在1961年中央进行文艺政策调整时，周恩来等领导同志在全国故事片创作会议、"广州会议"上的讲话，邵荃麟在"大连会议"上的发言，均对题材多样化进行了进一步推动。关于题材问题最富于建设性的讨论就出现在这一时期。

1961年，《文艺报》第3期发表张光年执笔的专论《题材问题》，并在同年第6期和第7期开辟"题材问题"专栏，就题材问题进行了深入探讨。

探讨中形成了基本一致的看法。

（1）重大题材和题材多样化的同等重要性。专论明确提出："我们提倡描写重大题材，同时提倡题材多样化。"要描写重大题材，正是要从根本上扩展和充实题材内容，而且重大题材本身也是多样化的。另外，群众精神生活需要的多样化也要求题材的多样化。周立波说："挑写重要的题材，是应该的，但应该不等于能够"，历史小说、神怪小说、童话、科学小品，作家均可以尝试。[②]

（2）题材对于作品价值的相对性。专论认为"把描写工农兵同题材的广泛性对立起来，把表现重大主题同家庭生活、爱情生活的描写（所谓的'家务事、儿女情'）对立起来，把现代题材同历史题材对立起来"；"只要题材抓对了，作品就成功了一半"；"所谓'尖端题材''非尖端题材'的说法"；以及某些题材被强调的绝对化的倾向等，这都是应该破除的清规戒律。

冯其庸在考察了古代作家创作中选择和运用题材的特点后指出"题材是具有相对的重要性的"。所以作家必须认真选材，但这"与那种题材

---

① 陆定一：《百花齐放，百家争鸣》，《人民日报》1956年6月13日。
② 周立波：《略论题材》，《文艺报》1964年第6期。

决定一切的看法……是没有共同之处的"。"不被题材限制自己的创作是一个方面；善于选择题材来进行创作是另一个方面"，社会主义时代的作家应该把写重大题材和多种多样的题材等许多方面辩证结合起来，反映我们的伟大时代。① 田汉是从剧作题材处理的角度谈了自己的看法。他说："把题材当成衡量作品的政治标准，把作品的价值高低和作品的题材重大与否等同起来，是不符合创作实际的。""一个作品反映时代概括生活本质的深度和广度，并不太取决于题材本身，而取决于作者的世界观，取决于作者的艺术概括能力，也取决于作者的艺术技巧。"②

（3）作家选择题材的自主性。专论指出，作家在选择题材上，"完全有充分的自由，可以不受任何限制"，而且也要"根据于作家的不同情况，不能强求一律"。因为某些作家独特的艺术风格，同选材、处理题材上的特点相关，如果取消了这些特点，就是取消了它们的存在。胡可认为，"的确不是任何题材都可以被任何作者所掌握的"。依照题材的本来含义，它只属于"这一位作者"。③ 夏衍指出，要把作家选择题材的自由和剧院领导的号召结合起来，后者可以为剧作者提供题材线索，引导其创作，但"不要勉强作者写他们所不熟悉的、后者力不胜任的东西"，"提供线索，不等于规定主题"。因为"同一题材，可以写成表现各种不同主题的作品，相同主题，也可以用各种不同的题材来表现"。④ 老舍认为，题材与作家的生活和风格有关。"题材如与自己的生活经验一致，就能写成好作品，题材与生活经验不一致，就写不好。""谁写什么合适就写什么，不要强求一律。""大家都拿出自己的一招来，也就百花齐放了。"⑤

我们看到，以上关于题材问题的讨论涉及了文学艺术创作中题材与生活、作者的世界观和风格、作品价值等重要理论问题，厘清了重大题材与题材多样化的关系，批评了"题材决定"论的偏颇，是深刻而有建树的，

---

① 冯其庸：《题材与思想》，《文艺报》1964 年第 6 期。
② 田汉：《题材的处理》，《文艺报》1964 年第 7 期。
③ 胡可：《对题材的浅见》，《文艺报》1964 年第 6 期。
④ 夏衍：《题材、主题》，《文艺报》1964 年第 7 期。
⑤ 老舍：《题材与生活》，《文艺报》1964 年第 7 期。

也激活了当时的文艺创作,在写重大题材和新题材的方面均有收获。然而,之后毛泽东的两个错误批示和文化部的整风运动又恢复了原状,反"题材决定"论也成了黑理论。反"题材决定"论提倡的"不应作任何限制"被视为"裴多菲俱乐部的反革命口号。"① 其实质是:"在'选材自由'的幌子下,先夺工农兵作为文艺作品主人公之权,夺我们以无产阶级世界观改造世界之权,进而夺取我们的无产阶级政权。"②

2."中间人物"论

此论的提出者是邵荃麟。1960年12月间,他在《文艺报》一次会议上说,"仅仅用两条道路斗争和新人物来分析描写农村的作品(如《创业史》、李准的小说)是不够的","当前创作的主题比较狭窄,好像都只是写共产主义风格"。表达了一个理论家和文艺工作者对创作现状的担忧。1961年3月,他要求《文艺报》继《题材问题》专论之后,再写一篇《典型问题》专论,着重提倡人物描写的多样化,他认为,"光是题材多样化,还不解决问题。只有人物多样化,才能使创作的路子宽广起来"。同年6月25日,在《文艺报》讨论重点题材的会议上,他第一次提出"写中间人物"的主张。他说:"作家为一些清规戒律束缚着,很苦闷","当前作家们不敢接触人民内部矛盾。现实主义基础不够,浪漫主义就是浮泛的。创造英雄人物问题,作家也感到有束缚"。有人"认为不能分正面人物反面人物,这当然是错误的。但在批评这种观点时,却形成不是正面人物就是反面人物,忽略了中间人物;其实矛盾往往集中在中间人物身上"。所以,他要求《文艺报》组织文章打破束缚,把"写中间人物"列入重点选题计划。③ 1962年8月2日至16日,中国作家协会在大连召开农村题材短篇小说座谈会。邵荃麟主持会议并作了三次讲话,在讲话中,明确提出并阐述了"写中间人物"和"现实主义深化"的主张。

此次会议的中心议题是围绕农村题材如何正确反映人民内部矛盾问题

---

① 姚文元:《评反革命两面派周扬》,《红旗》1967年第1期。
② 天兵:《陆定一、周扬鼓吹反"题材决定"论的反动实质》,《光明日报》1968年6月20日。
③ 以上引文均引自邵荃麟《关于"写中间人物"的材料》,《文艺报》1964年第8、9期。

来讨论创作问题。邵荃麟在回顾了近些年农村题材小说创作的实绩后指出，尽管从概念出发的作品少了，但仍然存在简单化和单纯化的倾向，"一个阶级只有一个典型"的理论容易造成"拔高"现象，是完全错误的看法。他说："强调写先进人物、英雄人物是应该的。英雄人物是反映我们时代的精神的。但整个说来，反映中间状态的人物比较少。两头小，中间大；好的、坏的人都比较少，广大的各阶级是中间的，描写他们是重要的。"他认为，《老坚决外传》中的人物性格太单纯化，而觉得"梁三老汉比梁生宝写得好。亭面糊这个人物给我印象很深"，原因是"他们肯定是会进步的，但也有旧的东西"。是属于背负着个体农民的精神负担但又可能转变进步的人物，通过描写这些"中间人物"，可以教育群众。所以，作家应该顶住简单化、教条主义、机械化的批评，在创作中突破人物表现的僵化模式，反映出人物性格的复杂性，从而推动文学创作的发展。

"写中间人物"作为"文学作品的一个重要课题"①，后来得到了进一步阐发。沐阳撰文说，当前创作中"不好不坏、亦好亦坏、中不溜的芸芸众生，似乎很少人着力去写他们；写了，也不大引起人们的注意"。作者认为应该"像《创业史》《沙桂英》那样，在创造新英雄人物的同时，把生活中大量存在的处于中间状态的多种多样的人物，真实地描绘出来，在这种真实的描绘中自然地流露出作家的评论，帮助群众更全面地认识生活，从而得到思想上的启发，这也是不可忽略的"。②几乎同时，沈思提出通过"写中间人物"来教育"中间人物"的主张，③ 康濯也在文章中对"写中间人物"进行了宣传。④

此时批评的声音并不多，黎之⑤对此有所批评。但到了1964年，随着"反修"浪潮的又一次涌起，"写中间人物"遭到了强力批判。最有代

---

① 侯墨：《漫谈〈赖大嫂〉》，《火花》1962年第10期。
② 沐阳：《从邵顺宝、梁三老汉所想到的》，《文艺报》1962年第9期。
③ 沈思：《我读〈赖大嫂〉》，《火花》1962年第10期。
④ 康濯：《试论近年间的短篇小说》，《河北文学》1962年第10期。
⑤ 黎之：《创造我们时代的英雄形象》，《文艺报》1962年第12期。

表性的是《文艺报》1964年第8、9期合刊的两篇编辑部文章：《"写中间人物"是资产阶级的文学主张》和《关于"写中间人物"的材料》。后者主要是梳理了"写中间人物"提出的过程和发展；前者则全面否定了"写中间人物"和"现实主义深化"，认为此二论是与社会主义文艺创作的最主要、最中心的任务——创造英雄人物的主张相抗衡的资产阶级观点，这是文艺上的大是大非之争，是阶级斗争和两条路线斗争在文艺上的尖锐反映，必须公开批判，以肃清其恶劣影响。同年，在《文艺报》第11、12期合刊上又发表了《十五年来资产阶级是怎样反对创造工农兵英雄人物的？》一文，历数了"形形色色的资产阶级、修正主义的理论，特别是关于人物描写上的反动理论"，并进行了彻底批判。"中间人物"论"是为了美化资产阶级和一切剥削阶级，为那些已被工农兵赶下政治舞台的亡灵招魂，为那些吃人不眨眼的害人虫涂脂抹粉，歌功颂德"。① "就是要通过衣服是劳动人民，灵魂是地主资产阶级的所谓'中间人物'，组成一支复辟资本主义的'啦啦队'，为颠覆无产阶级专政大造反革命舆论。"②

3. "离经叛道"论和反"火药味"论

此二论均是"四人帮"根据文艺界的个别人的只言片语拼凑而成的。

所谓的"离经叛道"论主要是对夏衍言论的批判。事情的缘由是：根据中央纠正"大跃进"错误的决议和周恩来总理《关于文艺工作两条腿走路的问题》的讲话精神，文化部于1959年7月11日至28日在北京召开故事片厂厂长会议，议题主要是在全面检查和总结1958年"大跃进"中电影制片和生产中存在的问题的基础上，提出要进一步贯彻"双百方针"，压缩影片产量，提高影片艺术质量。夏衍在此次会议上做了三次发言③。第一次发言着重探讨了政治与艺术的关系问题。夏衍认为对为

---

① 毅斌：《塑造英雄形象是革命文艺的根本任务——彻底批判"四条汉子"的"中间人物"论》，《北京日报》1970年3月2日。

② 宇文平：《数风流人物，还看今朝——批判周扬一伙的"写中间人物"谬论》，《人民日报》1972年11月15日。

③ 三次发言均未公开发表。载《夏衍全集》第6卷《电影评论》（上），浙江文艺出版社2005年版，第326—331页收录了三次发言内容，以下引文未注明出处的均据此。

政治服务要有全面的认识，它应该包括为当前的政治、经济建设以及长远的利益服务；电影要对人们进行思想教育的同时，提供艺术享受、历史文化知识。为达此目的，电影工作者就需要扩展表现的体裁，既可以用现代的也可以用传统的。第三次发言是在向时任文化部副部长的钱俊瑞汇报工作后谈的体会。夏衍在表达了对1958年电影制作和生产中的产量、质量、导演、剧照中等存在的问题后，进一步强调了对于选题的看法。他认为，"选题一定要广泛些，应包括各个方面，如历史的、现代的、工业农业、少数民族、戏曲、歌舞等方面多多考虑"。其被"四人帮"批评的主要言论体现在第二次发言中。

夏衍指出，根据会议中各个电影制片厂汇报的情况看，当前存在的问题是：影片类型单调，轻松愉快的节目很少，歌舞片、喜剧片基本没有；题材狭窄，没有反映农民生活的，妇女和儿童生活题材缺乏，总之，题材不广泛，样式不够多样化。所以为了进一步贯彻"百花齐放"，就需要解放思想，有意识地增加新品种。接着，夏衍提出了具体的建议：革命历史题材可以扩展一下，从旧民主主义革命到新民主主义革命可以拍的很多，过去的好题材，比如李劼人的《死水微澜》《大波》可以改编，旧艺人翻身的题材既可以是故事片也可以是戏曲片，应该多拍，杂技演员、民间艺术家的生活、太平天国的题材都是很好的。他还建议大家多读旧的章回小说，从古代的小说中汲取素材。

最后，作为总结陈词，夏衍发表了一些自称的"谬论"。他说，"我们现在的影片是老一套的'革命经''战争道'，离开了这一'经'一'道'，就没有东西。这样是搞不出新品种来的。我今天的发言就是'离经叛道'之言"。

"文化大革命"前夕，《纪要》给"离经叛道"论做了定性的分析，"就是离马克思主义、毛泽东思想之经，叛人民革命战争之道"。[①] 进而，"文化大革命"中，夏衍和周扬、田汉、阳翰笙被污蔑为反党反革命的"四条汉子"，各地革命大批判写作组纷纷撰文，大加挞伐。持论者认为，夏衍的罪状包括"抹杀阶级斗争、颠覆无产阶级专政、反对人民革命战

---

① 《人民日报》1967年5月29日。

争、宣扬和平主义、背离毛主席的革命路线、奉行机会主义"。① 而其"题材多样化"的花样是反对毛主席文艺路线的主要口号,其与陈荒煤一伙规定各制片厂要制定题材范围较广、体裁样式较多的题材规划是为大批毒草影片开绿灯。②

"反火药味"论是"四人帮"从周扬、林默涵、夏衍等人在一些场合中的言论中断章取义拼凑起来的支离破碎的论点。如周扬说:"我们的文学作品火药味太多了,舞台上枪杆子太多了。"林默涵在看完现代舞剧《白毛女》之后说:"这个戏火药味太浓,武装斗争太突出了。"③ 夏衍在解放军电影剧本创作座谈会上说:"生当然是共性,都喜欢活不喜欢死……战争当然是残酷的,认为战争是乐观的,我想没有这种人吧。军人也不会这样讲的。"在另外一次会议上,夏衍说:"第二次世界大战以后,东欧国家人民受战争摧残,死亡人数太多了,差不多每家都有牺牲者。他们怕看战争片,因此,中国战争片去那里是不受欢迎的。"④

在这些话语中,明显地透露出提倡题材多样化的意指,同时表明,在战争年代,为了救亡图存,取得革命的胜利,可以多写革命题材,而在社会主义时代,主要任务是进行社会主义基本建设,满足人民的多种精神需要,为此,题材的拓展是非常必要的。应该说,这是符合国情和艺术创作规律的。但"四人帮"却把这些合理的主张定性为"是刘少奇政治上的投降主义、活命哲学在文艺问题上的表现"。⑤ "是彻头彻尾地为帝国主义、修正主义以及一切反动派的反革命政治效劳的。"⑥

以上四论涉及的主要是题材和人物问题,这实际上是一个问题的两

---

① 上海电影系统革命大批判写作小组:《夏衍反革命一生的自供状——评"离经叛道"论》,《文汇报》1970年6月13日。
② 辛武:《"离经叛道"论是夏衍反革命的宣言书》,《人民日报》1966年12月10日。
③ 四川师范学院中文系文艺理论教研组:《文艺名词解释》,1973年,第165页。
④ 《中国现代文艺思想斗争史参考资料(1949—1966)》,第400页。
⑤ 辛松:《反"火药味"论是瓦解人民革命斗志的毒药》,《北京日报》1970年2月11日。
⑥ 向阳、洪壮斌:《让旧世界在革命的"火药味"中灭亡——彻底批判周扬等"四条汉子"的反"火药味"论》,《北京日报》1970年2月11日。

面，写什么人的必然前提是写这类人的生活。在批判者那里就表现为以"文艺为政治服务"为指导方针，强调写英雄人物，突出写重大题材，并形成"一个阶级一个典型""一种生活一个题材""一个题材一个主题"①的公式化的教条主义模式，发展到极端状态就形成了"四人帮"的"根本任务"论。无疑，提倡题材多样化和写"中间人物"的主张是对其造成的题材狭窄、人物单一的弊端的反拨。持论者的出发点是为了保持文学和政治的一定的疏离状态，维护文艺自身的规律和特性。其合理性在于，一方面，题材不是决定作品价值的唯一因素，它还受创作主体的制约，重大题材固然能在社会效果和功能方面产生重大影响，但一般题材仍然有不可替代的作用。文学正是通过多层次、多侧面展示生活的广阔性和复杂性而作用于人的心灵的，封闭和限制只能损害其本性。另一方面，尽管英雄人物代表着时代的主流，但通过有缺点的"中间人物"和小人物的书写以小见大，依然可以展现社会发展的趋势，起到教育人的作用，鲁迅笔下的阿Q就是个很好的例证。然而，政治的打压使题材多样化和人物多样化均成了奢望。

三 "时代精神"问题

50年代和60年代初期，著名历史学家周谷城陆续发表了一些文艺美学论文。包括《美的存在与进化》《史学与美学》《礼乐新解》《艺术创作的历史地位》②等，其文在历史的创造与艺术创造之间的联系和区别等问题上体现出鲜明独到的见解的同时，在学术界也引发了争论。争论主要是围绕着其在《新建设》1962年12期发表的《艺术创作的历史地位》一文展开，延续了一年多。周谷城这里主要在谈文学、美学问题，时代精神是顺带提出的。

周谷城认为，时代精神即不同阶级、不同个人思想意识的统一整体。"各时代的时代精神虽是统一的整体，然从不同的阶级乃至不同的个人反映出来，又各截然不同。这种种的不同，进入各种艺术作品，即成创作的

---

① 于晴（唐因）：《批评的歧路》，《文艺报》1957年第4期。
② 收入周谷城《史学与美学》，上海人民出版社1980年版。

特征或独创性，或天才的表现。就其广泛流行于整个社会而言曰时代的精神；就其分别反映于具体作品而言曰天才的表现。"姚文元不以为然，他断章取义，并以其惯用的阶级斗争式评论方式展开批判。

他认为，"把一个时代的时代精神解释为各个阶级各种意识的'汇合'，这在理论上是没有根据的"，"时代精神既然是一种意识形态，它在阶级社会中就必然反映一定的阶级内容，不可能是超阶级的东西。相互对立的阶级意识，从来也没有共同构成'整体'的时代精神，而总是一种革命思潮代表了时代精神向反动的思潮进行剧烈的斗争"。所以，"文学艺术作品中的时代精神，是革命阶级改造世界的一种精神力量。它反映革命阶级改造世界的实践的要求，反过来推动革命实践的发展。它是历史变革中代表时代前进方向的新的、革命的阶级、阶层的思想、情感、理想在文艺作品中的集中表现，是一定历史时期广大劳动人民的利益、愿望、要求在文艺作品中的（直接或间接）集中反映，是革命阶级和广大人民为实现一定历史阶段的主要任务而斗争的精神面貌和它的历史过程在艺术作品中的强烈反映"。依此看，他断定周谷城的观点属于脱离阶级分析的历史唯心论，是危险的，是"把毒药包上新的糖衣"，是为了"保护日益腐朽的旧事物免于灭亡"，[1] 很明显，学术问题在这里变成了政治批判。同年11月7日，周谷城在《光明日报》上发表题为《统一整体与分别反映》的文章，进一步重申了自己的观点，并进行了反击，但很快就淹没在一片"反修"的浪潮中了。

1966年初，周谷城的观点被以"时代精神汇合论"的名义列入"黑八论"之一，周谷城也成了"资产阶级反动学术权威"，遭到打击迫害。作为修正主义认识论的基础，"时代精神汇合"论"就是企图用'时代精神'作为中介去调和极端对立的无产阶级和资产阶级的思想意识"。[2] "公然鼓吹'非革命的、不革命的，乃至反革命的'时代精神'可以'合二为一'，梦想用资产阶级'溶化'共产党，实行资产阶

---

[1] 姚文元：《略论时代精神——与周谷城先生商榷》，《光明日报》1963年9月24日。
[2] 复旦大学革命大批判写作组：《"时代精神汇合论"再批判》，《出版通讯》1971年第10期。

级专政。"①

严格地讲,"时代精神"是一个哲学问题。它指的是,"历史时代的客观本质及其发展趋势在社会精神生活各个领域中的体现"。② 但姚文元把革命精神与时代精神画等号,显然是缩小了其所指。而周谷城的表述也过于笼统,对汇合的时代精神缺乏一定的价值判断,而且,把不同阶级的不同个人在文学作品中展现出的时代精神和反映方式称为作品的特征、独创或天才的表现也是值得商榷的。这里涉及的问题比较复杂,还需要进一步的探讨。

第四节 "黑八论"引发的几点思考

"文化大革命"结束后,1979 年 3 月 1 日,人民日报上发布了《文化部党组作出决定并经上级批准为原文化部大错案彻底平反》的决定通知。决定指出:"文化大革命中,凡是因批判'文艺黑线专政'、'三十年代文艺黑线'、'四条汉子'、《海瑞罢官》、'三家村'、'黑戏'、'黑会'、'黑画'、'黑线回潮'等等而受审查、点名批判和被株连的,一律平反昭雪,不留尾巴。"③ 至此,"黑八论"以及涉及的相关人员获得了彻底平反。但历史总是留下了它的足迹,值得后来人以之为镜鉴。

"黑八论"是 20 世纪五六十年代出现的一个重大而特殊的政治、文化现象。

首先,言其重大,是因为它提出伊始就带有浓重的政治色彩,作为"文艺黑线"的代表性观点,直接承担了对社会主义进行专政的罪名。从对其的批判中可以看出以下几个特征:1. 将中国社会发展的"现代性工程"拦腰斩断,阻滞了建立现代性民族国家焦虑的现代性追求;2. 漠视民主化,权力高度集中,妄图以一种方案规划社会生活;3. 打压人的主

---

① 傅战戡、方师工:《对周谷城"无差别境界"论的再批判》,《文汇报》1969 年 8 月 9 日。
② 《简明哲学百科词典》,现代出版社 1990 年版,第 390 页。
③ 转引自吴迪《中国电影研究资料(1949—1979)》,文化艺术出版社 2006 年版,第 543 页。

体性，动辄冠以个人主义公然与社会主义集体主义对抗的罪名；4. 使用非此即彼的二元对立思维方式和阶级斗争的方法解决理论论争；5. 割裂历史的延续性，否定古代优秀文化遗产，拒斥并歪曲外来文化。这些均对人民的物质和精神生活产生了巨大的负面影响。

其次，说其特殊，是因为它是政治问题在文艺领域中的解决，这就造成了文学与政治的纠缠不清。

1. 政治政策对文学的强制规训。主要体现在：片面强调原解放区的文艺政策，教条主义地贯彻毛泽东文艺思想，从"创作与政策相结合"到"赶任务"，再到"写中心、画中心、唱中心、演中心"，文学一直亦步亦趋地紧随政治形势，响应国家主流意识形态的召唤。同时，与"反右""大跃进""反修防修"等政治运动相适应，使文学上的"左"倾现象越来越严重，文艺的道路也越来越狭窄。

2. 政治性话语的一元主导。在30年代开始的阶级斗争理论的基础上，极端发展毛泽东"继续革命"的思想，将"五四"时期的启蒙理性置换成革命启蒙，"革命"二字成为最具时代合理性的字眼，于是，文学的内涵随之缩小，仅仅凸显文学的阶级性和倾向性，进而成为政治的奴仆和工具，迷失了本性。

一直到1978年思想解放运动和十一届三中全会之后，重新反思两者关系，如何保持文学和政治之间合理的张力，使文学由受他律制约而走向自律，才真正成为文艺理论工作者的重要课题。

第 五 章

"文化大革命"时期的文学理论

吴子林

发生于1966年至1976年间的"无产阶级文化大革命",是一场给国家和民族带来巨大灾难的社会动乱。在这场"革命"中,文学艺术的创作、评论和理论起了极其重要的作用。从对新编历史剧《海瑞罢官》的批判,升级为打倒所谓由邓拓、吴晗、廖沫沙三人组成的"三家村",再到揪出周扬、夏衍、田汉、阳翰笙四人组成的"四条汉子",文化革命的熊熊战火就此点燃。在文艺界,这种批判斗争包括将"文化大革命"前"十七年"创作出的作品中的绝大部分都批判为"毒草",将这一时期的文学理论说成是"黑八论"。在这个"大破大立"的时代,"破"了以前的文学艺术的作品和理论,"立"的就是"样板戏"和"文化大革命"时代的"三突出"理论;但同时,"文化大革命"时代的文学理论,与此前的理论,又有某种继承关系。

第一节 "八个革命样板戏"

革命"样板戏"最早始于60年代的京剧现代戏。1963年,江青让文化部和北京京剧院、北京京剧团排演沪剧剧目《红灯记》(上海爱华沪剧团)和《芦荡火种》(上海沪剧院)。1964年6月5日至7月31日,由周恩来倡议，全国京剧现代戏观摩演出大会在北京举行，对全国各地的京剧改革成果进行一番集中的检阅。参加这次观摩大会的有文化部直属单位和18个省、自治区、直辖市的29个京剧团，演出了38台表现现代生活的"现代戏"，盛况空前。

观摩大会上演出了像《红灯记》（翁偶虹、阿甲改编）、《芦荡火种》（汪曾祺等改编；后根据毛泽东的意见，改名为《沙家浜》）、《智取威虎山》（上海京剧院集体改编）、《节振国》（河北省唐山市京剧团集体创作，于英执笔）、《奇袭白虎团》（李师斌等编剧）、《六号门》（天津京剧团改编）、《黛诺》（金素秋等改编）、《草原英雄小姐妹》（赵化鑫等改编）等有影响的剧目，这些剧本大都成为后来"八个样板戏"的原型。在京剧现代戏观摩演出之后，《红旗》杂志和《人民日报》分别发表了《文化战线上的一个大革命》和《把文艺战线的社会主义革命进行到底》的社论。观摩会前后，除了《红灯记》《沙家浜》，江青还不同程度地参与了《智取威虎山》《海港》《奇袭白虎团》《红色娘子军》《白毛女》《沙家浜》等剧的创作、修改和排演。

在京剧现代戏观摩演出期间即1964年7月，江青在一个座谈会上发表了讲话，这次讲话在《红旗》1967年第6期上冠以《谈京剧革命》的题目刊出。在这次讲话中，江青列举了两个"惊心动魄"的数字，帮助人们"辨清"社会主义文艺发展的方向，"坚定"人们对于京剧演出革命的现代戏的信心：

> 第一个数字是：全国的剧团，根据不精确的统计，是三千个（不包括业余剧团，更不算黑剧团），其中有九十个左右是职业话剧团，八十多个是文工团，其余两千八百多个是戏曲剧团。在戏曲舞台上，都是帝王将相，才子佳人，还有牛鬼蛇神。那九十几个话剧团，也不一定都是表现工农兵的，也是"一大、二洋、三古"，可以说话剧舞台也被中外古人占据了。剧场本是教育人民的场所，如今舞台上都是帝王将相、才子佳人，是封建主义的一套，是资产阶级的一套。这种情况，不能保护我们的经济基础，而会对我们的经济基础起破坏作用。

第二个数字是：我们全国工农兵有六亿几千万，另外一小撮人是地、富、反、坏、右和资产阶级分子，是为这一小撮人服务，还是为六亿几千万人服务呢？这问题不仅是共产党员要考虑，而且凡有爱国主义思想的文艺工作者都要考虑。吃着农民种的粮食，穿着工人织造的衣服，住着工人盖的房子，人民解放军为我们警卫着国防前线，但是却不去表现他们，试问，艺术家站在什么阶级立场，你们常说的艺术家的"良心"何在？[1]

江青提出，要在舞台上塑造当代的革命英雄形象，要由领导亲自抓创作，抓剧本；要培养新生力量，并做好移植工作。

1965年3月16日《解放日报》发表了"本报评论员"的评论说："看过这出戏的人，深为他们那种战斗的政治热情和革命的艺术力量所鼓舞，众口一词，连连称道：'好戏！好戏！'认为这是京剧化的一个出色样板。""样板"一词，便肇始于此，并很快被戏剧圈内外的人们所接受。

《红旗》1967年第6期同时发表了社论《欢呼京剧革命的伟大胜利》，称江青的发言《纪要》，"是运用马克思列宁主义、毛泽东思想解决京剧革命问题的一个重要文件"；社论首次正式提出了"样板戏"的说法，指出《智取威虎山》等京剧样板戏，"不仅是京剧的优秀样板，而且是无产阶级文艺的优秀样板"。

1967年5月，在北京、上海的纪念《在延安文艺座谈会上的讲话》发表二十五周年的活动中，时为"中央文化革命小组"成员的陈伯达、姚文元的讲话，对"京剧革命""样板戏"的意义，以及江青在"京剧革命"中的地位和作用给予极高的评价，吹捧江青"一贯坚持和保卫毛主席的文艺革命路线。她是打头阵的。这几年来，她用最大的努力，在戏剧、音乐、舞蹈各个方面，做了一系列革命的样板，把牛鬼蛇神赶下了文艺的舞台，树立了工农兵的英雄形象"，"成为文艺革命披荆斩棘的人"，称她"所领导和发动的京剧革命、其他表演艺术的革命，攻克了资产阶

---

[1] 谢冕、洪子诚主编：《中国当代文学史料选》，北京大学出版社1995年版，第601—602页。

级、封建阶级反动文艺的最顽固的堡垒,创造了一批崭新的革命京剧、革命芭蕾舞剧、革命交响音乐,为文艺革命树立了光辉的样板"。① 同月31日《人民日报》刊发的社论《革命文艺的优秀样板》,则明确地将京剧《智取威虎山》《海港》《红灯记》《沙家浜》《奇袭白虎团》,芭蕾舞剧《红色娘子军》《白毛女》,交响音乐《沙家浜》并称为八个"革命样板戏""革命现代样板作品",提出:

> 这八个革命样板戏,突出地宣传了光焰无际的毛泽东思想,突出歌颂了历史主人翁工农兵。它贯串着毛主席的为工农兵服务、为无产阶级政治服务的革命文艺路线,体现了"百花齐放""推陈出新""古为今用""洋为中用"的正确方针,做到了"革命的政治内容和尽可能完美的艺术形式的统一",成为"团结人民、教育人民、打击敌人、消灭敌人的有力的武器"。
>
> 这八个革命样板戏受到广大工农兵群众高度的赞扬,热烈的欢呼!赞扬它为无产阶级革命文艺的发展树立了光辉的典范。欢呼它是无产阶级文化大革命的辉煌成果,是毛泽东思想的伟大胜利!
>
> 各个阶级都力图立本阶级的戏剧样板,为本阶级的政治服务。因此,在戏剧舞台上,大破封建主义、资本主义、修正主义的戏剧样板,大立无产阶级的革命戏剧样板,是一场尖锐的阶级斗争,是一场保卫无产阶级专政,粉碎资本主义复辟的斗争。

社论号召性地总结道:"戏剧革命的洪流终于冲决了反革命修正主义的堤防。八个革命样板戏终于杀了出来,像春雷一般震撼着整个艺术舞台";"这声声春雷,宣告了反革命修正主义文艺黑线的破产,报道了无产阶级革命文艺百花盛开的春天就要到来。工农兵昂首屹立在舞台上的新时代到来了!被封建主义、资本主义、修正主义颠倒的历史,在我们手里颠倒过来了"!"革命的文艺工作者!我们要高举毛主席革命文艺路线的伟大红旗,勇敢地去攀登前人没有攀登过的高峰,创造更多更好的无产阶

---

① 陈伯达、姚文元的讲话,《人民日报》1967年5月24日,《解放军报》1967年5月25日。

级的新文艺!"①

"八个革命样板戏"成了毛泽东革命文艺路线取得"伟大胜利"的重要标志。因此，1967年，《人民日报》《红旗》杂志发表的元旦社论则声称："1963年，在毛主席亲自指导下，我国进行的以戏剧改革为主要目标的文艺革命，实际上是无产阶级文化大革命的开端。"

第二节 "主题先行"和"三突出"论

所谓"主题先行"论指的是：文学创作首先要确立作品的主题，再根据"主题"的要求去设计人物、情节、结构、语言行为等作品基本要素。"主题先行论"是革命文学理论之"无产阶级世界观先行论""政党政策先行论"的逻辑发展。在"新写实主义"时期，先行确立的主题是"无产阶级世界观"——马克思主义；在"社会主义现实主义"时期，先行确立的主题是"党的政策"；在"两结合"时期，先行确立的主题是"毛泽东思想"；到了"文化大革命"时期，先行确立的主题则自然是"阶级斗争"了。

《智取威虎山》剧组是这样总结自己的创作经验的：

> 怎样把无产阶级英雄形象塑造得高大丰满、光彩夺目，是摆在我们面前一个首要的政治任务，是无产阶级文艺革命中一个新的课题。这是无产阶级文艺同一切剥削阶级文艺，包括资产阶级的"文艺复兴"、"启蒙运动"及19世纪批判现实主义文艺的根本区别所在。
>
> 要做到这一点，必须根据毛主席的教导，用革命的现实主义和革命的浪漫主义相结合的方法，把英雄人物放在一定历史时代革命的阶级斗争的典型环境中，从各个方面，完整、深刻地揭示、体现在他世界观、思想、作风、性格气质等方面的阶级素质，表现他高度的政治

---

① 谢冕、洪子诚主编：《中国当代文学史料选（1949—1975）》，北京大学出版社1995年版，第713—715页。

觉悟，展现他内心世界的共产主义光辉。在《智取威虎山》中，塑造杨子荣这个无产阶级的英雄形象，就是依循着这种无产阶级的艺术方法的。

杨子荣是一个用毛泽东思想武装起来的，具有革命无产阶级的革命智慧和勇敢的中国人民解放军侦察英雄。在这里，我们通过整个情节的各个环节，调动文学、音乐、舞蹈、表演、舞美等各种艺术手段，集中力量塑造杨子荣这一英雄形象。我们狠抓了几个主要侧面，即：既写了他对首长、对同志、对劳动人民深厚的阶级爱，又写了他对美蒋、对土匪、对一切阶级敌人强烈的阶级恨；既写了他打倒美蒋反动派走狗座山雕匪帮的坚强的革命意志，又写了他对革命的宏伟远大的理想；在理想方面，既写了他对中国革命的理想，又写了他对世界革命的理想；在气质方面，既写了他叱咤风云、气冲霄汉的勇敢豪放气概，又写了他沉着冷静、精细机智的性格特质。而这所有侧面又都紧紧地系于一个根本点，也就是这一英雄人物的灵魂："胸有朝阳"——对毛主席、对毛泽东思想的赤胆忠心、无限忠诚。这样，矗立在我们面前的杨子荣，就是一个胸怀无限宽广、具有无产阶级彻底革命精神、处处突出无产阶级政治、顶天立地的无产阶级革命英雄，一个既高大又丰满的光辉形象。①

《红灯记》最初由上海沪剧团1962年根据电影剧本《自有后来人》改编为沪剧，1963年又由中国京剧院改编为京剧，其改编过程也是"主题先行"：

无产阶级的英雄李玉和之所以成为崭新的无产阶级的艺术典则，是因为遵循了伟大领袖毛主席的这个教导，运用了革命现实主义和革命浪漫主义相结合的创作方法，以阶级斗争的观点作指南，把他放在典型化的阶级斗争的风口浪头，从阶级关系的各个方面集中概括地刻

---

① 上海京剧团《智取威虎山》剧组：《努力塑造无产阶级英雄人物的光辉形象——对塑造杨子荣等英雄形象的一些体会》，《红旗》1969年第11期。

画他无产阶级的阶级本质、性格特点，展现他的共产主义远大理想。

根据这样的原则，《红灯记》对李玉和的塑造狠抓了以下几点：一根红线：对伟大领袖毛主席和伟大的中国共产党的无限热爱和忠诚；一条主干：对无产阶级的敌人作针锋相对的阶级斗争；一个重要方面：深刻揭示他与人民群众血肉相连的阶级关系，表现他"对同志对人民的极端的热忱"（《纪念白求恩》）。①

《红灯记》的改编紧密配合"阶级斗争"这一时代主题，运用"阶级分析"的方法来重新阐释民族战争和民族矛盾。当时担任中国京剧院副院长的张东川认为，通过学习毛泽东著作，他们才觉悟到"剧本反映的这场斗争是中国的无产阶级战士与日本帝国主义的斗争，这不仅是民族斗争，而且是阶级斗争"。② 于是，在《红灯记》的定本里，李玉和跟鸠山的矛盾，便成了壁垒分明的两个阶级、两种世界观之间的矛盾。李玉和的形象也因此被提升到共产主义战士和彻底的无产阶级英雄的高度，而鸠山则不过是腐朽的资产阶级人生观的丑恶代表而已。又如原作中有李玉和偷酒喝，爱跟女儿开玩笑以及李奶奶缝补衣裳等细节，它们因为"有损"英雄的性格和抒发了家庭感情而被删节，李玉和与李奶奶、李铁梅之间的人伦亲情也被极度淡化，并消融进李玉和这句唱词："人说道，世间只有骨肉的情义重，依我看，阶级的情义重泰山。"刑场上亲人间生离死别的悲切之情被荡涤一空，代之以一家人相互扶持、相互激励、一心为革命的壮志豪情。其原因在于"如果不从阶级斗争而从家庭关系来刻画人物，就会走到歪路上去，就会让亲子之情、家庭生活的描写冲淡以至抵消了尖锐的政治斗争"。③《红灯记》的思想内容被彻底净化了。郭小川对《红灯记》的改编给予了充分肯定，他说："看了京剧《红灯记》，更深切地体会到文化大革命的伟大意义；想想文化革命，也更深切地明白了《红

---

① 中国京剧团《红灯记》剧组：《为塑造无产阶级的英雄典型而斗争——塑造李玉和英雄形象的体会》，《红旗》1970 年第 5 期。
② 张东川：《京剧〈红灯记〉改编和创作的初步体会》，《人民日报》1965 年 6 月 3 日。
③ 卫明：《在艺术实践中有破有立》，《文汇报》1965 年 3 月 13 日。

灯记》的重要性……从思想内容着手，用毛泽东思想，用阶级和阶级斗争的观点去观察生活、塑造人物，这是《红灯记》获得高度思想性的关键，也是《红灯记》在改编演出上的头一条重要经验。"①

作为"第一部反映我国工人阶级在社会主义革命和社会主义建设时期斗争生活的革命现代京剧"，《海港》的创作也不例外。为了塑造方海珍一类"立足于自己的岗位、胸怀祖国、放眼世界"的英雄人物，演出本为她设计了一个阅读党的八届十中全会公报的"激动人心"的场面②，这是颇有用意的：

> 我们把《海港》的时代背景，放在1962年党的八届十中全会公报发表以后，就是要为英雄人物提供一个阶级斗争的典型环境。党的八届十中全会的召开，是社会主义时期阶级斗争的一个新的转折点，它标志着无产阶级向资产阶级发动了新的进攻。毛主席在会上发出了"千万不要忘记阶级斗争"的伟大号召，提出了我们党在整个社会主义历史阶段的马克思列宁主义的基本路线。《海港》就是在这样的历史背景下，根据党的基本路线，集中描写了以方海珍为代表的码头工人实行无产阶级国际主义和阶级敌人破坏国际主义的斗争。

> 同1967年的演出本相比较，新演出本的最大的改动，是把戏剧冲突从人民内部矛盾改为以敌我矛盾为主，把钱守维改为隐藏的阶级敌人。这一改动具有重大意义的，修改的目的，就是为了更深刻地揭示剧本所反映的无产阶级专政下阶级斗争的特点，从而使主题思想和方海珍英雄形象的塑造都深化一步。③

可见，所谓"主题先行"，就是带着上级分配的"主题"去深入生

---

① 郭小川：《〈红灯记〉与文化大革命》，《戏剧报》1965年第6期。
② 闻军：《无产阶级专政下继续革命的光辉典型——赞方海珍形象的塑造》，《红旗》1972年第2期。
③ 上海京剧团《海港》剧组：《反映社会主义时代工人阶级的战斗生活——革命现代京剧〈海港〉的创作体会》，《红旗》1972年第5期。

活,而不是从生活中发现主题。用当时的话说,那就是"领导出思想,群众出生活,作家出技巧"。事实上,所谓"领导"出的"思想",必须都是从毛泽东思想那里来的。"让文艺舞台永远成为宣传毛泽东思想的阵地",是那一时期革命文艺理论的基本口号。早在1965年12月,《文艺报》评论员就发表过一篇题为《用毛泽东思想武装起来,做又会劳动又会创作的文艺战士》,文章指出:"看不到英雄怎么办?看不到,多向毛主席著作去请教,按照毛主席教导选苗苗;看不到,问群众,问领导,群众眼睛亮,领导站得高;看不到,勤把思想来改造,要和英雄人物走一道,看到了,要用毛主席著作来对照,看他做到哪一条,依靠哪一条,体现哪一条。"可见,无产阶级英雄典型实际上是毛泽东思想的直接体现者,"工农兵英雄人物,是执行和捍卫毛主席革命路线的忠诚战士"[①]。"主题先行"的理论割断了创作与现实生活的联系,它必然造成作品的公式化、概念化,使文艺成了政治话语膨胀下的产儿。

"三突出"同样是"根本任务论"的自然延伸。"三突出"这一术语,是《文汇报》为纪念"样板戏"诞生一周年,约请上海文化系统革筹会主任兼上海两出"样板戏"的实际"总管"于会泳写的文章中首次出现的:

> 江青同志反复强调,一定要让用毛泽东思想武装起来的无产阶级英雄形象占领京剧舞台,使京剧舞台成为宣传毛泽东思想的阵地。她说,在共产党领导下的社会主义祖国舞台上占重要地位的不是工农兵,不是这些历史的真正创造者,不是这些国家真正的主人翁,那是不能设想的事。她指出:要在我们戏曲舞台上塑造出革命英雄形象来,这是重要的任务。
>
> ……我们根据江青同志的指示精神,归纳为"三个突出"作为塑造人物的重要原则,即:在所有人物中突出正面人物;在正面人物中突出英雄人物;在主要英雄人物中突出最重要的即中心人物。江青

[①] 宇文平:《数风流人物还看今朝——批判周扬一伙的"写中间人物"谬论》,《人民日报》1972年11月15日。

同志的上述指示精神，是创作社会主义文艺的极其重要的经验，也是以毛泽东思想为武器，对文学艺术创作规律的科学总结。①

于会泳原为上海音乐学院民族音乐理论教师，在"文化大革命"之前，他曾在《文汇报》上写过分析《红灯记》《沙家浜》音乐特色的文章；于会泳对于"样板戏"创作经验的归纳，适应了那个年代的特殊政治需要，把江青对于"样板戏"的感性式指示，提高到一个新的理论层次，因而深得江青的欣赏，官升文化部部长。继于会泳之后，姚文元将"三突出"修改得更为扼要："在所有人物中突出正面人物；在正面人物中突出英雄人物；在英雄人物中突出中心人物。"② 从此，"三突出"成为一切艺术创作不得违反的金科玉律，其作用有如"文艺宪法"。

与"三突出"有关的还有一套"三字经"。如编剧上的"三陪衬"：以成长中的英雄人物来陪衬主要英雄人物，以其他正面人物来陪衬主要英雄人物，刻画反面人物以陪衬主要英雄人物。另有音乐创作上的"三对头"：感情对头、性格对头、时代对头。还有什么"三打破"：打破旧行当、旧流派、旧格式。并有与之相随的"三出新"：表现出新时代、新生活、新人物。除了"三字经"，还有"多字经"，即"多侧面""多波澜""多浪头""多回合""多层次"，等等。以"多层次"为例，在《智取威虎山》的舞台上，"分成了欲向不同目标出发的两组人员，杨子荣一组位于前，参谋长一组位于后。在前一组中，杨子荣昂然挺立于舞台之主要地位；他的侦察班战士，以较低的姿势簇拥在他身边。在后一组中，参谋长位于台侧，杨子荣示意，众战士以有坡度的队形，衬于参谋长之身旁。整个造型的画面是：众战士烘托了参谋长；参谋长一组又烘托了杨子荣一组；在杨子荣一组中，他的战友又烘托了杨子荣。于是形成以多层次的烘托突出主要英雄人物的局面"③。这就要求摄影家在运用蒙太奇手法时，

---

① 于会泳：《让文艺舞台永远成为宣传毛泽东思想的阵地》，《文汇报》1968 年 5 月 23 日。
② 参见经姚文元修改过的上海京剧团《智取威虎山》剧组《努力塑造无产阶级英雄人物的光辉形象——对塑造杨子荣等英雄形象的一些体会》，《红旗》1969 年第 11 期。
③ 上海京剧团《智取威虎山》剧组：《源于生活，高于生活》，《红旗》1969 年第 12 期。

以"近、大、亮"的镜头去对准英雄人物,用"远、小、黑"对准反面人物;此外,戏剧舞台上的音响、灯光及调度,都要为英雄人物服务。这些艺术手段把"三突出"思想贯彻到了家。

其实,"三突出"的实质是"一突出",即服务于"根本任务",塑造出"主要英雄人物"。用"辛文彤"的话来说:"一出戏,一部故事片,只有一个中心人物。不能有两个或两个以上的中心人物,多中心就是无中心。"①《红灯记》剧组总结自己的创作经验时就提出:

> 从阶级关系诸方面来塑造无产阶级的英雄典型,必然要塑造其他正面人物以及必要的反面人物。但是,突出主要英雄典型,是我们坚定不移的原则,其他任何人物的塑造都必须服从这个原则,决不能夺他的戏。革命母亲李奶奶英勇悲壮、有声有色的大段念白,李铁梅英姿飒爽、动人心弦的歌唱,以及对她们两人的其他刻画,都使她们既独具鲜明性格,又从不同角度衬托了李玉和的英雄形象。李奶奶的"痛说革命家史"再现了李玉和在"二七"大罢工中的英勇斗争,歌颂了他"为革命东奔西忙"的英雄品质。铁梅的每一步成长,都反映了李玉和的精神力量。对阶级敌人的塑造,我们坚持这样一条原则:要考虑坐在哪一边?是坐在正面人物一边,还是坐在反面人物一边。我们搞革命现代戏,主要是歌颂正面人物。敌人必须让路,以腾出更多的篇幅来表现英雄人物。对于敌人的刻画不是从外形上进行丑化,而是深入揭露其残暴、阴险、欺骗和必然灭亡的反动本质。
>
> 这样,不仅多方面地展现了李玉和的无产阶级英雄品质,还正确解决了典型性格与典型环境的关系:以主要英雄典型李玉和为中心,围绕他展现了在毛主席革命路线指引下的抗日革命战争威武雄壮的历史画卷。②

---

① 辛文彤:《让工农兵英雄人物牢固占领银幕》,《人民电影》1976 年第 3 期。
② 中国京剧团《红灯记》剧组:《为塑造无产阶级的英雄典型而斗争——塑造李玉和英雄形象的体会》,《红旗》1970 年第 5 期。

按照"三突出"创作原则，任何作品中的人物都被区分为英雄人物、正面人物、反面人物，英雄人物又分等级，即主要英雄人物、一般英雄人物。而不管什么性质的人物，都要用尽各种艺术手段——如陪衬、烘托，为主要英雄人物作铺垫，使其高大完美的形象更加光彩照人。不仅如此，这位一号英雄人物还要在整个演出中居主导地位，在复杂的人物关系中支配一切。

根据"三突出"原则刻画出的英雄人物，重外在形式不重实际内容，一号英雄人物清一色是共产党员，是满口马列、只讲阶级斗争而人情味甚少的职业革命家，是无所不知、无所不晓、无往而不胜的超人。当年，群众曾编了一个顺口溜讽刺《龙江颂》一类"样板戏"中所谓的"英雄"："一个女书记，站在高坡上。手捧红宝书，抬手指方向。敌人搞破坏，队长上了当。支书抓斗争，面貌就变样。群众齐拥护，队长泪汪汪，敌人揪出来，戏儿收了场。"为了塑造出这样的英雄人物，一切无助于英雄人物完美的内容都被"过滤"掉，甚至纯化到英雄人物不食人间烟火。"样板戏"中的不少一号英雄人物均为女性，而这些女英雄都没有正常人的爱情、婚姻、家庭生活，只有干革命的业绩。《沙家浜》的阿庆嫂本是结过婚的，但阿庆跑单帮去了；《龙江颂》中的江水英名为军属，可戏中始终没有提及她的男人或见其归来；《白毛女》中的大春原与喜儿有暗恋关系，后来这种情节被砍掉；《杜鹃山》中的女豪杰柯湘，也是单身女子。"文化大革命"前，有一出很受观众喜欢的电影叫《柳堡的故事》（石言、黄宗英编剧），后来以"八路军不许谈恋爱"为名将其查禁。

"三突出"和"主题先行"其实是一对孪生兄妹。因为"样板戏"确定谁是"主要英雄人物"，所根据的是毛主席语录或毛泽东思想，而非依据作品里戏剧冲突中的人物地位；因此，样板戏所塑造的无产阶级英雄典型乃毛主席之意图的体现者，他们不过是毛泽东思想的产物。像《沙家浜》，按理说主要英雄人物应是阿庆嫂，可由于阿庆嫂"级别"不够，更重要的是毛泽东说过"革命的中心任务和最高形式是：武装夺取政权，是战争解决问题"。根据这一最高指示，最终解决问题的应是郭建光，而不是起配合作用的地下联络员，因而主要英雄人物便让位于这位满口说教的新四军指导员。根据这种荒唐理论逻辑，《红色娘子军》的一号英雄人物不是"娘子军"的代表吴琼花,而是政工干部洪常青;《白毛女》的主要人物也不是喜儿,而是原作中居于陪衬地位的王大春。新编芭蕾舞剧正是这样做的。因为,只有"英姿飒爽,朝气蓬勃"的革命者,才是"坚决贯彻执行毛主席的无产阶级的革命路线,坚持武装夺取政权、武装保卫政权的英雄典型人物"[1]。可见,所谓"突出中心人物"的"三突出"仍然是要突出"毛泽东思想"。

我们知道,"样板戏"的创作资源基本上来自"文化大革命"前的作品。如《红灯记》是根据电影《自有后来人》改编的;《沙家浜》移植自沪剧,原名为《芦荡火种》;《奇袭白虎团》诞生在50年代的朝鲜战场,由山东京剧团演出;《智取威虎山》取材于曲波的小说《林海雪原》,系依据同名话剧改编;《海港》根据淮剧《海港的早晨》改编而成;舞剧《红色娘子军》,来源于1960年问世的同名电影;舞剧《白毛女》,还在20世纪40年代中期就有同名歌剧。这些成果被江青据为己有后,差不多都按照"根本任务论"和"三突出"的创作原则作了许多的删改。为了突出英雄人物的性格,"样板戏"违反生活真实,把中间状态的人物改成英雄人物。最典型的例子,莫过于《白毛女》中的杨白劳。作为喜儿的父亲,他和许多劳动人民一样善良忠厚,逆来顺受,不愿与命运作抗争。这种人物在旧社会普遍存在着,具有典型意义。但舞剧《白毛女》成了"样板戏"后,杨白劳不再是老实得近乎愚昧的闰土式人物,而是高举扁担拼死反抗抢喜儿的黄世仁;他也不再喝盐卤自杀,而是被黄世仁的手杖剑刺死,壮烈地倒在地上。李希凡是这样诠释这一情节的:"杨白劳抡起扁担向黄世仁的有力一击,大长了革命人民的志气,这是他在临死前向旧制度进行的坚决挑战。"[2] 这是对人物的拔高,并不符合人物性格。类似的改法,在其他"样板戏"中比比皆是。

"三突出"以一套僵死的模式剪裁仪态万方的社会,把生动复杂的人物变成了思想概念的符号,把鲜活的文艺创作规律改造成了庸俗社会学的教条,从而使文艺彻底丧失了自己的本体。"三突出"的炮制者们无视题

---

[1] 尚瑛:《雄姿英发,倔强峥嵘》,《人民日报》1972年2月24日。
[2] 参见洪子诚、孟繁华《当代文学关键词》,广西师范大学出版社2002年版,第147页。

材、主题的差别，也不顾体裁的区分，强行推广所谓的"经验"，企图把从戏剧中归纳出来的"三突出"扩大到一切文艺形式中去，要求小说、散文甚至一出小戏、一首山水诗乃至花鸟画，都要实行"三突出"。这就遭到一些文艺家的抵制。如武汉文艺界以姚雪垠为首的老作家，就曾反对别的艺术形式也要实行"三突出"，结果被打成"文艺黑线回潮"。由谢铁骊编剧的电影《海霞》，不愿走"一体化工程"的道路，企图从艺术结构上反"三突出"，用"列传式""散文式"方法创新，结果差一点被封杀。尽管"三突出"理论成了"文艺宪法"，由于它实在过于荒谬，不但遭到了文艺工作者的反对和抵制，就连观众和读者都越来越不买账。为此，1975年9月18日，江青在与部分电影创作人员谈话时推卸责任说："三突出原则不是我提的。这一点文化部几位同志清楚。我只讲要突出主要人物。"[①] 文化部便发了一个文件，说以后在文章中不要再公开提"三突出"，但是仍然肯定其精神不错，还要继续坚持云云。

第三节　浩然、姚雪垠等人的创作

"文化大革命"期间出版的长篇小说有一百余部，其中，标明是"集体"（或"三结合"）创作的有20部，约占总数的五分之一；在取材上，写当代现实生活的占五分之四，其余为"革命历史题材"。总的说来，这个时期的长篇小说，从情节构思、人物设置到叙事方式，都表现了"规格化"倾向，具体表现为：

> 大多数长篇，都会有一个竭力写得"高大"而"完美"的"主要英雄人物"，也会有围绕"主要"英雄的若干"非主要"的英雄或"正面人物"，以表明"正面力量"并非势单力薄。作为英雄人物的对立面的，通常是"阶级敌对力量"（在"文革"属于这一范畴的名目有地主、富农、反动资本家、暗藏特务、党内走资本主义道路当权

[①] 转引自朱寨《中国当代文学思潮》，人民文学出版社1987年版，第512页。

派等)。在"正面力量"与其对立面之间,设置了各种"问题人物"("路线斗争"觉悟不高,受敌对势力所蒙蔽,或有道德品质上的疑点和问题)。分属不同阶级阵营的人物,便环绕设定的中心事件(某一生产建设任务,或意识形态的、政治权力较量的事件)展开冲突。一致的结局是:"主要英雄人物"在"群众"的支持下,教育、争取"问题人物",最后孤立、战胜敌对势力。当然,在这些长篇中,冲突又必须是"多层次、多波澜",逐步引向高潮的。在严格规定社会历史"本质"及其具体形态(甚至细节),且要求文学必须表现这些"本质"的文学环境中,叙事文学人物的"符码化"和情节结构的规格化,是必然的趋向。与诗、戏剧一样,"象征"也成为小说的重要修辞方式,这包括人物、环境描写。……突出了当时的社会政治状况的"文化大革命"长篇小说,在地域、风习、日常生活具体状况的呈现上,显得最为模糊和粗糙。作品的叙述者基本上以全知的身份出现,并常以滥情而全力干预的姿态,来严格控制小说的过程。……读者听到的,是绝对凌驾于人物、故事之上的意识形态权威的"粗暴"的声音。[1]

当然,"文化大革命"期间的长篇小说在思想艺术上并非全是这种状况。尤其是在"文化大革命"后期,就有一类不愿完全遵从政治之命,与"阴谋文艺"抗争,维护艺术尊严的中长篇小说,如姚雪垠再现明末农民起义的《李自成》,克非描写农业合作化的《春潮急》,黎汝清反映革命历史题材的长篇小说《万山红遍》,还有孟伟哉的《昨天的战争》,李云德的《沸腾的群山》,郭澄清的《大刀记》,曲波的《山呼海啸》,李心田的《闪闪的红星》,等等。这些作品政治理念化程度相对弱一些,而现实主义成分相对多一些,有较多的生活实感,作者也有较强的处理材料的结构能力;这些小说处于当时创作的普遍水平之上,在当时产生过比较大的影响。

在这一时期中,比较有代表性的作家主要是浩然和姚雪垠。这一时期

---

[1] 洪子诚:《中国当代文学史》,北京大学出版社1999年版,第209—210页。

有一种说法："八亿人只有八个样板戏和一个作家。"这"一个作家"就是浩然。浩然属于中华人民共和国成立后由党培养成长起来的第一批工农作家，他身体力行地贯彻"写农民，给农民写"的创作主张。其代表性作品为《艳阳天》和《金光大道》。

《艳阳天》是一部篇幅巨大、场面气势相当宏大的多卷本的长篇小说。根据作者的自述，《艳阳天》早在1957年便开始动笔，1962年重写。小说的第一、二部分别出版于1964年底和1966年初，第三部分的出版则迟至1971年底。《艳阳天》所叙述的故事发生于1957年初夏，正当"春蚕结茧、小麦黄梢"的季节，在北京京郊一个名叫东山坞的村子，围绕着土地分红、闹粮、抢粮、行凶杀人、抢牲口等事件，在要不要走集体化道路，要不要社会主义等问题上，党支部书记、社主任萧长春依靠贫下中农与阴谋破坏农业集体化的阶级异己分子展开了两条路线的斗争。

显然，《艳阳天》的写作是为了配合当时的政治形势，打退"城市里的一些牛鬼蛇神"，以及农村"那些被打倒的阶级"对党和社会主义发起的进攻。当时的评论家指出："这一内容的重要意义，在于反映出社会主义改造在生产资料所有制方面基本完成以后，在新的历史条件下，阶级斗争的新的特点。这个特点是：阶级敌人力图采取'打进来'、'拉出去'的方式来篡夺我们的基层的领导权，用'和平演变'的方式来恢复资本主义。"①《艳阳天》的人物众多，个性丰富，结构紧凑匀称，情节起伏跌宕，在与之类似的农村题材长篇小说中，并不多见。显然，浩然的创作意图，是囊括中华人民共和国成立前后直至合作化运动时期，中国农村的历史变迁和中国农民的历史命运。

洪子诚指出，与此前其他作家类似题材的长篇小说相比，《艳阳天》的结构形态"更切合激进派所描述的社会结构和文学结构模式：对立的阶级力量的性质更加清晰，'阵线'更加分明，之间的冲突更加尖锐激烈，而且，'阶级斗争'已被组织成笼罩全部社会生活的网"。②叶嘉莹读了《艳阳天》后，在很大程度上修正了她原先持有的"反对文学含有政治之

---

① 范之麟：《试谈〈艳阳天〉的思想艺术特色》，《文学评论》1965年第4期。
② 洪子诚：《中国当代文学史》，北京大学出版社1999年版，第201页。

目的……政治的目的则往往会成为对这种需要自由成长的创作生命力的一种压抑和扼杀"的观点。叶嘉莹说:"他歌颂新社会,然而却不是为政治教条而歌颂,他歌颂,是因为他对于新社会的革命理想,确实有着热爱和信心。""浩然是一个既有写作良心也有政治理想的作者,他对于黑暗的反面势力的暴露,和对于光明的正面势力的歌颂,正是他的理想和信心的表现。"① 正是浩然对于自己所叙写的革命道理的真正信仰与热爱,而且,他长期生活在农村,对农村生活和农村人物非常熟悉,而把他主观想象的农村阶级斗争故事以及斗争双方的人物,建筑在真实细腻的农村生活细节的描写上,建筑在农村中复杂的人际关系的描写上,把人物放在激烈的矛盾冲突中,放在农村日常的生活、工作、劳动、爱情和家庭生活的场景中加以表现,因此,阶级斗争的故事不至流于口号教条,而是编织得异常尖锐、曲折复杂,读起来扣人心弦、引人入胜。

但同时我们还要注意到,浩然与农民情感上贴近,对农民的苦乐忧喜的体察"不隔",成就了他作品的价值和意义,但他的忧患又只是停留于农民式忧患的境界,远远没有提升到民族的和时代的忧患的高度和广度。所以从今天看来,正是这一点严重局限了浩然的认识能力及其小说创作抵达的深度与高度。

《金光大道》的第一卷写于 1970 年 12 月 2 日至 1971 年 11 月 2 日,人民文学出版社 1972 年 5 月初版。第二卷写于 1972 年 7 月 12 日至 1973 年 8 月 5 日,人民文学出版社 1974 年 6 月初版。第三卷写于 1974 年 11 月 26 日至 1975 年 11 月 28 日,第四卷写于 1977 年 1 月 17 日至 1977 年 6 月 9 日。按照浩然自己的说法,"《金光大道》重要的作品题材,早在 1955 年我就想写,也曾几次构思过。但是由于没有站在马列主义、毛泽东思想的高度来概括生活、提炼主题、塑造典型,只是就事论事,越写越觉得题材平淡,英雄人物不高,甚至感到有点像马后炮的新闻报道,于是都成了废品。"到了 70 年代,他意识到:"70 年代的矛盾冲突是 50 年代的矛盾冲突的继续发展和深入,50 年代英雄们的斗争实践,从本质上讲,

---

① 嘉陵(叶嘉莹):《我看〈艳阳天〉》,载《浩然研究专集》,百花文艺出版社 1994 年版,第 507、508 页。

仍然是我们今天面临着的斗争课题，""我应当在《金光大道》这样的作品中体现这些基本思想。"① 于是，我们看到，《金光大道》通过描写华北农村芳草地从土地改革到农业合作化这一波澜壮阔的斗争生活，反映了我国社会主义农村"翻天覆地"的革命性变革。小说由于主要突出了当时农村两个阶级、两条路线和两条路线之间尖锐复杂的斗争，热情歌颂了亿万农民蕴藏着的"极大的社会主义的积极性"，特别是极力塑造了高大泉这一"社会主义带头人的光辉形象"，而被誉为"无产阶级文化大革命以后出现的一部优秀的文学作品"②，"是无产阶级文化大革命和以革命样板戏为标志的文艺革命的又一丰硕成果"③。

我们不难看出，《金光大道》的主题是单纯的，充满了宗教式的狂热冲动；它既使读者过分地意识到作家对那种最崇高的美德的宣扬，"又使人感受到似乎世界观问题的其中直接自我表现的那种紧张和激昂"④。由于浩然单纯地顺应现实环境的压力，成了被现实支配的消极被动的附属品，他的艺术思维几乎还原为一种动物式的条件反射，其思想、情感、意志的个性化特征受外在政治禁忌的强刺激而基本泯灭了。因此，他的小说创作便只能"按照政治运动中有利可图的简单原则来选择主题、人物、情节和事件，以求达到思想和现实完全相吻合的目的。在《艳阳天》里，对路线斗争的图解还处于不十分自觉的状态，到《金光大道》中却成了立意的本体"⑤。

总之，从《艳阳天》到《金光大道》，浩然的小说都"赋予了农民很高的政治觉悟，他们性格淳朴敦厚思想完美无缺，不仅是党的方针路线的热烈拥护者和坚决执行者，并且清醒地意识到只有走社会主义集体合作化

---

① 浩然：《发扬敢闯的革命精神》，《出版通讯》1975年第1期。
② 金梅、吴泰昌：《"打着火把的领头人"——评长篇小说〈金光大道〉第一、二部中高大泉英雄形象的塑造》，《河北文艺》1975年2月号。
③ 金梅：《社会主义新生事物在斗争中前进——评长篇小说〈金光大道〉第二部》，《天津师院学报》1975年第2期。
④ ［日］今道友信：《存在主义美学》，崔相录、王生平译，辽宁人民出版社1987年版，第155页。
⑤ 参见周德生《浩然图式——对浩然小说创作嬗变轨迹的描述和评析》，《创作论谭》1988年第1期。

的道路,才是中国农民彻底摆脱贫困状态的根本出路……他们作为'党的忠实儿子',身上都凝聚着'当代英雄最基本、最有普遍性的性格特征'。"① 可以说,浩然的创作实际上在营造着一种艺术化的政治理念,而不惜牺牲人物形象的个人情感和人性真实,而使他们缺乏充分的真实感和审美张力,使得小说的政治导向意义远远大于其艺术审美意义。

"文化大革命"中另一位重要作家是姚雪垠。他的代表作是《李自成》。《李自成》是一部结构宏伟、规模浩大的多卷本长篇历史小说。1963年《李自成》第一卷由中国青年出版社出版。姚雪垠创作《李自成》第二卷时,"文化大革命"爆发。1966年8月毛泽东在政治局扩大会议上发了话,对中南区第二书记王任重说:"姚雪垠的《李自成》第一卷,我看过一半,写得不错。你告诉武汉市委,要对姚雪垠加以保护,让他把书写完。"笔耕十年后,《李自成》第二卷于1973年完成初稿。但是,由于"四人帮"的专制、高压,作品无法出版。在万般无奈的情况下,姚雪垠于1975年上书毛泽东,毛泽东看了信后很快就批示有关方面,给姚雪垠以种种方便。姚雪垠于1975年12月来到北京,集中精力推敲修改书稿。1977年《李自成》第二卷出版。

《李自成》的人物众多,结构庞大,它以明末李自成率领的农民起义军与朱明王朝之间的阶级大搏斗为主要矛盾,多侧面地描绘了明王朝与清王朝的冲突、统治阶级的内部和农民起义军之间的派系矛盾等。《李自成》的笔锋所至,从帝王将相到平民百姓,从紫禁城内外到商洛群峰,从宫廷对策到市井横议,高屋建瓴地勾画出了明王朝行将崩溃、风雨飘摇的社会面貌,并细微地叙述了农民起义军从起义、受挫,到发展、壮大,直至最后失败的艰难曲折的道路。小说一方面歌颂了农民起义军的历史功勋;另一方面又总结了他们的局限和弱点,以及他们必然走向悲剧的根源。

姚雪垠之所以要写这么一部巨型的历史小说,是有明确的创作目的的。这就是借助形象化的方法再现明末的社会生活面貌,歌颂农民起义及其英雄,总结农民起义的经验教训。身处"文化大革命"的狂潮之中,《李自成》的创作不可能完全肃清"文化大革命"主流文学的"流毒"。

---

① 宋剑华:《百年文学与主流意识形态·绪论》,湖南教育出版社2002年版,第39页。

尽管作者坦言："第二卷发排之前，我做了些枉费心血的劳动，即如何避免一些字句会被'四人帮'一伙引申曲解，胡乱找到借口，等待一旦形势好转，然后补上。当时我准备了最后一道防线：倘若清样送审时'四人帮'指出来应该加上李自成反孔的内容，或要我如何接受所谓'三突出'的'创作经验'，指出主要英雄人物李自成和反面人物崇祯皇帝等应该如何写，我都决不接受。倘不能够据理力争，便只好拖下去暂不出版。"① 但是，人们仍然发现小说的人物过分"政治化"与"现代化"；特别是李自成、高夫人、红娘子的形象过于高大，他们的塑造明显受到了"三突出"原则的影响。在读者之间流传着"高夫人太'高'，红娘子太'红'"便是对这一缺陷的直率批评。至于李自成的评价则存在明显的分歧。一种意见认为李自成被作者"拔"得太高：

> 李自成形象有些"现代化"和"理想化"，作者赋予他不少现代无产阶级军事家和政治家的素质（如"一分为二"的辩证法观点、阶级分析等）。为了表现李自成高于其他义军领袖，作者着力强调他"路子"对头，这显然是受了"四人帮"把一切都说成"路线问题"的形而上学观点影响。作者写李自成不像写张献忠、刘宗敏、崇祯那样挥洒自如，人物过分"政治化"，很少看到他作为普通人的真挚感情，这无疑是当时"造神"思潮的曲折反映。②

另一种意见恰好相反，认为作者写了李自成的帝王思想和天命观"是歪曲和诬蔑了农民革命英雄"，"直到一九七八年《李自成》第一卷修订本出版一年后，学术界仍有同志认为农民革命英雄是反封建的，不可能有天命观和帝王思想"。③ 杨鼎川指出，这两种截然不同的意见，正表明

---

① 姚雪垠：《〈李自成〉第一卷前言》，载《姚雪垠研究专集》，黄河文艺出版社1985年版，第290页。
② 《中国当代文学史初稿》（下），人民文学出版社1990年版，第892页。
③ 参见姚雪垠《关于〈李自成〉的探索和追求——致胡德培同志》，载《姚雪垠研究专集》，黄河文艺出版社1985年版，第344—345页。

姚雪垠在李自成形象塑造上的内心冲突：

> 在局部的描写上，当姚雪垠深入到历史的真相之中，掌握了大量史料后，他不能无视一个农民造反领袖的思想局限，并在叙述中作了忠于历史的记录。但在整体艺术构思上，却因"三突出"等等理论影响，而刻意要写出李自成及其他义军领袖的高大，便有意无意加以拔高，甚至不惜为这些人物罩上"现代化"的光环。这正是姚雪垠虽倾全力刻画李自成，而李自成形象反不如张献忠、崇祯皇帝形象成功的原因。①

而正是这一失误影响和扭曲了《李自成》整部小说的基调。由于创作思想上的迷误，使得《李自成》后面的几卷写得越来越不尽如人意，读者的反响也越来越弱。虽然第二卷获得了首届茅盾文学奖，但是，随着新时期更多精彩之作的相继涌现，读者对于《李自成》的阅读兴趣不断下滑，《李自成》不再是人们关注的热点。

除了浩然、姚雪垠的创作外，还需要提到的作家作品有。

克非（刘绍祥）。他的《春潮急》是描写农业合作化题材的长篇小说，它以其现实主义成就引人注目，而迥异于那些受到政治理念支配而歪曲生活真实的伪现实主义作品。这部小说于1956—1959年完成初稿，1974年出版。"文化大革命"后，还出版了第二部《山河颂》和反映改革中的农村生活的长篇小说《野草闲花》。《春潮急》是作者计划创作的反映五六十年代中国农村社会主义革命的多卷本长篇《自由之路》的第一部。小说通过描写50年代前半期四川农村的社会主义改造，在展现带有地方特色的乡土生活的过程中，表现广大农民走社会主义道路的积极性。所描写生活和塑造人物的真实性，以及由细节、语言、风俗描写等构成的地域乡土文化的独特性，是《春潮急》取得较高成就的两个重要因素。

黎汝清。他的《万山红遍》共分上、下两卷，分别出版于1976年和1977年。这部小说以第二次国内革命战争初期活跃在南方山区的一支红

---

① 杨鼎川：《1967：狂乱的文学年代》，山东教育出版社1998年版，第121页。

军队伍的活动为中心，着力展现在艰苦的战争和革命年代里，革命力量与反革命力量之间的殊死斗争，以及双方互相消长的过程。小说的不足是常见政治话语成分不协调地夹杂其间，如，毛泽东语录的不恰当引用，以及政治宣传式的空洞议论，在人物塑造上也有"三突出"的痕迹。这些都在一定程度上削弱了小说的现实主义力量。

《昨天的战争》（第一部）的作者孟伟哉经历过解放战争和朝鲜战争。为了写这部小说，作者酝酿、准备了20余年，一直到1974年10月才以新的构思进入正式创作。小说以朝鲜战争为题材，它打破了以往以一个连队、一次战斗或战役为视点的写法，其视野扩展到了人民志愿军的一个军，选取1952年末至1953年夏秋，反映了中朝军民协力同心、众志成城，为粉碎美帝国主义妄图在朝鲜半岛蜂腰部实施两栖登陆的阴谋计划所进行的可歌可泣的英勇斗争。

李云德的《沸腾的群山》是写工业题材的小说。《沸腾的群山》共三部，第一部于"文化大革命"前夕出版，"文化大革命"中出版了第二、第三部。《沸腾的群山》描写50年代初东北某一矿山在修复过程中的斗争，较为真实地描绘出工人阶级成为国家主人后热情高涨地从事建设，使被国民党破坏的矿山重新"沸腾"起来的动人情景。这部小说曾被译为日文，并拍有同名电影。

工农业题材小说，有两个短篇应当提及。

敬信创作的短篇小说《生命》完稿于1971年6月，最初发表在沈阳市文化系统的内部刊物《工农兵文艺》创刊号（1972年2月）上。小说以农村的"文化大革命"为题材，作者不惮禁忌，将一个在上海"一月风暴"影响下向"走资派"夺权的造反派头目崔德利刻画成反面人物，并且最后竟被他的对手、大队贫协主席"老铁头"战而胜之。作品所表现出来的，实际上是人民群众对于"文化大革命"发展全过程观察、感受、体验、思考的结果。

短篇小说《机电局长的一天》反映的是工业战线的建设生活，1976年发表于复刊后的《人民文学》。它的作者是后来因成功塑造了新时期工业战线"开拓者"家族而蜚声文坛的蒋子龙。当时，他是天津市某厂的一个锻工。1972年发表了处女作《三个超重工》，其后陆续发表了《党员之心》《春雷》《势如破竹》《进攻的性格》《机电局长的一天》等短、中篇小说作品。"文化大革命"期间，他最初是"出于政治斗争——无产阶级对资产阶级进行斗争的需要"，而进行文学创作的。但他不是"四人帮"阴谋活动自觉的追随者，当1975年邓小平主持中央工作，在一定程度上使濒临崩溃的我国国民经济出现生机时，蒋子龙受到了相当大的触动，对虽然身处逆境，却仍然鞠躬尽瘁的老一辈革命家产生了由衷的景仰。因此，在短篇小说《机电局长的一天》中，倾注了自己的热爱与崇敬，塑造出霍大道这样"一个坚持继续革命的老干部的英雄形象"。

《机电局长的一天》为霍大道设置的典型环境，是毛泽东重新起用邓小平，邓小平在1975年恢复工作后，狠抓各条战线各项工作的整顿，在国民经济面临崩溃之时力挽狂澜，使整个局面出现转机的1976年春天。小说以1975年下半年"三项指示"的发布和企业"整顿"工作的全面展开为具体历史环境，"满腔热情地"塑造霍大道这一感人的老干部形象。正如有的论者所指出的："作为'文化大革命'时期革命文学中不可多得的革命老干部的艺术形象，霍大道这一具有耀眼的思想与艺术光彩的人物的出现，不仅其本身便是对'四人帮'及其'阴谋文艺'的挑战；而且宣告了真正代表人民意愿并富于战斗性的革命文学；此时已公开和大胆地站出来与封建法西斯文化专制主义对垒了。从艺术上看，《机电局长的一天》在霍大道形象塑造上所取得的成就，不但是蒋子龙而且是整个'文化大革命'期间，文学创作在现实主义道路上所得到的重要收获。"[①]

第四节 "写作组"和《朝霞》：政治斗争的工具

"写作组"是"文化大革命"期间出现频率极高的一种话语主体，它的产生是和"文化大革命"中重组作家、评论家队伍及开展"大批判"联系在一起的。起初，"写作组"的具体说法不一，如"工农兵写作组""三结合写作组""大批判写作组"等。"写作组"有的从事创作，有的

[①] 汪名凡：《中国当代小说史》，广西人民出版社1991年版，第287页。

进行"大批判",这表示了它的非个人性,也加强了其权威地位。针对有人对文科大学搞大批判、办成写作组提出异议,《红旗》杂志发表了《文科大学一定要搞革命大批判》。1970年1月8日的《解放日报》"思想战线"专栏发表《文科就是要办成写作组》,与之相呼应。在这阶段侧重讲的是"工农兵写作组"的问题。1973年,在江青、姚文元授意下,成立了由于会泳任组长的文化组创作领导小组办公室,随后出现的从事"文艺评论"的"初澜""江天"就是这个办公室写作班子("写作组")的笔名。"文化大革命"后期的"写作组"则以"知识分子"为主,由于"写作组"特殊的政治身份,他们主导着文艺思潮与文艺评论。这些"写作组"的"写作"在本质上是姚文元式的写作,他们已然成为被直接控制的政治工具,在整个文化秩序中具有特殊的权力和作用,由此形成一个"写作组"系统。其中,还有各种小的、专门化的"写作组",发挥着不同的政治功能,如"石一歌""辛文彤"等。[①]

以集体的名义和身份向公众提供或在报刊上发表有影响力的文本,并非始于"文化大革命"。国家权力话语常常就以文件、指示、通知、社论、编者按语、评论员文章等形式呈现出来,文学艺术创作中的"创作组""创作室""创作集体"等,也是集体性话语的匿名形式。"集体创作"在1958年被当作一项显示"共产主义思想"的事物提倡和实行过,《文艺报》1958年第22期还发表过《集体创作好处多》(署名华夫)的专论。与它们相比较,"文化大革命"中的"写作组"有一些不同:其一,以"写作组"形式发表的文本绝对地都属于政治性话语范畴;其二,"写作组"这一话语主体经验强烈的话语权力特征,如居高临下的写作姿态,大而无当的论题,恶劣的文风和武断的结论等;其三,大多数"写作组"都有一个化名,并多有一定的含义。当时比较著名的"写作组",如"梁效"(北大、清华两校)、"罗思鼎"(螺丝钉)、"丁学雷"(学习雷锋)、"安学江"(学习江青)、"唐晓文"(党校文)等。他们由"文化大革命"中的上海市委、国务院文化组(部)等权力机构组建,直接听

---

① 参见王尧《思想历程的转换与主流话语的生产——关于"文革文学"的一个侧面研究》,《当代作家评论》2001年第4期。

命于"四人帮",是意识形态权力话语的重要组成部分。[①] 从年龄的层次上看,当时的"写作组"成员可以分为老、中、青三类。对于老知识分子而言,在 1949 年以后的历次运动中,他们一直挨批,夹着尾巴做人。"文化大革命"中又被触及灵魂,几成惊弓之鸟,噤若寒蝉。到"批林批孔"时突然被启用,或受宠若惊,或有知遇之感。对于中年知识分子而言,长期以来习惯的便是一切听从领导安排,进入"写作组"不过是服从领导而已。对于青年而言,"文化大革命"伊始,便响应号召与工农兵相结合,一律进入了农村、工矿、军营,接受再教育;进入"写作组"提供了一个他们本该进入的知识文化界的机会,正是他们梦寐以求的。自 20 世纪 50 年代以来,中国知识分子整体上已经失去了独立思考的能力,在这样的历史背景下,老、中、青都想成为为主流意识形态服务的人——除了少数敢于质疑当时主流意识形态的知识分子。

在"文化大革命"期间,"三结合"("党的领导""工农兵群众"和"专业文艺工作者")创作是集体创作的主要方式之一。它"一般是抽调一些文化水平较高的工人(或农民,或士兵),短期或长期脱离生产,由部门的文化宣传干部组织起来,再加上一些作家(或文艺报刊编辑、大学文学教授)组成。写作步骤,通常会先学习毛泽东著作和有关政治文件,以确定写作的'主题',然后根据所要表达的'主题',来设计人物,及他们之间的关系(矛盾冲突)。作为'群众'的写作者中,也会有表现出较强的写作能力的,但在大多数情况下,参加写作组的'专家'在最后的定稿上,要起到关键性的作用"。[②] 这种"三结合"创作,当时被认为"有利于党对文艺工作者的领导","是造就大批无产阶级文艺战士的好方式",以及"为破除创作私有等资产阶级思想提供了有利条件"。

"写作组"遵命写作,颇有口衔天宪的意味,很难超出意识形态的框架,更谈不上有什么个性的艺术追求。具体到文艺的创作上,"文化大革命"期间相当一部分有影响的作品,都是以"集体写作"方式实现的,其中有的甚至就属于非正常形态的文学——直接在"四人帮"操纵下炮

[①] 参见杨鼎川《1967:狂乱的文学年代》,山东教育出版社 1998 年版,第 208—212 页。
[②] 洪子诚:《中国当代文学史》,北京大学出版社 1999 年版,第 187 页。

制的，为"四人帮"政治服务的"阴谋文艺"。如，吹捧江青的"诗报告"《西沙之战》、小说《西沙儿女》；《春苗》是江青一伙插手炮制的"写与走资派作斗争"的影片，宣扬"四人帮"的"改朝换代"思想；此外，还有《欢腾的小凉河》《反击》《决裂》等影片和《盛大的节日》《千秋业》等话剧，它们都为"四人帮"篡党夺权制造舆论。因此，这些作品根本不顾及甚至有意破坏创作中应遵循的艺术规律。

长篇小说《虹南作战史》是上述"阴谋文艺"中最早出现和最引人注目的"作品"，也是最为典型的代表作。这部小说的作者不是某一个作家，而是署名"上海县《虹南作战史》写作组"，一个"土记者和农村干部相结合，业余和专业相结合"的集体创作班子。《牛田洋》与《虹南作战史》一道，堪称"阴谋文学"的"双璧"。这篇长篇小说几乎跟《虹南作战史》同时在上海出版。它的作者署名"南哨"，即广州军区当时组织的一个"写作组"。作为集体创作的产物，《牛田洋》与《虹南作战史》十分相似。不同的只是背景：《虹南作战史》描述的是 50 年代中期上海郊区农村干部和农民之间的矛盾斗争，《牛田洋》描述的则是 60 年代后期，东南沿海潮汕地区的牛田洋解放军指战员（以师政委赵志海为代表）与地方党组织（以地委书记徐自强为代表）之间的斗争，其斗争的焦点是要不要响应《五·七指示》进行"围海造田"。在"文化大革命"的后半段，除了《虹南作战史》与《牛田洋》这两部"重头作品"外，还有在"四人帮"的"帮刊"《朝霞》上发表的出自"工农兵业余作者"之手的一批短篇小说，如《初春的早晨》《金钟长鸣》《第一课》《一篇揭矛盾的报告》及其续篇《典型发言》，还有《闪光的军号》《为了明天，向前》《前线》等。这些短篇小说都从当时重大社会政治斗争取材，站在"保卫文化大革命胜利成果"和"将无产阶级文化大革命进行到底"的思想出发点和"思想高度"上，它们直接写"文化大革命"运动本身，涉及各阶段的重要事件，更典型地成了政治力量的话语工具，比《虹南作战史》等更加恶劣，完全堕落成了"阴谋文学"。

在"文化大革命"后期的文学中，最有代表性的文学期刊是上海的《朝霞》双刊。它曾经风云一时，广为人知，是当时"左倾"文艺思潮最有代表性的刊物，而且发挥着导向作用，集中反映了"文化大革命"后期的主流意识形态。《朝霞》的创刊是有其特殊背景和办刊方针的。"文化大革命"到了后期,各种问题逐渐暴露出来。因此,竭尽全力维护"文化大革命"运动的正确性成了决策者的当务之急。出于这样的考虑,江青集团创办了理论刊物《学习与批判》和文学刊物《上海文艺丛刊》,《上海文艺丛刊》随后改名为《朝霞》丛刊。[①] 当然,《朝霞》的创刊还与期刊的复刊有关。1971年8月13日,中共中央1971年43号文件转发了《关于全国出版工作座谈会的报告》,要求各省、自治区、直辖市把出版工作列入议事日程。该报告对"文化大革命"后期恢复出版起了积极作用。[②] 随着文艺政策的调整,特别是1973年毛泽东做出关于出版大学学报的指示后[③],一些大学学报和文艺刊物陆续复刊。在这种情况下,很有必要树立一个文艺方面的学习标本,于是,文学期刊《朝霞》双刊应运而生,承担了这个角色。

作为一个大众综合性文艺刊物,《朝霞》双刊是《朝霞》丛刊和《朝霞》月刊的统称。《朝霞》丛刊主要是文学作品集,主要着重在文学作品方面;《朝霞》月刊的综合性更强,除了作品,还有大量的理论、编读往来、评说等。

《朝霞》丛刊又分为两个部分:即4本《上海文艺丛刊》和8本"《朝霞》丛刊"。《朝霞》从酝酿之初,就采用"组织生产"的方式,领导文艺创作。"丛刊"的出版发行,是适应了广大的读者和作者的迫切需要。初印30万册,但这个数字无法满足社会的需要,于是又迅速加印了15万册,还不够,到1974年3月,又加印了10万,累计印数达55万册,足见当时影响之大。由此引来了大量来稿,全国各地有相当一部分作家或具有坚实写作基础的作者纷纷主动来稿。

经过半年多的编辑实践,出了两辑"丛刊"后,"写作组"的领导感

---

① 徐江:《〈朝霞〉丛刊的文学生产、传播与效应》,《现代中国文化与文学》2009年第1期。
② 刘果、石峰:《新中国出版五十年纪事》,新华出版社1999年版,第132—133页。
③ 1973年4月24日,毛泽东问姚文元:"有些刊物(哲学研究、历史研究)为什么不恢复?有些学报可以公开。无非两种,一正确,一错误,刊物一办就有斗争,不可怕。"参见刘果、石峰《新中国出版五十年纪事》,新华出版社1999年版,第144页。

觉到数月出一期的丛刊，在一日千里的发展形势下，无论是在作品内容的涵盖上，还是从配合形势的速度上，都存在严重的不足。为了弥补这个欠缺，决心办个月刊，很快就获得批准。有人提议，月刊决定以丛刊第一辑的书名《朝霞》命名，大概是因为史汉富的这篇同名小说本身洋溢着勃勃生机，特别是最后一段文字："这时，东方升起一片朝霞，染红了半个天空。我再一次回首望着生活了多天的农场。此刻，一队队青年男女，正沐着该光，肩负农具，走向田间，走向广阔的天地。啊，多美的朝霞，多好的新一代的青年！"为了统一起见，从1974年起，《上海文艺丛刊》也改名为《朝霞》丛刊。《朝霞》丛刊自1973年5月起至1976年9月止，共计出版13本文学作品集。

关于《朝霞》的办刊方针，编辑部没有完整明确地宣布过，但是零零碎碎、片言只语，提了不少。施燕平认为，主要有两点：一是"培养队伍"，从工农兵中培养一支工人阶级的文艺队伍，实际上是培养一支能为极"左"政治路线服务的笔杆子；二是"要触及时事，为政治服务"，为各个时期的具体政治任务服务。

总的来说，作为"文化大革命"后期主流文学的"样板"，《朝霞》月刊的主题是随着政治斗争形势的变化而不断变化的，由此可见其与政治的密切关系。因此，洪子诚称，《朝霞》月刊"是'文革'中集中、鲜明地表达激进派文学主张和创作实践的文学刊物"[①]，全方位地展现了"文化大革命"后期主流文学的形态。"文化大革命"结束后，《朝霞》一直被认定为"阴谋文学"的重要组成部分，尽管如此，《朝霞》还是有其特定的价值和意义："就以《朝霞》杂志的出现来观察，因为有了这本杂志，文学活动提前得以恢复，虽然文学创作本身仍然受制于当时的意识形态，但作为文学活动本身，《朝霞》的创办，使部分作家提前回到写作中，特别是随着大学的恢复和工农兵学员的出现，在特定的历史条件下，文学活动和相应的学术研究工作的开展，使文学训练和学术研究工作，得以在特殊的历史条件下，以变态的方式展开。特别是在当时主流意识形态偏重于从工农兵和知识青年中选拔文学和学术精英，客观上为知识精英的

---

① 洪子诚：《中国当代文学史》，北京大学出版社1999年版，第186页。

上升提供了条件。"①

《朝霞》月刊的文学创作体现了"文化大革命"后期文学的主要特征。

据统计，从 1974 年 1 月创刊至 1976 年 9 月终刊，《朝霞》月刊共发表小说 181 篇（不包括"故事新编"）；诗歌 378 首；散文、报告文学、特写、速写 89 篇；理论文章 191 篇。②《朝霞》月刊所刊发的小说作品，多为紧扣着当时政治思想路线斗争的应景之作：它们涉及了工业、农业、军事、财贸、教育、体育等各个领域，基本覆盖了当时主流意识形态的核心话语；小说的主题或是直接表现"文化大革命"爆发后的革命和生产现状，或是表现"文化大革命"中造反与夺权的政治斗争；人物谱系基本由"一代新人""中间人物""地富反坏右""特务坏人""走资派"这么几类组成。作为《朝霞》文学主张的具体实践，《朝霞》小说依据"主题先行"的激进主义创作理论，形成了"锻炼成长"模式（如，《老实人的故事》《峥嵘岁月》《洪雁度假》等）、"完成任务"模式（如，《电视塔下》《浦江潮》《试航》《凌云》等）和"观念冲突"模式（如，《前线》《闪光的军号》《只要主义真》等）三种主要的叙事模式。其中，又以"阶级斗争""路线斗争"为核心，尤其强调"路线斗争"——这是主流政治对文学的直接要求。这三种模式的叙事学意义在于："展示'契约'由建立到达成的过程中来言说'阶级斗争''路线斗争'话语。也就是说其实都在讲述一个故事：主体在完成'任务'（客体——自身成长、生产任务、思想斗争）的过程中，得到助手（老前辈、新一代）的帮助，战胜了敌手的阻碍、干扰和破坏，最终完成了'任务'。"③ 这种故事模式，具体展现为这样的小说情节："正面人物要克服困难，以便为无产阶级文化大革命服务（完成民兵训练任务、加强战备，自力更生搞生产，扎根农村做知识青年，研制高水准音响以取得样板戏的最佳演出效果）。

---

① 谢泳：《〈朝霞〉杂志研究》，《南方文坛》2006 年第 4 期。
② 参见杨懿斐《〈朝霞〉："文化大革命"后期主流文学的样板》第二章《〈朝霞〉月刊的文学主张》，博士学位论文，吉林大学，2006 年。
③ 参见杨懿斐《〈朝霞〉："文化大革命"后期主流文学的样板》第五章《论〈朝霞〉小说的叙事模式》，博士学位论文，吉林大学，2006 年。

故事情节的矛盾主要纠结在以下几点：隐藏的坏人挑拨破坏、走资派阻碍生产任务的完成、同事或领导不支持主要英雄人物的工作。结尾都是大团圆结局：同事（或战友）的态度转变、抓住隐藏的敌人、主要英雄人物实现工作目标。"① 显然，《朝霞》小说的叙事方式大致是整齐划一的，它在对于生活本质进行虚构、做出歪曲反映的同时，也在一定程度上折射出那一特殊年代畸形政治之下的畸形社会现实。杨懿斐指出：

> 《朝霞》小说"阶级斗争、路线斗争"模式产生的理论依据是"无产阶级专政下继续革命的理论"，其核心问题是人的问题。小说对于"五·七指示"精神的表现，尤其是对于接班人问题的形象阐释，从一个角度为我们展示出社会现实对于人的要求，以及"文化大革命"社会的"乌托邦"理想。中国当代主流政治向来重视接班人的培养。赫鲁晓夫事件使得这一问题变得更为突出。站在"反修防修"、确保"红色江山永不变色"的高度，毛泽东明确指出了接班人的培养途径："无产阶级革命事业的接班人，是在群众斗争中产生的，是在革命大风大浪的锻炼中成长的。应当在长期的群众斗争中，考察和识别干部，挑选和培养接班人。"以此为根本，要求干部参加生产劳动，同劳动人民保持最广泛的、经常的、密切的联系。要求知识分子同工农群众相结合，在思想感情上打成一片，在改造客观世界的同时也改造主观世界。……作为"文化大革命"后期主流文学的代表，《朝霞》小说在一定程度上诠释了这样的一种政治理念。②

《朝霞》中小说人物形象的塑造，"十分明显地可划分为二元对立的两大阵营：一是'正面人物'阵营，主要包括'英雄人物''老前辈''文革'中涌现出的'新一代'、也包括'革命'路上的'暂时动摇与受

---

① 参见肖敏《文革主流小说的话语形态及其延伸》第二章第二节《文革主流小说的话语形态以〈朝霞〉小说为例》，博士学位论文，首都师范大学，2008年。

② 参见杨懿斐《〈朝霞〉："文革"后期主流文学的样板》第五章《论〈朝霞〉小说的叙事模式》，博士学位论文，吉林大学，2006年。

蒙蔽者'；二是'反面人物'阵营，主要包括'阶级敌人'、犯'走资派'错误的干部和'反动技术权威'"。① 这些小说人物形象的塑造，由"文化大革命"早期的"努力塑造工农兵英雄形象"，发展而为塑造"经过'文化大革命'锻炼的工农兵英雄形象"，表现他们"焕然一新的精神面貌"，强调"文化大革命"给他们注入的精神"活力"；到了1976年，在政治斗争白热化的情况下，又演变成"塑造与走资派对着干的无产阶级英雄形象"。尽管如此，小说在塑造人物时都一无例外地遵循了"三突出"的创作原则。在这个原则的指导下，小说塑造的正面人物、英雄人物，"无一不是从思想品质到性格特征都与'文化大革命'有着不可分割的联系的典型人物"。② 如1974年第1期中的《女船长》塑造了李小梅这个"文化大革命"社会的"接班人"的典型形象，1974年第4期的《一篇揭矛盾的报告》和1974年第9期的《典型发言》共同塑造了"文化大革命"的女"闯将"任树英形象，1975年第3期中的《洪雁度假》歌颂了大学毕业回山村的"新生事物"，塑造了洪雁这个"文化大革命"中涌现出的"新人"的形象，还有1975年第8期的《女采购员》中的李墨兰，等等。虽然"他们的身份、形象、脾性千差万别，但却有一个共通的地方：有着相当高的路线斗争觉悟，在与错误路线作斗争的时候，敢于反潮流"。③ 实际上，塑造这些人物都是为了让小说配合和图解当时的政治。从《朝霞》月刊创刊号上《初试锋芒》中的江兴、《电视塔下》中的楼云、《红卫兵战旗》中的金枣兰、朱烈红，到1976年终刊号上《老姐妹》中的宝珍师傅、《两改通知》中的袁伯平、《前哨》中的郑勇、《不尽的航程》中的李阿刚，他们都在"阶级斗争""路线斗争"中演绎着主流意识形态话语，并表现出概念化、符号化的基本特征。④《朝霞》月刊小说塑造"具有文化大革命的精神"的"英雄形象"，只是为了言说主流意识形态话语，图解政治观念；

---

① 参见杨懿斐《〈朝霞〉："文革"后期主流文学的样板》第四章《〈朝霞〉月刊小说的人物形象》，博士学位论文，吉林大学，2006年。

② 任犊：《读〈朝霞〉一年》，《学习与批判》1975年第1期。

③ 同上。

④ 参见杨懿斐《〈朝霞〉："文革"后期主流文学的样板》第四章《〈朝霞〉月刊小说的人物形象》，博士学位论文，吉林大学，2006年。

"使得《朝霞》月刊小说的人物大都不是'活着的人',而是政治理念中的人物。他们没有个性的个性,没有特点的特点从一个侧面反映出了'文化大革命'激进主义文学的共同特征。这些'概念化''公式化'和'符号化'的人物既是对现实生活的扭曲,也不符合人类社会及自身发展的理想。只有畸形的'文化大革命'社会才能产生这样的文学'怪胎'"。①

如前所述,在《朝霞》月刊上发表的诗歌作品中所占的比重在各种体裁中是最大的:1974 年,共发表诗歌 127 首,占发表作品总数量的约 40%;到了 1975 年则发表了 183 首,上升到了总数量的 51%,其中《朝霞》月刊第 11 期还是"诗歌专辑"。之所以如此倚重诗歌,是因为"诗歌作为一种文艺武器","是无产阶级向资产阶级进攻的号角","诗歌的号角也只有在战斗中才能吹响","诗歌的革命感情是在斗争中产生的"。② 诗歌"历来就是阶级斗争的工具,每个阶级的诗,都抒发本阶级理想";"我们无产阶级的诗"是"杀敌的刀,冲锋的枪"③,是"催阵的战鼓",是"冲锋的军号",而且,"每一次重大的政治斗争,诗歌总是最迅速、最直接地配合"。④ 从"诗歌"专栏的标题"工人阶级是批林批孔的主力军""批林批孔炮声隆""评《水浒》诗选""八亿征帆战狂澜""千军万马追穷寇"等,不难发现,《朝霞》月刊诗歌作品与政治运动的紧密配合,它们的主题主要集中在了"与走资派的斗争"和歌颂"文化大革命"两个方面。《朝霞》月刊对诗歌创作的艺术要求是有明确导向的:"无产阶级的诗歌,也只有具备革命的政治内容和尽可能完美的艺术形式的统一,才能有力地剥夺掉反动的、没落的诗歌的阵地。"⑤ "诗歌作为一种文

---

① 参见杨懿斐《〈朝霞〉:"文革"后期主流文学的样板》第四章《〈朝霞〉月刊小说的人物形象》,博士学位论文,吉林大学,2006 年。
② 上海电机厂五一工大文科班:《诗歌应是进攻的号角——从〈朝霞〉第三期和第四期的诗歌所想到的》,《朝霞》1975 年第 5 期。
③ 瑞甫、晏晨:《诗如惊雷卷涛声——喜读诗报告〈西沙之战〉》,《朝霞》1974 年第 4 期。
④ 成莫愁:《努力战斗化、民族化、群众化——剪评〈朝霞〉几首民歌》,《朝霞》1975 年第 11 期。
⑤ 司徒伟智:《诗歌的韵律与投枪的锋芒——读马克思、恩格斯给拉萨尔的两封信》,《朝霞》1975 年第 11 期。

艺武器，也是无产阶级向资产阶级进攻的号角，诗歌的号角也只有在战斗中才能吹响"，"诗歌的革命感情是在斗争中产生的"。①

《朝霞》的评论文章所采用的写作套路，一般是从历史上的文人思想家、经典著作中解析出"走资派""革命派""法家""儒家"，然后按自己一方的预定概念进行断章取义的组接，得出一个个危言耸听的政治结论，以嫁接"四人帮"所要宣扬的一些思想观念。当时重点选择的人物有鲁迅、杜甫、李白等作家；孔子、孟子、荀子、朱熹等儒家代表；墨子、韩非子、李悝、商鞅、桑弘羊、晁错、柳宗元、王安石、李贽等"法家"代表；《红楼梦》《水浒》《西游记》等四大名著中的人物；作品则有《红楼梦》《水浒》《西游记》《三国演义》等。这客观上使一些理论性话语得到大量传播，进入了许多爱好文艺的普通人的大脑词语库。当时《朝霞》的受众是比较广泛的，据罗建华回忆，他们像自己一样，通过阅读《朝霞》和《学习与批判》这类刊物，进入"儒法文化、古典文学、现代历史的新天地，知道了柳宗元，知道了《盐铁论》，知道了金圣叹，知道了沈括和他的《梦溪笔谈》，当然更知道了鲁迅与胡适"，而且会在笔记本上学习和摘录评论文章中的一些警句，产生了一定的共鸣。②与此同时，也传播了一定的文化知识和信息。

因此，在"概念化文艺""政治化文艺"占主导地位的年代，《朝霞》月刊成了"文化沙漠"中人们"热捧"的刊物。朱学勤回忆说，《朝霞》"虽然也是左，但比'两报一刊'好看，相信同年龄的人都还记得"。③王尧后来提到他在"文化大革命"中阅读《朝霞》的情形："当我自己在清理这一段历史时，我感到是对自己的过去和现在的一种批判。在重新阅读'文化大革命'部分文学期刊和作品时，我常常想起当年急切等待《朝霞》并如饥如渴地阅读它的情状。"④ 正如研究者所言："《朝霞》丛

---

① 上海电机厂五一工大文科班：《诗歌应是进攻的号角——从〈朝霞〉第三期和第四期的诗歌所想到的》，《朝霞》1975 年第 5 期。
② 罗建华：《两种杂志和一套书》，《长江日报副刊》2004 年第 8 期。
③ 朱学勤：《书斋里的革命》，长春出版社 1999 年版，第 13 页。
④ 王尧：《"文革"对"五四"及"现代文艺"的叙述与阐释》，《当代作家评论》2002 年第 1 期。

刊是政治宣传和运动的产物，也是'文学文本'，是文学实践活动的对象，体现了一种主客体关系状态。尽管其策划和创作处在严密的思想和体制控制之下，但当文本由产生，到读者，再到文本之外的社会转移时，其间仍有滋出'主导意识形态'的可能。这种可能性表现为某些领域文学活动自生的活力。一方面，不能否认某些写作者是怀着圣洁的心情用笔描写现实的生活状态，其文本的激进姿态来源于强烈的理想主义情怀。作品里面描述的现实世界和当时人们的生活经验是存在的，那种整体意志、个人愿望、生活秩序就是人们日常的切实感受。另一方面，读者会结合自己的内心需求去理解'文化大革命'作品，甚至超脱文本去想象。就阅读心理来说，那时很多读者的首要期待并不是想要了解当时的文艺思想，而是想要看看里面的故事和插图是否好看，散文和诗是否打动人心。"[1] 在1976年后成名或者长期活跃于当代文坛的主力作家中，有许多人的文学生涯都开始于这本杂志，如黄蓓佳、贾平凹、钱钢等。谢泳曾将1976年后成名的部分中国作家在《朝霞》杂志发表作品情况做过一个统计，他发现："参阅历届全国优秀作品获奖名单中获奖作品的题目和作者，可以说早期《朝霞》的重要作者几乎都又出现在这个名单上，无论是小说、诗歌、报告文学还是话剧，无一例外。"[2] 不可否认，在促进文学创作、培养作家队伍和扩大影响方面，《朝霞》做了大量工作。这是客观存在的事实。作为20世纪70年代初文学主流话语生产的标志性杂志，《朝霞》在那一代人的文学阅读记忆里，留下了不可磨灭的烙印。

第五节 政治与文学的双重迷误

依据"主题先行""三结合"与"三突出"等创作原则创作的"革命样板戏"所引发的戏剧革命，在当时颇受盛誉："高举毛泽东思想伟大红旗的江青同志，奋勇当先，参加了戏剧革命的斗争实践，带领了一批文

---

[1] 徐江：《〈朝霞〉丛刊的文学生产、传播与效应》，《现代中国文化与文学》2009年第1期。
[2] 谢泳：《〈朝霞〉杂志研究》，《南方文坛》2006年第4期。

艺界的革命闯将，一批不出名的'小人物'，冲破党内一小撮走资本主义道路当权派的层层阻力，攻克了戏剧艺术中称为最顽固的京剧'堡垒'、不可逾越的芭蕾'高峰'和神圣的交响'纯音乐'，在历史上第一次为京剧、芭蕾舞剧和交响音乐，树起了八个闪耀着毛泽东思想灿烂光辉的革命样板戏，为无产阶级新文艺的发展，吹响了嘹亮的进军号！"① "空白"论、"新纪元"论便是评价"样板戏"时提出的。在"京剧革命"十年之际，张春桥说："从《国际歌》到革命样板戏，这中间一百多年是一个空白"②；"江青亲自培育的革命样板戏，开创了无产阶级文艺的新纪元"，"过去十年，可以说是无产阶级文艺的创业期"③，"京剧革命的胜利，宣判了反革命修正主义文艺路线的破产，给无产阶级新文艺的发展开拓了一个崭新的纪元"④。

在"革命的政治内容"和"尽可能完美的艺术形式"之间的相斥与矛盾，艺术家们往往只能顾及一端。以话剧、戏曲为例，讲求思想内容的纯正和直接配合现实政治，其极端产物就是杨绍萱改编的神话剧《新天河配》、历史剧《新大名府》等。《天河配》是一出传统戏目，主要讲述的是牛郎织女的爱情故事，反映了封建社会中的男女婚姻和爱情的不自由。但是经过杨绍萱的改编，把这个在中国民间广为流传的故事与抗美援朝联系起来，用了很多的剧情来表现和平鸽与鸥鹙之争，借此影射国际斗争，并且还让老牛吟出鲁迅的"横眉冷对千夫指，俯首甘为孺子牛"的诗句。《大名府》也是一部传统戏目，取材于《水浒》，内容是卢俊义如何被仇人和官府诬陷，逼上梁山的故事。杨绍萱则把这个故事生拉硬扯地同"民族战争"联系起来，把梁山英雄的农民起义描写成宋江在民族危急之时，在统治阶级内部正确地开展统一战线的工作，粉碎了民族敌人即金军和阶级敌人即宋朝统治者对他们的进攻。虽然这种处理方式迎合了当时的时代状况，但是却违反了历史规律和艺术规律，因此在当时就被斥为

---

① 《人民日报》社论：《革命文艺的优秀样板》，《人民日报》1967年5月31日。
② 转引自谢铁骊等《"四人帮"是摧残文艺革命的刽子手》，《人民日报》1976年11月10日。
③ 初澜：《京剧革命十年》，《红旗》1974年第7期。
④ 《红旗》社论：《欢呼京剧革命的伟大胜利》，《红旗》1967年第6期。

"反历史主义倾向的典型代表"。话剧《洞箫横吹》《布谷鸟又叫了》则因触及了生活与情感的真实，虽有较高艺术价值，但在意识形态的宣传方面显然不能令官方满意。对"写真实""人性论""中间人物论"和"现实主义深化论"等的批判所针对的就是这股试图以降低思想性来换取艺术性的创作倾向。最为尴尬的当属传统戏曲。古老的程式跟新生活间的枘凿闹出了不少"杨绍萱式"的笑话。于是尽管要求"三并举"，提倡现代戏，戏曲舞台得心应手的还是借新编历史剧来搞"古为今用"，又被批判为"帝王将相、才子佳人"统治舞台。

初澜对形式和内容的关系有一段堪称经典的描述："要我们放弃无产阶级的政治标准，岂不就是给封、资、修文艺保留合法地位！要我们放弃无产阶级的艺术标准，岂不就是提倡粗制滥造，给资产阶级以反攻倒算的可乘之机！"① 洪子诚指出："挑选京剧、芭蕾舞和交响乐作为'文艺革命'的'突破口'，按江青等的解释，这些艺术部门是封建、资本主义文艺的'顽固堡垒'，这些堡垒的攻克，意味着其他领域的'革命'更是完全可能的。但事情又很可能是，京剧等所积累的成熟的艺术经验，与观众所建立的联系，使'样板'的创造不致空无依傍，也增强了'大众'认可的可能性。"② 可以补充的一点是，江青选用根植于中国封建社会的中国传统戏剧——京剧作为"无产阶级新文艺"的基本艺术形式，这一艺术策略与她的理论素养或艺术直觉是密切相关的。江青从舞台起家，长于视觉艺术，短于文学创作；选择戏剧作为政治投机的对象，既紧扣其演员的自身优势，也暗合京剧艺术的规律："京剧的意蕴主要不在于故事情节而在于演员的歌舞（唱念做打）的表演。"③ 因此，江青选择这种高度"形式化"的京剧作为"样板戏"的载体，便成功地解决了政治与艺术完美统一的难题，使"革命的政治内容"和"尽可能完美的艺术形式"找到了各自的对应物——彼此分离、互不冲突，共处于同一艺术体系当中，而免蹈"文艺黑线"的"覆辙"。

---

① 初澜：《京剧革命十年》，《红旗》1974 年第 7 期。
② 洪子诚：《中国当代文学史》，北京大学出版社 1999 年版，第 198 页。
③ 叶朗：《京剧的意象世界》，《文艺报》1991 年 2 月 9 日。

值得一提的是，京剧的"形式化"倾向，绝不意味着它在内容上的虚无。"事实上，传统京剧曲目基本上都是以忠孝廉节这些基本道德观念与君臣父子这类尊卑贵贱的伦理方法为其基本内核的，这些抽象道德原则通过反复的程式化处理，使观众的接受过程从不自然到自然。到后来，京剧的内容已经看不清了——它完全变成了形式。京剧的程式变成了'形式的意识形态'。事实上，属于京剧'形式'范围的脸谱、服装、音乐无一不显示出价值判断的意义。当观众日复一日地沉醉于这些程式时，他喜欢上的不仅仅是形式，而是形式蕴含的道德原则。"[①] 洪子诚指出：

> "样板戏"最主要的特征，是文化生产与政治权力机构的关系。在30年代初的苏区和40年代的延安等根据地，文艺就开始被作为政治权力机构实施社会变革、建立新的意义体系的重要手段，与此同时，建立相应的组织、制约文艺生产的方式和措施。政治权力机构与文艺生产的这种关系，在"样板戏"时期，表现得更为直接和严密。作家、艺术家那种个性化的意义生产者的角色认定和自我想像，被破坏、击碎，文艺生产完全地纳入政治体制之中。"样板戏"本身的意义结构和艺术形态，则表现为政治乌托邦想像与大众艺术形式之间的结合。"样板戏"选择的，大都是有很高知名度的文本。在朝着"样板"方向的制作过程中，一方面，删削、改动那些有可能模糊政治伦理观念的"纯粹性"的部分；另一方面，极大地利用了传统文艺样式（主要是京剧）的程式化条件，在脸谱化人物和人物关系的设计中，将观念符号化。[②]

这种文化生产方式，使每一部"样板戏"作品都成了意识形态的完整象征，而与法国的新古典主义剧作不无相似之处：

---

① 李杨：《抗争宿命之路——"社会主义现实主义"（1949—1976）研究》，时代文艺出版社1993年版，第300页。

② 洪子诚：《中国当代文学史》，北京大学出版社1999年版，第198—199页。

"样板戏"作为戏之"样板",在艺术形式上也是十分考究的。在语言上,它取消了传统京剧中道白的变音,使之更接近于现代汉语;同时又摒弃了旧京剧中的插科打诨,使之更为严肃、纯正。在唱腔、伴奏、表演、服装和舞台设计上,也都较之传统京剧有所突破。所有这些"改革",都使得京剧这一传统的艺术形式更容易被现代人所接受。然而,与法国新古典主义剧作相同,"样板戏"在人物设计和情节安排上也为自己设计了许多条条框框,什么多冲突、多浪潮、三突出、三陪衬等等。其次,"样板戏"在创作上也是只承认理智和技巧而否定灵感和激情,主张字斟句酌,所谓"十年磨一戏"。这种理性分析式的反复"斟酌",一方面使许多粗糙的地方得到了应有的修正,另一方面却又使得一些情节和语言失去了固有的色彩,显得呆板生硬。①

为了使人物形象更好地承担意识观念传声筒的功能,文艺"左派"的策略是不惜以牺牲戏剧性来换取革命内容的"纯而又纯"。"什么是戏剧性(通常叫做'戏')",他们发问道,"我们承认戏剧性就是矛盾冲突……但在具体艺术实践中,却往往会认为'戏'就是情节,因而片面追求情节,追求一环套一环的'关子',因而忽略、削弱甚至不惜歪曲革命的主题和正面人物。"② 这里由艺术观的角度提出了舍"戏"保"道"的创作准则。"样板戏"鄙视乃至忽视了戏剧性因素,以牺牲戏剧的文学价值摆脱艺术真实规律对于"道"的束缚,而使京剧舞台彻底成了革命化想象的自由空间。但是,"样板戏"的京剧革命,仍然维持着京剧的美学精神的赓续,以在应付政治诉求与艺术诉求时并行不悖。郭小川在一篇文章中写道:"在最初,领导上首先提出了大胆搞,搞出来不象京剧也不要紧……等到编排《红灯记》的时候,领导上又明确地提出了唱足、做足、念足、打足的要求,目的是把京剧表演艺术的特点根据剧情和人物的需

---

① 陈炎:《"样板戏"与法国"新古典主义"》,《山东社会科学》1987 年第 2 期。
② 卫明:《在艺术实践中有破有立》,《文汇报》1965 年 3 月 13 日。

要，都充分应用到革命现代戏中来，力求做到京剧化。"①

这里，"京剧化"的另一种表述是"京剧姓京"；于是，改编后的《红灯记》，保留了京剧的基本艺术特征：音乐唱腔是最紧要的；动作、对话的夸张和程式化，如亮相、工架和京白；舞台调度上遵循前虚后实的布景原则；从表演的行当分配看，李玉和是文武老生，李奶奶和李铁梅是老旦与花旦，鸠山为花脸。它们涵盖了京剧唱、念、做、打的全部表现手法，使《红灯记》完成了对京剧"剧场性"的移植和继承。京剧《红灯记》改编成型的整个过程，可视为"样板戏"处理"道"与"戏剧性"关系的一个缩影。王元化指出："样板戏的制作者（剧本创作、舞蹈、音乐）在创作时都是有意识把当时的政治要求放在首位，竭尽一切可能在艺术表现中去加以体现和贯彻。"② 但是，时至今日，"样板戏"的"捍卫派"仍以其形式上的成就傲人。毕竟"样板戏"之为"样板"，是因为在官方眼里它是艺术；由于价值中立/缺位的美学品格，京剧跟"革命"搭成了比较般配的姻缘，获得了意识形态和艺术形态的双重认可。如，毛泽东在观看芭蕾舞剧《红色娘子军》后就表示："方向是对的，革命是成功的，艺术上也是好的。"③

从"两结合"到"文化大革命"时期的文学理论，我们清楚地看到，政治性的立场与视野日益嵌入并规范着文学之思，文学逐渐由"政党政治"而转变为"领袖政治"之意识形态话语的形象化派生物，甚至介入了某个政治集团的政治斗争之中。英国哲学家科林伍德说过："如果说巫术艺术达到了一种高级审美水平，这是因为它所属的社会（不单指艺术家，观众与艺术家都包括在内）要求它除了具有一种最起码的巫术功能之外还具有审美价值。这种艺术具有双重动机。"④ 作为"京剧革命"成功的神话，"样板戏"充分说明了这点。

---

① 郭小川：《〈红灯记〉与文化革命》，《戏剧报》1965 年第 6 期。
② 王元化：《样板戏有艺术价值吗》，《明报·加西版》1997 年 5 月 6 日。
③ 参见"江苏省无产阶级文化大革命材料工作站"编《暮色苍茫看劲松——江青同志对文艺革命的部分指示》，1967 年，第 87 页。
④ ［英］科林伍德：《艺术原理》，王至元、陈华中译，中国社会科学出版社 1985 年版，第 71 页。

"政治化"地理解文学一直是20世纪中国文学一个深厚而又久远的历史"传统",其极端形式,便是在"文化大革命"时期,"政治推动文学走上了崭新的道路,同时,政治又执拗地捆绑着文学,侵凌着、改变它作为艺术门类的品格"[①]。与其说文学艺术作品有直接的社会政治意义,不如说它拥有一个通过文学艺术的生命意义为中介的社会政治之维,而体现出一种永恒的诗性意义。房龙说得好:"把艺术公式化,把艺术弄成政治纲领的一部分的做法已屡见不鲜。但从来没有成功过,也永远不会成功。"[②] 在"文化大革命"时期里,作为政治文化的宣传工具,"革命样板戏"所谓"成功"的"神话"充分证明了这点;"文化大革命"文学在政治和文学方面的双重迷误,时至今日仍有着深刻的历史教训。

[①] 刘纳:《嬗变》,中国社会科学出版社1998年版,第247页。
[②] 房龙:《人类的艺术》下册,中国和平出版社1996年版,第696页。

第 六 章

关于文学艺术批评标准的讨论

张 冰

文学批评的标准是中华人民共和国成立之初构建新的、无产阶级的意识形态和文艺理论形态的重要内容之一，得到了从第一代领导人到普通理论工作者的普遍重视。在大半个世纪的发展过程中，它经历了由一个受到瞩目、作为一般文艺理论教材中重要篇章的内容到逐渐被边缘化，最终在最近20年的文艺理论中淡出舞台，又在新的国家领导人文艺讲话中重提等一系列大起大落的变化。由于这一问题早在中华人民共和国成立前就已经引起关注，并直接由那时的探讨延伸到中华人民共和国成立后，因此，我们需从1942年的毛泽东《在延安文艺座谈会上的讲话》（以下简称《讲话》）谈起。

第一节 毛泽东的《讲话》与批评标准的确立

1942年5月，为了配合文艺界整风运动，澄清一些作家和文艺理论家的模糊认识，毛泽东在延安召开的文艺座谈会上发表了讲话，对文学的本质、服务对象、文艺与生活的关系、动机与效果、普及与提高、文学遗产的继承以及文艺批评的标准等文艺理论重要问题都做了明确的指示，此文也由此成为20世纪中国文艺理论史上的纲领性文献。

在讲话中，毛泽东明确指出，"文艺批评有两个标准，一个是政治标准，一个是艺术标准"①。对于政治标准，他说："一切有利于抗战和团结的，鼓励群众同心同德的，反对倒退、促成进步的东西，便是好的；而一切不利于抗日和团结的，鼓动群众离心离德的，反对进步、拉着人们倒退的东西，便是坏的。"② 在这段话中，毛泽东同志根据时代政治的需要对政治标准作了规定，即利于抗日和促进进步。这个定义的问题在于，随着抗战的结束，这种对政治标准的规范必然会被抛弃，代之而起的应是这种理解背后的深层精神，即根据时代政治和人民性来界定政治标准。从这个角度来说，他对政治标准的描述不能作为一个严格的定义来看，只是一种权宜之策。但仅从当时的时代状况来看，这个定义的内涵还是非常明确的。对于艺术标准是什么，毛泽东却是直接绕过了对它的界定，仿佛视之为一个自明的命题，只是提出了艺术性高低，相应地存在着好与坏的问题。然而，艺术性并不是一个自明的概念，何谓艺术性，何谓艺术性高，而又何谓低，这些需要做出规定的概念，他都没有再作进一步的说明。

但是，如果我们把艺术标准看作是对艺术之所以为艺术，即文学之所以为文学的特殊属性的考察，那么，在《讲话》中，毛泽东还是做出了探讨的。对文学的特殊属性的探讨，可以有两种思路，一种是从文学内部，例如语言、意象、象征、隐喻、结构等内在因素来探讨；另外一种则是根据文学与生活的关系，即从文学的外部对文学做出规定。很显然，毛泽东的探讨属于后者。在他看来，文学与生活之间的区别就在于，"文艺作品中反映出来的生活却可以而且应该比普通的实际生活更高，更强烈，更有集中性，更典型，更理想，因此就更带有普遍性"，"文艺就把这种日常的现象集中起来，把其中的矛盾和斗争典型化"。③ 因此，文学相对于现实人生，其区别就在于它的典型性，它既依附于现实，来源于现实，同时也是对现实的提升。

也许毛泽东当年对艺术标准和政治标准的处理方式是一种无意识行

---

① 《毛泽东选集》第3卷，人民出版社1991年版，第868页。
② 同上。
③ 同上书，第861页。

为，但是这种方式却在一定程度上成为"文化大革命"结束之前文艺界探讨文艺标准问题的规范性思路，即探讨政治标准时内涵相对明确，却很少直接谈及艺术性具体是指什么。后者被转换成了对艺术性所包含的子命题的探讨，一定程度上构成了探究标准问题的显隐两条线索。

而对于毛泽东本人的文艺思想来说，这种显隐两条线索的价值在于，它表明了他作为政治家和诗人的双重身份以及由此带来的人格矛盾。毛泽东的诗词很多是脍炙人口的，其风格大气磅礴、充满了革命时代的壮志豪情，意象雄浑，并带有强烈的浪漫主义色彩。作为诗人，长期的创作实践和经验累积使他充分意识到文学自身的特殊性。在给臧克家等人的信中，他谈到不同意发表自己的诗歌的理由是"诗味不多，没有什么特色"。① 在给陈毅的信中，他更明确指出，"诗要用形象思维，不能如散文那样直说，所以比、兴两法是不能不用的……宋人多数不懂诗是要用形象思维的，一反唐人规律，所以味同嚼蜡。……要作今诗，则要用形象思维方法，反映阶级斗争与生产斗争"。② 从这些话语中可以发现，这种特殊性包括诗味、形象思维、比兴手法以及是对现实生活的反映，等等。尽管从哲学基础来看，这些文艺的特殊属性是从不同的立场提出来的，不可以简单地堆放在一起。但毛泽东所强调的核心却是诗味和形象思维，而且二者之间存在着因果链，形象思维是获得诗味的手段和原因。在他的话中，还透露出另外一种信息：宋人的诗作之所以味同嚼蜡，是因为宋人多不懂诗歌的创作需要用形象思维。学界一般认为，唐诗主情，而宋诗主理，这与宋代理学思想盛行有很大关系。换句话说，宋人更喜欢从观念出发，在诗中也表达一种理味，按照严羽的话来说，即为"以才学为诗，以议论为诗"，这带来的直接后果就是没有诗味。由此，我们似乎可以认为，从创作实践来看，毛泽东是反对概念化、公式化、主题先行等违背艺术创作规律的做法和观念的。而这些问题又恰恰是"文化大革命"

---

① 毛泽东：《关于诗的一封信》，载张炯主编《中国新文艺大系（1949—1966）·理论史料集》，中国文联出版公司1994年版，第12页。
② 毛泽东：《关于诗的两封信》，载张炯主编《中国新文艺大系（1949—1966）·理论史料集》，中国文联出版公司1994年版，第13页。

之前中国文艺界过分强调政治标准所带来的明显问题。

由于这些信件是在私人间流传的，所以与公开的作为政治家的毛泽东的政治批示并不一致。在他的政治批示当中，使人感受到的是一个政治家对严峻的政治形势的焦虑以及对革命立场和斗志的坚持和强调。"象武训那样的人，处在清朝末年中国人民反对外国侵略者和反对国内的反动封建统治者的伟大斗争的时代，根本不去触动封建经济基础及其上层建筑的一根毫毛，反而狂热地宣传封建文化，并为了取得自己所没有的宣传封建文化的地位，就对反动的封建统治者竭尽奴颜媚骨的能事，这种丑恶的行为，难道是我们所应当歌颂的吗？"[1] 在毛泽东看来，武训并不值得歌颂，因为在他所生活的时代，反帝反封建的斗争已经如火如荼地开展起来，而武训的行为恰恰与之相反，是宣扬封建文化的，因此把他塑造成一个正面英雄人物是存在问题的。这是一种典型的站在阶级性和政治倾向性立场对作品和人物形象的分析。从政治标准角度，毛泽东否定了《武训传》的价值。在下面的引文中，他的文艺政治工具论观念更为明确："这些协会和他们所掌握的刊物的大多数（据说有少数几个好的），十五年来，基本上（不是一切人）不执行党的政策，做官当老爷，不去反映社会主义的革命和建设。最近几年，竟然跌到了修正主义的边缘。"[2] 文艺需要执行的是党的政策，成为党的政治宣传的工具，以及进行革命斗争和阶级斗争的一种方式。正是这种斗争思维的延续，他用了战争时代的话语来表达他对两个年轻人对《红楼梦》的评论的欣赏，他说："这是三十多年以来向所谓红楼梦研究权威作家的错误观点的第一次认真的开火。"[3]

作为诗人的毛泽东和作为政治家的毛泽东有着完全不同的艺术价值取向。作为政治家，他十分强调文艺对党的政策的服从，把前者完全看成后者的服务工具，而作为诗人，他欣赏和追求有诗味的作品，反对概念

---

[1] 毛泽东：《应当重视电影〈武训传〉的讨论》，载张炯主编《中国新文艺大系（1949—1966）·理论史料集》，中国文联出版公司1994年版，第3页。

[2] 《文艺思想斗争史》，河北大学中文系内部教材1977年版，第441页。

[3] 毛泽东：《关于红楼梦研究问题的信》，载张炯主编《中国新文艺大系（1949—1966）·理论史料集》，中国文联出版公司1994年版，第4页。

化、公式化的创作倾向。他的这种错位其实是文艺的特殊性对从政治角度规定文学的观念的抵抗,也是对教条主义的文学政治工具论观点的局限性的揭示。但是,由于他给陈毅的信在其生前没有发表,因此,这封信中的思想所带来的震撼只能留到了 20 世纪 70 年代末。在"文化大革命"结束之前,文艺批评标准的主要构成还是毛泽东的文学政治工具论观点。

由于当时中国思想界对马克思主义的理解差不多都是从苏俄和苏联引进的,因此,这些思想在保留了马克思、恩格斯本人理论内核之外,也体现出了俄罗斯民族思想的特点。而作为这个民族的杰出代表以及世界共产主义运动领袖的列宁,他的思想无疑在当时的中国更具有指南针式的意义。从《讲话》中,我们可以深刻地感受到列宁的思想对毛泽东的影响。毛泽东在两处至为关键的地方引用了列宁的《党的组织和党的文学》中的思想。一处是在结论中的第一部分谈及服务对象时,引用了列宁的"文艺为千千万万劳动人民服务"的思想,第二处是在结论的第三部分讨论党的文艺工作和党的整个工作的关系问题时,借用了列宁的文艺事业是无产阶级整个革命事业的"齿轮和螺丝钉"的思想。除直接引用外,毛泽东对反映论和阶级性等思想的强调也与列宁主义存在直接的血缘联系。

毛泽东言说文艺的思路体现了当时的时代状况,即当时中国共产党人对文艺的思考和探讨其学理上的资源主要来自苏联,包括第一代领导人在内的中国思想界和文艺理论界往往是引用苏联的领导人和文艺界的言论来解释和论证我们自己的观点。很少有人直接引用和思考马克思和恩格斯关于文艺的那些著名段落。我们今天耳熟能详的马恩关于文艺的那些信件以及其他一些重要著作等都没有得到当时国内文艺理论工作者的重视。这很大一部分原因是受到当时苏联国内学术环境的影响。虽然当时苏联已经有意识地把马恩有关文艺和美学的重要著述如《巴黎手稿》《致敏·考茨基》《致玛·哈克奈斯》等出版,并用它们来有力地反驳拉普在理论上的庸俗社会学观点,但是,"从 20 世纪 30 年代末开始,对斯大林的个人崇拜逐渐形成,也给文艺理论和文艺创作带来不良影响。由于片面强调文艺为当前政治服务,忽视文艺的特点和规律,文学中出现了一些图解政治口号，公式化、概念化的作品，出现了'指示性的'、简单化的、政治鉴定式的文学批评"。[①] 这些倾向都严重地影响了马克思和恩格斯的文艺著作在当时的苏联得到进一步的研究和全面考察。而在国内，由于对马克思主义单向地从苏联引进，包括第一代领导人在内的中国思想界的整体眼光不能不有所局限。更为突出的是，苏联在文艺问题探讨方面出现的问题、所走过的弯路在中国也没有避免。

　　从以上的分析中我们可以得出这样一些结论：第一，文学批评标准确立时的学术资源主要是苏联以列宁为代表的马克思主义文艺思想；而又由于毛泽东同志的特殊政治地位，所以当时文艺理论界探讨文学批评标准以及进行实际文学批评活动的理论依据主要可以分成两个部分，一部分是毛泽东的《讲话》，另一部分是以列宁为代表的苏联政治家和学者的著作。其中，最主要的仍然是前者，后者在某种意义上也是用来支持和论证前者的合法性的。第二，由于毛泽东在《讲话》中对待艺术性和政治性存在显隐两条线索，是两种不同的处理思路，因此，这种方式在一定程度上也规定了此后文艺理论工作者讨论文艺标准问题的思维模式，即明确地表明的往往是作者以及作品的政治立场，对艺术性则有意淡化、少提或不提这个字眼，形成了中华人民共和国成立后很长一段时间内文艺的批评政治标准占据主导地位的局面。但在具体批评实践中，学者们又试图在一定程度上尊重文艺的特殊性，尽量矫正或补救对政治性标准强调所带来的问题以及为文艺自由呼吸寻找一点空间。由于政治标准讨论的显在性和强势，因此在对那些有着浓郁的文学特质命题的讨论中，不能不在一定程度上带有强烈的政治色彩。第三，由于少提或不提艺术性这一术语，而是转化为对其子命题的探讨，所以典型性、真实性和"两结合"的创作方法则成为文艺理论家探讨文艺的特殊性的重要内容，同时也是中华人民共和国成立后文艺理论批评家们提到的频率最高的几个语词。对于政治标准的讨论，毛泽东同志的规定主要还是根据 1942 年的时代政治状况，而此后文艺理论工作者对文艺批评标准问题的探讨中，很自然地把毛泽东在《讲话》中所坚持和强调的阶级性立场、人民性要求等放到了政治标准的下面，而

---

　　① 刘宁：《俄苏文学文艺学和美学》，北京师范大学出版社 2007 年版，第 66 页。

列宁在《党的组织和党的文学》中所论述的核心内容——文艺的党性原则也因《讲话》成为政治标准的题中应有之义。随着学术界进一步的争论和探讨,《讲话》中内涵界定比较模糊的政治标准以及没有界定的艺术标准都有了比较明确的内容。第四,毛泽东双重身份的矛盾,既揭示了从政治角度规定文艺的局限,也表明了文艺与政治实际上的无法叠合以及用政治取消文艺独立的不可能性。这种矛盾不仅体现在毛泽东个人身上,也体现在绝大多数的文艺工作者的相关论述中。当然,前者的矛盾是因为身份的双重,而后者的矛盾是因为他们身份是文艺工作者,但却由于认同了时代价值取向,在时代价值取向和无法放弃自己的文化身份之间发生的冲突所带来的结果。

第二节 文艺理论工作者对毛泽东文艺批评标准的解读

中华人民共和国成立之初,文艺理论工作者的出身、成分、学缘背景等方面都比较复杂。从地域角度来看,有来自解放区的,有来自国统区的。从学缘背景来看,有的受"西方"思想中的某一具体派别或人物的影响,如朱光潜;有的受"五四"传统的熏陶,如胡风;有的受民间文化影响至深,如赵树理;有的则很早就接受了马克思主义,如周扬。这些有着复杂的学术成分的文艺工作者给新生的政权提出了一个艰巨的任务。这是因为,一个政权建立之后,它迫切需要的是从意识形态角度来获得自己的合法性。从当时的实际情况来看,就是如何把原来仅仅是解放区的意识形态推广成全国人民普遍认同的观念,实现全国在意识形态方面的统一。也正是因为如此,我们对文艺批评标准的梳理是从解放区审美意识形态确立的1942年说起。中华人民共和国成立后,实际的文艺理论工作具体地变成了把毛泽东的文艺思想贯彻到文艺理论工作的各个角落的问题。而复杂的文艺理论工作者的学术成分给这项工作带来了一定的困难。从文艺理论工作者的心理状态来说,这个问题确实存在着解决的契机。因为,中华人民共和国的成立,意味着受尽了百年屈辱的中华民族从此屹立于世界民族之林，党所领导的政权具有天然的合法性，其救星地位使不同学理背景的知识分子都发自内心的亲近和认同。这种亲近和认同让他们自然地愿意接受中国共产党的指导思想马克思主义，尤其是它在中国的具体化表现的毛泽东思想。这从很多知识分子的思想改造和转变的实际行动中可以看出。但是，曾经的学术背景和学术信仰无法从他们的大脑中被彻底格式化掉，因此，在他们努力坚持和学习马克思主义和毛泽东思想的活动中，本有的学术成分使这种解经活动变得非常复杂，表面上都属于在坚持和追求马克思主义和毛泽东思想，但实际的解释却又带有浓厚的原有知识传统，这构成了深层次上不同的学术立场。又由于中华人民共和国成立之初一直到"文化大革命"结束，党内一些主管文化工作的领导以及漫布整个文艺批评界的宗派主义、教条主义以及庸俗社会学，使学术论争在一定程度上变成了攻击、报复和谩骂，逐渐偏离了百家争鸣的学术轨道。所有的学者都为此付出了惨重的代价。当然，我们的关注点在于，基于不同的学术渊源，因此，不同的学者对文艺批评标准的解读存在着潜在的巨大差异。本部分拟从文化传统的三种一般划分，即官方意识形态、"五四"传统和民间立场三个较为突出的方面来考察不同学养的学者对批评标准的解读，通过这种解读来揭示当时各派观点的实质分歧。

周扬，作为党在文艺部门的代言人，一方面他直接表明自己坚定的政治立场，另一方面，他的话语在一定程度上也被等同于官方文艺政策。在政治标准和艺术标准的抉择中，他体现出来的思路也是最接近于毛泽东的。这种接近并不是说只有他的理解才是属于马克思主义、毛泽东思想的，而是说，他的思路特征和毛泽东的思路特征最为接近。我们在前文指出，毛泽东对艺术标准并没有做出明确规定，而周扬在他历次谈及批评标准时也没有对艺术标准是什么做出规定，而是坦率承认："无产阶级的艺术标准，我以为不必谈……艺术标准很难定。"[①] 对于政治标准，可以用周扬的一段反问来说明他的理解，"文艺与政治的问题，还不就是工农兵方向？'工农兵方向'还不就是阶级性问题？'现实生活'除了人民群众还

---

① 周扬：《对编写文学概论的意见》，载《周扬文集》第 3 卷，人民文学出版社 1990 年版，第 272 页。

有什么?"① 因此,政治标准,按照周扬的观点,就是工农兵方向和阶级性。此处的逻辑在于:现实生活是由人民群众构成的,人民群众就是工农兵,因此,表现现实生活就是表现工农兵,表现工农兵就是"工农兵"方向,坚持工农兵方向就是无产阶级的阶级性和党性的体现。这样,周扬就把当时讨论政治标准的几个核心命题——人民性、工农兵方向、阶级性、党性等紧密地联系到了一起。至于两个标准之间的关系以及"第一""第二"内涵的具体理解,周扬认为:"政治标准第一,艺术标准第二,不是说分析作品看有几分政治,几分艺术,更不能用今天的政治标准去分析古人。……政治标准第一,是从今天的需要出发,提倡什么,反对什么,李后主的词对今天的青年没好处,可以不提倡它。"② 从这段话中,可以看出,他所理解的文艺批评的两个标准并不是指在具体的文学批评实践中,批评家要兼顾政治性和艺术性,而是首先看政治性。换句话说,政治性是前提,它决定一切,如果政治上不过关,再高的艺术性也不是好的。他举的李煜的例子可以说明这一点,李煜作品的艺术性不可谓不高,但是"对今天的青年没好处",所以不提倡。在关于《文学概论》教材编写的一次发言里,他更是明确指出:"两个标准问题不是分析作品的问题。政治标准是前提,看作品首先看政治上有害无害,然后决定态度:禁止或赞成。"③ 并且,他还否定了一种对"第一、第二"的错误理解,政治标准第一不是一个量化问题,即并不是指政治性所占比例多,而艺术性所占比例少,而就是政治标准为先,首先考察政治标准,其实也就是政治标准决定一切。还有,尽管周扬认为不能用今天的政治标准去分析古人,但是他的言下之意其实还是主张古人的作品要过今天的政治关,是根据今天的政治需要来决定何者为好,何者为坏,提倡什么,不提倡什么。李煜的例子就是如此。在 1962 年的关于文艺理论教材编写提纲讨论会上他的发言中还说:"关于言志派,上海书中引了袁中郎很多话,但袁中郎的革命性不

---

① 周扬:《对编写文学概论的意见》,载《周扬文集》第 3 卷,人民文学出版社 1990 年版,第 227 页。
② 同上书,第 235 页。
③ 同上书,第 271 页。

如李卓吾……引也可以，只是不要引得太多。"① 袁宏道的革命性不如李贽，所以他的话就不可以引很多。这种思路对于经历了那个年代的学者来说，一定不陌生。它把政治标准第一直接转换成政治标准唯一，然后再沿着这种观念来评价具体的作家作品，僵化地将政治原则直接转换成文学的价值所在，对于文学自身发展所带来的弊端自不待言。由于坚持文学的政治性，因此，周扬对文学理论中的重要问题如真实性、典型性等的理解也是从政治角度着眼的，把这些可能确立文艺的特殊性的思想都填充了具体的政治内涵。"说真实性是无产阶级最重要的艺术标准，这不妥。因为真实性也是政治性的标准"②，"为什么说非要创造人物不可呢？因为不通过典型就不能表现艺术的党性，应该把典型问题，当作立场问题、政治问题、党性问题"③。他的主张之中存在着怎样潜在的问题，以及这种极端功利主义的理论的背后会给中国的文学发展带来怎样的弊病，文学史实已经给出了答案。当然，为了公允，我们必须承认，周扬的很多观点并不是只有他一个人是这样认为的，当时很多党在文化部门的领导人的看法和他都基本上一致。例如，邵荃麟认为："最好的文学艺术，必然是具有高度的人民性的艺术。最高度表现着人民性的是什么呢？这除了领导人民斗争的布尔什维克党的思想以及他的纲领和政策以外，是不可能有更高的东西的。文艺的党性就是作为文艺的人民性的最高表现……这样的艺术不仅在政治意义上是最进步的，而且在艺术内容上一定也是最现实的。"④ 政党的纲领和政策成为文学所要表现的内容，这是党性，是原则性问题，此处的"最现实"应指文学的真实性，这种真实性不是来自对现实生活的如实刻画，而是来自对党的政策和纲领的表现，是政治立场和政治内容成为艺术真实的前提和理由，显然这种观点与周扬的理解如出一辙。

我们认为周扬对文艺批评标准理解的思路特征与毛泽东的思路特征相

---

① 周扬：《对编写文学概论的意见》，载《周扬文集》第 3 卷，人民文学出版社 1990 年版，第 257 页。

② 《周扬文集》第 3 卷，人民文学出版社 1990 年版，第 272 页。

③ 《周扬文集》第 2 卷，人民文学出版社 1985 年版，第 341 页。

④ 荃麟：《党与文艺》，载张炯主编《中国新文艺大系（1949—1966）·理论史料集》，中国文联出版公司 1994 年版，第 434 页。

近的另一个表现是，尽管他不解释艺术性是什么，也坚定地认为政治性是前提，是首要的，但在一些具体的批评以及无意识的主张中，他还是坚持了文艺的特殊性。他是中国较早提倡形象思维的学者之一。"关于形象思维这个问题……我是偏向于有形象思维的。"①"艺术特点讲起来，无非就是一个形象思维。形象思维有它自己的逻辑，它是需要有形象的，需要有情绪的，没有情绪，没有情感，一切都是空的。"② 很明显，周扬把"形象思维"视为文艺的特殊性。新时期之后，这个命题曾经一度成为我们思考文学的特殊本质的重要内容，而周扬屡次在他的讲话和批评文章中，强调这一点，把它作为作家从事创作以及文学作品中形象塑造的前提。"逻辑思维是形象思维的基础，但不能代替形象思维，那可以说是一篇革命的文章，但不能说是艺术品，是宣传，是提纲，而不是艺术。"③ 此处，他坚持了文艺的特殊性，把形象思维看作文学之所以为文学而不是宣传品的主要特征。并且言下之意，他是意识到并且也反对把文艺看作宣传品的做法的。这和他此前所主张的政治标准第一、政治立场先行的观点其实是有冲突的。这种困境不是他个人的，实际上是他以及他的同时代人探讨文艺问题和进行文艺批评的整体两难选择。

胡风，由于来自国统区，因此中华人民共和国成立后他的政治身份就由党的政策允许团结的有进步倾向和民主思想的小资产阶级知识分子转变成了思想上需要改造、接受共产主义世界观的革命对象。显然，胡风对自己的这种新的身份并没有清醒的认识。在他的《关于解放以来的文艺实践情况的报告》（即《三十万言书》）中，他把马克思主义经典理论作家和当时实际党的文艺部门的领导如周扬、林默涵等人的主张分离开来，明确指出后者对马列主义、毛泽东思想的背离，在批驳和向中央领导反映情况的字里行间中表明了自己的基本文学立场。同当时大多数的文艺理论工作者一样，胡风坚定地认为自己是坚持了马列主义和毛泽东思想的，在《三十万言书》中，他也恰是基于这种自信而引经据典，来证明自己的观

---

① 《周扬文集》第3卷，人民文学出版社1990年版，第242页。
② 同上书，第111页。
③ 《周扬文集》第2卷，人民文学出版社1985年版，第337页。

点是正确的，或者说是更为符合马列主义、毛泽东思想的本意的。毋庸讳言，他的很多观点确实是切中时弊，指出了当时党的文艺部门的领导方面的行政作风和教条主义，但是，仅就他本人对文艺问题的理解，我们会发现其实他的理解和以毛泽东为代表的共产党人所确立的国家意识形态之间存在着本质上的疏离。

就胡风的著作而言，他基本上没有直接谈及对文艺批评标准的理解，但他理论的核心内容如现实主义、真实性等命题在当时的历史条件下是可以被直接放到文艺批评标准下进行讨论的，因此，我们可以借助他对这些命题的探讨来管窥他对文艺批评标准的理解。胡风对现实主义的基本理解是："现实主义的哲学根据是反映论，即唯物主义认识论（也是方法论）在艺术认识（也是艺术方法）上的特殊方式。犹如真正反映了客观世界的才是唯物论，通过艺术特征真正反映了历史真实的才叫做现实主义。"[①]他在这里把现实主义看作一个非常宽泛的东西，贯穿人类文艺的始终，因此，只要是反映了历史真实的艺术，都可以称之为现实主义。胡风的这个观点可以推论出来的是，无论作家之出身，虽然在他所处的那个时代，会有具体的阶级局限和时代局限，但是作家本人还是能写出反映了当时社会状况的作品，其作品的真实性不容否定，有些作家甚至会因为尊重现实而写出超越了他的阶级局限、政治偏见等"达到高度的现实主义真实性"[②]的作品。他的这个观点有抹杀阶级性观点的嫌疑，同当时把阶级立场和真实性联系起来考察的思路有很大的差别。因此，林默涵批判他"始终离开阶级的观点"是直指他作为当时历史条件下讨论此一命题的问题所在的。并且，胡风还指出，社会主义现实主义是现实主义发展到今天的历史形态，尽管它是现实主义的最高形态，但仍然是过去历史发展到今天的产物，不可以把它从历史中割裂出来，抽象地来看。在胡风看来，社会主义现实主义之所以能够反映现实，达到客观真实的地步，原因就在于在一个社会主义制度下，社会本身达到了最为真实的程度，作为对它的反映，社会主义现实主义自然是真实的最高程度，同时也实现了现实主义本身的质

---

① 《胡风全集》第6卷，湖北人民出版社1999年版，第166页。
② 同上书，第167页。

的飞跃。胡风此处对社会主义现实主义的理解与当时的流行观念很不一样。他所认为的真实性不仅仅包括我们平素所言的如实地描写现实,还包括对社会的本质真实的理解。在他这里,暗含了除社会主义社会外,其他社会都是不完全真实的观点。这个观点的成立需要对社会的本质和人的本质作非常深入的哲学分析才有可能。然而,基于他对真实和现实主义的理解,社会主义现实主义就无法成为一种可以用来衡量作家的标准,也不可以从历史中剥离出来抽象地考察,更无须把它作为作家和艺术家进行创作所必须坚持的政治立场。因为它只不过是社会发展到一定阶段的产物而已,换句话说,社会主义现实主义是文学在社会主义社会水到渠成的东西,社会主义现实主义不是艺术家和作家所要自觉认同和实践的创作方法,而是文学在社会主义社会的必然表现形态。这里实际上就和周扬等为代表的国家意识形态之间产生了分歧。在周扬等人看来,社会主义现实主义是今天的作家、艺术家进行创作所必须坚持的方法和立场,这是党性的表现。如果哪一位作家、艺术家没有坚持这一立场和方法,则必须接受批判、教育和改造。在《三十万言书》中,胡风提到周扬等人认为他不接受改造,从他对社会主义现实主义的理解来看,这种批评是有道理的。因为如果说历史已经行进到了社会主义时代,按照胡风的观点,只要作家和艺术家们所采用的创作方法是现实主义,那么,一定是社会主义现实主义,这是由社会的客观形态决定的,并不取决于作家个人。这带来的实际效果就是,胡风对现实主义的历史性的坚持等于否定了国家意识形态中所要求的把社会主义现实主义作为一种普遍的标准的观点和态度。由于坚持历史性和反对将社会主义现实主义普遍化,胡风对学界"古人过今天的政治关"的做法深恶痛绝。例如,林默涵曾经指出:"即使是巴尔扎克,也因世界观的缺陷而限制了他对现实的认识,更没有成为也不可能成为社会主义的现实主义者。"[①] 胡风曾针锋相对地以嘲弄的笔调回击他:

《共产党宣言》出版于一八四八年;《政治经济学批评》出版于一八五九年;《资本论》第一卷出版于一八六七年;巴黎公社的起义和失

[①] 转引自《胡风全集》第6卷,湖北人民出版社1999年版,第168页。

败是在一八七一年；十月社会主义革命胜利是一九一七年；解散拉普是一九三二年；苏联第一次作家大会开于一九三四年；作家协会章程批准于一九三五年。而巴尔扎克呢？生于一七九九年，死于一八五〇年。

一般所说的反历史主义，"胡乱审判古人"，好像还没有达到这样"理论高度"的例子。①

除了对社会主义现实主义的理解坚持历史性之外，更为重要的是，胡风试图把"五四"以鲁迅为代表的新文学传统纳入社会主义现实主义中来。他说："社会主义的现实主义同样是一个广泛的概念，只要是有反帝反封建的倾向的、多少有人民解放的感情要求的作家，随处可以吸取人民的痛苦和渴求，都能够在自己身上找到某一基础，都有可能进入实践的。"② 胡风对社会主义现实主义理解同样存在问题，如果社会主义现实主义按其在苏联的诞生之日算起的话，那么，"五四"文学如何可以成为是社会主义现实主义的，就需要提供更为有力的证据。而他所做的这个社会主义现实主义的宽泛理解，仿佛是为"五四"文学传统量身定做的。我们对此的关注点是，虽然已经处于一个新的形势下，但他的知识体系中所认定的东西依然是"五四"传统。"五四"传统的一个重要特点就是启蒙，是知识分子对大众的启蒙，正如胡风几次提到鲁迅的"多采自病态的社会的不幸的人们中，意思是在揭出病苦，引起疗救的注意"③，他意在坚持"五四"传统的启蒙特质。诚然，"五四"时期的启蒙性也是面对大众，是对人民群众的关注，但这种关注和毛泽东所确立的国家意识形态之间存在着非常微妙的区别。毛泽东所确立的国家意识形态中的为工农兵、为大众的方向即人民性和党性问题在有意淡化启蒙意味，要求知识分子和作家与人民群众在情感上打成一片，一方面是使作家更为了解人民群众的生活，从而在作品中更好地表现他们，另一方面则是使作家接受人民群众的价值观、趣味，是通过和群众打成一片而逐渐放弃知识分子的精英

---

① 转引自《胡风全集》第 6 卷，湖北人民出版社 1999 年版，第 168 页。
② 同上书，第 171 页。
③ 《鲁迅全集》第 4 卷，人民文学出版社 2005 年版，第 526 页。

意识，是用人民群众的思想来改造知识分子。胡风没有意识到这个问题，他还在坚守着启蒙意识。他所说的"真实"是普通民众的实际生活，是有优点也有缺点的大众生活，写出真实，不仅仅要写出大众的善良质朴的性格和高涨的革命热情，同时还要写出他们身上传统的积习和历史的惰性。换句话来说，胡风还在坚持着对大众的批判意识，这和国家意识形态恰恰相反。所以胡风所坚持的现实主义、人民性、党性以及真实性都和周扬等为代表的国家意识形态有所疏离。还有一点，对于胡风来说，他一直没有放弃主观能动性的观点，他一直认为，共产主义的世界观也好，社会主义现实主义也好，人民性也好，都需要作家在具体的生活实践、创作实践中逐渐树立，是作家通过主观努力内化于自己的心灵中的，而不是先验的存在和作家创作的前提。他认为把这些东西视为先验的是唯心主义的观点，违背了毛泽东的实践斗争的理念。这种对作家主观意识的强调，同当时国家意识形态所要求的无条件地服从显然是有距离的，并且也必然不容于那个将学术论争等同于政治斗争的时代。

至于艺术标准问题，胡风认为艺术必须有它的特殊性，尽管他没有说出这种特殊性是什么，但是他强烈地反对周扬、林默涵、何其芳等人的行政干预和教条主义，可以知道，他所认为的艺术的特殊性是摆脱了国家和政党的行政干预、不再仅仅是某一政党的政治宣传品的文学艺术，这在当时是根本不可能实现的。他举出毛泽东的"马克思主义只能包括而不能代替文艺创作中的现实主义，正如它只能包括而不能代替物理科学中的原子论、电子论一样"论断来为自己的观点辩护，来企图挽救由于过于的强调政治标准而带来的文坛萧条的情形。他多次在《三十万言书》中说，这样下去，文艺会荒废下去，会杀死艺术的，这些都表明他对当时文坛状况的痛惜，深沉的呼吁背后是试图在一个极端的环境中，为艺术特殊性寻找到一点自由呼吸的空间。

就胡风的整个思想状况来看，可以发现他所认同的"五四"精神在中华人民共和国成立之后并没有改变。也许在他那里，实际的情形是这样：一方面，"五四"文化传统中的启蒙精神和为社会的主调使他非常自然地接受了国家意识形态中的人民性以及政治标准，把构建中华人民共和国的官方意识形态看作"五四"文化的延续，并由此很自然地把自己的思想看作对马克思主义、毛泽东思想的遵奉；另一方面，"五四"文化传统中的个性自由和民主精神又让他试图坚持知识分子和艺术的独立性，他所强调的共产主义世界观的形成以及对马列主义、毛泽东思想的信仰都需要在实践中经过作家的主观内化，并以作家的个性风格体现出来，就是这方面的体现。他的强调艺术独立性的立场使我们可以认为，在他那里，虽然两个标准都坚持，但是艺术独立性的优先地位使他内心深处还是把艺术标准放到了第一位。而无论是他内心深处的构想，还是表现出来的观点，都与国家意识形态之间有所冲突，所以中华人民共和国成立不久，胡风就遭到批判，并被定性为反革命集团的事件就是不可避免的了。

赵树理在当代文坛一向被认为是在毛泽东的《讲话》精神影响下成长起来的优秀作家之一。这种理解有值得商榷之处。周扬在20世纪40年代曾经敏锐地指出："赵树理，他是一个新人，但是一个在创作、思想、生活各方面都有准备的作者，一位在成名之前已经相当成熟了的作家。"① 对此我们可以这样理解：赵树理早在《讲话》之前就已经形成了自己的艺术个性和艺术选择，但《讲话》成就了他，使他受到世人瞩目，成为当代文学史中一位重要的代表。由于早已形成了自己的艺术风格和艺术观点，因此，考察他对两个标准的理解也颇有意思。虽然是一个作家，他基本上不会长篇大论地去探讨文艺批评的标准问题，但作为曲协的主席，很多时候他也需要发表一些讲话以及介绍自己的创作经验，从这些著述当中，我们可以发现他对标准的理解又是一副面孔。赵树理出身农民，长时间的农民生活以及离乡后有意保持与农民的精神联系，使他的身上具有许多其他当代作家所不具有的东西，即对农村生活真正的熟悉和农民特有的务实和清醒，这些特质使其文学创作和观念别具一格。在他看来："作家要表现生活，首先要看这对革命事业、对人民是有利还是有害。"② 从这段话中可以看出，赵树理非常重视政治标准，并且在政治标准中，他最为重视的应该是人民性。在他的著作中，我们很少看到他提到"党性"或者"阶级性"，常常提到的是"群众""人民""大众"。"我在做群众工

---

① 黄修己主编：《赵树理研究资料》，北岳文艺出版社1985年版，第177页。
② 同上书，第144页。

作的过程中,遇到了非解决不可而又不是轻易能解决得了的问题,往往就变成所要写的主题。……如有些很热心的青年同志,不了解农村中的实际情况,为表面上的工作成绩所迷惑,便写《李有才板话》;农村习惯上误以为出租土地也不纯是剥削,我便写《地板》。"① 与一般的作家和文艺理论工作者重视政治标准不同,从赵树理的这段话可以看出,他所理解的政治不是宽泛意义上的,其实就是党的政策和文件。这种理解非常重要,因为实际上中华人民共和国成立之初国家意识形态所立足的从政治的观点审视和评价文学,并不是从宽泛的意义上来说的,是非常具体的,就是党派政治,是将党派政治的具体内涵化为人民大众的集体认同的意识形态。因此,这不是在宽泛的意义上探讨文学与政治的关系,更准确地说,应该是在非常具体的意义上,探讨文学与具体党派的政策之间的关系。对这一点的理解上,也许是无意识的,但赵树理的理解却是最为符合国家意识形态的要求的,因此,他才可能成为那个时代的典范。就艺术标准来说,赵树理所理解的艺术性也与其他人不一样。在他看来,当代文坛上存在三种传统:中国古代士大夫传统、"五四"以来的文化界传统和民间传统。这三种传统之间各自独立发展,并没有很好地交融在一起。"有古来留下来的一套,至今还未能完全消灭。另一套是从民间留传下来的,还有一套是五四运动以后从西洋接收过来的。以上这三套东西,始终没有很好的交融往来过,各说各有理。"② 既然存在三种文学传统并存的现象,那么,何者为正宗呢? 换句话说,我们发展文学,应该沿着哪一条道路呢? 他说:"中国诗里若一定要外国风味,象五四后那样小资产阶级的诗人,是感到舒服的,而中国老百姓就未必感到舒服。朗诵这一类的诗,知识分子听了也许觉得不别扭,工农听起来,就认为朗诵者是疯子。因为情感不接近的关系,自然会受到群众的讽刺。……总之,我们接受遗产也好,借镜外来的也好,首先对它要深入了解,有系统地去做,该批判的批判,把不好的丢掉,该补充的补充,使它们成为口语化的,为群众所喜闻乐道的东西,

---

① 黄修己主编:《赵树理研究资料》,北岳文艺出版社1985年版,第98页。
② 《赵树理文集》,工人出版社1984年版,第224页。

保持民间形式和民族的特点。"① 在这里可以发现，赵树理把百姓的审美趣味和知识分子的审美趣味对立起来，等于在一定程度上否定了"五四"新文学传统，把它看作外来的东西，而把民间传统当作了文学发展的正宗，"五四"传统和古代士大夫传统都是在批判的基础上吸收的对象。这样，赵树理所理解的艺术性就是民间文学和艺术的形式和特点。

尽管中华人民共和国成立之初的文艺家和文艺理论工作者基于各自的学养背景，对毛泽东的两个标准提出了各自的理解，理解上的分歧给他们也带来了不同的政治命运。但是，如果把他们所有的理解作为一个合集，就会发现，这些不同的理解丰富和深化了对文艺批评标准问题的讨论。张炯在《中国新文艺大系（1949—1966）·理论史料集》的前言中说："建国初十七年文艺思潮上的批判和论争，无不具有双重性的社会历史后果。主导的积极的一面是推进了马克思主义、毛泽东思想的文艺观点的传播和学习，有利于马克思主义文艺理论的建设和社会主义文艺的发展；消极的一面则是使'左倾'教条主义与庸俗社会学倾向日益增强，不利于文学理论的深入探讨，也不利于文艺创作真正走向百花齐放，更加繁荣和昌盛。"②

第三节　新时期对文艺批评标准问题的反思与重建

"文化大革命"结束，拨乱反正成为时代主潮。"文艺领域从来都是时代的风向标，它常常走在时代的前面，对时代的大变革做出种种预示，并且，也在为这种变革作思想上、舆论上、情感上的准备。从文学艺术开始的'文化大革命'，也必然会用文学艺术来终结它。"③ 文艺批评标准曾经是国家意识形态的集中体现，对新中国文艺的发展产生过重大影响，因此，文艺界为思想解放以及为新时期的社会变革做好观念上的准备，文艺

---

① 《赵树理文集》，工人出版社1984年版，第224页。
② 张炯主编：《中国新文艺大系（1949—1966）·理论史料集》"前言"，中国文联出版公司1994年版，第10页。
③ 高建平：《改革开放30年与中国美学的命运》，《北方论丛》2009年第3期。

批评标准必然是理论工作者反思和重建的重要内容。从 1977 年到 1985 年，根据《新时期文艺学论争资料：1976—1985》中所整理搜集的篇目，可以发现，在这八年当中，各大报纸、杂志上发表的有关文艺批评标准的论文共有 144 篇。参与这一问题思考的作者包括周扬、陈辽、伍蠡甫、王朝闻、程代熙、吴元迈、蒋孔阳、王文生、叶鹏、刘再复、李衍柱等人。无论是从论文发表的数量，还是参与者的身份来看，批评标准问题都是"文化大革命"后十年中颇受重视的话题。除学者们的讨论外，党和国家领导人在有关文艺的座谈会上也会提及文艺批评的标准问题，从官方意识形态角度为这一问题定下基调。

对文艺批评标准的反思和重建主要体现在两个方面，一破一立。破主要是指对毛泽东的"第一""第二"标准的适用性和科学性的论证；立则主要体现在对文艺批评标准的各种可能性所做的探讨。前者可以分成两个方面，一个是官方意识形态对此所作的定调。如，胡耀邦提出："我不大赞成机械地把某个标准排在第一，某个标准摆在第二。"[①] 学术界比较具有代表性的论文是林兴宅的《关于"政治标准第一"的几种论证的商榷》。他认为，过去的教材和论文对毛泽东的"第一""第二"标准的合理性论证主要基于三个方面："1. 从文艺与政治的关系看，因为文艺从属于政治，为政治服务，因此各个阶级都是首先从政治上去检验文艺作品的。'政治标准第一'，这是各个阶级对文艺的功利原则和价值观念决定的。2. 就一部作品而言，政治性与艺术性的关系，政治是灵魂，政治决定艺术，因此，评价一部文艺作品的价值，主要是根据作品的政治性。'政治标准第一'，又是文艺的本质决定的。3. 从文艺批评的性质看，因为文艺批评是阶级斗争的工具，是服从政治斗争的需要的，因此，文艺批评的主要任务并不是艺术的欣赏，而是对作品进行政治分析，以发挥文艺的教育作用。'政治标准第一'也是文艺批评的性质决定的。"[②] 他的这个总结基本上把以往所探

[①] 胡耀邦：《在剧本创作座谈会上的讲话》，载《文学理论基础》编写组《〈文艺理论基础〉参考资料》，上海文艺出版社 1985 年版，第 491 页。

[②] 林兴宅：《关于"政治标准第一"的几种论证的商榷》，载上海师范学院中文系文艺理论教研室编《文学理论争鸣辑要》（下），上海文艺出版社 1983 年版，第 959—960 页。

讨的"政治标准第一"的几种角度和理由都归纳了出来。接下来他对这三种观点一一作了驳斥,指出它们在逻辑上的问题。例如,对于第一种观点,他驳斥道:"从最基本的意义上说,文艺只受生活的制约,受生活的检验。至于政治,它与文艺一样都是经济基础的反映,也都要受生活实践的检验,尽管它们的地位不同,但政治不能决定艺术。用政治的标准去检验文艺,这等于用一种意识形态去检验另一种意识形态,在理论上是讲不通的。"① 无论他的驳斥以及申述理由本身是否能完全立住脚跟,但它的积极意义在于,学界终于理性地来看待文艺与政治的关系,不再盲从于某种政治理念,而是试着从学理的角度来审视和考察两者之间的联系。

除了反思原有标准的局限之外,学界还尝试提出新的文艺批评标准。这种尝试主要包括三个方向:其一,对毛泽东的文艺批评标准观做出补正,用思想标准和艺术标准置换政治标准和艺术标准。例如,胡乔木在中央宣传部召集的思想战线问题座谈会的讲话中说:"对于一部作品,应该从思想内容和艺术形式两个方面去评价……这就要求我们在衡量、评价一部作品的思想内容时,除了分析它所包含的政治观点、政治倾向性以外,还必须分析它所包含的其他思想内容,它对生活的认识价值,这样才能全面地评价作品的思想意义。否则,就不可能做到这一点,而且势必硬把作品变成某种政治观点的图解物。"② 这是国家意识形态从正面对"文化大革命"前批评标准给文艺所带来的"左"倾影响做出的反思。在学术界,也有很多学者采用了这种说法,如李联明认为:"思想性标准通常称作政治标准。我以为,如果给予科学的正名,还是以'思想性'的提法为宜。……作为政治倾向是否对头,固然是检验思想性的关键,但思想性包含着思想、情感等丰富内容,绝非政治性所能概括……准确地说,政治性只是思想性的一个侧面,政治标准包含于思想性标准之中,而不是相反。"③ 其

---

① 林兴宅:《关于"政治标准第一"的几种论证的商榷》,载上海师范学院中文系文艺理论教研室编《文学理论争鸣辑要》(下),上海文艺出版社1983年版,第960页。
② 胡乔木:《当前思想战线若干问题——一九八一年八月八日在中央宣传部召集的思想战线问题座谈会上的讲话》,《文艺报》1982年第5期。
③ 中国马列文艺论著研究会马列文论研究编委会编:《马克思恩格斯文艺批评理论研究》,四川文艺出版社1985年版,第199页。

实,思想性标准不是政治标准,前者要比后者的内涵宽泛,两者不可等同。李联明的分析中透露出这样一种信息,尽管有些学者还在坚持政治标准,但此时的政治标准和"文化大革命"前褊狭地把政治标准理解成党的路线、方针和政策的做法有着本质区别,而这种宽泛的理解本身就意味着某种政治和思想上的松动。到目前为止,在全国高校比较流行的童庆炳主编的《文学理论教程》也还是采用艺术标准和思想标准二分的说法。其二,还有一部分学者主张真、善、美的标准。这些学者的基本逻辑前提是文艺批评是一种审美判断。例如,苏宁直接把自己文章的名字命名为"文艺批评是一种审美判断"。而刘再复在他的谈文艺批评标准的文章开头即言:"艺术活动是一种审美活动,但不是一般性的审美活动,如静观想象的纯心理性活动,它是一种复杂的创造性的审美活动。"[①] 在此基础之上,学者们探讨了真、善、美的具体内涵,使之可以成为在文艺批评中可操作的具体标准。"真"一般被界定为艺术真实,"善"一般是指文艺对社会的功能,"美"一般是指作品的审美感染力。其三,还有一部分学者主张采用恩格斯的"美学的观点和历史的观点"的说法。由于对恩格斯观点的理解,某种意义上仍然是一种解经的过程,因此,对于它们的具体内涵,学者并没有达成一致。例如,蒋培坤认为,历史的观点就是历史唯物主义在文艺批评中的运用,而美学的观点就是尊重文艺是审美活动,从审美属性角度评价文艺,文艺批评必须是一种审美判断。[②] 程代熙认为,马克思主义的历史的观点包括对文学作品的分析和批评,应依据它所反映的社会生活为准、须从现实而不是概念出发以及坚持阶级性观点,美学观点包括真实性、典型化、形式和内容的统一。[③] 王家骏和弓惠英认为,历史观点就是历史唯物主义的观点,具体在文艺批评中就是把文艺放到具体产生的时代的错综复杂的关系中去,而美学观点是包括倾向性与艺术描

[①] 刘再复:《论文艺批评的美学标准》,载陈荒煤主编《中国新文艺大系(1976—1982)·理论一集》,中国文联出版公司1988年版,第510页。

[②] 参见蒋培坤《关于文艺批评中美学观点和历史观点的探讨》,载中国马列文艺论著研究会马列文论研究编委会编《马克思恩格斯文艺批评理论研究》,四川文艺出版社1985年版。

[③] 程代熙:《谈谈马克思主义文艺批评的标准问题》,载上海师范学院中文系文艺理论教研室编《文艺理论争鸣辑要》,第974—983页。

写真实性的统一、个性与代表性的统一以及内容与形式的统一。两位学者的独特之处在于，他们认为不能简单地把历史观点看作衡量思想内容的标准，把美学观点看作衡量艺术性的标准。在他们看来："文艺的一定形式，作家和作品的艺术特色，也受时代的制约，也是需要放到写作的特定背景中去考察的。""历史观点和美学观点评论的是同一个对象——从内容到形式的整个文艺，它们的区别只在于，一个着眼于外部联系，考察文艺要求把它放到其所有产生的时代中去，一个则偏重于内部，偏重于按文艺自身的规律衡量文艺。"①

在新时期伊始的差不多十年的时间，对标准问题的探讨有这样几个现象值得关注。

第一，从学者的心态来看，都存在着某种程度上的讳疾忌医的味道。如果说十七年时期探讨批评标准时人们避谈艺术性，以免犯下政治错误，那么，此时的学者则避谈政治性，生怕谈这几个字就再次回到以前的梦魇之中。这种态度带来的可能问题是，学界无法冷静、公允地看待文艺与政治的关系，试图通过悬置来回避或取消问题，随着时代的变化，文艺界的理论兴奋点不断地发生转移，标准问题本身甚至在一定程度上也被视为一种政治话语而被有意识地抛弃，使之在还没有被充分探讨之前就在某种程度上夭折。但学界不得不面对的实际情况是，虽然政治氛围逐渐宽松，从国家意识形态领导部门到普通的文艺理论工作者，都已经意识到文艺和文艺批评的特殊性，也都努力在尊重这种特殊性，不再重蹈类似于十七年时期那样的行政干预和扣帽子的做法的覆辙。但是，实际上文学与政治的关系依然紧密。没有国家意识形态部门从政策上对文艺松绑，也就没有那一时段文艺和美学问题争鸣的丰硕成果。因此，政治性在文艺以及文艺批评中所处的位置究竟应如何来安置，仍然是值得探究的重要命题。

第二，对批评标准的讨论，同当时许多文艺问题的讨论一样，是配合时代的思想解放的潮流，所以此时学界所提出的这三种主要的可能批评标准都是对旧有标准的反拨，都有着把文艺和文艺批评从"左"倾政治的

---

① 王家骏、弓惠英：《马克思恩格斯文艺批评理论初探》，载陈荒煤主编《中国新文艺大系（1976—1982）·理论一集》，中国文联出版公司1988年版，第573—577页。

桎梏中解放出来的明确意图。但是这三种可能的批评标准说法却来自不同的学缘背景。思想标准和艺术标准,正如前文中所介绍的,是对毛泽东文艺标准的补正,通过把政治标准置换为思想标准,淡化"文化大革命"结束前文艺界文艺政策的僵化和教条,但从基本内容来看,只是在新的历史条件下,对毛泽东的文艺思想的力求客观的解读,并没有为学界提供更多新的东西。

美学的观点和历史的观点是恩格斯在《卡尔·格律恩〈从人的观点论歌德〉》中提出来的。他说,"我们决不是从道德的、党派的观点来责备歌德,而只是从美学和历史的观点来责备他;我们并不是用道德的、政治的、'人'的尺度来衡量他"。① 这段话暗示了文艺批评标准的多种可能性,即可以从政治的、道德的、美学的、历史的、党派的等立场来评价作家和作品,因此,美学和历史观点只是评价文艺问题的标准之一。然而,这段话可以给经历了"文化大革命"的文艺理论工作者以极大的兴奋和鼓励。因为,在这里,恩格斯把美学和历史的观点同党派的、政治的观点分开,正遇合了当时中国知识分子渴望摆脱僵化的政治束缚的心态。而恩格斯的革命导师的地位也使这种摆脱的合法性非常容易获得。此处出现了一个非常有趣的现象:马克思列宁主义和毛泽东思想同作为我们国家和党的指导思想,都对文艺理论有着方法论和世界观的指导意义,在我们的惯常思维中,总是愿意把他们的思想看作一脉相承的关系。但在文艺批评标准方面,却并非如此。正如前文所叙述的,毛泽东的文艺批评标准的思想是在20世纪40年代所确立的,当时能够考察到的直接影响是列宁的党性原则,而恩格斯的美学和历史的观点则是在70年代末才在国内学界引起重视。虽然,马克思和恩格斯关于文艺的思想从20世纪30、40年代就陆续发表,在30年代周扬、冯雪峰、何其芳、胡风等人的著作中也会偶尔引用到他们谈文艺问题的著作和书信的只言片语,但是在新时期之前,恩格斯的历史观点和美学观点在学者们的文章中几乎无人提及,因此,也一直没有得到应有的关注。李中一在《论"历史观点"及其在文艺批评中的地位》一文中明确指出:"一百多年来,马克思主义美学家对恩格斯这

---

① 纪怀民等:《马克思主义文艺论著选讲》,中国人民大学出版社1982年版,第140页。

一关键性的文艺批评理论遗产没有引起应有的注意,以至使它湮没无闻。梅林、拉法格没有提起它。列宁在评鲍狄埃、赫尔岑、列夫·托尔斯泰、高尔基时,使用的正是美学和历史的观点,但可惜他没有引证恩格斯的经典概括。……近年来,我们在深入学习马恩美学思想,总结三十年来文艺批评中正反两方面的经验时,将恩格斯的这个理论提出来探讨,这是马克思主义美学特别是文艺批评理论研究的一个重要收获。"① 这一观点是符合文艺批评标准在中国发展的实际情况的。这带来的一个有趣现象是,为了反驳"文化大革命"之前的教条主义和庸俗社会学,解放思想,学界重新"发现"了恩格斯。

真、善、美的立论资源则来自现代美学体系。现代美学体系是自康德以降、由德国诸位美学家所逐渐创立形成的体系,这一体系的最显著特点就是维护艺术与生活的哲学二分,将艺术从生活中割裂出来,成为一个特殊的领域,保持着自身的独立性和自足性。这在西方来说并不是一个非常新鲜的观点,但是对当时的中国思想界来说却非常必要,有着矫枉必须过正的效果。但此处存在的矛盾在于,文艺界在用艺术的自律理论来反对工具论:"在中国,美学热在最初的阶段,有着一种借用审美主义的倾向摆脱'文革'时期的'工具论'的倾向。然而,尽管在美学中有这样的倾向,80年代中国文学艺术的主流,决不是走进象牙之塔。中国的文学家和艺术家,都怀着强烈的社会责任感,积极参与社会的变革。这就与美学理论产生了矛盾。"② 强烈的现实目的和学者们所借用的手段之间的矛盾,为文艺批评标准问题的讨论埋下了可能出现困境的伏笔。80年代末到90年代初,强调艺术自律的现代美学观越来越无法满足文艺界对现实的强烈责任感,因此包括从真、善、美角度来探讨文艺标准问题的、在80年代激起一时之热潮的美学热逐渐冷却,甚至沉寂。

这种文学批评标准问题的冷寂除了我们以上所提及的理论自身的逻辑困境的原因之外,可能还基于如下原因:随着学界对"文化大革命"时

---

① 李中一:《论"历史观点"及其在文艺批评中的地位》,载中国马列文艺论著研究会马列文论研究编委会编《马克思恩格斯文艺批评理论研究》,四川文艺出版社1985年版,第133页。

② 高建平:《改革开放30年与中国美学的命运》,《北方论丛》2009年第3期。

代话语反思的深入,标准问题本身也成为一种政治话语的表征而被抛弃,学者们由对文艺被政治阉割的心有余悸化成了对一些在当时所形成问题的不加辨析的否定和质疑,标准问题被认为是一种极端政治语境下的产物,这似乎否定了它作为一个真问题的存在的可能;在整个80年代,学界引入了西方很多的理论,结构主义、新批评、精神分析、格式塔心理学、接受美学等,对这些新理论、新名词的关注和追逐很容易使人们认为类似于标准问题这样的命题是已经过时了,无须再浪费笔墨;再有,从进入90年代之后的流行观念来看,多元化已经成为主流,从学界到一般的大众意识,都是主张价值多元,而标准仿佛暗含着整齐划一,即追求的是一元,时代的价值取向和标准问题似乎存在着逻辑上的冲突,在这种情况下再提标准问题好像不合时宜。

第四节 新时代文艺批评标准的新界定

20世纪80年代末90年代初以来,关于文艺批评标准的问题逐渐淡出了学者的视野,这可以从学者研究的关注点中看出,这一时段以来,基本上没有专门的讨论这一问题的论文或著作出现,只是在文艺理论教材有关文艺批评章节中会有些论述。例如,在武汉大学出版社出版发行的童庆炳主编的《文学概论》一书中,第五编"鉴赏批评论"中专门设置了"文学批评标准"部分。在这一部分中,编写者将恩格斯提出的"美学的和历史的观点"、毛泽东提出的"政治标准第一,艺术标准第二"、鲁迅提出的文学批评的三个"圈子",即"真实""前进"和"美",即真、善、美标准作为文艺批评标准的发展历程提了出来。在编写者看来,这三种文学批评标准的提法都是一家之说,都是"关于文学批评标准的几种有影响的提法"[①],这种观点的背后,暗示了无论是毛泽东的提法,还是恩格斯的提法,都无法再成为批评标准的唯一圭臬。编写者还指出,文学批评标准具有历史性和阶级性,这种观点意味着每一种文学批评标准的提

---

① 童庆炳主编:《文学概论》,武汉大学出版社1989年版,第585页。

法其实都具有历史局限性和阶级局限性。这种对文学批评标准的认知与此前的文艺理论教材——如蔡仪的《文学概论》——对相关内容撰写的态度是不同的。具体而言，蔡仪在其著作中对批评标准的讨论，是对毛泽东观点的直接认同并为其提供了学理支持。

但是，对批评标准问题讨论的淡化或沉寂并不能解决一个实际问题，即在现实生活中，文学批评活动仍然在进行。作为一种价值评判活动，文学批评不能没有价值标准。90年代之后，尤其是进入21世纪以来，我们的文艺发展迎来了多元化的时代。这种多元化，给文学发展提供了自由的空间，但也带来了一些理论和实践方面的两难，例如，如何在多元中确立优劣，在多元中提供一个恰当的价值指向等。从文学实践领域来看，对文艺批评标准的探寻，也是当务之急。因为目前国内文艺作品中充斥着粗制滥造、良莠不齐的现象，如果用多元价值观念来对待这些作品，就很有可能出现这种情形：表面上是宽容平等，实质是纵容与合谋，是对粗制滥造以及趣味低下、媚俗等作品的放任。因此，重新思考和确立文艺批评标准是一种符合现实发展需要的重要内容。

2014年10月15日，以习近平为代表的党和国家领导人召集文艺界相关人士，召开了文艺座谈会，在这次会议上，关于文艺理论与发展方面，习近平做了指示。在讲话中，他提出，"把好文艺批评的方向盘，运用历史的、人民的、艺术的、美学的观点评判和鉴赏作品"。这是对新时代文艺批评活动提出的新的标准。这一观点是对以往马克思主义文艺观和文艺标准观的继承和发展，是新时代文艺批评实践的指南。从这一标准的内在逻辑来看，它是马克思、恩格斯、列宁和毛泽东等无产阶级革命导师或领导人文艺标准观的结合，是其精髓的凝缩。我们对这一标准的理解如下："历史的"和"美学的"是对马克思和恩格斯文艺批评观的坚持，而"人民的"和"艺术的"则是新时代对文艺批评活动提出的新要求。这两个标准与"历史的"和"美学的"有相互联系的关系，同时又体现了新时代的新特点。其中最值得我们关注的是"人民的"这一标准。就学术历史脉络而言，它是对马克思、恩格斯的"统治阶级的思想在每一时代都是占统治地位的思想"[①]，无

---

① 纪怀民等：《马克思主义文艺论著选讲》，中国人民大学出版社1982年版，第79页。

产阶级"应当在现实主义领域占有自己的地位"①,列宁的文艺"是为千千万万劳动人民"服务等思想的直接继承,以及在文学批评实践中的明确。具体而言,习近平关于文艺标准的新提法包含的四个面向可以分成两组,前两个为一组,后两个为一组。某种程度上可以说,在前两个中,"人民的"是对"历史的"补充。一般认为,"历史的"是从内容角度对文艺作品的考量,具体说来,是指一部文学作品应该具有"较大的思想深度和意识到的历史内容"。"人民的"则对这种思想深度和社会历史内容做了进一步的规定,即这种内容必须是站在人民立场,符合人民需要,与人民群众的情感同呼吸。在后一组中,"艺术的"也有对"美学的"进行补充和具体化的意味。"美学的"是从形式角度对文学作品的考量。具体说来,是指一部作品应该具有"莎士比亚剧作的情节的生动性和丰富性"。从恩格斯对拉萨尔戏剧的分析中能够看出,这种"美学的"标准其实是艺术形式方面的要求。而"美学"这一术语自诞生之日起,就存在着较为宽泛的内涵。因此,在"美学的"后面加上"艺术的",就使其指向更加明晰,即这种"美学的"具体落实在艺术活动中,就是从艺术为艺术的标准来审视各个艺术门类。在这四个标准中,我们的理解是:"人民的"是核心,是最能够体现新时代文艺批评活动特质的。

习近平《在文艺座谈会上的讲话》中提出的文艺批评四个标准是在新时代我们进行文艺批评活动重要的依据。同时,他用行动告诉我们,在新的时代,我们需要新的文艺批评标准。这种批评标准,应该是符合当代文艺实践,能够解决新的时代课题的标准。

在我们看来,文艺批评活动,无论是有意识的,还是无意识的,都会存在标准。只是由于批评活动,具体的落实者是一个个具体的人,因而必然存在着个体差异和价值观念的差异等,所以在文学批评标准的选择方面,需要协调好个体性和群体性、个人趣味与社会需求等之间的关系。并且,我们已经进入一个所谓的全球化时代,因此,这一标准同样需要考虑价值的文化相对性和国际性等问题。斯托洛维奇认为:"确实,现象对于不同的个体、不同的社会集团和阶级可能具有不同的意义。从这种意义上

---

① 纪怀民等:《马克思主义文艺论著选讲》,中国人民大学出版社1982年版,第269页。

来说，提出不同的个性价值或不同的集团价值的问题是合理的。但是，与此同时，我们完全有理由谈论某种现象对于整个社会的意义，因而也完全有理由谈论真正的社会价值。"① 借用他的理论，我们可以认为，尽管文艺批评是个体对于某一现象的具体活动，但是，个体毕竟是人类整体的一员，他的身上不可能不体现人类的共同价值和愿景，这些东西必然会在批评主体的批评活动中体现出来。把这些人类共通的东西析取出来，很可能就是文艺批评标准的内容。在强调人类共同性为批评标准立论提供支持的同时，也应该看到当今世界文化的复杂性和多样性，"在国际性的术语之下，我想对'世界文学'的概念进行解读，说明不管歌德还是马克思、恩格斯，都只说了单数的'世界文学'。但这个概念是可以作复数的解读的。资产阶级上升时期的'世界文学'概念，与今天后殖民时期的'世界文学'概念，应该有根本的区别。这一新的'世界文学'概念，是世界各民族、各文化立足于自己文化立场的对全球文学的各自解读与接受"②。高建平的这段话可以给我们提供这样的启示：由于欧美的经济强势，世界在很多的方面逐渐趋同，"地球村"仿佛不再是一个梦想。然而，文化具有特殊性。在今天的文化领域里强调人类共同性的时候不能是向欧美看齐，而是形成一个复数观，是各民族、各文化立足于自己的文化立场对本国文化和其他民族文化和文艺的解读，是在一种开放的心态中平等的对话和交流。换句话说，人类对善、美、真等有着共同的企盼，但是，每个民族都赋予了富有民族文化内涵的解读，因此，语词是一个，但含义却是多种，因此，这些语词从文化的意义上来说是复数的。也许仅仅做到这些还是不够的，但是在新的批评标准的确立中，这些内容都是学界不得不面对的课题。

---

① ［爱沙尼亚］斯托洛维奇：《审美价值的本质》，凌继尧译，中国社会科学出版社2007年版，第44页。

② 高建平：《论文学艺术评价的文化性与国际性》，《文学评论》2002年第2期。

第 七 章

"形象思维"的发展、终结与变容

高建平

在过去70年的中国文学理论的发展中,"形象思维"话题曾经受到人们广泛关注,引起过激烈争论。无论在"文化革命"前的20世纪50年代至60年代初,还是在"文化革命"结束后的70年代末至80年代初,这个话题都起过特殊的作用,成为美学家们和文艺理论家们的学术兴奋点。

"形象思维"作为一种理论探讨,提问的方式主要是:"有没有'形象思维'?""'形象'能否用来'思维'?""'形象'如何进行'思维'?"这仿佛是在问一个有关思维科学的问题。然而,"形象思维"最初就不是作为思维科学问题提出,而是对"艺术特征"的存在理由的猜测。几十年对"形象思维"问题的讨论,尽管不断寻求与思维科学挂钩,但更多的是与哲学认识论建立联系,并且在这种联系中渗透进政治隐喻。

进入20世纪80年代中期以后,"形象思维"的讨论逐渐停止。但是,这种讨论所包含的内容,并没有在美学与文学艺术理论消失,它仍通过种种化身而得到延续。

第一节 "形象思维"的提出

"形象思维"原本是一个俄国文论的用语,最初是俄国著名文学批评家别林斯基提出来的。这个术语在别林斯基那里,采用的是"寓于形象的思维"的提法。例如,他在《伊凡·瓦年科讲述的〈俄罗斯童话〉》中写道:"既然诗歌不是什么别的东西,而是寓于形象的思维,所以一个民族的诗歌也就是民族的意识。"① 从1838年到1841年这几年中,别林斯基多次使用"寓于形象的思维"一词。例如,他在《艺术的观念》一书中写道:"艺术是对真理的直感的观察,或者说是寓于形象的思维。"② 运用这个概念,别林斯基致力于论证一个道理,即科学与艺术具有不同的到达和显示真理的途径。他有一段名言:"哲学家用三段论法,诗人则用形象和图画说话,然而他们说的都是同一件事。"③ 别林斯基并没有清晰地作出一个在后代非常看重的区分:"形象思维"是认识真理,还是仅仅表现真理。

以后的俄国作家,例如,屠格涅夫,很喜欢别林斯基所创造的这个词,认为对于作家来说,最重要的是熟悉生活,接触形象。他感觉到,自己长期旅居国外,形象缺乏,对文学活动产生致命的损害。原因就在于,诗人是在用形象来思考,没有形象,文学创作就没有源泉。④ 但是,他仍然没有像后

---

① [俄]别林斯基:《伊凡·瓦年科讲述的〈俄罗斯童话〉》(1838),载《别林斯基全集》第2卷,苏联科学院出版社1953—1959年版,第506—507页。中文译文引自中国社会科学院外国文学研究所编《外国理论家、作家论形象思维》,中国社会科学出版社1979年版,第55页。

② [俄]别林斯基:《艺术的观念》(1841),满涛译,载《别林斯基全集》第4卷,苏联科学院出版社1953—1959年版,第585页。中文译文引自中国社会科学院外国文学研究所编《外国理论家、作家论形象思维》,中国社会科学出版社1979年版,第59页。

③ [俄]别林斯基:《1847年俄国文学一瞥》,《别林斯基选集》第2卷,时代出版社1953年版,第429页。中译本见中国社会科学院外国文学研究所编《外国理论家、作家论形象思维》,中国社会科学出版社1979年版,第79页。

④ [俄]屠格涅夫:《致 Я. 波隆斯基》1869年2月27日。中文译文引自中国社会科学院外国文学研究所编《外国理论家、作家论形象思维》,中国社会科学出版社1979年版,第102页。

来的一些理论家那样,严格区分"形象思维"认识真理和表现真理的功能。

别林斯基的这份遗产,在俄国的马克思主义美学和文学家们那里得到了继承。例如,普列汉诺夫指出:"艺术既表现人们的感情,也表现人们的思想,但是并非抽象地表现,而是用生动的形象来表现。"①"艺术家用形象来表现自己的思想,而政论家则借助逻辑的推论来证明自己的思想。"②

这本来是对别林斯基说法的赞同,但在后世却被挑剔的论辩者归入反"形象思维"的阵营之中。针对普列汉诺夫的观点,卢那察尔斯基曾写道,只是说艺术家"用形象来表现自己的思想",是不够的。他认为,"作家不是在社会性的争论已经解决了的时候才走上舞台的,……作家是实验的先锋,他应走在我们队伍前列,深入无产阶级的生活和经验的所有方面,用自己特有的'形象思维'的方法综合它们,为我们提供有血有肉的、鲜明的概括:现在我们周围哪些过程正在进行着?在我们周围的生活中,哪些辩证的斗争正在沸腾着?它战胜了什么?它的发展倾向将往何处去?"③ 他的意思是说,艺术家是通过形象来认识世界,而不只是表现已经认识到的结论。显然,卢那察尔斯基通过他的论述,致力于凸显他与普列汉诺夫观点之间潜藏着一种对立。本来,普列汉诺夫在批评列夫·托尔斯泰只提到艺术表现情感之时,强调艺术既表现情感也表现思想。托尔斯泰提出艺术是在心中唤起自己曾经有过的情感感受,并通过形象(声音、色彩、文字)将之传达出来。这是一个无论在当时,还是在当今的美学界都普遍受到重视的观点。④ 普列汉诺夫则将"思想"加进去,提出

---

① [俄]普列汉诺夫:《没有地址的信》(1899—1900),《普列汉诺夫美学论文集》(Ⅰ),曹葆华译,人民出版社1983年版,第308页。

② [俄]普列汉诺夫:《艺术与社会生活》(1912—1913),《普列汉诺夫美学论文集》(Ⅱ),曹葆华译,人民出版社1983年版,第836页。

③ [苏]卢那察尔斯基:《艺术家M·高尔基》(1931),中国社会科学院外国文学研究所编《外国理论家、作家论形象思维》,中国社会科学出版社1979年版,第139页。

④ 这一观点在列夫·托尔斯泰《艺术论》一书中得到详细的阐释,在许多当代重要美学论述的选本和美学史中,这一观点都被人们提到。例如,Thomas E. Wartenberg, *The Nature of Art: An Anthology*, Peking University Press, 2002 和 Dabney Townsend, *Aesthetics: Classic Readings from Western Tradition*, Peking University Press, 2002,以及[美]门罗·比厄斯利《西方美学简史》,高建平译,北京大学出版社2007年版等许多当代著作中都提到此书。

艺术既传达情感也传达思想，只是用形象来传达。因此，普列汉诺夫这句套用托尔斯泰的句式形成的对艺术特性的论述，在卢那察尔斯基那里被理解成，他虽然赞同用形象表现思想，但他认为这仅限于思想的"表现"而已。普列汉诺夫高度强调别林斯基命题的意义，也谨慎地提出艺术所表现的观念是"具体的观念"。这种"具体的观念"，更像是黑格尔式的"具体的理念"思想的移植，艺术只是使这种理念获得感性显现而已。①与此相反，卢那察尔斯基则坚持认为，"形象思维"是一种独特的认识世界的方式。

在"形象思维"能够认识世界，还是仅仅表现已有的认识这两难之中，高尔基另辟蹊径，提出了一个新的观点。他也同意作家创作有两个过程，第一个过程是抽象化，第二个过程是具体化。但这两个过程并非是思想的形成和思想的表现，而是典型化过程的两个阶段。他举例说："假如一个作家能从二十个到五十个，以至从几百个小店铺老板、官吏、工人中每个人的身上，把他们最有代表性的阶级特点、嗜好、姿势、信仰和谈吐等等抽取出来，再把它们综合在一个小店铺老板、官吏、工人的身上，那么这个作家就能用这种手法创造出'典型'来，——而这才是艺术。"②在这里，高尔基似乎是在提出一种既不同于普列汉诺夫，也不同于卢那察尔斯基的"形象思维"概念。他像普列汉诺夫那样，赞同存在着两个过程，前一个过程是认识，是抽象化的；后一个过程是表现，是具体化的。但是，他认为，这里的抽象化并不是抽掉形象，而是抽取形象；这里的具体化，是将抽取出来的形象集中到一个人身上。当然，形象如何"抽取"，又如何"具体化"，这些都只是作家艺术家的心得之言。对此，高尔基并没有，也不可能用理论的话语进行论证。

---

① ［俄］普列汉诺夫：《别林斯基的文学观点》（1887），《普列汉诺夫美学论文集》（Ⅰ），曹葆华译，人民出版社1983年版，第200页。

② ［苏］高尔基：《谈谈我怎样学习写作》（1928），中国社会科学院外国文学研究所编《外国理论家、作家论形象思维》，中国社会科学出版社1979年版，第145页。

第二节 "形象思维"讨论在中国的兴起

20世纪50年代中国的文学理论的形成,有四个源头,两个是显性的,两个是隐性的。在两个显性的源头中,第一个源头是苏联文学理论。在一切向苏联学习的气氛中,苏联的文学理论对新建立的共和国的文学理论的建构产生着深远的影响。第二个有着巨大影响的源头,就是共产党从根据地带来的文艺思想,包括毛泽东和其他领导人的一系列讲话,特别是毛泽东于1942年所发表的《在延安文艺座谈会上的讲话》。这双重思想来源,构成了当时文学理论的主要内容框架。由于苏联文学理论的引入,俄国和苏联学者关于"形象思维"的思考,也在这一时期引入中国。除了这两个源头之外,还有两个在当时并不特别显著,但随着时间的推移,影响越来越大的源头:这就是"五四"以来所接受的西方的文艺思想和中国古代的传统文艺思想。无论是西方的文艺思想,还是古代的文艺思想,都没有直接谈"形象思维"。但是,在这些文艺思想中,都有着丰富的强调艺术独特特点的因素,这些后来都成为"形象思维"观点发展的重要营养。

苏联文艺思想,当然并非到50年代才影响中国。早在20世纪30年代,形象思维就已经随着别林斯基和普列汉诺夫的思想在中国的传播而被人零星提到。1931年11月20日出版的《北斗》杂志("左联"的机关刊物)上,刊载了由何丹仁翻译的法捷耶夫的《创作方法论》,提到了"形象思维"这个概念。1932年12月胡秋原编著的《唯物史观艺术论》中,提到普列汉诺夫从别林斯基那里引用了"形象的思索"的观点。赵景深在1933年3月北新书局出版的《文学概论讲话》中,将"想象"解释为"具体形象的思索或再现"。1935年7月郑振铎和傅东华曾邀请欧阳山为他们编的《文学百题》一书写"形象的思索"的条目。到了40年代,胡风在《论现实主义之路》一书的"后记"中,曾写过作家要用形象的思维,"并不是先有概念再'化'成形象,而是在可感的形象的状态上去把握人生，把握世界"。①

在"左翼"文学和学术界受苏联的影响，谈论"形象思维"之时，另一个受西欧和北美学术影响的学术圈子刚从另一个角度谈论艺术的思维特性和艺术本质问题。这方面的主要代表是朱光潜。朱光潜在《文艺心理学》一书中，以"形象的直觉"为核心概念开始了美学构建工作。他引用意大利哲学家和历史学家克罗齐的话说，"知识有两种，一是直觉的（intuitive），一是名理的（logical）。"② 由此得出结论说，"严格地说，美学还是一种知识论。'美学'在西文原为 Aesthetic，这个名词译为'美学'还不如译为'直觉学'，因为中文'美'字是指事物的一种特质，而 Aesthetic 在西文中是指心知物的一种最单纯最原始的活动，其意义与 intuitive 极相近"。③ 朱光潜的这本书是他综合当时在国外占主流地位的一些美学理论著作而写成的讲稿，于 1936 年在开明书店出版。这里的"直觉学"的观点，受克罗齐的影响，但其根据仍可追踪到最早使用 Aesthetic 这个词来指审美活动的 18 世纪德国哲学家鲍姆加登。根据鲍姆加登对美学的理解，艺术是与"感性"有关，而美学研究"感性"的完善。

在这本著作出版以后，蔡仪于 1942 年出版《新艺术论》一书，既批评"形象的直觉"说，即将艺术和审美看成一种低级的认识的看法，也批评那种将艺术的认识与科学的认识等同的看法。蔡仪努力想要证明："形象"可以"思维"。蔡仪提出了一个关键词："具体的概念"。他认为，概念"一方面有脱离个别的表象的倾向，另一方面又有和个别的表象紧密结合的倾向，前者表示概念的抽象性，后者表示概念的具体性。科学的认识则是主要地利用概念的抽象性以施行论理的判断和推理。艺术的认识则是主要地利用概念的具体性而构成一个比较更能反映客观现实的本质的

---

① 以上对"形象思维"在中国引入和发展的早期史的描述，参考了王敬文、阎凤仪、潘泽宏《形象思维理论的形成、发展及其在我国的流传》，中国社会科学院哲学研究所美学研究室和上海文艺出版社文艺理论编辑室合编《美学》第 1 期，上海文艺出版社 1979 年版，第 200—201 页。

② 《朱光潜全集》第 1 卷，安徽教育出版社 1987 年版，第 207 页。

③ 同上书，第 208 页。

必然的诸属性或特征的形象"。① 根据这个道理，他提出："艺术的认识，固然是由感觉出发而通过了思维，却是没有完全脱离感性，而且主要地是由感性来完成的，不过这时的感性已不是单纯的个别现实的刺激所引起的感性，而是受智性制约的感性。"② 可以看出，这是一个将"感性""直觉""形象"等与"思维"联系起来的努力，比起前面所说的几位"左翼"作家和翻译家只是介绍或借用来说，蔡仪显然是想在理论的阐释上做一些工作。

20世纪50年代和60年代前期的"形象思维"论争，与另一场大讨论结合在一起，这就是美学大讨论。50年代的美学大讨论，出现在那个时代的大背景之中，有着一个突出的任务，这就是要在中国建立马克思主义的美学。这是中华人民共和国成立后在思想意识形态领域建立新的社会意识形态的一部分。在当时，出现了许多文学艺术领域的论争，美学讨论是其中之一，但又是非常特别的一个。许多文学艺术的论争最终都导向了大批判，但美学讨论是例外。当时的美学讨论，是围绕着美的本质问题展开的。美学家们围绕着这个问题，分成了四大派，分别认为美是主观的，美是客观的，美是主客观的统一，以及美是客观性与社会性的统一。在当时，确定美的客观性，并将之与辩证唯物主义和历史唯物主义哲学挂上钩，是为美学争取存在合法性的需要。这种对"美的本质"的讨论，离开文学艺术的实际很远。用当时的一些美学家的说法，美学讨论只解决了美学的哲学基础问题。如果说得更严厉一些，当时的美学讨论在诱导一种美学脱离艺术的倾向。当然，我们对此需要历史地看，而不能求全责备。当时的文学批评家们在搞大批判，对文学作纯政治的解读，而哲学家们忙于将政治家的言论阐释成哲学，与此相比，美学家还多少保留着一些学术思考。可以这么说，尽管那一代美学家的一些论战性文章在今天已不忍卒读，在当时的历史语境中，美学家们已经是整个学术生态中最健康的一支力量了。在这种语境之中，作为美学大讨论的另一个重要话题的"形象

---

① 蔡仪：《新艺术论》第二章第二节，载《蔡仪文集》第1卷，中国文联出版公司2002年版，第40页。

② 同上。

思维",由于它讨论了文学艺术创作中的思维状况,并且试图确立艺术与哲学和政治宣传不同的特性,与实际的文学艺术的创作保持密切的关系,从而成为"美的本质"讨论的重要补偿。

当然,最早注意"形象思维"观点的,并非是处于美学讨论中心的人物。一些文学理论家们,强调文学艺术的特点,认为艺术要用"形象思维",而科学要用抽象思维。他们一边批判胡风,一边却又倡导"形象思维"这一胡风赞同过的观点。① 最早写出较为厚重的专门讨论"形象思维"大文章的,是霍松林先生。霍松林提出,"形象思维"与"逻辑思维"有着共性,两者都是客观现实的反映,也都需要对感觉材料的"去粗取精、去伪存真、由此及彼、由表及里的改造制作功夫"(毛泽东语)。"形象思维"的特点在于"不但保留、而且选择那些明显地表现出某种社会历史现象的一般本质的感性因素,并把它们集中起来,创造典型的艺术形象"。② 显然,霍松林的说法,与前面所引用的高尔基的观点,有一致之处。

霍松林的提法,得到了许多美学研究者的赞同。例如,蒋孔阳曾在1957年写道,与逻辑思维要抽出本质规律,达到一般法则不同,"形象思维"则是通过形象的方式,就在个别的、具体的具有特征的事件和人物中,来揭示现实生活的本质规律。他还提出,"形象思维"不仅是收集和占有大量感性材料,而且是熟悉人和人的生活,从而创造出典型来。③

在此以后,李泽厚在1959年发表了一篇影响深远的文章《试论形象思维》。他的观点是,"形象思维"与逻辑思维一样,是认识的深化,是认识的理性阶段。在"形象思维"中,"个性化与本质化"同时进行,是"完全不可分割的统一的一个过程的两方面",在这个过程中,"永远伴随

---

① 参见周扬《建设社会主义文学的任务——在中国作家协会第二次理事会会议(扩大)上的报告》,《人民日报》1956年3月25日。亦参见李拓之《论形象思维与创作实践——批判胡风的反动文艺理论》,《厦门大学学报》(社会科学版)1955年第4期。
② 霍松林:《试论形象思维》,《新建设》1956年5月号。
③ 蒋孔阳:《论文学艺术的特征》,新文艺出版社1957年版。这里所引的文字,参见该书第4章。

着美感感情态度"。①

在讨论中,也有许多文章不同意上面这种"从形象到形象"的解释,提出"形象思维"也存在一个从"形象"到"抽象"的过程。例如,著名的文学理论家巴人提出,作家首先以世界观指导,"观察、体验、分析、研究一切人,一切群众,一切阶级,一切社会,然后才进入于艺术创造过程。而当作家进入于艺术创造过程的时候,那就必须依照现实主义的方法,艺术地和形象地来进行概括人、群众、阶级和社会等等特征"。② 巴人没有正面反对"形象思维",但他提出的两段论,又不明确说他是高尔基式的两段论,就有了反对"形象思维"可以达到对真理的认识之嫌。

在反对"形象思维"的学者中,比较重要的是毛星,他认为,"形象思维"是一个黑格尔哲学影响下的概念,它不一定是指人的思维,而是指黑格尔式的普遍理念在人身上的一个发展阶段。据此,他指出,这个词是不科学的。思维是大脑的一种认识活动,离不开概念、判断和推理,不能只是一堆形象。③

1966年5月,即"文化大革命"已经开始发动之时,出现了著名的郑季翘的文章,对"形象思维"的观点进行了严厉的批判。这篇文章的题目是《文艺领域里必须坚持马克思主义的认识论——对形象思维论的批判》。文章认为,用形象来思维的说法,违反了从感性到理性,从特殊到一般,从形象到抽象的规律;"不用抽象、不要概念、不依逻辑的所谓'形象思维'是根本不存在的";作者创作的思维过程是:表象(事物的直接映象)—概念(思想)—表象(新创造的形象)。④ 也就说,艺术创作被分成了两段:第一段是认识真理,这时,需要抽象思维;第二段是

---

① 李泽厚:《试论形象思维》,载李泽厚《美学论集》,上海文艺出版社1980年版,第226—255页。
② 巴人:《典型问题随感》,《文艺报》1956年第9期。
③ 参见毛星《论文学艺术的特性》,《文学评论》1957年第4期,以及《论所谓形象思维》,《中国科学院文学研究所专刊》(4),人民文学出版社1958年版。
④ 郑季翘:《文艺领域里必须坚持马克思主义的认识论——对形象思维论的批判》,《红旗》1966年第5期。

显示真理，这时，需要想象。在论述中，郑季翘使用了当时流行的心理学教科书中的术语，将认识看成经历了"由感觉、知觉、表象而发展到概念，再运用概念进行判断和推理"的过程。这种对认知心理的描述，在心理学上属于古老的构造主义学派，从心理学学科上讲，是19世纪后期现代心理学草创时期的产物。郑季翘从当时心理学的教科书中摘取一些术语，使这种解读具有了科学与哲学结合的色彩。根据这一观点，艺术与科学在认识世界上没有什么区别，而在显示认识成果上，却是有区别的。

这一对"形象思维"过程的看法当然并不是什么创造，它早已隐藏在包括俄国的普列汉诺夫和中国的毛星等在内的许多人的论述之中。但是，普列汉诺夫尽管对艺术创作的思维过程持有两段论，但他并没有反对"形象思维"。中国学者毛星反对"形象思维"，他主要从当时对思维规律理解的水平看这个问题。

郑季翘在《红旗》杂志这一中国共产党的机关刊物上，高调地宣示"形象思维"违反马克思主义认识论，是唯心主义，这是前所未有的。用意识形态的话语解决学术问题，这是当时的普遍风气，这当然不是第一篇。但是，在"形象思维"的讨论中，这一篇有点特别。文章一开始，就这样写道："这个理论断言文艺作家是按照与一般认识规律不同的特殊规律来认识事物、进行创作的。正因为如此，每当某些文艺工作者拒绝党的领导、向党进攻的时候，他们就搬出形象思维论来，宣称：党不应该'干涉'文艺创作，因为党委是运用逻辑思维的，而他们这些特殊人物却是用形象来思维的。……经过研究才知道：所谓形象思维论，不是别的，正是一个反马克思主义的认识论体系，正是现代修正主义文艺思潮的一个认识论基础。"[①] 一篇发表在《红旗》杂志上的文章，用这种严厉的口吻对"形象思维"下判决，说它反马克思主义认识论，是"拒绝党的领导、向党进攻"的工具，是"现代修正主义文艺思潮的一个认识论基础"，这给学术界造成一种感觉，这是从党内高层给这个讨论了许多年的问题所下

[①] 郑季翘：《文艺领域里必须坚持马克思主义的认识论——对形象思维论的批判》，《红旗》1966年第5期。

的一个正式的结论。

这里的所谓"现代修正主义文艺思潮"的字样,有着特殊的背景。当时,中国与苏联在意识形态上出现了分歧,进行了是社会主义还是修正主义的激烈论战。中国写"九评",苏联也相应作反驳。这种争论恶化了国家间关系,也扭转了中华人民共和国成立之初一切向苏联学习的大氛围。既然"形象思维"是一个来自俄国文论的术语,自然又与"修正主义"挂上了钩。"形象思维"说的苏联保护伞消失了,这支大棒挥下来就更加有力。今天,许多人提出要走出苏联模式。这真是此一时,彼一时。今天走出苏联模式,是要思想进一步解放,但在当时,中国文艺界走出苏联模式,却是从批判"形象思维"等一些理论,批判现实主义,也包括批判人性和人道主义开始的,那只是用"文革模式"批判"苏联模式"而已。

郑季翘在文章中提出了"表象——概念——表象"的公式。文学艺术的创作被明确分成两个阶段。第一阶段是从表象到概念,"要思维,要发现事物的本质,就必须运用抽象的方法。没有抽象就根本不可能有思维"。第二阶段是从概念到表象,"艺术形象也是人们头脑中第二阶段的表象,是由作家用一定的艺术手段描绘出来的第二阶段的表象"。[①] 这种表象,是将概念还原为表象,或者说,为概念而发挥"创造性想象",从而制造表象。

这篇文章"生逢其时",迎合了当时的种种机缘。"文化大革命"期间的种种文学理论,都能够从这种理论中找到根据:一、可以允许"主题先行",先行的主题是概念、判断和推理;二、要有"三突出",按照概念找到最需要突出的主要人物,找到英雄人物,进而找到主要英雄人物;三、要试验"三结合"式的创作,即领导出思想、群众出生活、艺术家出技巧,两个阶段的第一阶段可以交由领导、革命家、政治上正确的人,或者那些能够进行"认识"并达到一定的"认识"高度的人去做,第二阶段才交给作家艺术家们去做。

[①] 郑季翘:《文艺领域里必须坚持马克思主义的认识论——对形象思维论的批判》,《红旗》1966年第5期。

这是中国社会通向"文化大革命"的合唱中的诸声部之一。当然，这不是主旋律，主旋律是由姚文元的《评新编历史剧〈海瑞罢官〉》唱响的。从批吴晗的《海瑞罢官》，到批由邓拓、吴晗、廖沫沙组成的"三家村"，再到批判周扬等"四条汉子"，吹响了"无产阶级文化大革命"的"战斗号角"。郑季翘的文章，从理论上讲，其实比姚文元的文章更具有攻击力。这篇文章也的确戳到了主张给文学有一些自由空间的人在理论上的软肋，同时，它又似乎很有说服力，与人们一般所理解的"认识论"合拍。自从这篇文章发表以后，中国社会进入"文化大革命"之中，"形象思维"说就再没有人提起。

第三节 改革开放与"形象思维"

"文化大革命"以后，中国的思想界经历了从绷得很紧的意识形态话语中逐渐放松开来的过程。1976年10月7日，全国人民从新闻中听到的，是修建纪念堂和出版《毛泽东选集》第五卷，而不是比这要重要得多的、发生在前一个晚上的那次惊心动魄的行动。刚刚粉碎"四人帮"时，还提要"继续批邓，反击右倾翻案风"，粉碎"四人帮"还被解读成是新一次"路线斗争"的胜利。尽管这一切在后世看来已经变得非常可笑，但在当时的特定情境中，有着它的合理性。中国社会的精神气氛走出"文化大革命"，比10月6日晚上的那个行动所需的时间要长得多。从"胜利的十月"到"三中全会"，这是一段很长的、有很多的坡需要爬的山路，文学艺术界的人士，在这个过程中起了很重要的作用。

1977年，首先从文学开始，一切都开始复苏。1976年清明节天安门广场上的诗，1977年清明节读起来意味就不同了，于是有人开始编辑《天安门诗抄》。从1977年出现的刘心武的《班主任》，到1978年卢新华的《伤痕》，再到北岛、舒婷等人的诗，另一种文学开始了。今天，我们在纪念改革开放时，都以1978年5月开始的"实践是检验真理的唯一标准"的讨论，和1978年底的中国共产党第十一届三中全会为标志。中国的美学和文学理论走出"文化大革命"的影响所迈出的决定性第一步，在时间上应该早一点,这就是开始于 1978 年初的"形象思维"热。

在《诗刊》杂志 1978 年的第 1 期上,刊登了一封毛泽东写给陈毅的谈诗的信。信是 1965 年写的,信中几次提到"形象思维"。例如,其中有这样的句子,"诗要用形象思维,不能如散文那样直说,所以比、兴两法是不能不用的"。① 这本来只是共产党内高层老同志之间谈诗的一封私人书信,信中只是提到"形象思维"这个词而已,没有用理论的语言谈论"形象"何以能"思维"。毛泽东并没有将这封信当作准备发表的文章来写,时隔多年,当时写信者与收信者均已去世,一般说来,这封信更多的只有史料价值而已。然而,学术界和文学艺术界对这封信发表的反应之强烈,出乎所有人的预料。用一句当时流行的话说,这封信成了"威力无比"的"精神原子弹"。

毛泽东在信里所讲的,只是一种作诗法,与哲学上的认识论并没有什么关系,没有讲认识真理。如果一定说要有什么关系的话,那么,也许从这里的不"直说",可以引申出一种表述方式的独特性。比方说,毛泽东提出:"宋人多数不懂诗是要用形象思维的,一反唐人规律,所以味同嚼蜡。"② 说的就是这个意思。当然,毛泽东的信,如果不是有意为之的话,也在实际上具有了这样一种意义:将"文化大革命"之前,特别是 50 年代从苏联引进的"形象思维"概念与像"比""兴"这样一些中国传统文论概念联系起来。这为后来中国学者发挥"形象思维"说留下了伏笔,从蔡仪论述赋、比、兴与"形象思维"的关系,到后来众多学者所持的"意象说",都是这方面思考的发展。

这封信发表后仅仅一个月,即 1978 年 2 月,复旦大学的文学理论教师们就完成了一本名为《形象思维问题参考资料》的编辑工作,并在三个月后,即 1978 年 5 月出版。③ 与此同时,南到四川,北到哈尔滨,全

---

① 毛泽东:《给陈毅同志谈诗的一封信》,《诗刊》1978 年第 1 期。这封信同时在 1977 年 12 月 31 日的《人民日报》上发表。

② 同上。

③ 复旦大学中文系文艺理论教研组:《形象思维问题参考资料》第 1 辑,上海文艺出版社 1978 年版。

国许多大学的文学理论教学研究者都闻风而动，编出各种资料集。① 当然，在这众多的资料集中，质量最高，名气最大，也最具影响力的，是中国社会科学院编的一部近50万字的巨著《外国理论家、作家论形象思维》。② 这部书仅仅在毛泽东的信发表七个月后，即1978年8月就翻译和编辑完成，参加编译的有钱锺书、杨绛、柳鸣九、刘若端、叶水夫、杨汉池、吴元迈等许多当时中国社会科学院的重要学者，并于1979年1月由中国社会科学出版社隆重推出。尽管参加编译的专家过去有积累，在"文化大革命"前就翻译过一些相关的材料，在这么短的时间，以那么高的质量完成这么一本大书，仍是很不容易的。这些编辑、翻译、出版和印刷的工作，考虑到当时没有任何复印、电脑打字、扫描等手段，完全靠手写和手工铅字排版，只能调动所有可调动的力量，翻译、编辑、排字和校对人员全力以赴，将之当作一件"政治任务"，日夜加班来做，才有可能做到。在中国，一件事成为"政治任务"后，总是能创造奇迹的。问题在于，"形象思维"的讨论有什么理由能成为一项重要的"政治任务"，并且还得到当时众多的重要学者的衷心拥护？

不仅是书的编辑和编译，更值得注意的是，在当时，一下子出现了大批的论形象思维的论文和文章，一些当时最有影响的美学家都加入了讨论之中。例如，打开《朱光潜全集》第5卷，就会发现上面有三篇论"形象思维"的长篇论文。其中一篇原载于《谈美书简》，两篇原载于《美学拾穗集》。这是朱光潜在晚年留下的两本最重要的著作。③ 不仅如此，他在1979年出版的《西方美学史》第2版的第20章"四个关键性

---

① 除了这两本之外，当时还有多本形象思维研究资料集出版。例如，四川大学中文系资料室：《形象思维问题资料选编》，四川人民出版社1978年版；《鸭绿江》杂志社资料室：《形象思维资料辑要》，辽宁人民出版社1979年版；社会科学战线编辑部：《形象思维问题论丛》，吉林人民出版社1979年版；哈尔滨师范学院中文系形象思维资料编辑组：《形象思维资料汇编》，人民文学出版社1980年版，等等。

② 中国社会科学院外国文学研究所编：《外国理论家、作家论形象思维》，中国社会科学出版社1979年版。

③ 见《朱光潜全集》第5卷，安徽教育出版社1989年版。这三篇论文的题目分别是《形象思维与文艺的思想性》《形象思维：从认识角度和实践角度来看》《形象思维在文艺中的作用和思想性》。

问题的历史小结"之中，专门辟一节谈"形象思维"，甚至提出这是西方美学史的一个普遍的问题，似乎从古到今的西方美学家们都讨论过"形象思维"。①

在1978年第1期的《文学评论》上，蔡仪就立刻发表了一篇学习毛泽东给陈毅的信的文章，取名为《批判反形象思维论》。在同一年，他还写了另外两篇论"形象思维"的论文，发表在后来出版的《探讨集》上。他还于1979—1980年间在社会科学院研究生院专门讲授这个问题，讲稿发表在1985年出版的《蔡仪美学讲演集》上。② 蔡仪在以后还一再提到形象思维问题。③

在出版于1980年的李泽厚的《美学论集》中，收入了五篇论形象思维的文章，其中除了一篇写于1959年外，其余四篇都是在1978—1979年间写的。④ 李泽厚在1959年发表的文章，提出形象思维与逻辑思维一样，是认识的深化，是认识的理性阶段。在形象思维中，"个性化与本质化"同时进行，是"完全不可分割的统一的一个过程的两方面"，在这个过程中，"永远伴随着美感感情态度"。⑤ 他的《形象思维的解放》一文，是一篇政治批判的文章，主要将反形象思维的观点，特别是郑季翘的观点，与"四人帮"的"三突出""主题先行"的理论联系起来。这是一篇给报纸写的，读了毛泽东给陈毅的信以后即时反应的

---

① 见朱光潜《西方美学史》，人民文学出版社1979年版，第676—694页。

② 见《蔡仪文集》第4卷，中国文联出版社2002年版。在这一卷中，收入了上面提到的《批判反形象思维论》《诗的比兴和形象思维的逻辑特性》《诗的赋法和形象思维的逻辑特性》《形象思维问题》，共四篇文章。

③ 例如，1980年，蔡仪主编《美学原理提纲》，中间收入了"形象思维与美的观念"一章。见《蔡仪文集》第9卷。再如，由蔡仪主编，并于1981年出版的《文学概论》一书，再次论述了形象思维。

④ 见李泽厚《美学论集》，上海文艺出版社1980年版。这五篇文章的题目分别是《试论形象思维》《形象思维的解放》《关于形象思维》《形象思维续谈》《形象思维再续谈》。其中《形象思维的解放》发表于1978年1月24日的《人民日报》，《关于形象思维》发表于1978年2月11日的《光明日报》，都是读了毛泽东的信以后立刻写成的。

⑤ 李泽厚：《试论形象思维》，原载《文学评论》1959年第2期，载李泽厚《美学论集》，上海文艺出版社1980年版，第226—255页。

文章。① 在这篇文章以后的一篇文章，即《关于形象思维》，可以看成他承续 1959 年文章的思路，在思想上所作的进一步深化。这里所强调的观点，仍是"本质化与个性化的同时进行"和"富有情感"。② 在差不多同一时期，李泽厚还发表了一篇根据讲演整理而成的文章《形象思维续谈》，认为"逻辑思维与形象思维各有所长"，"艺术的本质还不尽在认识"。③ 这几篇文章，都可以看成对同一观点的发展。

除了这三位美学家以外，在中国的文学理论界，出现了大量的论形象思维的文章。④ 这些文章有的继续讨论有关形象思维与逻辑思维的关系问题，有的从毛泽东的信中所提到的比、兴出发，从古代文学理论的一些观点寻找形象思维存在的证据，有的从艺术起源和原始思维的角度，论证形象思维存在的理由。这些讨论构成了"文化大革命"后的第一个理论热潮。美学的一个新的黄金时代，就是这样拉开序幕的。历史上将这一时期，称之为"美学热"。如果说，在 50 年代，美学讨论是从"美的本质"到"形象思维"的话，那么，这一次，是从"形象思维"到"美的本质"。当然，在这一时期，"美的本质"的讨论呈现了一个新的面貌，国外的思想大量地涌入，"美的本质"也被迅速融化到更新的话题之中。

第四节　对"形象思维"的反思

在欢欣鼓舞地庆祝毛泽东的信发表，从而出现有关"形象思维"的

---

① 李泽厚:《形象思维的解放》，原载《人民日报》1978 年 1 月 24 日，载李泽厚《美学论集》，上海文艺出版社 1980 年版，第 256—261 页。

② 李泽厚:《关于形象思维》，原载《光明日报》1978 年 2 月 11 日，载李泽厚《美学论集》，上海文艺出版社 1980 年版，第 262—268 页。

③ 李泽厚:《形象思维续谈》，原载《学术研究》1978 年第 1 期，载李泽厚《美学论集》，上海文艺出版社 1980 年版，第 269—284 页。

④ 这些论文发表在当时国内的各种杂志中，并被收集在各种论文集之中。其中比较集中地收集了这些论文的集子有社会科学战线编辑部编《形象思维问题论丛》，吉林人民出版社 1979 年版。

著述井喷以后，也有人开始了反思。郑季翘当年动辄说别人"反党"，当然不对，但他的观点，是否还需要从学术上讨论一番，而不只是再将帽子扣回去呢。郑季翘说别人"反党"，有了毛泽东的这封信后，就会有人再回敬他"反毛"。这层意思的确包含在许多批判郑季翘的文章之中。郑季翘辩解说，他写那篇文章时，不知道毛泽东有这么一封信。① 如果说，这是一个学术问题而不是政治问题的话，这种讨论的方式当然是没有什么意义的。这里所问的是有没有"形象思维"，"形象"是否可用来"思维"，而不是文字工作干部们常常喜欢关心的"提法"问题。当然，在郑季翘的这篇新的文章中，除了对过去的一些事进行辩解外，也表明了他的立场的一些变化。他不再说不存在"形象思维"，而是退了一步，认定"形象思维"不可以认识，而只能表现。

　　按照当时被普遍接受的对认识论和心理学的理解，人的认识被区分为感性的和理性的。感性认识包括感觉、知觉和表象，理性认识包括概念、判断和推理。一些讨论"形象思维"的文章甚至使用巴甫洛夫的"第一信号系统"和"第二信号系统"与感性理性二分相对应的说法。这些说法既与巴甫洛夫的原初的思想相差很远，也完全跟不上当代心理学的最新发展。这种模式决定了"形象思维"说从一开始就受到质疑。"形象"能否"思维"，这个问题讨论了许多年，写了无数的文章，但有一个问题一直没有能绕过去：一方面，按照当时所理解的"马克思主义的"和"科学的"的"认识论"，只有概念才能思维，不存在没有概念的思维。思维就是从概念到判断再到推理，在这方面，认识论、逻辑学和心理学整合成一个体系。另一方面，"形象思维"的赞成和拥护者，主要是一些熟悉文学艺术创作实际的人。这些人深刻地感受到，他们在创作时，并没有使用在认识论和逻辑学意义上的"概念"，从"形象"到"形象"，本来就是可以通过"思维"来选择、联结、整合和提炼的。

　　正是由于这一原因，在"形象思维"的讨论达到高峰，由于毛泽东

---

① 郑季翘在1979年《文艺研究》创刊号上发表《必须用马克思主义认识论解释文艺创作》。在这篇文章中，他强调他没有看到毛泽东《给陈毅同志谈诗的一封信》，并叙述他在"文化大革命"时如何受"四人帮"的排挤。

的信而形成的肯定"形象思维"的观点一边倒的形势下，仍然有人坚持对"形象思维"的否定。例如，1979年6月在吉林省哲学社会科学联合会的第二次会议上，有人提出，郑季翘当年的观点是正确的。这种观点认为："从科学的含义来讲，思维或理性认识必然是抽象的，用形象不可能进行思维。至于艺术家在认识生活、反映生活过程，观察、体验、研究、分析各种形象素材，并根据这些形象素材创造艺术形象，借以表达思想，并不等于用形象来思维。"① 持这种观点的人，除了前面说的郑季翘本人外，还有高凯、韩凌、舒炜光、王极盛等，李泽厚认为，他们的观点是郑季翘观点的"延伸或变形"。② 这就足以说明，郑季翘的观点，抛开政治批判色彩的话语，只是回到当时人们对认识论和心理学的一般理解而已。

仔细分析赞同"形象思维"的人的观点，我们也可以看出，这些人实际上在说着不同的东西。前面说过，20世纪的30年代和40年代，朱光潜与谈论"形象思维"的人，并不属于一个阵营，对艺术的看法，也完全不同。到了50年代至60年代，当学术界讨论"形象思维"时，朱光潜并没有写这方面的文章。相反，无论是40年代还是50年代，美学家们在讨论"形象思维"时，都对朱光潜持批判的态度。在《文艺心理学》一书中，朱光潜以"直觉说"统领全书。朱光潜认为："知的方式根本只有两种：直觉的和名理的。……从康德以来，哲学家大半把研究名理的一部分哲学划为名学和知识论，把研究直觉的一部分划为美学。严格地说，美学还是一种知识论。"③

批判朱光潜的人提出，朱光潜讲"直觉""形象""感性"，就是没有讲"思维"。因此，朱光潜的观点不能称为"形象思维"。"思维"必须有一个"去粗取精"的提炼，有一个从感性到理性的飞跃。这是蔡仪、霍

---

① 见一位署名"治国"的人整理的《形象思维讨论情况综述》，载社会科学战线编辑部编《形象思维问题论丛》，吉林人民出版社1979年版，第395页。

② 李泽厚：《形象思维再续谈》，载李泽厚《美学论集》，上海文艺出版社1980年版，第555页。

③ 朱光潜：《文艺心理学》，载《朱光潜全集》第1卷，安徽教育出版社1987年版，第207—208页。

松林、蒋孔阳等许多人所持的一个共同观点。李泽厚讲"个性化与本质化同时进行"的提炼过程,也是对朱光潜只讲"形象"不讲"思维"的否定。

然而,到了1978年,朱光潜成了"形象思维"的最积极的拥护者。在《谈美书简》这本当时有着巨大影响的书中,朱光潜的解释说:第一,"形象思维"就是"想象";第二,原始人先有形象思维,抽象思维是在长期实践训练之后,才逐渐发展起来的。[①] 他的这个观点,在《形象思维:从认识角度和实践角度看》一文中得到了展开。[②] 朱光潜的这些文章,极大地壮大了"形象思维"说支持者的声威,并且在《西方美学史》一书的第2版中,他将"形象思维"说与西方美学史的许多观点联系起来,给人以从古到今人们都承认"形象思维"存在的印象。然而,如果我们回到这个根本的问题:"形象"能否"思维"。我们会发现,朱光潜并没有提供清晰的回答。

蔡仪是坚决主张"形象"可以"思维"的。他反复坚持的观点,就是存在着两种思维,一种叫"逻辑思维",一种叫"形象思维"。两种思维都有着从感性上升到理性的过程,都可以达到对世界的本质认识。

在这一时期,最引人注目的,是李泽厚的一篇题为《形象思维再续谈》的文章。对于"形象思维"论的拥护者来说,这篇文章无疑是出乎意外的。我们知道,无论是在"文化大革命"前还是在1978年,李泽厚都是"形象思维"说的坚决拥护者。他的"本质化与个性化"同时进行的观点,在"形象思维"的拥护者那里极其流行。然而,在这篇"再续谈"中,他突然改变立场,提出在"形象思维"这个复合词中,"思维"这个词只是"在极为宽泛的含义(广义)上使用的。在严格意义上,如果用一句醒目的话,可以这么说,'形象思维并非思维'。这正如说'机器人并非人'一样。……在西文中,'想象'(imagination)就比'形象

[①] 朱光潜:《谈美书简》,载《朱光潜全集》第5卷,安徽教育出版社1987年版,第294页。
[②] 朱光潜:《形象思维:从认识角度和实践角度看》,原载于《美学》第1辑,第1—11页,后收入朱光潜《美学拾穗集》,载《朱光潜全集》第1卷,安徽教育出版社1987年版,第468—486页。

思维'一词更流行，两者指的本是同一件事，同一个对象，只是所突出的方面、因素不同罢了，并不如有的同志所认为它们是不同的两种东西"。① 他进而提出，艺术不能归结为认识，尽管文学艺术作品之中，特别是小说中，有认识因素。美学也不是认识论。美学与伦理学一样，主要不是与"第一个飞跃"，即从感性到理性有关，而是与"第二个飞跃"，即从理性到实践有关。②

李泽厚的这篇文章，可以看成"形象思维"讨论的分水岭。从这一篇文章起，"形象思维"的讨论就开始走下坡路。到了 80 年代中期，由于一系列的原因，中国的文艺理论界逐渐放弃了形象思维。

形象思维说走向衰退的原因，主要有以下几条。

第一，艺术不再被看成一种认识论。从 70 年代末开始的"美学热"，具有一种，用当时的语言说，"新启蒙"的倾向。那个时代人们对美学的理解，还是康德式的审美无利害和艺术自律的思想。这种对美学的理解在"文化大革命"泛政治化的文艺思想被批判的时代，具有思想解放的意义。艺术自律，意味着摆脱工具论。审美，意味着和谐，符合人性，反对斗争哲学。这时，艺术的认识功能也连带受到质疑。形象思维的讨论是在这些思潮中兴起的。从"艺术是认识"到"艺术是一种特殊的认识"（通过"形象思维"达到的认识），这是一种进步。这种观点引领人们走出"文化大革命"时代的政治说教，即对生活本质的认识；引领人们走出"三突出"，即递进式地突出正面人物、英雄人物和主要英雄人物，以及"三结合"，即领导出思想，群众出素材，作家艺术家出技巧式的创作，以及"主题先行"等文学理论观念。然而，从 70 年代末到 80 年代初美学界的总倾向，是在导向康德式的艺术与审美的无功利性。这种倾向本来是欧洲从 19 世纪末到 20 世纪初美学界所共同具有的大趋势。随着"美学热"在中国的兴起，这种趋势在美学界也日渐明显地展现出来。其结果是，艺术不再被看成一种认识世界的手段。于是，"形象思维"，用对这

---

① 李泽厚：《形象思维再续谈》，载李泽厚《美学论集》，上海文艺出版社 1980 年版，第 557—558 页。

② 同上书，第 560—562 页。

个问题作过专门研究的尤西林的话说,就"成为历史而失去了它存在的根据"。① 从"艺术是认识",到"艺术是一种特殊的认识",再到"艺术不是认识",这是70年代末到80年代初中国文学理论所经历的一个发展过程。"形象思维"的讨论推动了这个过程,成为其中一个重要的中间环节,又最终为这个过程所抛弃。

第二,20世纪70年代末和80年代初,中国文艺理论界经历了一个从受苏联理论影响到逐渐被来自西方的理论影响的过程。这种变化的原因,也是历史形成的。"文化大革命"前受到大学教育的一代人,主要接受的是苏联的影响。尽管20世纪60年代的中苏论战和随后的"文化大革命"以及中苏关系的大破裂,苏联被宣布为"主要危险",文艺理论所接受的,总体上还是苏联模式,只是在这个模式的基础上作过或大或小的修补而已。"文化大革命"后上大学的这一代人,则受了更多的西方思想的影响。当这一代人成长起来,成为学术研究的主力时,整个文学理论和批评的话语体系必然会产生一个巨大的变化。"形象思维"在这些新的话语体系中再也找不到相应的位置。由于这一系列的原因,从80年代后期到90年代,"形象思维"这一术语在各种美学和文学艺术理论的教材中被淡化,以至最终消失。

第五节 "形象思维"论的三个发展

20世纪80年代,有关"形象思维"的讨论逐渐停止,美学和文艺理论界被一些新的话题所吸引。然而,对于文学艺术创作活动中人的思维的性质这个问题并没有解决。

这一讨论实际上转向了三个方面:第一方面是文艺心理学,从科学的角度探讨文艺创作和欣赏的心理。对于中国美学界来说,文艺心理学当然

---

① 这句话引自尤西林《形象思维论及其20世纪争论》,载钱中文、李衍柱《文学理论:面向新世纪》,山东人民出版社1997年版,第339—347页。该文从哲学角度对"形象思维"在中国的兴衰史作了简明的概括。

不是一个新问题。早在20世纪30年代，朱光潜就写出了著名的《文艺心理学》，这是当代中国美学史上的一部里程碑式的著作。20世纪80年代，有大批新的文艺心理学和审美心理学方面的著作问世。这些著作中，有的将国内已接受的普通心理学知识应用到艺术与审美之上，有的在介绍国外的一些较新艺术心理学研究成果的基础上，进行综合。在这两方面的研究著作中，前一方面的代表是金开诚的《文艺心理学论稿》（北京大学出版社1982年版）一书，这本书将普通心理学的思想运用到审美与艺术的研究中；后一方面的代表是滕守尧的《审美心理描述》（中国社会科学出版社1985年版），这本书介绍了一些西方较新的审美心理学思想，并将这种描述归结到一个由李泽厚所勾画的审美心理图表上。介乎前面两种类型之间的，有一本彭立勋的《美感心理研究》（湖南人民出版社1985年版）。在这本书中，有对普通心理学思想的运用，有对20世纪初年的一些西方心理学思想的介绍，也有对前一段时间积累的"形象思维"话语的复述。

文艺心理学是一个需要专门进行历史描述的话题。从总体上讲，一方面，心理学给文学艺术的研究带来了新的启示，但另一方面，心理学也带来了许多新的困境。现代心理学的诞生，与实验美学有着共源的关系。实验心理学的第一人古斯塔夫·费希纳对实验心理学和实验美学的诞生，都具有巨大的贡献。然而，他所创立的这两门学科，后来的命运却完全不同。实验心理学有了重大的发展，在费希纳之后，出现了像赫尔曼·冯·赫尔姆霍茨和威廉·冯特这样一些重要的心理学家。从此，心理学与实验室联系在一起，成为一门实验科学。[1] 心理学在20世纪开始了它的新的历史，相继出现了构造主义、机能主义、行为主义、格式塔、精神分析，等等，这些流派分别在不同的国家发展，并逐渐获得国际意义。[2] 这些心理学流派的研究方法与美学和文学艺术理论家所使用的方法间存在很深的

---

[1] 参见［美］E.G.波林《实验心理学史》，高觉敷译，商务印书馆1982年版，特别是其中的第311—386页。

[2] 有关这里提到的历史的一般性描述，可参见［美］杜·舒尔茨《现代心理学史》，杨立能等译，人民教育出版社1981年版。

鸿沟，尽管美学家和文学艺术的理论家、批评家们常常从心理学那里借用一些概念。有一个例子很能说明问题：20世纪初年，心理学家爱德华·布洛在《英国心理学报》上发表了不少关于审美心理实验研究的论文，[①]但使他得以闻名于世的成果，却是一个与实验无关的，借助于内省而形成的关于"心理距离"的假设。[②] 类似的情况，在许多文艺心理学家那里都存在着。所有在文学艺术的研究中产生了巨大的影响的心理学学说，包括著名的格式塔学说和精神分析学说，尽管本来都有实验或医学临床治疗的依据，但它们在艺术中的运用，都是在超出了实验之外进行理论延伸和哲学思辨之时产生的。格式塔学派把研究局限在知觉之上，论证知觉的整体性。这比起构造主义心理学而言，向前进了一步。但是，光有知觉的整体性还是不够的。知觉所从属的人的整个心灵的整体性，却是在格式塔心理学的研究之外。因此，格式塔心理学只能将对象的形式与知觉之间建立一种同构的关系，而对象意义的探寻，超出了格式塔心理学为自己所设定的研究范围，只能交给研究者假设。心理分析学派最初来自对精神病的治疗业。这一学派后来形成的关于人格模型的设想、关于内在的心理动力源，以及关于原始意象的假设，都超出了实验科学所能达到的边界，属于一种心理玄学。

在心理学所带来的这种复杂的语境之中，"形象思维"的思想没有得到验证，也没有被完全否定。"形象思维"只是一种哲学上的认识论话语，它没有能很好地实现与心理学话语的对接。

第二个方面是原始思维研究对"形象思维"的延续。20世纪80年代，是美学的人类学研究走向兴盛的时代。从大的环境来说，对从泰勒、弗雷泽和摩尔根，以及马林诺夫斯基的著作的译介，促成了中国的文学人类研究的兴盛。联系到"形象思维"研究，在80年代，有两部影响巨大

[①] 例如，《论色彩显示出的沉重性》（"On the Apparent Heaviness of Colours"，*The British Journal of Psychology*，II，4，1907，pp. 111 – 152)，《对简单的色彩结合进行审美欣赏时"透视问题"》（"The 'Perceptive Problem' in the Aesthetic Appreciation of Simple Colour-Combinations"，*The British Journal of Psychology*，III，4，1910，pp. 406 – 447)。

[②] 《作为一个艺术因素和一个审美原则的"心理距离"》（"'Psychical Distance' as a Factor in Art and an Aesthetic Principle"，*The British Journal of Psychology*，V，2，1912，pp. 87 – 118)）。

的译著，一部是列维·布留尔的《原始思维》①，另一部是维柯的《新科学》②，这两部著作，前一部对原始人的思维方式，特别是"集体表象"的思想，进行了详细的论证，后一部则论述了"诗性智慧"。这些都论证了另一种"思维方式"存在的可能性。从原始人思维的独特性，证明"形象思维"的存在，再进一步运用比较人类学的方法，说明不同思维方式在价值上的平等性，从而证明"形象思维"与"逻辑思维"的平行论，是当时研究者的一个重要的论述策略。这种策略的实际结果，是90年代以后文学人类学的迅速发展。然而，"形象思维"的提法，却日渐减少。后来的文学人类学研究，逐渐减少对"思维"特征的关注，而走向语言和符号。

第三个方面是关于古代文论的研究。毛泽东给陈毅的信，本来就是围绕作诗法来谈的。信中将"形象思维"与"比""兴"等手法联系起来，并谈到唐人与宋人诗的区别。许多文学理论研究者沿着这一思路，做了大量的工作。例如，蔡仪曾分别就"形象思维"与"赋"，"形象思维"与"比、兴"的关系写过两篇长篇论文。③ 从20世纪80年代中期到90年代，是中国古典美学大繁荣的时期，众多的古代文学概念，特别是影响巨大的"意象"研究，直接承续"形象思维"的讨论而来。如果说，1978年是"形象思维"年的话，那么，1986年，也许可以被称为"意象"年。④对于这些研究者来说，那些未受感性与理性二分的西方哲学影响的古人的思维方式，是他们的重要思想源泉。从这个意义说，也许可以写出"从形象思维到意象的创造"方面的文章，来清理"形象思维"说在这方面的余绪。"意象"说强调"意象"不是"形象"，强调此"象"需经过心灵的转化。转化后的此"象"非彼"象"，实现了主客的统一。这方面的研究，当然是有益的，但是，如果仅仅归结到这一步，那离"形象思维"

---

① 参见［法］列维-布留尔《原始思维》，丁由译，商务印书馆1981年版。

② 参见［意］维柯《新科学》，朱光潜译，人民文学出版社1986年版。

③ 《诗的比兴和形象思维的逻辑特性》《诗的赋法和形象思维的逻辑特性》，载《蔡仪文集》第4卷，中国文联出版社2002年版。

④ 这一说法参考了刘欣大先生的《"形象思维"的两次大论争》一文中的说法。这篇论文坚持认为，"形象思维"借"意象"研究而转世。

说的原初的设想，即确立一种艺术思维的方式，以证明艺术家在循着自己的途径认识社会和生活，还有一些距离。

第六节　从形象思维到符号思维

当人们说用"形象"来"思维"，并且"形象思维"是始终不脱离形象时，由于一方面有苏联文学理论的影响，另一方面又觉得它契合了文学艺术创作的经验，从而得到了许多人的认同。但是，对西方古典哲学的学习和对感性与理性二分的理论模式接受，又使他们产生对这种观点的质疑。这里面隐藏着一个深刻的矛盾。一些搞文学艺术的人坚持认为有"形象思维"，因为这给他们的艺术创作与欣赏经验提供了一个很好的解释模式。搞哲学的人，则觉得这不符合主流哲学，特别是从德国理性主义到德国古典哲学对认识论的理解。这种争论在当时被种种意识形态的争论掩盖着，使得赞同"形象思维"的人显得在政治上和学术上偏"右"，而否定"形象思维"的人显得在政治上和学术上偏"左"。拨开意识形态的迷雾，经验与理论矛盾就展现了出来。这里面隐藏的是这样一个简单的道理：从艺术创作和批评的经验方面看，文学艺术家和批评家们时时感到艺术思维的独特之处。艺术家的工作方式与科学家不同。他们的确有对生活和社会的深刻认识和洞察，这种认识不能为科学的认识所取代。不仅如此，不同门类的艺术家，诗人、画家和音乐家，都对世界有着不同性质的感受。他们都是用自己所掌握的媒介来"掌握"世界的。当我们说"掌握"时，文学理论界的人都能体会到，这里引用了马克思在《〈政治经济学批判〉导言》中的一段话，提到了包括"艺术的"方式在内的"掌握"世界的四种不同方式。[①] 马克思在这篇笔记中所提出的猜想，尽管也曾受到过文学艺术理论研究者的重视，但一直没有得到深入的阐发。从流行的哲学，特别是认识论的模式上看，很难为"形象思维"，或者某种独

---

① 参见马克思《〈政治经济学批判〉导言》(1857 年 8 月底—9 月中)，《马克思恩格斯选集》第 2 卷，人民出版社 1973 年版，第 102—104 页。

特的艺术的"思维"找一个位置。

产生这种情况的根源，在于一种在欧洲哲学史上根深蒂固的感性与理性二分的理论模式。感性与理性的二分，来源于柏拉图的表象与理念的二分。理念的世界一般不可见，只能在思维中把握；可见的表象世界，只是理念世界的模仿而已。这是欧洲哲学上二元论的起源。此后经过中世纪的经院哲学对神的世界与人的世界的二分，再到近代笛卡儿的理性主义哲学，以及康德关于主体性与自在之物的二分，这种传统被延续了下来。在欧洲从柏拉图直到康德的哲学中，美与艺术都是分离的，美从属于理性，艺术从属于感性。希腊人讲美在形式，来源于毕达哥拉斯关于数的观点。从对美的数与量的理论，到将标准的几何图形看成美的图形，直到将美归结为平衡、对称和比例等数量关系的思想，都是这种传统的体现。艺术是模仿，给人以感性的吸引力。柏拉图从否定性角度看待作为模仿的艺术，是从认识论与伦理学的角度否定艺术，从反面肯定了艺术的感性吸引力。夏尔·巴图将模仿当作所有"美的艺术"的"单一原则"，从正面肯定了模仿，从而肯定了将这种感性吸引力作为现代艺术体系的基石。鲍姆加登关于"感性认识的完善"的思想，肯定了感性的独立性。但是，他的基本理论模式仍是理性主义的，艺术只不过是一种低级的认识而已。

哲学上的这种感性与理性二分的理论模式，在20世纪陷入深刻的危机之中。当费尔南德·索绪尔在《普通语言学教程》中宣布，我们是在用语言思维，而不是用概念来思维之时，他走在通向揭开谜底的路上。那种设想形象与概念完全不相容，只用概念才能进行思维的理论，也就破产了。实际上，人们绝不是用抽象的概念"思维"出一个结果，再用语言或其他的材料，如图像和声音，将它表达出来。

人的思维总是要借助于外在物质材料，语言是声音与意义的结合体，是思维的工具和载体。用索绪尔的话说，是"能指"和"所指"。没有清晰的语言，就没有清晰的思想。我们是在以生活中的任何的形象，套用索绪尔的术语，用"能指"来进行思维的。"能指"无所不在，还可以有"能指"的"能指"，如一个手势表示一个场景，一个场景代表一个意义，等等，以及无"所指"的空"能指"，只是形象，意义丧失或意义不明。这些都是当代理论所揭示的种种复杂性。

就我们所涉及的抽象与形象思维的区分来说，我们可以说，人们可以用抽象的"能指"思维，也可以用具象的"能指"思维。语言当然是比较抽象的"能指"，但也不是最抽象的。数学的符号以及由数学符号构成的数学公式和等式，就比语言要更抽象。逻辑学原本主要用语言描述，现代逻辑学追求用数学符号来描述，也是这种抽象化努力的一部分。其他的一些科学，如物理和化学之中，大量的数学符号被采用，数学的思维方式在不断地加入。

与此相比，视觉图像和声音就是具象的。耳听八面、眼观四方，本身就已经是认识。并不一定要等待它们被转换成话语形式才是认识。相反，这些认识被转换或翻译成话语形式时，反而缺失其中许多极有价值的部分，变成了另一种东西。语言对于人类来说，当然是极重要的，但这并不是说，只有运用语言才能思维。语言是人类所掌握的各种各样的符号之中的一种，尽管是非常重要的一种。它在思维中与其他符号的关系，只能是一种相互影响的关系。更何况，语言本身，也有相对抽象和相对具象之分。

在"形象思维"的争论中，我们关于"形象"能否"思维"的讨论，实质上是围绕着我们在生活中所形成的种种认识，是否有待于用话语将它们表述出来才能存在的问题的讨论。用话语来表述，只是多种认识方式中的一种，而人在生活中无时不在的认识，以多种多样的方式存在着。

从这个意义上讲，我们可以将当年的所有论争，来一个彻底的颠倒。本来就没有什么完全没有形象的抽象思维。即使最抽象的思维也不能离开符号。这些符号可以是由字母和数字组成的符号，由种种示意图形组成的符号，由色彩、音符、人体动作，由种种物质材料组成的符号，当然，也包括语言符号，包括语言的声音符号和文字符号。在语言符号中，我们还可再进一步划分为理论论断性语言符号和故事叙述性语言符号。我们是在用这些符号进行思维。因此，我们也许可以极端地说，所有思维都是"形象思维"，只是这些"形象"中有的较为具体，有的较为抽象而已。

我们曾经说，艺术曾经被理解为认识。这时，艺术只是一种低级的认识。它有待于上升到高级的认识。这种高级的认识，就是理性认识，它是由哲学家完成的。后来，有了"形象思维"的观点，艺术被看成一种特殊的认识。据说艺术家有一种特殊的能力，能够不脱离形象也能认识真理。这样，艺术存在的理由就得到了确认，艺术的特征也得到了指认：哲学家和思想家们用三段论，艺术家用"形象"，他们说的是一回事。再后来，艺术的独立达到了这样一个地步，它不再需要通过"认识"来确证自己的存在理由：艺术是人类花园中所开的花朵。花朵对充饥和避寒都没有什么用处，它不是我们的生命活动所必需，我们也不应将它纳入污浊的人与人斗争之中。艺术也是如此，就像花儿一样开放，所有的人都喜欢它。于是，有了艺术自律的观点。根据这种观点，艺术不是一种认识。

"形象思维"说只存在于艺术"是一种特殊的认识"这一中间阶段，当历史走出了这个阶段时，"形象思维"说似乎也就寿终正寝了。但是，正如我们在前面所说，根据现代哲学对思维的理解，我们可以在上述的学术史描述的基础上再往前走一步。人的认识过程，是一种将世界符号化，并依赖符号"掌握"世界的过程。各种符号之间，并没有高下之分。艺术本来就是，而且应该是，运用一些具象的媒介对世界，对自然和社会，对人的关系和人的心灵的"掌握"。从这个意义上说，如果艺术是认识，是一种特殊的认识，不是认识，我们对艺术的认识走了三大步的话，我们现在可以而且应该迈出第四大步：艺术还是一种认识。

人类社会需要艺术，艺术家以他们特有的方式来认识生活，艺术的观赏者从作品中获得知识，并由于这种知识的获得而产生快感。这些都是最古老的，亚里士多德和孔子就有的见解，也是在当代社会需要重新建立的信念。当我们读了一首好诗，一部小说，看一幅画，听一支曲子之时，我们会心灵有所感动，有所感悟，有所启示，有所丰富，这就是艺术的作用。艺术作品不是经验的直接展现，艺术家们运用他们所熟悉的媒介，从经验之流中将它们捕捉到，固定下来。艺术家运用他们的媒介进行思维，媒介就是他们的符号，通过符号认识世界。当然，不同类型的符号相互影响，例如，语词会影响图像、声音。但是，这只是符号的相互影响而已。

在诸多符号之中，语词的作用也许更重要一些，但这一点并不是绝对的。人们对世界的理解，并不有待于转化为语词，眼耳鼻舌身所感受的一切，都能成为知识。从这个意义上讲，那种一切对世界的认识都有待于转化为理性的概念，就像一切科学的认识都有待于转化为数学公式一样，如果不是过时看法的话，也是简单化和绝对化的看法。

那种哲学家和思想家用三段论，艺术家用形象，他们说的都是一回事的说法，也是不准确的。运用不同的媒介和符号的人，说的不可能是"一回事"。艺术，只能各自把握同一对象或事件的不同方面、侧面和层面的话，那么，哲学家和思想家、政治家、法学家和其他方面的专家，对同一对象的把握，就更不相同。这些不同的"把握"，各有其意义和价值。不同的人在对象的选择方面，是不同的。我们不能要求所有的人，都对同一事物和事件发言。即使他们对同一事物和事件发言，也不能说出同样的，属于"一回事"的话，只能对同一事物和事件各自从自己的角度作出自己的反应。

在本章的最后，我想再次强调一个观点，艺术还是一种认识。通过这种认识，我们的见识得到了增长，我们的人生得到了丰富，我们的趣味得到了提高。这对社会的繁荣，文明质量的改进，对美好的乡村和城市的建设，都会起重要的作用。

第八章

人性、人道主义问题大讨论

李世涛

在中国当代文艺理论发展史上，人性、人道主义问题有着特殊意义：中国当代文艺理论的发展过程已经展示了解决这个问题的难度，不仅因为这个问题自身的复杂性，还因为它在长时期内被设定为理论的"禁区"，其敏感性使文艺理论家很难坦率、客观地探讨这个问题，致使它一度被搁置起来。同时，这个问题不完全是学术问题，从某种程度上讲，它主要还是文艺与政治之间的关系问题。因此，在理解、评价当代文艺理论家对这个问题的探索时，应该注意到他们所处的时代背景和具体环境，区分出理论中哪些成分是他们依据具体的文艺实践、现象所作的理论探索？哪些成分是他们为了适应时代要求而强化文艺的社会宣传功能时所提出的策略？只有这样，才能辨析出其理论的各个层面，才能得出科学的结论，进而有效地总结其得失。鉴于此，我们对这个问题的理解就不能仅仅局限于艺术本身，而应该同时注意到文艺与社会、文化状况、政治等因素之间的关系。

谈到人性，孟子的性善论、荀子的性恶论等人性观对后世都有很大的影响。但是，在中国当代文艺理论中，人性经常与阶级、阶级性联系在一起，而后者恰恰是名副其实的"舶来品"。这样，人性的含义就具有了新质。在"五四"新文化运动所引发的思想解放浪潮中，马克思主义的阶级话语、人道主义话语都被传入中国并被用来观察文艺。《在延安文艺座谈会上的讲话》一文中,毛泽东用阶级观分析人性得出这样的结论:"有没有人性这种东西?当然有的。但是只有具体的人性,没有抽象的人性。在阶级社会里就只有带阶级性的人性,而没有什么超阶级性的人性。"长期以来,这个观点一直是我们处理人性、人道主义问题的根据。综观中国当代文艺理论界对这个问题的探讨,主要有两个重要的历史时期,20世纪50年代到60年代初期和70年代末到80年代中后期,下面逐一分析学界对这个问题的探讨。

第一节 20世纪50、60年代关于人性与文艺关系的探索

在中国当代文艺理论史中,探讨人性、人道主义问题的第一个高潮是20世纪50年代末到60年代中期,其标志性事件是文艺界对巴人的《论人情》的批评和对周谷城的文艺理论的批评。

中华人民共和国成立后,文化也被纳入整个国家的发展格局中,清除封建主义、资产阶级思想的影响,建立社会主义的文化被提到了议事日程。为此,文艺除了要满足人民日益增长的精神需求外,还承担起了动员、组织民众的任务。这时,不断的政治运动取代急风暴雨式的阶级斗争。这种背景使学术讨论缺乏自由探讨的外部环境,政治的定性常常取代了科学的探讨,"上纲上线"的做法影响了讨论者的心态。50年代,文艺界批判《关连长》《洼地上的"战役"》,都是从批判其"人性论"介入的。谈到"文化大革命"前这个问题的讨论时,白烨说:"基本上还停留在人性问题能不能提和能不能谈的水平上。"[①] 这样,外部形势的紧张或缓和都可能直接影响到学术讨论的效果。

20世纪50年代,中国文论受苏联的影响极深,对人性、人道主义的看法也是如此。当时,存在两种基本看法:受苏联影响的一种看法认为,"人性的集中表现是阶级性""阶级性的集中表现是党性""人道主义的最

---

① 白烨:《三十年人性论争的情况》,《文学评论》1981年第1期。

高发展就是共产主义"①；另一种如钱谷融等学者那样，以马克思在《〈政治经济学批判〉导言》中对希腊艺术的论述为根据，把文艺的"永久性魅力"归结为表现人性的力量。② 这种状况只是在50年代末期才有了某种程度的改变。在贯彻"双百"方针带来的宽松政治环境中，巴人结合文艺现象，谈了自己对人性的看法，他认为，人性"是人跟人之间共同相通的东西。饮食、男女，这是人所共同要求的。花香、鸟语，这是人所共同喜爱的。一要生存，二要温饱，三要发展，这是普通人的共同的希望。……这些要求、喜爱和希望，可说是出乎人类本性的"。③ 他还分析得出了在当时颇为大胆的结论："历史上最伟大的作品，总是具有充分人道主义（或'人性'）的作品。"④ 他实际上肯定了人性的存在，以及文艺描写人性的正当性。在当时的环境下，他敢于突破这个"禁区"，确实是需要胆识的。之后，王淑明写了《论人性与人情》《关于人性问题的笔记》为巴人辩护。他着眼于日常生活，即就"人的日常生活中所表现的思想感情、习性、心理等等特点而言"，人性是具体的，尽管心理现象和社会生活带有阶级的烙印，但在基本情感上，仍然有相通的东西。对于文艺而言，人情、人性既是吸引人的审美要素，也必然是文艺的内容。巴人的文章刚发表，就被张学新定性为"十足的文艺上的'人性论'"。原因是他主张以阶级性来反对、取代人性，即"人有自然属性和社会属性两方面。在阶级社会里，就只能是阶级性"⑤。也许因为巴人的观点切中了当时文艺界弊端的要害，因此，他的响应者甚多。钱谷融也提出了人性问题，"人性本来就存在于生活中，按照生活本来面目描写生活，自然有人性（人情味），也必然有强烈的政治性"。⑥ 钱谷融提出，文艺要以人为重心；人道主义原则应该成为评价作家、作品的基本标准；应该以是否有人道主义，或包含人道主义的程度来区分创作方法；文艺描写的人"并不是整

---

① 包忠文：《当代中国文艺理论史》，江苏教育出版社1998年版，第189—190页。
② 钱谷融：《〈论"文学是人学"〉一文的自我批判提纲》，《文艺研究》1980年第3期。
③ 巴人：《论人情》，《新港》1957年1月号。
④ 同上。
⑤ 张学新：《"人情论"还是人性论?》，《新港》1957年3月号。
⑥ 钱谷融：《论"文学是人学"》，《文艺月报》1957年5月号。

个人类之'人',或者某一整个阶级之'人'"。鉴于此,他提出了人道主义之于文艺的重要性:"我们就不会怀疑人道主义精神在文学领域内的崇高地位了。"① 徐懋庸也有类似的意见,并指出了人性的具体表现。他认为,存在着"共用的一般人性",包括劳动、亲子之爱和两性之爱以及乐生恶死等。② 随后,钱谷融也遭到了批判。这次探索以学术讨论开始,伴随着政治上的定性和挞伐,基本上以阶级性压倒、否定和取代人性而宣告结束。

1960 年,周扬在第三届文代会上作了《我国社会主义文学艺术的道路》的报告,他把人性、人道主义定性为资产阶级、修正主义的文艺思想,并进行了批判:"以抽象的共同人性'解释各种历史现象和社会现象,以人性或'人道主义'来作为道德和艺术的标准,反对文艺为无产阶级和劳动人民的解放事业服务。"在 20 世纪 60 年代,这些观点成为意识形态主管部门对于人性、人道主义问题的权威性解释与基调,并对相当长时期内的文艺理论、文艺批评、文艺创作产生了重要的影响。后来,这些观点逐步被学界接受,并成为学界的主流观点:"马克思主义并不一般性地否认人性","马克思主义者充分估价资产阶级人道主义思潮在历史上曾起过的进步作用。主要是文艺复兴时期以后的提倡人道以反对神道,提倡人权以反对神权,提倡个性解放以反对中世纪的宗教桎梏等等。在这种思潮的影响下也产生了一些好的作品。但是资产阶级人道主义和无产阶级共产主义是两种根本不同的世界观"。③ 客观地说,这些观点在当时的环境中还讲究一点学理。但是,从 60 年代到"文化大革命"结束,人性、人道主义主要被作为地主、资产阶级和修正主义等剥削阶级的思想,并遭遇了被彻底否定和抛弃的命运。文艺理论界主要是以这样的观点来进行各种批判和文艺批评的④,这些观念在文论界对共鸣和山水诗问题的

---

① 钱谷融:《论"文学是人学"》,《文艺月报》1957 年 5 月号。
② 徐懋庸:《过了时的纪念》,《文汇报》1957 年 6 月 7 日。
③ 蔡仪:《文学概论》,人民文学出版社 1979 年版,第 44—45 页。
④ 参见蔡仪《人性论批判》,《文学评论》1960 年第 4 期;王燎荧《人性论的一个"新"标本》,《文学评论》1960 年第 4 期;洁泯《论"人类本性的人道主义"》,《文学评论》1960 年第 1 期;张国民、杨柄《批判王淑明同志的人性论》,《文学评论》1960 年第 2 期;于海洋等《人性与文学》,《文学评论》1960 年第 3 期。

讨论中也得以表现。在批判"人性论"的潮流中，由批判巴人、王淑明对"共鸣"的解释中引发了"关于文学上的共鸣问题和山水诗问题的讨论"，讨论也涉及了作为其基础的阶级性与人性的问题。柳鸣九将巴人等人与自己对"共鸣"的理解作了区分。他指出，产生共鸣现象需要一定的基础，即"必须以相同的阶级思想感情作为基础"；共鸣不同于欣赏活动中的爱好、喜爱、感动等精神感受。① 这个有悖于事实的结论，当然遭到不少人的反对。② 不同时代、不同阶级的人大都能够欣赏山水诗，这是个事实，实际上，这个事实已经证明了人性是产生共鸣的基础。但在当时的条件下，人们只能去寻找这个事实背后的原因。孙子威从欣赏者的个性中找到了原因，即尽管有许多差异，但欣赏者"总是通过个人的具体社会实践而发生作用的。这就是为何同一阶级的人在审美上也有千差万别，而不同阶级的人在审美上又可能有某种一致或近似的缘故"。③ 这样，与原来的结论——只有同一阶级才可能产生共鸣——相比，是一个不小的进步。

60年代，另一次关于人性、人道主义的讨论则是由讨论周谷城的文艺理论引发的。60年代初，周谷城先后发表了《史学与美学》《礼乐新解》等文章，很快引发了学术界的批判，这些批判主要围绕以下几点展开。第一，无差别境界。他的解释是："由礼到乐，由劳到逸，由紧张到轻松，由纪律严明到心情舒畅，由矛盾对立到矛盾统一，由差别境界到无差别境界，由科学境界到艺术境界。"④ 对此，批判者认为，周谷城是用"无差别境界"排斥文艺的阶级性。其中的"心身统一"的提法，"实质上就是把具有阶级性的人，假定为自然人，生物学的'人'"。⑤ 而且，"把文艺的社会性质修改为人的性质，通过取消文艺的阶级性，进而取消

---

① 柳鸣九：《批判人性论者的共鸣说》，《文学评论》1960年第5期。
② 参见闵开德《谈谈文学上的共鸣现象》，《文学评论》1961年第1期；文礼平《文学的共鸣现象及其发生的原因》，《文学评论》1961年第1期。
③ 孙子威：《有没有不带阶级性的山水诗?》，《文学评论》1961年第4期。
④ 周谷城：《礼乐新解》，《文汇报》1962年2月9日。
⑤ 高木东：《驳周谷城的"人性论"观点》，《辽宁日报》1964年8月27日。

人的阶级性"。① 既然人都有阶级性，艺术的社会性是阶级性，那么，"无差别境界"当然抹杀了艺术的阶级性，是"人性论"了。第二，时代精神汇合论。周谷城认为："在奴隶社会里，生产力比以前大大进步了，社会分裂成为剥削与被剥削的不同阶级，压迫与被压迫的不同阶级。随着阶级而出现的有国家制度。这时的人，除与自然作斗争外，尚有阶级与阶级的斗争，民族与民族的斗争。所有这些，又形成较此前更复杂的思想意识，汇合而为更复杂的奴隶社会的时代精神。……各时代的时代精神虽是统一的整体，然从不同的阶级乃至不同的个人反映出来，又各截然不同。"② 有批评者认为，其"时代精神"是超时代的，否定了各个时代精神的质的不同；以"统一整体"为借口，混淆、调和对立阶级的思想；其"时代精神"是绝对的，与抽象的"永恒人性"相似，"既然是各阶级所共有的，因而是永恒的存在。不同阶级、不同的个人，都只是反映这永恒存在的，作为统一整体的时代精神的一点一滴"。③ 第三，"表情论"的文艺理论。周谷城认为，文艺的源泉是情感，创作过程是"使情成体"，艺术的作用是"以情感人"。他还分析了感情与阶级感情的关系："（1）阶级感情四字太无一定……这样含糊的名词在这里不能使用；要使用还须另加说明，倒不如不用。（2）斗争并不止于阶级的，还有人对自然的斗争。人对自然斗争所生的感情，不能归入阶级感情内。……（3）其实感情大于阶级感情，我们讲艺术理论，当取范围较大者。若分析个人作品，则阶级感情范围嫌太大，还当把范围缩小些，小到与实际相符。个人作品所表现的感情是具体的，决不是含糊笼统的阶级感情四字所能代替的。"④ 有批判者认为，阶级社会中，人的感情就是阶级感情；作为人类社会的实践活动，不同阶级的人对物质生产的态度、情感也是不同的，周谷城抹杀了不同阶级对物质生产的感情；周谷城对情感的认识——"真实情感范围大于阶级情感"——承认了超越于阶级感情之上的更普遍的情感，也就是

---

① 高木东：《驳周谷城的"人性论"观点》，《辽宁日报》1964 年 8 月 27 日。
② 周谷城：《艺术创作的历史地位》，《新建设》1962 年 12 月号。
③ 吴汉亭：《评周谷城先生的美学观点》，《合肥师范学院学报》1963 年第 4 期。
④ 周谷城：《评王子野先生的艺术论评》，《文艺报》1963 年第 7、8 期。

"永恒的、超阶级的人性"①。周谷城大胆地强调了情感之于文艺的作用，对阶级情感提出了质疑，并探索了文艺中的阶级性与共同人性的关系。他的探索既有理论价值，又有现实针对性。但在60年代强调"阶级斗争为纲"的时代，其理论自然遭到了厄运。但事实证明，他对文艺中的阶级性与共同人性关系的处理基本是正确的；他对情感的强调，还有他提出的有启发性的概念，都是有利于文艺创作实践的，缺陷在于其概念有些含混。

实际上，中华人民共和国成立后，社会改造基本完成，阶级斗争已经不再是社会生活的主要任务，文艺也应该及时地转换角色和功能。在这种背景下，强调艺术适当地描写人们日常生活中共通的思想、感情、行为，不仅有助于扩大文艺的表现范围、全面而深刻地开掘社会及个人，增强艺术的表现力和感染力，也有助于充分地发挥艺术满足人们精神需求的作用。文艺与人性的关系，不仅是理论问题，更重要的是实践问题，是如何把握度的问题。从这种意义上讲，在文艺中提倡写人情、人性是有积极意义的，而且，巴人和周谷城等学人并没有否定阶级性。但由于"极左"思想的干扰，反而遭受了批判，这是我们应该汲取的教训。

第二节　20世纪70、80年代关于人性、 人道主义与文艺关系的探索

70年代末，随着政治上"拨乱反正"，社会获得了相对宽松的环境，文化与学术研究也逐渐正常化，学术界集中讨论的第一个理论问题就是人性、人道主义和异化问题。1977年，何其芳披露了毛泽东关于共同美的观点，即"各个阶级有各个阶级的美，各个阶级也有共同的美。'口之于味，有同嗜焉'。"② 这个观点为人性的讨论提供了一个机会。1978年，朱光潜发表了《文艺复兴至19世纪西方资产阶级文学家艺术家有关人道

---

① 吴汉亭：《评周谷城先生的美学观点》，《合肥师范学院学报》1963年第4期。
② 何其芳：《毛泽东之歌》，《人民文学》1977年第9期。

主义、人性论的言论概述》①一文,尝试谈论这一议题,之后,汝信、王若水等学者逐渐介入这个问题②,他们大都谨慎地从研究国外的理论入手。1980年,讨论才逐渐转向从马克思主义角度来研究这些问题,并把讨论引申到对现实的理论思考。其中,汝信等学者的文章引起了广泛的关注和讨论,讨论在1984年达到了高潮。据统计,从1978年到1983年,发表的相关文章就有600多篇。而且,学界还召开了多次专题性的研讨会,《人民日报》《哲学研究》《文学评论》等重要理论报刊都刊发了大量的文章,还出版了《人是马克思主义的出发点》(人民出版社1981年版)、《关于人的学说的哲学探讨》(人民出版社1982年版)和《为人道主义辩护》(生活·读书·新知三联书店1986年版)等多部论文集。这次讨论也由此成为新时期以来,参加规模最大、持续时间最长的一次讨论。这次讨论显然具有强烈的现实针对性,即对"文化大革命"践踏人格、人的价值、人的尊严的抗议,也是从理论上对这些灾难的反思。而且,随着《班主任》等"伤痕文学"崛起,这些作品所展示的"文化大革命"的种种惨象与畸形,不但成为文艺创作界、理论界反思"文化大革命"的动力,甚至比单纯的理论探索更具冲击力,随后,哲学界、美学界与这股力量会合,共同参与了理论上的讨论。也就是说,否定"文化大革命"和反思"文化大革命"已经成为知识界的共识,也由此结成了一个清理与反思"文化大革命"的"知识共同体",这个共同体成为这次讨论的中坚力量。此外,这次讨论还明显地受到存在主义等国外理论思潮、"手稿热"和西方的"马克思学"等学术因素的影响。

在这次讨论中,有不少论者都是以马克思早期的思想(特别是《1844年经济学—哲学手稿》中的思想)为根据,来论述马克思主义与人道主义的关系。这就涉及如何评价这部著作以及如何看待马克思思想的发展。

---

① 朱光潜:《文艺复兴至十九世纪西方资产阶级文学家艺术家有关人道主义、人性论的言论概述》,《社会科学战线》1978年第3期。

② 汝信:《青年黑格尔关于劳动和异化的思考》,《哲学研究》1978年第8期;墨哲兰:《巴黎手稿中的异化范畴》,《国内哲学动态》1979年第8期;王若水:《关于"异化"的概念》,《外国哲学史研究集刊》1979年第1期。

汝信等学者认为，马克思在《1844年经济学—哲学手稿》中就人的问题阐发了"极其深刻的思想"（诸如"这种共产主义作为完成了的自然主义，等于人道主义""共产主义则是以扬弃私有财产作为自己的中介的人道主义"），这与成熟的马克思思想有着密切的联系，它代表了马克思对人道主义的看法，也能够以此为根据来研究马克思主义与人道主义的关系。周扬从整体上清理了人道主义与早期、晚期马克思主义的关系："马克思在他的早期著作中，曾经肯定地谈到人道主义。不能否认，这个时期他还未完全摆脱黑格尔、费尔巴哈的错误影响。1845年以后，马克思、恩格斯都曾对'真正社会主义者'的人道主义呓语进行批判。在他们成熟时期的著作中，也确实不再用人道主义这个词了，这些都是毋庸回避的事实。不承认马克思主义有一个发展过程，看不到马克思早期著作与后来成熟时期著作的区别，是不正确的；但是，否认马克思早期著作与后来成熟时期著作的联系，把两者完全对立起来，认为后期马克思从根本上抛弃了人道主义，也同样是不正确的。即使马克思在早期著作中讲的人道主义，也是和费尔巴哈的人道主义不同的。……马克思从费尔巴哈那里吸取了一些东西，但并没有停留在费尔巴哈的水平上，他超越了费尔巴哈；马克思批判了费尔巴哈的人道主义，但未从根本上否定人道主义。后来唯物史观和剩余价值论的创立，使马克思的人道主义思想放在更科学的基础上，而不是抛弃了人道主义思想。"① 邢贲思、蔡仪、陆梅林等学者认为，这部探索性的著作受到黑格尔和费尔巴哈的人本主义的影响，并不成熟，不能代表马克思后来的思想；在《神圣家族》中，异化已不是中心内容了，《关于费尔巴哈的提纲》初步地概述了其唯物史观，《德意志意识形态》标志着历史唯物主义理论的建立，后两部著作已经否定了费尔巴哈和《1844年经济学—哲学手稿》中的人本主义思想，以此为根据并不能说明马克思主义与人道主义的关系；夸大这部著作实际上就等于突出了"青年马克思"在马克思思想发展中的作用，这在西方的"马克思学"和一部分中国学者中都有所反映。这些评价才导致了在一些问题上的分歧。

---

① 周扬：《关于马克思主义的几个理论问题》，《人民日报》1983年3月16日。

哲学界、美学界、文艺界都参与了讨论，实际上，他们的讨论既有共同点，又有区别。二者的侧重点不同：哲学界、美学界偏重于理论上的讨论，主要探讨人性、人道主义、异化与马克思主义的关系，他们的讨论就显得抽象些；文艺理论界也从理论上探讨人性、人道主义和异化问题，但这不是他们的重心，他们主要研究文艺与这些问题的关系，文艺作品应不应该表现这些主题，如何表现这些主题，文艺表现这些主题时的得失，他们的讨论具有很强的针对性和现实性。两者的共同点和联系也颇多：相同的主题有助于他们共同进行理论上的探索，也有助于他们相互影响、相互借鉴对方的成果；都把马克思主义作为其理论资源和立论的根据，甚至还策略性地运用马克思主义的话语表达自己的看法。我们把这些讨论归纳为几个问题，以反映当时讨论的实际情况。

一　人性的含义及其与阶级性的关系

人性的含义，人性与阶级性的关系，以及文艺对它们的表现。20 世纪 70 年代末，随着政治上"拨乱反正"的展开，文艺界也开始检讨中华人民共和国成立后文艺的得失，重新反思文艺的基本问题（特别是文艺与政治的关系问题）。《上海文学》1979 年第 4 期发表了署名评论员的文章《为文艺正名——驳"文艺是阶级斗争的工具"说》，反对把文艺作为阶级斗争的工具，并引发了文艺与政治关系的讨论，这个事件也为人性、人道主义讨论开辟了道路。在这种背景下，人性及其与阶级性的关系（特别是文艺应该如何认识以及表现人性与阶级性的关系），又一次成为文艺理论关注的重点。探讨这个问题首先面临的是对人性的理解，对人性的不同理解，决定了对人性与阶级性关系的阐释，也决定了如何理解文艺与人性、阶级性关系的阐释。这里仅介绍讨论中几种有代表性的观点。

第一，人性是人的自然属性，这以朱光潜为代表。他在文章中开宗明义："什么叫做'人性'？它就是人类自然本性。"人性指的是《1844 年经济学—哲学手稿》所说的"人的肉体和精神两方面的本质力量"。在阶级社会中，尽管人要受到阶级性的制约，但人能够通过类似的经历、感受、审美经验以积淀起来倾向于一致的思想感情，这集中地表现为人情味。文艺就要表现这种人性、人情味。①

第二，人性是人的社会属性，即人的社会关系或社会性。在阶级社会中，人性主要表现为阶级性，但也有一些非阶级性。王元化认为："构成人的本质的东西，恰恰是那种为人所特有的失去了它人就不成其为人的因素。而这种因素，就是人的社会性。"② 马奇认为："人性就是人的社会性，它受社会的经济、政治、道德、宗教各方面的影响，是一个很复杂的东西。在阶级社会里，人的社会性不全是阶级性，也不只是人的共同性。如果认为人性只是人的共同性，人的共同性又是自然性，其结果，人性就只能是动物性，而社会性也就只是阶级性了。"③ 实际上，他们认为，人性是由人的自然性与社会性、阶级性和共同人性所构成的，其中，在阶级社会中，人的社会性、阶级性占主导地位。因此，这种人也才是现实中真实的人，文艺应该表现这些人性。与此相似，还存在着一种"社会关系总和"的人性观。马克思在《关于费尔巴哈的提纲》中指出："人的本质，并不是单个人所固有的抽象物，在其现实性上，它是一切社会关系的总和。"这种观点通过引用马克思的论述得出了"人性是社会关系总和"的结论，文艺应该描写人的社会关系，以反映其本质。

第三，人性是人的阶级性。毛星认为，人性是人的社会性，在阶级社会中，社会性就是阶级性。因此，人的本质和本性是阶级性。④ 在阶级社会中，二者是对等的、一致的。因而，文艺只要表现阶级性，也就等于是表现人性了，没有抽象的、超越阶级性的思想感情。

第四，人性是人的自然属性与社会属性的统一。王锐生认为："马克思是把人性和需要这两个概念联系在一起的，需要由人性所决定，而决定需要的人性当然包括自然属性和社会性这两个方面。"⑤ 胡义成也是这样认为的，但他的分析更为细致：从人性的层次上看，作为社会成员，人是

---

① 朱光潜：《关于人性、人道主义、人情味和共同美问题》，《文艺研究》1979 年第 3 期。
② 王元化：《人性札记》，《上海文学》1980 年第 3 期。
③ 马奇：《马克思〈1844 年经济学—哲学手稿〉与美学问题》，载全国高等院校美学研究会、北京师范大学哲学系编《美学讲演集》，北京师范大学出版社 1981 年版，第 89 页。
④ 毛星：《关于文学的阶级性》，《文学评论》1979 年第 2 期。
⑤ 王锐生：《人的自然本性、社会性和阶级性》，《辽宁大学学报》1980 年第 3 期。

社会性和动物性的对立统一；作为阶级的成员，人是阶级性和超阶级性的对立统一；作为阶级成员的具体的人，人是阶级性的人和具有个性特点的人的对立统一体；作为民族成员的具体人，人是具有民族特点、全人类共性以及特定阶级性对立统一体。但"人性、民族性、阶级性和超阶级性等概念，都不具有直接现实性。它们的直接现实，只能是具体人的个性"。① 因此，文艺要反映活生生的人，以人为凝结点，既要反映出人的社会性、阶级性和民族性；也要反映出人的生物性、超阶级性、个性、全人类性。

第五，人性是共同人性与阶级性的统一。钱中文认为，人性"主要指共同人性而言，它和阶级性一样，是现实的人的根本特征"。② 持类似观点的计永佑认为，借助于个性可以表现两者："共同的人性是全民的社会现象，而这种全民性的共同人性，体现在具体的人的个性中，它又与一定阶级的人性联系在一起。"③ 鉴于此，文艺应该描写具体的人的个性，而个性可以反映出全民的共同人性和阶级性。刘大枫认为，阶级社会导致了人性的异化。他还细致地分析了人性中"异化"的部分和未被"异化"的部分：对于前者，应该认为"'异化'了的部分人性尚且仍是人性而不是阶级性了"；对于后者而言，"也有可能以个性的形式存在"，"带着阶级性的人性，绝不是说就是阶级性，而是彼此之间同中有异、异中有同的人性"。"人性和它的表现形态人情是始终存在的。"④ 因此，文艺应该表现人性、人情和人的个性，在表现它们的过程中也就自然地表现了渗透于人性中的阶级性了。

从这些讨论中，可以发现人性与阶级性之间的关系主要表现为：（一）在阶级社会中，阶级性等同于人性；（二）在阶级社会中，人性是共同人性加阶级性，人性大于并包含了阶级性；（三）在阶级社会中，人性与阶级性是对立统一的关系，即它们是普遍与特殊、共性与个性、一般

---

① 胡义成：《人、人情、人性》，《社会科学》1980年第1期。
② 钱中文：《论人性共同形态描写及其评价问题》，《文学评论》1982年第6期。
③ 计永佑：《两种对立的人性观》，《文艺研究》1980年第3期。
④ 刘大枫：《人性的"异化"并非人性的泯灭》，《南开学报》1981年第2期。

与个别的关系；（四）人性与阶级性是不同的范畴，前者是为了区别人与动物，后者是为了区别社会的不同集团，因此，它们之间是并列的关系，不能把它们联系起来看待。在前三种情况下，阶级性与人性呈现相互渗透、融合、吸收、转化的状况。既然如此，文艺就应该表现人性与阶级性的这种复杂状态。

二 人道主义、异化与马克思主义的关系

人道主义讨论首先遇到的问题就是如何界定人道主义的问题。学界在理解人道主义时的分歧倒不大，新时期较早研究异化问题的学者汝信的界定已为多数学者接受："狭义的人道主义指的是欧洲文艺复兴时期新兴资产阶级反封建、反宗教神学的一种思想和文化运动；广义的人道主义则泛指一般主张维护人的尊严、权利和自由，重视人的价值，要求人能得到充分的自由发展等等的思想和观点。""用一句话来简单地说，人道主义就是主张要把人当作人来看待。人本身就是人的最高目的，人的价值也就在于他自身。"① 实际上，学界的主要分歧在于对人道主义的评价和其他一些问题上，这些分歧主要表现为以下几点。

（一）如何理解马克思主义与人道主义的关系？马克思主义与人道主义的关系，不仅仅是一个理论问题，它还涉及人道主义在中国的合法性，以及中国能否实行人道主义的实践问题。这样，一些学者就从人道主义与马克思主义的关系入手，试图以此为突破口，展开对人道主义的讨论。汝信明确肯定马克思主义包含了人道主义的原则："我认为不能把马克思主义笼统地和人道主义绝对地对立起来，更不能不加分析地一概把人道主义当作修正主义来批判。当然，不应该把马克思主义融化在人道主义之中，或是把马克思主义完全归结为人道主义，因为马克思主义不仅仅是研究人的问题。但是，马克思主义应该包含人道主义的原则于自身之中，如果缺少了这个内容，那么它就可能会走向反面，变成目中无人的冷冰冰的僵死教条，甚至可能成为统治人的一种新的异化形式。""马克思主义的人道主义和过去的人道主义学说虽有一定的批判继承的关系，但却有着根本

---

① 汝信：《人道主义就是修正主义吗？》，《人民日报》1980 年 8 月 15 日。

的区别。特别是，在一系列重大原则问题上，马克思主义者是和资产阶级人道主义者相对立的。因此，决不能把马克思主义的人道主义和其他人道主义流派混淆起来，而应把它看作人道主义的一种高级的科学的形式。"他还指出了马克思主义的人道主义区别于资产阶级的人道主义的四个重要特征。① 这个观点引发了持续的争论。王若水与汝信的观点大致相同："不能把马克思主义全部归结为人道主义，但是马克思主义是包含了人道主义的。""马克思始终是把无产阶级革命、共产主义同人的价值、人的尊严、人的解放、人的自由等问题联系在一起的。这是最彻底的人道主义。"② 杨柄、陆梅林等学者较早对此作出了理论上的回应，其中，蔡仪的看法很有代表性：人道主义"在思想实质上和马克思主义是根本矛盾而不相容的"。③ 在后来的讨论中，王若水、周扬都表达了与汝信大致相同的意思，周扬认为："我不赞成把马克思主义纳入人道主义的体系之中，不赞成把马克思主义全部归结为人道主义；但是，我们应该承认，马克思主义是包含着人道主义的。当然，这是马克思主义的人道主义。"④ 在讨论相持不下的情况下，胡乔木对此作出了权威性的结论，他把人道主义划分为作为"世界观和历史观的人道主义"（同马克思主义的历史唯物主义是根本对立的）和"作为伦理原则和道德规范的人道主义"（即社会主义的人道主义），其关系是："作为世界观和历史观，马克思主义和人道主义，历史唯物主义和历史唯心主义，根本不能互相混合、互相纳入、互相包括或互相归结。完全归结不能，部分归结也不能。人道主义并不能说明马克思主义，不能补充、纠正或发展马克思主义，相反，只有马克思主义才能说明人道主义的历史根源和历史作用，指出它的历史局限，结束它所代表的人类历史观发展史上一个过去了的时代。"他还指出了产生分歧的原因："历史唯物主义观察和解决人的问题的基本方法论原则，就是从一定的社会关系出发来说明人、人性、人的本质等等，而不是相反，从

---

① 汝信：《人道主义就是修正主义吗?》，《人民日报》1980年8月15日。
② 王若水：《为人道主义辩护》，《文汇报》1983年1月7日。
③ 蔡仪：《〈1844年经济学—哲学手稿〉再探》下篇，《文艺研究》1982年第4期。
④ 周扬：《关于马克思主义的几个理论问题》，《人民日报》1983年3月16日。

抽象的人、人性、人的本质等等出发来说明社会。这是马克思主义的历史唯物主义同资产阶级人道主义的历史唯心主义的一个根本分歧，也是我们现在这场争论中的一个根本分歧。"① 有论者对此提出：从本质上讲，人道主义是一种价值观，不存在没有价值观的世界观，世界观包括了价值观。② 有论者从历史角度质疑了胡乔木的判断，胡乔木所讲的历史没有主体，其历史主体是没有价值和抽象的。③

（二）马克思主义的出发点是什么？汝信较早地提出了马克思主义的出发点问题："至于马克思主义学说本身，则不仅不忽视人，而且始终是以解决有关人的问题作为自己的出发点和中心任务的。"④ 王若水表达得更为直接："总之，人既是马克思主义的出发点，又是马克思主义的归宿点。"⑤ 这个观点也引起了争议，其中，陆梅林和丁学良还对此进行了直接的辩论。陆梅林认为，汝信讲的"人"是马克思说的那种"一个生活在不论哪种社会形式中的人"。而且，这个错误还导致了唯物史观的缺失，并混淆了马克思主义和人道主义。应该从"那些使人们成为现在这种样子的周围生活条件"出发来观察人，这样，马克思主义的出发点则应该是具有社会人的一定性质，即"他所生活的那个社会的一定性质，因为在这里，生产，即他获取生活资料的过程，已经具有这样或那样的社会性质。……马克思和恩格斯从马克思主义之所以叫作马克思主义时起，始终坚持了这个出发点、这个基本前提的。"⑥ 丁学良直接质疑了陆梅林的看法："作为马克思主义出发点的，不仅仅是劳动阶级经济上遭受剥削的问题，而且是一切人在资本主义社会里都得不到健康完整的发展、人的世界相对于物的世界的贬值、整个人类价值受到严重损害的问题，也就是

---

① 胡乔木：《关于人道主义和异化问题》，《人民日报》1984年1月27日。
② 王若水：《我对人道主义的看法》，载王若水《为人道主义辩护》，生活·读书·新知三联书店1986年版。
③ 陈卫平、高瑞泉：《评新时期十年的五次哲学争论》，《华东师范大学学报》1989年第1期。
④ 汝信：《人道主义就是修正主义吗？》，《人民日报》1980年8月15日。
⑤ 王若水：《关于人道主义》，《新港》1981年第1期。
⑥ 陆梅林：《马克思主义与人道主义》，《文艺研究》1981年第3期。

说，是一切人都遭受深重奴役的大问题。"而且，"马克思从来也没有改换过自己学说的根本出发点，没有否定过它的中心任务就是为了彻底解决人的问题。马克思把有关人的问题的解决作为自己的出发点和中心任务，这不是出于主观任意的原因，而是决定于近代历史发展的必然"。① 这样看来，马克思主义的"出发点"具有"方法论意义上的出发点"和"社会使命意义上的出发点"两种含义，陆梅林论述的也是"社会使命意义上马克思主义的出发点问题"，但是，"陆梅林同志并没有对出发点的不同含义进行精确的区分，没有仔细辨析马克思恩格斯著作中论到'出发点'时，究竟说的是哪种意义上的出发点，而只是瞩目于字眼上的一模一样，结果就把马恩关于方法论意义上的出发点的言论，援引了来为他争论第二种含义上的出发点作证，从而导致了理解上的困难"。这样，"就会发觉陆文的这个结论是值得商讨的"。② 在讨论中，许明把"人的物质生产活动"作为马克思主义的出发点，依据是：既然我们讨论的是"马克思主义的出发点"而不是"马克思的出发点"，就需要从历史唯物主义中寻找其出发点；成熟的马克思主义（即历史唯物主义）确立于1845年，其标志是《德意志意识形态》的出版。③ 胡乔木对此的结论是："人类社会，人们的社会关系（首先是生产关系），这就是马克思主义的新出发点。"④

（三）如何理解人的解放和人性的复归？与马克思主义的出发点相联系，则涉及马克思主义的最高目标（是否是人的解放的问题），这也是马克思主义人学的重要问题。不少学者认为，人的解放是马克思主义的最高目标。对此，学界也存在着分歧。陆梅林认为："这种说法并不符合马克思主义理论的真谛，并未把握住科学社会主义的要义。这种说法恰恰模糊了科学社会主义和空想社会主义的本质区别。……在恩格斯看来，恰恰应当颠倒过来，首先无产阶级要求得自身的解放，然后才能解放全人类。这

---

① 丁学良：《〈马克思主义与人道主义〉一文质疑》，《文艺研究》1981年第6期。
② 同上。
③ 许明：《人的物质生产活动是马克思主义的出发点》，《学术月刊》1982年第4期。
④ 胡乔木：《关于人道主义和异化问题》，《人民日报》1984年1月27日。

是马克思和恩格斯的共同思想。"而且，马克思还"指明了今后人类历史发展的实际进程：通过工人的解放而解放全社会，解放全人类。也就是说，首先是工人阶级的解放，然后才是全人类的解放。当然，马克思后来还说过，无产阶级不解放全人类，也就不能彻底解放自己。这就把马克思的共产主义和人道主义者的共产主义划分开来了"。① 丁学良质疑了陆梅林的看法，他认为，在对马克思主义的最高目标、最终目的的理解上，陆梅林的论述是"自相矛盾"的：一方面，陆文似乎告诉人们，马克思主义与空想社会主义的目标不同，前者以无产阶级的解放为目标，后者以人的解放、全人类的解放为目标；另一方面，人们还可以从陆文中得出的这样的结论，"马克思主义并不否定解放全人类的目标，马克思主义反对的是空想社会主义实现这一目的的程序（即不是首先解放无产阶级，然后再实现全人类的解放，而是要求同时解放一切人）；马克思主义也是把人的解放、彻底解放全人类作为自己的最终奋斗目标的"。丁学良认为，后一种说法是正确的，陆文误解的原因在于，他机械地、狭隘地理解了"解放"的内容，即仅仅把"解放"理解为"政治和经济的概念，而没有把人的解放理解为一个完整的、具有多方面内容的过程。……共产主义不仅是人的政治经济的解放，而且是人的一切感觉和特性的彻底解放"。丁学良认为，从文化史（特别是文艺复兴运动以来）的角度来看，"全面发展的人"就是"人道主义的基本标记"，而不能说，马克思主义的解放人的目标没有人道主义精神。②

与人的解放相联系的另一个问题则是人性的复归。汝信认为，共产主义的目的不仅是为了解放工人阶级，而是为了谋求全人类的解放，正是在这种意义上，马克思才在《1844年经济学—哲学手稿》中提出了"人的复归"的命题，他显然赞同这种提法。在后来的讨论中，对于这个提法以及这个问题的解释存在着不同的看法。一种观点认为，提"人性的复归"是必要的，也就是回归到人性被异化前的原始状态（也可以说原始共产主义社会），这是马克思成熟的思想，而且，"这种'复归'，实质就

---

① 陆梅林：《马克思主义与人道主义》，《文艺研究》1981年第3期。
② 丁学良：《〈马克思主义与人道主义〉一文质疑》，《文艺研究》1981年第6期。

是发展。它的特点是在保留人在历史发展中所积累的全部物质财富和精神财富的基础上,回复到私有制产生之前的人与人之间的自由平等关系。这种复归后的人性要比'人之初'的人性具有无比的丰富性。所以马克思把这种'复归'或'发展'称做'积极的扬弃'"。① 但是,有不少论者或者反对这种提法,或者反对把它作为马克思的成熟思想,或者对"人性的复归"的含义进行了不同的解释。在黄药眠看来,"我认为,将来的共产主义社会,同原始的共产社会,已有很大的不同,难道要我们将来的人复归到原始共产社会?所以我认为这个提法不够恰切。我只同意人性也是历史发展的"。② 许明基本上否定了这个命题:"'人的本质异化和复归'不能成立,不仅因为成熟的马克思主义著作中没有这个的命题,批判了这个命题,而更因为在实践中是解释不通的。"他分析了其结论的根据和这个命题的困境:第一,"这个命题的基本前提是确立人的本质"。第二,"如按照'复归'论,势必认为阶级社会是对人性的泯灭和堵塞"。第三,"即使坚持'现实的人'是出发点,但是,人的本质的现实性不能不是一种历史性。这就出现了无法解决的难题:如要坚持'人是出发点',设定一个人的本质,再演绎出人的本质异化和复归,那么,人就无法是'现实的人';如果坚持'人是现实的',那么,人的本质的预先设定就不可能,人的本质的异化和复归就成了一句空话,整个立论的内容就要被推翻"。③

(四)异化与马克思主义、社会主义的关系。异化与人性密切相关,这次讨论还涉及异化理论与马克思主义、社会主义的关系。马克思在借鉴黑格尔、费尔巴哈的异化概念的基础上,发展出对这个概念的解释。实际上,这次讨论对"异化"概念本身没有多少分歧,学界大都认为,异化就是使原本属于自己的东西疏远、脱离自身,并变成了异己的、与自己敌对或支配自己的东西。但是,在异化理论是否科学、是否是马克思的成熟思想等问题上产生了严重的分歧。一种观点是,"异化"思想在马克思思

---

① 孙月才:《"人的复归"刍议》,《文汇报》1982 年 6 月 28 日。
② 黄药眠:《人性、爱情、人道主义与当前文学创作倾向》,《文艺研究》1981 年第 6 期。
③ 许明:《人的物质生产活动是马克思主义的出发点》,《学术月刊》1982 年 4 期。

想的发展过程中发挥了重要作用："马克思把费尔巴哈讲的生物的人、抽象的人变成了社会的人、实践的人，从而既克服了费尔巴哈的直观的唯物主义，并把它改造成实践的唯物主义；又克服了费尔巴哈的以抽象的人性论为基础的人道主义，并把它改造成为以历史唯物主义为基础的现实的人道主义，或无产阶级的人道主义。在这一转变过程中，'异化'概念的改造起了关键的作用。"而且，这个概念本身也是应该肯定的："'异化'是一个辩证的概念，不是唯心的概念。唯心主义者可以用它，唯物主义者也可以用它。黑格尔说的'异化'，是指理念或精神的异化。费尔巴哈说的'异化'，是指抽象的人性的异化。马克思讲的'异化'，是现实的人的异化，主要是劳动的'异化'。……那种认为马克思在后期抛弃了'异化'概念的说法，是没有根据的。"① 另一种观点与此相反："总之，对异化概念，要区别两种情况。一种是把异化作为基本范畴和基本规律，作为理论和方法，一种是把异化作为表达特定的历史时期中某些特定现象（包括某些规律性现象）的概念。马克思主义拒绝前一种异化概念，而只在后一种意义上使用这一概念，并且把它严格限制在阶级对抗的社会，特别是资本主义社会。"② 此外，还有一种观点强调了马克思的异化思想的复杂性："把马克思的异化理论简单地看成是马克思主义的重要组成部分，甚至是核心部分，是不对的。但把它看成是黑格尔的思辨哲学和费尔巴哈的人本主义的混合，也是一种简单化的片面观点，无论如何，马克思是努力从经济事实出发去寻求人类社会发展的客观规律，同黑格尔和费尔巴哈已经有了明显的区别。马克思的异化理论是马克思主义形成过程中的产物，不可避免地带有二重性。"③

关于异化的讨论还引申出社会主义是否存在异化现象的问题。王若水对此持肯定态度："现在我想提个问题：在社会主义社会里还有没有异化呢？实践证明还有。尽管我们消灭了剥削阶级，但有些问题还没有解决，

---

① 周扬：《关于马克思主义的几个理论问题》，《人民日报》1983年3月16日。
② 胡乔木：《关于人道主义和异化问题》，《人民日报》1984年1月27日。
③ 何玉林：《黄枬森等在纪念马克思逝世一百周年学术报告会上的发言摘要》，《人民日报》1983年3月14日。

有些新问题又产生了。"其表现是"思想上的异化,政治上的异化,经济上也存在异化"。① 在后来的讨论中,有论者肯定社会主义存在异化现象,但应具体分析,不能滥用这个概念。黄枏森认为,任何社会都不可能避免异化现象(主要指对抗性的异化),社会主义也同样如此,警惕异化现象,尽量减少、减轻异化现象和盲目性,这样的异化和异化概念对社会主义是有现实意义、理论价值的。但是,异化现象与马克思所说的异化劳动(资本家攫取工人的剩余价值)是不同的,社会主义的异化现象表现为矛盾、对抗性的矛盾和阶级矛盾。为此,他强调:"我不反对用异化概念来表现社会主义社会中的某些现象,但不应滥用,尤其不应不管具体含义随便使用,这只能引起思想混乱。"② 有论者坚决反对"社会主义异化论",胡乔木在总结这次讨论得出的结论就很有代表性:"他们脱离开具体的历史条件,把异化这种反映资本主义特定社会关系的历史的暂时的形式,变成了永恒的,可以无所不包的抽象公式。然后,又把它运用于分析社会主义,从而提出社会主义的异化问题。他们就是用这种方法把社会主义社会同资本主义社会混为一谈。"③ 事实证明,否认社会主义存在异化的学者确实对当时的异化现象缺乏足够的估计,从而出现了偏颇。现在看来,社会主义也同样存在异化或异化现象,应该号召社会最大限度地减少其危害。

三 文艺与人性、异化、人道主义的关系

这次讨论不但涉及了人性、人道主义的基本理论,而且还涉及文艺理论界文艺与人性、异化、人道主义的关系,这些问题主要是从基本理论、文艺创作和文艺批评中反映出来的。

第一,文艺与人性的关系。朱光潜是新时期最早为文艺表现人性正名的理论家之一,他在文章中呼唤文艺要写人情,重视"对人性的深刻理

---

① 王若水:《文艺与人的异化问题》,《上海文学》1980年第9期。

② 何玉林:《黄枏森等在纪念马克思逝世一百周年学术报告会上的发言摘要》,《人民日报》1983年3月14日。

③ 胡乔木:《关于人道主义和异化问题》,《人民日报》1984年1月27日。

解和描绘"。① 范民声翻案性地重新评价了《论人情》。② 遭受过批判的王淑明也表明了自己的看法:"在文艺作品中只要写人,就应该表现出完整的人性。如果只承认人的阶级性,不承认非阶级性,在文艺创作中就必然会造成公式化、概念化。"③ 当时,这些观点起到了拨乱反正的作用。

在讨论人性时,理论家们已经指出,文艺应该描写人的自然属性、人的社会属性、人的阶级性、人的自然性与社会性的统一、人的共同性与阶级性的统一,以及人性与阶级性的渗透、转化。从当时的讨论看,文艺界已经克服了过去认识人性的局限,努力去把握复杂的、多维的、动态的人性,并要求文艺表现、开掘人的复杂性,以塑造出符合实际存在的、真实的人物。其中,有些现象比较突出:人性是阶级性的人性观,已经失去了支配地位,文艺界开始反思其局限及其对创作的不良影响,这些反思为正确对待人性扫清了障碍,也有利于创作;人性是人的社会属性、人性是人的自然属性与社会属性的统一、人性是人的共同人性与阶级性的统一等人性观,获得了广泛的支持,文艺创作反映或印证了这些理论探索的成果,促进了文艺的发展;学界开始正视和重视人的自然属性,不但承认其合理性,而且也肯定了它对人的日常行为的影响,并要求文艺反映这些人性因素。在这些观念的影响下,文艺对共同人性的描写逐渐增多了。当时,文艺对人性的描写表现在:重视表现人的本能、生命欲求、动物性等自然属性;重视表现不同阶级、阶层的共同性或共通性,如对自然的欣赏、追求爱、要求情感满足等;重视表现人在追求真、善、美的过程中的人性亮点;重视人性对狭隘的阶级性的超越。但不可否认的是,当时对人的自然属性的描写就出现了一些矫枉过正的问题。在过去的创作中,人的自然属性往往遭到极端漠视、压制和批判,不满足这种状况,也由于受到生命哲学、精神分析等国外哲学与文学思潮的影响,文艺创作空前重视人的自然属性。这当然有其合理性,但是,有些作品热衷于挖掘与展示人的本能、性欲、冲动等因素,不遗余力地反对社会、文化、文明、伦理道德,结果

---

① 朱光潜:《关于人性、人道主义、人情味和共同美问题》,《文艺研究》1979 年第 3 期。
② 范民声:《重评巴人的〈论人情〉》,《东海》1979 年第 11 期。
③ 王淑明:《人性·文学及其他》,《文学评论》1980 年第 5 期。

丧失了人的特性和超越性。这种倾向很快就遭到了一些批评家的反对:"有的作品还提倡抽象的人道主义,抽象的'爱',根本抹煞是非、善恶的界限,抹煞正义与邪恶、革命与反革命的界限,把一切都加以颠倒,或企图用抽象的人道主义,抽象的爱的说教来解决社会矛盾。"[1] 此外,某些作品也没有处理好阶级性与人性、人情的关系。一些作家片面地夸大人性、追求极端纯粹的人性和超越阶级性的人性,并由此走向了否定人的阶级性、社会性的偏颇,有理论家也干预了这种倾向。人性及其与阶级性的复杂关系、文艺的审美性都决定了文艺反映阶级时的复杂性和特殊性:不同文艺门类表现阶级性的程度、层次、侧重点都有所不同,文学、影视、绘画可能直接些,音乐、舞蹈可能间接些;文艺对阶级性的表现与不同的创作方法有关,现实主义作品可能直接些;浪漫主义、现代主义作品可能含蓄些;阶级社会中的文艺可能更重视阶级性,和平时期的文艺可能更重视人性、人情,尽管如此,如果极端地强调阶级性或人性,可能都会损害文艺的表现效果,也不利于科学地分析文学、艺术史现象。因此,文艺理论应该总结正确处理阶级性与人性关系的规律,使文艺在两者的平衡中得以发展,也应该从这个角度出发去研究文学艺术家、文艺作品和其他文艺发展史现象。总之,这次讨论促进了对人性的全面认识,有助于克服以往片面的、机械的倾向,科学地对待人性及其描写;及时地纠正了描写人的自然性的泛滥,有利于文艺表现全面的人性;合理地界定了阶级性,纠正了以往无限夸大阶级性的偏颇,有利于文艺表现阶级性及其对人思想行为的影响,也有利于塑造人物和重新研究文艺史现象。

第二,文艺与异化的关系。把文艺与人性的关系再延伸一步,就成为文艺与异化的关系。如果承认社会主义社会存在着异化(思想异化、政治异化和经济异化)或异化现象,那么,文艺就应该表现、揭露和鞭挞这些异化或异化现象,以尽量减少它们。相反,如果否认社会主义社会存在着异化或异化现象,那么,文艺也就无所谓再去表现这些现象了。学界存在着有无异化或异化现象的分歧,这样的分歧必然会影响到文艺,并在

---

[1] 何玉林:《黄枬森等在纪念马克思逝世一百周年学术报告会上的发言摘要》,《人民日报》1983年3月14日。

文艺观上表现出来。俞建章认为，阶级是人类特定时期的社会现象，阶级是从人中派生出的现象，阶级性是人性的异化。文学应该表现人性的异化和复归："如果说，人的异化现象发生在社会主义社会同发生在资本主义社会有什么不同，那就是，由于排除了生产资料私有制，在今天的社会中，人的异化过程也是这种异化被自觉地认识、被积极地摒弃的过程，是人自觉地向合乎人性的自身复归的过程。"① 与此相反，计永佑认为，社会主义不存在异化劳动，这样，"异化论既然不能正确地解释我们的社会主义社会的现实生活，当然也无从正确地指导我们的社会主义社会现实生活的文艺创作，也无从正确地体现社会主义文艺的客观规律"。"也无助于正确地反映与区别两种不同性质的矛盾。""也无助于正确地处理文艺作品的歌颂与暴露问题。"② 事实证明，社会主义存在着异化或异化现象，文艺也应该表现它们。

第三，文艺与人道主义的关系。新时期以来，随着《班主任》等"伤痕文学"的出现，描写人性、人道主义的作品越来越多，《啊，人……》《人啊，人》《爱，是不能忘记的》等作品的名称就可见一斑。出于对"文化大革命"的反思和对现实生活中无视人的价值等现象的抗议，这些作品的出现是必然、必要而合理的。这些作品与学界就人性、人道主义、异化问题展开的讨论相呼应，通过感性、情感触及人的问题，甚至具有更大的冲击力。因此，文论界大都对文艺作品中的人道主义主题持肯定态度。其中，一部分论者继续按照"文学是人学"的方向发展，钱谷融重新论证了人道主义之于文学的意义："文学既以人为对象，既以影响人、教育人为目的，就应该发扬人性、提高人性，就应该以合于人道主义的精神为原则。"他还从文学评价标准的角度肯定了人道主义："人道主义原则是评价文学作品的一个最基本、最必要、也可以说是最低的标准。"③ 高尔太与钱谷融的观点不谋而合，他从艺术本质的角度肯定了人道主义与艺术的密切联系："历史上所有传世不朽的伟大文学艺术作品，都是人道主义的

---

① 俞建章：《论当代文学创作中的人道主义潮流》，《文学评论》1980年第5期。
② 计永佑：《异化论质疑》，《时代的报告》1981年第4期。
③ 钱谷融：《〈论"文学是人学"〉一文的自我批判提纲》，《文艺研究》1980年第3期。

作品，都是以人道主义的力量，即同情的力量来震撼人心的。……艺术本质上也是人道主义的。"① 另一部分论者则从新时期文学中寻找人道主义的合理性。何西来从文学潮流嬗变的角度指出："人的重新发现，是新时期文学潮流的头一个，也是最重要的特点，它反映了文学变革的内容和发展趋势，正是当前这场方兴未艾的思想解放运动逐步深化的重要表现。"其三个标志为"从神到人""爱的解放""把人当人"，重新发现人在文学上表现为，人性、人情、人道主义的重新提出。② 但是，也有论者反对把人道主义与社会主义文学联系起来。王善忠反对用人道主义衡量社会主义文学："社会主义文学首先是把共产主义思想作为自己的核心，其次它主要塑造无产阶级英雄和社会主义新人形象。这两个特点就不是人道主义所具有的，因为这是两种不同质的潮流，决不能混同或互通。"③ 洁泯则反对以人道主义潮流来概括新时期文学创作："在文学思想上，把近几年来的文学成就，都归结为'人道主义的潮流'，将充满着时代精神和革命激情的文学成绩，都划到抽象的人道主义里面去。……把抽象的人、抽象的人道主义作为准绳来解释历史的变化和文学的变化，必将得出谬误的结论，最后将导致背离马克思主义和社会主义。"④ 后来，刘再复高度地肯定了人道主义之于新时期文学的意义："我们可以找到一条基本线索，就是整个新时期的文学都围绕着人的重新发现这个轴心而展开的。新时期文学作品的感人之处，就在于它是以空前的热忱，呼唤着人性、人情和人道主义，呼唤着人的尊严和价值。"他从四个方面为人道主义进行了辩护，这样，人道主义就在社会主义文学中取得了合法性："毫无疑问，我们的社会主义文学应当成为最富有人情、人性、人道主义精神的文学。那种以反对抽象的人道主义为名，硬把社会主义描绘成非人道主义的文学，将给社会主义文学带来极大的错误和不幸。"⑤

---

① 高尔太：《人道主义与艺术形式》，《西北民族学院学报》1983 年第 3 期。
② 何西来：《人的重新发现》，《红岩》1980 年第 3 期。
③ 王善忠：《社会主义文学与人道主义问题》，《文学评论》1984 年第 1 期。
④ 洁泯：《文艺批评面临的检验》，《光明日报》1983 年 12 月 8 日。
⑤ 刘再复：《文学的人道主义本质的回复和深化》，《新华文摘》1986 年第 11 期。

这场讨论开始于20世纪70年代末,一直持续到80年代中期,并达到高潮。以胡乔木代表中央所发表的《关于人道主义和异化问题》一文为标志,讨论逐渐减少。客观地说,在这次讨论中,虽然反对共同人性、人道主义的学者为数不少,但是,赞同共同人性、人道主义的论者获得了更多的同情与道义上的支持。后来,一方面少量的这方面的讨论还在继续;另一方面,这些问题又被转化为其他问题得到了讨论。应该说,这次讨论有其必然性和合理性,而且,由于讨论自由空间的扩大,这次讨论取得了不少的成绩,既有理论价值,又对创作进行了一定的指导。而且,还对以后的文艺主体性等问题的讨论奠定了基础。

在中国当代文艺理论史上,人性、人道主义讨论具有重要的意义。这次讨论取得了重要的理论成果,有助于我们认识人性、人道主义,也有助于我们科学地理解文艺与人性、人道主义的关系。而且,这次讨论以理论的方式介入历史和现实问题,能够帮助我们思考"文化大革命"和80年代在处理人的问题上的缺陷,这次讨论还推进了文艺对人的表现。今天,尽管社会有了很大的进步,但是,在对待人的问题上,无论是现实生活还是文艺都有不尽人意之处。鉴于此,我们至今仍然需要从这次讨论中汲取经验教训,文艺理论与文艺创作也同样如此。

第 九 章

主体性的超越与局限

杜书瀛　张婷婷

　　主体性，本是针对"文化大革命"期间人的主体地位遭到扭曲和践踏，在 20 世纪 70 年代末 80 年代初提出的哲学命题，80 年代中期演绎于文艺学。"文学主体性"理论的提出和由此引起的热烈争论，也是 20 世纪文艺学自身发展的结果，是新时期文艺学历史链条上既无可回避也抹杀不掉的重要一环。它标志着文艺学研究的历史超越和从客体向主体、从"外"向"内"的转折。"文学主体性"理论，一方面由它的倡导者理论素养和哲学功底的不足，另一方面由时代历史和认识水平，具有局限性，必须给以历史性的批判和总结。

　　20 世纪 80 年代中期以后，随着新时期人本主义文艺思潮的深化，"文学是人学"的深入人心以及文学创作中"人"的意识的不断张扬，文艺理论家的思考，也开始由对"人"的主体地位的一般肯定过渡到对文学主体性理论的具体论证。早已潜在于新时期历次理论论争中的文艺本性的人本主义追问日益明朗化，并得以艺术哲学形态的表达。于是，有 1985—1986 年之交刘再复"文学主体性"理论的提出[1]和陈涌等对他的针锋相对的尖锐批评[2]，以及随之而来的上百篇文章对文学主体性问题的阐述、

---

[1] 刘再复：《论文学的主体性》，《文学评论》1985 年第 6 期、1986 年第 1 期。
[2] 陈涌：《文艺学方法问题》，《红旗》1986 年第 8 期。

探讨和争论；有陆贵山《审美主客体》①一书中对审美主体与审美客体关系的论述以及对现代西方艺术哲学"主体性"的综合分析；有畅广元主编的《主体论文艺学》②的出版。关于主体性问题，直到现在仍有不同意见的学术争论。对这一重大学术问题，我们本着百花齐放、百家争鸣的精神提出自己的看法，并对它所产生的历史和文化的根据，对它从哲学到文学的演化，对它的文艺学自身的来源，对它的学术价值和理论意义，对它的历史的和思想的局限以及理论缺欠等，进行评析。

第一节　文学主体性的哲学来源

一切文化现象都必然与人相关，或者是直接相关，或者是间接相关。没有"人"的内涵，没有"人性"的内涵，没有"人"的物质的感性的存在，没有"人"的精神的理性的存在，没有"人"的看得见的形象、身影或者看不见的思想、感情、理想、愿望、意志、目的，就没有文化。在这个意义上可以说，一切文化现象，都是"人化"现象。而这，实质上是一个哲学问题。哲学，从最根本的意义上说，它是对人自身的思考，对人的来源、去向，对人的性质、特点，对人的地位、命运，对人的价值、意义等的思考。当然，哲学也思考宇宙、自然、社会。但那是因为人是宇宙的一部分，是自然的一部分，人生活在社会中，是社会组织的最基本的细胞。因此，思考宇宙、自然、社会，是思考它们对人的意义和价值，是为了思考人，从根本上说，那也是对人的思考。哲学家们在回顾20世纪西方哲学变革的历程和考察当代中国哲学的走向时，认为"转向生活世界是这个世纪哲学变革的主题"。他们说，20世纪西方哲学在对传统哲学的拒斥、批判和摧毁中，实现了语言的转向、解释学的转向、新实用主义的转向，等等，这些转向实质是使哲学的生活世界之根日益清晰地显露出来，先于本体论和认识论的生存论，先于科学和哲学的日常语言及

---

① 陆贵山：《审美主客体》，中国人民大学出版社1989年版。
② 九歌：《主体论文艺学》，中国社会科学出版社1989年版。

其说话方式，先于逻辑和理论的日常生活信念和直觉，受到哲学从未有过的热切关注。转向生活世界的哲学变革并不仅是现代西方哲学经历的事情，我国新时期哲学改革的探索也在悄然地实现着这种转向。① 这里所说的"转向生活世界"，其实就是转向人本身，转向人的直接性的生活、生命本身，就是向人的运动着、激荡着的生活、生命靠近。生活世界是"活的"世界而不是"死的"世界。哲学就是面向人的"活的"生活世界的思考。哲学转向生活世界的实质就是转向人的"现身情态"，是在人的现实活动和生存状态中理解人本身，是对离人越来越远的、造成教条化公式化的实体本体论哲学思维方式的拒绝，是对脱离人的生活的、说假话、说大话、说空话、说官话的形而上学说话方式的拒绝，是对哲学学科的文化特权的拒绝，也即对任何外在于人的绝对权威的拒绝。未来的哲学只能是在人的现实生活中理解人本身并有助于发展人本身的生活哲学，是不仅合理而且通情的富有感召力的哲学。② 因此，"人""主体""主体性"，它们本身是一个哲学命题。

在中国当代最早提出主体性问题的也是哲学家而不是文学家。李泽厚在撰写于"文化大革命"当中、出版于1979年的《批判哲学的批判——康德述评》③ 一书中，就对"主体""主体性"问题，作了初步的论述，但当时人们对这些提法似乎没有在意。到1981年纪念康德《纯粹理性批判》出版200周年时，李泽厚发表了《康德哲学与建立主体性论纲》④ 一文，才专门地论述主体性问题，并引起学术界的浓厚兴趣和广泛关注。随后，在1985年发表的《关于主体性的补充说明》⑤ 中，又对"主体性"和"主体性实践哲学"的有关概念、范畴、结构、界限及其理论意义和发展前景等问题，进一步阐发了自己的观点。在《康德哲学与建立主体

---

① 高清海、孙利天：《论20世纪西方哲学变革的主题与当代中国哲学的走向》，《江海学刊》1994年第1期。

② 同上。

③ 李泽厚：《批判哲学的批判——康德述评》，人民出版社1979年版。

④ 李泽厚：《康德哲学与建立主体性论纲》，载中国社会科学院哲学研究所编《论康德黑格尔哲学》，上海人民出版社1981年版，第1—15页。

⑤ 李泽厚：《关于主体性的补充说明》，《中国社会科学院研究生院学报》1985年第1期。

性论纲》一文中，李泽厚在解释什么是"主体"和"主体性"的时候，这样说："相对于整个对象世界，人类给自己建立了一套既感性具体拥有现实物质基础（自然）又超生物族类、具有普遍必然性质（社会）的主体力量结构（能量和信息）。马克思说得好，动物与自然是没有什么主体与客体的区别的。它们为同一个自然法则支配着。人类则不同，他通过漫长的历史实践终于全面地建立了一整套区别于自然界而又可以作用于它们的超生物族类的主体性，这才是我所理解的人性。"① 显然，在李泽厚看来"主体性"就是一定意义上的"人性"，"主体"就是一定意义上的"人"。这个说法是有道理的。必须特别强调，所谓"主体"即"人"，它不是作为自然科学的概念的"人"，而是作为社会科学和人文学科（哲学、美学、文学等）的概念的"人"。就是说，它不是指生物学上的动物性的人，也不是指供医学上考察和研究的仅仅被看作血肉之躯的抽象的人；而是指包含着丰富的社会历史内容、积淀着人类发展中全部文明和文化蕴藏的人，是在客观的社会历史实践中不断发展和丰富其"本质力量"（马克思语）的人，是既能够进行客观的物质实践又能够进行各种各样的主观精神活动的人，是既有七情六欲、喜怒哀乐、激情、欲望、意志又有冷静的认识、思维、逻辑能力的人，是既能反思过去、总结历史经验、继承传统又能设想和想象未来、提出理想蓝图的人，是既能把握对象又能反观自身的人，是有着丰富的像海洋一样广阔的精神世界和无穷无尽的创造力量的人。最主要的，他是历史的具体的人，是能够进行自我规定的人，即他能够通过客观的社会历史实践活动（包括物质实践和精神实践），自己创造自己、自己肯定自己、自己确证自己、自己发展自己；他能够并且实际上已经、正在和将要自己创造自己的历史。正是在自己创造自己历史的客观社会实践中，作为主体的人才不是靠外力，而是如《国际歌》所唱的"我们要自己救自己"。总之，主体作为感性和理性、个体和群体的矛盾统一，在内省与外察、顾后与瞻前的结合中，通过自己的实践来肯定、确证、发展、创造自己。"实际创造一个对象世界，改造无机的自然

---

① 李泽厚：《康德哲学与建立主体性论纲》，载中国社会科学院哲学研究所编《论黑格尔康德哲学》，上海人民出版社1981年版，第3页。

界，这是人作为有意识的类的存在物的自我确证"；而且从主体方面来说，"只是由于属人的本质的客观地展开的丰富性，主体的、属人的感性的丰富性，即感受音乐的耳朵、感受形式美的眼睛，简言之，那些能感受人的快乐和确证自己是属人的本质力量的感觉，才或者发展起来，或者产生出来。……五官感觉的形成是以往全部世界史的产物"。[①]

理论家们在 70 年代末 80 年代初提出"主体"和"主体性"的问题，是时代和历史的要求；他们所采取的方法也是历史上人们用过的方法。

马克思在《路易·波拿巴的雾月十八日》这篇著名的文章中，谈到人们"在直接碰到的、既定的、从过去承继下来的条件下""自己创造自己的历史"时说："他们战战兢兢地请出亡灵来给他们以帮助，借用它们的名字、战斗口号和衣服，以便穿着这种久受崇敬的服装，用这些借来的语言，演出世界历史的新场面。"[②] 物质生活的创造是如此，精神生活的创造（包括社会科学理论的创造，哲学、美学、伦理学、文艺学等人文学科理论的创造，文学艺术等审美生活的创造等）也如此。当"文化大革命"时期人的主体性、主体地位遭到扭曲、贬低，甚至蔑视和践踏的时候，当在乌云密布或者乌云尚未散去的历史条件下，人们，特别是理论家要在种种和重重压力下，恢复或弘扬人的主体性和主体地位时，就常常采取历史上惯用的手法，请出历史的亡灵来帮忙。当时，李泽厚请出来的是康德。在《批判哲学的批判——康德述评》中，他广泛涉及康德认识论中"向自然立法"，伦理学中"人是目的""意志自律""自由""自己为自己立法"，美学中"无目的的目的性"（主观合目的性）等主体性命题。他特别发挥了康德《道德形而上学基础》第二章中所说"无论是对你自己或对别人，在任何情况下把人当作目的，决不只当作工具"这段话，赫然标出"人是目的"作为一个小节的题目[③]，借康德的主体论理论，提出现实的主体性问题，其现实针对性是明显的。这是"请出亡灵"来表达对"文化大革命"中"四人帮"只把人当工具、蔑视和贬低主体

[①] 马克思：《1844 年经济学—哲学手稿》，刘丕坤译，人民出版社 1979 年版，第 50、79 页。
[②] 《马克思恩格斯选集》第 1 卷，人民出版社 1972 年版，第 603 页。
[③] 李泽厚：《批判哲学的批判——康德述评》，人民出版社 1979 年版，第 288—291 页。

的思想和行为的一种抗议，表现了理论上的勇气。在《康德哲学与建立主体性论纲》和《关于主体性的补充说明》中，李泽厚又从认识论、伦理学和美学三个方面对主体性的内容作了阐发，并且特别强调历史实践的重要。应该指出，第一，我们所看到的这个时期的李泽厚基本上还是从历史唯物论的立场或者力图从历史唯物论的立场出发来展开自己对哲学、伦理学、美学等主体性问题的理论思想的，他并没有跳出"如来佛的掌心"；国外一些人把李泽厚视为马克思主义者，不是没有道理的。例如，在认识论上，他强调"多种多样的自然合规律性的结构、形式，首先是保存、积累在这种实践活动之中，然后才转化为语言、符号和文化的信息体系，最终积淀为人的心理结构，这才产生了和动物根本不同的人类的认识世界的主体性"；而这一切都是通过主体的客观历史实践来完成的，离开了历史唯物论的实践观点，离开主体的创造性的、具有历史主动精神的实践，人就成了消极的、被决定、被支配、被控制者，"成为某种社会生产方式和社会上层建筑巨大结构中无足轻重的沙粒或齿轮"，陷入历史宿命论和经济决定论的泥坑。在伦理学上，他主张用马克思主义实践哲学来解释伦理主体性（也即康德的"道德自律"），要突出道德的尊严和力量；要求个体实践在解决好个体与群体（社会）的关系的基础上树立主体性，要求个体实践应该具有担负全人类的存在和发展的义务和责任。"哲学伦理学所讲的个体的主体性不是那种动物性的个体，而刚好是作为社会群体的存在一员的个体。"不过，他总是试图把马克思主义的观点翻译成他从西方现代哲学中所借鉴来的语言，故意造成一种"创新"的感觉，如，他在说明"主体性"概念包括有两个双重内容和含义时说："第一个'双重'是：它具有外在的即工艺—社会的结构面和内在的即文化—心理的结构面。第二个'双重'是：它具有人类群体（又可以区分为不同社会、时代、民族、阶级、阶层、集团等）的性质和个体身心的性质。这四者相互交错渗透，不可分割。"而且李泽厚还特别强调："这两个双重含义中的第一个方面是基础的方面。亦即，人类群体的工艺—社会的结构面是根本的、起决定作用的方面。在群体的双重结构中才能具体把握和了解个体身心的位置、性质、价值和意义。"其实，这不过是用他的一套语言（"工艺—社会结构面""文化—心理结构面"等）来表述马克思主义关于"社会存在"与"社会意识"及"经济基础"与"上层建筑"的关系,以及个人与社会("个体"与"群体")的关系,强调在两者的关系中,社会的经济基础、社会存在("人类群体的工艺—社会结构面")处于"基础"的"决定作用"的地位。但我们很担心,这种"标新立异"的术语会不会使马克思主义的原意走味。第二,李泽厚在这里所表现出来的理论思想,特别是哲学—美学思想、包括他的美学上的主体性思想,并没有超越他50—60年代的水平。他仍然唱他50—60年代的老调子:"美作为自由的形式,是合规律性和合目的性的统一,是外在自然的人化或人化的自然。审美作为与这自由形式相对应的心理结构,是感性和理性的交融统一,是人类内在的自然的人化或人化的自然。它是人的主体性的最终成果,是人性最鲜明突出的表现";"如果说,认识论和伦理学的主体结构还具有某种外在的、片面的、抽象的性质,那么,只有在美学的人化自然中,社会与自然,理性与感性,人类与个体,才得到真正内在的、具体的、全面的交融合一"。他作为当代美学一个派别的代表人物,虽然其美学理论有自己的特色;但从总体上看,他的理论基点还是"本质主义"的,他的美学包括他的主体性美学思想,仍属于"古典主义"美学范畴;甚至我们可以说,李泽厚的上述美学思想在今天新一代美学家看来属于历史已经翻过去的一页。第三,还应该特别注意的是,李泽厚对"主体性"的考察和分析,采用的是结构主义的方法,因而带着结构主义只局限于"静态"观察的弱点(如上面对"主体性"的"工艺—社会结构面"和"文化—心理结构面"关系的静态考察和分析),而缺乏对"主体性"的历史发展的动态把握,至少这种历史发展的思想贯彻得不彻底。事实上,"主体""主体性"是历史地产生、发展和变化的,"主体""主体性"的内涵是随人类实践的发展而历史地展开并不断丰富和充实的,是具有很强的时代性的。可惜,"主体""主体性"的这些重要特性常常不能进入李泽厚的理论视野,被忽略了。

然而,尽管如此,历史地看,李泽厚在20世纪70—80年代所张扬的主体性理论确有重要的贡献。顺便说一句,在前一阵子讨论主体性问题的时候,有的同志认为,80年代的中国学者提出主体性问题,是炒历史冷饭,是在讨论人家早已谈论过的陈旧命题。这种批评是不够中肯的。批评者似乎对当代中国的国情了解不深,也对理论家常用的借历史亡灵来进行新的理论创造的手法缺乏领悟。主体性虽然是当年康德论述过的,但今天的中国学者借康德的话谈今天中国的现实问题,已经赋予"主体性"以新的含义和新的历史使命。可以说,在当代中国,"主体性"是以新的面貌出现的具有重要历史意义的时代命题——对于时代赋予主体性的这一深刻含义以及时代也同时给予它不可避免的理论限度,主体性理论的倡导者自己,包括李泽厚、刘再复等人,可能并没有足够清醒的认识,所以他们的主体性理论带有相当大的局限性。

李泽厚的以主体性为核心的思想自 70 年代末开始,至少活跃了 10 年,波及学术各界,直到 80 年代后期才受到挑战和批判。他所倡导的主体性理论,在大约 10 年间几乎成了某些学者,特别是某些青年学子的学术纲领。80 年代中期刘再复及其同道所宣扬的"文学主体性"理论,就其基本内容、主要精神、理论指向、思维模式等而言,可以说是李泽厚哲学主体性和美学主体性思想在文学领域里的演义(演绎)和具体运用,只是多了一些文学家常常喜欢流露出来的文采和掩抑不住的情感色彩,个别地方甚至有些"艺术夸张"。其结果,一方面是使主体性理论更通俗化,更容易为人们所接受,便于传播;另一方面也使得主体性理论"继承"了在李泽厚那里所具有的优点和弱点,尤其是由于刘再复本人的理论素养不足和哲学根底不深,"主体性"在刘再复手里减弱了理论深度和科学准确性,某些地方甚至有些"走调"。这些,我们将在后面详述。

第二节　文艺学自身的历史脉络

文学主体性理论的出现不但有其哲学的来源,而且就文艺学自身历史来看,也有它自己的发展理路——它是近代以来"人的文学"和"文学是人学"话语发展和深化的结果,是与"人的解放""人的觉醒"相联系、相伴随的"文的解放"和"文的觉醒"的结果。如果我们把眼光向历史的纵深处投视,我们会看到主体的呼唤、回归和展现,文学主体性理论的提出、发展和完善，是一个由潜在到显在的历史过程。

众所周知，在中国数千年的文化传统中，特别是封建社会儒家的文化传统中，"文以载道""经世致用"、道德教化等是最强大、最持久的思想潮流之一，"文"被置于"载道"或"教化"的工具的位置上。相当于今天人们视为"审美活动"的"艺"的地位就更低。文艺常常被视为小道末技。汉代扬雄的《法言·吾子》中说："或问：吾子少而好赋？曰：然。童子雕虫篆刻。俄而曰：壮夫不为也。"① 宋代的周敦颐在《通书·文辞》中认为："不知务道德而第以文辞为能者，艺焉而已。"② 稍后于周敦颐的程颐甚至提出"作文害道"。③ 他们都表现出对"文"，特别是对"艺"的轻视和蔑视，这里面也包括对"弄文"，特别是"弄艺"的"人"（今天我们所谓"文艺的创作主体"）的轻视和蔑视。在中国古代，"艺人""戏子"的地位是最低下的，是最令人瞧不起的。显然在这种情形之下，是谈不到"文艺"的主体性的。直到近代特别是"五四"前后，在社会启蒙（包括思想的、文化的、政治等的启蒙）的大潮之下，出现了现代意义上的"人"的觉醒和"人"的解放，随之出现了"文"的觉醒和"文"的解放，才开始有了文学主体性的萌芽。胡适、陈独秀、李大钊、鲁迅、周作人诸人倡导的"人的文学"，即可看作现代的文学主体性萌芽的一个表征。反过来说，文学主体性的这种萌芽，也正是"人的解放""人的主体地位"的一种表现形态。"五四"新文化和新文学运动的这些骁将们，高举着"德先生""赛先生"（民主、科学）两面思想解放和人的解放的大旗，向压抑人、束缚人、残害人、"吃人"的封建思想体系猛烈冲击，向"文以载道"的旧观念冲击。他们认为，"文以载道"的"道"（即"孔道"）是害人之魁首，不打倒这个魁首，就不会有人的尊严、人的价值，不会有人格独立、自由民主和平等博爱。所以，他们的核心目标就是争得人的解放，用今天的话来说，就是争得人的主体地位。

---

① 汪荣宝：《法言义疏》，中华书局1987年标点本，第45页。
② 《濂洛关闽书》卷一，《周子通书》第二十八。
③ 《二程语录》卷十一："问：作文害道否？曰：害也。凡为文不专意则不工，若专意则志局于此，又安能与天地同其大也。《书》云：'玩物丧志'，为文亦玩物也。"

胡适说:"信任天不如信任人,靠上帝不如靠自己。我们现在不妄想什么天堂天国了,我们要在这个世界上建造'人的乐园'。我们不妄想做不死的神仙了,我们要在这个世界上做个活泼健全的人。我们不妄想什么四禅定六神通了,我们要在这个世界上做个有聪明智慧可以戡天缩地的人。我们也许不轻易信仰上帝的万能了,我们却信仰科学的方法是万能的,人将来是不可限量的。我们也许不信灵魂的不灭了,我们却信人格是神圣的,人权是神圣的。"① 他们所进行的新文学运动,实际上是争取人的解放的运动的一部分;而这种新文学运动的"中心观念",如胡适所说集中体现在周作人的"人的文学"的口号中。② 周作人说:"我们现在应该提倡的新文学,简单的说一句,是'人的文学'。应该排斥的,便是反对的非人的文学。"什么是"人的文学"呢? 简单地说,就是"人道"的文学,用今天的话说就是尊重人的主体地位的文学。"用这人道主义为本,对于人生诸问题,加以记录研究的文字,便谓之人的文学。"什么是"非人的文学"呢? 简单地说就是"非人道""反人道"的文学,用今天的话说就是蔑视或践踏人的主体地位的文学。它"安于非人的生活,所以对于非人的生活,感着满足,又多带着玩弄与挑拨的形迹"。③ 从"五四"时期提出"人的文学"起,新文学中人道主义(通过文学争得人的主体地位)这根线时隐时现,却从未断绝,而是一直发展着。文学研究会所主张的"为人生"的文学,郭沫若和创造社诸人所提倡的张扬个性的文学,鲁迅所主张的"直面人生"的文学,甚至马克思主义文艺学所倡导的"无产阶级文学""人民大众的文学""工农兵文学"等,都贯穿着这条线,都同"五四"新文学运动中"人的文学"的方向是一致的,就其实质而言,都是为提高和增强人的主体地位和文学的主体性所做的努力。甚至以往历史上所发生的看似不可调和的某些争论(如30年代"两个口号"的论

---

① 胡适:《我们对于西洋近代文明的态度》,载《胡适文存》第3集第1卷,黄山书社1996年版,第6—7页。

② 胡适在《中国新文学大系·建设理论集·导言》中说,周作人把"那个时代所要提倡的种种文学内容,都包括在一个中心观念里,这个中心观念叫做'人的文学'"。

③ 周作人:《人的文学》,《新青年》1918年第5卷第6号。

争），今天回过头来看，双方其实都在各自的立场上，以自己的方式延续和发展了"人的文学"的精神。以往文艺学上长期受批判的某些所谓"错误"思想观点，如胡风的"主观战斗精神"，今天看来正是"人的文学"、张扬主体地位的文学在 40 年代的一种特殊理论诉求。胡风强调"主观战斗精神"，从其基本精神看，是要强调"主动地把握以及改造客观现实的人的素质"，是要强调"主观能动性"可以使人在对象面前获得"自由的性格"[1]；是要强调"客观事物只有通过主观精神的燃烧才能够使杂质成灰，使精英更亮，而凝成浑然的艺术生命"。[2] 而且，即使谈到客体、谈到文学对象时，胡风也是突出"人"，他认为现实主义所面对的对象就是"活的人，活的心理状态，活人底精神斗争"。[3] 到 20 世纪 50—60 年代，巴人、王淑明提倡文学中的"人性""人情"，钱谷融倡导"文学是人学"，都是"五四"以来"人的文学"、张扬人的主体地位的文学的延续和发展。特别是钱谷融的"文学是人学"，成为文学主体性理论的前奏曲，需要在此特别张扬。

第三节 "文学是人学"的来龙去脉

"文学是人学"这个口号最早是由苏联作家高尔基提出来的，那是 20 世纪 20—30 年代的事情。但高尔基的原话却并非今天我们所表述的"文学是人学"，而只是包含这样一个意思。1928 年，高尔基被选为苏联地方志学中央局成员，他在庆祝大会上致答词中解释自己毕生所从事的工作的性质时说，他毕生所从事的工作"不是地方志学，而是人学"。后来，在《论文学》（1930 年）中，当他谈到苏联文学应该越过以前的"贵族文

---

[1] 参见胡风《论现实主义的路》，载《胡风评论集》（下），人民文学出版社 1984 年版，第 320—327 页。

[2] 胡风：《〈给战斗者〉后记》，载《胡风评论集》（中），人民文学出版社 1984 年版，第 453 页。

[3] 胡风：《人生·文艺·文艺批评》，载《胡风评论集》（下），人民文学出版社 1984 年版，第 29 页。

学"的窄狭地域（主要局限于莫斯科州），把"视野"扩大到过去专制制度所压迫的其他地域的人民生活，"激起他们的人道主义情感"时说，"我并不是要强迫文学担负'地方志'和人种学的任务，然而文学到底是要为认识生活这个事业服务的，它是时代的生活和情绪的历史"。① 这句话中高尔基所突出说明的，是文学反映"生活和情绪的历史"，也即重点仍然是人。高尔基认为，文学是"创造性格的工作"，"创造典型"的工作。② "文学家所使用的是活生生的、灵活自如的、极其复杂而又具有各种性质的材料，这种材料常常像谜一样摆在他们面前，文学家愈少看见人，对于他们和他们的复杂性的原因、人物的品质的多样和矛盾研究和思索得愈少，这个谜就越加深奥难解"，"文学家的材料就是和文学家本人一样的人，他们具有同样的品质、打算、愿望和多变的趣味和情绪"。③ 而且，高尔基整个一生都在强调，文学应该始终高扬人道主义精神，高唱人的赞歌；文学要塑造、歌颂、赞美"大写的人"，要把普通人提高到"大写的人"的境界。总之，文学须以人为中心，不但以人为表现和描写的对象，而且目的也是为了人。这也就是他的"人学"的基本含义。

  文学是"人学"（或者如后来人们直接表述的那样："文学是人学"）命题的提出，在当时的苏联是有强烈的现实针对性的。在当时的苏联文艺理论界，庸俗社会学、庸俗认识论的势力相当强大。他们不顾文艺的本性和特点，在论述文艺问题时，往往见"物"不见"人"。他们从所谓"唯物认识论"原理出发，只强调文学写物、写现实，而忽视甚至反对写人。例如，在20年代，从著名的无产阶级文化派开始，不少文学派别都公开地、理直气壮地反对写人，而主张写钢铁、写生产、写阶级、写生活事实和事业。一些文学评论家指责高尔基的名言"人这个字眼儿多么令人自豪啊！"是"偷换唯心主义"，说什么"应该给文学提出的任务是：不是反映人，而是反映事业；不是写人，而是写事业；不是对人感兴趣，而是对事业感兴趣。我们不是根据感受来评价人，而是根据他在我们事业中所

---

① ［苏联］高尔基：《论文学》，人民文学出版社1978年版，第15页。
② 同上书，第63、160页。
③ 同上书，第316页。

起的作用。因此，对事业的兴趣于我们来说是主要的，而对人的兴趣是派生的……高尔基的公式'人——这个字听起来多么令人自豪！'对我们来说是完全不适宜的"。① 这样，就把所谓"现实"摆在文学的中心位置上，而"人"在文学中只被看作反映"现实"的工具，只是从属性的手段。高尔基提出文学是"人学"的命题，突出人在文学中的中心地位，捍卫了文学的本性，也坚持了文学创作的正确方向，对猖獗一时的庸俗社会学和庸俗认识论的文艺思想和见物不见人的错误的创作倾向，是当头一棒。

但是庸俗社会学和庸俗认识论的见物不见人的文艺思想是很顽固的。直到四五十年代，它们仍然有一定的市场。例如，在苏联虽算不上第一流文艺理论著作却作为文艺学教科书出现的季摩菲耶夫所著的《文学原理》中，就有这样的话："人的描写是艺术家反映整体现实所使用的工具。"② 这虽不是权威的说法，却是流行的观点。恰恰是这种流行的观点，随着苏联文艺思想向中国大量移植，也流行到中国来，并且与中国某些人的文艺思想一拍即合，成为50年代中国文艺理论中很有市场的观念。假如翻翻当时的文艺理论教材、著作和文章，几乎随处可见对文学反映和认识"外在现实"的强调，似乎文学的根本任务就只是反映和认识"外在现实"，而写"人"不过是为了写"现实"，"人"比起"现实"来反而成为次要的东西。这种观念也影响到创作，表现在某些作家创作了大批"见物不见人"的作品，它们不是着重刻画人物，不是在描绘人的思想感情、精神面貌、性格特点上下功夫，而是着重描写生产过程、战斗场面，不是在"人"而是在"物"上使力气。理论上的这种观念和创作中的这种倾向，虽然一度流行，却一直受到抵制和批判。

正是针对当时文学理论中的这种观念和文学创作中的这种倾向，巴人在1957年1月号的《新港》上发表了《论人情》，王淑明在1957年7月号的《新港》上发表了《论人性与人情》，钱谷融在1957年5月号的

---

① 参见吴元迈《关于艺术领域的人学的思考》，《文艺报》1982年第4期；李辉凡《文学·人学——高尔基的创作及文艺思想论集》，重庆出版社1993年版，第211页。布里克的话见苏联《新列夫》杂志1927年第10期。

② [苏联] 季摩菲耶夫：《文学原理》，查良铮译，平明出版社1955年版，第24页。

《文艺月刊》上发表了《论"文学是人学"》。这些文章的共同特点是，张扬人在文学中不可替代的地位和价值，肯定人性和人情对文学创作的巨大意义，拒绝和抵制庸俗社会学和庸俗认识论的教条主义的公式化、概念化的文艺思想。针对当时忽视人、忽视人情的庸俗化的文艺主张，巴人说："我似乎对于'人'这个社会存在，更引起注意和关心了。"① 巴人在《论人情》中认为，文艺的任务在于用艺术形象去影响人、教育人、鼓舞人们去改造现实，推动历史，使人们生活得更美好。因此，文学作品应注意描写人，特别是要描写人的感情。针对当时只看重"现实"而不注意"人"的倾向，巴人指出："文艺作品难道不是通过人物创造，反映社会现象的本质的同时，也改造了和提高了人的精神世界，从而鼓舞人去改造和推进这个现实社会，使之更适合于人的生活吗？这是辩证的过程，但人则是相与始终的主体。"巴人还说，由于我们"机械地理解了文艺作品上的阶级论的原因"，使得文艺作品的"人情味太少"。他呼唤："魂兮归来，我们文艺作品中的人情啊！"钱谷融在《论"文学是人学"》中着重批评了当时已经介绍到中国来并且在中国已经流行的前述季摩菲耶夫的观点："人的描写是艺术家反映整体现实所使用的工具。"他说："这样，人在作品中，就只居于从属的地位，作家对人本身并无兴趣，他的笔下在描画着人，但心目中所想的，所注意的，却是所谓'整体现实'，那么这个人又怎么能成为活生生的、有血有肉的、有着自己的真正个性的人呢？"他发挥高尔基文学是"人学"的思想，反复强调："文学的对象，文学的题材，应该是人，应该是时时在行动中的人，应该是处在各种各样复杂的社会关系中的人。""一切艺术，当然也包括文学在内，它的最基本的推动力，就是改善人生、把人类生活提高到至善至美的境界的那种热切的向往和崇高的理想。""文学要达到教育人改善人的目的，固然必须从人出发，必须以人为注意的中心；就是要达到反映生活、揭示现实本质的目的，也还必须从人出发，必须以人为注意的中心。说文学的目的任务是在于揭示生活本质，在于反映生活发展的规律，这种说法，恰恰是抽掉了文学的核心，取消了文学与其他社会科学的区别，因而也就必然要扼杀

---

① 巴人：《以简代文》，《北京文艺》1957 年第 5 期。

文学的生命。"在文学创作中,"一切都是以人来对待人,以心来接触心"。总之,人,才是文学的中心、核心。而且钱谷融还特别强调"文学是人学"这个命题中的"伟大的人道主义精神",认为我们之所以对那些伟大作家"永远怀着深深的敬仰和感激的心情,因为他们在他们的作品里赞美了人,润饰了人,使得人的形象在地球上站得更高大了"。是的,从有文学那天起,文学就与人结下了不解之缘。不管是西方古典文学着力肯定人的尊严、智慧和力量,还是20世纪的现代文学、后现代文学用心揭露人的弱点和缺陷,总是脱离不了人。威廉·福克纳在接受诺贝尔文学奖时说过,人是不朽的,并非在生物中唯独他有绵延不绝的声音,而是人有灵魂,有能够怜悯、牺牲和耐劳的精神。诗人和作家的职责就是在于写出这些东西。他的特殊的光荣就是振奋人心,提醒人们记住勇气、荣誉、希望、自豪、同情、怜悯之心和牺牲精神,这些是人类昔日的荣耀。为此,人类将永垂不朽。

钱谷融的这篇文章虽然不可避免地有着当时那个时代的历史的和认识的局限,但却达到了当时所能达到的最高理论水平。这篇文章的主要观点至今仍然有着重要的学术价值和启示意义。第一,当某些人只注意"现实"而忽视"人"的价值、"人"的意义、"人"的作用时,他突出了"人",突出了"人"在文学中的中心位置,并且响亮地提出了"文学是人学"的命题。有的人说他曲解了高尔基的原意,或者说,对高尔基进行了"误读"。然而我们认为,他并不是歪曲了高尔基,而是发展了高尔基,弘扬了高尔基,使文学理论中这条千古不灭的真理更加显豁。如果这叫作"误读",那么,"误读"得好!第二,当有的人糊里糊涂地把文学中的人和现实分开来甚至对立起来,并且把它们之间的关系弄颠倒时,钱谷融指出,在文学中,"现实"就是人的现实即"人的生活",并且把颠倒的关系又颠倒过来:"人和人的生活,本来是无法加以割裂的,但是,这中间有主从之分。人是生活的主人,是社会现实的主人,抓住了人,也就抓住了生活,抓住了社会现实。反过来,你假如把反映社会现实,揭示生活本质,作为你创作的目标,那么,你不但写不出真正的人来,所反映的现实也将是零碎的,不完整的;而所谓生活本质,也很难揭示出来了。"第三,钱谷融突出强调了"文学是人学"命题的灵魂:人道主义精神。有人说：人道主义，这是文学艺术王国中的一面永远不会褪色的旗帜。这是有道理的。"文学是人学"的命题是对中国和外国优秀文学中人道主义精神的继承，特别是对"五四"以来倡导"人的觉醒""人的解放"，提倡"人的文学"的优秀传统的继承。强调"尊重人同情人""把人当作人"，绝对比后来（特别是"文化大革命"中）某些人"把人当作兽"或"把人当作神"要进步，要正确。

然而，钱谷融的这些文学思想一直处境悲惨，被加上各种罪名予以批判。在政治上给它扣上一顶"修正主义""资产阶级""反动"的帽子，足以使它永世不得翻身。在"文化大革命"中，纲越上越高。这与当时践踏人的尊严、摧残人格、泯灭人性是密切联系在一起的。这一点我们姑且不去说它。现在着重从学理上看看对"文学是人学"的批判所透露出来的"意味"。它表明，长期以来我们的文艺学重"物"而轻"人"，重"外"而轻"内"，重"客观"而轻"主观"，重"客体"而轻"主体"。它忽视了文学的对象根本上是"人"；忽视了文学的特性之一就是对人的内在精神世界的挖掘、表现和描绘，是对人的灵魂的塑造、改造和创造；忽视了文学正是通过影响人的灵魂、影响人的精神世界来发挥自己的社会作用的；它忽视了作家是真正意义上的"人类灵魂工程师"。这无疑是重大的理论偏颇。这种偏颇直到1978年结束了"左"的思想路线之后才逐渐得到纠正。于是，有了80年代"文学是人学"的再度张扬。而这种再度张扬，同这个命题在30年代提出时，以及50年代对它弘扬时一样，也是具有尖锐的现实针对性的。它针对的就是蔑视艺术特性和艺术创作的特殊规律的文艺思想，针对的是以"左"的面目出现的文艺教条主义，针对的就是文艺学领域横行和猖獗的肆意践踏人的价值的文化专制主义，也针对"文化大革命"要么把人神化、要么把人兽化的形而上学和唯心主义文艺思潮。这首先表现在钱谷融的《论"文学是人学"》这篇长期受批判的论文，1981年由人民文学出版社作为一本理论著作出版发行。这等于把它郑重其事地重新发表了一次，一是表示理论界对这篇文章基本观点的认同和赞扬，二是为它平反。几乎与此同时，一些报纸杂志发表了钱谷融的与此文有关的文章，如1980年第3期《文艺研究》发表了他的《论"文学是人学"一文的自我批判提纲》，他坚定地强调"人是社会现实的焦点，是生活的主人，所以抓住了人，也就抓住了现实，抓住了生活"；在文学领域内，"一切都是为了人，一切都是从人出发的"，"一切都决定于作家怎样描写人、怎样对待人"，"文学既然以人为对象，当然非以人性为基础不可，离开人性，不但很难引起人兴趣，而且也是人所无法理解的。不同时代、不同民族、不同阶级所产生的伟大作品之所以能为全人类所爱好，其原因就是由于有普遍人性作为共同的基础"，"作家的美学理想和人道主义精神，就应该是其世界观中对创作起决定作用的部分"。[①]

显然，"文学是人学"在80年代，比起30年代（高尔基）和50年代（钱谷融），其理论内涵有了更新和更深的发展。80年代提出哲学主体性、进而又提出文学主体性，这是"五四"新文学运动以来"人的文学"的精神、社会主义人道主义文学精神的恢复和发展。

第四节　文学主体性的意义

从上面的论述可以看出，文学主体性理论的提出，不是哪个人的独特发明，而是20世纪中国文艺学运行中顺理成章的事情，是历史自身发展的结果。

文学主体性理论的较早提倡者和主要阐发者是刘再复。他于1985年第2、3期《读书》发表的《文学研究思维空间的拓展》和1985年7月8日在《文汇报》发表的《文学研究应以人为思维中心》，提出文艺学研究的重心要从客体转向主体，要进一步开拓研究的思维空间，"应当把人作为文学的主人翁来思考，或者说，把主体作为中心来思考"。随后，在1985年第6期和1986年第1期《文学评论》上发表五万余言的长文《论文学的主体性》，集中阐发"文学中的主体性原则"："就是要求在文学活动中不能仅仅把人（包括作家、描写对象和读者）看作客体，而更尊重人的主体价值，发挥人的主体力量，在文学活动各个环节中，恢复人的主体地位，以人为中心、为目的。"他特别强调了文艺创作主体性的两层基

[①] 钱谷融：《论"文学是人学"一文的自我批判提纲》，《文艺研究》1980年第3期。

本内涵：一是文艺创作要把人放到历史运动中的实践主体的地位上，即把实践的人看作历史运动的轴心，看作历史的主人，而不是把人看作物，看作政治或经济机器中的齿轮和螺丝钉，也不把人看作阶级链条中的任人揉捏的一环，把人看作目的而不是手段，看作目的王国的成员而不是工具王国的成员；二是文艺创作要高度重视人的精神主体性，重视人在历史运动中的能动性、自主性和创造性。具体说，他的"文学主体"包括三个部分，即所谓"创造主体"（作家）、"对象主体"（作为文学对象的人以及作品中的人物形象）、"接受主体"（读者和批评家）。"创造主体"的实现，要求作家须具有"超越意识"，要超越一般需求而向"自我实现"需求升华，这种"自我实现"是"作家全心灵的实现，全人格的实现，也是作家的意志、能力、创造性的全面实现"。因此在创作实践中，作家的主体性表现为"超常性""超前性"和"超我性"，即主体对世俗现象，时空界限及封闭性自我的"超越"，这种超越导致作家精神主体进入充分自由状态，从中获得宇宙感、哲学感、摆脱平庸，成为充满创造活力的大作家。"对象主体"的实现，就是要求作家赋予描写对象以主体性的地位，即赋予他们以独立活动的内在自由的权利，于是描写对象不再是任作家摆布的玩物和没有血肉的偶像，而成为不以作家意志为转移的具有自主意识和自身价值的精神主体。他认为，越有才能的作家，越是处于最好的创作心态，他们在自己的人物面前越是无能为力。"接受主体"的实现有两条基本途径：一是通过接受主体的自我实现机制，使欣赏者超越现实关系和现实意识，以获得心灵的解放，从而实现人的自由自觉本质，即人性的复归；二是通过接受主体的创造机制，即通过欣赏者的审美心理结构，激发欣赏者审美再创造的能动性。刘再复上述既包含合理因素又有重大疏漏的理论表述，引起学术界长期争论。刘再复之后，又有两部比较重要的论著出版，即陆贵山的《审美主客体》和畅广元主编的《主体论文艺学》。前者努力运用马克思主义的唯物辩证法论证审美主体与审美客体的辩证关系和"交互作用"，在这个基础上考察审美主体（文学主体）的"艺术个性""心理机制""审美理想""社会本质"，并对西方艺术哲学特别是对现代西方艺术哲学"主体论"的思想局限和合理内核进行了批判分析。后者也力求把自己的理论建立在马克思主义关于人的学说的主体论思想基础上，提出了"文学：主体的特殊活动"这一核心命题，并吸收了文学主体性论争中双方的有价值的理论观点、避免他们的弱点，形成了自己的带有体系性的主体论文艺学思想。

文学主体性理论的提出、阐发和由此引起的热烈争论，是80年代最惹人注目的学术景观之一，是新时期文艺学自身学术发展链条上既无可回避，也抹杀不掉的重要一环，或者可以说它是新时期文艺学历程中标志着学术研究转折的一个关节。

第一，它标志着文艺学研究的重心从客体向主体的转折。就20世纪的中国而言，80年代以前的文艺学主要是重在文学客体、文学对象的"客体论"文艺学，认识论文艺学（现实主义文学理论）是它的主要表现形态。大家知道，文学活动有两个最基本的要素：主体和客体。两者缺一，则构不成文学活动。对文学活动进行理论把握，当然既应该注意它的主体，也应该注意它的客体。然而事实上对文学活动的理论把握不可能做到主客体完全均衡，往往有所侧重，或侧重客体，或侧重主体。由于我们的国家以往几十年历史环境、文化氛围和哲学倾向所致，在文艺学中往往对文学活动的客体方面更加注重，认识论文艺学、现实主义文学理论，占据主流位置。重视文学客体，当然有它的现实的合理性和无可怀疑的真理性。以往的认识论文艺学、现实主义文学理论，在把握文学的性质和特点方面所取得的巨大成绩是不容否定的；现在和将来这种重在把握文学客体、文学对象的文艺学，不但是需要的，而且是有重要价值和不可缺少的；认识论文艺学，还会继续发展。但是，由于文学活动是一种有着多重性质的、非常复杂的精神活动，必须对它进行多侧面的甚至是全方位的考察和把握。任何一种文艺学，即使它具有百分之百的有效性，也不是万能的。它总有自己的"理论边界"和"鞭长莫及"的地方。就是说，在它具有自己的优势的同时，也不可避免地有它自身的局限。它只能从某一个方面或某几个方面把握文学的某一种或某几种性质和特点，而不可能把握它的全部性质和特点。如果我们以往对无论哪一种文艺学有这么清醒的认识，能够意识到任何一种文艺学都有自身的局限性，那会少出多少理论偏差！然而，我们以往的毛病正是出在只看到某一种文艺学，例如认识论文艺学的优势，而看不到或较少看到它的局限。而且，我们往往把认识论文艺学的优势无限制地夸大甚至神化，把它看成几乎是万能的，似乎是能够涵盖一切文学现象和文学现象的一切性质、特点的，是能够解释和说明一切文学问题的，并且从而产生某种"唯我独优"的排他心理。不是有过一段时间曾经认为现实主义文学理论是最好的，甚至是唯一好的一种理论吗？那时，以现实主义画线，用现实主义理论衡量一切文学现象，凡是现实主义的就是好的，"非"现实主义或"反"现实主义的就是不好的或坏的，把整个文学史看成现实主义和反现实主义斗争的历史。后来虽然这种观点受到批评，但这种看问题的思维方式并未根本改变，而到"文化大革命""四人帮"肆虐时期发展到极致。到十一届三中全会之后，整个社会的文化氛围和基本的思想路线变了，文艺学上的那种顽固观念才有了改变。80年代，文艺学研究发生的一个微妙变化就是研究重心逐渐由"客体"向"主体"转移。文学主体性、主体论文艺学的出现就是这种转移的主要表现。应该看到这种转移在新时期文艺学发展中的积极价值和良好作用。突出强调"文学主体"（包括创作主体和接受主体）的地位，提倡尊重人的主体价值，发挥人的主体力量，在文学活动各个环节中，以人为中心、为目的，把实践的人看作历史运动的轴心，看作历史的主人，而不是把人看作物，总之，整个文学主体论体系的建构和提倡，一方面，开拓了人们的理论视野，使人们关注主体，有益于纠正以往只注重客体的理论偏颇；另一方面对以往文艺学中确实肆虐过的"机械反映论"是重大冲击和扫荡，有利于文艺学的健康发展。文学主体性理论的倡导者宣称，探讨主体性的目的，就是要使文学观念摆脱机械反映论的束缚，踏上更广阔、更自由的健康发展的道路。它要冲击机械反映论的以下弊病：一、机械反映论只强调反映，忽视了反映的各种不同的方式以及实现反映的创造机制，也就是忽视了对客观实体进行能动反映的感受体，即人的主体审美心理结构。二、机械反映论只认识到反映的正确与错误之分，但任何反映都相对的，它往往只能反映事物的某一侧面，不可能把握事物的全部。三、机械反映论只注意了自然赋予客体的固有属性，而往往忽视了人赋予客体的价值属性，不能解决人的价值选择和情感意志的动向。四、机械反映论在强调客体的客观性时，忽视了主体的客观性。而在说明人的时候，又只注意了主体的主观性。正是由于上述这些局限的长期存在，我国文学在相当长的一个时期，普遍地发生主体性失落的现象，因而才需要探讨文学主体性，把文艺学研究的重点从知识的客观性问题转移到主体的能动性问题，从机械的如实摹写的反映论转换成人的主体论。应该承认，文学主体性理论确是克服机械反映论弊病的一剂相当有效的药丸。然而必须注意的是：提倡和阐发文学的主体性理论，同样不能"唯我独优"。文学主体性、主体论文艺学，同客体论文艺学、现实主义文学理论一样，也不是万能的、涵盖一切的，也有它的理论边界和局限性。如果把文学主体性、主体论文艺学神化，就会走到另一极端。事实上，文学主体性理论的提倡者已经表露出这种倾向——似乎以前的文艺学理论都不行，唯有文学主体性理论最好。在刘再复的许多文章里，时常流露出一种意向，即似乎以前的客体论文学理论特别是认识论文艺学都是过时的、落后的、无用的，而且几乎都是"机械反映论"的，无形中在客体论文学理论和认识论文艺学同"机械反映论"之间画上了等号。的确，"机械反映论"是我们坚决反对的，过去的文艺学中它们也的确肆虐过。但要进行具体分析，不能一概而论。一是要看到，并不是所有的客体论文艺学（认识论文艺学）都是"机械反映论"，不能因为要反对"机械反映论"、要纠正过去只重客体而忽视主体的理论偏颇，不分青红皂白，凡是客体论文艺学一律反对，结果连客体论文艺学（认识论文艺学）的存在权利也剥夺了。二是要明确，同主体论文艺学一样，客体论文艺学（认识论文艺学）也有它自身的历史价值和现实意义，是庞大的文艺学家族中不可缺少的一员；还特别要注意，虽然过去认识论文艺学受到"机械反映论"的严重污染，但认识论文艺学和"机械反映论"两者绝不是一回事儿，尤其要看到真正的马克思主义认识论文艺学同"机械反映论"有着根本区别。

第二，主体论文艺学的倡导还是80年代的文艺学研究重心从"外"向"内"转折的重要表现。80年代的中国文学界，无论创作实践还是理论批评，曾经有过一个很重要的带倾向性的现象，即所谓"向内转"——不管人们主观上是喜欢它还是讨厌它，不管今天对它如何评价，是肯定还是否定，是赞扬还是批判；但它是新时期文学创作和文学理论历史上曾有的一个客观事实，却是不能否认的。创作实践上的"向内转",从相对的意义上说,就其主要趋向而言,是从以往更注重再现外在现实转而更注重表现内心世界。理论批评中的"向内转"同创作实践上的"向内转"是密切相关的,在一定意义上可以说,前者是后者的理论表现;但理论批评中的"向内转",除了创作的影响之外,还有其他原因,而且它还有自己的特定内涵。理论批评中的"向内转",主要表现在重提"文学是人学"的命题、"文学主体性"的提倡、文艺心理学成为一门显学、文艺美学的创建等几个方面,而其中"文学主体性"理论的提倡无疑是其最显著的表现。"文学主体性"作为"向内转"的重要表现,主要是在理论上从以往强调写外在现实转而强调写人的内在心灵、精神世界,强调向人的内宇宙延伸,强调文学是人的心灵学、人的性格学、人的精神主体学,突出了文学活动中创作主体、创作对象和接受主体的内在心理和精神特点的研究,形成了相对完整的文学表现人的内在精神世界、重在研究文学的自身规律的话语体系。总之,从整体上说,文学主体性理论的提倡表明,文艺学学术研究的关注点发生了某种程度的位移,即从重文学的外在关系的研究转而重文学内在特性、文学自身种种问题的研究。

目前学术界在如下问题的看法上可以说已经达成共识:在中国现当代文艺学学术史上,新时期以前几十年一直是认识论文艺学和政治学文艺学处于主流地位甚至霸主地位。这种情况决定了文学理论研究的重心必然是文学与现实生活,文学与政治,文学与经济基础,文学与道德,文学与哲学等的关系,用某些学者的话说,研究的重心是文学的"外部关系"或"外部规律",即文学与它之外的种种事物的关系;而相对来说对文学的"文学性",文学自身的形式要素和特点,文学自身的内在结构,文学的文体、体裁,文学的叙事学问题,文学的语言和言语问题,文学的修辞学问题,文学不同于其他文化现象、精神现象,乃至其他艺术现象的特征等,则关注得不够、甚至不关注不重视,用某些学者的话说,就是不太关心或忽视了文学的"内部关系"或"内部规律"的研究(顺便说一说,对这种所谓"外部关系""外部规律"以及"内部关系""内部规律"的提法是否科学,一直存在争论。有的学者持坚决反对的态度,认为所谓文学的"外部关系""外部规律",其实正是文学的"内部关系""内部规律",是规定了文学的本质特性的关系和规律。在我们看来,"外部"与"内部",本是相对的而非绝对的,在某种范围里是"外部",在另一范围里则是"内部";从某种角度看是"外部",从另一种角度看则是"内部"。刘再复关于"内部"与"外部"的提法过于绝对化。在此,我们对这种争论的是非曲直暂且不作详细讨论,只是为了方便姑且使用"外部""内部"指称我们要说明的对象)。以往的文艺学(认识论文艺学和政治学文艺学等)关注和研究文学与现实生活、文学与政治、文学与经济基础、文学与道德、文学与哲学等的关系,或者说文学的这些"外部关系""外部规律",并没有错——当然,这里所谓"没有错",不包括那些庸俗化的研究,例如庸俗社会学的研究。文艺学是必须进行这些研究、重视这些研究的;而且至今我们研究得还不够,还研究得不深、不透,我们还应该大大发展和加强科学的文艺社会学、文艺认识论、文艺政治学、文艺伦理学、文艺哲学、文艺文化学的研究,深刻地和科学地把握文学与现实生活、文学与政治、文学与经济基础、文学与道德、文学与哲学,以及文学与其他各种文化现象的关系,文学与其他各种同它密切相关的所有事物的关系。我们以往的文艺学的偏颇和弱点,不在于曾经进行了这些"外部关系"的研究,而在于进行了不正确、不科学的"外部关系"的研究,特别是忽视了"内部关系"的研究。具体说,一,进行这些"外部关系"研究时曾经出现过将文学与现实生活、文学与经济基础、文学与政治等关系"庸俗化""简单化"的现象;二,进行这些研究时具有某种"封闭心态""单一心态""排他心态",甚至是如前面在谈从重客体到重主体的转折时所说现实主义理论的某种"唯我独优""唯我独尊"的"盟主"或"霸权"心态,以至于我们的文艺学确确实实曾经只注意或只重视文学的所谓"外部关系"和"外部规律"的研究,而不够重视或忽视甚至"蔑视"文学的所谓"内部关系""内部规律"的研究,认为那是"小道末技",那是"资产阶级形式主义",那是重形式轻内容,那是西方的错误的文艺思想和美学思想,那是"唯心主义"的学术倾向……直到1978年改革开放、整个时代的思想文化环境发生了根本变化之后,这种情况才有了改变。而文学主体性理论的倡导,无疑是对以往重"外"轻"内"弊病的有力匡正。然而,需要指出的是:文学主体性理论的倡导者却又表现出另一种倾向,即重"内"轻"外",鄙薄所谓"外部关系"的研究,似乎一切所谓"外部关系"的研究与文学本身无关,只有所谓"内部关系"的研究才是真正的文学研究。如果说这不是对真正的文学理论的误解,那么就是一种学术偏见。刘再复就是这样把"外部"和"内部"截然对立起来的。这就从一个极端走向另一个极端,犯了他所批评的对象的同样的弊病。

第五节 "文学主体性"的局限

前面说过,任何理论都不是万能的,都既有其优势又有其局限。"文学主体性"理论的局限,一方面是它的倡导者理论素养和哲学功底的不足给它造成的局限和缺陷;另一方面是它同任何理论一样不可避免地有它的时代的和历史的局限。

先说第一个方面:倡导者理论素养和哲学功底的不足给"文学主体性"理论造成的局限和缺陷。

前面我们曾经说过,由于刘再复本人的理论素养和哲学根底不深,他在从李泽厚那里接过"主体性"命题并运用于文艺学时,既在一定程度上承袭了李泽厚的弱点,又在一定程度上减弱了李泽厚理论论述的科学性和准确性。

譬如,李泽厚在1976年前写的《批判哲学的批判》和1981年发表的《康德哲学与建立主体性论纲》中,是从"人性发生学"角度来阐释"人类主体性"问题的。他以"人类超生物种族的存在,力量和结构"的强调为开端,认为人类主体性在漫长的历史性活动中展现为主观及客观两种显示形态:客观形态为实践性的工艺—社会结构;主观形态为精神性文化—心理结构。而这文化—心理结构作为人性的载体,凝聚人类文化价值信息,它是受制于工艺—社会结构,并萌生和展开于这一结构的历史性进化过程中。正是由于人类发展中的这两大显现形态的历史生成和进化,人类拥有了区别于一般生物界的人性发生,拥有了主体性的内化形态,或称精神主体性。刘再复就是从这里入手汲取其中哲学思想的养分,衍生出自己的文学主体性理论的。但当他将其纳入自己的美学体系进行再阐发时，正如夏中义①所指出的，着力点发生了重大的转移：即由人性发生学的外在群体性研究转向人性形态学的内在个体性研究。李泽厚的人类主体性的实践哲学，是从人类群体本性的历史发生出发，强调外在客观即实践工艺—社会结构之于人性发生的重要作用的。在李泽厚看来，"主体性"是指受制于历史具体性的人类的实践力量和心理结构，它虽然更侧重于主体和知、情、意的心理结构，但它最终仍是物质生产为前导的"全部世界史的成果"，是在社会物质生产方式的终极制约中发生的。"主体性"作为某种超生物性不仅受制于自然律，而且受制于人类社会所衍生的历史律。显然，在李泽厚的人性发生学论述中，主体性与客观历史性的关系是重要的，文学主体与包括物质前提在内的社会文化背景的精神血缘是无法割裂的。然而，李泽厚的主体性理论到了刘再复这里，发生了很有意味的变化：人性发生学角度被人性形态学论述所替代，人类群体外在结构的强调被人类个体心灵内在诗化形态所置换，而"文学主体"与特定社会历史条件的血缘关系也在这种替代置换中被一笔抹去，变成一个游离于历史客观制约之外的精神主体。刘再复虽然也谈到人的"受客观历史条件的制约"的"受动性"，但他在具体论述中，却在实际上撇开"客观历史条件的制约"的一面，只注意"主观能动性"的一面。于是主体性被等同于人的主观能动性，文学的主体性便超越历史及文化背景的制约成为一种自由的精神主体。如刘再复在《性格组合论》中所描述的："作家精神需求带有无限性，任何一个作家都要发挥自己的能动性和想象力，谋求超越时空的限制。作家永远不知道满足，他们总是不断地扩大着自己的精神领域，把自己的心灵生活无限制地向外延伸。"由于文学中这个拥有无限丰富可能性和创造性内涵的精神主体的存在，文学也被刘再复誉为"精神主体学"，"深层精神主体学"，"以不同个性为基础的人类精神主体学"。显然，从李泽厚的人类实践主体论到刘再复的文学主体性理论，原本受制

---

① 参见夏中义《新潮学案》一书中论述刘再复的部分，上海三联书店1996年版。夏中义对刘再复的批判分析，许多地方是中肯的。我们借鉴和吸收了他的许多有价值的观点，特此声明。

于历史现实的有限能动的"主体",变成了一个超越现实关系的无限能动的"主体",那个立足于一定物质前提的历史关联中的人类群体,变成一个天马行空,自由往来的精神个体。

刘再复还时常喜欢用艺术夸张的修辞手法来对付那些需要用坚实的材料来证实和用严密的逻辑来论证的理论问题。例如,在前面我们曾经引述的一段话里,刘再复说"作家的超越是无限的"。那么,请问怎么个"无限"法?又如何能做到"无限"?作家也是现实社会里的人,他虽然是能动的、具有历史主动精神的、富有积极创造性的主体,但是他能超越历史、超越时代对他的限制而"无限"吗?马克思说,人们自己创造自己的历史,但是,他们不是随心所欲地任意创造,而是在历史所给定的一定条件(当然包括物质条件和精神条件)下来进行创造。作家作为精神生产者,他当然也参与历史的创造,他的创造也不可能在给定的历史条件之外来进行。如果是那样,作家就是"超人"。但是"超人"只能是一种想象,在现实中是不存在的。刘再复还如夏中义所批评的,"将人文主义本体化",从而将"人"的能动性无限夸大,并且将文学的"人"混同于历史的人。夏中义在《新潮学案》中指出:"当现代意识要求人们在珍视人文主义的反封建精髓之余,还应避免其自恋癖式的文化天真时,刘再复却依然天真的将意向混同于现实,将目的混同于起点,将'应该是的'混同于'本来有的',亦即将人文主义本体化。""人文主义本体化"的哲学观移植到刘再复的"文学主体性"理论中即表现为"文学主体"无限创造力的弘扬。在这里,那个人文主义所信奉的全知全能的"人",又以文学中拥有无限能动性的精神主体的姿态上场,具体到文学对象即作品中的人物身上(顺便说一句,刘再复的所谓"对象主体"这个术语作为科学语言是不通的,只能作为一次性的艺术修辞存在,如"油炸冰棍""黑暗的光明""炎热的寒冷"之类),更是一个超越作家的意识控制而一意孤行的人物形象,刘再复认为只有这样人道主义的原则才得以贯彻到底,"把人当作人"才算落到了实处。于是在作品中"按照自己的灵魂和逻辑行动着的实践的人"与现实中具有自己的独立意识、主体能动性的人相等同了,文学的"人"与历史的人被混为一谈。在刘再复看来,作品人物作为艺术创造的终端显示或对象化,如果在它身上未能体现出"灵魂"

的自主性的话，主体性理论就等于留下了致命的豁口，于是为了保证理论的彻底性及体系的完整性，却无意间犯下一个将文学的人等同于历史的人、以经验性感受取代科学的逻辑推理的错误。

造成"主体论"由哲学命题到文学命题的"走调"与变形的原因，绝不仅仅在于刘再复感性诗化思维与李泽厚理性哲理思辨的差异，更主要在于刘再复那在新时期特定思潮背景下复生的源于西方早期人文主义的文化态度。80年代中期的中国，是中华民族潜在生命意识空前自觉且表现强烈的时代，中国的文学家已开始走出"人"的贫困及"文学的贫困"，在思维的精神领域，为至高无上的人的价值争得一片理性地位。正是这样一种高扬人的主体性的时代思潮，使人们进一步意识到自身的丰富性及自身力量的伟大，因此把人当作历史的主体、尊重人的价值、发挥人的自主创造精神成为这一时代的呼求和需要。而这一时代的心理特征与西方文艺复兴时期的人文主义精神不期而遇了。新时期理论家面对的是与早期人文主义相似的时代主题，于是萌发了与之相似的人文情怀：对人性的纯情讴歌，对人的力量的无限自信与弘扬。在这里，主体性概念早已成为某种已知、不证自明的前提和目的，而它的局限，它早已被20世纪人类主体性胜利的恶果所证实的阴暗虚弱，却被人们轻易放过，因为此时的中国知识分子最急迫的任务是唤起广大民众的主体意识，以"以人为本"去反对"以神为本""以物为本"的人道主义启蒙。刘再复就是在这样的背景下投身于主体性理论的建构的。古典人道主义的情怀使他毫不犹豫地抹去了李泽厚实践主体论中人性发生学意义，同时他又同李泽厚一道回避人道主义和主体性的限度，使整体理论沉湎于早期人文主义的文化天真中。于是，在刘再复"文学主体性"理论中，意大利文艺复兴时的人文主义对人价值尊严的纯情弘扬被当作人的永恒本体属性，进而被奉为文艺创作的准则和范本。

这里也就引出"文学主体性"理论的第二个方面的局限，即：人道主义和"主体性"本身历史和时代的局限。

正如两位青年学者在80年代末的一篇文章中所指出的，"文学主体性"的理论大厦，是建立在西方15世纪文艺复兴时代以来的古典人道主义及其主体性理论的基石上的："刘再复的主体性理论同古典人道主义及主体性理论的血缘关系是一望即知的。虽然他也曾参考了一些现代思想家的著作，比较注重个体存在的意义，但他的理论实质上仍然属于古典人道主义的范畴。这一方面表现在他完全没有意识到古典人道主义理论中所包含的自我消解的因素，另一方面表现为他完全没有意识到人道主义或主体性自身的局限性。"① 这个批评是中肯的。刘再复有关人道主义和主体性思想的阐述，基本上停留在20世纪以前人道主义和主体性理论的水平上。虽然在80年代的中国，"主体性"的提出本身即意味着它是当代的一个时代命题；但很可惜，无论是李泽厚还是刘再复，都没有赋予它更深刻、更具体的当代规定性，以至于这个命题在他们那里显得比较空泛，没有充分体现出20世纪80年代中国的气息和内涵。读者在刘再复论述主体性和人道主义的文章中，到处可见的是似曾相识的以往西方文学家和理论家的词汇和心态，所举的例证，常常不是哈姆雷特就是安娜·卡列尼娜，不是赫尔岑就是别林斯基，好像刘再复的身子是处在20世纪80年代的中国，而他的双足仍然站在20世纪以前的资产阶级社会的土地上，脑子中的很大一部分被当时的哲学家、作家、文艺理论家的思想汁液所浸泡着。例如，《论文学的主体性》中有这样一段关于"自我"、关于"感情"、关于"爱"的话："自我尊重的需求是作家在社会中有意识地回归自我，而自我实现的需求则不仅回归自我，而且把自我的感情推向社会，推向人类，在爱他人、爱人类中来实现个体的主体价值，此时，作家既有自我，又超越自我，而重心在于对他人的爱。作家的超越是无限的，主体性很强的作家总是把爱不断地朝着更深广的境界推移，而且最后总是达到一种高度的超我境界，这就是'无我'境界。达到这种境界的作家，就是他们身上已具备一种热爱人类的至情至性，他们的爱完全是超功利的，完全是自然而然的，他们在热烈地爱着，同情着，但自己也毫无感觉。"这里的用语多么面熟。你似乎在19世纪的某些作家和理论家譬如雨果、譬如托尔斯泰那里，见到过类似的语言、类似的表述；也可以在马克思、恩格斯所批判的欧仁·苏那里（《巴黎的秘密》）、"真正的社会主义"者卡·格律恩那里、"把共产主义变成关于爱的呓语"的克利盖（《告妇女

---

① 陈燕谷、靳大成：《刘再复现象批判》，《文学评论》1988年第2期。

书》）那里、"装模作样的哭哭泣泣的社会主义"和对世界表示"无力的悲叹"的卡尔·倍克（《穷人之歌》）[①] 那里，找到相似的陈述。但是，"爱""感情"等在雨果和托尔斯泰等人那里，虽然浮泛、缺乏社会现实和客观实践的深厚根底，但非常真诚，而且还多少渗透着、蕴含着他们所处的 19 世纪那个时代的气息和内容；而在刘再复这里，则不但显得浮泛和虚飘，显得苍白、空洞，显得抽象、无力，而且显得相当陈旧，使人有恍如隔世之感。

正如有的学者所指出的，刘再复的"主体性"理论，如同康德的"主体性"是先验的、给定的一样，也带有先验的给定的味道。就是说，刘再复的"主体性"不是历史地生成的，而是先验地给定的。因而他的"主体性"似乎总是处于一种不变的、永恒的既定状态。他没有（至少论述"主体性"时没有）用具体的、历史的、发展的观点和方法看问题，这就使得他没有具体论证甚至也没有试图探索 80 年代中国改革开放和向市场经济过渡的时代条件下，"主体性"有什么新的历史的和时代的内涵。譬如，当代的"主体性"既不是西方 19 世纪以来突出个性，强调个体的权利优先，个体权利压倒社会责任和义务，个体压倒群体（即所谓"个体主义"）；也不是中国传统文化中的那种突出群体，强调社会责任和义务压倒个体权利，群体压倒个人（即所谓"群体主义"）；而是群体与个体、社会与个人、权利和责任及义务等在新的基础上相结合、达到某种新的平衡的"主体性"。这种"主体性"既强调社会要尊重个体的权利和自由，又强调个体对社会的责任和义务；这是中西、古今价值观念碰撞融合的结果，也是历史选择的结果。最近，英国新工党理论家安东尼·吉登斯的《第三条道路：社会民主主义的复兴》提出了一些很值得注意的思想，如："第三条道路政治的总目标应当是帮助公民安然度过我们时代的主要革命：全球化、个人生活的种种巨变以及我们同自然的关系。第三条道路政治应当保持的关心焦点是社会公正，同时应当承认，左右两派之间

[①] 参见《马克思恩格斯论艺术》第 3 卷《对欧仁·苏长篇小说〈巴黎的秘密〉的批判分析》和《诗歌和散文中的德国"真正的"社会主义》两部分，中国社会科学出版社 1983 年版，第 3—175 页。

的分野所未能涵盖的问题的范围比从前大。在社会民主主义者看来，自由应当意味着行动的自主权，而这又要求社会的广泛参与"；"第三条道路政治理论在抛弃集体主义之后，寻求个人和社会之间的一种新关系、权利和义务的重新界定。可以说，这一新政治理论的主要座右铭是：'不承担责任就没有权利'"。[①] 看得出来，连西方资产阶级的理论家也不得不注意当代时代特点，站在他们的立场上，吸收既往的经验，力图寻求个人与社会、权利和责任的新关系，新的立足点。对于我们来说，当代的"主体性"既应该带有社会主义的精神内涵，也应该带有数百年来在西方逐渐形成的市场经济下富有竞争性、选择性的运动形式；既有面向全球的博大开放的胸怀，又有中华民族优秀文化的立足基地；既尊重个人的充分自由和权利，又强调社会责任和义务，等等。这样的"主体性"目前在我们的国家正在"生成"着、"发展"着。然而，刘再复对"主体性"本身所固有的"生成性"和永不停止的"历史发展性"，特别是对"主体性"在当代的新内涵新特点，似乎视而不见。

更重要的，是刘再复没有意识到人道主义及主体性理论本身会有这样的历史和时代的局限。刘再复在肯定人道主义及"主体性"价值的时候，对它过分钟爱甚至"溺爱"，浪漫主义地赋予它超时代、超历史的无限性，而看不到它的限度。有的学者指出：就历史的意义而言，"人道"有两个截然不同的含义：第一个含义来自"人道"与"非人道"之间的差别，在这种情况下，"人道"意味着一种价值；第二个含义来自"人道"与"超人道"之间的差别，在这种情况下，"人道"则意味着一种限度。[②] 当今世界，西方已经发展到"后工业"时代、"信息"时代、"知识经济"时代，高科技、电脑日新月异，"全球化""一体化"（主要是经济的，但也不能不推及文化和其他方面）的历程正在迅速推进；而中国也正以令整个世界吃惊的姿态迅速崛起。当世界从工业社会进入后工业社会的时候，"当代社会正处在从经济中轴向智力中轴转换的历史关头，未来的

---

① 参见《参考消息》1998年10月8日第3版转载英国《观察家报》9月13日文章《第三条道路：社会民主主义的复兴》。
② 陈燕谷、靳大成：《刘再复现象批判》，《文学评论》1988年第2期。

社会是智力社会"。① 在这个发展过程中,不但人与人之间、社群与社群之间、国与国之间、民族与民族之间的关系发生重大变化,而且人与自然之间的关系也不断进行调整。过去那种传统的人道主义及"主体性"命题,也不能不接受新时代、新的历史实践的检验和批判。科学家、思想家、理论家们对旧有的人道主义、"主体性"命题的局限性认识得越来越清楚,他们正在试图提出超越个人的、超越人的、以宇宙为中心的新命题,倾向于不再用"人役于物"还是"物役于人","人道"还是"非人道"的旧有的二元对立的思维方式来看待人与自然的关系,而是要建立人与自然的新关系。这样,所谓"人道主义",所谓"主体性",也将逐渐成为过往的命题,再往后,可能会渐渐失去其时代效应和意义。但是,刘再复和他的同道们,仍然固守着(局限于)他们的古典的人道主义和"主体性"的阵地,不能超越;而新一代学者则毫不留情地给他们以历史的批判,超越了他们。

尽管文学主体性理论存在着逻辑不周严和论述欠妥当的问题,但它对于新时期文论革新的意义还是不可低估的。它将以"人"为本的文学观念注入文艺理论系统,带来理论的内部结构的深刻变革。它不仅使经过重新阐释的文艺反映论"内在地溶入了主体性内容",使之发生了本质的变化,而且促使文论领域中主体意识的强化,激发了研究者们的理论自觉和建立新的批评模式的热情,从而推动了文艺学研究方法的多样化发展。同时,主体意识的强化与思维方式的变革相配合,带来了人本主义流向中众多研究方法,诸如:文艺心理学方法、文学人类学方法等的兴起和拓展。总之,文学主体论的确立,为新时期更加富有生命力的新型文论体系建立提供了有力的观念前提和方法论依据。

---

① 董光璧:《信息时代的中国文化战略问题》,《文艺研究》1998 年第 4 期。

第 十 章

文学本体论研究的理论思考

范玉刚

文学本体论（Ontology）研究在中国 20 世纪 80 年代中期的出现，绝非偶然。1986 年被学界称为"本体论年"，更是有其独特的思想解放意义。文学本体论思潮是在文艺领域拨乱反正、正本清源，确立文学的相对独立地位，使之不再继续充当政治的附庸以及对文艺自身发展规律不断廓清，并不断受到西方文艺思潮影响以及主动借鉴和"拿来"的背景下发生的。文学本体论研究试图突破认识论的局限，为文学的真理性提供辩护和正名，走出困扰文艺学研究的形而上学的桎梏，探索一种克服和超越形而上学的思维方式。因此，有许多学者把文学本体论研究看作突破旧的反映论文艺观的重要突破口，并由此产生了形式本体论、语言本体论、人类学本体论、生命本体论、活动本体论、实践本体论等形形色色的文学本体论形态，可谓思潮林立。据不完全统计，人们提出的相关主张有数十种之多。但仔细辨析，其中不少虽冠有本体论之名，却离本体论之实甚远。

文学本体论研究滥觞于 1985 年下半年，但"本体""本体论"这两个本来不为文学界熟悉的哲学术语，却早在此前有关文学问题的探讨中已陆续出现，只不过尚未引起广泛关注而已。较早明确提出应当重视文艺"本体"的是吴调公，在他的论述中"本体"指的是"内部规律"（1981 年）。其后 1983 年，张隆溪介绍文学阐释学时，提出了"本体论角度"。1985 年下半年掀起了谈论文学本体论的第一次热潮。吴亮、鲁枢元、刘再复、孙绍振、刘心武等相继涉及文学本体论的话题。鲁枢元在《用心理学的眼光看文学》一文中,从本体论、创作论、价值论三个方面阐述了自己的文学观念。他从本体论视角在肯定物理世界这个客观的物质本体的同时,又认为心理世界是文学艺术的本体。[①] 刘心武在《关于文学本性的思考》中虽然没用本体或本体论概念,但他所探究的"本性""本质属性""基本素质"等问题,也可以说是文学本体论问题。"我们亟需向文学内部即文学自身挺进,去探索文学内部的规律,或者换个说法,就是去探讨文学的本性。"[②] 孙绍振在《形象的三维结构和作家的内在自由》一文中,不满足于把反映论作为研究艺术形象的唯一"向导",提出"即使坚持反映论也不能离开本体论的研究",并认为"把本体论作为一条自觉的思路,对打开艺术形象这个美丽迷宫可能是有益的"。[③] 徐贲一再认为"应当提出一个文学本体论的问题",而徐岱则认为,"一种新的文艺学已经以它充满自信的声音宣告了自己的崛起",这就是"无论是研究文学的创作规律,还是研究文艺的欣赏规律,都必须受文艺本体论的支配,在一定的文艺观的制约下从文艺的基本特性出发"。[④] 应当说,1985 年出现的对文学本体论的呼唤,是一种与原有文艺理论有别的文学新观念,但由于文学本体论研究尚未真正展开,人们也就仍然处于一种期待状态。及至 1987 年《文学评论》第 2 期推出"当代中国文艺理论新建设"专栏,诸多学者又聚焦于文学本体论问题,才再度掀起文学本体论研究热潮,并作为文学本体论思潮形成的标志开始产生广泛的影响。虽然进入 90 年代后关于文学本体论的研究文章有所减少,但研究却进一步深入,甚至出现了几部相当可观的带有总结性的研究论著。可以说,始自 80 年代中期,文学本体论一直作为文艺学研究中的潜流而时沉时浮,它对促进文学研究的深入和范式的转换发挥了不可替代的作用。即使在当前如火如荼的文化研究大行其道的境遇下,仍有不少学者在新的历史语境下回到这个话题。

---

① 鲁枢元:《用心理学的眼光看文学》,《文学评论》1985 年第 4 期。
② 刘心武:《关于文学本性的思考》,《文学评论》1985 年第 4 期。
③ 孙绍振:《形象的三维结构和作家的内在自由》,《文学评论》1985 年第 4 期。
④ 徐岱:《哲学观的更新与文艺学的发展》,《文学评论》1986 年第 1 期。

第一节　文学本体论研究的历史描述

作为一种文学思潮，文学本体论研究已尘埃落定，但二十多年来它对文学研究已产生重要影响，对它的梳理和反思有助于推进文学研究的深化。虽然文学本体论研究形态众多，但经过辨析仍然可以发现某些较为清晰的历史轨迹，我们在此择其要者试图作一种历史性描述。

一　形式本体论

形式本体论是文学本体论研究中最早出现的一种理论形态，至今仍不时有研究文章发表。开启形式本体论肇端的是何新于1980年提出的观点，其后有关形式本体论的阐发大体没有超出此范围。他认为："在艺术中，被通常看作内容的东西，其实只是艺术借以表现自身的真正形式。而通常认为只是形式的东西，即艺术家对于美的表现能力和技巧，恰恰构成了一件艺术作品的真正内容。人们对一件作品的估价，正是根据这种内容来确定的。"① 在后来的思潮中，"怎么说"成了形式本体论和语言本体论使用频率最高的一种表述方式。从某种意义上说，本体论研究视角从哲学转到文学是从对文学形式的关注开始的，形式一定程度上担当了文学研究反对机械反映论和教条主义倾向的突破口。形式本体论的基本特征就是把文学作品的结构、技巧、语言等形式因素视为文学的本体，认为文学研究的根本目的就是要把握文学的内在特征或者规律。形式本体论最初以作品本体论出现，即把文学作品看成一个具有独立存在意义的本体。如孙歌认为："如果我们把目光转向文学作品本体"，那么，就为"直接把握作品寻找到了一条较好的科学表述的途径，它就比任何批评方法都更加切近作品本身。"② 李劼认为："正如人是一个自足的主体一样，文学作品是一个自我

---

① 何新：《试论审美的艺术观》，《学习与探索》1980年第6期。
② 孙歌：《文学批评的立足点》，《文艺争鸣》1987年第1期。

生成的自足体。"① 刘武认为："将文学作为自足体来研究"，已成为"时代的社会意识"。② 只有把文学作品视为文学的"本体"，才能更有效地强调文学作品对于文学研究的重要性。而将作品视为文学本体就会把研究的目光转到文学的内部，于是有论者不断把作品的形式因素凸显出来，这才有了作品形式本体论。经由强调某些具体的形式要素，如结构，"媒介材料的结构才是真正的艺术存在"，③ 如叙述，"小说从本质上说是一种叙述的艺术。对于作为间接艺术的小说来说，叙述不仅是一种技巧、一种手段，它实际上也是一种本体的呈现"。④ 如语言，"所谓文学，在其本体意义上，首先是文学语言的创造，然后才可能带来其他别的什么。由于文学语言之于文学的这种本质性，形式结构的构成也就具有了本体性的意义"。换言之，"文学形式由于它的文学语言性质而在作品中产生了自身的本体意味"。⑤ 在文中李劼不仅将语言与形式看成二而一的东西，而且竭力使之由形而下的层次向上提升，从而越来越具有了抽象意味。吴俊认为："形式不仅能体现文学艺术的本质，而且，它也是文学创作的目的。"⑥ 为高扬形式，有的学者走向了极端，如吴亮断言："艺术就是那个叫形式的事物的另一名称，它纯粹是形式，决非是'有意味'的形式。一旦人们开始谈论某形式的'意味'，他们就把问题引渡到形式之外，也就是引渡到艺术之外了。""艺术存在于现象领域，它根本不属于形而上世界。我们在现象领域见到的一切，若不再想到它们的目的、功能、旨意、用途，而仅以观看形式的态度来对待之，那么它们就立刻变得艺术起来。"⑦ 由于明确主张形式才是文学的真正"本体"，所以，"作品本体论"经由"作品形式本体论"不可避免地演化成了"形式本体论"。正是在形式本体论研究的鼓舞和感召下，一些作家开始了一系列文体试验的探索，出现

---

① 李劼：《试论文学形式的本体意味》，《上海文学》1987年第3期。
② 刘武：《哲学时代：作为一种自足体的文学与文学理论》，《文学评论》1987年第5期。
③ 林兴宅：《艺术非意识形态论》，《学术月刊》1995年第1期。
④ 陈剑晖：《形式化了的叙述本体》，《云南社会科学》1989年第1期。
⑤ 李劼：《试论文学形式的本体意味》，《上海文学》1987年第3期。
⑥ 吴俊：《文学：语言本体与形式建构》，《上海文论》1988年第2期。
⑦ 吴亮：《文学的，非文学的》，《文学角》1988年第1期。

了"绝句点序列、无标点文字序列、词语的超常经验组合、口语、成语的超常规使用"等诸多现象，①不仅给文学实践带来生机，成为当时文坛的一道亮丽风景；还带动了"文体研究"及文体实验的热潮，为文学发展和研究开创了新局面。

从研究实践可以看出，形式本体论主要受西方现代文论和美学的影响，特别是受俄国形式主义文论和英美新批评的"文学性"和"形式至上"论的影响。可以说，形式本体论将目光转向"文学作品本体"，将逻辑起点移到"作品文本内部"，强调文学是一个"自足体"，几乎是沿袭了西方形式主义批评的致思理路。如强调文学研究的对象是作品自身或"作品本体"，这与俄国形式主义和英美新批评对于"文学性"和"作品中心论"的强调一脉相承；其对"内部研究"模式的强调则同样与英美新批评的影响密不可分，尤其是韦勒克和沃伦的《文学理论》发挥了关键性作用。所谓"结构本体论"乃是对于结构主义思想的直接应用；"叙事方式本体论"是对西方现代叙事理论进行吸收和借鉴的产物；"语言本体论"则部分地受到西方现代哲学"语言学转向"的影响，从而把语言抬高到"文学本体"的地位。甚至可以说，我国新时期形式本体论，因完全依靠西方理论话语的支持，所以如果没有相关的西方理论话语，也就没有我国新时期的形式本体论。其积极意义表现为：对文学作品本身的重视；对文学作品艺术形式的重视；提供了研究文学基本特征的新思路、新视角；丰富了文学理论研究的概念、术语，在重视文学作品本身尤其是作品的艺术形式方面具有合理性，有助于理论批评界克服过去在内容与形式关系认识上的机械化、简单化倾向，树立合理的形式—内容观，它对新时期伊始纠偏机械反映论文艺观忽视艺术形式和技巧的弊端有着不容忽视的积极价值，对文学研究产生很大影响，为推动文学本体论研究做出了贡献。但也存在如割裂文学"内部规律"与"外部规律"的有机关联，片面强调形式甚或纯形式的价值等缺憾。以致发展到极端，就成了"形式本体论以'作品'取代了'文学'，又以'形式'取代了'作品'，实际列出了一个'文学＝作品＝形式'的公式，这就大大缩小了文学研究的

---

① 范玉刚：《新时期探索小说语言变革倾向初探》，《吉林师范学院学报》1993年第1期。

范围，而且在逻辑上也不能成立"。① 文学作品是由多种因素构成的一个整体，究竟哪种因素起决定作用取决于具体的作品和生成语境。作品形式包含许多内在因素，如结构、叙述方法、表现技巧、手法、语言等，在此问题上形式本体论的看法莫衷一是，有的学者对文学形式的强调到了极端的地步，以至于把文学的内容因素完全排除在外。当克莱夫·贝尔提出"有意味的形式"的美学命题时，其对审美情感是有所属意的，而我国当时的学者把形式中的"意味"也排除了。当他们强调文学研究应"回到自身"时，实际上把本体当成了"本身""自身"；当他们宣称"内部研究为本，外部研究为末"时，显然又把本体当成"本根""根本"之意。之所以出现这种"误读"，与他们对新批评学派的接受有关，特别是兰色姆的"构架—肌质"理论。"而我国的形式本体论者却毫不顾及兰色姆思想中的亚里士多德背景，错误地把他所说的'本体论批评'与新批评派的立场直接嫁接起来，以至于造成一种文学本体论就是研究文学形式和技巧的假象。究其根源，还是由于对亚里士多德的本体论哲学不甚了了，因此才犯了这种望文生义的错误。"② 尽管形式本体论有不容置疑的合理性，但就理论建构而言，它仍未脱出形而上学的思维框架，使其在实践中从一个极端走向另一个极端，其对作品社会历史内涵的消解与拒斥，使其身陷语言结构形式的樊篱而不自知，对形式的刻意追求导致了另一种形式的形而上学。

二 人类学本体论

人类学本体论也称人类本体论或人学本体论，是形式本体论之后出现的一种颇有影响力的文学本体论研究形态，与形式本体论兴起的思想背景一样，人类学本体论的产生也是出于20世纪80年代对传统文艺学的深刻反思和批判及其对西方文艺思潮的借鉴与回应。不过从学理上讲，相比较形式本体论，人类学本体论的研究要更为自觉一些，它们非常注重对自身哲学本体论基础的清理和建构，也明确与形式本体论划清了界限。彭富春

---

① 刘大枫：《新时期文学本体论思潮研究》，天津社会科学院出版社2000年版，第59页。
② 苏宏斌：《文学本体论引论》，上海三联书店2006年版，第8页。

等人指出："把艺术本体论等同于作品本体论，这是一种十分狭义的规定，它实质上将艺术本体论取消了"，这表明他们意识到文学本体论必须以哲学本体论为基础，"人类学是关于人的生存反思的理论体系。对人的存在的思考可谓现代哲学的转向。人类学的文艺理论，或谓艺术人类学是关于人的生存和人的艺术关系的思考（它的基础是哲学人类学、审美人类学），它构成了我们艺术理论的转向"。他们断言："艺术的真正本体只能是人类本体"，"艺术既不在于理性意识，也不在于非理性意识，而在于纯粹的生命意识。它是生命意识的觉醒"。① 人类学本体论的最初动机就是呼唤人的回归和解放，强调文学研究应该以人为中心，从人的维度、人的生命向度阐释文学本体。

人类学本体论在研究中除了受到西方人本主义哲学影响外，还受到李泽厚的"人类学本体论的实践哲学"的影响，在李泽厚那里，主体论与本体论几乎是相近的词，人类学本体论即主体性实践哲学，"二者异名而同实"。② 在其影响下，彭富春、刘再复、杜书瀛等人不断拓展人类学文学本体论的研究。彭富春宣称"我们如果要建立文艺本体论的话，我们必须建立美学本体论；我们要建立美学本体论的话，我们必须建立哲学本体论。这个哲学本体论只能是人类学本体论"；孙文宪认为"文艺理论将步入一个新的领域，即用人类学的观念和范畴去研究主体在文学活动中的特殊需求，即人类渴望理解自身的生命追求"；陈燕谷则指出"艺术观念的根本变革有赖于哲学观念的根本变革。哲学观念的根本变革，在我看来，关键在于艺术哲学的基础从认识论拓向本体论，确切地说是人类学本体论的转移"。③ 刘再复的主体论在文学的人类学本体论中具有一种逻辑上的承前启后作用，他把人作为研究的中心，提倡文学活动的各个环节都要以人为本、为中心、为目的，这自然为文学人类学本体论研究开辟了致思向度。真正把人类本体论的文学研究加以系统展开，使其成为一个完整的理论体系的应该是杜书瀛，他主要是在马克思的"实践的唯物主义"

---

① 彭富春、扬子江：《文艺本体与人类本体》，《当代文艺思潮》1987 年第 1 期。
② 李泽厚：《美学四讲》，上海三联书店 1989 年版，第 39 页。
③ 陈燕谷、彭富春等：《我们的思考与追求》，《文学评论》1987 年第 2 期。

哲学基础上，推演出自己的文艺理论和文学观念的。他在 80 年代末相继发表一系列文章，分别从哲学基础、文艺的本质、文学的创作、作品和接受等方面，系统地阐发了人类本体论文艺学的具体内涵。杜书瀛认为："人类本体问题才是哲学的核心问题、根本问题"，[①] 同时他又认为"人类本体论文艺美学把目光凝聚于人自身"，既不同于"现实本体论"，也不同于"作家本体论""作品本体论""读者本体论"，它"扬弃它们，否认它们的缺点和偏颇之处又充分肯定和吸收它们的合理因素，纳入自己的体系之中"，因而"人类本体论美学将在开放中前进"。[②] 因为实践观点的引入，人类学本体论在一个时期曾成为文艺学、美学研究的中心，极大地推动了文学主体论的研究。人类学本体论文艺学宣称实践是一个本体论范畴，较之那种把马克思主义视为一种物质本体论的观点是一种巨大进步，但它把实践说成主客体之间的中介范畴，则又显示出哲学立场上的不彻底性，尽管他们是从人类学本体论哲学出发，引申和推导出自己的文学观或文艺学体系的，但同样不能看作一种现代形态的文学本体论。

生命本体论是从人类学本体论中分化出来的，因而，生命本体论常常与人类学本体论研究相交织。如陈剑晖认为探讨"艺术是什么"这个命题，必然"最后回到以人的生命存在为中心的人类学本体论"。[③] 宋耀良认为"美应由生命力量而产生；创造美的过程就是生命力量展示的过程"，强调"艺术应当以生命本体的存在作为艺术本体存在的主要基础"，艺术品"源于生命，表现生命，并且自身也获得符号形式的生命性"。[④] 起初，生命本体论因对生命活动的感性特征和体验本质的高度重视，而把生命看作一种感性、个体的存在物，认为艺术的根本特征就在于传达个体的生命体验。其中突出强调艺术和生命的感性特征的是王一川，在他看来，"人直接地就是'感性存在物'，他只有凭借自身的感性（即感觉、情感、本能、生命力、爱欲等）才能在对象世界中确证、占有并享受自

---

① 杜书瀛：《艺术的哲学思考》，辽宁人民出版社 2001 年版，第 214 页。
② 杜书瀛：《人类本体论文艺美学的特征》，《文论报》1989 年 7 月 25 日。
③ 陈剑晖：《文学本体：贩私、追寻与建构》，《阜阳师范学院学报》1988 年第 4 期。
④ 宋耀良：《美，在于生命》，《文艺理论研究》1988 年第 2 期。

己。感性是人的存在的根本标志"。而艺术则"既是感性的复归之途、解放之途,同时本身也是感性之家、感性之归宿",因为"艺术的形式是真正感性的形式、生命的形式、人性的形式",它可以使我们从麻木状态中惊醒,意识到存在的真相。因此,"对于现代人来说,艺术意味着感性的复归,感性的解放",而"对于艺术来说,感性是根本的根本,究竟的究竟"。① 在此他张扬了个体生命的全部感性特征,使之成为一个本体论而非认识论的范畴,并把感性视作对现代理性的一种对抗和疗救力量,认为感性是现代人获得解放和救赎的根本途径,这是一种以感性为旨归的生命本体论观点。还有的学者如刘晓波提出了非理性本体论,将本体归结为人的感性、直觉、体验、潜意识、本能冲动等。生命本体论尽管内容驳杂,但影响很大,在新世纪仍有学者回应此话题。如夏之放提出"情意本体论",认为人的日常实践中的感觉、情感、领会构成了情意本体,"合情合理"是它的基本尺度,"诗意生存"是它的高级形态。文学是以人的情意为本体的一种特殊表现形式。真正伟大的文学是体现和升华人的生存状态的明镜和灯塔,具有叩问人生意义、了悟人生价值、烛照人生道路的作用。② 而陈传才认为,文学本体和人的生命本体相关联,应把文学放到人的生存发展的根基上,与人的自由解放联系起来加以考察。"关于文学本体论的思考,使人们知道文学活动是和人的生命活动相一致的,一定的文学观念并不是人们随意杜撰和随便选择的,而是和人们的人生观念相关联。"在此基础上,他对文学主体论和文学价值论作了深入阐述。③ 生命本体论主要受西方现代人本主义哲学、生命哲学、存在主义哲学的影响,由于当时对这些哲学思想缺乏深入研究,多为概念、范畴的简单挪用和术语的置换,其所理解的人多为个体性的人,普遍无视或否定人的社会本质,对人理解的褊狭使其脱离了人生存的现实根基,同时,因过分张扬非理性因素在文艺活动中的作用,而走上了反理性、反社会性的极端。它强

---

① 王一川:《走向感性的艺术——现代世界感与现代艺术观念》,《批评家》1987年第2期。
② 夏之放:《文学的情意本体论纲要——文学理论元问题研究》,《山东师范大学学报》2003年第4期。
③ 陈传才:《当代审美实践与文学本体论的构建》,《黄河科技大学学报》2003年第1期。

调文学艺术与人的生命活动的同一性，认为人的生命活动等于人的生活，也陷入了两个误区：其一，切断了人的生命活动与外部世界的联系；其二，抹杀了文艺活动与人的生命活动的区别。① 人学本体论带来的最终后果，是非理性、反理性主义的高扬。如钱竞所言："人本主义发展到极限，必定在自己的旗帜上标明反理性、反科学的记号。"② 从历史轨迹来看，"无论是人类本体论还是生命本体论都没有真正超越形而上学，这是因为，它们分别把人的社会性和个体性看作一种先在的、固定不变的实体或者本体，这本身就是形而上学的思维方式在作祟"。③ 生命哲学的主导意味是反形而上学，旨在反对和消解各种形而上学的抽象物和固定的实体，而我国学界的生命本体论者却完全无视生命哲学的这种反形而上学的理论旨趣，通过对生命的个体性和感性特征的张扬使之实体化，反倒成了一种彻头彻尾的形而上学，只是把实体从"类"换成了"个体"而已。

三 语言本体论

语言本体论作为文学本体论研究的重要形态，有的学者将其归入形式本体论，其实，两者之间存在较大差异，特别是在哲学基础层面。语言本体论不仅把语言看作文学作品的形式构成要素，甚至自身就作为形式，而且把语言看作人类的本体、世界的本体，使之从"器"的层次完全上升到"道"的层次，从而成了真正哲学意义上的本体论，这和哲学领域的"语言学转向"密不可分，特别是和海德格尔的"不是人说语言，而是语言说人"的思想相关联。早在1987年就有学者指出，语言不应仅仅承担诸如"思维工具""表现工具"这样的外在形式功能，而应当从作者、文本、读者三方面通常考虑，因而，语言同时具有作者表现、作品呈现和读者发现的本体上的功能。④ 1988年《文学评论》第1期发表了一组关于文

---

① 刘大枫：《新时期文学本体论思潮》，天津社会科学院出版社2000年版，第121—122页。
② 钱竞：《文学本体论问题反思》，《当代文艺思潮》1987年第5期。
③ 苏宏斌：《文学本体论引论》，上海三联书店2006年版，第33页。
④ 唐跃、谭学纯：《语言功能：表现+呈现+发现——对"语言是文学的表现工具"的质疑》，《文学争鸣》1987年第5期。

学语言的笔谈，语言作为本体再度凸显。有学者认为："既然语言是人类存在的始原，既然语言确定了人们的世界'观'，并且语言构成存在世界的'现象之流'，那么，我们就有理由把文学作品看作一个世界，一个独立自主的世界。以往的文学理论由于没有从语言本体论意义上阐释文学存在的本质，因而，'文学世界'要么落入幼稚的比喻，要么流于粗疏的想象……我们之所以如此费力地阐明语言构成世界的实在性，也在于证明文学世界存在的实在性，存在的本体依据。"即"正如语言构造了日常生活世界的存在实在性一样，文学语言也创造了这样一个自足的世界"。① 此后，语言本体论研究炙手可热。吴俊强调"语言符号对人类的文化创造活动具有决定作用"，"语言符号对人类（文化）世界的存在具有本体意义"，② 这已是名副其实的哲学意义的语言本体论了。张首映论道："人有语言，表明人与世界的关系得到了确证；语言将人与一般动物划出了一条永久的分界线；语言成了人类生存的一个重要组成部分，是人类的一种生存方式，是人类的一种存在。这样，语言不再只是认识人和世界的认识论工具了，而且还具有突出的生存本体的意义。"③ 周宪指出："语言是第一性的本源性的，它支撑着我们的存在并使历史成为可能，没有谁能够离开语言而仍作为人而存在。这样，我们便有了一种语言本体论，其实质是把语言视作思考诗乃至人的逻辑上和时间上都在先的起点。""在技术工具理性占支配地位的现代，人们'沉沦'了，他们忘记了自己的存在，因为他们已不再会用本源性的语言来'说'，而是着迷于言之无物的'闲谈'。"④ 及至1993年第2期《艺术广角》开辟专栏"文艺学研究的语言论转向"，进一步推动了语言本体论研究。陶东风指出："形而上学机械真实观反映在文学理论上，就是用文本之外的所谓现实来验证文本的真实性（如描写的可信性）。而实际上，文学话语是一种虚构话语，根本不可能通过外在的参照来证实或证伪"，重要的是，"既然语言之外一无所有，

---

① 陈晓明：《反语言——文学客体对存在世界的否定形态》，《文学评论》1988年第1期。
② 吴俊：《文学：语言本体与形式建构》，《上海文论》1988年第2期。
③ 张首映：《论文学语言和用字》，《文艺研究》1989年第1期。
④ 周宪：《诡论语言》，《文论月刊》1990年第11期。

那么我们用以检验虚构的所谓'实体'就仍是虚构。这样关于真实性的问题根本就是一个假问题"。① 这就凸显了意义的语言赋予性。马大康认为对文学语言的研究,"应作为文学研究的基本点和出发点,其他文学问题都是立足于文学的诗性语言的基础上,并从语言问题生发开来的。语言蕴涵和孕育着文学本体研究的所有问题"。② 语言本体论把语言提到人的存在的高度,因此,金元浦说文学范式的转换,应当"寻找新的质点","这一点我们找到了,这就是广义的语言研究","它既包括文学的语言形式研究、语义研究、叙事话语研究、结构研究等内在特质的研究,又进一步注目于语言与存在、语言与传统、语言与思想、语言与意义之间关系的研究"。③ 自此语言本体论研究风生水起。

总体上说,语言本体论关注语言与人类、语言与世界、语言与文学等问题。文学本体研究的所有问题,都包含在语言中。语言"足以完整地取代和覆盖整个世界和人自身",语言之外无意义,语言之外无世界。④ 这些问题表明语言本体论主要受现代西方语言哲学,特别是"语言转向"的影响,其中有些观点基本上是现代西方哲学,尤其是海德格尔思想的一种转述和重复。但它对提升语言在文学中的根本地位,推动文学语言的研究,拓宽文艺学视野具有重要价值。但因其过于拔高语言的本体地位,而在一些基本问题上陷入迷误,给文学创作、文学研究都带来了不可忽视的负面影响。

四 活动本体论及其他文学本体论

活动本体论是一种把文学活动作为文学本体论研究对象的理论形态,所谓文学本体是指文学活动。这种研究旨在克服以往文学本体论的片面性,而把研究对象扩大到整个文学活动领域。从某种意义上讲,它具有某

---

① 陶东风:《也谈"文学是语言的艺术"——兼论文学的所谓"真实性"》,《艺术广角》1993年第2期。
② 马大康:《文学语言研究之我见》,《艺术广角》1993年第2期。
③ 金元浦:《我国当代文艺学的总体指向:语言与本体研究》,《艺术广角》1993年第2期。
④ 参见刘大枫《新时期文学本体论思潮研究》,天津社会科学院出版社2000年版,第138—139页。

种综合的意味，即试图把各种文学本体论的基本主张辩证地统一起来，建立一种较全面的文学本体论体系。较早提出活动本体论的是朱立元，他在《解答文学本体论的新思路》中指出，"文学既不单纯存在于读者那儿，也不单纯存在于作品中，还不单纯存在于作者那儿。文学是作为一种活动而存在的，存在于创作活动到阅读活动的全过程，存在于从作家→作品→读者这个动态流程之中。这三个环节构成全部活动过程，就是文学的存在方式"。他称之为"活动本体论""过程本体论"，并且认为这是一条"解答文学本体论问题的新思路"。① 他的观点得到了邵建等人的响应，从而形成了颇有影响的活动本体论思潮。在他看来，文学的存在或者本体就是"活动"："文学所以存在，就是因为这个存在不是别的，就是活动。活动就是文学的存在本身，没有这种活动，文学就无以存在，当然也无疑构成如'三R结构'（writer、work、reader——引者注）那样的存在方式。这种活动乃是生命本体的自由活动，它从生命出发（艺术的可能形态）从而走向作品（艺术的现实形态）。"② 对此问题较全面系统梳理的是王岳川，他在《当代美学核心：艺术本体论》中提纲挈领地阐述了自己的艺术本体论，在其后出版的《艺术本体论》中作了全面论述。③ 作者在书中不仅对本体论的相关概念进行了明确界定，而且对本体论哲学和文学理论的发展历程作了系统梳理，并在吸收现代西方生命哲学和存在哲学的基础上，提出了新的本体论——艺术活动价值论——"活感性"说。王岳川认为文艺本体论是对艺术存在的反思，是对艺术的意义和价值的领悟和揭示。"就终极意义而言，艺术与人类生活密切相关，对艺术的揭示，就是对人的根本存在方式的最高存在方式的揭示。艺术本体的敞亮，将会展示人在艺术中所臻达自身领悟的程度和自我意识觉醒的程度，标示出人的本体的超越之维——人的艺术审美生成的全部奥秘。"④ 在他看来，

---

① 朱立元：《解答文学本体论的新思路》，《文学评论家》1988年第5期。
② 邵建：《梳理与沉思：关于文艺本体论》，《上海文论》1991年第4期。
③ 王岳川：《当代美学核心：艺术本体论》，《文学评论》1989年第5期；王岳川：《艺术本体论》，上海三联书店1994年版；《艺术本体论》（修订版），中国社会科学出版社2004年版。
④ 王岳川：《艺术本体论》，上海三联书店1994年版，第3页。

"艺术本体论是对艺术活动（世界、作家、作品、读者、社会）过程的总体把握，从某种意义上说，这是一种对人本体与艺术作品本体回溯的双重冒险"。① 他通过对历史上的摹仿本体论、表现本体论、形式本体论和文化本体论的梳理，提出了文艺本体论的当代形态即"新本体论——艺术活动价值论"，同时指出：艺术本体论作为当代美学核心具有三维本体结构：体验本体、作品本体、解释本体。其中，体验是本体论的核心。他指出艺术本体论是对现代人变动不居的人生境遇的揭示，艺术成为人生存在意义的给予者，艺术本体论不是体系，不是信条，而是追问生活真理、人生意义的根基。艺术通过生成人的活感性，对人的感知方式、运思方式、语言形式和灵魂价值定向加以重新建构，达到人的感性的审美生成。作为艺术本体论意义上的"生成活感性""审美体验"和"灵魂唤醒"，直接标示出艺术达到的人的本体深度，同时，也揭示出作为本体的艺术在"后乌托邦"时代对抗虚无的独特价值及其当代意义。② 就论述的翔实、系统、深度和涉猎之广来看，该书代表了新时期以来文学本体论研究的最高成就。但就内容而言，理论上显得驳杂而缺乏精致的分析，一定程度上造成了本体论的泛化和模糊化，似乎任何东西只要成为研究对象，都可以冠之以"本体论"之名，从而部分地迷失于自身的理论特色中。

从活动本体论的研究成果看，它显然有意识地吸收了现代西方反形而上学或反本质主义的思想，也较为准确地把握到了现代西方本体论哲学的基本精神，可以说是一种现代形态的文学本体论。一定程度上，活动本体论的确有效地整合了前面的几种理论形态，把创作、作品、接受作为其中必不可少的环节融入其中，并以"活动"作为融合的契合点。因此，活动本体论所说的文学本体只能是"活动"，而不可能是其中的任何一个环节，这在朱立元和邵建等人的观点上体现得尤为明显，虽然王岳川的"活感性"说显得驳杂了些，但在对活动本体的具体环节的分析上，王岳川的阐释更加深入和准确，超出了一般的泛泛而论，显示出理论的穿透

---

① 王岳川：《艺术本体论》，上海三联书店1994年版，第5页。
② 王岳川：《艺术本体论》（修订版），中国社会科学出版社2004年版，第224页。

力。活动本体论把文学的本体视为"活动",本身就是对形而上学实体本体论的一种反驳和批判,也是对反映论文艺观的一种纠偏。活动本体论把活动提升到本体论范畴,这与现代哲学本体论的发展方向基本一致,因为活动就是一种在时间中发生的运动和变易,以活动为本体就意味着把时间范畴引入本体论之维,带有明显的后形而上学特征,也在一定意义上契合了海德格尔对形而上学的超越。"当然,我们并不认为活动本体论对于时间的这种本体论意义已经有了清醒和自觉的意识,他们所说的活动主要还是建立在过去、现在、将来这种形而上学的时间观之上,这样的时间其实是线性、一维的,而不是像海德格尔所说的那种存在论现象学的三维时间观,然而无论如何,对于'活动本体'的引入已经为'时间'范畴的出场扫清了道路。"①

此外,还有学者提出了社会存在本体论和实践本体论、意识形态本体论以及否定本体论等。其中否定本体论是 90 年代以来吴炫提出的一种哲学本体论,不仅有哲学方面的探索,而且有美学、文艺学等方面的自然展开,其影响在今天愈加深入。② 在吴炫看来,当代流行的工具论、反映论、审美活动论、文学是人学、形式本体论、解构论等文学观,都存在缺陷。而"艺术否定论认为,文学是生命也好,文学是表现和摹仿也好,文学是工具抑或人学也好,文学是结构和解构也好,均是在文学的表现内容和表现模式上对文学的规定,从而忽略了各种内容各种模式的文学区别于现实也区别于文化所达到的程度。因此,艺术否定论是一种艺术本体论和艺术存在论,以区别于以往的艺术本质论(即只问艺术是什么,而不问艺术敞开自己实现程度如何的理论)"。③ 在他看来,"艺术否定主要是对现实的否定,其结果形态主要是超现实的","艺术本体只不过是对不同的现实的否定,而不同的艺术观只不过是对不同的现实否定的结果"。

---

① 苏宏斌:《文学本体论引论》,上海三联书店 2006 年版,第 46 页。
② 吴炫的著作有《否定本体论》《否定主义美学》《否定主义文艺学》《中国当代思想批判》《中国当代文学批判》《中国当代文化批判》等,其提出的"否定本体论"命题在学界影响较大,其"否定"某个"对象"不是克服和超越的含义,而是"尊重而不限于"的意思,具有"没满足于"之含义,主张"批判与创造"的统一。
③ 吴炫:《走向艺术否定论》,《文艺理论研究》1997 年第 2 期。

由于否定并非为艺术所独有，所以艺术家的否定与非艺术家的否定、艺术否定与非艺术否定有所不同，"艺术是对现实的否定，文化（非艺术）是在现实中否定，而宗教，则只有被现实否定的特点"。①"'对现实否定的结果'无疑具有自己的本体内容。这种内容是通过作品与现实，好作品与现实，文学观与现实三个层面体现出来的。"在"作品与现实"层面，"不管是故事世界，还是情绪世界，也不管是具象世界还是抽象世界，其共同点均在于和我们生存的现实构成一种'否定'。以'生成着的世界'作为对'作品'的定义，其'否定'不是隔绝现实，拒绝现实，也不是批判现实、企图改变现实，而是再创一个和现实不同的地方，使人成为横跨两个世界，具有否定和超越张力的具有本体性的'人'"，"因此艺术与现实只能是否定性关系，艺术世界是现实世界永远不可能实现"，"这决定了艺术世界的虚构性、人造性，也决定了艺术世界不具备改变现实世界的功能，但具有使人产生离开、超越现实世界的那种精神上的功能，这种精神上的功能正是'否定'内涵的具体体现"。在"好作品与现实层面"，其"'现实'不仅指的是我们的生存现实，而且还指的是由既定观念组成的文化现实，由既定作品组成的艺术现实"。"对现实的否定"包括"同文化现实和艺术现实构成否定关系"，作家绝不"始终受其他作品影响而不能超越"，相反，能构筑"一个有着作家自己对世界的看法的'世界'"，因此，对现实的否定"还是出现好作品的前提、衡量好作品的标志"。而在"文学观与现实"层面，"不仅指作品，还指称涵盖作品创作特点的艺术观，使得艺术否定的世界具备了一定的空间感"。如摹仿说、表现说、形式说、文化批判说等，都"既不是凭空产生的，也不是对现实认同和反映的结晶，而是在否定冲动驱使下，针对一定的现实问题予以批判性超越完成的"。②经由否定"在迷茫的背后，我们才可以意识到什么是真正的意义。否定作为一种哲学本体论的提出，已多少具有这样的意图：尽管我们还不知道未来的意义是什么，但是在对一切现实事物的否定中，我们可以听到那种声音在召唤我们，而这还

---

① 吴炫：《作为否定的哲学、美学与文艺学》，《当代作家评论》1994 年第 3 期。
② 吴炫：《艺术否定论：缘起和内涵》，《山花》1997 年第 2 期。

未符号化的声音就是我们真正的意义所在"。① 这些未及详述的否定本体论对深化文艺学研究做出了贡献。即使当前在文学本体论研究式微的语境下，吴炫仍提出要努力建立区别于西方"自律论"的"中国式文学本体论"，以"价值知识论"或"价值本体论"来打通"知识论"与"价值论"在当前论争中的分离状态。主张中国当代文艺学既应回答"文学是什么"的问题，又应回答"好文学是什么"的问题，并把"文学"与"好文学"的价值关系和其间可能存在的方法阐释清楚。② 从其致思中可见他对"中国问题"和"原创性"的注重，这使其在当代文艺学研究中显得独树一帜。

第二节　文学本体论研究的历史价值

自 20 世纪 80 年代出现的文学本体论研究，远不止上面列举的几种形态，但上述理论形态大体上代表了文学本体论研究的现状，能够较为充分地展示文学本体论研究取得的成绩及其历史价值。此前，文艺学研究主要偏于认识论、反映论，就此而言，文学本体论研究具有某种原创性，它开启了文艺学研究的新视野、新范式，尽管在很多方面仍是一种探索，但自有其不可磨灭的历史价值。其积极意义是在反拨机械反映论和文艺认识论中显现的，它使文学研究从外在视角转向了关注文学自身的内在规律及其人的个体感性生命的张扬。一定程度上消解了因本体论视角的缺席带来的负面效应：文艺学研究无法真正摆脱唯科学主义倾向，也就无法真正确立文艺活动的真理性地位；文艺学研究缺乏超验性的维度，就无法对文学活动的超越性特征作出充分的说明。③ 本体论反思纠偏了认识论思考的某些盲点，弥补了认识论文艺学的某些缺陷，深化了对文学自身的研究，也推进了对人的价值的深度体认。

---

① 吴炫：《重新解释"否定"》，《文艺评论》1994 年第 5 期。
② 吴炫：《当前文艺学论争中的若干理论问题》，《文学评论》2008 年第 4 期。
③ 苏宏斌：《文学本体论引论》，上海三联书店 2006 年版，第 4—5 页。

其历史价值首先表现为在文学本体论研究中，学者们对本体论的相关概念进行的细致辨析和界定，为理解和领会文学本体论清理了地基，为文学研究提供了新视角。"本体论"一词的阐释和界定是理解和展开文学本体论研究的基础，本体论研究把文学视为与人的个体感性直接相通的东西，并进而成为对人的筹划和对世界的重新阐释。它具有现实的针对性，试图使文学本身更富有实践性和批判性，这一切是通过重新建立文学与人及其生命的同一关系实现的，以此肯定文学本身的内在性和不可重复性。陈燕谷说："艺术认识论也许能够说明艺术是什么（例如艺术是社会生活的反映）以及艺术如何成为艺术（例如艺术形象地反映社会生活），但它不能说明艺术的必要性，即人类为什么需要艺术（例如艺术为什么要反映生活以及为什么把社会生活加以形象化的反映就成为艺术）。艺术的必要性问题只能在人的生成过程中，在人类积极参与的存在自身超越和自身回归的过程中加以说明。"[①] 因此"回到文学本身"不是一个不断提纯的过程，而是一个重新理解文学与人的关系问题，"回到"带有隐喻性含义：文学是与人的生命存在和日常生活经验同构的东西，因此对文学的讨论要回到文学自身中。彭富春则进一步解释："我们总觉得，文艺源于我们的生存，也必将归于我们的生存。因而我不赞成为艺术而艺术，而赞成'为人生而艺术'。"[②] 因此，虽有论者认为"文学是人学"的弊病在于它使文学沦为载道的工具，希望回到文学自身，但另一方面，文学本体论仍然要建立文学与人的关系。而正是对人的理解和文学与人学关系的理解构成了它与主体论的区别，对人的态度构成了他们与文学主体论的差异。就此而言，刘再复的《性格组合论》展现的依然是以理性和道德的承担精神为特征的人，这个人以二元对立为认知框架和行动原则，尽管此人在性格上有层次，但仍然处在逻辑范围内并最终服从一种原则，这就是——矛盾的对立和统一。在正—反—合的理性构架中，看起来处于平等地位的情感、个体、爱欲、生死最终仍然合于理性、集体、伦理和规则。文学本体论虽然产生于学科的自觉，不满于文艺学的封闭性和单一性，但它试图承

[①] 陈燕谷、彭富春等：《我们的思考与追求》，《文学评论》1987年第2期。
[②] 彭富春：《文艺本体与人类本体》，《当代文艺思潮》1987年第1期。

担的内容太多，这使它试图突破学科限制，而成为一个关于人的某种筹划，而未能完成对文学有意味的探讨。

随着研究的深入，面对"本体论"的标签化现象，不少学者意识到对本体和本体论等概念进行梳理的重要性和必要性。如严昭柱的《关于文学本体论的讨论综述》[①]、于莘的《关于文艺美学领域的本体论问题》[②]等都试图对"本体论"进行界定，此后，朱立元的《当代文学、美学研究中对"本体论"的误释》[③]、高建平的《关于"本体论"的本体性说明》[④]、张瑜的《本体论与文学本体论》[⑤]、王元骧的《评我国新时期的"文艺本体论"研究》[⑥]等以论辩的方式把这一问题全面展开，从而为文学本体论的讨论提供了一个清晰的参照点。朱立元指出，我国当代美学和文艺学研究中对本体、本体论、本体性等概念的误释、误用现象十分普遍，他在具体分析梳理的基础上提出"本体论内容上是关于存在（'是'）之学，在方法上使用纯逻辑方法进行的范畴推演与原理、体系的构造，并不涉及具体的、现实的、物质的对象，也不是'关于世界'的学说，或是对世界根源'第一原因的追寻'，并且认为20世纪以来海德格尔的存在论哲学的问世标志着本体论的现代复兴，其特点则是'把存在的一般研究集中到人的存在即此在的研究上'"。对此高建平认为，本体和本体论等概念的含义在西方哲学中也一直存在广泛的分歧和争议，不能简单地归结为我国学者的误释和误用。朱立元本人对本体论的界定并不适用于整个西方本体论哲学，只是维护了沃尔夫—黑格尔的本体论立场。海德格尔的存在哲学也不像朱立元理解的是以人的存在为研究中心，也不是建立在逻辑推演的基础上，等等。高建平进一步解释道，"本体"和"本体论"的翻译，形成了这些词在中国的独特历史。大多数中国的文艺学者不再追寻这些词在西方文学中的原意，也不再受这些词意义的限制，他们按照字

---

① 严昭柱：《关于文学本体论的讨论综述》，《文艺理论与批评》1990年第6期。
② 于莘：《关于文艺美学领域的本体论问题》，《文艺研究》1993年第2期。
③ 朱立元：《当代文学、美学研究中对"本体论"的误释》，《文学评论》1996年第6期。
④ 高建平：《关于"本体论"的本体性说明》，《文学评论》1998年第1期。
⑤ 张瑜：《本体论与文学本体论》，《湖州师范学院学报》2003年第1期。
⑥ 王元骧：《评我国新时期的"文艺本体论"研究》，《文学评论》2003年第5期。

面来理解这些词的含义，根据自己的理论需要赋予这些词以新的含义。于是，各种各样的"本体"和"本体论"应运而生。他认为词自有自己的命运，当它被创造出来后，就在世界上旅行，将自己交给命运来安排。这些词在中国大陆学界曾表达过一些真实的内容，对中国文学思想的发展曾起了推动作用。[①] 张瑜也对本体论和文学本体论何为作了追问。而王元骧则对我国新时期以来文艺本体论研究所取得的成就和存在的不足进行了较全面的清理，认为其主要贡献在于通过把文艺与人的生存活动联系起来，从而克服了认识论文艺观的客观主义错误和二元论局限，也避免了以往文艺理论研究中的科学主义倾向，通过引进时间性问题来拓展文艺学研究的历史之维，不足之处则在于对人的生命活动作了生物学的解释，把文艺本体论与文艺认识论割裂和对立起来，等等。王岳川则在《艺术本体论》中指出：本体是具有自我相关性的，人不仅是话语的使用者，也是生活的体验者，人本身就在他/她所描述对象的变化之中，因此召唤和研究本身是对人的本质的不断认识和不断阐释。主体与他/她所研究的对象一样，是不断变化和生成的，因此，他重提"艺术本体与人类本体同体，但不是人的实在本体（那是哲学本体论的热点），也非认识着的主体（那是认识论的领地），而是生成的人的体验和活的感性（人的感性的审美生成），以及通过不断生成着的新体验和活感性去达到双重创造：使具有审美感的人去创造新世界，反过来，在这创造中创造新人自身"。[②] 从而把问题引向深入，推向了一个新的研究高度。

其次，其历史价值还表现在，文学本体论研究不仅改写了文艺学研究格局，还初步建立了文学本体论的研究范式和理论体系。经过一些学者对文学本体论的深入研究，文学本体论的理论品格大为提高，开始出现了一些体系性的理论建构。这些理论建构在研究方法上显示出某种值得关注的共同倾向，即都对基本概念作正本溯源的界定，对西方哲学本体论的发展历程作系统的梳理，在此基础上亮出自己的理论观点，然后以此为根据，作出某种价值评判。王元骧指出文学本体论研究克服了传统认识论文艺观

[①] 高建平：《现代文艺学几个关键词的翻译和接受》，《陕西师范大学学报》2004年第4期。
[②] 王岳川：《艺术本体论》，上海三联书店1994年版，第19页。

把文艺看作一种知识形式的局限。① 欧阳友权认为，本体论研究范式对文学研究的有效性表现为：在"思"的层面上聚焦本体的方法论指归，在"言"的层面上把握文本结构谱系的技术设定，在"诗"的层面上思辨文学存在方式背后的本质意义和价值，解答文学的文学性问题。② 无论是研究范式还是理论建构，文学本体论研究都在一定程度上广泛吸收了诸多现代西方的理论资源，显示出某种建构后形而上学的本体论文艺学的自觉追求，从而有力地推动了文艺学研究的深入，也构成了对传统文艺学的某种突破和超越，但在展开的过程中还有很多有待完善的地方，在内在逻辑的统一性上还有待加强，如怎样充分显示有别于认识论或反映论的文学本体论的理论特色，怎样体现现代思想反形而上学的基本价值取向，而彻底超越传统本体论的局限等。虽然进入 90 年代后，本体论研究不再担当思想解放的功能，但一批学术著作的理论建构，却有着不可忽略的学术史价值。如林兴宅的《文艺象征论》③，王岳川的《艺术本体论》④，吴炫的《否定本体论》⑤，龚见明的《文学本体论：从文学审美语言论文学》⑥，潘知常的《诗与思的对话：审美活动的本体论内涵及其现代阐释》⑦，杨乃乔的《悖立与整合：东方儒道诗学与西方诗学的本体论、语言论比较》⑧，张国风的《传统的困窘：中国古典诗歌的本体论诠释》⑨，刘大枫的《新时期文学本体论思潮研究》⑩，陈望衡的《20 世纪中国美学本体论

---

① 王元骧：《评我国新时期的"文艺本体论"研究》，《文学评论》2003 年第 5 期。
② 欧阳友权：《文学本体论研究的方法论问题》，《湘潭大学学报》2004 年第 5 期。
③ 林兴宅：《文艺象征论》，福建人民出版社 1992 年版。
④ 王岳川：《艺术本体论》，上海三联书店 1994 年版。
⑤ 吴炫：《否定本体论》，贵州人民出版社 1994 年版。
⑥ 龚见明：《文学本体论：从文学审美语言论文学》，广西师范大学出版社 1998 年版。
⑦ 潘知常：《诗与思的对话：审美活动的本体论内涵及其现代阐释》，上海三联书店 1997 年版。
⑧ 杨乃乔：《悖立与整合：东方儒道诗学与西方诗学的本体论、语言论比较》，文化艺术出版社 1998 年版。
⑨ 张国风：《传统的困窘：中国古典诗歌的本体论诠释》，商务印书馆 1999 年版。
⑩ 刘大枫：《新时期文学本体论思潮研究》，天津社会科学院出版社 2000 年版。

问题》①，庾宗庆的《艺术本体论：情感与生存》②，李泽厚的《历史本体论》③，章启群的《意义的本体论：哲学诠释学》④，张瑜的《文学本体论研究》⑤，苏宏斌的《文学本体论引论》⑥ 等，这些著作虽不限于文学本体论研究，但对文学本体论研究的深入和理论建构产生极大的影响，他们将文学看成人的内在本性的诗意栖居，文学不再单纯是人的认识对象，更是体验个体自我的生命沉醉境界的敞开，在人的生命和文学意义之间，可通过理性审理和感性批判重新获得一种亲和力。

回顾这段学术史，尽管本体论研究作为一种热潮已成为历史，但本体论问题并没有过时，甚至反本体论也是一种本体论的反向表达形式。历史地看，不仅在当时的历史语境下，即使现在，本体论研究在中国都有重要意义，它是一种视野转换和学术深度的展现。但在具体研究中应该看到，现代本体论研究过分强调个体感性本能以及人的独一无二的不可重复性，从而为后现代反本体论留下了空间。由于个体的感性生命在私人空间中获得了某种合法性，于是"私人写作"和"身体写作"开始流行，但这种极端的个人性话语在公共空间中却很难达到"主体间"的共识认同，在此境遇下，公共文化空间并未能随着多元化的敞开而得到强化，反而出现了精神的萎缩和矮化现象，我们所期待的文学精神反而渐行渐远。公共领域共识的丧失使得个体以及个体的感觉将无法有效地存在。这种因为抵制僵化的意识形态而造成的对公共领域的放逐，使今天的文艺和美学成为一种不再叩问公共领域的私人话语，一种对普遍性的不信任和激情丧失的"白色写作"。在这个意义上，现代本体论在强调理解世界并对自己的生命赋予意义的本体论设定中，事实上已经部分地落空了。

虽然文学本体论研究未能取得预期的成就，但它作为一种思想"痕迹"却产生了深远的影响。作为对本体加以描述的本体论，是对人的活

---

① 陈望衡：《20世纪中国美学本体论问题》，湖南教育出版社2001年版。
② 庾宗庆：《艺术本体论：情感与生存》，重庆出版社2001年版。
③ 李泽厚：《历史本体论》，生活·读书·新知三联书店2002年版。
④ 章启群：《意义的本体论：哲学诠释学》，上海译文出版社2002年版。
⑤ 张瑜：《文学本体论研究》，中国社会科学出版社2004年版。
⑥ 苏宏斌：《文学本体论引论》，上海三联书店2006年版。

动与人存在其中的世界的一种整体看法，是追问生存真理和人生价值的根基。在现代本体论中，人本身就在他所描述对象的变化中，并不存在一个远离人的视野的"什么"，因此，召唤和研究本身就是对人的本质的不断认识和不断阐释。主体与他所研究的对象处于一种相互的变化和生成中。在不断生成中，"感性"成为生命的本原而常变常新富有革命性，而"理性"则是倾向于静止保守甚至具有封闭性。只有感性血肉之躯才可以使具有审美感的人去创造新世界，并在这创造中创造新人自身。唯此，本体论担当了思想启蒙和人生解放的职志，以及建构中国现代主体性的内在要求。文学本体论研究除却方法论和对人的重视价值外，它在思维方式上还有一重革命意义，就其内在旨趣而言，它有着对形而上学思维方式的克服与超越，有着对西方后现代哲学相契合的走向后形而上学的现代意识，虽然一些文学本体论研究者尚未达到自觉，但有些著作如王岳川的《艺术本体论》、苏宏斌的《文学本体论引论》等体现了某种重构文艺学研究范式的努力。

第三节 文学本体论研究的不足及其前景

回顾文学本体论思潮，最大的不足就是对本体论概念使用的随意和缺乏界定，甚至出现逻辑的混乱，以至于在具体研究中常把认识论问题与本体论问题混淆，以及未能很好地解决本体论与文学本体论的关系问题，甚至还出现否定文学本体论的现象。例如，有学者认为上述诸种本体论，"只是对哲学'本体论'的简单套用，事实上是非'本体论'的，是本体论的泛化与误用"。[①] 其实，这一问题在文学本体论思潮正热时就有学者开始反思。在对学术史的梳理中我们发现，很多看似有争议的文章主要源于对"本体"概念理解的分歧，特别是不加界定地使用"本体"而又把本体与本质相混淆。这主要源于国内哲学本体论研究的贫乏，哲学界缺乏

---

① 董学文、陈诚：《三十年来文学本体论研究的进展与问题》，《西北师范大学学报》2008年第5期。

一个形成共识的可以被文学研究移植的统一的、有确切内涵的本体论概念，导致文学研究的许多论者只好按照自己的理解或一知半解地挪用、误用本体论术语，自然会出现各种本体论满天飞了。

首先是概念的不清晰和不准确。国内本体论诸说不仅在学理上更是在逻辑上通常把"本原"或"本源""本质"与"本体"混用，而对它们之间的区别存而不论或忽视其区别，以至于出现本体论泛化或泛本体论现象。文学本体论的提出原本是针对反映论和意识形态理论的，是为了扭转认识论的偏颇，但在具体研究和论述中却出现了概念上的模糊和混用现象。其实谈论文学本体论不仅仅是为了回答文学"本身"是什么？更是为了应对文学何为、如何为？回答文学与存在的关系。其次是某些论述缺乏逻辑性和信服力。"本体"究竟有几个，是否可以分层，本体是一种实体还是一种抽象，本体是否与世界等实在或具体事物相关联？朱立元认为本体论是一种纯粹抽象的逻辑推演和体系构造，而高建平认为本体论这一术语，在西方哲学史上，并不都是"纯逻辑"的，朱立元只从沃尔夫的定义出发，并不足以令人信服。高建平认为本体论在古希腊即已产生，所探讨的是与世界本源、本质相关的问题，后来康德的"本体"及物自体，所指的也是现象背后的"本质""本源"，正是这个意义上的本体概念和本体论，获得了人们的普遍认同。沃尔夫虽为本体论下了定义，但存在脱离现实、脱离历史的纯逻辑化弊端；而海德格尔的"基本本体论"是对本体论基础的追寻，而且以反（先）逻辑、反理性为特点。既然如此，为什么一定要从沃尔夫的定义出发，将本体视为一个纯抽象的逻辑范畴，将本体论视为一种纯抽象的逻辑推演？[1] 此外，在文学本体论研究中对本体是一个还是多个、本体是既成的还是发展变化的，也是歧义纷呈。特别是在对待文学本体论的态度上，有的学者肯定哲学本体论，也肯定文学本体论。如彭富春："我们如果要建立文艺本体论的话，我们必须建立美学本体论；我们要建立美学本体论的话，我们必须建立文学本体论。"[2] 再

---

[1] 高建平：《关于"本体论"的本体性说明——兼与朱立元先生商榷》，《文学评论》1998年第1期。

[2] 参见陈燕谷、彭富春等《我们的思考与追求》，《文学评论》1987年第2期。

如朱立元认为:"'本体论'、'本体'等概念、术语,由于已被学术界、特别是文学、美学界在其字面意义上广泛使用(误用),所以,遵从约定俗成的惯例,可继续保留和使用,如在本原论、本质论、本根论等意义上继续使用。"① 此说既肯定哲学本体论,也肯定文学本体论。还有些学者肯定哲学本体论,但否定文学本体论。如于茀就明确指出,"本体论是哲学的而不是文艺理论的一个范畴",因此,"在文学领域提'文学本体'即'文学本体论'不妥","一个术语,作为符码,它的能指和所指在一定程度内是稳定的。在文艺理论领域,有人企图建立一个本体论部门,这只能带来理论上的混乱"。但他指出如果不是建立"文艺学本体论""美学本体论",而是建立"本体论文艺学""本体论美学",即"以本体论为方法来研究文艺现象和审美现象",是可以的,"本体论文艺学"能够成为"对以往单单从认识论角度研究文艺现象的一种发展或补充",尤其是"如果我们能以马克思主义哲学本体论为方法论来研究文艺、审美现象,不但不是可怕的,而且还是可取的"。② 只不过在这里本体论作为方法论已非本体论的原意了。还有些学者如刘大枫、黄力之等虽然肯定哲学本体论,但否定文学本体论,还有的学者如曾镇南则既否定哲学本体论,也否定文学本体论。

在文学本体论思潮中,能够脱出形而上学思维方式的不多,更别说建构后形而上学的文学本体论了,回顾以往的研究很大程度上仅仅具有突破的姿态和立场,很难说从根本上超越了传统的文学认识论,因此,文学本体论研究仍然居于文艺学研究的边缘状态。很多学者在进行文学本体论研究时存在一个思想误区,认为本体论研究要比认识论或反映论更新潮,而未能深刻领会它们只是哲学研究的不同领域而已,前者研究的是世界的存在方式和意义问题,后者关注的则是人类能否以及如何认识世界的问题,两者并无高下之分,只是研究视角、针对的问题不同而已,并各自形成自己的问题域和研究范式。文学研究者首先要有明确的区分意识,不能从文学的本体问题退回到文学的本质问题。文学本体论研究的局限启示我们:

---

① 朱立元:《当代文学、美学研究中对"本体论"的误释》,《文学评论》1996 年第 6 期。
② 于茀:《关于文艺学美学领域的本体论问题》,《文艺研究》1993 年第 2 期。

一种建构文学本体论的努力必须把反形而上学作为自觉追求,否则,这种理论无论以多少时髦和新潮术语来装点自己,都将无法掩盖自己理论立场的陈旧与思维的过时。事实上,马克思的实践哲学、西方的生命哲学、胡塞尔的现象学和海德格尔的存在哲学,都自觉地保留着对形而上学的超越维度。而我们始自 80 年代的文学本体论研究却大多缺乏这种自觉性,只凸显走在途中的某些特征而大加张扬。因此,其中的很多研究就其意识而言,尚未进入现代形态。

时至今日,我们不得不承认文学本体论研究未能真正动摇反映论或认识论文艺观的统治地位,虽然开启了文艺学研究范式的多元格局,但未能成为当代文艺学研究的主流,其在伊始担负的超越文艺学研究的形而上学使命并未完成。在今天,"文化研究"炙手可热的语境下,如何强化本体论文学研究范式,超越认识论文艺观的唯科学主义和二元论特征,再度开启文学研究的新视域,仍是一个不可回避的问题。尽管这种判断与文学研究的大环境并不协调,甚至在有些学者看来,占据主导地位的文学理论是一种"元理论",这种理论与现实的文学创作和文学批评之间严重脱节,应予以终结。[①]

事实上,本体论研究在任何时代都必然构成思想的前沿,它对时代的解释从深层次上折射出时代的内在精神,这种解释实际上为该时代人们的生存价值提供了一种终极根基或尺度。从某种程度上讲,当下这个情绪焦虑、心灵躁动不安的时代,人们更需要这种慰藉心灵的关怀,唯此才能在匆忙繁忙的筑居中诗意地栖居。实际上,新时期以来的文学价值论、艺术生产论等,都透露出对这种植根的诉求,因为价值论问题归根结底是一个生存论和本体论问题,只有从人们对生存以及存在意义的理解中,才能探寻到他们的价值观念和价值标准之源,遗憾的是这一研究一直囿于认识论视野而未能深入本体论层面,结果是文学价值论仅仅成为审美反映论的一个内部视角。但无论如何,文学本体论始终是我国当代文艺学研究的一种"隐秘渴望"(胡塞尔语)。就此王元骧指出,要使文学观念走向完善,应该从"审美反映论""文学价值论研究"的基础上进一步向"文学本体

[①] 陈晓明:《元理论的终结与批评的开始》,《中国社会科学》2004 年第 6 期。

论"研究推进，而最终实现认识论研究、价值论研究和本体论研究三者的有机融合，进一步肯定了文学本体论研究的现实意义和理论价值。[①]

在 20 世纪 90 年代后现代世俗欲望的狂欢中，反本体论问题开始出场。对深度历史的消解代之的是平面化的价值观，所谓"日常生活审美化"的欲望修辞，无器官的"身体社会学""身体审美学"，都已堕落为拟象的符号和种种文化奇观，在冠冕堂皇的话语中张扬的是肉体经济学，这种对"身体"的重塑和商业开发是对精神和肉体的双重伤害，是缺乏本体论关照的价值虚无。尽管后现代景观社会喧嚣躁动，但本体论依旧是远方的地平线。在文学本体论追问之途中，文学本体论是历史生成的，文学本体就藏在人的历史发展中，藏在文学自身的不断变革中。文学本体在后现代主义文化泛滥和"语言失语"的今天，并没有被消解，只是被搁置，存而不论，但它仍然存在着、发展着。它总在前面凝视着人们，逼着现代人或后现代人回答它的谜底。对于文学本体论诸说中存在的问题确实有必要厘清概念的误用和问题的模糊，回到问题的根本处，对文学本体的追问不是为了弄清文学本体是什么？不是落在那个永恒不变的"什么"上，也不是得出一个认识论上的"知识"，而是为了回答文学何以可能和意欲何为？其本体不是远离人的神秘的"什么"，而是与当下此在的人息息相关的存在的显—隐运作，有着出场机缘的文学作为存在现象的一种方式，一条可能的真理之路，有其自身的显现方式和存在方式，所谓一个时代有一个时代的文学，它关乎的是存在与人的生存及其文学存在之间的关联，是一种多元互动的共在关系，犹如海德格尔的"四圆共舞"的大道运作，只不过它是以文学方式显现而已。那么，对文学本体的追问就关乎当下人的生存和文学的意义！这个文学本体并不"远"人，也就是说它不是在"本原"或"本质"的意义上，而是在存在的真理上关乎人，它引导、规范、制约着文学的存在及其发展，也生成为人的自由全面发展的一个不可或缺的向度。

进入 21 世纪，在对本质主义颠覆、解构中，文学本体论作为挥之不

---

① 王元骧：《文艺本体论的现实意义和理论价值》，《浙江大学学报》2007 年第 5 期；王元骧：《当今文学理论研究中的三个问题》，《文学评论》2008 年第 1 期。

去的幽灵，也成为文艺学范式转换批判的对象。因着学理上的缺失，在对本体论与本质主义乃至现代本体论未加严格辨析的前提下统统解构，而主张在反理论非理论的时代去建构反理论非理论的文学理论，在后时代、后现代的文艺学范式中，去建构后理论的文学理论。这如何可能？在洞悉研究弊端和现状的基础上，我们要问：难道文学理论要永远行走在被放逐的流浪之途吗？它的重构是否意味着本体论的复兴？即使在当前消解文学理论的呼声中，仍有学者关注"文学本体论"的研究，如邓晓芒就运用现象学方法，作了文学的现象学本体论阐释：通过美的本体论推导出文学本体论，提出艺术是"情感的对象化"，它的最普遍、最贴近"人学"的方式就是文学和诗。诗是语言的起源，语言的本质是隐喻，语言作为"存在之家"，既是"思"，又是"诗"，文学是最直接表达了艺术本质的一门艺术。文学的本体可以这样描述：文学是作者把自己的情感寄托于景语之上以便传达的情语。[①] 而对于新生的文学业态——网络文学，也有学者作了本体论的分析。欧阳友权在《网络文学本体论纲》中，运用本体论探讨了网络文学的合法性"在场"的存在方式及其形态构成和意义生成问题，并将网络文学的本体论分析延伸至艺术可能性层面，从观念预设上思考其本体的审美建构与艺术导向。如坚守文学的本体论承诺、注重新民间文学的审美提升和实现电子文本的艺术创新等问题，以完成网络文学的观念重铸，达成网络文学的学理命意。[②] 这表明新的历史语境下文学本体论如何可能仍是一个值得探究的真问题。

---

① 邓晓芒：《文学的现象学本体论》，《浙江大学学报》2009 年第 1 期。
② 欧阳友权：《网络文学本体论纲》，《文学评论》2004 年第 6 期。

中 编

第十一章

文艺与意识形态

李世涛　刘方喜

在文艺理论尤其在马克思主义文艺理论中，对文艺与意识形态之间关系的理解具有非常关键的意义，它不仅直接决定了对文艺本质的解释，而且还影响了对文艺其他理论问题的解释和文艺创作。这样，文艺与意识形态的关系，不仅是贯穿马克思主义文艺理论史的重要问题，它也是贯穿中国当代文艺理论发展史的核心问题。改革开放以来，有关文艺"非意识形态性"的讨论，是文艺领域思想解放的重要标志，而"审美意识形态"则是这方面探索的重要的理论结晶，是中国文论界的重要创造和收获。与"意识形态"范畴相关，马克思讨论文艺、文化问题还运用了"上层建筑""意识形态阶层""艺术生产"等范畴，准确把握文艺活动中"意识形态"的内涵，还需在与这一系列范畴的比较中展开辨析。更为重要的是，马克思是在历史唯物主义这一大的理论框架中提出这一系列范畴的，因此，最终应回到马克思建立在物质生产基础上的历史唯物主义范畴网中加以分析和阐释。此外，只有充分结合中华人民共和国成立70年以来中国社会发展历史进程，才能理解这70年来围绕意识形态的相关讨论的意义。

第一节　20世纪50、60年代关于文艺与
意识形态关系的探索

关于文艺与意识形态关系的研究，较早可以追溯到20世纪20年代。早期马克思主义理论家李大钊在《我的马克思主义观》等多篇文章中都谈到了文艺与意识形态的关系。其中，在《马克思的历史哲学与理恺尔的历史哲学》中，李大钊论述了文艺在社会结构中的位置："马克思的历史观，普通称为唯物历史观。……喻之建筑，社会亦有基础与上层。基础是经济的构造，即经济的关系，马氏称之为物质的或人类的社会的存在。上层是法制、政治、宗教、艺术、哲学等，马氏称之为观念的形态，或人类的意识。"[①] 值得注意的是，李大钊就是把文艺作为上层建筑的意识形态来看待的，而且，这个观点对此后的马克思主义文艺理论产生了深远的影响。之后，萧楚女和"创造社"的成仿吾、冯乃超、李初梨都有过类似的表述。30年代，瞿秋白依据列宁的相关论述对这个问题进行了更为明确的表述："乌梁诺夫（指列宁——引者注）认为艺术反映实质，艺术是一种特别的上层建筑，一种特别的意识形态，它反映实质而且影响实质；意识是实质'镜子里的形象'，实质并不受意识的'组织'，而是实质自己在'组织'意识；然而意识并不是消极的，它的确会影响到实质方面去；阶级是在改变着世界而认识世界。"[②] 把文艺作为上层建筑、意识形态已经成为中国马克思主义文艺理论看待文艺的基本视角，这个成果也被直接吸收到毛泽东的《在延安文艺座谈会上的讲话》中："作为观念形态的文艺作品，都是一定的社会生活在人类头脑中反映的产物。"[③] 这

---

① 李大钊：《马克思的历史哲学与理恺尔的历史哲学》，《向着新的理想社会——李大钊文选》，远东出版社1995年版，第295页。
② 瞿秋白：《论弗里契》，《瞿秋白文集》（文学编）第2卷，人民文学出版社1998年版，第270页。
③ 毛泽东：《毛泽东论文艺》（增订本），人民文学出版社1992年版，第48页。

个基本观点成为中国共产党理解和指导文艺的重要理论依据，也是中国马克思主义文艺理论、当代文艺理论理解文艺本质的基本观点。

20世纪50年代，中苏关系密切，因此，还应该考虑苏联文论界对这个问题的理解，其中，大学教材对中国的影响尤其深刻。季摩菲耶夫的《文学原理》是苏联高等教育部指定的大学语文系、师院语文系使用的唯一的文学理论教材，这部著作把文艺视为一种意识形态，并着重从形象、形象性来阐述其特殊性。1954年春到1955年夏，苏联的依·萨·毕达可夫应邀到北京大学中文系为研究生和全国的中青年教师进修班开设《文艺学引论》的课程，毕达可夫在讲稿中也是从意识形态来看待文学的："承认外在世界的存在及其在人类头脑中的反映，这是马克思列宁主义认识论的基础，也是了解作为意识形态的艺术本质的方法论的基础。"① 50年代，苏联学者斯卡尔仁斯卡娅在中国人民大学哲学系授课时指出，"艺术是一种社会意识形态"，她认为，在马克思主义的视野中，文艺具有这些规定性，"马克思列宁主义美学按照辩证唯物主义和历史唯物主义的规律确定：第一，艺术是产生于存在的特殊的社会意识形态，是一种思想活动。第二，艺术按照社会运动的一般规律发展。第三，艺术是认识和反映客观现实的一种特殊方法。第四，艺术有巨大的社会改造意义。它在阶级斗争和社会发展中起着积极的作用"。② 北京师范大学中文系也邀请苏联专家维·波·柯尔尊讲学，其讲稿《文学概论》也同样把文艺作为一种特殊的意识形态。这些观念不同程度地影响了中国文论界。因此，我国文论界也大都是从社会意识形态的角度来看待文艺本质的，与苏联文论界对文艺本质的解释大致相同。

20世纪60年代，在高教部的领导下，文艺理论界编写了两部文学理论教材，即蔡仪主编的《文学概论》和以群主编的《文学的基本原理》。其中，《文学的基本原理》是把文学作为"一种社会意识形态"看待的，具体来说，它与其他社会意识形态具有共同的性质和特点："都是客观的

---

① 转引自毛庆耆等《中国文艺理论百年教程》，广东高等教育出版社2004年版，第183页。
② ［苏联］斯卡尔仁斯卡娅：《马克思列宁主义美学》，潘文学等译，中国人民大学出版社1957年版，第247页。

现实生活在人们头脑中的反映,都被社会经济基础所决定,又反转来影响于一定的社会生活,对社会经济基础的巩固和发展,起促进、推动或阻碍、破坏的作用。"① 之外,文学还有其他的规定性,诸如"文学用形象反映社会生活""文学是语言的艺术"等。蔡仪的《文学概论》出版于1979年,但教材的编写主要是在20世纪60年代进行的,教材的文学本质观也基本上代表了60年代学界的基本认识,即"文学是反映社会生活的特殊的意识形态"。② 这种意识形态的特殊性在于,它是"文学社会生活的形象的反映""文学是语言的艺术"。这样看来,两部教材对文艺本质的理解大致相同。

在20世纪五六十年代,我国文论界基本上把文艺理解为一种社会意识形态。

第二节　新时期以来关于文艺与意识形态关系的讨论

在中国当代文艺理论已有的70年发展历史进程中,我们可以发现这样一个有趣的现象:在重要的社会转型时期,文艺与意识形态的关系几乎都会被提出,并引发激烈的争论。实际上,这既反映了社会、文艺的复杂性,又反映了马克思主义的丰富性。而且,这是时代发展给文艺理论研究带来的挑战和机遇,也是文论界必须面对、应答的时代课题。改革开放引发了中国社会又一次重大转型,作为对思想解放时代课题的应答,文论界又出现了一场围绕意识形态的讨论和争鸣,对于文艺"非意识形态性"的揭示和强调,可以说正是文艺领域思想解放的重要标志之一。

1986年,栾昌大首先提出了文艺的"超意识形态性":"实际上,文学艺术作为整体现象,是最复杂的文化构成因素,它不仅仅作为意识形态的

---

① 以群:《文学的基本原理》,上海人民出版社1980年版,第32页。
② 蔡仪:《文学概论》,人民文学出版社1979年版,第1页。

一种有自己的特性，而且具有意识形态性和超意识形态性这双重特性。也可以说，它的内涵和外延大于政治、法律等意识形态的概念。它可以作为文化的一个类，一个子系统，与意识形态有交叉却不能作意识形态的一个类，一个子系统。"① 在这篇文章中，他以"意识形态性"或"非意识形态性"来界定文艺的本质，也与以前的"文艺是或不是意识形态"有所区分。此文发表不久，毛星撰文指出：意识形态指的是思想、观念体系和理论；"Ideologie"应该被译为"意识形式"，而不是"意识形态"；"Bewu Btseinformen"应该被译为"意识形态"，而不是"意识形式"；文学艺术的思想、理论和观念属于 Ideologie，文学艺术属于 Bewu Btseinformen。因此，为了正确地理解文艺与意识形态的关系，应该"按照马克思的原意，把 Ideologie 与 Bewu Btseinformen 区分开来，把政治的、宗教的、艺术的思想理论归属于 Ideologie，而把政治、宗教、艺术等归属于 Bewu Btseinformen，把'意识形态'这个译名从一向误为的 Ideologie 改为 Bewu Btseinformen，不是个别词句问题，而是一个重大原则问题"。② 这篇文章对当时和以后的讨论产生了很大的影响。栾昌大接受了苏联学术界和毛星的影响，在《文艺意识形态本性说辨析》一文中，系统地提出了他对意识形态、文艺与意识形态关系的看法。栾昌大首先界定了意识形态："所谓意识形态，是社会意识的一种存在形式，是基本上出现于阶级社会中表现出阶级倾向性，至少要表现出一定社会倾向性的社会意识。反之，不表现一定社会倾向性的社会意识形式，就不能成为我们常说的意识形态。"如果以此来衡量文艺，就可以发现新的看法："把文艺作为一个整体来看，意识形态性既不是文艺的唯一特性，也不是文艺的基本特性，因此不能说文艺的本性是意识形态。"即使那些具有强烈意识形态性的作品，意识形态也不是其唯一特性，它们还有其他特性，它们是"意识形态性和超意识形态性"的统一。而且，"斯大林不是说政治、法律、艺术等等本身就是意识形态，而是说社会对于政治、法律、艺术等等的观点才是意识形态。以艺术而论，对艺术的观点，就是怎样看待艺术的艺术观念。艺术

---

① 栾昌大：《关于文艺本质探讨的几个问题》，《吉林大学学报》1986 年第 3 期。
② 毛星：《意识形态》，《文学评论》1986 年第 5 期。

观念，显然不同于艺术；艺术观念当然就是意识形态，而艺术却未必是"。最后，栾昌大得出了这样的结论："文艺作品就其总体而言，与哲学、政治、法律、道德等等相同，也具有双重性，甚至具有多重性，说它是社会意识形式之一比说它是意识形态形式之一更合乎逻辑。"① 与这个观点相似，董学文也提出，"文学艺术的特殊性在于它是意识形态和非意识形态的集合体"。他还提出："承认不承认、坚持不坚持文学艺术的意识形态与非意识形态的结合，同样是个'原则问题'。"② 该文对社会意识形态与意识形式、文艺作品与文艺观的区分，也与栾昌大的文章相似。此外，还有一种同时反对文艺的"纯意识形态性"和"非意识形态性"的观点："文艺具有一种介乎两者之间的'准意识形态性'。"③

当"文艺的非意识形态"开始提出的时候，就遭到了一些学者的反对。吴元迈把这种观点视为非马克思主义的文艺观，并坚决反对这种观点："文艺的非意识形态化，是过去和现在一切非马克思主义文艺理论的共同特征。"④ 较早对栾昌大的观点提出批评的是牟豪成，他赞成文艺是一种特殊的意识形态，并否定了栾昌大的文艺本质观。他有几个观点值得注意：第一，从对物质基础的依赖和反映方面讲，"意识形态""意识形态形式""社会意识形式"的含义大致相同，不存在"原则的区别"，但是，"意识形态形式"与"社会意识形式"有区别，后者包括了意识形态和非意识形态；第二，他反对栾昌大把意识形态作为附加物，"思想倾向性是作为社会意识形态的文艺本身客观具有的特性，并不是可有可无的附加物；马克思主义关于文艺的意识形态理论，是揭示文艺基本性质的合乎实际的科学，并非是需要屏弃的'传统观念'"。⑤ 陆梅林结合马克思主义经典论著考察了意识形态概念的变化，提出了他对意识形态的理解："意识形态，亦称观念形态，是历史唯物主义的基本范畴之一，是社会意识的

---

① 栾昌大：《文艺意识形态本性说辨析》，《文艺争鸣》1988 年第 1 期。
② 董学文：《马克思主义文艺学当代形态论纲》，《文艺研究》1988 年第 2 期。
③ 邵建：《马克思主义文艺美学本质辨识》，《文艺争鸣》1991 年第 3 期。
④ 吴元迈：《关于文艺的非意识形态化》，《文艺争鸣》1987 年第 4 期。
⑤ 牟豪成：《不能否定文艺的意识形态理论》，《文艺理论批评》1989 年第 5 期。

一个重要方面，包括认识情感意志诸意识要素，在社会形态的结构中属于观念性的上层建筑，含经济思想、政治法律思想、道德、文学艺术、宗教、哲学等社会意识形式。……它们相互联系，相互影响，构成意识形态的有机整体，是人们自觉地反映社会生活的比较稳定的、系统的思想形式。"陆梅林强调，意识形态先有社会性，后有阶级性，不能认为意识形态仅仅存在于阶级社会。而且，作为意识形态的艺术有其特殊性。在这篇文章中，陆梅林还直接反驳了毛星的观点，辨析了关于社会意识形式与社会意识形态、艺术作品与艺术理论的"二分法"的错误，并把两者都视为意识形态："恩格斯不仅始终坚持某些社会意识形式的观点是意识形态，而且始终坚持政治、宗教、哲学、艺术本身也是意识形态。"① 在这个问题上，文章发表较早的毛崇杰也主张意识形态应该包括艺术。② 在这个时期，钱中文赞同文学是社会意识形态，但主张也要充分考虑文学的"审美"特征，他较为详细地阐发了其"审美意识形态"理论。③ 可以说，这次讨论是新时期以来文艺理论界直接就文艺与意识形态的关系所展开的第一次讨论。从实际情况看，相当一部分学者是希望通过质疑文艺属于意识形态的观念（特别是强调文艺的非意识形态因素或非意识形态性），以摆脱"左"的意识形态和政治对文艺的束缚，为文艺创作提供更大的自由。

这次讨论有一些新的现象需要关注：文艺的非意识形态性作为问题出现并得到讨论；出现了要求区分社会意识形式与社会意识形态、文艺作品与文艺观点的呼声。这次讨论还对 21 世纪学界关于文艺"审美意识形态论"的讨论产生了深远的影响，这次讨论的许多观点在"审美意识形态论"的讨论中依然有所反映。

---

① 陆梅林：《何谓意识形态》，《文艺研究》1990 年第 2 期。
② 毛崇杰：《也谈意识形态》，《文艺理论与批评》1988 年第 6 期。
③ 钱中文：《论文学观念的系统性特征》，《文艺研究》1987 年第 6 期。

第三节 关于"审美意识形态"的讨论

关于文艺与意识形态关系第三次讨论是 21 世纪以来围绕"审美意识形态"展开的。前面已指出,作为文艺领域思想解放的重要标志之一,文论界揭示并强调了文艺的"非意识形态性",这种"非意识形态性"有多方面表现,其中之一就是"审美性"。当然,另一方面,文论界也存在非此即彼的偏激的一面,即以包括"审美性"在内的"非意识形态性"取代文艺意识形态性的倾向——而文论界诸多学者提出的"审美意识形态"论则对这种偏激倾向有所超越,是学者根据中国自身历史和现实的社会、文艺实践进行综合创新的思想结晶。

首先,我们有必要介绍"审美意识形态论"产生的大致过程。在 20 世纪 80—90 年代,学界非常重视对文艺审美特征的研究,"文学审美特征论""审美意识论""审美反映论""审美意识形态论""审美价值结构论""审美中介论"等观念纷纷涌现,"审美意识形态论"是伴随着学界对文艺本质的探索出现的,并成为当时众多从审美介入文艺本质的一种有影响的观点,其发展线索大致如下。

1982 年,张涵在论述文艺作品时指出,文艺作品是具有"审美性质的意识形态",可以说,这是文艺"审美意识形态论"的萌芽,但他主要是从作品展开论述的,还没有把这个判断提升到文艺本质的高度。[①] 稍后,钱中文涉及这个命题:"文艺是一种具有审美特征的意识形态。"[②] 几乎与此同时,孔智光也涉及了这一命题:"在我们看来,艺术的本质是审美的意识形态,是艺术家对客观现实生活的主观能动的反映,是对客观现实的再现与主观心理的表现的统一。"[③] 之后,不断有学者提及这一命题:1983 年,周波提出了同样的看法;1984 年,江建文的两篇文章也有类似

[①] 张涵:《论艺术作品的审美性质》,《郑州大学学报》1982 年第 3 期。
[②] 钱中文:《论人性共同形态描写及其评价问题》,《文学评论》1982 年第 6 期。
[③] 孔智光:《试论艺术时空》,《文史哲》1982 年第 6 期。

的提法。①

从 1984 年以后，钱中文开始有意识地建构以这个命题为核心的理论体系。1984 年，他重申，文学"是一种审美的意识形态。"② 1986 年，他又提出："文学是一种审美的意识形态，其重要的特性就在于它的审美性和意识形态性。"③ 1987 年、1988 年，他先后发表了《论文学观念的系统性特征》④ 和《论文学形式的发生》⑤，并形成了比较成熟的看法："从社会文化系统来观察文学，从审美的哲学的观点出发，把文学视为一种审美文化，一种审美意识形态，把文学的第一层次的本质特性界定为审美的意识形态性，是比较适宜的。""文学作为审美的意识形态，以感情为中心，但它是感情和思想认识的结合；它是一种自由想象的虚构，但又具有特殊形态的多样的真实性；它是有目的的，但又具有不以实利为目的的无目的性；它具有社会性，但又是一种具有广泛的全人类性的审美的意识形态。"⑥ 钱中文把这些思考综合起来，形成了其文艺本质观，并构成了其专著《文学原理——发展论》⑦ 的主旨和框架。1989 年，王元骧在《文学原理》⑧ 中明确提出，"文学是一种审美意识形态"。1992 年，童庆炳主编的《文学理论教程》吸收了这个观念："文学不仅是一般的意识形态，而且是审美意识形态。文学的一般意识形态性质是其普遍性质，而文学的审美意识形态性质则是其特殊性质。"对文学的定义是："文学是显现在话语含蕴中的审美意识形态。"⑨ 后来，多次出版了这部教材的修订本，这个命题被许多学者和教材接受，"审美意识形态论"在学界、文艺

---

① 周波：《试谈文学批评标准的客观性》，《山东师范大学学报》（人文社会科学版）1983 年第 6 期；江建文：《要发掘生活中真正的美》，《学术论坛》1984 年第 1 期；江建文：《列宁文艺批评思想略论》，《广西大学学报》（哲学社会科学版）1984 年第 1 期。
② 钱中文：《文艺理论的发展和方法更新的迫切性》，《文学评论》1984 年第 6 期。
③ 钱中文：《最具体的和最主观的是最丰富的》，《文艺理论研究》1986 年第 4 期。
④ 钱中文：《论文学观念的系统性特征》，《文艺研究》1987 年第 6 期。
⑤ 钱中文：《论文学形式的发生》，《文艺研究》1988 年第 4 期。
⑥ 钱中文：《论文学观念的系统性特征》，《文艺研究》1987 年第 6 期。
⑦ 钱中文：《文学原理——发展论》，社会科学文献出版社 1989 年版。
⑧ 王元骧：《文学原理》，浙江教育出版社 1989 年版。
⑨ 童庆炳：《文学理论教程》，高等教育出版社 1992 年版，第 84、94 页。

理论教学中获得了巨大的影响。这样，学界通常都把钱中文、童庆炳、王元骧作为"审美意识形态论"的代表人物。需要说明的是，1910年，沃罗夫斯基在评论高尔基的文章中说过文学是"审美意识形态"；1975年出版的苏联美学家布罗夫的著作《艺术的审美实质》也提到过艺术是"审美意识形态"。但两者都没有明确的界定和详细的阐释，其中，布罗夫的提法还很有争议。这样看来，"审美意识形态论"应该是中国学者创造的。

我们先介绍一下讨论的大致情况。2003年，单小曦质疑文学"审美意识形态论"，此文遭到了陈雪虎的反驳，之后，陈吉猛、周忠厚也开始质疑文学"审美意识形态论"，这些文章①发表后，讨论逐渐平息。2005年，董学文的《文学本质界说考论——以"审美"和"意识形态"为中心》一文全面地质疑了文学"审美意识形态论"，持文学"审美意识形态论"的学者开始反驳，以此为标志，学界再次对这一问题展开了争论。与此前的讨论相比，这次讨论的规模较大，参与讨论的学者也比较多，质疑、支持"审美意识形态论"的学者分别召开了围绕这个议题的讨论会，并出版了会议的论文集。② 这次讨论涉及的议题比较多，为了论述的方便，我们把双方的主要分歧总结为五个主要方面。

第一，对于文学艺术是否属于社会意识形态存在着分歧，这种分歧源于对马克思主义经典著作的不同理解。其中，对《〈政治经济学批判〉序言》中如下段落的理解分歧尤为严重："人们在自己生活的社会生产中发

---

① 这些文章主要是：单小曦：《"文学的审美意识形态论"质疑——与童庆炳先生商榷》，《文艺争鸣》2003年第1期；陈雪虎：《如何理解"审美意识形态论"？——答单小曦的质疑》，《文艺争鸣》2003年第2期；陈吉猛：《文学与审美意识形态——兼与童庆炳先生商榷》，《南华大学学报》2003年第4期；周忠厚：《关于审美意识形态的几点思考》，《河北师范大学学报》2003年第6期。

② 2006年4月7—8日，北京大学中文系等单位联合召开了"文艺意识形态学说学术研讨会"，会后，出版了李志宏主编的《文艺意识形态学说论争集》（吉林大学出版社2006年版）；北京师范大学文艺学研究中心编辑出版了的《文学审美意识形态论》（中国社会科学出版社2008年版），之后，于2009年6月6日召开了"文学与审美意识形态研讨会"。关于这次讨论的过程可参阅邢建昌、徐剑《关于文学"审美意识形态"论争的梳理和反思》，《人大复印报刊资料·文艺理论》2008年第8期。

生一定的、必然的、不以他们的意志为转移的关系,即同他们的物质生产力的一定发展阶段相适合的生产关系。这些生产关系的总和构成社会的经济结构,即有法律的和政治的上层建筑竖立其上并有一定的社会意识形式与之相适应的现实基础。……于是这些关系便由生产力的发展形式变成生产力的桎梏。那时社会革命的时代就到来了。随着经济基础的变更,全部庞大的上层建筑也或慢或快地发生变革。在考察这些变革时,必须时刻把下面两者区别开来:一种是生产的经济条件方面所发生的物质的、可以用自然科学的精确性指明的变革,一种是人们借以意识到这个冲突并力求把它克服的那些法律的、政治的、宗教的、艺术的或哲学的,简言之,意识形态的形式。"① 具体分歧为:(1)"那些法律的、政治的、宗教的、艺术的或哲学的"修饰的是"意识形态形式"还是"形式"?董学文认为,答案是"意识形态形式","自然科学"与它相对应,意识形态应该被理解为"综合思想体系",这样,文学、艺术的观念就属于意识形态,而文学、艺术则属于"意识形态的形式"。童庆炳、钱中文则认为,"那些法律的、政治的、宗教的、艺术的或哲学的"是"意识形态"的同位语,省略的部分应该是"形式",也可以表述为法律的形式、政治的形式、宗教的形式、艺术的形式等。在整个社会结构中,除了政治、法律上层建筑外,马克思把它们都视为经济基础之上的观念形态的东西,即意识形态。② 或者说,"把法律、政治、宗教、艺术等称为意识形态,主要在于说明,它们作为诸种社会意识的表现,并非偶然的形成,而都是产生在一定的经济基础之上。对于作为已经产生、完成了的一种学说,一种观念形态,即一种意识形态来说,已经形成了一种客体性的东西,它们具有自身特定的形式:或是思想观念形态的,或是感性叙述形态的"。③ (2)"社会意识形式""意识形态形式"中的"形式"能否翻译为"种类"?董学文认为,"形式"不能理解为"种类",原因是"因为原文表明,前者是对

---

① 《马克思恩格斯选集》第 2 卷,人民出版社 1995 年版,第 32—33 页。
② 童庆炳:《意识形态与文学艺术》,载北京师范大学文艺学研究中心编《文学审美意识形态论》,中国社会科学出版社 2008 年版,第 119 页。
③ 钱中文:《对文学不是意识形态的"考论"的考论》,《文艺研究》2007 年第 2 期。

应于与现实基础联系密切的'上层建筑'的,后者对应的实际上是自然科学,如果译成'种类',那就说不通了"。① 这样,意识形态就成为一个"总体性"概念,文学艺术就只能成为"意识形态形式",而不是一种意识形态了。童庆炳则认为,原著中"社会意识形式"和"意识形态形式"中的"形式"都是复数而不是单数,从语意、逻辑关联和语法来看,"形式"应该理解为"种类"或"门类",自然,文学艺术也是一种意识形态。如果用意识形态的"总体性概念",就以意识形态性取消了意识形态自身的形式。(3)对这段话中"形式"的定语也存在着分歧。董学文认为,"当人们意识到经济基础和上层建筑之间的冲突并力求把它克服,但又不能用自然科学的精确性来指明那些东西的时候,如法律的、政治的、宗教的、艺术的或哲学的变革,这时,一言以蔽之,可以称之为'意识形态的形式'"。② 这样,意识形态成了"总体性的概念",也就无所谓诸种意识形态了。钱中文认为,这样的解释并不符合马克思的原意,原因在于,这种理解首先删去了中文译文中形式的定语"那些",进而删去了形式的复数,最后又删去了诸种法律的、诸种政治的、诸种宗教的、诸种艺术的等"诸种"的复数,经过三次删除后,结果就成为"意识形态形式"了。③

第二,在理解马克思主义的"意识形态"概念上存在着分歧。(1)董学文是这样看待马克思、恩格斯所使用的"意识形态"概念的。他认为,"马克思本人从来就没有直接或间接地说过文学是某种'意识形态'"。意识形态是一个"思想综合体系",主要指"思想家通过意识完成的一个认识'过程',是指在'经济基础/上层建筑'总体结构中的功能性存在"。它有一定的规定性:"凡是'意识形态',就都属于'观念'和'思想体系'的范围,它既不指带有'意识形态'属性的其他存在方式,或存在形态本身,也同具体的'意识形态'存在形式,即'意识形态的形式'如法律学、政治学、宗教学、艺术学和哲学,不能完全等同

---

① 董学文:《文学本质界说考论》,《北京大学学报》2005年第5期。
② 同上。
③ 钱中文:《对文学不是意识形态的"考论"的考论》,《文艺研究》2007年第2期。

或混淆。"① 把意识形态视为"思想综合体系",文学艺术就是意识形态了,自然就更不是审美意识形态了。周忠厚、李志宏等学者也是这样认为的。钱中文等学者认为,除了思想体系外,意识形态还包括"感性叙述形态"或与"物质"领域相对的"精神"领域,认识、思想、理性、感性、感情、评价都属于意识形态的范围,这样,艺术学、艺术都属于意识形态,文学也是如此。而且,在《〈政治经济学批判〉序言》《路易·波拿巴的雾月十八日》和恩格斯在1890年给施密特的信中都包含了文学艺术属于意识形态的意思。从当代文论史看,毛星等学者在20世纪80年代就持这种观点,当时就遭到了陆梅林等学者的反对。(2)董学文等学者认为,马克思、恩格斯继承了特拉西的思想,主要是在虚假意识、虚假思想的含义上使用"意识形态"的,这个概念主要是贬义的。童庆炳等学者认为,马克思对特拉西的"意识形态"概念进行了革命性的改造,取其广义的、中性的意义,之后,恩格斯、列宁也都这样来使用这个概念的。而且,在希腊语中,"意识形态"由"观念、概念或形象"加"学说"构成,不仅仅指思想,马克思可能受此影响;根据黑格尔《精神现象学》汉译者贺麟、王玖兴的说法,精神现象学中常见的一个术语是"意识形态(形态为复数)",应直译为"意识诸形态",它不同于特拉西的"观念学",其中,哲学、道德、宗教、艺术都属于意识形态。这样看来,马克思的"意识形态"概念与希腊的词源学意义、黑格尔的"意识诸形态"都比较接近,这也是马克思可能这样使用此概念的原因。② (3)"社会意识形态"与"社会意识形式"的关系。在这个问题上,董学文认为,二者是有严格区别的:"马克思……严格使用的是'社会意识形式'和'意识形态的形式'两个概念,用来指称他所要说明的对象……前者是对应于与现实基础联系密切的'上层建筑'的,后者对应的实际上是自然科学。"③ 他还由此得出了新的文学定义:"准确地说,文学是可以具

---

① 董学文:《文学本质界说考论》,《北京大学学报》2005年第5期。
② 童庆炳:《意识形态与文学艺术》,载北京师范大学文艺学研究中心编《文学审美意识形态论》,中国社会科学出版社2008年版,第121—122页。
③ 董学文:《文学本质界说考论》,《北京大学学报》2005年第5期。

有意识形态性的审美社会意识形式,是审美社会意识形式的话语生产方式。"① 王元骧从社会意识的不同构成因素中发现了其区别:社会意识分为"纯知识"的"社会意识形式"和"有价值导向性"的"社会意识形态"两种,其中,"意识形态作为自觉地反映一定社会经济形态和政治制度的思想体系,不同于一般的社会意识形式,就在于它不仅有知识成分,而且还有价值成分,其核心是一个价值观的问题。它的功能就在于凝聚社会成员的力量,动员社会成员为实现一定社会的共同目标去进行奋斗"。② 与此相对,另一种观点认为,二者没有什么区别,几乎可以通用,用社会意识形态界定文艺有其合理性。吴元迈认为,马克思、恩格斯是把文艺与宗教、道德、政治、法学等一起视为意识形态的。而且,他们还使用了"意识形态形式""意识的形式""意识形态领域"等表述,事实上,"这些表述的涵义并不是相互矛盾和相互对立的,而是相同的和一致的"。③ 童庆炳虽然区分了二者的含义,但仍强调二者的相通之处,即根据恩格斯的论述,在阶级斗争激烈和强大意识形态起作用的社会中,区别"社会意识形态"与"社会意识形式"没有多少实际意义。④ 胡亚敏比较"社会意识形式"和"意识形态"后得出这样的结论:"意识形态"也可以是中性的;也可以通过限定获得其褒义;社会意识形态也可以是多样的。而且,学界使用"意识形态"是约定俗成的。因此,使用"社会意识形式"的必要性不大。⑤ 这样看来,董学文、李志宏等学者主张文学艺术是"社会意识形式";吴元迈、童庆炳、王元骧等学者都主张,文学艺术属于意识形态,其中,王元骧等学者主张以"意识形态性"而不是"意识形态"

---

① 董学文、李志宏:《文学是可以具有意识形态性的审美社会意识形式》,载李志宏主编《文艺意识形态学说论争集》,吉林大学出版社 2006 年版,第 119 页。

② 王元骧:《我对"审美意识形态论"的理解》,《文艺研究》2006 年第 8 期。

③ 吴元迈:《再谈文艺和意识形态的关系》,载李志宏主编《文艺意识形态学说论争集》,吉林大学出版社 2006 年版,第 3 页。

④ 童庆炳:《意识形态与文学艺术》,载北京师范大学文艺学研究中心编《文学审美意识形态论》,中国社会科学出版社 2008 年版,第 125—127 页。

⑤ 胡亚敏:《关于文学及其意识形态性质的思考》,载李志宏主编《文艺意识形态学说论争集》,吉林大学出版社 2006 年版,第 92 页。

来说明文学艺术的本质。

第三,"审美意识形态"是否科学?在应答对"审美意识形态"的质疑时,童庆炳以说明这个概念的方式来辩护这个概念:"第一,'审美意识形态'不是审美的意识形态,不是审美与意识形态的简单相加。它本身是一个有机的完整的理论形态,是一个整体的命题,不应该把它切割为'审美'与'意识形态'两部分。'审美'不是纯粹的形式,是有诗意内容的;'意识形态'也不是单纯的思想,它是具体的有形式的。""第二,在我们强调'审美意识形态'的独立性的同时,也同时要看到,审美意识形态有巨大的溶解力,一切政治的、道德的、教育的、宗教的、历史的甚至科学的内容都可以溶解于审美意识形态中。反过来说也是一样,审美意识形态可以包容政治的、道德的、教育的、宗教的、历史的甚至科学的内容。审美意识形态是一个包容性很大的概念。""第三,就'审美意识形态'本身的内涵来看……文学既是无功利的也是有功利的;文学既是形象的,也是理性的;文学既是情感的,也是认识的。这就是说,文学审美意识形态作为一种理论具有复合性结构,它指明了文学活动具有双重的性质。"[1] 后来,董学文等学者又质疑、否定了这个概念的科学性,董学文的看法很有代表性:在这个概念中,"如果用'审美'来统领'意识形态',那是对意识形态内涵作了过于空疏宽泛的理解,'意识形态'是不适宜去'审美'的;如果倒过来用'意识形态'来笼罩'审美',那又犯了以观念和政治挤压艺术的毛病,因为'审美'活动中的观念色彩本是很弱的。当然,我们可以把'审美'权当作'意识形态'的一个成分,但问题是,这样它又丢失了界定文学的其他重要成分,因为文学作为'社会意识形式',其本质不只是'审美'"。因此,"'审美'和'意识形态'两个概念都非常歧义、含糊、抽象,而且它们的内涵和外延既相互排斥又相互包容。如果将'审美'和'意识形态'硬搭配在一起,成为一个固定词组,那就如同'两只脚的独角兽'或'苹果的水果'(或'水果的苹果')称谓一样,这种亦此亦彼的判断,难以成为严格的定义方式。所以,把'审美意识形态'概念当作一个独立而完整的系统确有

---

[1] 童庆炳:《怎样理解文学是"审美意识形态"?》,《中国大学教学》2004年第1期。

不当之处"。① "'审美意识形态'概念……从严格的学理意义上讲，是一个难以成立——或者干脆说不能成立——的'伪概念'。"② 对此，钱中文认为，"审美意识形态论"的目的是为了促进文学回归自身，回归到其逻辑起点——审美意识。或者说，审美与意识形态的融合形成了文学本质的新的系统："实际也就是我们在上面论及的以审美意识为逻辑起点、历史地生成的审美意识形态所显示的最基本的复合特性：即在文字多种结构的样式中，文学的诗意审美与社会意义、价值、功能两者的融合，与这两个方面保持高度的张力与平衡。"③ 童庆炳以苏联美学家阿·布罗夫的观点为根据，说明审美这种具体的意识形态存在的合法性："'纯'意识形态原则上是不存在的。意识形态只有在各种具体的表现中——作为哲学的意识形态、政治意识形态、法意识形态、道德意识形态、审美意识形态——才会现实地存在。"④ 他还从概念是否适应时代需要、是否符合文艺实践与是否合理三个方面说明"审美意识形态"是科学的。⑤ 与此相似，朱立元也认为，文学"审美意识形态"论"的确能够比较完整地概括文艺的本质特征，并具有较为广阔的包容性和理论涵盖性，能够适应新时期以来文艺多元发展的基本态势"。⑥ 王元骧认为，认识文艺也应该从一般、特殊、个别三个层次出发，一方面，文艺离不开情感，情感隐含着真、善、美的内容，"这就使得文学艺术以作家审美情感为中介与社会意识形态获得沟通。所以，我认为以'审美的'这个概念来对文学艺术这种特殊的意识形态形式作出进一步的具体界定，<u>丝毫没有否定文学的性质是一种社会意识形态的意思</u>"。另一方面，特殊又影响、制约着一般："审美性又使得文学这种特殊的意识形态形式不同于一般的意识形态形式，它不是以

---

① 董学文：《文学本质界说考论》，《北京大学学报》2005 年第 5 期。
② 董学文：《文学本质界定与唯物史观》，《文艺研究》2007 年第 6 期。
③ 钱中文：《文学审美意识形态的逻辑起点及其历史生成》，《文学评论》2007 年第 1 期。
④ [苏联] 阿·布罗夫：《美学：问题和争论》，凌继尧译，上海译文出版社 1987 年版，第 41 页。
⑤ 童庆炳：《意识形态与文学艺术》，北京师范大学文艺学研究中心编《文学审美意识形态论》，中国社会科学出版社 2008 年版，第 128—131 页。
⑥ 朱立元：《新时期文论大发展与马克思主义文论中国化》，《文艺争鸣》2008 年第 7 期。

理论的、思想体系的形式出现，是没有概念性的内容的。"这样，"审美意识形态论"就具有了合理性："我觉得以审美来界定文学艺术的特性，认为文学艺术的意识形态性只能以审美的方式予以体现，倒正是避免因抽象讨论而导致把文学艺术的意识形态性架空，使它与文学艺术的特性相融而有了自己真正的落脚点"。①

第四，如何理解"审美意识形态"的逻辑起点？质疑派不满意"审美意识形态论"者对"审美意识形态"的逻辑起点的解释，这成为他们反对这个概念的理由之一。针对这个问题的质疑，钱中文指出："至于研究具体的文学，我们则是把它作为审美意识形态来对待的，而其逻辑起点不是意识形态，而是审美意识。"② 他强调问题研究的历史观念，从文艺发展的角度对此作了详细的说明："审美意识随着社会生活的演进，社会结构的日渐成熟与发展，人文意识的进步与强化，特别是文字的出现与完善和审美特性的丰富与表现形式的有序化，美的规律的进一步的生成与掌握，于是由口头的审美意识形式，自然地、历史地生成而为审美意识形态。"③ 董学文在反批评时认为，即使其逻辑起点是意识形态，这个概念也存在着诸多问题；如果其逻辑起点是审美意识，这个概念就成了"审美意识的形态"，那么"他的这种表述，只能说明'审美意识形态'是'审美意识'加'形态'的拼凑，这要比解读为'审美'加'意识形态'的拼凑，更为远离马克思主义学说"。④ 冯宪光认为，审美意识是这个理论的逻辑起点，"不是先有意识形态，才有对意识形态的形象表达，才有文学。是先有人们的归根结底由物质生产决定和引发的审美需求，先有人们的审美活动，先有人们在审美活动之前、之中、之后逐渐明晰和成型的审美意识，才构成意识形态的一个组成部分。……文学审美意识形态论的创新就是把马克思主义文学理论的逻辑起点，从抽象的逻辑概念社会意识形态，重新放置到文学活动的经验事实中，从文学活动事实的发生之地来

---

① 王元骧：《我对"审美意识形态论"的理解》，《文艺研究》2006年第8期。
② 钱中文：《意识形态的多语境阐释》，《河北学刊》2007年第1期。
③ 钱中文：《论文学审美意识形态的逻辑起点及其历史生成》，《文学评论》2007年第1期。
④ 董学文：《文学本质界定与唯物史观》，《文艺研究》2007年第6期。

展开逻辑的理论研究。这是符合马克思主义的一切从实际出发的实事求是的理论原则和精神的"。①

第五,"审美意识形态论"的实际效果如何?"审美意识形态"是否是审美至上主义?是否是以审美消解文学的意识形态或"去政治化"?童庆炳在分析"审美意识形态"时指出:"'文学审美反映论'和'文学审美意识形态论'与一般抽象的认识或意识形态不同……它在审美中就包含了那种独特的认识或意识形态。在这里,审美与意识,审美与意识形态,如同盐溶于水,体匿性存,无痕无味。""现实的审美价值具有一种溶解性和综合的特性,它就像有溶解力的水一样,可以把认识价值、政治价值、道德价值、宗教价值溶解于其中,综合于其中。"② 一些学者担忧,这些观点和"审美意识形态论"会导致消极的影响。有学者认为,这种文艺观会消解文学的意识形态:"'审美意识形态'论,实际上是蓄意依托马克思主义的社会结构理论,为'审美'寻找安身立命的权威性学术支撑,再运用审美的'溶剂'消解意识形态理论,特别是溶解和化掉意识形态理论的科学性和政治倾向性。'审美溶解论'所主张的审美意识形态,对马克思主义意识形态理论来说,给人一种'用其名而废其实'的感觉,实际上把马克思主义的意识形态理论全然审美化了,缺乏叙述的严谨性、可信性和理论与实践的一致性。"③ 马建辉对此进一步作了理论上的总结:"审美意识形态"的主要效果表现为"审美膨胀"和对意识形态概念的"空置和淡化",其中,强调"审美溶解力"就是其一种表现;而董学文还"担心这种界定模式将会对创作带来实际的危害"。④ 对此,童庆炳认为,审美和意识形态都具有内容的因素和形式的因素,审美更强调情感体验、无功利的超越性,意识形态更强调认识、价值、思想,两者既

---

① 冯宪光:《文学审美意识形态论的几个重要问题》,《中外文化与文论》第14辑,四川大学出版社2007年版。

② 童庆炳:《新时期文学审美特征及其意义》,《文学评论》2006年第1期。

③ 陆贵山:《文学·审美·意识形态》,载李志宏主编《文艺意识形态学说论争集》,吉林大学出版社2006年版,第44页。

④ 马建辉:《中国传统与实际效果:理解文学意识形态论和审美意识形态论的两个视角》,载李志宏主编《文艺意识形态学说论争集》,吉林大学出版社2006年版,第237—240页。

互补又有张力。这样,"'审美意识形态'的内涵是要在情感的与认识的、形象的与思想的、功利的与非功利的等对立的方面实现统一,这种统一顺理成章,没有丝毫的勉强"。① 王元骧是这样看待的:"虽然在提倡和赞同文学审美意识形态论的学者中各人对这个问题的理解可能并不完全一致,而有些阐述文学意识形态性的文章的具体表述似乎也还不够准确、科学,容易引起'去政治化'的误解,但是把审美与意识形态性完全对立起来,并试图以审美来消解文学的意识形态性的文章,至今我似乎还没有看到。"他倾向于回到康德对审美的理解,即要求审美"造就人""提高人的德性"。而且,他还强调要"从社会主义社会价值观的高度来理解审美意识形态性的性质"。这样,就不会有消解意识形态的担心了。②

文艺"审美意识形态论"是新时期文艺理论界拨乱反正、突破"左"的政治束缚和理论反思的产物,它与其他理论共同开创了文艺理论多元化的格局。客观地说,文艺"审美意识形态论"是新时期以来具有巨大影响的一种文艺理论观,它在继承马克思主义文艺本质观("文艺是一种社会意识形态")的基础上,吸纳了审美研究的成果,同时其实也是有着马克思主义经典理论基础的(论见后),它的产生和存在有其必然性、合理性,具有一定的理论价值和现实意义。同时,我们也应该认识到,文艺的丰富性、复杂性决定了它不可能成为我们看待文艺的唯一的理论,只有接受其他理论的质疑、挑战,才可能在自我反思和对话中与其他理论一道得到发展。

21 世纪以来,除了相关论争之外,也有不少学者对文艺意识形态问题进行学理性的总结和反思。汪正龙的《马克思与意识形态批判的三重维度》③ 分析了马克思意识形态批判之哲学、社会学和美学三重维度以及

---

① 童庆炳:《意识形态与文学艺术》,载北京师范大学文艺学研究中心编《文学审美意识形态论》,中国社会科学出版社 2008 年版,第 130 页。
② 王元骧:《我对"审美意识形态论"的理解》,《文艺研究》2006 年第 8 期。
③ 汪正龙:《马克思与意识形态批判的三重维度》,《陕西师范大学学报》(哲学社会科学版)2012 年第 2 期。

相关理论思路在西方马克思主义中的延续和拓展。谭好哲在《论文艺意识形态性研究中的几个问题》中指出，"意识形态论是马克思主义文艺观的核心"，而"对文艺意识形态论的质疑乃至否定出自两种情况：一是政治上对马克思主义意识形态的敌视，二是学术认识上的错误与片面。把意识形态简单地等同于统治阶级的虚假意识，是造成某些激进理论家错误地以艺术的审美性对抗与否定文艺的意识形态性的一个原因，而文艺存在现象和文艺本质问题的复杂性、多方面性，也是造成诸多以'片面的深刻'为理论呈现姿态的多种非意识形态文艺本质观产生的重要根源"——西方马克思主义以及新时期以来中国学界的相关讨论，都一定程度存在这种倾向。谭好哲强调指出："迄今为止，人类仍是在意识形态的网络中展开自己的历史创造活动包括文艺活动"，"文艺的意识形态性是一个真问题，也是面向未来的中国文艺理论建设需要认真加以对待的一个基础性、核心性理论问题"。[①] 因此，以文艺的其他属性来否定、取代意识形态属性，既有违马克思主义文艺理论的基本原则，也与迄今为止的人类社会文艺现实不相符。

第四节　有关文艺与上层建筑关系的讨论

以上梳理了 70 年以来围绕文艺与意识形态关系的三次讨论，尽管存在分歧，但是总体来说马克思主义文论研究界都没有否认文艺与意识形态的关联，关键在于对"意识形态"内涵的具体理解。范畴是网络纽结，理解"意识形态"的内涵，又需结合与其相关的范畴，在比较中进行辨析，最终要回到马克思历史唯物主义相关范畴网络中来确定其基本内涵——新时期以来的相关讨论却一定程度上存在就"意识形态"论"意识形态"从而仅仅停留在这单一概念辨析的总体倾向，这使相关讨论尤其各执一词的争论的理论价值打了折扣。当然，相关讨论还是涉及了与

---

① 谭好哲：《论文艺意识形态性研究中的几个问题》，《山东大学学报》（哲学社会科学版）2002 年第 6 期。

"意识形态"相关的范畴,尤其是围绕"上层建筑"这一与其紧密相关的范畴的讨论,触及了相关范畴联系所构成的链条,但这种范畴链并未得到深入、系统的清理。

新时期以来,发生了两次关于文艺与上层建筑关系的讨论,这些讨论涉及了马克思主义的历史唯物主义原理以及马克思主义对文艺在社会结构中的位置的理解,也成为理解文艺与意识形态关系的关键。

首先,在新时期以来有关意识形态的讨论中,朱光潜质疑文艺属于上层建筑的观点,强调"艺术是意识形态但非上层建筑",这个观点连续地出现在他在新时期伊始所发表的两篇论文《研究美学史的观点和方法》(《文学评论》1978年第4期)、《上层建筑与意识形态之间关系的质疑》(《华中师院学报》1979年第1期)和《西方美学史》重版(1979年)"序言"这些论述中。

这次讨论也受到了苏联对这个问题讨论的影响,因此,这里有必要介绍一下苏联对这个问题的讨论。在20世纪50年代,苏联曾就这个问题展开过讨论,其导火线是斯大林的《马克思主义与语言学问题》的发表。在这篇文章中,斯大林对历史唯物主义的理解,为重新理解经济基础、上层建筑、意识形态之间的关系提供了新的可能,他指出:"基础是社会发展到一定阶段上的社会经济制度。上层建筑是社会的政治、法律、宗教、艺术、哲学的观点,以及和这些观点相适应的政治、法律等设施。"① 这样,上层建筑中的意识形态消失了,这与马克思主义的论述存在着一定的距离,上层建筑与意识形态的关系再次成为讨论的焦点。在讨论这篇文章时,特罗菲莫夫承袭了斯大林的思路,并落实到文艺上,即文艺中既包含着上层建筑的因素,也就是作品的大部分思想;又包含着诸如客观真理、审美价值等非上层建筑的因素,它们比上层建筑的存在更为长久。这个判断为否定文艺的上层建筑性质奠定了基础。之后,特罗菲莫夫又继续从斯大林那里寻找理论的支持,在他看来,马克思主义只把文艺列入了意识形态,并没有把文艺列入上层建筑,上层建筑仅仅包括政治和法律,事实上,他已经彻底地否定了文艺的上层建筑属性。他的这

---

① [苏联]斯大林:《马克思主义与语言学问题》,人民出版社1957年版,第3页。

些观点有一些支持者,但也遭到了多数讨论者的批判。后来,《哲学问题》编辑部的综述文章《论艺术在社会生活中的地位和作用》在总结这次讨论时指出,文艺既属于上层建筑,又属于意识形态,这是马列主义的基本观点。在这次讨论中,尽管有学者试图否定文艺的上层建筑属性,但是,文艺的意识形态性或文艺是一种社会意识形态则没有异议。实际上,把上层建筑视为文艺的本质,并以此来概括文艺与上层建筑的关系并不科学,但是,文艺是不可能完全脱离上层建筑的,这也是我们应该从讨论中获得的启示。而且,这次讨论很快就对中国学界产生了一定的影响:中国学界在 50 年代初期也展开了对上层建筑、意识形态等问题的讨论,某些结论也受到苏联的影响;《论艺术在社会生活中的地位和作用》被翻译为中文后发表于"学习译丛",又被收入《苏联文学艺术论文集》(学习杂志出版社 1954 年版),对当时中国的讨论产生了一定的影响,其影响甚至延续到新时期。

朱光潜在重新学习马列著作的过程中,也受到了苏联讨论的影响,他重新解释了上层建筑与意识形态之间的关系。在《上层建筑与意识形态之间关系的质疑》中,朱光潜认为,马克思主义经典作家对意识形态与上层建筑关系的理解存在着分歧:马克思、列宁讲的上层建筑不包括意识形态在内;在恩格斯的早期著作(即《反杜林论》)中,上层建筑偶尔也包括意识形态;斯大林提出的"上层建筑包括意识形态在内"混淆了上层建筑与意识形态,甚至在两者之间画等号,抹杀了其差别。因此,他认为,马克思的看法是正确的,意识形态不属于上层建筑,只有政治、法律机构才是上层建筑;意识形态与上层建筑是有差别的,不能以意识形态代替上层建筑。斯大林还认为:"上层建筑同生产、同人的生产活动没有直接联系。上层建筑是通过经济的中介、通过基础的中介同生产仅仅有间接的联系……上层建筑活动的范围是狭窄和有限的。"[①] 朱光潜以此为根据说明斯大林的观点是错误的,提出了支持其结论的四个理由,并坚决反对把意识形态等同于上层建筑,并取消上层建筑的做法。具体到文艺,文艺是一种意识形态,但它并非上层建筑。同时,他也承认,他与特罗菲莫夫

[①] [苏联] 斯大林:《马克思主义与语言学问题》,人民出版社 1957 年版,第 7 页。

的观点不谋而合，他并不认同《论艺术在社会生活中的地位和作用》一文对特罗菲莫夫的批评。①

以朱光潜的文章为导火线，学术界就文艺与上层建筑、意识形态的关系展开了讨论，《哲学研究》《文学评论》等刊物发表了相关的讨论文章。此外，其他一些刊物也刊登了讨论这个议题的文章，如姜东赋的《略说"社会意识形态不在上层建筑之外"及其他》②、吕德申的《有关历史唯物主义的一点理解——与朱光潜先生商榷》③等。就这些讨论而言，问题主要集中于两个方面：意识形态与上层建筑的关系和文艺是否属于上层建筑。我们先来看第一个问题。吴元迈最先质疑了朱光潜的论述：马克思、恩格斯、列宁和斯大林对于意识形态与上层建筑关系的论述是一致的，他们的著述中不存在朱光潜所讲的分歧，更不存在斯大林与马克思、恩格斯的对立；在马克思主义经典作家的著述中，意识形态都没有被排除于上层建筑之外，马克思、恩格斯、斯大林都是如此；在《反杜林论》《社会主义从空想到科学的发展》和1890年9月21—22日给约·布洛赫的信中，恩格斯所讲的上层建筑都是包含意识形态的，恩格斯的看法是前后一致的，绝不是偶尔才让上层建筑包括意识形态的；朱光潜反对斯大林的四个理由都是站不住脚的，他所反对的观点（即以意识形态代替上层建筑，或在两者之间画等号）非斯大林的观点。基于这些认识，吴元迈得出结论："意识形态属于上层建筑是不容置疑的。"就文艺而言，他反对特罗菲莫夫所持的文艺非上层建筑的观点，基本认同《论艺术在社会生活中的地位和作用》一文对特罗菲莫夫的批评，并坚持认为：文艺既是一种社会意识形态，又是上层建筑。④客观地说，吴元迈获得了多数讨论者的支持。之后，张薪泽质疑了吴元迈的观点，实际上是为朱光潜辩护。在他看来，理解马克思主义关于上层建筑与意识形态的关系，应该着眼于以下

---

① 朱光潜：《上层建筑和意识形态之间关系的质疑》，《华中师院学报》1979年第1期。
② 姜东赋：《略说"社会意识形态不在上层建筑之外"及其他》，《天津师范学院学报》1979年第3期。
③ 吕德申：《有关历史唯物主义的一点理解——与朱光潜先生商榷》，《北京大学学报》1980年第1期。
④ 吴元迈：《也谈上层建筑与意识形态的关系》，《哲学研究》1979年第9期。

几点：第一，马克思与斯大林对于上层建筑与意识形态关系的认识是有区别、不一致的。第二，意识形态与生产没有直接的联系，但是，斯大林在分析上层建筑时却说，上层建筑与生产没有直接联系。因此，他显然排除了政治和法律设施，把上层建筑与意识形态等同了。朱光潜引用斯大林的话及其四个理由，能够支持其论点。第三，马克思、恩格斯在严格意义上论及上层建筑与意识形态的关系时，上层建筑不包括意识形态；在一般论及两者关系时，上层建筑则包括了意识形态。因此，上层建筑只包括了一部分而不是全部的意识形态，也就是说，有必要把意识形态区分为上层建筑的意识形态、一般的意识形态。第四，应该分析不同意识形态的具体情况。[①] 应该说，张薪泽对意识形态的区分是合理的，避免了笼统地谈论意识形态，启发我们具体分析意识形态的实际作用，但他没有说明艺术与上层建筑的关系。

我们再来看第二个问题：文艺是否属于上层建筑？客观地说，在这次讨论中，多数学者都主张文艺属于上层建筑。但是，即使如此，由于他们对于上层建筑、意识形态及其关系的认识存在着差别，这些差别必然影响了他们对文艺上层建筑属性的解释，并进一步影响到对文艺本质的认识。蔡厚示认为，文艺具有上层建筑属性，但它是特殊的上层建筑："文学在上层建筑中有它的特殊性，而且包含了某些非上层建筑性质的成份。"[②] 他还分析了其特殊性的具体表现。刘让言肯定文艺是上层建筑的意识形态，文艺与其他上层建筑具有共性、普遍性、一般性。同时，他也肯定了文艺作为上层建筑的特殊性、个性："作为一种特殊的上层建筑意识形态的文学艺术，它本身是包含有非上层建筑因素的，尽管这种非上层建筑因素在文学艺术作品中并不是主要的和起决定作用性质的因素。"[③] 此外，这次讨论还涉及自然科学和语言是社会意识形态，还是社会意识形式？也就是说，是否存在着意识形态与意识形式的区分。多数人都承认，应该肯定自然科学和语言不属于经济基础的上层建筑。多数讨论者都认为，应

---

① 张薪泽：《〈也谈上层建筑与意识形态的关系〉一文质疑》，《哲学研究》1980年第5期。
② 蔡厚示：《作为上层建筑的文学的特殊性》，《文学评论》1980年第4期。
③ 刘让言：《论文学艺术的社会本质》，《兰州大学学报》（社会科学版）1981年第2期。

该承认艺术作品与艺术观点是有区别的，但是，它们并不是对立的，更不能依据这种"区别"来判定艺术观点是上层建筑的、艺术是非上层建筑的。

客观地说，从相关的讨论文章看，占主导地位或多数人的意见是，文艺既是一种社会意识形态，又属于上层建筑。应该指出的是，这次讨论取得了一定的成果，也是值得肯定的：第一，虽然这次讨论主要围绕"文艺是否属于上层建筑"这个问题展开的，但是，讨论者都有意无意地认同文艺是一种社会意识形态，也可以说，这个观点已经成为讨论的共识或前提，并成为这次讨论的重要收获，这也是我们这里应该关注这次讨论的主要原因。第二，应该区分上层建筑，即一般的上层建筑与特殊的上层建筑；物质的上层建筑与观念的上层建筑；建立在经济基础上的政治、法律等的机构、设施与政治、法律、道德、哲学、艺术、宗教等社会意识形态。第三，要分析上层建筑的阶级性：统治阶级的文艺和被统治阶级的文艺都是特定经济基础之上的上层建筑的组成部分，但两者服务的对象不同，而且，它们分别处于支配和被支配的不同地位。第四，作为特殊的上层建筑，文艺含有非上层建筑的因素。

鲁枢元与曾镇南等学者关于文艺在社会结构中的位置及文艺超越性的论争，是新时期涉及文艺与上层建筑关系问题的第二次讨论。这次讨论在新的背景下重新提出了文艺在社会结构中的位置，可以说，这次讨论承接了朱光潜提出的话题，但是，后来的讨论主题偏离了讨论者的初衷，主要是围绕文艺与意识形态的关系展开的。这次讨论的背景和大致过程是这样的，鲁枢元在1986年10月18日《文艺报》上发表了《论新时期文学的"向内转"》，这篇文章引起了激烈的争论，编辑部为了缓和气氛，特邀请鲁枢元再写一篇辩驳性的文章，鲁枢元就在1987年7月11日《文艺报》发表了《大地与云霓——关于文学本体的思考》，此文又引发了新的争论。曾镇南在《文艺争鸣》1988年第1期发表了《文学，作为上层建筑的悬浮物……》来批评鲁枢元，鲁枢元又在1988年3月25日《文论报》发表了反批评的文章《思维模式的歧异——谈曾镇南对我的批评》，之后，作为讨论主要阵地的《文艺争鸣》又刊发曾镇南的反批评文章《支离破碎的思维——评鲁枢元对我的反批评》①，以及李思孝等多位学者的讨论文章。②

在《大地与云霓》中，鲁枢元依据他对马列主义经典著作的解读，以比喻的方式指出了文艺在社会中的位置："从马克思主义的经典著作中，我们可以得出这样的结论：文学艺术与哲学、宗教一样，是高高地飘浮在人类社会历史活动空间之上的东西，是人类精神上空飘浮着的云，它和人类社会经济政治生活的关系，就像是天上的云霞虹霓与大地的关系一样。"同时，他还强调社会生活与文艺的关系："文学艺术这片云霓虽说是高高地飘浮在人类精神生活的空中，但它并没有背离人类赖以立足的物质生活的大地。"鉴于此，应该从文艺与社会生活的这种关系出发去认识文艺的本体，即"精神之花注定是要扎根于社会物质生活的土壤之中的。但是我们又不能不注视到，在整个人类构架中，文学艺术正因为高高地悬浮于上空，像天上的云彩一样，所以文学艺术这类意识形态才有可能更充分地显示出人类精神的灵幻性、微妙性、丰富性、流动性、独创性。这里谈的并非文学艺术风格问题。……如果我们的文学艺术不能腾飞到人类精神生活的上空，那么我们的文学艺术作为人类的精神活动产品，其品位质地就是不够格的"。③同样，他也是从这样的角度来看待文艺现象、对待文艺创作的。这篇文章发表后，引起了激烈的讨论，其中，鲁枢元与曾镇南的争论尤为激烈。鲁枢元与曾镇南的分歧主要表现在：第一，他们对上层建筑的解释不同：鲁枢元从比喻的角度来对待经济基础与上层建筑的关系，并从空间的层次上来认识各种意识形态的位置；曾镇南认为，经济基础与上层建筑这对科学范畴主要用来说明社会物质关系与社会思想之间的因果联系，它们说明了思想、意识形态的"非自在性、非自因性"，并指导人们从物质生活中去理解意识形态、寻找其根源。由此看来，鲁枢元没有研究清楚上层建筑的真正含义，以机械的空间区分代替了对意识形态的科学研究，结果夸大、神化了意识形态。第二，对"高高地悬浮于空中

---

① 曾镇南：《支离破碎的思维——评鲁枢元对我的反批评》，《文艺争鸣》1988 年第 6 期。
② 关于这次讨论的详情请参见鲁枢元《文学的内向性——我对"新时期文学'向内转'讨论"的反省》，《中州学刊》1997 年第 5 期。
③ 鲁枢元：《大地与云霓》，《文艺报》1987 年 7 月 11 日。

的思想领域"有不同的解释：鲁枢元强调，从空间上看，文艺与哲学、宗教一样，它们的位置在政治、法律、道德之上，其位置决定了文艺的超越性更强，也更灵活；曾镇南认为，不能像鲁枢元那样直观地从空间意义上理解这句话，而应该从意识形态与物质生活的关系方面来理解，即这句话说明了这些特殊的意识形态与产生它们的物质生活之间的"距离之远、中介之多、联系之隐蔽"的复杂关系。这样，从文学作为上层建筑中更高的悬浮物的性质出发，就应该承认文艺的"非自在性、非自因性"，并肯定其以形象反映社会存在和社会心理的意识形态特殊性。而且，关于"高高地悬浮于空中的思想领域"的认识对于指导创作的意义不大，其主要价值在于文艺研究。在这次讨论中，鲁枢元强调了文艺的超越性（"精神活动的高层次性"），其目的是清理机械论、工具论等"左"的文艺观的不良影响，并倡导文艺创作要遵循其规律和特点，其正确性、必要性和价值都是应该肯定的（如果考虑到当时文艺创作和理论的状况，就更显示了其意义）。尽管这篇文章并没有直接说文艺是否属于上层建筑，但是，表述的模糊（尽管他并不否认文艺与社会物质生活的联系）和散论式的报纸文体导致不少学者都认为他是借强调文艺的超越性来否认文艺的上层建筑属性，他把文艺置于上层建筑之上，并要文艺脱离现实生活。

讨论中，多数讨论者主要是从文艺与上层建筑的关系介入这次争论的。除曾镇南外，李思孝和陈辽也是这样认为的。李思孝认为，鲁枢元对马克思主义的经济基础等问题的理解上有偏颇，致使他得出了一些不符合马克思主义的结论。在他看来，应当这样看待文艺与上层建筑的关系："无论从哪一方面看，文艺作为上层建筑是无可怀疑的，它要受到经济基础的制约，也是理所当然的。"[①] 陈辽对此稍做修正："文艺这一特殊的意识形态，是一种上层建筑现象，而不是简单的上层建筑。"就前者而言，文艺受到经济基础的决定和制约；就后者而言，旧时代的优秀文艺并不随经济基础的消失而消失。[②] 当然，鲁枢元也不乏支持者。傅树声指出，鲁

[①] 李思孝：《没有基础的空中楼阁》，《文艺争鸣》1988 年第 4 期。
[②] 陈辽：《文艺是上层建筑现象》，《文艺争鸣》1988 年第 4 期。

枢元又把朱光潜的观点向前推了一步（即文艺越远离经济基础，就越自由、越有可能获得精神产品的品质），并肯定了这次讨论。他综合朱光潜及其反对者的观点，得出了这样的结论："社会意识形态并不等于或属于上层建筑。"但是，还应该考虑到其特殊性："一般地说，社会意识形态并不是上层建筑，但是，统治阶级的意识形态取得上层建筑的地位后，为维护或巩固其经济基础发挥作用，表现出既是社会意识形态，又是在上层建筑的地位上发挥作用这样一种双重性质。"① 对于文艺来说，文艺是社会意识形态，但并不等于或属于上层建筑；文艺不会随经济基础、上层建筑和社会制度的崩溃而消失，相反，优秀的文艺仍然会保留下来继续发挥其作用；在社会主义革命胜利后，社会主义文艺发展成为社会主义经济基础的上层建筑，发挥着经济基础和上层建筑两方面的作用。

在这两次讨论中，学者对文艺是上层建筑的表述发生了一些变化：文艺具有上层建筑的属性、文艺是特殊的上层建筑、文艺属于观念性的上层建筑或文艺具有非上层建筑性。但是，大多数学者仍然认为，文艺是一种社会意识形态。这两次讨论都涉及了对意识形态与上层建筑关系的看法，客观上深化了讨论者对马克思主义的认识，促进了对文艺、意识形态、上层建筑之间关系的理解，并有助于认识文艺的本质。

总体来说，相关讨论是在马克思、恩格斯相关经典论述中展开的，而马、恩对"意识形态"与"上层建筑"之间的关系其实论述得是非常清晰的。吴元迈撰写《也谈上层建筑与意识形态的关系》（以下简称"吴文"）② 一文与朱光潜商榷。这方面的相关重要经典文献是马克思《〈政治经济学批判〉序言》，对于其中"有法律的和政治的上层建筑竖立其上并有一定的社会意识形式与之相适应的现实基础"的论述，吴文分析道："在这里，马克思把'法律的和政治的上层建筑'同'社会意识形式'作了区别，的确没有直接提到社会意识形式是上层建筑这样的字样，但是，我们并不能因为这一句话就可以得出结论说，马克思是把意识形态排除在上层建筑之外的。实际上，马克思在这段话之后的第五

---

① 傅树声：《文艺是上层建筑吗?》，《文艺争鸣》1988 年第 6 期。
② 吴元迈：《也谈上层建筑与意识形态的关系》，《哲学研究》1979 年第 9 期。

行,紧接着就肯定了上层建筑是包括意识形态在内的",即"力求把它克服的那些法律的、政治的、宗教的、艺术的或哲学的,简言之,意识形态的形式"这一表述——吴文认为:"显而易见,在马克思的庞大的上层建筑变革里,明确地包括了意识形态的变革,也就是说,意识形态是上层建筑的成分之一。我们不应该把《〈政治经济学批判〉序言》中只相隔一百五十多个字的这两段话割裂开来,而应该对其实质作出全面理解"——而断章摘句、脱离上下文语境,确实是一些相关讨论较普遍存在的问题。吴文指出,马克思"耸立着由各种不同情感、幻想、思想方式和世界观构成的整个上层建筑"等表述,非常明确地把思想、世界观等意识形态包括在上层建筑之内。朱文已经引用恩格斯《反杜林论》的话"每一个历史时期由法律设施和政治设施以及宗教的、哲学的其他的观点所构成的全部的上层建筑",吴文引用了《反杜林论》中的另一句话:"在按历史顺序和现在的结果来研究人的生活条件、社会关系、法律形式和国家形式以及它们的哲学、宗教、艺术等等这些观念的上层建筑的历史科学中,永恒真理的情况还更糟。"——由此可以看出实际上存在两种不同的"上层建筑":"(由)观念(构成)的上层建筑"和由"法律设施和政治设施"或"法律形式和国家形式"构成的"上层建筑"——我们姑且将此称作"制度的上层建筑",以与"观念的上层建筑"相对。吴文分析指出:

> 这两项成分本来就是有机地、辩证地互相联系着的。难道我们能够否认,一定的政治、法律、宗教、艺术、哲学的观点要求建立与自己相适应的各种设施吗?例如,一个新兴阶级,在其未成为统治阶级以前,总是先形成他们的思想和理论观点,只有当他们夺取政权以后,才能按他们的思想和理论观点建立起相适应的政治、法律等设施。要知道,一定的政治、法律等设施都是以一定的社会观点、思想体系为指导并与之相适应地建立起来的。中华人民共和国成立前夕,毛泽东同志写了《论人民民主专政》这篇光辉著作,根据我国社会发展的具体情况描绘了建立无产阶级专政的人民共和国的蓝图。新中国成立以后,在党中央的领导下,按照毛泽东同志的这一思想,我国

人民建立了以工人阶级为领导、工农联盟为基础的人民民主政权,并采取了一系列与此相适应的政治、法律等设施。再说,一定的法律制度,就是按照这个社会的统治阶级的法律观点建立起来的,它直接体现了统治阶级的意志。其他各种意识形态也总是要求有一定的制度、机构和设施同它们相适应。

可以说毛泽东的《论人民民主专政》等相关思想还只属于"观念性"的上层建筑,而社会主义制度的建立则标志着社会主义由"观念的上层建筑"生成为"制度的上层建筑",由"观念"(理念 idea)成为"制度上的事实"。

钱中文的《文艺和政治关系中的一个根本问题——论文艺作为"观念的上层建筑"的特征》(以下简称钱文)[①] 一文也是与朱光潜商榷的文章,把文艺定位为"观念的上层建筑",既有经典文献依据,同时也把马克思、恩格斯相关论述的思路更清晰揭示出来了。该文把朱光潜的基本观点概括为:"只有政权、法权机构才是上层建筑,其他如哲学、文艺都只能算作意识形态,不能列入上层建筑范围。"朱光潜认为:"马克思主义创始人在较早的著作里也偶尔让上层建筑包括意识形态在内",而钱文通过相关文献梳理,指出这恰恰是马克思、恩格斯一以贯之的认识。钱文还对相关理论史进行了梳理:"马克思主义以前的文艺理论家,实际上已提出,文艺是一种社会意识,是社会生活的反映",这些文艺思想已经触及了"文艺的社会属性",但是,"文艺在整个社会生活中的地位到底如何?这是旧唯物主义文艺理论所不能解决的",而"马克思主义对于文艺理论的贡献之一,在于阐明了文艺在社会生活中的地位,它和其他意识形态间的相互关系,以及政治在上层建筑中的作用"——关乎文艺在整个社会生活中的地位和作用,正是文艺意识形态论的重要价值所在。"上层建筑是一种比较复杂的现象,除了意识形态的上层建筑,还存在政治、法律等机构这类上层建筑,后者们表现为社会实体,但归根到底,它们仍然是经

[①] 钱中文:《文艺和政治关系中的一个根本问题——论文艺作为"观念的上层建筑"的特征》,《学习与探索》1980年第3期。

济基础的反映"——这对观念上层建筑、作为"社会实体"的制度上层建筑、经济基础三者关系的解释是准确的。钱文还指出,恩格斯把人类认识分作三大部门,前两类属于"自然科学"部门,第三类"研究人的生活条件,社会关系,法律形式和国家形式以及它们的哲学、宗教、艺术等等这些观念的上层建筑"。——这属于"社会科学部门",而"自然科学作为社会意识由于不反映社会关系而不叫意识形态,因而也不是上层建筑,只有那些以不同方式反映社会关系的社会意识才是意识形态,并叫做上层建筑"——这种区分,对于在文艺意识形态的相关讨论也是非常必要的。

文艺是一种上层建筑,它与其他上层建筑的关系如何?钱文认为"政治在上层建筑中起到主导作用","恩格斯在后期的书信中谈道:'对哲学发生最大的直接影响的,则是政治、法律和道德的反映。'政治对于文艺实际也是如此"——在此基础上,钱文还置于社会主义革命实践发展进程、马克思主义文论发展历史中作进一步考察:"随着马克思主义日益为群众所掌握,以及革命斗争的不断发展,政治在上层建筑中的主导作用日益被揭示出来。十月革命后,列宁提出'政治是经济的集中表现'","(20世纪)四十年代,毛泽东同志根据这一原理,提出了文艺从属于政治的说法;解放后,文艺从属政治又被人简化为文艺为政治服务的口号"——钱文认为,这些提法总的意思在于说明"政治的主导作用和社会地位",而"问题是在很长一个时间内,它们的真实内容完全被教条化、简单化了"——这也是改革开放之初,文艺思想解放运动所要解决的一个重要问题。钱文还根据列宁的相关经典表述,分析指出:"文艺和政治的关系,在文艺创作中主要表现为文艺和人民的关系","在社会主义条件下,文艺反映政治的要求,只能通过反映人民群众的利益和愿望而得以体现。如果以文艺从属政治的原理,或政治的主导地位的原理来代替文艺服务的对象——人民群众,那末,这实际上就以政治代替了文艺,把文艺与政治关系庸俗化了、简单化了"——1980年邓小平提出"不继续提文艺从属于政治这样的口号","文艺为政治服务"调整为"文艺为人民服务,文艺为社会主义服务"等,正是为了克服这种庸俗化、简单化,但这些丝毫不意味着文艺的非政治化、非意识形态化乃至去政治化、去意识形态化。

有关意识形态与上层建筑关系的讨论，在后来围绕"审美意识形态"的论争中再次被提及，有学者再次提出"意识形态不等同于观念上层建筑"，而论争的思路是："根据马克思主义唯物史观，经济基础—设施上层建筑—观念上层建筑是社会结构方面的序列，经济形态—社会形态—意识形态是社会性质方面的序列，两者不可相混。"① 前一"序列"是可以从马克思、恩格斯相关经典表述中概括出来的，后一"序列"似乎并无经典文献依据，而把这两个序列截然分离，有多大理论价值，也是值得商榷的。

总体来说，相关的论争使马克思、恩格斯相关经典论述的基本思路更清晰地展示出来了，这其中最重要的成果是揭示："意识形态""上层建筑"其实是存在不同种类和层次的，并且两者也都存在"物质性"与"非物质性"之分："意识形态"作为"意识"是"非物质性"的，而"意识形态的形式"具有"物质性"——结合文艺来看，文艺所要表达的观念是"非物质性"的，而具体的文艺作品则具有"物质性"；同样，政治、法律的观念、思想（政治哲学、法哲学等）是"非物质性"的，但是政治、法律的"设施"或机构、政策等则具有"物质性"——如果说政治、法律的思想观念首先直接影响的是人的主观意识的话，那么，具有"物质性"的政治、法律的"设施"或制度、机构、政策等则直接影响人的现实行为，即对人的现实行为有直接的规约作用。当然，问题的复杂性在于：政治、法律的"物质性"不仅体现在制度、设施、机构、政策上，也体现在表达政治、法律思想的语言作品上——以此来看，马克思所讲的"有法律的和政治的上层建筑竖立其上并有一定的社会意识形式与之相适应的现实基础"，其实是指作为恩格斯所讲的"设施"的法律、政治的上层建筑，而法律、政治思想则属于"社会意识"，表达法律、政治思想的语言作品则属于具有"物质性"的"社会意识形式"。"力求把它克服的那些法律的、政治的、宗教的、艺术的或哲学的，简言之，意识形态的形

---

① 李志宏：《意识形态不等同于观念上层建筑——"审美意识形态论"哲学根基分析》，《学术月刊》2006 年第 5 期。

式",而作为"意识形态的形式"的艺术和哲学的"物质性"主要体现在所运用的物质材料上,但是,作为"意识形态的形式"的法律、政治的"物质性"则既体现在表达相关思想的物质材料(语言)上,同时更体现在相关的制度设施上。

这里可以强调两点:(1)作为"设施"的法律、政治的上层建筑,也属于具有物质性的"意识形态的形式",而不是单纯的主观的"意识形态",而作为"意识形态"的法律、政治思想则属于"观念的上层建筑"——因此,"意识形态"与"观念的上层建筑"基本是等值的,朱光潜试图把两者截然分开,是不准确的。(2)毛星《意识形态》一文把艺术界定为"意识形式"也是不准确的:"社会存在"决定"社会意识"的历史唯物主义基本原理,与"存在"决定"意识"这一般的唯物主义原理不尽相同:比如,在自然科学研究中,也存在"存在"决定"意识"的问题,但自然科学思想所反映的主要是物与物的关系,而"意识形态"作为一种"社会意识"所反映的则是人与人的关系——最终反映的是存在于"物质生产"中人的社会关系即"生产关系",因此,把艺术界定为"意识的形式"或"社会意识形式"过于宽泛,准确的界定应是"意识形态的形式"——这是历史唯物主义文艺观的基本规定性。这里要特别强调的是:"意识形态"问题关乎对马克思主义文艺思想体系的整体理解,马克思、恩格斯尽管没有出版关于文艺问题的"专著",也没有出版过专门讨论意识形态、上层建筑问题的"专著",但在最基础性的层面,他们对文艺意识形态(观念的上层建筑)的讨论是一以贯之而自成体系的,超强的理性思辨能力,使他们相关讨论的逻辑脉络和层次是非常明晰的——但在以上分析的相关讨论中往往出现理解的偏差,原因之一是对马克思、恩格斯相关原始文献的占有和梳理不够充分、全面;原因之二是前后逻辑一致的文献细致分析做得不够。

不同于"意识形态"的"意识形态的形式"具有一定的"物质性",但是与"物质生产"的"物质性"处于不同层次,两者的社会作用非常不同。吴元迈《也谈上层建筑与意识形态的关系》(以下简称"吴文")①

---

① 吴元迈:《也谈上层建筑与意识形态的关系》,《哲学研究》1979年第9期。

指出：

> 朱先生说经济基础和"上层建筑"同属社会存在，那就意味着经济基础和"上层建筑"决定意识形态，但是马克思主义从来也没有说过"上层建筑"决定意识形态。马克思主义所讲的社会存在决定社会意识，指的是物质的第一性，意识的第二性这个唯物主义的根本原理，而上层建筑这个范畴既可以包括物质的东西也可以包括观念的东西，恩格斯称之为"观念的上层建筑"。

朱先生存在的问题就是：混淆了处于不同层次、具有不同社会作用的"物质性"，毛星在相关讨论中也没有注意两者的区别：作为"观念的上层建筑"的政治、法律思想决定于经济基础，同样，具有"物质性"的作为"制度的上层建筑"的政治、法律制度设施等也决定于经济基础。同样，文艺所表达的思想作为"意识形态"决定于经济基础，具有"物质性"而成为"意识形态的形式"的文艺作品同样决定于经济基础，而决定经济基础的则是"物质生产"。

关于意识形态、上层建筑的层次性，主要是在其与经济基础的"距离"上体现出来的：显然，法律、政治等距离最近，而文艺则相对较远：马克思的表述"有法律的和政治的上层建筑竖立其上并有一定的社会意识形式与之相适应的现实基础"就表明："法律的和政治的上层建筑"离经济基础最近，而"与之相适应的"包括文艺在内的"社会意识形式"则相对较远，文艺根本上会受到经济基础的影响，但也更直接地受到"法律的和政治的上层建筑"的影响——吴文指出：

> 朱先生为了证明意识形态不属于上层建筑，援引了毛泽东同志的一段话："一定的文化（当作观念形态的文化），是一定社会的政治和经济在观念形态上的反映，又给予伟大影响于一定社会的政治和经济，而经济是基础，政治则是经济的集中表现。"很清楚，毛泽东同志讲的是文化和政治、经济的关系，而不是论述基础和上层筑建的关系。文化是要反映政治、经济的，但不等于说"上层建筑"决定意

识形态。怎么能由此得出这样的结论:"在这里毛主席并没有把意识形态列入上层建筑。"究竟在毛泽东同志那里,意识形态是不是属于上层建筑呢?他在1957年写的《关于正确处理人民内部矛盾的问题》这篇著作中,在谈到社会主义社会里上层建筑与基础的又相适应又相矛盾的情况时,明确地指出,政治、法律等设施和意识形态都属于上层建筑。他写道:"人民民主专政的国家制度和法律,以马克思列宁主义为指导的社会主义意识形态,这些上层建筑对于我国社会主义改造的胜利和社会主义劳动组织的建立起了积极的推动作用,它是和社会主义的经济基础即社会主义的生产关系相适应的……"

"一定的文化,是一定社会的政治和经济在观念形态上的反映"可以说是毛泽东文艺意识形态论的基本命题,作为文化的文艺首先直接受政治影响,而政治又受经济影响——这其中暗含着意识形态、上层建筑的层次性:"观念的上层建筑—制度的上层建筑—经济基础"与"文化(文艺)—政治—经济"存在对应关系,在此框架中,文艺、文化受经济的影响是间接的,而受政治的影响则是直接的——毛泽东《在延安文艺座谈会上的讲话》主要讨论的就是文艺与政治的关系。由此产生的一个问题是:在意识形态框架中,经济是通过政治间接影响文艺、文化的,那么,经济会不会对文艺、文化产生直接影响?新时期以来,围绕马克思"艺术生产"和"意识形态阶层"的讨论初步触及这一问题。

第五节　关于意识形态阶层、艺术生产的讨论与历史唯物主义范畴网

围绕上层建筑讨论的重要理论价值之一在于:初步勾勒出了"观念上层建筑(意识形态)—制度上层建筑—经济基础"这一更为具体的分析框架或范畴链,并与通常所讲的"文化—政治—经济"存在对应关系——问题在于:这是不是马克思讨论文艺、文化问题的唯一范畴链?"意识形态"是不是马克思对文艺所作的唯一的社会定位?这就要回到马

克思相关原始经典文献中加以分析。

有学者分析指出:"意识形态批判把复杂的社会意识理解为物质和意识的镜像反映关系,有一定的局限性。哈贝马斯认为,现代法律的合法性主要建立在交往领域的社会协商和理性互动关系中,而不是建立在意识与存在的反映关系中。"鲍德里亚分析指出"意识形态批判有隐性唯心主义嫌疑","这些说法虽不无可商榷之处,却提醒我们,在新的历史条件下或许需要重新定位意识形态概念,探讨意识形态批判的适用性及其限度"。① 西方马克思主义的意识形态批判或许有"把复杂的社会意识理解为物质和意识的镜像反映关系"的倾向,但在马克思那里并没有,马克思对文艺、文化活动的批判性分析并未仅仅局限于"意识形态"范畴,或者说,"意识形态"并非马克思对文艺、文化活动所作的唯一社会定位。

新时期以来,围绕马克思"艺术生产"的讨论,突破了传统相关研究单一的意识形态框架,其更重要的意义在于:揭示了"上层建筑(意识形态)—经济基础"并非马克思文艺、文化思想唯一的基础性的理论框架,"精神生产—物质生产"才是更基础性的分析框架,或者说,"上层建筑(意识形态)—经济基础"只是其中"精神生产—物质生产"关系的一种指向,还存在另一种指向或另一条范畴链,由此我们可以把文艺意识形态论纳入马克思完整的历史唯物主义范畴网中,从而为其做出清晰的理论定位。

首先再次回到马克思、恩格斯的"上层建筑"理论。新时期以来相关讨论的重要理论价值之一是:根据相关原始文献,揭示马、恩所谓"上层建筑"实际上存在两种形态:(1)"观念的上层建筑";(2)"制度的上层建筑"——而马克思还提到了第三种上层建筑,即"由各个'意识形态阶层'构成的上层建筑":

(1)在资产阶级社会中,各种职能是互为前提的;

---

① 汪正龙:《马克思与意识形态批判的三重维度》,《陕西师范大学学报》(哲学社会科学版) 2012 年第 2 期。

（2）物质生产领域中的对立，使得**由各个意识形态阶层构成的上层建筑**成为必要，这些阶层的活动不管是好是坏，因为是必要的，所以总是好的；

（3）一切职能都是为资本家服务，为资本家谋"福利"；

（4）连最高的精神生产，也只是由于被描绘为、被错误地解释为物质财富的直接生产者，才得到承认，在资产者眼中才成为可以原谅的。①

以上引语出自马克思《资本论》第4卷（《剩余价值理论》）"关于生产劳动与非生产劳动的理论"部分，马克思在这一部分讨论的一个重要问题是精神生产与物质生产的关系——在中外相关研究中这些重要经典论述被严重忽视了。此外，该部分还数次提到"意识形态阶层（阶级）"这一概念："所有由这些职业产生的各个旧的意识形态阶层，所有属于这些阶层的学者、学士、教士"，"一旦资产阶级把意识形态阶层看作自己的亲骨肉，到处按照自己的本性把他们改造成为自己的伙计"。② 此外还有一处用了"意识形态阶级"，并有较为详细的描述：

有一大批所谓"高级"劳动者，如国家官吏、军人、艺术家、医生、牧师、法官、律师等等，他们的劳动有一部分不仅不是生产的，而且实质上是破坏性的，但他们善于依靠出卖自己的"非物质"商品或把这些商品强加于人，而占有很大部分的"物质"财富。对于这一批人来说，在经济学上被列入丑角、家仆一类，被说成靠真正的生产者（更确切地说，靠生产当事人）养活的食客、寄生者，决不是一件愉快的事……在亚当·斯密看来，就象在产业资本家本身和工人阶级看来一样，他们就表现为生产上的非生产费用，因此必须尽可能地把这种非生产费用缩减到最低限度，尽可能地使它便宜。资产

---

① 《马克思恩格斯全集》第26卷第1册，人民出版社1972年版，第298页。黑体为引者所加，下同。

② 同上书，第314—315页。

阶级社会把它曾经反对过的一切具有封建形式或专制形式的东西，以它自己所特有的形式再生产出来。因此，对这个社会阿谀奉承的人，尤其是对这个社会的上层阶级阿谀奉承的人，他们的首要业务就是，在理论上甚至为这些"非生产劳动者"中纯粹寄生的部分恢复地位，或者为其中不可缺少的部分的过分要求提供根据。事实上这就宣告了**意识形态阶级**等等是依附于资本家的。①

包括艺术家等在内的"高级"劳动者、出卖自己的"非物质"商品的"非生产劳动者"皆属于"意识形态阶级"。再如《资本论》第1卷也有一处提到"意识形态的阶层"：

> 最后，大工业领域内生产力的极度提高，以及随之而来的所有其他生产部门对劳动力的剥削在内含和外延两方面的加强，使工人阶级中越来越大的部分有可能被用于非生产劳动，特别是使旧式家庭奴隶在"仆役阶级"（如仆人、使女、侍从等等）的名称下越来越大规模地被再生产出来。根据1861年的人口调查，英格兰和威尔士的总人口为20066224人，其中男子9776259人，妇女10289965人。从中减掉不宜劳动的老幼，所有"非生产的"妇女、少年和儿童，再减掉官吏、牧师、律师、军人等**意识形态的阶层**以及所有专门以地租、利息等形式消费别人劳动的人，最后再减掉需要救济的贫民、流浪者、罪犯等，大致还剩下800万不同年龄的男女，其中包括所有以某种方式在生产、商业和金融等部门供职的资本家。②

初步的印象是："'意识形态的'阶层"首先是个关乎社会分层的人口经济学的概念，属于"非生产劳动者"人口，是相对于"生产劳动者"人口而言的。直接从事生产劳动的人口在1861年的英格兰和威尔士总人口中所占比例竟然不到一半；非生产劳动者人口随着生产力的提高而增

---

① 《马克思恩格斯全集》第26卷第1册，人民出版社1972年版，第167—168页。
② 《马克思恩格斯全集》第23卷，人民出版社1972年版，第488页。

加，或者反过来说，非生产劳动者人口的增加是生产力提高的重要标志之一。马克思《反思》中也有一处使用了"意识形态阶层"概念："私人的货币，消费者的货币，第一是所有'政治和意识形态阶层'的货币，第二是地租获得者的货币，第三是所谓资本家（非工业资本家）、国债债权人等等的货币，甚至工人的货币（在储蓄银行中）。"[①] 初步可注意的有两点：（1）"意识形态阶层"与货币的流转、分配有关，是个经济学话题；（2）"意识形态阶层"与"政治阶层"不尽相同——联系地看，"意识形态阶层"与"观念的上层建筑"相关，而"政治阶层"与"制度的上层建筑"相关。

因此，马克思、恩格斯实际上讨论了三种不同"上层建筑"：（1）由"哲学、宗教、艺术等等"构成的是"观念的上层建筑"或"由各种'意识形态'构成的上层建筑"；（2）由法律、国家等构成的"制度的上层建筑"；（3）"由各个'意识形态阶层'构成的上层建筑"（这一表述再次表明"意识形态"与"上层建筑"是基本等值的，尽管含义不尽相同）——这三者合在一起可以说构成了马克思、恩格斯关于上层建筑、意识形态的完整的理论体系，尽管他们没有专门的论文、论著对此加以讨论。其中，（1）和（3）与文艺活动及其社会定位有直接的关联，而两者共同的基本框架是"精神生产—物质生产"：

（1）文艺作为"观念的上层建筑"（意识形态），是对经济基础的观念反映，而经济基础是由物质生产中的"生产关系的总和"构成的，因此，可以说，物质生产中所存在的是一种"物质性"的社会生产关系，而作为其观念反映，文艺意识形态所关涉的是一种"观念性"的社会生产关系，文艺作为一种"精神生产"与"物质生产"之间所存在的就是"观念性"的联系——但显然这并非马克思对文艺活动所作的唯一的社会定位。

（3）马克思把"艺术家"等也归在"意识形态阶层"，而作为"意识形态阶层"的艺术家所从事的"精神生产"与"物质生产"之间所存在的就不是一种"观念性"联系，而是一种"物质性"联系：艺术等精

[①] 《马克思恩格斯全集》第44卷，人民出版社1982年版，第156页。

神生产是在由物质生产创造并从物质生产中游离出来的"剩余价值"（剩余产品、自由时间等）基础上进行并发展起来的——这与物质生产的"生产关系"没有直接关联，直接关乎的是物质生产的"生产力"，所昭示的是不同于意识形态论对所作文艺社会定位的另一种指向①——新时期以来围绕马克思"艺术生产"的讨论的重要理论价值之一就在于对此有初步的揭示。

从与文艺意识形态论的联系看，新时期以来围绕艺术生产的讨论，力图揭示意识形态属性以外文艺的其他属性，因而也体现对此前单一意识形态论的新拓展，顺应了当时文艺领域的思想解放运动。

1978 年，张怀瑾发表《艺术生产与物质生产发展不平衡是马克思主义文艺理论的基石》② 一文，开始注意马克思《〈政治经济学批判〉导言》中的"物质生产的发展例如同艺术生产的不平衡关系"的命题，认为这涉及"文学艺术和生产力之间的关系"，而"《〈政治经济学批判〉导言》中揭示了经济基础和上层建筑的关系，明确指出了文学艺术是基础的上层建筑，是意识形态之一。以上两个方面是辩证唯物主义与历史唯物主义的精髓，构成了马克思主义文艺理论的重要理论基础"——这一研究发现是极具理论价值的，但由于历史局限，并未得到深入的阐释，如果进一步深入探究的话，就会发现：作为观念的上层建筑和意识形态的文学艺术反映经济基础，而经济基础是"生产关系的总和"——因此，最终关乎的是"文学艺术和生产关系之间的关系"，与艺术生产论所涉及的"文学艺术和生产力之间的关系"，确实构成了马克思文艺思想的两个最基本的方面，而"生产关系"和"生产力"又是"物质生产"的两个构成要素，因此，"物质生产"才是马克思文艺思想最根本的基础，而艺术意识形态论和艺术生产论又都是建立在"物质生产"基础上的——遗憾的是，该文作者并未认识到这一点，由此的推论也就是不正确的："如果

---

① 这方面的详细分析，参见刘方喜《"意识形态阶层"论：马克思文化历史唯物主义的当代拓展》，《马克思主义与现实》2016 年第 4 期。

② 张怀瑾：《艺术生产与物质生产发展不平衡是马克思主义文艺理论的基石》，《外国文学研究》1978 年第 1 期。

说，文学艺术对于产生它的经济基础，是'更高地悬浮于空中的'上层建筑，它和经济基础之间只能通过政治的中介发生间接的关系；那么，文学艺术和生产力之间的关系就更为遥远了，它只能通过经济基础即生产关系的中介与生产力发生更为间接的关系"，"一个时代的社会生产力并不直接决定文学艺术的创作及其发展"——当今天文艺成为"文化产业"的重要组成部分，而文化产业又将成为整个产业体系中的重要支柱之一时，我们就会发现：文艺与经济的关系恰恰不是"间接的"，而是"直接的"，而文艺作为"意识形态"是作为"生产关系的总和"的"经济基础"的观念反映，与"生产关系"的关系是"直接的"，而与"生产力"（经济）的关系恰恰是"间接的"。

1988年，何国瑞发表《论马克思的艺术生产理论体系》一文，对马克思、恩格斯与艺术生产论相关的文献作了更广泛的梳理：《1844年经济学—哲学手稿》中"宗教、家庭、国家、法、道德、科学、艺术等等，都不过是生产的一些特殊的方式，并且受生产的普遍规律的支配"的表述，实际上揭示了"艺术是生产的一种特殊形式"；"《德意志意识形态》中，明确提出了'精神生产'、'科学劳动'、'艺术劳动'的概念，还列了《关于意识生产》的专节，论述了'物质劳动'（物质生产）与'精神劳动'（精神生产）的关系"；《共产党宣言》揭示了：在经济上随着世界市场的形成，"于是由许多种民族的和地方的文学形成了一种世界文学"，等等。该文还力图对此作更系统的阐释：（1）从主体与客体关系看，艺术生产论突出了"艺术主体在艺术生产（创造）中的主导作用"。（2）艺术生产中也存在"生产力和生产关系问题"，马克思有关"作家生产文化""诗人生产诗"以及画家、音乐家、舞蹈演员等都是从事"艺术的生产的人"等论述"就直接肯定了他们作为艺术生产力在艺术生产中的地位"（这一理解是有问题的，容后详论）；马克思"而平原和山区的差别、沿河流域、气候、土壤、煤、铁、已经获得的生产力（物质方面的和精神方面的）、语言、文学、技术能力等等呢？"的论述把"文学"视作一种"精神生产力"；《德意志意识形态》"支配着物质生产资料的阶级，同时也支配着精神生产的资料"则关乎艺术精神生产中的"生产关系"问题。（3）艺术的生产和消费问题，提到马克思"艺术对象创造出懂得艺术和能够欣赏美的大众","如果音乐很好,听者也懂音乐,那么消费音乐就比消费香槟酒高尚"等相关论述①——应该说,这些经典文献确实是此前相关研究所忽视的,而马克思、恩格斯这方面的理论,确实是"意识形态"论所不能直接涵盖的。

何国瑞通过研究,提出以艺术生产论为主干来建构马克思主义文艺学体系的主张,而其中的一些表述,引起了争鸣。文艺意识形态论的一个含义是:文艺作为观念的上层建筑是作为生产关系的总和的经济基础的"观念反映"——因此,意识形态论与反映论又是密切相关的,那么,艺术生产论与它们是一种什么关系?朱立元《艺术生产论与艺术反映论关系之辨析——兼与何国瑞教授商榷》②(以下简称"朱文")对此作了辨析:何国瑞提出:"认识论偏了,反映论不如生产论","反映论是解决心理现象的本源、本质、规律和过程。而文艺却不仅仅是一种心理现象,它是一种心理现象的'物化',物化就是一种生产,……因此,要科学地认识文艺,反映论还不是充分的理论的基础。只有马克思的生产论才是最充分的理论基础"——基本结论是:在马克思主义文艺学基础理论上,应以"生产论"取代"反映论",当然,与反映论相关的"意识形态论"也应被取代——朱文认为何的"生产论"含义不够清晰,表达不够准确、科学,朱先生强调:根据马克思的唯物史观基本原理,"物质生产最终决定、制约着包括艺术生产在内的精神生产","以唯物史观为基础,以物质生产为逻辑起点,经历物质生产→精神生产→艺术生产的运动,便可直接推演出艺术生产论","只从认识论角度规定艺术本质,就容易忽视艺术创造的实践性与生产性,至少是不够全面、完整的","有的同志把艺术生产论与艺术反映论人为地对立起来,似乎提倡生产论就会否定了反映论,或者会用生产论全盘取代乃至取消艺术反映论。我以为这是一种误解"。

---

① 何国瑞:《论马克思的艺术生产理论体系》,《武汉大学学报》(社会科学版)1988年第4期。

② 朱立元:《艺术生产论与艺术反映论关系之辨析——兼与何国瑞教授商榷》,《学术月刊》1992年第8期。

此次学术论争之后，艺术生产论问题持续被学界关注，并且21世纪以来再次成为理论热点。陈奇佳分析指出：

>　　进入21世纪，艺术生产论却成为了文艺理论研究一个异常令人瞩目的生长点，涌现了大量的科研成果。从中国社会的发展现实来说，出现这种情况其实并不意外：二十多年的改革开放已使得中国的市场建设初具规模，市场机制的力量作用到了原来比较高蹈的文学艺术领域；而21世纪之初，国家将文化产业明确为国家发展战略的重要组成部分，则把原来较为潜隐的市场生产与艺术生产是否具有同构性等问题直接地、尖锐地展现到了人们面前。一言以蔽之：社会现实对原有的艺术生产理论特别地提出了挑战。而改革开放以来学界对艺术生产论的关注（包括自身的理论创新和对国外相关理论的译介研究），则为该问题领域的全新拓展提供了一个坚实的平台。①

学界在艺术本体论、市场论、媒介论等几个方面取得较多成果，"借用消费理论、空间生产理论等新兴理论为唯物主义艺术本体论开辟了新的解释路径，对于市场机制与艺术活动的整体性关系、媒介生产与艺术活动的关系也做出了较为深入的讨论"②。但是，我想指出的是：西方当代学者以及化用西方理论的中国学者在对艺术生产论有新的拓展的同时，对马克思相关理论的基本精神也有所偏离，马克思原始经典文献极其丰富的思想资源并未得到充分重视和挖掘。

新时期以来，围绕马克思艺术生产论经典文献展开的相关讨论和论争所取得的一个重要成果是至少可以确定的：艺术"生产论"与"意识形态论"不能相互涵盖，当然也不应相互取代。张怀瑾、何国瑞都提到"生产论"关乎文艺与"生产力"的关系——这一发现非常重要，因为"意识形态论"主要关乎的是文艺与"生产关系"的关系：文艺作为"意识形态"是经济基础即"生产关系的总和"的观念反映——如果进一步

---

① 陈奇佳：《21世纪以来中国的艺术生产论》，《人文杂志》2012年第3期。

② 同上。

探究的话,"生产力"与"生产关系"构成了"物质生产"的两个要素,因而"物质生产"才是文艺"生产论"和"意识形态论"共同的最终基础——但这一理论脉络在相关讨论中并未得到清晰揭示。从文献上看,何国瑞在讨论中已经开始征引马克思《剩余价值理论》手稿(马克思计划中的《资本论》的第4卷,他把《资本论》的前三卷称为理论部分,把第四卷称为历史部分、历史批判部分或历史文献部分)第四章"关于生产劳动和非生产劳动的理论"中的部分论述,而该章恰恰有很多关于艺术、精神生产的讨论——但在中外关于马克思文艺思想的研究中,这些重要文献都没有被充分注意到。更为重要的是,该章"昂利·施托尔希"(对物质生产和精神生产相互关系问题的反历史态度。关于统治阶级的非物质劳动的见解)部分,还专门较为系统地讨论了包括文艺在内的精神生产与物质生产的关系问题:

> 要研究精神生产和物质生产之间的联系,首先必须把这种物质生产本身不是当作一般范畴来考察,而是从一定的历史的形式来考察。例如,与资本主义生产方式相适应的精神生产,就和与中世纪生产方式相适应的精神生产不同。如果物质生产本身不从它的特殊的历史的形式来看,那就不可能理解与它相适应的精神生产的特征以及这两种生产的相互作用。从而也就不能超出庸俗的见解。这一切都是由于"文明"的空话而说的。
>
> 其次,从物质生产的一定形式产生:第一,一定的社会结构;第二,人对自然的一定关系。人们的国家制度和人们的精神方式由这两者决定,因而人们的精神生产的性质也由这两者决定。
>
> ……………
>
> 因为施托尔希不是历史地考察物质生产本身,他把物质生产当作一般的物质财富的生产来考察,而不是当作这种生产的一定的、历史地发展的和特殊的形式来考察,所以他就失去了理解的基础,而只有在这种基础上,才能够既理解统治阶级的意识形态组成部分,也理解一定社会形态下自由的精神生产。他没有能够超出泛泛的毫无内容的空谈。而且,这种关系本身也完全不象他原先设想的那样简单。例如

资本主义生产就同某些精神生产部门如艺术和诗歌相敌对。不考虑这些，就会坠入莱辛巧妙地嘲笑过的18世纪法国人的幻想。既然我们在力学等等方面已经远远超过了古代人，为什么我们不能也创作出自己的史诗来呢？于是出现了《亨利亚特》来代替《伊利亚特》。①

这些经典论述，对于我们理解马克思在"物质生产—精神生产"的框架中的文艺思想及其丰富性至关重要，我认为这些论述可以看作马克思文艺思想的"总纲"。但中外研究马克思文艺思想的学者，对这些经典论述并未足够重视，导致的结果是：对马克思文艺思想整体的理解往往非常片面——比如，前面提到的相关讨论中把"意识形态"视作关乎马克思主义文艺观的"一元论"问题，就是非常片面的，因为，以上论述提到的"意识形态"和"自由的精神生产"，乃是马克思对文艺所作的两种基本社会定位，而两种社会定位共同的最终"基础"是：具有"一定的、历史地发展的和特殊的形式"的"物质生产"——如果说要坚持马克思主义文艺观的一元论的话，那么，所要坚持的就不是"意识形态论"，当然也不是"艺术生产论"，而是要坚持两者最终要以"物质生产"为基础；与此相关，"经济基础—上层建筑（意识形态）"就不是马克思文艺思想的唯一理论框架，并且不是最基础性的框架，最基础性的理论框架是"精神生产—物质生产"。马克思以上论述还提出讨论相关问题最主要的方法论，即"历史地考察"，而前面提到了关于"艺术生产"的讨论，则往往呈现像施托尔希一样的"反历史"的倾向。"资本主义生产就同某些精神生产部门如艺术和诗歌相敌对"，而"与资本主义生产方式相适应的精神生产，就和与中世纪生产方式相适应的精神生产不同"，那么，中世纪生产与"艺术和诗歌"是否"敌对"？如果"敌对"，与资本主义社会中的"敌对"是否一样？或者"敌对性"程度是否一样？凡此种种，皆需历史地、具体地加以考察——但我们的相关研究没有做到这一点。由以上论述，我们还可以推论：精神生产与物质生产的关系，是随着物质生产方式的变化而变化的，与社会主义生产方式相适应的精神生产，就和

---

① 《马克思恩格斯全集》第26卷第1册，人民出版社1972年版，第296页。

与资本主义生产方式相适应的精神生产不同；结合中国实际，还可以更具体地推论：与后 40 年物质生产相适应的精神生产，和与前 30 年物质生产相适应的精神生产不同，因为物质生产或者经济发展方式发生了很大变化。

"从物质生产的一定形式产生：第一，一定的社会结构；第二，人对自然的一定关系"，"一定的社会结构"最终的物质基础是"一定的生产关系"，而"生产力"关乎"人对自然的一定关系"；"国家制度"是"制度的上层建筑"，"人们的精神方式"关乎"观念的上层建筑"，而这两种"上层建筑"，既决定于"生产关系（其总和是'经济基础'）"，也决定于"生产力"——由此来看，我们前面提到的历史唯物主义的"范畴链"："物质生产：生产力—生产关系—经济基础（作为生产关系的总和）—上层建筑：制度的上层建筑—观念的上层建筑（艺术等）"并不完整，只涉及由"物质生产"而"生产关系"而"艺术"这一指向，还存在由"物质生产"而"生产力"而"艺术"的指向：衡量生产力水平的一个重要标准，是物质生产"必要劳动时间—剩余劳动时间"的比例，剩余劳动时间所占比例越高，生产力水平越高。马克思指出，剩余劳动时间创造剩余产品，而"剩余产品把时间游离出来，给不劳动阶级提供了发展其他能力的自由支配的时间"，而"他们支配的自由时间"可以"用于发展不追求任何直接实践目的的人的能力和社会的潜力（艺术等等，科学）"[1]。这是马克思对艺术所作的另一社会定位：是在由物质生产中游离出来的自由时间基础上发展起来的，并且是"发展不追求任何实践目的的人的能力和社会的潜力"的自由精神生产——这同时也揭示了文艺不同于"意识形态性"另一基本社会特性，即文艺作为精神生产的"自由性"：马克思"不追求任何实践目的"的表述，很容易使人想起康德对审美特性的基本定位之一即"非功利性"，因此，可以说马克思存在于"自由时间"中的"自由的精神生产"论也是对文艺"审美性"的揭示，但是，马克思是在跟物质生产的关联中来揭示这种"审美性"的，而康德的"非功利性"则相对而言是就精神论精神。由此来看：以"意识形

---

[1]《马克思恩格斯全集》第 47 卷，人民出版社 1979 年版，第 216—217 页。

态性"为文艺的唯一社会特性，至少是不符合马克思的整体文艺思想的；一些西方马克思主义者（如马歇雷等）认为马克思的文艺观是"决定论"的，不讲"自由"，中国当代美学论争中倡导美是"自由的象征"的观点也倾向于这么认为——这些认知也是与马克思相关整体思想不相符合的；而中国学者所提出的文艺"审美意识形态"论则是有马克思相关经典文献基础的。

由此可以勾勒出马克思文艺思想完整的历史唯物主义范畴网（如下）。

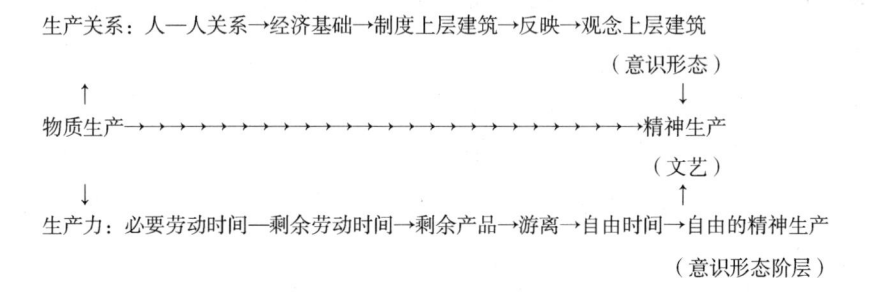

生产关系：人—人关系→经济基础→制度上层建筑→反映→观念上层建筑
　　　　　　　　　　　　　　　　　　　　　　　　　　（意识形态）
　↑　　　　　　　　　　　　　　　　　　　　　　　　　　　↓
物质生产→→→→→→→→→→→→→→→→→→→→→→精神生产
　　　　　　　　　　　　　　　　　　　　　　　　　　　（文艺）
　↓　　　　　　　　　　　　　　　　　　　　　　　　　　　↑
生产力：必要劳动时间—剩余劳动时间→剩余产品→游离→自由时间→自由的精神生产
　　　　　　　　　　　　　　　　　　　　　　　　　　（意识形态阶层）

总之，意识形态论是在生产关系维度上展开的，文艺作为精神生产与物质生产是一种观念反映关系：物质生产中的"人—人关系"（生产关系）是物质性的，而文艺作为一种意识形态是这种物质性关系的观念反映，两者之间是一种"观念性的"且"间接的"联系；"自由的精神生产"论在生产力维度上展开：文艺是在从物质生产中游离出来的自由时间的基础上发展起来的，或者说，文艺生产是通过剩余产品（剩余价值、自由时间）的游离与物质生产发生"直接的"且是"物质性"的联系的，而不是一种观念反映关系——而物质生产是生产关系、生产力两个维度的最终交会点，也是马克思文艺思想的最终落脚点，也是马克思主义文艺观一元论的最终基础。文艺作为观念上层建筑又往往是通过政治制度上层建筑与经济基础、物质生产发生关联的，这又关乎文艺与政治的直接联系，而生产力则直接关乎经济。因此，只有在以上这一完整历史唯物主义范畴网中，我们才可能对马克思文艺意识形态论、审美论等做出全面而科学的解释。

最后回到实践，在中国社会主义建设近70年历史进程中，我们遭遇过种种曲折，但一直坚持社会主义发展方向不动摇，这在物质生产及与之相适应的精神生产上都有体现：（1）文艺的意识形态性，首先是通过作品的观念内容体现出来的，作为观念上层建筑最终反映的是生产关系，因此，在思想观念上坚持社会主义发展方向，最终要落实到坚信并科学反映社会主义生产关系及与之相适应的发展道路、社会制度在人类发展大势上的先进性上。（2）在文艺发展方式上同样要坚持社会主义方向：改革开放首先使物质生产采用市场发展方式，而发展到一定阶段，随着生产力的提高，物质生产创造出越来越多的物质财富，这些物质财富需要从物质生产中游离、转移出来，并运用到包括文化产业在内的新领域——文艺采用以营利为目的的市场发展方式就具有一定历史合理性——但是，正如物质生产采用市场发展方式绝不意味着放弃社会主义方向，精神生产同样如此：在"五位一体"总体布局的文化建设发展方式上，坚持营利性的文化产业与非营利性的文化事业的统一，就是坚持社会主义方向的重要体现。

综上所述，70年来围绕意识形态、上层建筑、艺术生产等马克思主义文艺学经典议题研究史的基本经验是：坚持文艺发展的社会主义方向，在思想观念上不否认非意识形态性的同时要坚持文艺意识形态性，在发展方式上采用市场化方式的同时要重视文艺作为"自由的精神生产"发展方式促进人的全面发展的功能。

第十二章

科学方法论在文学研究领域的历险

刘顺利　安　静

　　科学主义是指"人们崇奉、信仰科学的观念与方法，在趋于极致之际，多会产生科学万能的信念，认为宇宙间万事万物均在科学的掌控范围"。[①] 如果我们梳理科学主义在中国的传播历程，科学主义文学批评潮流持续的时间几乎是非常短暂的，但在特定的时代语境下，这种文学批评潮流却起到了扭转时代风气的重要作用，而且相关的内容随着科技力量在 21 世纪更加迅猛的发展而生成新的意义，因此，这个话题在今天依然值得我们进行探讨。在"科学的春天"呼唤下，80 年代中期的文艺理论界出现了科学主义批评的热潮，尤以 1985 年文学批评的"方法论年"为突出代表。在已有的研究成果中，一般将这一时期的流行方法概括为"老三论"和"新三论"。所谓的"老三论"包括系统论、控制论和信息论，"新三论"包括耗散结构论、协同论和突变论。

第一节　"老三论"在文学研究中的运用

　　受科学主义潮流影响，20 世纪 80 年代初，国内学术界出现了试图把

[①] 俞兆平：《科学主义在中国的百年命运》，《探索与争鸣》2014 年第 11 期。

文学研究与科学方法论联结起来的倾向。这种做法的合法性被追溯到亚里士多德的《工具论》以及培根的《新工具论》。除此，笛卡尔的《方法谈》以及牛顿、穆勒等人的相关论述则被认为是"方法论"的总结和补充。从当代中国文化演进的角度来看，在80年代出现这种现象一点也不奇怪，"文化大革命"十年里最尖锐的辩论之间，就有"武器的批判"与"批判的武器"之争。就文学研究而言，我们又必须承认，文学方法论之"热"，绝对不是"文化大革命"大批判的延续，而是在新的历史时期内学术界对于文学研究的新的探索。当时的文学探索，对于现今的文学理论依然具有很大的影响。例如，童庆炳主编的文学理论教材至今把文学理论归纳为七种基本形态：文学哲学、文学社会学、文学心理学、文学符号学、文学价值学、文学信息学、文学文化学。①

20世纪80年代初，国内文学研究科学方法热的形成，原因是多方面的。首先，20世纪迅猛发展的科技革命，使科技的力量广泛渗透到社会生活与专业研究的多个层面，自然科学取代宗教和哲学成为社会发展的主导动力。我国的文艺研究展开新的尝试，当然也脱不开这个大的世界文化发展背景。其次，我国文学界欲借科学的春风实施研究的新突破。从社会文化语境而言，"文化大革命"结束后，全国人民走出"文化大革命"的思维方式和文化阴影并不是一蹴而就的事情，"两个凡是"依然成为禁锢社会思潮的枷锁。政治领域的激烈变革并不适应中国的国情，那么，在人文科学与自然科学这种距离意识形态较远的上层建筑中率先开始变革的尝试，当然要容易一些。因此，从70年代末期扭转社会风气之先的"形象思维"讨论再次兴起开始，文艺理论尤其成为社会思潮的风向标，利用科学研究的方法去研究文艺问题，也是国家意识形态话语调整的重要手段。再次，这是我国学术界试图在文学"创作方法"嬗变之际力图进行文学研究方法的新开拓。80年代的中国文坛，受到西方哲学、美学影响，甚为深远的是西方现代主义文学，尼采、弗洛伊德、萨特是对80年代文学影响最大的西方思想家，"上帝死了""力比多""他人即地狱""存在先于本质"等思想观念深深影响了80年代的创作。

---

① 参见童庆炳主编《文学理论教程》第5版，高等教育出版社2015年版，第11—12页。

一大批欧美现代派作家和作品引起中国文坛的强烈兴趣与热切关注，从早期茹志鹃的《剪辑错了的故事》、王蒙的《春之声》，再到后来刘索拉的《你别无选择》、徐星的《无主题变奏》等，都为文学创作突破现实主义、探索新的方法做出了贡献。因此，走出"十七年"以来"社会主义现实主义"一元范式的研究，建立新的批评体系，也是随之而生的自觉选择。最后，来自国外的文学研究方法论前沿译介，也是1985年"方法论年"形成的重要原因，苏联及东欧的文艺理论主张对"科学方法论热"形成的作用不可低估。发表于《国外社会科学》1982年第2期上的A. 布明什的《文学学的方法论问题》和发表于《国外社会科学提要》1982年第9辑上的H. 马尔凯维其的《现代文艺学的方法论问题》是较早的两篇论文，对于我国的方法论研究有很大的启迪作用。但在"方法论热"持续过程中，东欧思想界的影响逐渐消退，西欧和北美的思想家起到了支配作用。

其时，江西省文联对于文学批评的方法论十分关注，连续推出了几部著作。①除了将文学批评方法区分为"道德批评"和"心理批评"以及"原型批评"等方面，还介绍了"新三论"与"老三论"等科学方法论。"老三论"所包括的系统论、控制论和信息论是20世纪40年代先后出现的，"新三论"包括的耗散结构论、协同论、突变论则是20世纪70年代陆续出现的科学方法论。1985年文化艺术出版社出版了上下两卷本的《美学文艺学方法论》，比较集中地介绍了一些国外当代文艺美学研究方法的最新发展概况；书中还包括"历史唯物主义是分析审美活动的世界观：方法论基础"等章节，介绍了"西方马克思主义"的方法论。1985年，上海人民出版社出版了由杨国璋、金哲等主编的《当代新科学手册》，介绍了第二次世界大战以来国内外社会科学的新科学、社会科学与自然科学相互渗透的综合性学科、边缘学科及分支学科共140门。1985年起，时任中国作家协会书记处常务书记的鲍昌，开始主编一部《文学艺术新术语词典》，介绍了外国的文艺思潮、文艺理论和文艺方法的辞典，这部辞典于1987年由百花文艺出版社出版。

---

① 参见江西省文联文艺理论研究室编《文学研究新方法论》，江西人民出版社1985年版。

在 1986 年由江西人民出版社出版的傅修延、夏汉宁编著的《文学批评方法论基础》中把方法论分成了三个基本类别：逻辑方法、批评模式、横向方法。具体如下：

逻辑方法：
归纳法
演绎法
分析与综合法

批评模式：
心理批评
原型批评
形式主义批评
结构主义批评
社会批评
比较文学

横向方法：
系统论
控制论
信息论
数学方法
其他自然科学方法

显然，其中的"横向方法"就是科学方法论在文学研究中的运用。我们先来看一看"老三论"与文学研究交叉起来的初步探索。

一　系统论方法在文学研究中的引用

系统论的创始人是美籍奥地利生物学家贝塔朗菲，在 20 世纪三四十年代他开始构建自己的系统论原理框架。但由于受到战争的影响，直到六七十年代才引起人们的重视。文学研究中所使用的系统论,用贝塔朗菲的术语来说,属于"一般系统论"。在《一般系统论:基础发展和应用》一书中,贝塔朗菲的界定是这样的:一般系统论是一个逻辑——数学领域,它的任务是表述和推导适用于"系统"的一般原理,不论其组成要素以及其相互关系或"力"的种类如何。贝塔朗菲从生物学的角度出发,强调要把对象当作一个整体、一个系统来进行研究,并尽可能地用数学模型去描述和确定该系统的结构和行为。他所谓的"系统",实际上是指由相互作用、相互依赖的若干组成部分结合成的、具有特定功能的有机整体。

系统论在文学批评中的运用始创于苏联。20世纪六七十年代以来,苏联的美学和文学批评界非常重视系统分析方法,鲍列夫、卡冈、赫拉普钦科、波斯彼洛夫等著名的文艺理论家都曾撰文,如鲍列夫的《对艺术作品的系统完整分析》、波斯彼洛夫的《对文学作品的完整的系统理解》、赫拉普钦科的《关于文学的系统分析的思考》等,足见系统论在苏联文艺界的重要地位。

王兴成发表于1980年第2期《哲学研究》上的《系统方法初探》一文,就是我国在十一届三中全会之后最早介绍和使用系统论方法的一篇文章。1981年,张世君推出了她的论文《〈巴黎圣母院〉人物形象》,文章用结构主义分析的方法把习惯中的直线偏偏改变成为圆形;这篇文章被认为是方法论的第一篇论文。1982年,张世君的硕士学位论文《哈代"性格与环境"小说的悲剧系统》,按照系统论的方法,试图将哈代的四部小说《还乡》《卡斯特桥市长》《德伯家的苔丝》和《无名的裘德》整合为一个系统进行考察,从而形成了人物构成的悲剧命运系统、环境构成的绘画系统、由情绪形成的音乐系统以及人物感受形成的认识系统。同年,曾永成的论文《运用系统原理进行审美研究试探》第一次将人类的审美活动作为一个系统性领域进行研究。

林兴宅发表于1984年第1期《鲁迅研究》上的《论阿Q性格系统》一文,则被看作纯熟运用了系统论方法来进行文学研究的一篇力作。"阿Q性格"被林兴宅看作一个系统,是一个整体,其中的各种因素有自己的构成方式和结构层次。如果从20世纪80年代之前的鲁迅研究视角来看,林兴宅把阿 Q 性格区分为"双重人格""退回内心"与"泯灭意志"并没有什么新奇之处。但是林兴宅强调的是，阿 Q 性格中的这三方面特征是不可分割的，它们分别代表了阿 Q 的"认识""情感"和"意志"。在林兴宅看来，一个青蛙绝对不仅仅是脑袋、肚子和四条腿组合而成的，假如把它们拆解开来看，还是那些部分，但我们看到的是一个死的青蛙。对于生物学和医学来说，需要从系统论的角度去拆解、替换青蛙的某些器官，最重要的是还要组装回去，青蛙还要是活的。林兴宅的这些看法，与贝塔朗菲的说法是一致的。贝塔朗菲早就指出，复杂事物的功能远大于某组成因果链中各环节的简单总和。他的这个说法与文艺学里"一集中就奇特"的说法比较接近，马的身子加上人的脑袋就成了半人半马的怪兽的形象，其感染力不是马加上人这么简单的加法可以计算出来的。四个汽缸加上轮子，再加上汽油就可以长时间运转。但把部件拆开了，也就不是汽油机了。

在贝塔朗菲看来，汽油机是一个系统，一旦组装起来，这些组合的东西往往就具有一种叫"系统质"的因素出现。"系统质"并不存在于单个的部件里，既不在汽缸里，也不在汽油里，也不在轮子里，一定要组装起来才会出现。林兴宅所说"双重人格""退回内心"与"泯灭意志"里面的任何一个特征也不是阿 Q 性格，必须是这些特征共同作用，才会出现人们熟知的"阿 Q 性格"。

系统论认为，复杂的事物是一个系统，而系统本身又是它所从属的一个更大系统的组成部分。青蛙是一个系统，但是它属于河塘这样一个更大的系统，在河塘这个更大的系统里面，青蛙吃蚊子，水蛇吃青蛙。汽油机是一个系统，但是它必定要属于汽车这样一个更加复杂的系统，汽车则属于城市这个超级系统。汽缸加上轮子再加上汽油会产生"系统质"，活动的许多汽车也照样可以产生"系统质"。战时机场停电，把一个城市仅有的几百辆汽车集中起来，分成两排，就组合成了新的机场降落照明体系。这个临时的降落照明体系不是汽车生产厂家设定的，一辆汽车也没有这样的功能，但当几百辆汽车组合起来的时候，临时性的降落照明体系就形成了。林兴宅显然注意到了这一点。在其论文中，林兴宅竭力把阿 Q 性格系统纳入更大的社会系统中去研究。在林兴宅看来，阿 Q 性格乃是半封建、半殖民地的中国社会的产物,"精神胜利法"其实就是当时中国社会这个巨大的系统所产生出来的"系统质"。离开了当时的社会背景,"精神胜利法"就失去了其典型意义。

在此期间,肖君和《关于艺术系统的分析与思考》① 以及林兴宅《系统科学与文艺研究》② 等论文,都从系统的角度论述了文艺现象。苏联学者弗洛罗夫《科学与艺术》③ 等论文也在本时期被陆续介绍进来。其中,苏联学者卡冈的《艺术形态学》1986 年在我国出版了中译本,第一次就印了 1 万册。④ 卡冈是苏联的艺术学专家,他用系统论的方法来研究包括文学在内的艺术,认为艺术本身是一个复杂的系统,艺术系统需要归入社会文化和艺术文化大系统中去加以研究。为了搞清楚艺术系统,卡冈引入了"形态学"这样一个概念。他认为,文学艺术都需要搞清楚"种类",而种类是由不同文艺作品的形态决定的。诗歌之所以是抒情的,是因为音乐本身是抒情的。

二 控制论

控制论古已有之,并随着社会的发展而发展。在古希腊,柏拉图将"控制论"看作驾船术或驭人术;19 世纪,法国的物理学家安培,将管理国家的科学叫作"控制论"。1943 年,美国科学家维纳(Norbert Wiener,1894—1964)、工程师毕格罗、神经生理学家罗森勃吕特联合发表论文《行为、目的和目的论》,首次提出了有关控制论的基本思想,这篇文章可以看成控制论萌芽阶段的标志。⑤ 1948 年,维纳出版了《控制论》一书,宣告了现代控制论(cybernetics, control theory)的诞生。维纳综合了经典控制理论、电子技术、数理逻辑、信息论、生物学、神经学等多种学

---

① 肖君和:《关于艺术系统的分析与思考》,《当代文艺思潮》1984 年第 6 期。
② 林兴宅:《系统科学与文艺研究》,载中国社会科学院文学所编《文学思维空间的拓展》,工人出版社 1988 年版。
③ [苏联]弗洛罗夫:《科学与艺术》,刘伸译,《国外社会科学》1985 年第 4 期。
④ [苏联]莫·卡冈:《艺术形态学》,凌继尧、金亚娜译,生活·读书·新知三联书店 1986 年版。
⑤ 傅修延、夏汉宁:《文学批评方法论基础》,江西人民出版社 1986 年版,第 262 页。

科，将控制论定义为"关于动物和机器中控制和通讯的科学"。[①] 1978年，在瑞典的阿姆斯特丹召开了第四届国际控制论和系统会议，专题讨论了社会控制论。控制论的诞生，对工业技术和各个门类的具体科技都产生了巨大的影响。我国在 20 世纪 60 年代出现了对控制论的最早译介，全面介绍和深入研究出现在 80 年代中期。[②] 在 1985 年的文学研究的方法论热潮中，控制论紧随系统论成为"老三论"的组成部分之一。

现代控制论认为，任何一个有组织的、有序的系统，总是同时具有某种不稳定性。受到热力学第二定律的启发，维纳认为任何系统都存在着"熵"增加的趋向。所谓"熵"，指的是系统内的无组织、无序化的程度。控制论的根本任务，是想方设法对系统加以控制，克服系统的不稳定状态，防止无组织、无序化趋向的增大，从而使系统稳定地保持或达到某种需求的状态。这是控制论的初衷。为了实现这个目的，控制一般要完成三个步骤，一是通过感受、接收装置，获取系统外与系统内的各种信息；二是通过中枢控制装置，对获取信息予以分析比较、加工处理，作出判断决策，发出指令信息；三是通过执行机构，将中枢控制装置发出的指令信息予以执行。在这个过程中，产生了对系统内外对象的控制机制。上述三个过程，涉及对象亦人亦物，实际上是在一个整体中完成的，因此，控制论、系统论和信息论可谓三位一体，有着密切的联系，根本原因也就在这里。

根据上述控制论原理，衍生出控制论方法（cybernetics method）。控制论方法的特殊之处在于，它既不是纯粹抽象的数理逻辑方法，也不是某个门类科学的具体方法，而是针对各种控制问题概括出来的一般方法。例如，可以通过建立模型，制定最佳控制方案的方法；运用数理逻辑手段或应用电子技术，来分析对象规律及预测方法等。控制论方法已经超出工程控制范围，在生物学、心理学、经济学、社会学、管理学等多个学科都得到了广泛的应用。试图摆脱牛顿经典力学和机械决定论的束缚，用新的统

---

① 鲍昌主编：《文学艺术新术语词典》，百花文艺出版社 1987 年版，第 33—34 页。本章中关于"老三论"和"新三论"的基本原理介绍，都参考了这本词典的介绍。

② 杨国璋等主编：《当代新科学手册》，上海人民出版社 1985 年版，第 18 页。

计理论来研究系统运动的状态、行为方式和变化趋势。医生在监护仪上看见一个数字,就知道该为病人输什么药液了,这便属于用控制论研究人体系统的状态问题。同样,一位大学校长在3万人的校园里走一圈,就觉出有什么地方不对头,也是在感觉并力图控制学校这样一个系统的状态。总之,控制论是竭力维护系统的稳定,并揭示不同系统的共同的控制规律,力求使特定的系统按预定目标运行的一门科学。

与系统论一样,控制论也是一门很早就具有了跨学科性质的学问。1965年商务印书馆出版的《控制论哲学问题译文集》就是专门讨论控制论与哲学之间"联姻"的著作。A. F. G. 汉肯的《控制论与社会》一书的中译本1986年在我国出版[1],把控制论的理论和社会分析直接联系起来。汉肯论述了"刺激—响应"模型、规范模型以及广义模型和作为决策者的人之间的内在关联。显然,这样的论述为我们的新时期文艺理论研究提供了思想武器。人们很容易把文学艺术看作一种可以推断出社会发展趋势的可控制系统。

控制论在苏联文学批评中的运用较为广泛,我国在80年代中期对控制论的运用主要集中在美学问题的讨论中,而对具体的文本批评文章少于系统论的运用。在美学研究中推进控制论运用的学者,首屈一指者是黄海澄。黄海澄先后发表了《从马克思主义和现代控制论观点看审美现象》[2]《控制论的美感论》[3]《从控制论观点看美的客观性》[4]《从控制论观点看美的功利性》[5]《控制论与美学研究》[6] 等一系列文章。这些论文的基本特点,是从控制论的原则出发,结合美学研究的各种范畴,试图为控制论在美学研究中的合理运用探索一条合适的道路。从题目上我们就可以看到,控制论与"审美现象""美感""美的客观性""美的功利性"等,这些问题在"美学热"中,都是学者们所关注的话题。在《从马克思主

---

[1] [荷] A. F. G. 汉肯:《控制论与社会》,黎鸣译,商务印书馆1984年版。
[2] 黄海澄:《从马克思主义和现代控制论观点看审美现象》,《世界艺术与美学》第3辑。
[3] 黄海澄:《控制论的美感论》,《文艺理论研究》1985年第4期。
[4] 黄海澄:《从控制论观点看美的客观性》,《当代文艺思潮》1984年第1期。
[5] 黄海澄:《从控制论观点看美的功利性》,《当代文艺思潮》1984年第3期。
[6] 黄海澄:《控制论与美学研究》,《青海社会科学》1986年第2期。

义和现代控制论观点看审美现象》这篇文章中，黄海澄把控制论的一些基本原则运用于审美现象的研究中，着重论述了审美现象产生的必然性和它的发展及其历史作用。文章把审美定位为人类这个系统为了维持稳定的状态而必然产生的一种调节机制，审美机制的活动导致了审美现象的产生。从根源上来说，审美是人类系统活动本身的需求，因而带有必然性。《控制论的美感论》是美学研究走出认识论的一个重要符号，文章开篇的一句"美感是审美主体对于美的事物的情绪的或情感的反应"，将原来的意识形态"反映论"定义为心理学意义上的"反应论"，为美感的研究披上了一层心理学色彩。文章遵循了控制论中人与动物类比的原则，将人类的动物祖先和人类都看作自组织、自控制、自调节的系统，它的目的是向更高的社会形态、向更高的物质文明和精神文明迈进。作者认为："只有把情绪和情感现象当作这些自控制系统的调节功能来看，才能认清它的本质和作用。"文章还分析了艺术的功利性是对系统的，而非对系统内的个体的功利性。《从控制论观点看美的功利性》这篇文章的基本前提与前述几篇文章是一致的，都是将人类社会看成一个大系统，里面包含了各个级别的子系统。系统的运动、变化和发展需要调节，而美的功利性就在于使系统处于最佳的状态，向它的高级目标进发。黄海澄以控制论为根基，对美学研究中的概念与范畴进行考察，努力在美学研究中建构起一座控制论的大厦，"这种努力总还是值得赞许的"。[1] 除却时代对各种新方法热捧的因素，这些论文的美学意义还在于，推动了美学研究走出认识论，并将美学研究的方法拓展到心理学领域，尝试用心理学的基础来沟通人类与动物的运行机制，显现出将美学研究回归到生活的萌芽。这对于走出"文化大革命"思维是大有裨益的。

在黑箱理论的运用中，作家祖慰在《试撬神秘的美的"黑箱"》（之一、之二）[2] 等文中，尝试用黑箱方法来探索"美"。文章以爱因斯坦的"思想实验"为基点，将美学、心理学、生理学进行综合，得出了颇具自然实证科学的结论：首先，审美结果不仅由客观事物所决定，而且与审美

---

[1] 傅修延、夏汉宁：《文学批评方法论基础》，江西人民出版社1986年版，第275页。
[2] 祖慰：《试撬神秘的美的"黑箱"》，《现代作家》1985年第1、2期。

干扰相关。同步干扰有害审美。前干扰会增强美感，后干扰则会影响回味，即反馈。其次，审美需要的强度、审美心情不仅与干扰有关，还与需要存在正比例的关系。再次，空间距离和向量会影响到视觉审美效果。最后，审美与光照相关。祖慰得出的结论，与当代的认知美学的研究非常类似。认知美学是近年来逐渐发展壮大的美学新分支。它结合了实验心理学和思维科学的内容，以科学研究的方法探索人类的审美认知经验，为单纯的理论思辨美学提供了新的研究思路。王兴华的《写作控制论初探》[①]挖掘了写作过程中的控制论。文章提出，要掌握好写作的矛盾运动过程，可以在定向、定度、定势与定序方面实施相应的控制，从而实现写作过程的优化。文章不仅探讨了来自西方的控制论，更为可贵的是，作者在论述过程中结合了中国古代文论中有关写作的理论，试图在中西理论的对话中发现写作的奥秘，这种努力是令人敬佩的。

程文超的论文《从反馈角度看陈奂生系列小说的创作》是对控制论中的"反馈"机制的运用。控制论十分关心系统的功能、系统内人们行为方式方面的变化。而系统的功能以及稳定，对于其外在的影响因素来说，就表现为"反馈"。文学是社会生活最及时、最深入的一种形象的反馈。作家作为创作的主体，一定要关注读者的反馈。早在"文化大革命"前的1965年商务印书馆出版的《控制论哲学问题译文集》里面，就收入了维纳等人的文章，其中已经论及反馈的两种基本类型：正反馈与负反馈。在20世纪80年代出版的著作，如鲍昌主编的《文学艺术新术语词典》[②]已经详尽地论述了控制论的反馈问题。以何士光的短篇小说《乡场上》来说，《乡场上》所表现的老实巴交的农民，就因为改革开放了，面对把持着乡村市场与交换的"罗二娘"伸直了自己的腰杆子。小说对于中国社会这个超级系统是一种反馈，但是它是追求"正反馈"还是"负反馈"？显然是追求负反馈。因为控制论里面的正反馈是说系统的输入加剧了系统偏离目标的运动，使得系统不再进行稳态运作。或者说，正反馈就是使系统不稳定、不正常、不能够维持的反馈。它是输入逐步改变了系

---

① 王兴华：《写作控制论初探》，《延边大学学报》1984年第3期。
② 鲍昌主编：《文学艺术新术语词典》，百花文艺出版社1987年版。

统的性质，当量变到达质变时，系统就崩溃了。正如维纳等人所说："一切有目的的行为，都可以看作需要负反馈的行为。"① 在 20 世纪 80 年代的方法论热衷，黄海澄等已经从控制论的角度论述了文学艺术对于社会生活的积极意义。② 就控制论的反馈来说，何士光的《乡场上》显示的是我国的经济即将面临崩溃之后，改革开放为最基层的民众带来物质与精神两方面的生活变化。它是使系统的输入尽可能少地干扰稳定性的一种反馈。从这个角度来看，"负反馈调节"就是文学艺术的一种职能，尤其是现实主义文学艺术的职能。其时的学者们已经意识到，控制论的负反馈、正反馈在文学艺术中的表现也不可一概而论。在推翻封建主义"三座大山"的过程中出现的文艺作品，所追求的就是"正反馈"。

控制论还要研究系统的变动趋势。对于维纳等人来说，由于当时美国已经进入了汽车社会（纽约市区 20 世纪 50 年代是禁止自行车上街的），大家都要使用汽车等机器就成了控制系统变动趋势的最急迫的任务。新学开车的人练习"揉库"，"打轮看发展"是教练一定要教的，关键在于如何才可以看出"发展"来。这里的"发展"就是行进中的汽车即将出现的运动的趋势。每小时 120 公里疾驰的汽车超车，驾驶员必须准确把握前车的活动趋势，控制不好就会出大事。林兴宅在其《论文学艺术的魅力》③ 一文中，就反复强调要对文学艺术进行"魅力的动态考察"。文学艺术的文本不一定是动态的，它们的"魅力"却一定是动态的，文学艺术所反映的社会生活也一定是动态的。我们的文学研究如果不用动态的眼光看问题，自然也就难免片面和武断。

三 信息论

信息论是由美国数学家香农创立的，他在 1948 年发表的《通讯的数学理论》奠定了信息论的基础。反观信息论的发展，我们可以看到梵·布希在 1946 年发表于《大西洋》杂志上的《像我们一样可以思考》一

---

① 维纳等：《控制论哲学问题译文集》第 1 辑，商务印书馆 1965 年版，第 4 页。
② 参见黄海澄《从控制论观点看美的客观性》，《当代文艺思潮》1984 年第 1 期。
③ 林兴宅：《论文学艺术的魅力》，《中国社会科学》1984 年第 4 期。

文，对于信息的处理、传播和存储就已经有了极为深刻的论述。可以说，信息论是现今广泛使用的电脑与网络的理论基础之一。

信息论试图用概率论和数理统计等方法，从量的方面来研究信息如何获取、加工、处理、传输和控制。在信息论看来，任何事物都具有信息。而所谓信息，就是指我们可以接受的外在事物中所包含的新内容与新知识。与系统论和控制论一样，信息论从诞生之日起，就具有一种和人文、社会领域靠近的趋势。鲍昌所主编的《文学艺术新术语词典》就已经指出，就文艺来看，任何文学艺术都是信息的运作。信息论研究的目的之一是用来减少和消除人们对于陌生事物认知的不确定性。自然科学永远要在人们不熟悉的领域里面探索，即使科学家面对的是极为普通的沙子堆，他大约要研究的却是沙子堆自然状态的维持条件以及需要多大的外力才会使得这一堆沙子变形为散沙，或者飘扬起来成为沙尘暴。信息是一切事物保持其特定结构并实现其功能的基础。从信息论的角度来看，沙子堆维持现状的条件，需要外化为我们可以接受的数字，而这些数字就是信息。

信息论可分为"狭义信息论"与"广义信息论"。狭义信息论主要研究在通信系统中普遍存在着的信息传递规律、如何提高各信息传输系统的有效性和可靠性的一门通信理论。是现今的 IT 行业从业者的必修课程。例如"信道"与"噪声"等概念，就是属于该学科的基本范畴。①

在俗称"老三论"的研究中，运用信息论来研究文学的专著相较于论文数量则少得多，并且也鲜有可圈可点的成果。陈辽于 1986 年在人民文学出版社出版的《文艺信息学》是比较引人注目的一部书。该书首先认定我们即将进入一个信息化的社会，文学就是这个社会中的一种特殊的信息。陈辽在其著作中特别强调要建立文学批评信息库。古老的汉字输入在当时不仅是理论问题，而且是大多数文学研究者的实践问题。输入成为"比特"存在的文学批评文本，以及文学艺术本身的文本，可以构成一个巨大的存储库房，它对于我们进行文艺批评、文艺管

---

① 李欣复的《形象思维与信息论》是比较早运用信息论研究文学艺术的论文，发表于《当代文艺思潮》1983 年第 5 期。

理可以提供强有力的支持。尽管该书作者并没有十分清楚地说明白该"信息库"的存储使用什么介质，如何运作，但在1986年就明确提出这一点还是十分难能可贵的。

从广义信息论的角度来看，一切事物都是通过获取、传递、加工与处理信息而实现其有目的的运动的。从这个角度来看，证券市场是信息市场，文字传递就与信息论所阐述的规律更加接近了。应该承认，在某种程度上说，信息论能够帮助人类固化认识，有助于传输知识，在现代社会日益注重交往的情况下，信息论也有其重要的作用。正如上文所说，信息论研究的目的之一是用来减少和消除人们对于陌生事物认知的不确定性。社会不断变化，我们随时都需要大家对于自己生活其中的社会的解读以及反馈。就此而言，文学艺术是20世纪80年代最普及的社会信息。

20世纪80年代，民众已经在市场上见到了电脑，但是还无法普及。在全国性的"文学信息交流会"大会上，代表们谈论最多的话题是作家要不要"换笔"，即是否用电脑来写作，其相应的理论命题是"打字"问题。除此，也有部分学者从文学创作的角度，展开了文艺信息学的研究。有的学者直接把作家的大脑看成计算机中的"软件"。[1] 在这些学者看来，文艺创作要反映的生活，乃是信息论中的"信源"。任何文艺创作都要分析外界的信息因素，这就比如电脑处理信息。但是，作为文艺创作主体的作家和艺术家，又不仅仅是像软件那样机械地处理输入的信息并将它们的运算结果显示出来。作家的大脑只是接受和处理这些信息的一个中枢。文学的创作过程是一个极为复杂的过程。其中，作家从现实生活中选取哪些信息，也就是说哪些信息可以进入通往大脑这个处理中心的"信道"，则取决于信源里面的信息是否是作家"对象性的客体"。只有那些进入了作家的情感记忆和儿童经验，并且被作家有意识或者无意识地保存下来了的信息，此时才可以被调动起来，进入"软件"之中。生活这个信源提供

---

[1] 参见陶同《从信息流程看艺术创作本质的层次》，《求实学刊》1984年第5期。其后，陶同还出版了《大智慧》一书，集中讨论创作与思维等问题。另外，颜纯钧在《当代文艺探索》1986年第6期上发表了《文学的信息论问题》。

的信息是无穷无尽的,关键是作家在创作过程中一大批信息都被过滤掉了。它们不能够进入软件,所以也就没有办法被转换为文学。一个作家可以写出生动的马车夫的故事,仅仅因为他见过几次自己做马车夫的父亲的辛苦与骄傲,但是一个赶了30年马车的车夫尽管会写些文字,也未必就能够成为一个作家。无数次的机械的、重复的劳作可能已经使得他对于此类生活的感觉过于迟钝了。

还有学者从信息传输过程中的"噪声"这一角度研究了中国神话。在他们看来,生活是信源,神话是信道,神话时代的接受者是信宿。[①] 就我国的情况看,上古神话不仅仅是信息那么简单,它是口头的和歌舞的表演与传说,因此神话被看作一直处于传输状态的信息。或者,干脆就是信道。而在信息的最终接受者即信宿那里,我国的上古神话遭遇了势力强大的历史、哲学、宗教的"噪声"。因此,我国的上古神话在其传输过程中由失真而变形,最终弱化而变得支离破碎。

从"老三论"引入我国文学的情况来看,20世纪80年代的研究者做了比较扎实的探索,有许多科研成果对于今天我国的文学研究还有借鉴意义。但其后的"新三论"在我国就没有那么多的知音,虽然在1985年前后有一些翻译和介绍,但具体的科研工作并没有实实在在地展开。具体表现就是,我们今天可以找到一些关于"新三论"的介绍性文字,但有代表性的运用"新三论"来研究文学的论著却几乎无法找到。其他自然科学方法论的借用的成效也同样并不理想。尤其是数学方法的引用。尽管有林兴宅的《文明的极地——诗与数学的统一》[②] 以及吴竹筠、夏中义的《"测不准原理"与现代派文学的鉴赏》[③] 等论文,总体上来看成果尚显单薄。

[①] 殷骥:《神话系统论——兼论中国上古神话不发达的原因》,《江西社会科学》1985年第4期。

[②] 林兴宅:《文明的极地——诗与数学的统一》,《文学评论》1985年第4期。

[③] 吴竹筠、夏中义:《"测不准原理"与现代派文学的鉴赏》,《名作欣赏》1983年第2期。

第二节 "新三论"及其他科学方法论在文学研究领域中的历险

就1980年前后中国的实际情况看,苏联的理论显然不解渴。文学研究还需要更新,尤其需要原来被排斥得十分厉害的西方——欧美的新方法、新理论。外国的、最新的、科技的方法论是此次引进大潮中最引人注目的东西。就纯粹的科学方法论而言,在20世纪80年代文学研究中的这场方法论热潮中,不仅有"老三论",还有"新三论"。新三论包括耗散结构论、协同论和突变论。除了这些理论之外,自然科学领域的形态学以及介于自然科学和社会科学之间的价值论、心理学、地理学等,纷纷被译介和借用过来。

下面,就从"新三论"与其他科学方法论两方面在当时的文学研究中的情况来做一简单追溯。

一 "新三论"与中国的文学研究

耗散结构论是比利时学者普利高津在1969年提出来的。普利高津是一位物理学家,他发现了一个很有意思的现象,当远离平衡态的事物由于许多复杂因素的影响而出现非对称的涨落现象,当该事物的变化达到某个临界点时,只要它不断与外界进行物质和能量交换,该事物将可能发生突变,由原来的无序混沌状态自发地转变,变为一种在时空或功能上的有序结构。事物的这种在非平衡状态下转化为新的稳定有序结构就是一种耗散结构。耗散结构理论与熵定律正好相反。前文曾提到,"熵"指的是一种无序状态,按照熵定律,宇宙将逐步失去秩序,变为一片混沌,这就是"热寂"。而耗散结构理论指出,系统变化要经历从不稳定到稳定的状态,如几千人同时鼓掌,开始可能杂乱无章,但后来可以趋向稳定同步,这就是"负熵"现象。

"熵"定律首先可以应用到文学艺术发展历史的研究中。耗散结构理论告诉我们,一个结构发展的历史是动态的,既有熵流体现,即某种文艺思潮的消失和流派的解散，也有负熵现象，如文艺信息量的总体增加、文艺手段的高级化。在耗散结构理论的框架下，艺术创新是艺术系统保持活力的必要因素。人类的艺术是一个开放的系统，它也处在不断的运动变化之中，需要不断地吐故纳新，进而形成一种以创新为机制的复杂耗散结构。艺术发展史同时也是艺术的创新史与信息和能量的交换史。罗艺峰的文章《论音乐中的增熵现象》①，运用熵定律考察西方音乐发展史，认为音乐发展史是一个逐步组织化、有序化的过程。在20世纪前后，原来的音乐体系逐渐开始瓦解，增熵现象出现，但作者并不悲观，认为耗散结构可以自我调节，新的组织化系统也在这个过程中逐步形成。其次，在耗散结构理论视野下观照艺术家的创作，我们可以发现，艺术家的心理过程也要经历一个将所有原始信息整合成为艺术信息的过程，这个过程也可以看成一个负熵效应的体现。一旦形成了艺术家独特的创作特性，也就形成了艺术家个人化的风格。再次，从一件艺术作品的视角而言，人物形象的展开过程，也存在类似耗散结构的过程。刘再复的《论人物性格的二重组合原理》②一文，运用了熵定律的原理，论述了人物性格的多重组合关系。作者之所以重视性格，是因为性格的二重性和美感的二重性与马克思所讲的"莎士比亚化"是一致的。作者不仅分析了性格由于空间的差异性和时间的变迁性而产生的流动性，而且看到了性格的相对定向性、稳定性、一贯性和整体性，并结合中国古典美学的相应观点进行论证，也对高尔泰的论文《美是自由的象征》做出了评价。

耗散结构原理中的熵定律，其实提出了一个艺术的创新问题，同时也是一个艺术终结的问题。为什么这样说呢？因为一个系统作为一种耗散结构，必然要存在一个平衡到不平衡再到新的平衡的过程。在这个过程中，旧有的平衡被打破，新的平衡建立，实质是一个艺术的创新过程。而新的艺术诞生，也意味着旧的艺术消亡与终结。在《耗散结构和艺术创新》一文中，作者丁宁实质上提出了这个问题，看到了"艺术的创新问题与

---

① 罗艺峰：《论音乐中的增熵现象》（上、下），《音乐艺术》1983年第3期、1984年第1期。
② 刘再复：《论人物性格的二重组合原理》，《文学评论》1984年第3期。

耗散结构的辩证的发展观有着惊人的相通之处"。作者提到，"艺术的发展史就是艺术的创新史，它表明了艺术没有创新的品格就必然没有多少生命力……艺术创新的进程就如开放性的耗散结构，不断地吸引新质，又不断地耗散旧质。同时，正由于是一种耗散结构，艺术的发展又维持了一种特殊的有序稳定结构，使艺术鲜明地体现出阶段性以及时代特点，并且成为自身进一步发展、创新的前提条件之一"。① 耗散结构的负熵定律，把艺术放置在社会这个复杂的大系统之中，看到了艺术与其他社会相关因素之间的复杂关系，并且在这个关系中去考察艺术的风格、时代特点、流派特点等问题，既看到了艺术的创新，也看到了艺术的终结。这对突破艺术的陈旧与程式化，有重要的推动作用。可以说"推陈出新"，是耗散结构原理运用到艺术研究中非常重要的成果。

协同论（synergetics）一词来源于希腊文，意指相互协同作用的科学，现代协同论是德国物理学家赫尔曼·哈肯在20世纪70年代创立的。他认为，自然界是由许许多多小系组织起来的大系统的统一体。例如，人体包括心血管系统、神经系统、呼吸系统、消化系统、生殖系统以及循环系统等。在循环系统中又包括了血液循环系统、淋巴循环系统等。大系统中的诸多小系统既相互作用，又相互制约。哈肯运用动力学和统计学等方法，把它们结合起来考察，从而探究系统从无序到有序的演变。哈肯认为，这样的一个复杂系统，会有许多个自由度，假如存在着一个或者几个不稳定的自由度，它们就会牵制着稳定的自由度，使整个系统内部发生变化，一直达到某个稳定的点。这个点就是系统的稳定状态，而其他的点都不稳定。这个稳定状态也可能不是一个点，而是一个振荡圈，它是这个复杂系统的目标。哈肯提出的这个协同学理论，阐明了复杂系统如何从无序走向了有序，以及为什么具有目的性的问题。协同论认为，任何大的系统都是一种平衡结构，而且要随时准备由旧的结构转变为新的结构。自从文艺复兴以来，人与神的协同、人的灵与肉的协同，人与人的协同早就成了西方各国的普遍课题。正因如此，协同论在20世纪80年代被引入我国的文学艺术研究中也是自然而然的事情。

---

① 丁宁：《耗散结构和艺术创新》，《当代文艺思潮》1984年第6期。

哈肯的协同学理论,以现代信息论、控制论和突变论为基础,已经被运用到许多学科之中。在我国80年代的文艺研究中,直接运用协同论进行研究的文章并不多见,现在被收录进入《文学研究新方法论》① 的文章仅见一篇——《论审美趣味自组织的协同性》。② 文章首先界定了自组织的概念。组织指的是在一组事物或变量从无联系的状态进化到某些特定状态的过程,而自组织则是指诸事物或一组变量之间自动发生的不需要诸事物或该组变量以外的力量加以干预的组织过程。作者丁宁认为,审美趣味是一个完整的系统,其自组织形成的过程,实际上也就是内部诸要素(子系统)之间的一种协同过程。文章的主旨是将审美系统看成一个特定的"场"。在这个场域之中,审美心理、定向性审美心理、认识观和价值观、深层社会意识等各种因素默契合作而产生综合的美感效应。在这些因素中,审美心理处于最表层,依次往下直到深层社会意识。其次,这篇文章分析了审美趣味这个自组织所具有的三个基本特征:一是审美趣味以情感为组织核心;二是它的亚稳定性,即审美趣味具有向各种不同组织形式发展的可能性;三是审美趣味的自组织过程具有不可逆的性质。再次,文章讨论了系统支配参量在自组织协同过程中的重要意义以及系统各要素的相关效应所呈现的"放大"(amplification)现象。什么是"放大"呢?也就是系统内部的各个要素好像是自发地协同组织起来,从而使系统本身产生一种"宏观有用的行为",出现一种整体性和新的质。作者并不认为某个因素会决定性地支配一个人的审美趣味取向,而是系统中各个要素相互协调的耦合度。

除了审美心理之外,我们可以发现,其他很多类似的现象也可以用协同论来解释,比如阅读经验期待视野、艺术的审美效果等。因此,协同论的运用在当时来说仅是初步尝试,如果大规模的运用特别需要注意简单机械地套用。直到今天,协同论也主要在社会学、教育学、管理学中运用比较多,在文学艺术研究中的运用也还不是很普遍。

突变论(mutation theory)是在20世纪70年代发展起来的数学分

---

① 江西省文联文艺理论研究室编:《文学研究新方法论》,江西人民出版社1985年版。
② 丁宁:《论审美趣味自组织的协同性》,《当代文艺思潮》1985年第2期。

支,"突变"一词来自法文,原意是灾难性突然变化之意,它的创始人是乔治·居维叶(Georges Cuvier,1769—1832)。与达尔文的进化论不同,居维叶认为,新物种是在不连续的、偶然的显著变异中出现的。现代科学家已发现了物种的染色体畸变、基因畸变、细胞质畸变,都是物种发展过程中的突变现象。突变理论脱胎于生物学,在20世纪70年代由法国数学家雷纳·托姆引入数学研究领域。在出版于1972年的专著《结构稳定性和形态发生学》中,托姆把他的研究建立在拓扑学、奇点理论和稳定性数学理论基础上,系统地阐述了突变理论,主要内容是考察了某一过程从一种稳定状态向另一种稳定状态的跃迁现象。作者认为,任何一个事物都是一个系统,系统结构的稳定性,是事物的普遍特性之一。事物本身、事物的运动、事物与事物之间的联系,一般都是稳定的。这种状态可以用一组参数描述,即当系统处于稳定状态时,标志着该系统状态的函数值就是唯一的;如果一个系统的函数值不止一个极值时,系统必然要处于不稳定的状态。这时,当不稳定的系统重新进入稳定状态时,就会发生突变。突变有三种形式,分别是飞跃式质变、渐进式质变以及结合前两种方式的飞跃论。雷纳·托姆将突变的飞跃形式总结为七种数学模型。只要改变控制的条件,就可以使突变飞跃改变成为渐变飞跃。突变理论的目的,不仅是描述各种质变现象,更重要的是研究对于质变各种形态的控制。在这个意义上说,突变论与系统论、控制论都有密切的关系。

就人文与社会科学而言,突变理论关注的是,例如我国的叙述性文学作品为什么在唐朝后期集中出现的问题。突变理论目前最流行的基础研究包括基因突变、群体事件和战争论等。突变理论突破了牛顿单质点的简单性思维,揭示出客观存在的复杂性。突变理论着眼于三大方面的辩证关系研究:渐变与突变、确定性与随机性、质与量互变。突变理论适合于研究国家、地区、企业、家族产生的翻天覆地的变化,并进行内在的深刻原因揭示。从进化论的角度说,除了缓慢的进化,语言的出现以及直立行走、大脑的突然增大等都可以引发进化过程中的突变。我国从半殖民地半封建社会到社会主义社会的转变也是一种突变。从这个意义上说,周立波的《暴风骤雨》、贺敬之等的《白毛女》以及孙犁的《荷花淀》、茹志鹃的《百合花》等作品所揭示的战争趋势,是可以运用突变理论来进行研究的。

二 其他自然科学方法论的借用

1985年被学术界称为"方法论年"。这是改革开放带来的新气象。十一届三中全会以后，我国文学界出现的新的创作形态催生着新的文学理论，客观上也在促成着文学研究中科学方法论的形成。其时，相当一部分学者相信，科学方法论能够解决文学研究中的理论不足问题。

我国的文学界对于这种情况进行了即时的回应。1985年就已经举行了全国性的学术研讨会。[①] 除了"熵定律""耗散结构"以外，"测不准原理""波粒二象性"，甚至数学方法也被借用来进行文学研究。但是，总体来看并没有多少可以经得起时间考验的科研成果。

数学方法借用到文学研究，其实在世界上并不是没有先例。就我国的情况来看，统计学用于风格统计、作家使用词汇的统计，也并不是20世纪80年代的专利。但在1985年前后，数学方法被部分学者正面在专著中列为文学研究的方法之一，这在我国则是空前绝后的。1986年，由江西人民出版社出版的傅修延、夏汉宁编著的《文学批评方法论基础》一书就明确主张，文学的研究一定要吸纳数学方法。傅修延、夏汉宁认为，数学方法不仅是统计学的方法，还包括模糊数学、悖论研究以及概率论、组合论和博弈论。[②] 总之，几乎所有的数学分支都可以成为文学研究的具体方法。

需要说明的是，1985年前后的科学方法论热与科学在我国再度受到重视是分不开的。在郭沫若所说"科学的春天"到来之后，其他一些领域的专家学者，尤其是哲学界的学人也参与其中进行科学方法论的探究，在当时也很受学术界和社会的欢迎。在这些特定的领域内，专业的学者们展开的对于"测不准原理""波粒二象性"以及博弈论、组合论、概率论的研讨，是正常的学术研究。这就好像邮电学院不研究"信道""信噪比"反而不正常一样。当时，一批科学家也参与了方法论的研讨，这对

[①] 参见钱竞《欲穷千里目，更上一层楼——记扬州文艺学与方法论问题学术讨论会》，《文学评论》1985年第4期。

[②] 傅修延、夏汉宁：《文学批评方法论基础》，江西人民出版社1986年版，第312页。

于我们国家在"文化大革命"破坏基础上重新建立的科学技术研究具有不可或缺的意义。但是，与系统论等"老三论"的情况不同，在"数学方法"的旗帜之下，并没有多少可以让今天的我们去进行重读的具体科研论文和著作。傅修延、夏汉宁编著的《文学批评方法论基础》一书所说的"数学正在向文学进攻，文学本身也正在向数学靠拢"的情况过了二十多年也并没有出现。书中所引用模糊数学来计算刘姥姥进大观园的文章，似乎更接近数学论文而不是文学研究。最为明显的事实是，应和者寥寥。

1985 年前后的科学方法论大盛，当时就被形象地概括为"方法论热"。这个"热"字的概括是极为准确的。"三论"中的"老三论"尚有不少人关注，到了"新三论"登台的时候，就没有多少学者对它们感兴趣了。到了 1990 年以后，使用科学方法来进行文学研究的论文就几乎很难找到了。

在 20 世纪 80 年代文学研究中的这场科学方法论热潮中，还有一个奇怪的现象，就是把"归纳法""演绎法""分析法"与"综合法"也算作新的科学方法论，并统称之为"逻辑方法"。亚里士多德在 2000 多年前就已经创造的形式逻辑被披上了新的外衣。在这些专门的领域，学者们对于"归纳""演绎""分析"与"综合"等方法论的探讨，是在科学认识论范畴内的反思，带有很明显的颠覆与重构的意味。但这种做法显然忽略了形式逻辑是中学生的语文基础知识这样一个基本事实，硬是把普通逻辑拔高为新的方法论。1979 年以后的十多年里，我国的"人教版"高中语文教材里一直有"形式逻辑"部分。而且，假如把"逻辑"也算作方法论，古希腊亚里士多德所创造的形式逻辑是方法论，我国的公孙龙之名辩——类辩证逻辑就不是方法论了？胡适所研究的"名学"就是这类逻辑。我国的名辩不仅是逻辑，而且拥有很完整、极具东方特色的逻辑体系。佛教独创的因明学也是世界上三大逻辑之一，难道也不是方法论？因明学是世界上最复杂的逻辑之一，在我国的西藏地区保存相当完整，至今还在佛寺里面讲授和研究。但在"方法论热"中，同属世界三大逻辑体系中的两个被生硬地砍掉了。"方法论热"之中的绝大多数论著都没有搞明白一个基本事实，"熵定律""耗散结构""测不准原理""波粒二象性",这些前沿性的科技研究领域里有一个普遍的倾向,那就是它们在某种程度上冲击了亚里士多德的形式逻辑。"测不准原理""波粒二象性"恰恰是"三段论"无法归纳和演绎才出现的新概念。波尔等人十分倾心中国哲人的论述就是明证。

对于最近十几年来更复杂一些的"光子纠缠"之类现象,我们可以强烈地感觉到原有西方形式逻辑方法的不足。但是,对该现象的研究是有实际用途的,未来的因特网需要在星际传输,即使是光速,在1光年的距离内也需要跑1年,一封自动回复的电子邮件就要两年时间才能收到。假如可以把光子纠缠现象开发出来,就没有这样的问题了。可见,光子纠缠及"测不准原理""波粒二象性"等,都不是2000多年前的亚里士多德的形式逻辑可以概括的。这些现象甚至也不是可以用形式逻辑的分析和综合就说得清楚的。

第三节 科学方法论的反思

20世纪80年代的中国文艺美学界兴起科学主义方法的探索,是一个综合的结果。从大的学术语境而言,20世纪世界科技革命的深入,让科学成为世人膜拜礼遇的对象;转型时期的中国国情更让"科学"以雄健的姿态进入国家意识形态的话语之中;国外的文学翻译、国内的作品创作也为科学主义方法论的流行奠定了基础;在文艺美学领域兴起科学主义潮流的思潮,既有前期理论热点话题的铺垫,也是当时中国文艺理论界的自觉选择。今天,我国文学批评面临一个重要的重构期。如果说中华人民共和国成立初期是一边倒的"苏联模式",那么,80年代几乎是一个一边倒的"西方模式",而今天则是一个综合马克思主义文艺理论、中国古典文艺理论、西方文艺理论等重要理论资源的重构时期,在这样一个时期之中,我们更加需要一种"科学"的精神!

首先,应该端正对待科学的态度。20世纪80年代中期,科学主义将自然科学领域的方法作为一种"主义"而膜拜,凡是新的文学艺术研究方法一定要与自然科学的最新发展相联系,这不能不说是一种从科学走向

"迷信"的状态。不可否认,科学主义批评最初运用基本限定于文学研究的范围之内,之后逐步扩展到艺术领域,开始对艺术观察、审美感受等美学研究的概念与现象进行考察,进而逐渐上升为哲学的思考,如系统论与马克思主义美学的基本原则、辩证法的关系,而不仅仅是一些空洞名词的搬运,在一定程度上促进了当代中国美学的发展。就研究方法而言,科学主义潮流所提倡的原则及其所带来的影响是不容忽视的,毫无疑问为当代文学与美学的研究提供了一种新鲜的方法,很多问题在新方法的观照之下,的确呈现新的探索结论,令人信服。但是,不应该将这种新的方法推崇为一种"主义",言必称"科学",实在是没有必要,而且很多文章在今天看来的确有生搬硬套之嫌。我们提倡科学的研究方法,但不应该成为一种膜拜的主义而走向另一个极端。

其次,对科学主义留给我们的遗产应该认真梳理,将真正有价值的研究方法从方法走向方法论的提升。如果说端正我们的态度是研究前提的话,那么,走向方法论的提升则是真正落到实处的科学剖析实践。各种方法其实是一个"点"的尝试,而上升的方法论则可以为以后的文学批评实践提供原则性的指导。无论是"老三论",还是"新三论",都是我们当代中国文学与美学研究的自主探索过程,有很多问题至今仍有重要意义。例如,系统论首倡整体性原则,能够使研究者打破学科领域的局限性,使文学研究与艺术研究进入更为广阔的学科环境之中;与整体性原则相联系的是相关性原则,这就要求人们不仅在整体的框架内看待文学与艺术,而且给人以综合的视野考察某个文学现象于外于内的相互关系,这不能不说是历史的进步。20世纪80年代中期,我国兴起对中国古典美学发展历史的研究,或多或少也受到了系统论这种动态性原则的影响。随着系统论的深入研讨,学者们逐步开始从哲学层面对系统论进行剖析。这一类论文也不在少数。例如,陈志良的文章《关于系统论的哲学思考》、周荫祖几乎同题的文章《关于系统论及其哲学思考》等[1],这种思考甚至一度持续到90年代,甚至在八九十年代的文化热也受到了科学

---

[1] 陈志良:《关于系统论的哲学思考》,《国内哲学动态》1986年第1期;周荫祖:《关于系统论及其哲学思考》,《社会科学》1985年第1期。

主义的影响。① 由于系统论除了强调系统与外部世界之间的联系之外，也强调系统的相对封闭性，只有相对封闭，系统才能有边界和范围，也才能是一个确定的系统。与系统论相对立的是机械论，几乎抹杀了文学艺术的独特性，只将文艺看成一种反映，是意识形态。如果将文学艺术看成一个系统的话，那么，这个系统应该有属于自己的特质，这对探索艺术的特质而言，是大有裨益的。

再次，辩证地看科学与艺术的关系，在走出二元对立的同时，坚守文学的家园意识。20世纪80年代中期的这一次方法论探索，从另外一个层面看，是一次艺术的"突围"，借助自然科学的方法来突破反映认识论对艺术的限制，在整个探索过程中蕴含着对艺术独特性的探讨、对审美与情感的研究等诸多美学问题。事物的发展过程往往就是这样，从别的学科借鉴最新的方法，最终还要回到自己的领地当中，这种突围的过程，既能丰富原来领域的研究方法，也能够拓宽原来的研究视野，但并不意味着走出自己的领地而再不回来。② 就文学研究而言，科学主义批评潮流对当时文艺批评走出"本质主义""典型论"等陈旧的思维模式具有突破性的意义，在此前提下，科学主义批评潮流从一开始，具备一种叛逆的美学情怀，为文艺研究走出机械僵化的思维模式提供了突破的途径；但同时，过分迷恋在科学方法掩盖之下的西方话语系统，也使中国当代文学批评与文艺理论建设为世纪之交的"失语症"埋下了最初的隐患。艺术与科学的关系是一个古老的话题，今天的自然科技的进步可以为美学研究提供更多新的要素，我们需要辩证地看待两者的关系，在自然科学的创新中发展美学，在美学的发展中坚守人文价值，应该是当代文学批评的应有之义。

---

① 王永、靳大成：《走进艺术人类学兼谈20世纪80年代的学术思潮——靳大成研究员访谈》，《贵州大学学报》（艺术版）2017年第1期。

② 参见高建平《论学院批评的价值和存在问题》，《中国文学批评》2015年第1期。

第十三章

文学人类学及其在中国的发展

叶舒宪　谭　佳

第一节　民族文学、比较文学、文学人类学

比较文学是文学学科中唯一以"比较"命名者。与之相应的文化人类学，则享有"比较文化"的别称。将这两个以"比较"冠名的学科之间的界限打通，其交叉融合部分即可名为"文学人类学"；两个原有的学科互动后再生的新兴研究领域也称为"文学人类学"。

比较文学自其诞生之日起，就一直在讨论其学科定位的问题：它是一门独立学科呢，还是一种研究范式或者研究方法？本专业内的学者都对"比较不是理由"[①] 这样的标题耳熟能详。不同学者出于不同的身份认同和学科认同需要，对此持对立的看法。从知识系统的来源看，比较文学的前身就是民族文学或国别文学研究。它是在知识全球化进程中催生出的跨越语言、民族、国别界限的文学研究。

20世纪末，中国学界在高等教育的学科设置中将比较文学与外国文学联通起来，作为新兴的合法化二级学科——"比较文学与世界文学"。比较是否是理由的争议暂时偃旗息鼓。但是比较文学何去何从的疑问依然

---

① ［美］艾金伯勒：《比较不是理由》，载于永昌等编《比较文学研究译文集》，上海译文出版社1985年版，第102—103页。

在继续。如果从合并的逻辑上推测，比较文学加上世界文学，不就是人类的文学或"文学人类学"吗？笔者倾向于将比较文学看成从各个民族国家从隔绝封闭时代走向开放交流时代的文学研究之大趋势；同时将这一趋势的前瞻景象描述为一种文学人类学。换言之，比较文学是从各自孤立的民族文学小世界通向整合性的文学人类学大世界的必经之路和过渡桥梁。[①]

在此前瞻意识下，文学人类学在比较文学的领域中催生、成长的现实也就容易理解。用更明确的语言来表述，文学人类学乃是早期比较文学界提出的"总体文学"目标在新的科际整合语境中的延伸或置换。换言之，比较文学在20世纪后期所形成的最主要的跨学科研究潮流，是孕育出文学心理学、文学社会学和文学人类学等边缘学科的现实土壤。从另一意义上说，文学人类学和比较文学的关系，就像文化研究和比较文学的关系一样，需要用发展变化的动态眼光来审视和前瞻。最初正是比较文学界以其跨学科的开阔胸怀来容纳文化研究的。后来文化研究呈现独立发展和迅速拓展的态势，其所研究的范围之广和对象之多，远不是比较文学所能够容纳和限制的。除了少数坚守学科本位主义立场的人以外，大家也无须为此而动干戈。新旧学科的分化重组和再生，自有其知识社会学的逻辑，不以人的意志为转移。

就中国的学坛情况看，近现代的西学东渐，给国人送来了外国文学和比较文学。延续数千年的中国文学传统发生了新变化。胡适在1923年撰写的《〈国学季刊〉发刊宣言》，总结了三百年来国学的得失，认为成绩有三，缺点有三。成绩是"一整理二发现"。即整理古书，发现古书和发现古物。三个缺点则依次为：一、研究的范围太狭窄了。二、太注重功力而忽略了理解。三、缺乏参考比较的材料。关于第三点，他发问说：

> 我们试问，这三百年来的学者何以这样缺乏理解呢？我们推求这种现象的原因，不能不回到第一层缺点——研究的范围过于狭小。宋

[①] 叶舒宪：《文化对话与文学人类学的可能性》，《北京大学学报》1996年第3期。

明的理学家所以富于理解,全因为六朝唐以后佛家与道士的学说弥漫空气中,宋明的理学家全都受了他们的影响,用他们的学说作一种参考比较的资料。宋明的理学家,有了这种比较研究的材料,就像一个近视的人戴了近视眼镜一样;从前看不见的,现在都看见了;从前不明白的,现在都明白了。①

根据这个学术史的经验回顾与展望,胡适针对性地提出三点建议:一、扩大研究的范围;二、注意系统的整理;三、博采参考比较的资料。怎样博采参考比较的资料呢?胡适一连举出语言、文字、音韵、制度、因明学、哲学、人物、易象与柏拉图"法象论"等十多个例子,来说明"有许多现象,孤立的说来说去,总说不通,总说不明白;一有了比较,竟不须解释,自然明白了"。②接下来,胡适又从方法和材料两个方面说明欧美和日本的古学已经为国学的比较视野准备好了"无数的成绩"和"无数借鉴的镜子"。关键是要有学者的自觉比较意识。胡适的话虽然不是针对比较文学而言的,却理所当然地从中国学问的本土传统缺陷出发,强调了为什么"比较就是理由"的命题。

> 学术的大仇敌是孤陋寡闻;孤陋寡闻的唯一良药是博采参考比较多材料。③

这就是留学西方的新一代知识人为什么不满清朝以来的国学局面,强调跨文化比较视野的新主张。几乎同时,闻一多离开他求学和任教十年之久的母校,写出了《美国化的清华》一文,对洋化教育的现状表示了他的忧虑。"用美国退回赔款办的预备留美底学校,他的目的当然是吸收一点美国文化。"④虽然美国人嫌清华还不够美国化,闻一多却认为"清华

---

① 《胡适作品集》第7册,远流出版事业股份有限公司1986年版,第6页。
② 同上书,第16页。
③ 同上书,第18页。
④ 《闻一多全集》第2卷,湖北人民出版社2004年版,第339—342页。

太美国化了!"据他观察,美国化的物质主义对学校弊大于利。总结为七点:经济、实验、平庸、肤浅、虚荣、浮躁、奢华。他最后的呼告是:物质文明!我怕你了,厌你了,请你离开我罢!(《清华周刊》1922 年第247 期)虽然对洋化教育的弊端如此忧心,闻一多在此后的文学研究中却充分显示出比较视野和跨学科视野的优势,成为文学人类学研究在中国最重要的早期实验者之一。从比较研究和跨学科研究所得出的经验,促使闻一多在 1946 年向清华大学提出调整系科建制的建议,希望学校能够及时改变中国文学与西方文学对立及语言文学不分的状况。在他看来,国粹派与西化派都不足取:一方面是保存国粹为己任的国学专修馆,"集合着一群遗老式的先生和遗少式的学生,抱着发散霉味的经史子集,梦想五千年的古国的光荣。一方面则,恕我不客气,称它为高等华人养成所,惟一的任务是替帝国主义承包文化倾销,因此你也不妨称他们为文化买办"。① 闻一多认为,中文系和外文系对立的学科体制,是催生以上两派的温床,因此亟须从制度上加以改变。"这些典型的中国文学系和外国文学系,无疑都是我们亲眼见过的,甚至亲身经历过的。"② 他反对文学研究走向科学主义方向,还特别强调语言学从中文系中独立,以便促进与之相关的历史考古学和社会人类学的发展:

> 文学的批评与研究虽也采取科学的方法,但文学终非严格的科学,也不需要、不可能、不应该是严格的科学。语言学与文学并不相近,倒是与历史考古学,尤其社会人类学相近些。所以让语言学独立成系,可以促进它本身的发展,也可以促进历史考古学与社会人类学的发展。③

根据这些认识,闻一多明确提出:"要中西兼通。我们建议文学系分

---

① 《调整大学文学院中国文学外国语文学二系机构刍议》,载《闻一多全集》第 2 卷,湖北人民出版社 2004 年版,第 437 页。
② 同上书,第 438 页。
③ 同上书,第 439 页。

为中国文学与外国文学两组。""我们认为调整大学文学院中国文学外国语文学二系机构，是民族复兴中应有的'鸿谟'"。① 虽然有朱自清等对此建议表示支持。但是，令人遗憾的是，中国大学（不论是大陆还是港台澳）的文学专业至今仍是中文系和外文系的二分天下。如果要寻找些许创新的亮点，那就是有个别大学建立了比较文学系。还有就是，大陆的中文系学生必修比较文学与世界文学课程，多少弥补了一些"东向而望，不见西墙"（《文心雕龙·知音》）的自我闭锁的局限。当今台湾的大学中文系学生可以不修外国文学课程。进入比较文学专业领域，一般而言都是外文系的选择。

不论是胡适从国学发展的意义上大力倡导比较研究，还是闻一多从大学文学教育的利弊权衡方面主张解决中文系与外文系分立格局，在今日来看仍有积极意义。这些学贯中西的大学者的呼吁虽然也起到一些效果，但是"比较"乃至"打通"是否必要的问题，依然没有得到普遍的认可。主要原因，是学科划分和设置的惰性，滋生出一批现有学科设置的既得利益者，他们用我行我素的方式，在学界助长和自我复制着学科本位主义的观念和态度。所以如何在学生中培养"打通"的自觉意识，是一项当务之急的基本考虑，也是通向文学人类学理念的前提。

西方文学研究中从民族文学、国别文学转向比较文学的大致轨迹，可以通过19世纪中期以下的一系列突破性事件来得到历史的说明。用较为简单的办法概括这一过程，可以标示出相继出现的两大学术发现，即发现"东方"与发现"原始"。其深远的意义如同自然科学方面哥白尼发现"太阳中心"和哥伦布之发现新大陆。自亚里士多德时代以来，在西方思想和学术中根深蒂固的欧洲中心主义，在这两大发现的连锁反应之下逐渐得到清算，并在20世纪后期引发了后殖民批判的思想大潮。1856年，德国比较神话学的创始人麦克斯·缪勒（Max Müller，1823—1900）的《比较神话学》② 出版。这是先于英国学者波斯奈特的《比较文学》而问世的

---

① 《调整大学文学院中国文学外国语文学二系机构刍议》，载《闻一多全集》第2卷，湖北人民出版社2004年版，第440页。

② ［德］麦克斯·缪勒：《比较神话学》，金泽译，上海文艺出版社1989年版。

比较文学名著。促使缪勒做出这种"比较"式研究拓展的，就是所谓"印欧语系"文化的再发现。1871年，英国人爱德华·泰勒（Edward B. Tylor, 1832—1917）发表《原始文化》一书。这是西方知识界"发现原始"的标志性巨著，也是文化人类学这门学科诞生的标志。由于"原始文化"或"原始社会"在范围上要远远大于"印欧文化"，这就给欧洲知识人"比较"的视野打开了前所未有的世界性空间。1886年，为比较文学这门新学科奠基的著作——波斯奈特（H. M. Posnett）的《比较文学》问世。如果和上述具有人类学倾向的新学术发现相比，《比较文学》的视野还局限在西欧文明内部的有限比较之下，如英德文学比较和英法文学比较等。这样的开端，几乎注定了比较文学研究者在后来的一个世纪里都难以挣脱短视的一对一比较模式。直到20世纪后期，受到风起云涌的后现代主义和后殖民主义大潮洗礼，西方的比较文学家才大声疾呼，要求走出欧洲中心主义的窠臼，将跨文明（特别是跨异质文明）的比较文学研究提上议事日程。如美国普林斯顿大学比较文学系客座教授、曾主持国际比较文学学会下属的跨文化研究会，曾任国际比较文学学会会长的迈纳在90年代推出《比较诗学》，就将中国、日本和印度等国的文学论纳入新诗学体系中，并用专章的篇幅来讨论文论研究中的文化相对主义问题。[①] 这样的处理，体现了文化人类学的文化相对主义原则如何成为比较文学家无法回避的理论指导，以及原有的总体文学远程目标如何在文化相对主义的新语境中向文学人类学转化。将《比较诗学》中译本序和老牌的西方比较文学著作（如梵·第根的《比较文学论》[②]）做一对照，走出欧洲中心主义的历程可以获得分明的呈现：

> 本书最初在1990年以英文形式出版，它反映了国际研究方面由于中国人的出场所引发的这些进展以及许多主题和许多问题。首当其冲的一个问题是不可规避的：在形形色色的文化中，文学的性质究竟

---

① ［美］厄尔·迈纳：《比较诗学》第五章，王宇根、宋伟杰译，中央编译出版社2004年版。

② ［法］梵·第根：《比较文学论》，戴望舒译，上海商务印书馆1937年版。

有些什么样的思想？或者换言之，那些主要的文学文化群落究竟如何建构其成体系的文学观？①

昔日的比较文学家在黑格尔式的"世界精神"之总体历史观的鼓舞下，虽然也给比较文学研究构想出一个"总体文学"目标，却根本无法考虑到"总体文学"目标究竟会包括多少不同文化（主流文化和边缘文化）。迈纳的"形形色色文化"说虽然在他自己的书中尚未做到，却多少体现出现代性的总体历史观失效以后，用体现多元及弱势文化的"文学人类学"目标替代"总体文学"的意义所在。其《比较诗学》的走向多元文化思路，可视为一个重要的风向标。② 一旦比较的视野从一般意义上的非西方大国（印度、中国、阿拉伯和日本等）拓展到真正意义上的人类，即不光是迈纳眼中的世界"主要的文学文化群落"，也要包括数以千计的无文字文化群体，并且还包括这些主要国家内部的无文字少数民族群体，"总体"的百年理想才算得以从架空状态，回归大地，落实到多样化的具体人群中。

第二节　文学人类学的学科建构：西方与中国

19世纪后期，文化人类学的兴起是以帝国主义全球殖民扩张和形形色色原始文化的发现为前提的。从政治、经济、法律等各方面控制殖民地异文化社会的帝国功利需求，在学术研究领域却派生出以科学态度和文化相对论的眼光重新认识"原始""野蛮"文化的一门新学科——人类学。人类学关注的文化他者给予西方人的想象世界和文化价值观带来了双重的影响。西方历史上长久占据统治地位的基督教正统历史观被打破，在一神论以外重新发现各种非西方信仰的神祇，各边缘文化中形形色色被压抑、

---

① ［美］厄尔·迈纳：《比较诗学》，王宇根、宋伟杰译，中央编译出版社2004年版，第1页。
② 中国学人对比较诗学的诉求，参见曹顺庆《中西比较诗学史》，巴蜀书社2008年版；高旭东《跨文化的文学对话——中西比较文学与诗学新论》，中华书局2006年版。

被忽略的萨满—巫术—魔法—幻想的文化能量，第一次获得重新认识和开发的契机。这种由于人类学视野催生的"人类学想象"，在叶芝、艾略特、庞德的诗歌，高更、毕加索、摩尔、达利等人的造型艺术，斯特拉文斯基的音乐，乔伊斯、福克纳、D. H. 劳伦斯、纪德、加西亚·马尔克斯等人的小说中大放异彩，形成从现代主义、超现实主义到魔幻现实主义的文学浪潮。①

回溯其渊源，上节提到的"发现东方"，特别是发现远东，就曾经激起西方知识界的认知和想象焦点转移现象。如随着对古印度梵语的历史意义之认识，所谓"I-E Diaspora"即"原初的印欧离散者""原型的印欧文化"（Proto-Indo-European Culture）之发现，② 欧洲民族和一位失散了数千年之久的远亲文化即印度文化的认同与再认同，触发了多少"怀古之幽思"；又带来了多少可资比较的学术探讨之灵感呢？对印欧神话、印欧语言、印欧文化的研究，自麦克斯·缪勒的时代一直延续到当今的西方史学、文学和广义的人文学中，并且让法兰西学院也不得不为新崛起的法国印欧文化研究大师杜梅齐尔一派专门设立前所未有的专业荣誉头衔。③ 与此同时或稍晚的西亚古文明发现，使得和西欧文明密切联系的两河流域文明——巴比伦、阿卡德、苏美尔，相继成为比较研究的新热点。像美国学者克拉莫尔的《历史始于苏美尔》④ 这样耸人听闻的书名，标示出对欧洲中心论范式历史观的最大现实挑战。对照阅读分析心理学大师荣格的《现代西方人寻找灵魂》，就会体会出西方知识人在向"地理大发现"探求新空间的同时，为什么也转向内心的反问和精神内在空间的探求。甚至有矫枉过正者在 20 世纪 20 年代分别发展出喧嚣一时的世界文明一源理论：泛埃及主义和泛巴比伦主义。在 20 世纪末仍然有其遥远的回声——

---

① 参见叶舒宪《文学与人类学——知识全球化时代的文学研究》，社会科学文献出版社 2003 年版，第三章。

② C. Scott Littleton, *The New Comparative Mythology*, University of California Press, 1973.

③ [法] 迪迪耶·埃里邦：《神话与史诗——乔治·杜梅齐尔传》，孟华译，北京大学出版社 2005 年版。

④ S. N. Kramer, *History Begins at Sumer*, New York：1958. Walter Burkert, *Babylon, Memphis, Persepolis：Eastern Contexts of Greek Culture*, Harvard University Press, 2004.

新泛埃及主义①和新泛巴比伦主义。前者以马丁·伯纳尔的《黑色雅典娜》为代表，在西方特别是美国的大学文科中引起热烈的学术政治方面的争论。②另外，当代经济的符号帝国操控者也借助学术研讨的推波助澜之力，不断催生出旅游和大众传媒等热点效应，制造出《法老王》一类的电子游戏软件和《木乃伊》至《木乃伊3》之类的流行大片。凡此种种，已经将人类学想象的文化再造意义即符号经济效应展现得淋漓尽致。

文学艺术界呼应人类学的研究进展，以再发现、再认识原始价值为主题的创作直接参与着现代主义运动的兴起。从20世纪初的英国人类学者弗雷泽研究《圣经·旧约》的比较神话学和民俗学方法③到世纪末的美国人类学家詹姆斯·克利福德（James Clifford）分析西方文艺中体现出的文化认同之困境④，以及美国批评家托格尼维克（Marianna Torgovnick）在当代西方知识分子中归纳出的向往"原始的激情"⑤之现象，还有艺术史家赛格林德·伦克（Sieglinde Lemke）对现代主义的总结性透视，并以新的关键词"原始主义的现代主义"和"黑色文化"来概括现代主义运动的基本取向。⑥对于此种人文学术中日益增长的人类学想象景观，有必要从根源上给予明确的示例，即通过代表性原作的选读获得整体理解的门径。对此，这里特别推荐弗雷泽《旧约民俗》中的神话比较研究，⑦昭示人类学家的知识全球化视野最初是怎样介入文学的比较研究中的。这样的

---

① Martin Bernal, *Black Athena: The Afroasiatic Roots of Classical Civilization*, Vol. 1, London: Free Association Books, 1987.

② Jacques Berlinerblau, *Heresy in the University: The Black Athena Controversy and the Responsibilities of American Intellectuals*, London: Rutgers University Press, 1999.

③ Sir James G. Frazer, *Folklore in the Old Testament*, London: The Macmillan Company, 1923.

④ James Clifford, *The Predicament of Culture*, Cambridge: Harvard University Press, 1988.

⑤ Marianna Torgovnick, *Primitive Passions*, New York: Alfred Knopf, 1997.

⑥ Sieglinde Lemke, *Primitivist Modernism: Black Culture and The Origin of Transatlantic Modernism*, Oxford: Oxford University Press, 1998.

⑦ 中译文参见［英］弗雷泽《希伯来语希腊洪水神话的比较研究》，载叶舒宪主编《国际文学人类学研究》，百花文艺出版社2006年版；［英］弗雷泽《造人神话》，叶舒宪译，《杭州师范学院学报》2005年第3期。

示例同时给出的是比较文学和文学人类学研究超越单一民族文学研究的范式变革之契机。

人类学给20世纪思想史带来转型的动力，其自身也经历了重大的转型。① 从学科性质的认识看，这一自身转型可称为从"人的科学"到"文化阐释"。人的科学是早期人类学家希望效法和追随自然科学范式，描绘出的学科远景蓝图。文化阐释则放弃了追求自然科学的目标，承认文化现象和人文现象一样，不宜一刀切地做纯科学分析，而应走阐释学的道路，倡导对异文化进行感同身受的内部理解。像解析文学作品那样对文化文本做符号学的分析和细读。

西方现代建制的人文学科把语言文学作为单独的一门学问，但是却因为其根深蒂固的贵族化的和文本中心主义的制约，过分地专注于咬文嚼字式的书面文学的探究，不大考虑文学发源于人类口头讲述的发生学问题。这是导致人类学者普遍像列维-斯特劳斯和利奥塔那样，特别看中无文字社会口传叙事的原因。较少有人能够站在德里达的立场，批判无数原住民社会唯一的文化传承方式中的语音中心主义。神话和信仰支配下的仪式性讲唱活动，才是各民族文学生产机制的最好学习课堂。

中国大陆新时期以来的比较文学复兴，是80年代随着国门打开的学习新潮流，在台港澳比较文学的直接影响下②，逐渐形成气候的。从1985年夏在比邻香港的深圳大学召开中国比较文学学会成立暨第一届国际研讨会，到2008年夏在北京语言大学召开的第九届年会，本学会全国会员的人数已经超过千人，遍布国内几乎所有拥有文科专业的大学和研究机构。如果将这二十三年的学科发展历程一分为二的话，1996年在长春召开的第五届年会则可视为一个转折——在这次年会上学会领导及时聚集中青年学者发起成立二级学会，即中国文学人类学研究会。同年，地处边缘的高校海南大学率先将文学人类学作为重点学科，启动了"文学人类学论丛"

---

① 参见叶舒宪、彭兆荣、纳日碧立戈《人类学关键词》，广西师范大学出版社2004年版。
② 台湾学界先于大陆发展比较文学的情况，可参见古天洪、陈慧桦编《比较文学的垦拓在台湾》，东大图书公司1976年版。

的编辑出版计划。① 1997 年由学会主要领导参与组织并出席的中国文学人类学研究会第一届年会在厦门召开，来自海峡两岸的文学研究者和人类学家共聚一堂，展开学科交叉与互动的有益对话，并对文学人类学的性质、研究范围与方法论特色等达成初步共识。会议论文编为《文化与文本》一书②，于次年在北京出版，推动了新时期以来的文化阐释潮流之形成。

"文化文本"的概念引进，首先意味着对文本阐释的合理方式同样可以挪用到对文化的阐释。中国文史研究的悠久传统既然是以考据为核心方法的，那么，现在受到人类学转型的刺激，从单纯的考据研究向文化阐释的转变就完全可以期待了。最初倡导以人类学之世界眼光阐释本土文学现象的学人很容易产生一种感觉，或称错觉——原来流传了二三千年的东西似乎并没有真正读懂。于是乎，中国文学人类学研究会的领导者们在 90 年代伊始，启动了一个重新解读中国上古经典著作的庞大研究计划"中国文化的人类学破译"系列丛书。该系列第一部是萧兵的《楚辞的文化破译》（1991），重新解析了包括屈原的名字和《离骚》的字义在内的诸多疑难问题。第二部是叶舒宪的《诗经的文化阐释》（1994），该书放弃了稍显狂气的"破译"之名，改称与人类学转向相接轨的"文化阐释"。此后，又有萧兵、叶舒宪的《老子的文化解读》（1994）、臧克和的《说文解字的文化说解》（1994）、王子今的《史记的文化发掘》、叶舒宪的《庄子的文化解析》、萧兵的《中庸的文化省察》等。"破译"之题不再以书名出现，而"文化阐释"的各种同义词则一贯保持下来。形成规模效应之后，文化阐释作为文学和历史研究的一种风气潮流，影响到整个学界。如今已经成为各层次的学位论文选题中司空见惯的命名。从 90 年代初的学术语境看，当时热情接纳"文化阐释"派的不是古典文学界和文学理论界，恰恰是比较文学界中的文学人类学学者。

如台湾著名人类学家李亦园所说，虽然中国在国际的人类学领域处于

---

① 文学人类学论丛，由海南大学资助，由社会科学文献出版社 1999 年起陆续出版八种：《文学与治疗》《性别诗学》《神话何为》《神力的语词》《英雄之死与美人迟暮》《中国古代小说的母题与原型》《神话与鬼话》《文学与人类学》。

② 叶舒宪：《文化与文本》，中央编译出版社 1998 年版。

较后进的地位，但在文学人类学方面却成果丰硕，还成立了全国性的学术组织，体现出一定的先锋性。可以预期，21世纪中国的文学人类学还会有更加引人注目的建树。厦门大学人类学研究所的彭兆荣教授主编了"文化人类学笔记丛书"，侧重收集和总结本土学人的田野研究经验。1997年，高等教育出版社出版的国家教委规划教材《比较文学》中增设了"文化人类学与比较文学"专章，这些事实表明：文学人类学研究从个别的边缘性尝试走向新兴的学科建制方向。自20世纪80年代中期，中国比较文学复兴后，其内部所经历的"学科危机"说、"中国学派"说、"失语症"说等，均对悄然兴起的文学人类学形成某种刺激，它希望以低调的不争论的方式给出有特色的研究成果，即用研究的实绩来参与问题的解答。其中，为文学人类学研究者最为关注的核心难题是：国学传统如何在方法论上同外来的西学理论和范式形成有效的对话与结合。理由很明确，能否形成独具一格的研究理念和研究方法，是文学人类学是否能够自成一体的关键。从这一意义看，文化阐释的研究范式并未亦步亦趋地照搬西方人类学转型之方法模式，而是着力于探索人类学与国学传统的对接。90年代中期，逐渐成熟起来的"三重证据法"，立足于国学传统与西学比较方法的现实会通语境，是文学人类学趋向独立的一个方法契机。

　　从学术史脉络看，比较文学等以比较为特色的新学科在20世纪传播到中国，对国学视野和研究范式、方法有实际的拓展作用，成为接引文学人类学的研究范式在中国人文深厚传统中的新鲜问世的"引魂之幡"。先有用叔本华哲学视角重新解读《红楼梦》的比较文学先驱者王国维，于1925年在清华大学开设"古史新证"的课程，提出利用地下出土甲骨文探讨上古史的"二重证据法"，给现代中国人文研究树立起开拓创新的经典表率。随后有茅盾、苏雪林等用比较神话学眼光梳理和研究中国古籍中的神话，有闻一多和郑振铎等直接取法弗雷泽派的古典进化论人类学，开辟出参照人类学的跨文化知识和材料，重新进入中国古典世界的学术研究新范式。[①] 从王国维的《古史新证》到郭沫若的《甲骨文字研究》和

[①] 闻一多：《神话与诗》，载《闻一多全集》第1册，生活·读书·新知三联书店1981年版；郑振铎：《汤祷篇》，载《郑振铎古典文学论文集》，上海古籍出版社1984年版。

《中国古代社会研究》，再到闻一多《神话与诗》和郑振铎《汤祷篇》，以及新时期以来萧兵的《楚辞文化》和《楚辞的文化破译》等，三重证据法的应用大致呈现逐步蔓延态势。杨向奎、徐中舒、饶宗颐和叶舒宪等，曾分别提出三重证据的说法，并辅以相关论述，为文学人类学这一新兴边缘学科兴起，做出了必要的理论铺垫。在 1994 年的《诗经的文化阐释》中，作者叶舒宪用一篇万字的自序"人类学三重证据法与考据学更新"为全书起始，较翔实地梳理出现代学人运用三重证据的研究经验。又经过十余年的探索和积累之后，在 21 世纪之初，"四重证据法"应运而生，成为文学人类学者自我超越的新方法论路标。

若要追踪四重证据法的先驱性应用，有哈佛大学华裔人类学家张光直的《美术、神话与祭祀》等当代案例，上承宋代学人的格物致知说，下接晚清金石器物之学的集大成者吴大澂的格物经验。而当代学者叶舒宪在《千面女神》一书提出原型图像学或原型图像学的思路，又在《第四重证据》（2006）、《熊图腾：中华祖先神话探源》（2007）和《河西走廊：西部神话与华夏源流》（2009）等论著中做出理论与实践并重的探索，初步形成了一套可以推广和实验的方法论。

从文学人类学的学科交叉视角出发，提出对西学东渐以来的人文研究理念与范式的反思，实际具有反思和完善自己的研究工具之意。人类学所鼓励的本土文化自觉，成为中国当今学者重新考量自己的理论术语与方法工具的新起点。按照理论反思与自我批判的路径而展开的文化自觉运动，要求对建立在西方现代性基石之上的整个"中国文学"学科谱系和现状，能有反思性的批判认识，并尝试去揭示其遮蔽、割裂本土多民族文学现实和丰富性的反面作用，提出重建文学人类学意义上的文学观的问题。

文学人类学，在文学专业方面通常理解为以人类学视野思考和研究文学的学问[①]。显而易见，这是文学研究者在人类学影响下探索出的一个跨学科领域。如果从人类学专业立场看，文学人类学又可称为"人类学诗

---

① 相关的论述参见方克强《文学人类学批评》，上海社会科学院出版社 1991 年版；程金城《文艺人类学的理论与实践》，民族出版社 2007 年版；叶舒宪《文学与人类学——知识全球化时代的文学研究》，社会科学文献出版社 2003 年版。

学"，是以文学方法展开民族志写作的创新性表述方式，目的是尽量避免西方科学范式和术语在表述原住民文化时的隔膜与遮蔽作用，尽可能带有感性完整和丰富地呈现原汁原味的地方文化。人类学在20世纪后期所尝试的这种新民族志写作策略，也是本土文化自觉意识的一种突出表现。除了文学人类学以外，近半个世纪以来受到人类学的直接和间接影响而发展起来的学术潮流可谓多彩多姿，大致可归纳出二十种，如形象学、译介学、离散研究等。[①]

在比较文学研究者的理论诉求中，一开始就存在一个前瞻性的学术目标——总体文学或世界文学。一个多世纪的比较文学研究史，相对于在它问世之前的国别文学研究史，显然只能算是非常年幼的新生儿。但这一文学研究史上的新生儿却显出生命力旺盛和快速成长的态势。学科自身不断出现反思与自我质询的声音，选择比较文学作为专业方向的学生们，也会一再遇到各种老危机和新潮流的冲击。在此情况下，怀疑和迷惘都在所难免。但是只要坚定研究探索的信念，领会一个世纪以来的思想学术史脉络，扎扎实实，勇于开拓和实践，就会从对总体文学的朦胧感知，一步一个脚印地通向文学人类学的大世界。借用文学人类学的理论奠基人之一诺斯洛普·弗莱在1958年召开的国际比较文学大会上的说法，一切文学研究都应该是比较文学研究！这位以原型批评而著称的理论家，实际等于间接回答了比较究竟是不是理由的问题。

如果说没有人类学的比较文化视野，就没有20世纪迟到的"人的发现"和"文化的发现"；那么，没有比较文学的范式超越国别文学的范式，也就没有文学人类学去落实"总体文学"的高远目标、具体兑现"世界文学"的宏大理念。以下略述文学人类学的知识发生之谱系。

文学人类学的发生，既有其国际的跨学科潮流作为大背景，也有中国现代学术语境的特殊需要作为现实语境。简言之，一是19世纪后期以来蓬勃开展的比较研究潮流；二是人类学的知识全球化视野；三是从人类学的文化相对论到后殖民时代的全球公正理念。三个方面缺一不可。知识全

[①] 叶舒宪：《20世纪比较文学与文学理论的人类学转向》，《文学理论前沿》第六辑，北京大学出版社2009年版。

球化视野足以给单纯的一对一式比较（X 比 Y 模式）带来巨大的挑战。就此而言，在学科本位主义束缚下闭门造车的文学研究者，若是对人类学家在世界范围取样的比较方法一无所知，的确很容易陷入比较多的误区，为"比较"而比较，丧失了方法和材料上主动打通的自觉意识和能力，甚至沦为"比较"之奴隶。这种情况，在比较文学和比较史学、比较法学、比较政治学等领域都一再发生，可谓教训深刻。知识全球化视野加上后殖民时代的全球公正理念，使文学研究者超越三百年来到现代性所建构的帝国本位的、主流文化本位的和精英本位的文学观，主动去发掘和再现长久以来被文化霸权所压抑和漠视的非主流的、无文字的、边缘族群的文学，从而将比较文学家设想的带有贵族化倾向及霸权色彩的"总体文学"观念，引向文学人类学的再造方向。

比较文学为什么需要放弃自己早年的"总体文学"目标呢？引用一段思想史家理查·塔那斯对后现代性到来的深切关照，就大致给出了原因论的解释：

> 这些后现代思想相会合的最突出的哲学成果，是对自柏拉图主义以来的西方主要哲学传统的多方面的批判攻击。试图把握与阐述一种基本实在的那一传统的整个事业被批评为语言游戏中的一种无益的操练，一种持续的但注定要失败的、试图超越它自己所作的精心虚构的努力。这样一个事业甚至更严厉地被指责为内在地产生疏远和具有压迫的等级——一种理智上的专横程序，造成生存与文化上的贫困，最终导致对自然的技术统治和对别人的社会—政治统治。西方心灵把某种总体化的理性形式（神学的、科学的、经济的）强加于生活每一方面的那种主要冲动，被指责为不仅是自我欺骗的，而且是毁灭性的。①

西方心灵的"总体化理性形式"曾经催生出各个专业的绝对目的，

---

① ［美］理查·塔那斯：《西方心灵的激情》，王又如译，正中书局1995年版，第473—474页。

如总体历史、绝对精神、宏大叙事、总体文学等，如今已经成为具有毁灭和打压作用的思想障碍物。难怪塔那斯要理直气壮地声称："后现代的批判思想鼓励一种对整个西方理智'规范'的严厉拒绝，把它看成是长期以来在不同程度上专门由男性的、白种人的欧洲菁英分子确定的和被赋予特权的。已经接受下来的有关'人'、'理性'、'文明'与'进步'的真理，被控告为在理智与道德上都已破产。在西方价值的掩护下已经产生了太多的罪恶。清醒的眼光现在落到了西方无情的扩张主义与剥削的长期历史上——从古代到现代西方菁英的贪婪，故意以别人为代价的西方繁荣，它的殖民主义与帝国主义，它的占有奴隶与种族灭绝，它的反犹太人主义，它对妇女、有色人种、少数民族、同性恋者、劳动阶级、穷人的压迫，它对世界各地本土原有社会的摧毁，它对其他文化传统与价值的傲慢与轻视，它对其他生活方式的无情凌辱，它对实际上整个星球的盲目破坏。"①

按照人类学家的一种说法，西方人类学者研究世界边缘地区各个原住民的工作，实际上是替殖民者赎罪的！在文学研究领域率先接受此种赎罪重任的，也就是文学人类学一派吧！从比较文学到文学人类学，不宜简单看成个别研究者的兴趣转变。此转变之中既有学术伦理方面的因素，也有视野和方法的因素。最能够集中说明这一点的，是如今学界探讨的最大热点问题——文化认同②。前面推荐阅读的人类学家弗雷泽之案例，给出的是早期文化认同转换所带来的学术视野和知识结构的大转换：从单一的母文化到多元文化，从本民族的、本国的文学，到文学人类学。这一重要学术转向，不仅体现在西文出版物方面，也在东方国家开始萌生。如日本学者大熊昭信的著作《文学人类学导引》③和山田直巳的著作《古代文学的主题与构想》④等。还有白川静、藤野岩友、中钵雅量等将人类学方法应

---

① ［美］理查·塔那斯：《西方心灵的激情》，王又如译，正中书局1995年版，第474页。

② Paul Benson ed., *Anthropology and Literature*, Board of Trustees of the University of Illinois, 1993. John D. Niles, *Homo Narrans: The Poetics and Anthropology of Oral Literature*, University of Pennsylvania Press, 1999.

③ ［日］大熊昭信：『文学人類学への招待：生の構造を求めて』，日本放送出版協会1997年版。

④ ［日］山田直巳：『古代文学の主題と構想』，東京：おうふう2000年版。

用在中国文学研究中的例子,如《诗经的世界》《巫系文学论》《中国的祭祀与文学》①等。

弗雷泽是第一代古典进化论派的人类学家,他与同时期的比较文学家相比,最突出的一点就是独立展开全球视野的比较研究之魄力和认知能力。毋庸讳言,今日的比较文学师生们能够做到像他那样的比较研究者,依然不是很多。举出一个世纪前的弗雷泽作为示范案例,希望能够启发今日的学人思考入门选择的问题:为什么有必要结合人类学的大学术背景,从事比较文学教学和研究?在这一入门级问题的驱动之下,使初学者一开始就接触到知识全球化的整体文学观,有效避免一对一的盲目比附研究之陷阱。与此同时,理解文学人类学和比较文学的学术系谱关系,及其在中国当代学术中的发生脉络,自觉把握前瞻性的学术发展潮流。

第三节 神话学、原型批评与文化阐释派的崛起

立足于21世纪的知识全球化新语境,回顾和总结文学人类学派对中国当代人文学术创新的重要贡献,可以初步归纳出以下三个方面的学术生长点。

第一方面是研究新领域的开拓。在如今已经是学术热门的一些新领域,可以找出文学人类学研究者在20世纪80年代的开拓之功绩。如启发生态自觉,率先开创中国本土的生态批评(1988年的《符号:语言与艺术》);开启文学和艺术的发生学研究思路(1985年的《艺术起源与符号的发生》);率先打出"人学"研究旗号(1983年的《马克思主义人学初探》);率先倡导文化研究的边缘视角(20世纪90年代的"西南研究书系")、田野与文本研究的互动(20世纪90年代末期的"文化人类学笔记丛书")等。第二方面是学术方法的自觉更新。率先引领文学研究中

---

① [日]白川静:《诗经的世界》,杜正胜译,东大图书公司2001年版;[日]中钵雅量:《中国的祭祀与文学》,创文社1989年版;[日]藤野岩友:《巫系文学论》,韩基国译,重庆出版社2005年版。

"文化阐释"和"跨文化阐释"之风气,倡导文化人类学方法与国学传统的结合,探索和应用三重证据法和四重证据法。第三方面是学术伦理的自觉:启发本土文化自觉和对西方现代性学科的学理范式之反思批判。下文仅就第二方面的展开过程给予评述。

从中国本土学术方法的现代变革角度看待 20 世纪文学批评的方法论取向,将是富有理论启示意义的。自清代以来,国学的研究日渐兴盛,而文学与之相比却显得较为逊色。究其原因,刘师培以为是"学"与"文"两者分道的结果:"古人谓文原于学,汲古既深,文辞斯美,所谓读千赋者自善赋也。今则不然,学与文分,义理考证之学,迥异词章殊科,而优于学者,往往拙于为文,文苑、儒林、道学,遂一分而不可复合,此则近世异于古代者也。故近世之学人,其对于词章也,所持之说有二:一曰鄙词章为小道,视为雕虫小技,薄而不为;一以考证有妨于词章,为学日益,则为文日损。是文学之衰,不仅衰于科举之业也,且由于实学之昌明。"[①] 词章文学的衰落与考据学术的勃兴在近代文坛上形成引人注目的反差,而与词章、考据两者鼎足为三的"义理"之学也大有被考据学吞没的迹象。理解这一点,方能认识到为什么现代批评史上的杰出宗师们不论创作方面的成就如何,首先都是考据学的行家里手。这里凸显出一个事实:国学传统中的核心研究范式为考据学。这一点自西汉到晚清没有根本变化。变化的契机出在 20 世纪新发现的考据材料——甲骨文。王国维凭借甲骨文叙事的史料性质,在 1925 年提出"二重证据法",使得考据学传统进入中国现代学术格局时,得以和西方传入的"历史科学"理念对接,因此继续保持着比义理词章之学更重要的地位。不过甲骨文的新发现是千载难逢的一种机遇。超越二重证据法的希望如果寄托在发现又一种新的文字材料上,那样的守株待兔式希望显然是不现实的。较为可行的方法变革路径是借鉴西学中的理论模式、比较研究和文化文本阐释技术。在这方面,具有跨学科倾向的神话学、民俗学理论和文学批评中的原型批评方法,提供了有益的参照。

[①] 刘师培:《论近世文学之变迁》,载舒芜等编选《近代文论选》,人民文学出版社 1981 年版,第 580 页。

神话学及原型批评方法在中国的传播，是从二重证据法到三重证据法演进的一种知识前提，也是20世纪90年代以来的文化阐释学派得以兴起的条件。1987年问世的《神话—原型批评》一书，第一次系统译介了原型批评及其理论宗师弗莱的创新成果。八年后在内蒙古师范大学召开了弗莱研究国际研讨会，中外学者三十多人出席，对原型批评的理论遗产展开中西视角的对话。自80年代末期以来，弗莱的著述陆续翻译成中文，推动着国内学者对原型理论的消化、吸收和实际运用过程，产生出较为丰硕的成果，对方兴未艾的文学人类学潮流产生了催化和推波助澜的作用。

与神话学在中国的建立大约同时，另一门来自西方的人文学科——民俗学，也在20世纪初叶引介到我国，并迅速引起广泛的反响，同传统的文史研究相融合，给考据学方法拓展提示新的资料和视角。1927年以来，中山大学语言历史学研究所成立了民俗学会，联合校内外同人，开展民间文学的研究。由钟敬文、董作宾主持创办《民间文艺》周刊，后改名《民俗》周刊，共出版了一百多期，成为《歌谣周刊》之后影响最大的民俗刊物。此外，还出版了民俗学丛书三十余种，其中有顾颉刚编的《孟姜女故事研究》（三册）、赵景深的《民间故事丛话》、容肇祖的《迷信与传说》、钟敬文的《楚辞中的神话和传说》、钱南扬的《谜史》、姚逸三的《湖南唱本提要》等，不仅壮大了民俗视角的文学研究阵容，而且在研究实力和深度上均显示出与学院派的贵族文学研究倾向相抗衡的新态势。

民俗事相的传承性使之负载着千百年来积累深厚的本土文化资源，一旦作家、艺术家自觉意识到这笔资源的丰富性和必要性，就会自发地从中汲取创新的滋养和灵感。新时期以来的"寻根文学"和"乡土写作"浪潮，当与此种具有人类学倾向的回归民间的潮流相关。如果要探讨关于新时期文化热所引发的文学创作与批评的双向寻根现象，只有同二三十年代的民俗学联系起来方可有透彻的把握[①]。海外学人洪长泰（Chang-Tai

---

① 分别参见北京大学歌谣研究会《歌谣周刊》创刊号，1922年12月；周作人《贵族的与平民的》，载《周作人散文》第2集，中国广播电视出版社1992年版，第204—206页；郭绍虞《民歌与诗》，载郭绍虞《照隅室杂著》，上海古籍出版社1986年版，第382页；钟敬文《民间文艺学的建设》，载《钟敬文民间文学论集》下册，上海文艺出版社1985年版。

Hung）所著《走向人民：中国知识分子与民间文学，1918—1939》一书①表明：现代中国知识界的文化寻根实际上在 20 世纪前期即已启动。民俗学研究的方法和材料对于文艺现象的理解提供了"眼光向下"的机会，对中外文学作品的解释创造出新的可能维度。由于后出的原型批评也着眼于文学与神话、民俗的文化联系，二者的合力足以推进文学经验的系统性整合。从 20 世纪三四十年代闻一多、郑振铎等开辟的文学人类学研究，应该视为 20 世纪后期兴起的原型批评和文化阐释派在本土学术中的预演和先声。为古史研究开辟新格局的胡适、顾颉刚、钱玄同等，也都是歌谣运动中的先锋。古史辨派学术思想的重要来源"就是将自己在民间文艺学研究中发现的'演变'的观点和方法引入了古史学"②。而顾颉刚、胡适、闻一多等对《诗经》的新解说也正是出于用歌谣的眼光去重审这部被儒家经学年代里被神圣化的古代诗集。

  中国学界较早引入与文学人类学批评相关的论著情况，可以追溯到 60 年代初。中国科学院文学研究所西方文学组于 1962 年出版了《现代英美资产阶级文艺理论文选》（上编）。该书在当时的不正常学术氛围下只能以反面教材的形式向国人有限地介绍一些"资产阶级"文学理论的标本，当然主要是供批判唯心主义用的。但毕竟在整体的封闭状态中透露出些许外国的学术流变的动向。该书选编了一组"神话仪式学派"的材料，如赫丽生的《艺术与仪式》、鲍特金的《悲剧诗歌中的原型模式》、墨雷的《哈姆雷特与俄瑞斯忒斯》等③，大体反映了 50 年代以前的该派早期动向，至于弗莱创建原型批评理论之后的情况则未能涉及。在 70 年代，台湾比较文学界较多地使用"原型批评"这一术语。1975 年台北的幼狮文化事业公司出版了徐进夫译的《文学欣赏与批评》（A Handbook of Critical Approaches to Literature）一书重点介绍了"神话与原型的批评"。该书英文版问世于 1966 年，正逢原型批评在西方文艺学界大行其道之时，所以书中把原型批评同传统的批评、形式的批评、心理学的批评和表象的批

---

① 洪长泰：《走向人民：中国知识分子与民间文学，1918—1939》，东亚研究学会 1985 年版。
② 张铭远：《顾颉刚古史辨神话观试探》，《民间文学论坛》1986 年第 1 期。
③ 中国科学院文学研究所编：《现代英美资产阶级文艺理论文选》，作家出版社 1962 年版。

评并列起来，作为五种最常见的批评模式推荐给文学研究者。该书附录"术语略释"中对原型的定义也是汉语世界中领先的译介之一：

> Archetype——原型，经常反复出现于历史、宗教、文学作品或民俗习惯之中，以致获得显著之象征力的一种意象、题旨或主题模式、依照雍格（荣格——引者）派心理学的解释，原型或"原型意象"，系经常出现于潜意识心理之中的神话形式的构造要素；它们并非传承的观念，但"属于本能活动的领域故而以精神行为的传承方式出之。"①

稍后出版的颜元叔译的《西洋文学批评史》是新批评派主将维姆萨特与布鲁克斯的名著，其第三十一章为"神话与原型"（中译作"神话与原始类型"），陈述了自18世纪的维柯、赫尔德以来对神话的关注和推崇，评述卡西尔的神话思维说及其在美国的传播者苏珊·朗格的象征艺术观，也讨论到弗莱、荣格等人的原型理论及其在批评实践中的应用。由于该书英文版出版于1957年，两位著者并未读到同年问世的《批评的解剖》，他们对弗莱的评述仅限于弗莱在1951年发表在《肯庸评论》（*The Kenyon Review*）第12期的文章《我的批评信条》（*My Credo*）。可惜颜元叔译本略去了脚注未译，使读者不易明白书中所评述观点的具体出处。从70年代初期开始，就有台湾学者尝试借鉴原型批评方法用于分析中国本土的作品。如水晶1973年出版的《张爱玲的小说艺术》、颜元叔1975年出版的《谈民族文学》、侯健1976年出版的《20世纪文学》，以及傅述先的《竹轩时语》、扬牧等的《文学评论》第三集等，均有借鉴人类学方法，以原型和神话视角研究小说或戏剧的努力。1976年的《比较文学的垦拓在台湾》收有两篇应用原型研究方法的专论：张汉良的《杨林故事系列的原型结构》和侯健的《三宝太监西洋记通俗演义》，呈现汉语学界的学者较娴熟地掌握了这一批评模式，使古典文学研究的旧有格局有所改

---

① ［美］W. L. Guerin 等：《文学欣赏与批评》，徐进夫译，幼狮文化事业公司1975年版，第250页。

变。侯健在论文中介绍了弗莱（他译作傅瑞）《批评的解剖》里的原型及置换理论，还试用通俗语言加以说解，并辅之以中国本土文化的例证，可见其用心良苦：

> 神话应用或呈现在文学作品里而又最常见的，是开天辟地、乐园的丧失、洪水、四季与昼夜的交替、"圣天子"与代罪的羔羊、神胄的英雄、原因论（etiology）（例如《西洋记》里讲的为什么我们说牛鼻子老道）和谶纬预言之学（Apocalypse）（推背图、烧饼歌之属），但最具中心性的神话，则是追求（quest），包括金羊毛、圣杯或唐僧取经，而因为昼夜与寤寐的对比，正面人物的英雄常与白昼象征的太阳结合。因为它们存在于我们的下意识里，经常寻求表现，作家便必须变更它们，使它们更合道理，包括伦理上的，理智上的和常理上的道理。这一过程，就是"置换"。"置换"永远与时代有关，因此中国传统小说都设神鬼，很少例外。我们现在不肯接受的因果报应说，只因为我们多受了点教育。它迄今仍是十分深入民间心理的。①

在以文化沟通为指导原则的说解之下，《三宝太监西洋记通俗演义》这样一部在中国文学史上几乎没有重要地位的小说由于原型视角的透视而焕发出新的深意，它成了神胄英雄的探求传奇，主人公金碧峰作为燃灯古佛的化身，是负有救世任务的"可以与太阳等量齐观的人物"。小说以创世神话始（所谓"天开于子，地辟于丑"），以入冥神话终（船至丰都国），与世界性的英雄叙事原型模式合若符契，其间种种冒险故事，均与体察夷夏之防，探求光明与黑暗斗争的主题相关。侯健认为用神话的方法去解读，才能发现小说的世界性意义，看出"作者一面是匠心独具为中国传统小说放异彩，一面却暗合西洋现代小说理论"②。这样在实际应用中彰显原型批评方法效力的做法，势必在中国文学研究中引起

---

① 侯健：《三宝太监西洋记通俗演义》，载古添洪等编著《比较文学的垦拓在台湾》，东大图书公司1976年版，第158—159页。

② 同上书，第170页。

广泛的兴趣。

在大陆学界，由于1978年以前的封闭状态，学人们对于原型批评的了解要比西方和港台晚了几十年。一批译介自国外汉学家的著述中提到或运用这一方法。苏联的李福清博士著有《从神话到章回小说》（1979），侧重从比较神话学、肖像学的视角研究中国叙事文学中英雄主人公描写的演变方式。① 他的方法对于复兴中的国内民间文学理论界有一定积极作用。英国汉学家霍克思（David Hawkes）用原型批评法研究楚辞的代表作《求宓妃之所在》（1960）一文；美国汉学家浦安迪以同样方法分析《红楼梦》等著作；日本伊藤清司从仪式性考验出发重新解说尧舜禅让传说的论文等，先后介绍到大陆来，为中国读者所知，这对于在庸俗社会学的批评模式中浸染了几十年的一代学者来说，皆不啻为令人耳目一新的域外来风。

霍克思在其文章结尾处写道："对文学原型的研究在一定程度上涉及人类学和心理学等学科的研究。中国文学的研究者须穷于应付的方面本来就过于宽广，对于容易使人误入以偏概全、标新立异的迷津的那些领域，他们当然要视为畏途。不过，单从形式方面去说明文学，从来不能满足于习惯思索探究的人的要求；如果没有新的理论，旧的教条就少不了。在我看来，重要的是利用现有材料，以阐述现有的文学原型。"② 霍克思既考虑到尝试新理论的必要，也意识到在中国已有的学术传统中接纳外来方法的困难和阻力。后来的传播过程证明，大凡"旧教条"较为森严的研究领域，对新理论的排拒也就较为强烈。倒是外语学界和外国文学研究领域率先承当了自觉引进和催促变革的历史任务。1982年第3期《文艺理论研究》刊登译文《当代英美文艺批评的五种模式》，是国人了解原型批评的最早窗口之一。作者是美国文论家魏伯·司各特，其著作《西方文艺批评的五种模式》由四川外语学院教授蓝仁哲译成中文，1983年出版，成为助燃新方法讨论热潮的火种之一。司各特对原型批评的说明以如下一

---

① 参见［俄］李福清《苏联对中国古代神话的研究》，《文学研究动态》1984年第7期。
② ［英］霍克思：《求宓妃之所在》，丁正则译，载尹锡康、周发祥编《楚辞资料海外编》，湖北人民出版社1986年版，第179页。

段开始：

> 原型批评是近年来引起了相当大注意的批评模式，有时叫做图腾式、神话的或仪式的批评。在各种批评模式中，它占有奇特的地位：象形式主义批评一样，它要求字斟句酌地阅读作品，但不满足于作品的内在美感价值；在分析作品对读者的感染力方面，它似乎类同心理批评；但在关注引起那种感染力的基本文化形态方面，又类乎社会批评；在考察某种文化的渊源或社会由来时，它是历史的批评，但在显示文学超越时间、独立于任何时代的价值时，它又是非历史的。①

这样模棱两可式的解说对于初学者来说简直如堕雾中。也不知是无心的忽略还是有意的回避，司各特介绍了自弗雷泽、荣格到劳伦斯、鲍特金、肯尼思·伯克、威尔逊·赖特、费德莱尔（又译菲德拉）、蔡斯等一批原型批评家，却只字未提加拿大人弗莱。在引述了一些或褒或贬的意见之后，司各特说出了他自己对这种批评模式的洞见："但无论其优劣，图腾式批评显然反映了当代人对理性、科学观念的大为不满。人类学模式的文学旨在使我们恢复全部的人性，重视人性中一切原始的因素。与强调人的意识和无意识的斗争的心理分裂相对照，人类学模式的文学使我们再次成为初民的一员，而原型批评就在于从文学中发现这种初民身份的表演。"根据这一提示，后来的中国的文学人类学批评家坚持认为，沟通神话、仪式与现实存在，重构原始与文明、理性与非理性之间的联系乃是该派批评的力度所在。21世纪以来中国学者推出的如下著述就体现出这方面的自觉探索：王政的《中国民俗文化美学》（2000），伦珠旺母等的《神性与诗意——拉卜楞藏族民俗审美文化研究》（2003），徐新建的《山寨之间——西南行走录》（2004），吴秋林的《众神之域》（2007），孙文辉的《巫傩之祭——文化人类学的中国文本》（2006），巴莫曲布嫫的《神图与鬼板——凉山彝族祝咒文学与宗教绘画考察》（2004），吴正彪的《苗族年历歌和年节歌的文化解读》（2006）等。

---

① ［美］魏伯·司各特：《西方文艺批评的五种模式》，蓝仁哲译，重庆出版社1983年版。

理论翻译界在 1983 年有两部文选分别译介了荣格的原型心理学和弗莱的原型批评论。这两部书是中国社会科学院外国文学研究所编的"文艺理论译丛"第 1 辑和伍蠡甫主编的《现代西方文论选》。前者在"西方现代主义文学资料"栏目下汇编了有关"意识流"的理论背景材料，其中收入了马士沂译的荣格的《集体无意识和原型》一文，译者在广泛阅读荣格著述的基础上分别选择了《现代人寻找灵魂》《集体无意识的原型》《儿童原型心理学》和《母亲原型心理学侧面》等著作和论文的译文。后者在"结构主义"文论栏下收入的唯一代表作是弗莱（弗拉亥）《同一的寓言》（1963）书中一章。译者庄海骅称弗莱为"结构主义批评的主要代表之一，并以神话分析著称"，① 不免有些张冠李戴之嫌，似乎用于法国的列维－斯特劳斯更合适些。虽然荣格和弗莱在最初分别以"意识流"理论家和结构主义代表而走进中国大陆文学理论界，人们还是用充满惊讶和敬畏的眼光接受了他们，并且迅速地为新潮批评家所引用了。相对而言，在社会主义的话语背景中，荣格与弗洛伊德师徒二人虽然同为迟来的思想大师，但前者强调"集体"的倾向却容易在价值观上同本土需要相吻合，而过多地谈论"个人"和"性"的后者始终显得像个不速之客。这种文化传播中的本土选择机制还可以说明为什么原型批评比精神分析批评晚了半个多世纪进入中国学界，却有后来居上并全面进入批评话语的势头。朱狄写道：

> 由于融恩（即荣格）把"集体无意识""原始意象"看作是和人类的整个历史差不多同样古老的概念，因而他把这些概念首先用之于对原始神话和宗教的解释上，在这一点上说，他的解释是开创性的。②

这样的评语在今天看来似乎已平淡无奇。但在 80 年代初对一位非马克思主义的理论家给予如此肯定的评价却是多少要冒一些理论风险的。若

---

① 伍蠡甫主编：《现代西方文论选》，上海译文出版社 1983 年版，第 339 页。
② 朱狄：《当代西方美学》，人民出版社 1984 年版，第 31 页。

不是以"批评地借鉴"为号召，在许多场合恐无法正式发表。1983年第6期《读书》刊出张隆溪介绍原型批评的述评文章《诸神的复活》，虽然对弗莱多少有较严肃的"批判"，如"弗莱的理论只停留在艺术形式的考察，完全不顾及文学的社会历史条件"（案：在那个将文学的"社会历史"价值看得比文学本身重要得多的年代，这样的批语几乎是够致命的了），但对荣格和弗雷泽两家较客气，除了客观地介绍以外，并未施加"批判"。更为可贵的是，作者还试图从本土学术传统中寻觅出足以和外来方法对接的根脉和生长点，举出闻一多的《神话与诗》以人类学方法钻研古典诗歌与神话之联系为例，认为这是"一个大有可为的领域"。这样就大大缓解了中西文论的距离感和批判张力，把介绍转化为某种暗示性的倡导。《诸神的复活》这个形象的篇名也使人想起何新和程曼超在几年后发表的书名《诸神的起源》与《诸神由来》，我们这个自古以来便"不语怪力乱神"的国度似乎迎来了历史上空前的神话复兴热潮。这正可作为原型批评得以在中国土壤中生根开花的时代契机。萧兵在《中国大陆的神话热》文中描述："几年前，中国学术界一觉醒来，睁大眼睛看世界，如饥似渴，甚至生吞活剥似地译介了外国包括神话学在内的各种各样的学术理论。列维-斯特劳斯和布留尔的结构主义风头正健，马林诺夫斯基的功能说方兴未艾，弗洛伊德、容格们的情意综——集体无意识理论死灰复燃，弗雷泽、赫丽生的剑桥—仪式学派又获新生。中国文化的'新生代'突然发觉中国古神话竟然像一片待开垦的处女地，而新兴神话学又是一门连锁着许多科学'热点'的带头性学科。众所周知，以神话为典型标本的野性思维的开掘将导致心理学和文化人类学的突破。民族古老灵魂的重现震撼着现代人枯索迷惘的心灵，为文化学和文化史提供着发生学的依据。"[①] 这可以说是民间文学理论界激活的神话研究以及相应的仙话、鬼话研究、比较文学界的跨学科要求及文化寻根思潮的需要，共同促成了人类学批评中国化的思想基础，而不仅仅是批评界新方法热的结果。

80年代中期以后，西方文论的译介形成高潮。当时在哲学、美学和文艺学方面颇有影响的李泽厚、刘再复等人均对原型理论有所借鉴。刘再

[①] 萧兵：《黑马——中国民俗神话学文集》，时报文化公司1991年版，第49—50页。

复说:"如果我们能对原型批评法作些改造,那么,我们当代的文学批评,不也可以增加一点色彩和深度吗?"① 在这种渴望批评多样化和深度的殷切要求下,1986年叶舒宪发表《神话—原型批评的理论与实践》,较系统和深入地评述了这一批评派别的产生和发展过程,其应用中的不同倾向和分支,并试图结合中国文学批评的实际指出其特点与局限。该文成为1987年问世的《神话—原型批评》一书的代序。这部译文集,按照"基本理论"和"批评实践"两部分编选了20篇论文,其中有首次译介的弗雷泽、弗莱、威尔赖特等人的著作选,以原型理论的集大成者弗莱为中心,多层次地反映了该派理论的面貌。时隔二十年,这部书依然具有参考价值,原出版社推出增订版,以显示本土学者的研究实绩和继往开来之作用。②

20世纪80年代末还先后出版了荣格的另外几种著作中译本,如黄奇铭译的《探索心灵奥秘的现代人》;冯川、苏克译的《心理学与文学》;还有张月译的美国学者霍尔概述荣格思想的著作《荣格心理学纲要》等,使集体无意识与原型说同文艺创作之间的理论联系成为持久的学术兴奋点。陶东风的《中国古代心理美学六论》、王一川的《审美体验论》等一批跨学科研究成果均受惠于荣格学说的启迪。后者在历述了西方"原型美学"几种见解后总结说:"如此说来,追问原型,就决不是单纯出于理论兴趣,而有更深的意向所在——弄清艺术体验的本根,弄清人的存在的本根。"③ 童庆炳在《原型经验与文学创作》中也参照中外创作实例做了系统化探究。④

方克强在研究和阐发原型批评理论方面起步较早,发表了系列论文,将文学人类学批评划分为原始主义批评与神话原型批评两个阵营,并从理论特征上加以论证。在文学创作上,西方有原始主义文学,旨在揭示原始与文明的比较和反省,这些作品本身已具有文化人类学的内

---

① 刘再复:《近年来我国文学研究的若干发展动态》,《读书》1985年第2、3期。
② 叶舒宪编选:《神话—原型批评》(增订图文版),陕西师范大学出版社2010年版。
③ 王一川:《审美体验论》,百花文艺出版社1992年版,第284页。
④ 童庆炳:《原型经验与文学创作》,《北京师范大学学报》1994年第3期。

涵。与此相应，我国新时期也出现寻根文学，借用原始主义批评的视角有利于中西文学的比较和鉴别。况且，原始主义批评还可以在某些层面上补充原型批评之不足。方克强还把文学人类学的活力归结于它的宽容与开放，认为"它能够自如地运用其他批评方法如文化人类学、心理学、语言学、比较文学、结构主义、女权主义、历史、哲学、宗教、艺术等来为自己的批评目标服务，丰富和补充自己的思想武库。其原因有二：首先，文学人类学相信人类文学本身是统一的、完整的，追求人类文学经验的整合，这一信念和目标使它对其他批评方法不仅不抱偏见，而且认为结合其他批评方法的运用是理所当然的。其次，文学人类学批评只规定了一个原始与现代相联系、中外各民族相比较的方法论上的总原则，这一原则在根本精神上并不与其他方法相冲突，而且相包容"。①经过这样的界说，文学人类学批评成为消除门户之见和排外倾向的一种示范，这就会吸引一批效法者。此种研究特色当然与人类学这门学科原有的宏阔的视野和广博的知识背景要求有关，使我们想起马林诺夫斯基早在30年代就试图证明的："文化人类学能够而且必须为社会科学提供基础。之所以如此，是因为它能在最广阔的观察和分析的范围内从事研究。"②由于有这样的启发效果，经过长期的学术封闭之后，几代人文学者能够对文化人类学这样一门纯粹移植而来的西方学科产生浓厚的兴趣，就不足为奇了。除了理论和方法上的借鉴意义外，人类学还真正教会学者们破除根深蒂固的我族中心主义及学科本位主义的自大心态，克服师承门派和"家法"等所造成的种种蒙蔽。

中国民间文艺出版社于1987年推出弗雷泽《金枝》节本的中译本，上海、北京、浙江、四川、山东等地出版社竞相出版人类学译丛、比较文学丛书和民俗文化丛书，一大批20世纪以来的人类学、宗教学和神话学著作相继汉译，这自然大大促进了知识结构的更新换代和学术心态的调整，给新兴的文学人类学批评提供了前所未有的基础条件。一批如饥似

---

① 方克强：《文学人类学批评》，上海社会科学院出版社1992年版，第210页。
② [英]马林诺夫斯基：《人类学是社会科学之基础》，载卡特尔（R. B. Cattell）等编《人类之事》（*Human Affairs*），伦敦：麦克米兰公司1938年版，第200页。

渴的学人在人类学视野中得到思想的启蒙，反观文学现象时有登泰山而小天下之感。从事外国文学专业的王海龙写出了《人类学入门》一书后深有体会地说，由于视界的拓宽，"发现了被我们这些从事文化研究的人视为神圣的文学，乃至艺术在整个人类文化中所占的地位太小了，它们只是实体文化的表象，或深层文化的外结构。换句话说，要想深入地理解文学艺术问题，没有文化的视界，没有人类学和文化的眼光是难以成功的"。①

如何使人类学理论同中国文艺学的现状相调适是译介者们一开始就注意到的问题。俞建章、叶舒宪合著的《符号：语言与艺术》一书提出人类思维与符号的系统发生过程假说，作为考查语言和艺术的宏观背景，把原型作为神话思维时代的符号形态，追索了随着神话思维向艺术思维的置换而发生的原型审美化过程。②朱狄的《原始文化研究》把审美发生的难题放置在空前广阔的人类学领域去探讨，展示出西方艺术人类学的大量新角度、新资料和新成果。作者在后记中说："本书涉及最多的是文化人类学家有关原始思维的理论，以及人类学家，考古学家有关史前艺术、原始艺术和神话的各种理论，这些理论从表面上看与美学相距甚远，甚至可以说毫无关系，但实际上却构成我们理解史前艺术、原始艺术和神话的重要前提。而只要我们真的能够理解人类最早、最原始的艺术的意义，那么审美发生的秘密就不难被发现。"③叶舒宪的《探索非理性世界——原型批评的理论与方法》一书中归纳出原型模式的中国变体，尝试重构中国上古神话宇宙观的时空体系④，使这种具有人类学性质的方法是否可用于中国文学的问题得到初步论证。季红真对此评论说："这个理论学派力图打破种族与文化的疆域，希望在人与自然的基本关系中，确立文学的原型框架……所谓共同人性也就不仅仅限于食、性这样一些基本的种系繁衍的生命活动，还包括在这种活动中对时空的感知方式等形而上的内容。民族性

---

① 王海龙：《人类学入门》，广西教育出版社1989年版，第313页。
② 俞建章、叶舒宪：《符号：语言与艺术》，上海人民出版社1988年版。
③ 朱狄：《原始文化研究》，生活·读书·新知三联书店1988年版，第780页。
④ 叶舒宪：《探索非理性的世界》，四川人民出版社1988年版，第134—165页。

并没有因此而消解在这个巨大的宏观背景中,而是体现为不同的感知方式。"① 也有的学者还著文提出如何用马克思主义去改造原型批评的可能性问题,体现了要求用"马克思主义的轨道"重新范铸西方新理论的一方面呼声。

在20世纪90年代,我国学界一方面要求对80年代开放以来的译介引进大潮加以反省,另一方面也提出跨世纪的继往开来目标。一些理论刊物以专栏的形式体现这种需要。《中国比较文学》《东方丛刊》《民族艺术》等刊物常年关注边缘学科的动向与成果。《文艺争鸣》则于1990年推出"方克强的文学人类学批评"和"中国文学与原型批评笔谈"两个栏目;1992年又辟有"叶舒宪的文学人类学研究"专栏。《上海文论》1992年开辟"当代批评理论与方法研究"专栏,首期刊出"文学人类学与原型批评"小辑。其中方克强的《新时期文学人类学批评述评》一文首次尝试对这一批评流派的几年实践进行理论总结,叶舒宪的《破译与重构——原型批评的发展趋向》则评述弗莱之后原型批评在欧美批评界的新动向,介绍了约翰·怀特的《现代小说中的神话—原型预示技巧研究》和《神话小说与阅读过程》,葛尔德的《现代文学中的神话意向》,维克里的《〈金枝〉的文学影响》和《神话与本文》等一批成果。如果说文学人类学的研究是以"争鸣"的方式在苏联式理论禁锢的语境中脱颖而出的,那么,其自身的理论建构也自然充满着艰辛和斗争。若以关键词作为焦点,那么,了解一下人类学与文学两个学科所共同享有的一个范畴"神话"进入中国现代汉语的情况,将有助于对学派生成过程的理解。

随着西风东渐以来人类学知识在中国的传播,文学人类学研究从20世纪初便开始在中西学术的交融中出现苗头。清末民初,西方的"神话"概念经日本传入中国,刺激了神话学、民俗学研究的兴起,给传统的文史研究带来重要变革。此后,茅盾从比较神话学角度梳理汉族古神话,郭沫若从婚姻进化史角度解说甲骨文,顾颉刚等将上古史三皇五帝的圣王谱系

---

① 季红真:《神话的衰落与复兴——读〈探索非理性的世界〉有感》,《文学评论》1989年第4期。

统统还原为神话传说；闻一多从神话民俗入手重审《诗经》《楚辞》的文化渊源，李玄伯、卫聚贤从图腾理论入手考查古史传说中的帝王世系，凌纯声以职业人类学家眼光破解上古礼俗和文学，郑振铎借鉴《金枝》的巫术理论透析汤祷传说，钱锺书在《谈艺录》中实践跨越文化和学科界限的"打通"式研究，凡此种种，都为国学方法的现代转型提供了某种示范。新时期以来，随着比较文学跨学科研究的勃兴和一批人类学著作的汉译传播，在新一代学人的艰苦探索和不懈努力下，以原型批评为先导的文学人类学研究热潮悄然兴起，拓展了我国比较文学研究和人文研究的格局，形成一次全面跨越学科界限的"神话热"，推进了科际整合与知识创新，留下丰富多样的研究经验与成果。

第四节　中国的文学人类学派之当下发展及前景展望

历经四十年的发展壮大，中国的文学人类学派已建立了成熟的团队合作、完备的机构组织和日常运行规则。在全体会员的不断努力下，现已有中国社会科学院研究生院、华东师范大学、中央民族大学、北京语言大学、四川大学、厦门大学、上海交通大学、陕西师范大学、兰州大学、吉林师范大学、西南民族大学、广西师范大学、海南大学、台湾中兴大学等20余所高校设有文学人类学专业，学会在全国各省市共成立了13个学会研究中心或基地。该领域学者不仅聚焦古今关联的学理分析，而且深入玉石之路、乡村、牧区、边疆乃至海外进行多区域的田野考察与跨文化比较，以多种类型的学术实践对人文学科研究范式和观念的革新作出了积极推动。

每个学科领域的产生有其时代性、必然性和偶然性。20世纪80年代以来，曾风靡一时的许多新方法论逐渐式微，最先作为批评方法的文学人类学却一直发展壮大，在国内已经形成一个富有鲜明特色的新学派，并影响到港台地区。究其原因，这与其学术共同体的确立，学人们志同道合的攻坚紧密关系，同时，更是其学理逻辑发展的必然结果。这种"必然性"

体现为有据可依的学科嫁接、精耕细作的跨学科实践，逐步成熟的研究新范式及其影响力。下文根据这几个方面来进行介绍。

一 多元蓬勃的学科发展路径

（一）有据可依的学科嫁接

"学科嫁接"指立足于文学与人类学两大学科，探讨二者如何融会贯通。文学与文化人类学是两个专业，文学强调主观虚构和想象，人类学强调客观取向与科学方法，两者却在 20 世纪后期发生交叉融合，形成了一门新兴交叉学科，其内在逻辑是什么？21 世纪以来，刘泰然的《范式的转换：从考据学到文学人类学》探讨文学人类学研究与本土学术传统的对接融合问题。叶舒宪的《文学与人类学——知识全球化时代的文学研究》（2003）一书，是国内外第一部系统研讨文学与人类学的跨学科关系的理论著述。该书立足本土文化，为文学研究的知识创新提出具有前瞻性的见解与操作方略，例如，强调本土话语与域外话语的互动、文献文本与田野文本的互动、中心话语与边缘话语的互动等。继而，十余年来的学科探讨呈现深度反观人类学与文学的合法性，不断彰显出文学人类学——这门新学科的理论价值和学术史意义。这种"反观"可以从两大方面来理解。

第一，从文学理解人类学，对人类学提出新的整体性解释。21 世纪初就已出版的《文学与仪式》[1] 和《人类学仪式的理论与实践》[2]，弥补了文学人类学研究在理论建构方面的理论欠缺，对于比较文学的主题学和形象学研究也有启发意义。长时段以来，人类学被片面地界定为研究"异文化"的学问，人类学家的写作不过是针对"他者"的描写和解释而已，学界对人类整体与个体缺乏足够关注。21 世纪以来，西方学界关注着聚焦个体的"自我民族志"问题，其中包括了书写者的自我叙事。建构整体与个体、自我与他群相互关联的整体人类学，需要回归人类整体，也需要回归个体、回归自我。人类学的"自我志"方法，意味着在对社

---

[1] 彭兆荣：《文学与仪式》，北京大学出版社 2004 年版。
[2] 彭兆荣：《人类学仪式的理论与实践》，民族出版社 2007 年版。

会文化做整体而外在的探寻之后，开启了一条通往个体心灵内部的新路。故此，回到经典和文学的经验，成为一种可能性途径。中国的文学人类学派认为，在人类学终端的表述意义上，民族志也是一种虚构乃至文学；而这并不意味着其与事实无关，更不等于断言人类学不是科学。因此，文学人类学界提出"主体性民族志""整体人类学"的研究理路，相关论述已溢出文艺学视域，此不赘述。

第二，从人类学理解文学，反思"中国文学"乃至"人类文学"原本存在的多种形态，还原出"中国文学"的本真存在样态，给文学研究带来更多新视野和新方法，这是文学人类学于文艺学的贡献所在。文学人类学派的文学观，用图示表示为：

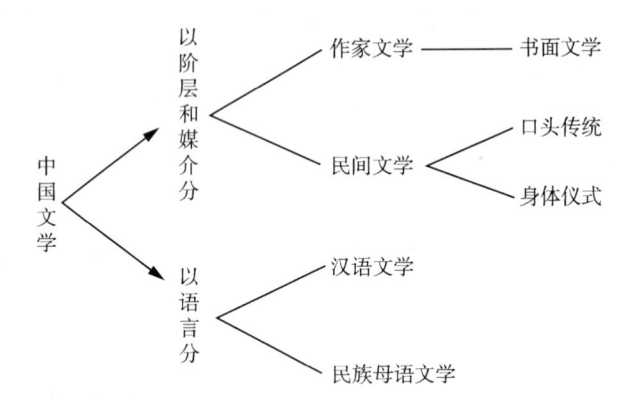

```
                            ┌─ 作家文学 ─── 书面文学
            以阶层和媒介分 ─┤
                            │              ┌─ 口头传统
中国文学 ─┤                 └─ 民间文学 ──┤
           │                               └─ 身体仪式
           │              ┌─ 汉语文学
           └─ 以语言分 ──┤
                          └─ 民族母语文学
```

如图所示，文学人类学把"文学"的概念从作家文学、书面文学进而扩大到民间文学、口头传统、身体仪式等事项，强调中国文学发生的文化语境与信仰背景。例如，在民间文学开拓方面，相关学者从上述视野对宝卷进行多重证据和跨学科研究，把田野口述资料、宝卷插图、宝卷文本、宣卷家族、民俗仪式等都作为论述证据，全面挖掘宝卷背后的神话信仰，揭示宝卷演述的禳灾与祈福等社会功能。在民族文学研究方面，以往少数民族文学研究存在一种普遍观念，即把"民族"视为"国家"之下或与"国家"同源的文化和政治集团，视为构成人类社会的次群体。然而，"民族"和"民族文学"实为通往两端不同的话语/存在样态，一端通向受制于国家政治体系下的话语建构，另一端则通往人类生存的多样性、丰富性。所以，文学人类学视域中的"多民族文学"不只着眼于某一民族的精神表达和建设,还着重于在国家和国际视野的牵引下,在国际思想资源的帮助下,让民族文学研究成为人类成员的人性表达。从文学人类学的视角来研究民间文学和多民族文学,开启了文学的多文本、多层级的结构,把文本世界置于民族的生活世界来加以把握。由此,文学人类学的研究,改造了来自现当代文学和文艺学研究的"文学生活"这一概念来描述多文学,为之注入了人类学的意涵。

>"文学的生活性"强调文学不仅是书写的文本和死去的遗产,更是鲜活的事象和动态的过程,是个体的心志展现,更是众人的互动参与。在这个意义上文学就是生活,或曰生活的一种形态。①

这个概念不只包含了口头、书面和网络等文学的媒介形态,不只强调了文学与地域、文学与族群生活的关联,还进一步把文学视为人类存在的根本——文学就是生活本身,文学就是生命的诗性展开。这意味着,无论是民歌、史诗、仪式,还是小说、散文,都是人类对于生活的言说、宣泄、想象与虚构——在生命的结构上,各类文学体裁没有什么不同。例如,在讨论"十七年少数民族电影歌曲的听觉文化",相关学者把电影歌曲的创作和接受,放在民族识别的政治文化环境和"有声电影"及"广播"普及的媒介环境中去研究,探讨媒介的物质性与民族性塑造的关系。以此为基础,将文学媒介的问题延伸至当代的数字媒体,讨论一些跨媒介的民族文学案例。毋宁说,文学人类学的文艺观所倡导的,是一个把握文学的族群文化特质、揭示人类文学多样性的文学模式。这个模式的意义在于其灵活性,你可以从任何一种类型的文学文本进入,思考文学与生活、文学与自我和他人的关系。

(二)精耕细作的跨学科实践

作为一种跨学科领域,文学人类学的形成与发展无不是跨学科的实践。在此,我们着重强调文学与人类学的重叠之处——神话研究,这也是十余年来该学科强劲发展的重点领域。一直以来,文学人类学派把神话观

---

① 徐新建:《多民族国家的文学生活》,《中外文化与文论》2013年第4期。

念与仪式结合起来研究，或从古今文学叙事模式中发掘仪式原型，或深入民间考察至今还存活的仪式与信仰、神话的关系，将典籍记载之死去的神灵和现今庙宇中尚在供奉之神联系起来，显示了人类学的仪式视角对于传统的文学批评方法的革新改造。近年来，中国的文学人类学派又相继提出了"神话历史""神话中国""文化编码"等重要命题，初步建成了自己的神话学体系。该体系旨在从跨学科资源重述中国，形成对中国历史与文化的多重理解视角。

国际学界历来只承认商代甲骨文记录以来的中国历史，即有文字以来的三千多年中国史。同时，国内外更是不乏学者仅从现代国族认同立场理解"中国"，拒绝承认或忽视几千年未曾间断的中国文化大传统，否定至少五千年以上的中华文化共同体，忽略基于文明起源特色的中国文化，如何在几千年的承传中被表述、被承传？面对这些现状，中国文学人类学的研究力求找回文学文本背后起支配作用的文化文本，基于四重证据法的多方面举证和考释，借助于玉礼器等符号物的叙事连续性，将中国文化共同体渊源追溯到八千年，重述中国文化的起源及多元一体的当代表述、承传问题。在这样的新视野和诉求中，神话不再仅是文学或民间故事，它成为反思中国现代学术话语、重新走进中国历史文化、理解当下中国的一条重要线索，甚至是不可或缺的重要视角。换言之，"神话"一词成为我们表述中华文明上下五千年的核心术语和关键点，[①] 它体现并带动着文学人类学派对中国的理解。

具体而言，基于中国文明起源特点评论，中国文学人类学派提出"文化大小传统"的新命题，及其方法论体系——"四重证据法"。大传统指先于和外于文字的文化传统，小传统则是文字书写的传统。这类研究范式在对象的开拓上，将整个文化文本视为研究对象，强调文化大传统是中国文学人类学的重大理论突破，相应的，形成了"N 级编码理论"。该理论系列强调运用历史性的动态视野去看待文学文本的生成，将文物与图像构

---

① 相关介绍还可以参见叶舒宪《中国的神话历史：从"中国神话"到"神话中国"》，《百色学院学报》2009 年第 1 期；谭佳《重述"神话中国"：中国文学人类学研究会第七届学术年会简评》，《民族文学研究》2017 年第 5 期。

成的大传统编码视作一级编码,将象形字汉字的小传统萌发视作二级编码,早期用汉字书写而成的文本经典则被视作三级编码,古代经典时代之后至今,以及未来无法穷尽的所有文本写作都是再编码,统称 N 级编码。N 级编码的提出使得文学人类学的文化原型探索,与流行于西方学界的原型批评方法有了明显区别:中国文学人类学一派的原型研究深度,并不止步于相当于古希腊罗马神话的早期华夏神话故事,而是凸显大传统新知识观的优势,穿越文字和文本的限制,深入无文字的文化深远脉络之中。在研究方法的开拓上,"四重证据法"是中国文学人类学界的重要武器。叶舒宪提出:"要从传统史学唯书证马首是瞻的偏颇和蒙蔽中解放出来,转向以搜求物证为主的历史线索之学术努力。"他认为要走出单一的文本资料限制,在研究中致力于搜索书证之外的"物证"材料,并进一步提出四重证据法:"传世和出土的文字材料分别属于第一和第二重证据。将口传与非物质文化遗产方面看作依然在民间传承的活态文化,属于第三重证据。……物质文化的传承,属于第四重证据。"[①] 四重证据法的提出为文学人类学的发展提供了方法论的实践,对于指导当下的文学与文化研究具有重要的突破意义。

另外,文学人类学的跨学科实践也体现在回应现实,针对文化大国崛起的现实需求,探讨符号经济时代本土文化资本的认识与开发问题。若将文学视为人类表述自我的一种符号、一种方式,那么,文学人类学与符号人类学(Semiotic anthropology 或 Symbolic anthropology)实为一体两面:文学人类学强调作为文字书写的文本,符号人类学更强调在人类符号表述的大视野中审视文学叙事。这层意义上的文学人类学,甚至可被视为符号人类学的一个方面。作为一门新兴学科,文学人类学强调从文化人类学视野来重新界定文学的定义、发生、功能、意义和研究方法;同时也强调从

---

① 详细学理论证参见叶舒宪《第四重证据:比较图像学的视觉说服力》,《文学评论》2006年第5期;《大禹的熊旗解谜》,《民族艺术》2008年第1期;《二里头铜牌饰与夏代神话研究——再论"第四重证据"》,《民族艺术》2008年第4期;《"轩辕"和"有熊"——兼论人类学的中国话语及四重证据阐释》,《广西民族大学学报》(哲学社会科学版)2008年第5期;《〈容成氏〉夏禹建鼓神话通释——五论"四重证据法"的知识考古范式》,《民族艺术》2009年第1期。

文学视野来反思文化人类学的研究范式与民族志书写问题。在这个领域，文化与文本、他者与本土、原始与现代、族群与国家等关系均被置入新的考察空间，文本与符号也相应被注入新的研究方法和生命力，符号的文学增值术成为可能。所以文学人类学的实践性在一定程度上有别于其他学科的文化观照方式。与学院化的其他学科相比，人类学是以走入田野、面向现实生活为特色的学科。文学人类学学者在敏锐地回应社会现实问题、勇于担当现实责任方面，在克服传统的西方人文学科的贵族化倾向方面，做出了一定的先驱和表率作用。例如，2000 年，新成立的四川大学文学与人类学研究所在国内首倡"文明反思与原始复归"的大讨论，针对市场化社会带来的现实危机，先于主流话语的"科学发展观"，提出人类学视角对"现代性"与"发展观"的批判质疑[1]。并在 2004 年人类学高级论坛（银川）上策动了学界人士的"生态宣言"；在族群研究、文化研究等新范式的生长语境中，反映出比较文学的传统研究范式与当下文化热点的相互渗透与思考。相对于社会学注重对文化产业的统计调查，传媒和广告界注重直接运用，文学理论注重对消费社会的纯理论思辨和人文批评等路径，文学人类学更强调从人类表述自我的符号层面探究符号经济的学术根脉与实践可能，从而为当下的符号经济和文化创意产业提供一些视角、资源、方法和研究个案。这类研究集中在《文化与符号经济》一书，多位研究者从不同的侧面试图回答这一问题。[2] 这些探讨对于在我国新兴的文化创意产业具有一定的理论先导作用，对于重新诠释文化大国的软实力及其开发利用，及其在后经济危机时代引领文化兴国的发展战略研究，都有迫切的现实意义，值得在更大的规模和级别上做出进一步的深入探索。

二 理论革新与范式突破

中国的人文学界在西学东渐以来的知识背景下，其理论建树方面一直处于非常尴尬的境地。一般而言，介绍和接受西方理论居多，本土一方的

---

[1] 参见叶舒宪《现代性危机与文化寻根》，山东教育出版社 2009 年版；叶舒宪《人类学质疑"发展观"》，《广西民族大学学报》2005 年第 2 期。

[2] 叶舒宪主编：《文化与符号经济》，广东人民出版社 2012 年版。

原创性理论建构却显得寥寥。后殖民主义理论家阿吉兹·阿罕默德认为：在过去的四分之一世纪里，一项几乎涵盖所有英语国家文学研究领域的显著发展成果，便是理论生产的高度繁荣。"理论的爆炸作为一种对话和重构，其主要方面已经成为一种融入了欧陆思想成果的杂糅：本雅明、法兰克福学派、语言学、阐释学、现象学、结构主义、后结构主义、沃罗西洛夫、巴赫金学派、葛兰西、弗洛伊德，以及拉康式的弗洛伊德，等等。"① 当代的理论生产所围绕的新关键词已经今非昔比，不再是什么审美、文学性、修辞术、风格、趣味，而是"反经典""文化民族主义""文化认同""少数族裔话语""多元文化主义""跨文化认知""离散"等一系列来自文化人类学的术语。在这种后现代、后结构主义和后殖民主义的现实语境中，没有相关的人类学的基础知识，是无法理解和应对当代的理论生产新浪潮的。同时，西化的大学教育体制被横向移植照搬到中国，基本上没有得到本土方面的审慎权衡、思考与筛选，造成唯西方马首是瞻的盲从局面，积重难返。

正是受到20世纪后期的反思人类学派和后殖民理论影响，中国的文学人类学学者积极反思、解构西方中心主义的学科范式，大力倡导和呼吁本土文化自觉。在当今的大学文科教育中，西方现代性文学理论与批评的范式占据支配地位，而本土传统的知识被压缩到"民间文学"的弱势话语，甚至在"中国文学"学科中被取消，归并到社会学的民俗学范围里。在国内知识界一边倒地拥抱西方学院派理论的情况下，文学人类学率先揭示出20世纪西方思想的"东方转向""原始转向"和"生态转向"，重视后现代知识观的变革与全球文化寻根运动，并大力倡导人类学"地方性知识"的新视角，启发对本土文化的自觉和尊重。② 基于这些探讨，文学人类学派对人文领域的经典理论已然开始质疑、批判和重构。文学人类学派的范式拓展及展望，可归纳出以下诸项。

---

① ［印度］阿吉兹·阿罕默德：《在理论内部》，易晖译，北京大学出版社2014年版，第2页。

② 参见《人类学与国学》，《光明日报》2007年2月8日，《百色学院学报》2007年第2期；《人类学与中国传统》，《百色学院学报》2008年第2期。

（一）重构文化大传统视域中的文化文本

文化文本，这个术语听起来好像既熟悉又陌生。在结构主义和符号学大潮到来之前，这是完全陌生的概念。人文学界经历过结构主义思想半个世纪的洗礼，大家对这个概念已经耳熟能详了。然而，文学人类学派绝不是因袭和照搬结构主义—符号学的概念。文学人类学派所强调的文化文本，除了名称上和结构主义—符号学的思路一致以外，其所秉承的学术传统更多地侧重在文化人类学方面，而其研究旨趣则更接近符号人类学（亦称"象征人类学"）、历史人类学、认知考古学。若从文学人类学的立场看，文化文本不是指客体存在的、静止不动的文本，而是带有历史深度认知效应的一种生成性概念，是指在主客体相互作用下不断生成和演变之中的文化符码系统本身。相对于后代的一切文本（不论是语言文字的还是非语言非文字的），文化文本的源头期最为重要。没有源头的，即没有找到其原编码的文本，是没有理论解释力的。结构主义和符号学的共时性研究思路，被视为人文学科在 20 世纪发生的最重要的学术转向——语言学转向，并且和 19 世纪的历史语言学思路相区别。但正是结构主义的共时性研究范式，阉割了文化文本生成脉络认识的可能性。所以必须有一个学术再转向，从关注共时性视角，到兼顾共时性与历时性，恢复发生学的视角。

毋宁说，若要文化文本发挥理论统领性的作用，需要让它和一切结构主义的文本概念划清界限。[①] 文化文本的生成方式是原编码，其演变的方式则是再编码，即在原编码基础上的某种置换变形或再创造。原编码的追溯，在理论上几乎没有止境。我们在此暂界定在先于文字符号产生的旧石器时代后期和整个新石器时代，以免使研究领域漫无边际。就中国的情况而言，旧石器时代的符号材料十分稀少，因而可以暂且侧重研究新石器时代以来的时段。对于有文字的社会传统而言，原编码是先于文字而存在的。换言之，一个古老文明的所有重要的文化原型，一定是在先于文字符号的更早年代里出现的，这就必然要诉诸考古学和史前史的全新知识领

---

① 当代文论中具有经典性的"文本"理论，以克里斯蒂娃和罗兰·巴特为代表，参见［法］罗兰·巴特《文本理论》，史忠义译，载史忠义、户思社、叶舒宪编《人文新视野》第六辑，河南大学出版社 2009 年版，第 297—308 页。

域，要相对地弄清楚：文字符号出现以前的世界是什么样的。没有这个补课的功夫，就永远也无法知道文字世界是如何取代无文字世界的。

我们在此对这个术语做出必要的三层次界定：

> 文化文本，指由特定文化所支配的符号系统及其意义生成规则。
> 文化文本，不等于"文化的文本"（cultural text），而等于说"作为文本的文化"（culture as text）。
> 文化文本，是大于"文字文本"或"语言文本"的概念，它将语言文字符号和非语言文字符号统统包括在内。

打一个比方，如果将作家作品或文字文本比喻为孙悟空，则文化文本就是如来佛的巨掌。两者的关系是支配与被支配的关系。特定文化中言说者和书写者，没有人能够超越文化文本的支配作用。在现象世界中，人们能看到的只有作家作品。在理论思维中，需要认识的就是现象世界中看不到的支配性要素。

对此需要提示的还有：第一层界定中的"特定文化"概念，具有相当的伸缩性，可指一个部落、村社，或一个族群，也可指一个文明国家。但不论哪种情况，特定文化都是一个个性化的概念，该文化的意义生成活动会有与其他文化所不同的自身法则。文学人类学派之所以采用这个概念作为理论主攻方向，是要凸显中国文化的意义生成"潜规则"，这既包括华夏文明整体的意义生成，也包括每一个民族或族群文化的意义生成。这就能给本土研究者带来非常多样的对象选择。

（二）走向神话中国，突破"轴心时代"的话语牢笼

近代西学东渐以来，中国人的国学传统，在相对封闭发展数千年之后，面临前所未有之大变局：闭关锁国的学问格局被迫中断，我们破天荒地第一次有了国际学术总体格局作为参照。于是，一个重新认识中国文化传统的伟大旅程，便由此开始，扬帆起航。如今回顾这一航程，欣喜兴奋之余，也会有深切的忧虑和遗憾，那就是在依托世界文明总体格局重新认识中国文化方面，过于盲信和盲从西学理论而导致的认识误区，比如，雅斯贝尔斯的"轴心时代"说（又称哲学的突破、轴心突破）。究其根本，

这是以西方学界的大师级学者首创，通过"文化遭遇"的过程，为大多数中国学者所认同和接受。在"理论旅行"的传播和发酵作用下，推波助澜，以无可阻挡之势，席卷本国学界。能够在此风潮之下，仍然保持独立思考的人越来越少。但如果从中国本土立场来重审这类未经证实的学术假说，就能够发现其似是而非的实质。

文学人类学的立场基于文化人类学的"文化相对主义"和"地方性知识"原则，要求针对每一特定文化的认识，采取实事求是的和具体情况具体对待的方式。而不宜预先假设一种具有普世性的万能理论模式，或直接移植外国理论家的模式，去套在所要考察的对象国的历史和文化上。19世纪德国哲学家黑格尔用虚构的"绝对精神"套在世界各国历史上，其所开启的"历史哲学"思路，遵循着自东方向西方运行的模式化行程，并奠定20世纪中期同样在德国哲学界出笼的"轴心时代"说的理论雏形。毫无疑问，对古代中国而言，轴心时代和科学中国说是出自西欧学者的一厢情愿的外来输入的理论模式。在"理论旅行"的加杠杆传播作用下，不知不觉中强加给中国文化和中国思想史研究之后，如今好像已经成为谈论问题的常规范式，成为一种多数人所认可的出发点。窃以为这是西学东渐两百年来最具有貌似合理性的两大假说，并在暗中主宰着讨论中国文化传统的理论话语权。

叶舒宪提出，哲学突破说和科学突破说，或者其他类的轴心突破说，其关键都在于辨析，究竟有没有发生这样一种革命性的替代过程。如果仅仅找到东周诸子有关炼气和修心的自我表述，却不去认真检视给科学和哲学奠基的形而上思考的成熟条件，那就无异于让"突破"说陷入釜底抽薪的困局。如果说，神话作为一种研究对象，是由于哲学和科学将其作为对立面，才有独立的神话学出现。那么，中国有神话而没有神话学的最好解释，就是中国传统中从来没有哲学和科学的权威。这个事实足以成为"轴心突破"说适合中国文化史的反证。为此，我们才要标榜"神话中国"论和"神话历史"论的理论命题，这正是为对抗或替代所谓"轴心突破"论的误导作用。通过对先秦经典的神话学阐释，我们能看到，用"信仰→理性""宗教→理性化""神圣→世俗"的演进过程置换中华文化的渊源与形成之做法值得商榷。用现代性工具理性观来规避中国王制中的"神—人"关系和礼乐文化渊源的做法同样有弊端。在笔者看来，这类二元对立的理论模式，解释不了中国文明发生发展的独特性。礼崩乐坏的东周无疑是"王制"被"断裂"的历史时期，春秋时期所做的"文化工程"恰恰不是突破"非理性"、形成所谓"理性化"的哲学，而是当时巫史及王权阶层运用一切资源来重新沟通天人，重建王制的神圣和礼乐规范的过程。这个过程与所谓的"轴心突破"或世俗理性化等理论模式正好相反，我们需要新的神话历史观走进上古。

（三）构建中国思想研究的物论体系及其方法论。

与批判"轴心时代"旨趣相同，在现代性科学话语之外，以上古之"物"为切入点来构建研究中国思想的新可能，这是文学人类学界范式拓展的一大亮点，尽管这条路正在披荆斩棘般地探索。笔者曾总结中国文明起源特点都是围绕"物"而展开：1. 在中国文明起源过程中，以最早的显圣物玉器为代表，先进的生产工艺并未用于生产劳动中，而是成为特权阶层彰显权力、实行垄断，被大量用于祭祀仪式和政治活动中；2. 在文明起源阶段，玉器信仰仪式占据重要地位，这些仪式以祖先崇拜、天地祭祀为主要内容，并逐渐演化成礼制系统，至周代完全建立；3. 中国古代的城市体现出政治上强控制的特征。城市并非出于商贸经济的考虑而建立，而是成为权力角逐的舞台和特权阶层实施统治的场所。根据这些特点不难理解：神话研究聚焦"物"的背后是要挖掘更深层的神圣信仰、权力垄断、祭祀仪式等因素，研究围绕"物"所形成的权力垄断和强政治的历史根源。这也昭示着超越文学性的跨学科研究已成为神话学发展的必然趋势。从圣物到格物，中国思想史有自己独特的物论思想与神圣观念。而这套观念并非现代性科学话语能认知的，也非西方哲学话语能囊括和表述的。

所以，有别于先贤们攀附西方诸神系统的建构途径，相关研究从中国的神话现象和历史语境出发，挖掘出从圣物到天/帝，从感生到帝系，从圣人到帝王，以古史为核心的中国神话话语系统如何为不同社会时期、文化制度提供了神圣性终极证明，同时也为华夏不同的政治模式提供了通往国家权力顶峰的意识形态话语。正是通过圣物象征、神圣古史和圣人先王的道德典范，正是以春秋大义、《史记》为代表的历史精神为现实的政治/

伦理秩序提供了一套超越性的价值与批判源泉。不同的权力话语也可利用这套中国式神话结构，在背叛道德典范的情况下仍达成神圣性诉求，完成其世俗权力的建构。中国神话于中国历史是一种价值规范，也是一种文化基因。这些反思指向我们对早期中国的研究突破。针对早期文明而言，人类对文明本源的理解，从本质上构成了今天的现实生活。在 19 世纪末 20 世纪初，德、英、法等国最优秀的社会学、人类学、哲学家都曾热衷于对早期文明的想象、研究或重构（比如马克思、涂尔干、弗雷泽、韦伯等）。这些研究逐渐蔓延到其他学科，形成一种整体布局，深刻影响着今日各个领域。所有的文明都起源于物质生产、神话信仰、权力诉求和生态环境等多重制约和相互作用。其中，神话观念、神圣性诉求，以及相应的权力（礼乐）话语建构，对中国文化共同体的起承转合、对具体的历史叙事和文献文本起着支配性作用。文学人类学的理论探讨，其本质是对现代人文学术传统及范式研究进行深刻反思及再造。

总之，20 世纪末叶以来在比较文学和整个人文研究领域内出现的"人类学转向"（anthropological turn）正是百年积累下来的跨学科研究大趋势的必然结果，是类似 20 世纪初"语言学转向"（linguistic turn）的一种影响深远的标志性学术转向，它预示着在未来引导知识全球化视野和知识创新整合的发展潮流。从这一国际学术转型的大背景上，可以透视出中国的文学人类学学派方兴未艾的动力与前景，这也在一定程度上预示着中国的人文领域的发展前景。

第十四章

文艺与政治、经济关系的重组与文论范式的转型

刘方喜

第一节 文艺与政治、经济关系的重组与文论转型

本章将在中华人民共和国成立 70 年乃至中国百年现代化历史进程中,从"文艺与政治关系""文艺与经济关系"在文论整体格局中的升降、重组的角度,来勾勒新时期以来随着市场经济的发展中国文论所出现的新的转型趋向。2014 年,习近平发表《在文艺工作座谈会上的讲话》,是继毛泽东《在延安文艺座谈会上的讲话》后,中国化马克思主义文艺理论又一重要的纲领性的经典文献,两者最主要的联系之一,是对文艺为人民服务宗旨一以贯之的强调,而习近平的讲话所提出的"文艺不能当市场的奴隶"的重要论断,则体现了与毛泽东的讲话的不同点之一,原因在于社会现实发生了很大变化:延安时期及整个革命战争时期,改革开放前的计划经济条件下,文艺与市场关系问题都不是突出的问题,或者说文艺发展还没有面临市场经济的考验,而习近平讲话重要的现实背景之一是推进社会主义市场经济改革,文艺与市场经济的关系问题凸显出来,"文艺不能当市场的奴隶"的重要论断是有着非常强的现实针对性的。马克思指出:

> 要研究精神生产和物质生产之间的联系，首先必须把这种物质生产本身不是当作一般范畴来考察，而是从一定的历史的形式来考察。例如，与资本主义生产方式相适应的精神生产，就和与中世纪生产方式相适应的精神生产不同。如果物质生产本身不从它的特殊的历史的形式来看，那就不可能理解与它相适应的精神生产的特征以及这两种生产的相互作用。①

改革开放后 40 年与前 30 年文艺作为"精神生产"的发展方式发生了很大变化，而原因在于：文艺精神生产与之相适应的物质生产发展方式发生了很大变化：前 30 年单一公有制、计划经济发展方式已转变为以公有制为主导、多种所有制并存的市场经济发展方式——这是"文艺与政治关系""文艺与经济关系"在文论整体格局中的升降、重组进而文论范式转型的重要原因。因此，我们应充分结合改革开放以来物质生产发展方式转变、社会主义市场经济的转型这种"特殊的历史的形式"，来理解与之相适应的文艺精神生产的特征以及这两种生产的相互作用。

首先要辨明的是："文艺与经济关系"并不像许多人凭似是而非的直观印象所认为的那样是个已被研究得烂熟的问题——从世界学术思想史的角度来看，这一问题是马克思政治经济学涉及的一个重要问题，马克思后，马克思主义的发展也分化出了东、西方两大阵营：在西方马克思主义这一发展脉络中，尽管马克思的批判精神得到了某种继承，但所谓"经济决定论"或"经济主义"不断受到批判，姑且不论其中的是非功过，其后果是："经济"在整体社会生活中的作用被越来越忽视乃至轻视——最重要的标志是：西方马克思主义由马克思立于经济活动之上所进行的"社会批判"转向"文化批判"，并汇入西方其他理论流派"文化主义"的总体发展潮流中。在东方阵营中，马克思的"经济基础—上层建筑"模式不断被强化，但是由于社会主义不是在马克思当初所设想的那样是在经济高度发达的基础上建立起来的，因此这一模式实际上越来越被政治化（比如"阶级"在马克思本来首先是"经济"范畴，但在后来实际上成

---

① 《马克思恩格斯全集》第 26 卷第 1 册，人民出版社 1972 年版，第 296 页。

为"政治"范畴等),因此,在文艺理论中,在出发点和基础的意义上"经济"会被提及,但大抵是捎带而过,关注的焦点其实是文艺与政治关系——大致可以说:在东方马克思主义文艺理论中,"经济基础—上层建筑(意识形态)"这对范畴主要是个政治哲学范畴而非经济哲学范畴。如此来看,东、西方马克思主义尽管有很多不同,但"经济"作用在各自理论系统中趋于削弱却是基本一致的,因此,在马克思后,"文艺与经济关系"并不像人们想象的那样已得到更深入研究而不再称其为问题,而今天对这一问题的重新审视和深入、系统探讨,恐怕首先还要回到马克思:如果说"意识形态性"是文艺的"政治性"范式的话,那么,马克思相关讨论中还运用了与之不同的"经济性"范式,即"生产性—非生产性",对于我们今天审视和考察文艺与经济、市场的关系,依然具有重要指导意义。

从中国现代学术思想史的实际情况来看也确实如此:作为东方马克思主义重要理论成果之一,毛泽东文艺思想当然会在"经济基础—上层建筑(意识形态)"这一经典框架中强调经济(作为基础)对文艺(作为观念上层建筑)的决定作用,但是,相对而言,这种"决定作用"恰恰是宏观的、间接的、原则性的,毛泽东强调文艺活动中"政治标准第一"表明其所关注的首要问题还是"文艺与政治关系",中华人民共和国成立后,以毛泽东思想为指导的文艺理论界当然也是如此——我们强调形成这种理论格局与当时的社会经济体制密切相关:除了毛泽东及其他理论家的推崇外,单一的计划经济作为一种现实的体制力量,就决定着当时文论的主要问题只能是"文艺与政治关系"问题,经济对当时文艺活动即文艺具体的生产、传播机制等并无直接影响,"文艺与经济关系"自然也就不可能成为当时文论的主要问题。改革开放以来,"文艺与经济关系"问题在文论中日益凸显出来,而其成因是中国社会向市场经济体制的转型,市场经济对文艺活动的影响越来越大。当然,说文论遵循政治哲学范式绝不意味着对文艺审美独立性的完全忽视,毛泽东文艺思想强调"政治标准第一",但也把艺术标准排在第二;同样,说文论依循经济哲学范式也绝不意味着对文艺审美独立性的完全忽视。按对现代学科研究对象与范围一般的表述,文艺学研究的是文艺活动自身的独特审美规律:在政治哲学范式中，这种独特审美规律是在"文艺与政治关系"中展开探讨的，这方面的重要成果是新时期以来钱中文等提出的"审美意识形态"论；而在经济哲学范式中，则是在"文艺与经济关系"中展开探讨的，这方面的研究尚有待深入，马克思艺术"非生产性"论对此有重要启示——由政治哲学范式向经济哲学范式的转型，也就只是表明文艺学探讨文艺自身独特审美规律所处"场域"的转换。

从学术史的实际情况来看，有关文艺商品化、通俗文艺、人文精神、新理性精神、大众文化、文化产业、文艺与市场、文化经济学等方面的学术探讨和论争，构成了改革开放40年来文艺理论发展历史进程中的一条重要脉络，本章就是主要从社会经济体制变化对文艺及其理论所产生影响的角度，置于新中国文论70年乃至中国现代文论百年发展史中，考察这一理论史脉络所昭示的文论在整体上所发生的新变化。文艺理论的发展受到多方面因素的影响，而社会经济体制是其中影响很大的一个重要因素。社会经济体制的转型必然会带来文艺生产和传播方式的转型，进而也会带来文艺理论的转型。以改革开放为界，新中国文论的70年发展史，又大致可以分为前30年与后40年两大段，两大段文论的整体风貌非常不同，造成这种不同的原因是多方面的，其中的重要原因之一就是不同的经济体制：前30年经历着向计划经济体制的转型，后40年则经历着向市场经济体制的转型。

关于文论的"范式"转型，可以从多方面加以描述，按传统通行的三分法，社会生活大致可以分为政治、经济、文化三大领域。法国当代社会哲学家布迪厄认为，政治、经济、文化等不同的社会生活领域在社会现代化进程中呈现不断分化、各自自主化的趋向，法国文艺于19世纪达到自主化的高峰。另外，布迪厄强调，文艺的自主化又并不意味着与政治、经济的彻底隔绝，政治、经济既可以作为"外部"力量作用于文艺，同时也可以作为"内部"力量作用于文艺，而政治、经济通过对服从自身逻辑的文艺功能、文艺观念的强化，使其对文艺活动的影响力由"外部的"转化成"内部的"：通过强化文艺本身的政治教化功能，政治就成为影响文艺的"内部"力量；通过强化文艺本身的经济价值功能，经济也就成为影响文艺的"内部"力量。与此密切相关，在文艺观念上：通过推行政治意识形态化文艺观,政治在文艺活动"内部"产生影响;通过推行商业消费化文艺观,经济也在文艺活动"内部"产生影响。除了政治、经济功能外,文艺本身还具有独特的审美功能,在现代化进程中,文艺与政治、经济的分化就表现为对审美自主化的追求,在观念上就形成一种审美自主化的文艺观。于是,从"外部"来看的文艺与政治、经济的关系,在文艺"内部"就具体表现为审美自主化文艺与政治意识形态化文艺、商业消费化文艺之间的关系,而社会现代化进程中政治、经济、文化的分化、重组,在文艺活动内部就表现为三种不同文艺活动方式及其观念的分化、重组[1]——这在中国文艺的现代化进程中有同样突出的体现,在中国文艺现代化的首演中,就已形成"审美自主型"(代表人物是王国维、早期鲁迅、周作人等)、"政教工具型"(代表人物是梁启超等)、"商业消费型"(以鸳鸯蝴蝶派为代表)三元并存的文艺观念格局,这一整体格局的变动、重组,构成了中国现代文学理论发展史中一条极其重要的脉络。

在现代文艺的整体格局中,与经济联系最为密切的是通俗文艺,现代通俗文艺的支撑力量是市场,文艺与经济关系乃是考察现代通俗文艺发展最重要的基本视角,另外,由通俗文艺的发展状况也最能集中地考察文艺与经济关系的历史变化。从中国现代文艺百年发展史来看,商业消费型文艺的沉浮,清晰地昭示着三种不同文艺的四次重组:(1)鸳鸯蝴蝶派是由市场支撑的中国现代通俗文艺的典型代表,第一次重组,经"五四"新文学家的激烈批判,鸳鸯蝴蝶派商业消费型文艺在理论上退出社会主导价值体制,但实际上在市场的支撑、推动下依然继续发展;(2)第二次

---

[1] 以上分析参见[法]布迪厄《艺术的法则——文学场的生成和结构》,刘晖译,中央编译出版社2001年版。这里需要说明两点:(1)本文所谓文艺审美之"自主",西文是 autonomy,通常译作"自律",本文采纳了《艺术的法则》一书中文译法,是为了对相关的其他中文词如"自主化"等表述得更为流畅。(2)关于"内部"与"外部"关系问题,学界认识到形式主义、结构主义"内部"研究的弊端,强调要与"外部"研究结合、统一起来,但对两者具体的结合点、统一的具体机制往往语焉不详,而布迪厄《艺术的法则》在这方面的分析是:影响文学的"外部"力量往往要通过"文学场"的"内部"的结构产生作用,这种解释无疑比较通达,既强调了外部力量的实际作用,同时也强调"内部"与"外部"之分,没有把文学艺术发展的动力完全纳入外部力量。

重组，经 20 世纪 30 年代文艺大众化运动的不断批判，作为"五四"新文学观重要一翼的审美自主型文学观也开始逐渐消退，"政教工具型"文学观日趋强大，整个"左翼"文坛都被它统治，此期从"文学革命"到"革命文学"的转变，有使文学走出"审美自律"向"为人生和大众"转变的含义，具有历史合理性，但也产生了严重的偏颇；（3）第三次重组，由于高度单一化的计划经济体制的建立，市场退出中国社会（大陆）的运作机制，失去现实支撑的商业消费型文艺随之自动退出历史舞台，审美自主型文艺观也被进一步抑制，中国文学现代化的三向度，被一体化于政治意识形态的单向度——这里需要特别强调的是：尽管这一时期创作的具有革命浪漫主义色彩的一些小说比如《林海雪原》等具有一定的武侠色彩，但其生产机制决定了那些作品并非典型的现代通俗文艺；（4）第四次重组，新时期以来，中国重走市场经济发展道路的改革开放政策，必然使以市场为支撑的现代通俗文艺重新登上历史舞台，僵化的单向度的文艺观逐渐被打破，被压制很长时间的另外两个向度开始逐渐恢复，而随着市场化的逐渐深入，商业消费型的通俗文艺已呈现走向主流之势——这种趋势在新时期以来有关文艺商品化、通俗文艺、大众文化等学术论争中有清晰的展示，而人文精神和新理性精神的倡导则是对文艺市场化（产业化）所出现的弊端的批判性回应，凡此种种，昭示着新时期尤其 20 世纪 90 年代中国文论经历新的转型。

  当中国坚定地走上社会主义市场经济的发展道路，20 世纪 80 年代学界所争论的文艺能不能商品化、市场化等问题已不再成为问题：在市场经济框架下，文艺采取产业化发展方式已成为必然，并且随着社会整体生产力的不断提高，物质生产所创造的越来越多物质财富，必然越来越多地转移到包括文艺在内的精神生产领域——在国家文化发展战略层面，"文化产业"已成为与"文化事业"并列的基本发展方式，并且使包括文艺在内的文化产业成为支柱产业，也成为国家发展重要战略之一。21 世纪以来，西方大众文化理论越来越多地被引进，有关文化产业或创意产业的理论研究也获得大发展，包括文艺在内的文化理论与经济学交叉而形成的"文化经济学"也正在逐步发展起来。但是，正如在物质生产（经济）上，采用多种所有制但绝不放弃公有制主导地位，在文艺精神生产（文化）上，高度重视产业化的发展方式但也绝不能放弃非营利性的文化事业的发展方式——马克思关于艺术"生产性—非生产性"的理论对于我们今天探讨这种发展方式具有理论指导意义。从现实来看，经济领域鼓吹市场绝对自由化产生了许多负面问题，打着文化产业化、市场自由化的旗号的错误思潮也给文艺发展带来负面问题——"文艺不能当市场的奴隶"的重要论断正是针对这些负面问题提出来的，中国文艺进一步大发展，如何处理好文艺与市场的关系，依然是重要的理论和现实课题。

第二节　围绕通俗文艺、金庸经典化、文艺商品化、大众文化等问题的论争

改革开放政策对市场经济体制的启动，必然会带来商业消费型文艺的复兴，而在理论观念上必然带来学界对这种文艺价值的重新认识，商业消费化文艺观开始逐渐得以建构——这在文学史及具体作家作品研究上就具体表现为雅俗并存文学史的重写（所谓"两个翅膀论"）及金庸经典化等理论诉求。

王先霈等主编的《80年代中国通俗文学》可以说是新时期以来理论界对通俗文学现象所作的较早而较系统的理论关注，该书基本上是一种"类型学的研究"，对研究对象作了较为客观的清理，在基本价值观上，该书强调"通俗"而"非文学"的不在研究之列，表现出对传统文学基本价值观和审美底线的持守。钱理群等的《现代文学三十年》把通俗文学的发展作为一种连续性的线索作了描述和分析，陈平原的《20世纪中国小说史》第一卷对中国现代通俗文学的早期发展更是作了大篇幅的论述——总体来说以上二书尚无竭力提升通俗文学地位的强烈诉求——而范伯群主编的《中国近现代通俗文学史》则显示出了这方面的强烈诉求，范伯群在该书"绪论"中指出，以往中国现代文学史研究只涉及了"半部中国现代文学史"，而"文学的母体应分为'纯''俗'两大子系"，在此基础上，他对"五四"新文学以来戴在鸳鸯蝴蝶派文学头上的三顶帽子"地主思想与买办意识的混血种""半封建半殖民地十里洋场的畸形胎儿""游戏的消遣的金钱主义"作了辩驳：

文学的功能是非常宽泛的，例如有战斗功能、教育功能、认识功能、审美功能和娱乐功能等等。我们不能一般地反对文学的娱乐功能或蔑视文学的趣味性，通俗文学除了娱乐消遣的本色之外，"金钱主义"恐怕也应是它的一种本色。我们对"金钱主义"的理解是局限于通俗文学的商品性……今天，对许多"纯"文学作家说来，文学作品的商品性的观点，也已经为他们所接受，更不可能作为一种"罪状"来加以罗织。

他也在中国文学现代化三向度上展开分析：

对纯文学的不少作家来说，"遵命文学"的写作目的往往侧重于强调了政治性与功利性；而以"传奇"为目的，在消遣前提下生发教诲作用的通俗文学来说，它们在客观上是强调了文化性和娱乐性。两者都在侧重发挥文学的"之一"功能……就纯文学中持革命态度的作家而言，他们崇尚"前瞻"，以改造世界为己任；在纯文学中还有一批膜拜艺术为己任的"为艺术而艺术"者，他们倾向"唯美"而以"美的使者"自居；而通俗文学作家，在政治党派性上大多是"超脱"的，他们所考虑的是要使他们的"看官们"读小说时感到非常有兴趣，达到消遣的目的。

他对通俗文学概念的界定是："基于符合民族欣赏习惯的优势，形成了以广大市民层为主的读者群，是一种被他们视为精神消费品的，也必然会反映他们的社会价值观的商品性文学"，"近现代通俗文学具有它自己的特色，在发挥文艺功能上它完全可以与纯文学相互补。纯文学与通俗文学是各有其各自的审美规律的"[①]，于是就形成了关于中国现代文学史的"两个翅膀论"——袁良骏不同意这一观点，在中国现代文学馆与范伯群进行过面对面的论争。新文学只写"精英"的那"半部"，其实是历史形

---

① 以上引述参见范伯群主编《中国近现代通俗文学史》之"绪论"部分，江苏教育出版社2000年版，第1—26页。

成的,有着其政治背景;而我们强调的是:后来的人力捧通俗文学,其实是后来才出现的文学观的体现,其背后同样有着非常具体的社会背景,即市场经济体制转型。

更具典型意义的当是对金庸的经典化,典型个案是中国现代文学研究资深专家严家炎对金庸武侠小说作了极高的定位:

> 文学历来是在高雅和通俗两部分相互对峙、相互冲击又相互推动的机制中向前发展的……如果说"五四"文学革命使小说由受人轻视的"闲书"而登上文学的神圣殿堂,那么,金庸的艺术实践又使近代武侠小说第一次进入文学的宫殿。这是另一场文学革命,是一场静悄悄地进行着的革命,金庸小说作为20世纪中华文化的一个奇迹,自当成为文学史上光辉的篇章。[①]

《中华读书报》2000年9月27日所载易中天的《请严家炎先生示教》一文有针对性地分析道:"最离谱的是这样一段:'鲁迅先生对侠文化不否定,很客气。鲁迅的《铸剑》是现代武侠小说。如果鲁迅活到现在,看到金庸的小说,不至于骂精神鸦片'","它(《铸剑》)不是什么'现代武侠小说',则是肯定的,和金庸小说也风马牛不相及,根本不能类比"——这里就涉及这样一个基本问题:一般所谓"武侠小说"绝对不仅仅是根据"题材"而定的,正如涉及情欲题材的郁达夫小说不能归类为"黑幕小说"。在作品功能上,该文分析道:

> 严先生认为,武侠小说(包括旧武侠)不仅可以培养人们的侠义精神,还能引导人们走向革命,他为了说明或证明新武侠小说是有意义、有价值、有社会需要的,竟然说"社会呼唤新武侠",如果说武侠小说有什么意义、价值、功能的话,那就是休闲,就是消遣,就是放松,就是给大家看着玩儿,硬要去寻找武侠小说的社会意义或文学价值,这本身就是无意义和无价值的。哪怕那武侠小说是金庸写

[①] 严家炎:《金庸小说论稿》,北京大学出版社1999年版,第212—213页。

的，也如此。①

从"学理"层面上无限提升武侠小说的价值，难免要遭遇此尴尬。较激烈批判金庸现象的有何满子，其刊登于《光明日报》1999年10月28日的《就言情、武侠小说再向社会进言》一文描述道：

> 近年来，一个台湾言情小说写手和一个香港武侠小说写手"征服"了中国——本来，比此类小说档次更低、更无聊的东西也在市场上随处可见，未足惊怪——但这两种显然是还魂旧文化的小说不仅吸引庸俗耳目，连一些畅销书拜物教教徒的学者也靡然景从，甚至将它们排入经典作品排行榜中，正如美籍华裔学者夏志清将鲁迅和鸳鸯蝴蝶派与西风派的混合作品——张爱玲的小说相提并论，定为伯仲之间一样令人恶心（张爱玲的小说还不乏生活，多少表现了哀歌式的末世男女的真情，琼瑶只是张爱玲的劣化）。②

对"鲁迅《小说史略》就侠义、人情（才子佳人小说包括在内）等诸体小说，分类论述，但鲁迅并未从门类着眼加以抹煞"一说，该文进行了辩驳："《中国小说史略》中肯定了《三国演义》《水浒》等小说的成就，毫无贬抑之意；但在《叶紫作〈丰收〉序》中，却对'中国社会还有三国气和水浒气'，即早该过时了的意识还在困扰现代中国深表怅憾"③，强调整理国故的胡适、对古代俗文学有极系统研究的郑振铎等都与鲁迅存在相通之处：一方面强调要重视研究古代文学传统，另一方面强调新文学的发展却必须反传统——这其中存在问题，但以"五四"学人重视对俗文学、古代文学的研究，来佐证现代通俗文学发展的合法性，在学理上很难站住脚，周、胡、郑三先生对鸳蝴派文学、武侠小说等皆有过激烈的批判。何满子刊登于《中华读书报》1999年12月1日的《破

---

① 易中天：《请严家炎先生示教》，《中华读书报》2000年9月27日。
② 何满子：《就言情、武侠小说再向社会进言》，《光明日报》1999年10月28日。
③ 同上。

"新武侠小说"之新》文章还指出:"武侠小说这一文体,它的叙述范围和路数,它所传承的艺术经验,规定了这种小说的性能和腾挪天地","武侠小说的文体及其创作机制决定了它变不出新质"——"创作机制"确实是问题的关键所在。①《中华读书报》1999年11月10日所载袁良骏《再说雅俗——以金庸为例》一文同样指出:"金庸是靠武侠小说发家致富的","他怎么可能注意精炼?注意删节?避免重复?不客气地说,有些作品简直是有意重复,有意拖长。"② 有趣的是,严家炎似乎也认识到了这一点,在《中华读书报》1999年12月1日所载《答大学生问》中,他也指出:"(金庸小说)留下了在报纸上连载的痕迹或印记。作者当时写一段,发表一段。这种方式的写作即使事先筹划再严密,仍可能出现不周全、松散拖沓的毛病。金庸花十四五年写,后来修改又花了七八年,力图精益求精,但某些烙印依然还留下来"③——这是商业消费化文艺"创作机制"或"生产机制"的症结所在,文学才华再高如金庸也不能免此。陈平原刊登于《当代作家评论》1998年第5期的《超越"雅俗"——金庸的成功及武侠小说的出路》一文,对金庸武侠小说成功的原因作了较具理论性的分析:"在许多公开场合,金庸甚至'自贬身价',称'武侠小说虽然也有一点点文学的意味,基本上还是娱乐性的读物,最好不要跟正式的文学作品相提并论'","金庸曾表示,当初撰写武侠小说,固然有自娱的成分,主要还是为了报纸的生存",陈文的一个结论是"正是政论家的见识、史学家的学养,以及小说家的想像力,三者合一,方才造就了金庸的辉煌"④——问题恰恰在于"政论家的见识、史学家的学养"某种程度上可以提高其武侠小说的思想格调,据此是否就足以使其超越"俗"文学的范畴了?陈文还分析了金庸在文学观上与"五四"新文学的不同:"至于新文学家写作的'文艺小说',在金庸看来,'虽然用的是中文,写

---

① 何满子:《破"新武侠小说"之新》,《中华读书报》1999年12月1日。
② 袁良骏:《再说雅俗——以金庸为例》,《中华读书报》1999年11月10日。
③ 严家严:《答大学生问》,《中华读书报》1999年12月1日。
④ 陈平原:《超越"雅俗"——金庸的成功及武侠小说的出路》,《当代作家评论》1998年第5期。

的是中国社会,但是他的技巧、思想、用语、习惯,倒是相当西化'。称鲁迅、巴金、茅盾等人是在'用中文'写'外国小说',未免过于刻薄;但新文学家基于思想启蒙及文化革新的整体思路,确实不太考虑一般民众的阅读口味","具体到武侠小说的评价,新旧文学家更是如同水火"——这些冲突也许只能表明金庸本人将其小说自我定位在现代"雅"文学传统之外,但我们的学者却偏要说他超越了雅俗。

  大致来看,如果说金庸及其褒扬者只是在重复鸳蝴派曾说过的老话的话,那么,批评者也一样还是仅仅局限于五四学人的思想性批判——其实这一问题只有上升到"现代性"本身的内在分裂即"审美现代性"与"经济现代性"的分化、对峙这一高度才能基本阐释清楚:由鸳蝴派而金庸等现代通俗文艺,由于与市场的紧密结合,可以说恰恰是"现代性"极强的一种文艺,"五四"新文学运动以来从思想意识上将其定位为落后的封建文艺(其实所谓"高雅"文艺何尝不也可以宣传落后的封建意识呢)而排除在文艺的现代化进程之外,看来是缺乏说服力的——但是另一方面,如果认为文艺越商业化、越市场化,就越"现代化",则是更站不住脚的:从西方社会的现代化进程来看,经济越来越市场化、功利化的同时,文艺却越来越非功利化、反市场化——所谓"现代性"绝非铁板一块。因此,恐怕不能说金庸"超越了雅俗",而只能说再用雅俗概念分析其作品,针对性确实不太强,因此需要对雅俗这对范畴作新的清理——问题的关键在于最基本的"生产目的"决定下的文艺"生产机制":现代"俗"文学最基本的"生产目的"是营利,正是在这一点上金庸武侠小说并没有超越现代"俗"文学最基本的目的论的生产机制,而依然是商业消费化文学。其实,对大陆文学、文化界来说,关键还不在金庸小说的好坏,而在接受、抬高金庸小说时大陆独特的社会历史背景:资本开始往文学、文化生产领域扩张。产生于较早步入富裕消费社会的香港的金庸小说在大陆的经典化,承认也好不承认也好,这恰好表明大陆知识分子对消费主义意识形态建构的自觉或不自觉的介入。喜欢阅读金庸是一回事,试图在价值判断的层面上把金庸无限拔高而试图使其经典化则是另一回事——这实际上已是在建构或顺应消费主义意识形态了。时势造英雄,金庸成了中国消费社会转型中的文化英雄。不管怎么说,凡此种种表明,中国文学现代化确实正在经历着第四次重组，商业消费化文艺观正在开始逐渐走向主流，并在开始消解、排斥其他两种文艺观。

以上分析了在文学史、作家作品研究方面商业消费化文艺观的建构过程，从理论研究方面来看，新时期以来围绕文艺商品化、大众文化等形成的相关论争，也昭示着商业消费化文艺观的建构进程。

高度单一化的计划经济体制的建立，使中国文学现代化三向度出现了第三次重组，商业消费化文学由于失去现实的支撑（资本、市场）而自动退出历史舞台，审美自主化文学观也基本被清除，文学观念被高度一体化于政治意识形态的单向度——"文化大革命"十年体现了这种单向度文学观念最极端的发展。从20世纪30年代文艺大众化讨论开始至"文化大革命"十年，可以视作中国（主要指大陆）现代文学"后五四"的发展时期：如果说文艺大众化运动，标志着对"五四"文学传统的清理的话，那么，"文化大革命"结束后对"后五四文学"的再清理，则首先表现为对"五四"文学传统的恢复——与所谓思想解放同步乃至超前的"伤痕""反思"小说、戏剧等，具有着现代性的思想批判精神，"朦胧诗"更表现为对"五四"新诗现代性传统自觉或不自觉的恢复——文艺的"拨乱反正"首先表现为返回"五四"传统——但这只是问题的一个方面，全面地看，其实是表现为对"五四"时期中国文学现代化整体格局的恢复——在"雅"文学恢复"五四"传统的同时，20世纪50年代以来基本退场的"俗"文学再次登场。

《80年代中国通俗文学》一书指出："通俗文学的勃然兴起和持续兴盛，在80年代中国的文学领域，或者扩大一些，在这一时期全社会文化生活之中，都是十分突出的现象"，该书还收录了文学界对此的分析，"从社会物质生产的角度，把通俗文学的兴起归结为伴随着商品经济的发展而出现的文化现象，陈山把这种现象称为'城市文化现象'，他认为通俗文学是城市化过程的产物，而城市化亦即社会生活市场化，商品经济的充分发展。因此，城市化归根结底是众多论者所说的商品化"，[①]说得再

[①] 参见王先霈、於可训主编《80年代中国通俗文学》"前言"，湖北教育出版社1995年版，第2、72—73页。

具体一些,中国"通俗文学的勃然兴起和持续兴盛"最重要的原因,乃是已停顿很久的"资本"这一现代社会的发动机,在中国社会中再次慢慢启动起来了。随着经济商品化、市场化的不断发展及现代通俗文艺的再度出场和发展,理论界出现了一次文艺要不要也随之商品化的论争。陈文晓的《社会主义商品化——文艺繁荣的历史趋势》认为:"一部作品无论具有何等崇高的精神目的,如果没有票房价值,没有市场,那就算吃了败仗,失去了艺术的一切功能";王锐生《社会主义条件下的精神生产与商品生产》也指出:"我们所说的精神产品商品化,不光是说,精神产品采取商品形式,而是指精神生产完全受价值规律的支配,以利润为其生产的主要目的";蒋茂礼《商品化中文学独立品格的沦丧》同样分析道:"文学商品化就决定了衡量文学作品价值的尺度不是美学标准,而是利润标准"[①]——以上对文艺商业化运作机制基本特性的把握还是比较准确的,"利润标准"是非常具体的,而在相关讨论中"美学标准"究竟是什么并没有得到很好的厘清。边平恕的《艺术生产和商品生产》指出:"过去我们对艺术的范围和性质有一种褊狭的理解。把艺术理解为就是阶级斗争的工具,否定了艺术的审美和娱乐的性质。对艺术性质的褊狭理解,导致了对艺术产品实行无价值主义,从而又否定了艺术成为商品的可能性"[②],其实,文艺要不要或者能不能商品化,并非仅仅是个文艺"观念"问题,而首先是个社会经济体制问题:在单一的计划经济体制下,文艺与市场经济不可能发生关系,因而也就不成其为问题,而80年代成为问题,首先主要是因为中国开始启动市场经济了:完整的市场不仅包括物质产品的商品化,而且必然也包括精神文化产品的商品化——只要搞市场经济,文艺商品化就是题中应有之意。商品化文艺观对传统单一的意识形态化的文艺观确实有一定冲击——从理论发展的内在逻辑来说,商品化论争的理论意义在于初步揭示出了意识形态一体化文学观念的片面性;从中国文学现代化三向度来看,商业消费化、政治意识形态化、审美自主化三者是相互联

[①] 分别参见陆梅林、盛同主编《新时期文艺论争辑要》,重庆出版社1991年版,第1891、1937、1974页。

[②] 同上书,第1949页。

系、相互作用的，许多人看到了商业消费化对政治意识形态一体化的冲击，却没有意识到它同时对审美自主化文艺观也形成冲击（娱乐功能对审美功能的排斥），而这种审美自主化文艺观在意识形态一体化中也是受到压制的。

进入新的 21 世纪，"大众文化"越来越成为中国知识分子关注的焦点——这与不断引进西方后现代主义等理论是有联系的，但资本在中国本土社会生活中以更强劲的势头不断地扩张，恐怕才是产生大众文化热更为内在的也是更为本土化的深层原因。

《文艺报》2003 年 1 月 23 日所刊登的王先霈、徐敏的《为大众文艺减负》一文从多方面分析了大众文化现象。（一）该文首先揭示大众文化的兴起和发展是一个双向的过程，后工业社会经济，已由"物质—技术型"转向"象征—文化型"，成为一种"文化经济体制"，经济中非物质活动的增长快于物质活动的增长，商品中的象征及心理因素的价值成分随经济的物质需要满足而相对增长，产品的威信不再主要由物质的质量（如汽车发动机的功率）而更多由象征—文化质量（如汽车的外形设计）所决定，这样就同时出现两种趋向即"文化经济化"与"经济文化化"——这当是理解大众文化性质的基本点，正是在此情况下，文化的商品性才凸显出来的，极一般地说，任何事物都可以商品化，但一种具体事物的实际的商品化，却又必然需要一定的社会历史条件，比如，在西方工业化初期，当大量产业工人在温饱线上挣扎时，精神文化产品大规模的商品化就几乎不可能。"文化和经济的交融，是经济相对富足后，人们较低层次的物质消费需要得到满足，逐渐上升为带有审美色彩的消费需要的必然结果"，"经济的文化化"使本来属于所谓"物质生活"的领域开始被精神化，这就使大众不仅在消费物质产品，也开始消费精神产品，这无疑正是随着生产力的发展，精神享受越来越民主化的一种表现；而"文化经济化"则是资本增殖扩张到"文化"也即精神生产领域的一种重要表现——大众文化的兴起和发展，乃是大众精神享受"民主化"与"消费化"（资本市场化）的双向运作。（二）该文描述了新时期以来文学观的重组，首先"相对独立和自律的高雅文艺从中脱离出来，与主旋律文艺一起双峰并峙构成文学的两大板块"，然后是第二次分化，"社会主义市场经济条件下的大众文艺在 80 年代以后萌生并迅猛发展，它与主旋律文艺、高雅文艺一起，形成了现时期文艺领域内鼎立的三足"，而"从性质和功能来看，经济、文化的融合使商品性继审美性、思想性之后，成为文学艺术的必然属性"，这三种属性乃是三种文学观不同的三个立足点，而凡此种种恰是对"五四"时期三种文学观并存的现代化格局的恢复。①

王、徐一文引起了争论，在论争中大众文化的多面性得到揭示。（一）《文艺报》2003 年 2 月 22 日刊登陈燕如《丰盛的匮乏——大众文化的负面影响》一文，强调大众文化的"两面特性"，一方面"就目前方兴未艾的中国文化产业来说，大众文化产品如广告、影视剧、畅销书和流行歌曲等等，都对中国人民生活的民主化起着正面的推动作用"，另一方面，"大众文化所固有的消费主义属性使其不能免俗地创造世俗神话，告诉人们什么是幸福，什么是快乐，但其结果却不是使人幸福快乐，而是使人在短暂的虚幻的满足之后，面对空空如也的心灵，产生一种深层的精神匮乏感"，该文还指出，"消费主义意识形态的扩散，是大众经济和大众文化协同发展的产物之一"。②（二）《文艺报》2003 年 3 月 27 日刊登盖生《大众文化：带菌的小众文化》一文，揭示了中国当下所谓大众文化的"小众性"，"在当下中国所谓的大众文化，实际上只是小众文化"，因为它的消费对象，并不覆盖占人口大多数的"农民""城镇下岗职工"等，"这些温饱甚至生存本身都成问题的广大群体"，不会对那些以"酒吧、星级宾馆、高尔夫球场、双流向浴缸等为意象"等电影、电视剧、小说等感兴趣——问题在于广大民众真的就没有这些消费梦想？逐利冲动恰恰使大众文化产品尽可能去接近"广大民众的消费情趣"——该文后面也指出："大众文化往往给人以商品主义乌托邦的虚指，按照西方的马克思主义的观点，大众文化是一种资产阶级的意识形态，它以虚假的消费至上的享乐主义许诺，使普通民众陷入一种对自身境遇顺同的自我欺骗之中"，③ 大众文化产品的"大众性"，不在于某一时间段上这些产品一下子

---

① 王先霈、徐敏：《为大众文艺减负》，《文艺报》2003 年 1 月 23 日。
② 陈燕如：《丰盛的匮乏——大众文化的负面影响》，《文艺报》2003 年 2 月 22 日。
③ 盖生：《大众文化：带菌的小众文化》，《文艺报》2003 年 3 月 27 日。

就能为大众所消费,实际情况往往正如物质产品一样,首先为"小众"所消费,而为了从更多人的腰包中掏出更多的钱这一逐利冲动,必然使这些文化消费品由"小众"扩散向"大众"——从资本增殖处获得的极强的扩张性,才是大众文化更重要的特性。(三)该文还揭示了大众文化的"强制性":"大众文化说到底是一种感官享乐性消费文化,也是一种鼓励物欲的商业促销手段,其时尚性具有裹挟压迫的塑造力,使人在心甘情愿的从众中,按照它的模式生存、感觉、消费"——《文艺报》2003年3月6日所载刘国彬《大众文化和商业化》一文则认为:"大众文化接受状态下,受众得到自由选择权,个人意志得以自治,商业机制运行的场合,文化接受者当然地享有拒绝的权利,相应地,他们有着出牌机会,以自己的挑选促使文化产品制作人决定其生产策略"①——平等、自由等是大众文化标榜者常见的立足点。《文艺报》2003年8月26日所载张永清《消费社会的文学现象》一文指出:

> 在生产性社会中,人们的文学消费还基本处于一种选择的自主性、审美的自由性,这种状态中到了消费性社会,个人的这种选择权和自由度越来越小,越来越受制于弥漫在社会中的各种消费信息、宣传广告,对文学的选择不再来自内心的渴望,而成为个人在社会中存在的一种意义符号和身份标志,因此这种消费其实是一种强制性、压迫性的……②

"自由性"与"强制性"乃是大众文化的一体之两面。(四)大众文化的发展乃是大众精神享受"民主化"与"资本化"(消费化)的双向运作,大众文化的颂扬者却往往只强调一面,这又集中表现为对文学性泛化、审美泛化的强调。《文艺报》2003年10月14日所载宁逸《消费社会的文学走向》一文有相近的分析:

---

① 刘国彬:《大众文化和商业化》,《文艺报》2003年3月6日。
② 张永清:《消费社会的文学现象》,《文艺报》2003年8月26日。

"一个后现代的消费社会正在形成","为适应消费社会的要求,文学正走出传统的角色,形成新的特质","先前的社会政治旋涡中的弄潮儿变成了消费社会的娱乐小品","文学将从高居于社会顶端的象牙塔中走出,成为大众的日常消费品,购买文学作品与购买时装、汽车一样,没有什么特别之处,文学作为精神产品的特殊性已在消费者的购买过程中消失"。①

弥平物质产品与精神产品之间的缝隙可以说确是大众文化的重要特征之一,而其实质却是:精神产品的生产也被纳入资本增殖的扩张冲动中了。(五)大众文化生产直接的目的是金钱这一目的论上的特性也被揭示出来了,《文艺报》2003 年 11 月 25 日所载宋立民《边缘化以后的双向度选择》指出"文学之所以如此迅速地融入或曰迎合了消费社会,一大原因就是作家要挣钱营造自己的小康社会"②——这倒是揭示了大众文化生产的实质:不是为"大众"而是为"钱",其实,大众文化的鼓噪者少有站在"大众"立场的,只不过是以"大众"为话头而已,从基本立场上来说大多站在"资本"一边——其实"精英—大众"的二元对立并无多少实质性意义。事实上,20 世纪 90 年代尤其 21 世纪以来,所谓"知识精英"内部已经出现了巨大的分化,真正可以凌驾于大众之上的是"经济精英"等,其中包括成功地迎合"大众"而使自己产品充分市场化的"文艺(文化)精英",而真正还坚守所谓"纯文艺"创作的知识精英(这样的精英究竟有多少就是个问题)则被越来越边缘化——面对此情此景,再攻击、打击所谓"纯文艺"及其坚守者,不是过分虚妄,就是多少有些别有用心。

---

① 宁逸:《消费社会的文学走向》,《文艺报》2003 年 10 月 14 日。
② 宋立民:《边缘化以后的双向度选择》,《文艺报》2003 年 11 月 25 日。

第三节 "人文精神"论争与钱中文等的"新理性精神"建构

对文艺商品化不加分析地鼓吹、对商业消费型文艺价值的无限拔高、对大众文化过度热情的拥抱等,皆昭示着市场大规模向文艺、文化活动领域渗透进程中商业消费化文艺观念的不断建构和扩张,而20世纪90年代以来对人文精神、新理性精神的倡导,则昭示着理论界对消费化文艺和文化观念的批判性应对。

尽管20世纪80年代已开始有文艺商品化的讨论,但总的来说,那时商品化似乎还没有对所谓严肃文艺创作形成多大冲击,严肃文艺的创作者们还在忙于思想解放和现代形式技巧的探索呢!但是,90年代以来,随着中国社会坚定不移地走向市场经济,资本在社会生活中的作用越来越加强,商业消费化的文学观对纯文学的冲击可以说已经迫在眉睫了——这时候出现的关于"人文精神"的讨论,首先正是对这种冲击的一种应对。论争起始于王晓明等的《旷野上的废墟——文学和人文精神的危机》一文:"一股极富中国特色的'商品化'潮水几乎要将文学界连根拔起","一个走在商品经济道路上的社会渴求着消费,它需要、也必然会产生消费性的商品文学",文学的意识形态功能"逐渐被其他传播媒介所取代,人民自己独立发言的能力也逐渐发达,文学'载道'的事务就又濒于歇业了"。[①]

一方面受到市场化冲击,另一方面国家意识形态宣传获得了比文学语言更有效的媒介,文学确实遭遇了前所未有的尴尬。人文精神倡导者的理论贡献之一,首先在于揭示"金钱"其实与"政治"一样具有强大的排他性力量,《道统、学统与政统》一文有云:"市场经济和科层制度分别是以金钱和权力作为沟通媒介的,除了金钱和权力这两种价值之外,按照其本性是拒绝其他价值的","商业激情""事实上也侵入到文学之中。文

[①] 王晓明编:《人文精神寻思录》,文汇出版社1996年版,第2—15页。

学与商业化的结合，便是它的媚俗倾向。艺术不再是一种个人的独创性，纯粹精神性的写作已经很少。写作者企图通过艺术来过一种体面的中产阶级的生活"。①

《人文精神：是否可能与如何可能》指出人文精神的危机"也不光是中国问题"，"进入本世纪后，工具理性泛滥无归，消费主义甚嚣尘上，人文学术也渐渐失去了给人提供安身立命的终极价值的作用，而不得不穷于应付要它自身实用化的压力"②，确实，随着资本力量的不断扩张，能直接产生利润的大众文学已根本不需要再从理论上证明其存在和发展的合法性了，反之，恰恰是不能立刻实用化的人文活动的合法性开始不断受到质疑。人文精神倡导者的理论不足之一，表现为有过分强调现代启蒙"先验性"之嫌，在《人文精神：是否可能与如何可能》对话中提出了一个重要概念"终极价值"，在《人文精神寻思录》对话中有学者强调"只有人才会自愿舍弃物质生命去成就无形的精神理想"，"它不仅要有高度的道德操守，也要有一种殉道精神"。③《我们需要怎样的人文精神》有云："知识分子作为一种叙事人预设人文价值有一个重要特点：即它是否定性的、批判性的"，"这立脚点不能是世俗的、经验的，它必须具有神圣和超验的性质，而这只能是一种具有宗教性的东西。所以，人文精神要重建，要昂扬，与其说回到'岗位'，不如说回到'天国'。你要否定和批判尘世的东西，就必须有一种源自天国的尺度"。④

"天国"大概应是"终极性""先验性"最强的一个批判立场了，问题在于，是不是"终极性"最强，批判性或针对性就越强？更为关键的是：从大众"世俗的、经验的"生活中能不能找到批判消费主义的价值立足点？

人文精神倡导者对启蒙"先验性"的过分强调，确实给批评者留下口实，王蒙的《人文精神问题偶感》就首先是以这种"先验性"为批评

---

① 王晓明编：《人文精神寻思录》，文汇出版社1996年版，第55页。
② 同上书，第22页。
③ 同上书，第43页。
④ 同上书，第67—70页。

的切入口的,认为人文精神的倡导者有将"精神""与物质直至与肉体的生命对立起来"的倾向,"意味深长的是,从脱离物质基础的纯精神的观点来看,计划经济似乎远远比市场经济更'人文'","而计划经济的悲剧恰恰在于它的伪人文精神,它的实质是唯意志论唯精神论的无效性。它实质上是用假想的'大写的人'的乌托邦来无视、抹杀人的欲望与要求"①——所谓大众的"欲望"成了人文精神批评者的重要诉求点,如陈晓明的《人文关怀:一种知识与叙事》有相近的描述:"无形的政治巨臂被有形的经济之手替代,狂放混乱的商业主义操作,再次以浪漫主义的夸张手法到处传颂","对感官快乐的寻求,对一种轻松的、没有多少厚重思想的消费文化的享用,压抑太久的中国民众,即使有些矫枉过正也没有什么值得大惊小怪","人民获得了某种程度的感性解放,而文化精英却立即焦虑不安"。②

"有形的经济之手"与"无形的政治巨臂"比较起来,在其威权作用下大众似乎在享受着"感性解放"——但这只是问题的一面。张颐武的《人文精神:最后的神话》指出了人文精神的对立面:"它(人文精神)被视为与当下所出现的大众文化相对抗的最后的阵地","'人文精神'对当下中国文化状况的描述是异常阴郁的。它设计了一个人文精神/世俗文化的二元对立,在这种二元对立中把自身变成了一个超验的神话"③——人文精神倡导者确有此倾向,强调启蒙的"先验性"并无问题,问题在于把精神等归结为知识分子的事,把感性欲望、物欲等归结为大众的事——在此二元对立中,启蒙精神的生长点就确实脱离了大众。而另一方面,人文精神批评者似乎在以大众感性欲望为立足点,而强调精神生活的"自发性",其实却是忽视乃至掩蔽了在资本扩张中大众感性欲望在被单纯消费化、片面化,大众一种感性欲望在被"解放"、满足的同时,另一种感性欲望却在受到越来越大的压抑:从文学艺术活动来看,诚如马克思所论,人"一方面具有自然力、生命力,是能动的自然存在物;

---

① 王晓明编:《人文精神寻思录》,文汇出版社1996年版,第107—109页。
② 同上书,第122—128页。
③ 同上书,第137—141页。

这些力量作为天赋和才能、作为欲望存在于人身上"——艺术纯形式创造性冲动体现的就是这种"欲望",而这绝对不是知识精英所独有的,它恰恰深植于大众的感性欲望之中——消费主义的最大问题在于压抑这种生产性冲动,具体来说,"我的劳动是自由的生命表现,因此是生活的乐趣"——真正艺术家在纯形式创造中获得的就是这种"生活的乐趣",而消费大众在获得消费性、消闲性乐趣时,却越来越失去在能动性更强的自由创造中的"生活的乐趣"——人文精神的批评者没有看到或者故意掩蔽了这一面,如果说人文精神倡导者对大众消费社会的描写有些过分"阴郁"的话,那么,批评者的描写则似乎有虚假乐观之嫌。总的来说,在这次论争中,人文精神倡导者在"终极关怀"的旗帜下,对消费主义由道德批判而超升到宗教批判,这些批判固然都是必要的,而有意思的是,首先由文学界策动的这场论争,所缺的恰恰是深刻的审美批判:审美现代性与经济现代性分裂、对峙的紧张关系并没有被充分揭示出来。审美批判或许没有宗教批判的"终极性"强,但它诉诸大众被资本压抑的另一种感性欲望,似更能统一启蒙精神的"先验性"与"自发性",而符合现代民主理念的人文精神,其现实生长点应是大众的感性生活。

自20世纪90年代中期以来,人文精神讨论中的批判的声音,在文艺理论界就逐渐汇聚、提升为文艺"新理性精神"的建构。首先需要指出的是,"新理性精神"作为一种宏大的理论建构具有多方面的含义,比如"新理性"作为一种"人文理性"所针对的"旧理性"或"工具理性"既包括"技术理性",也包括"经济理性"等,而本章则主要从文艺与经济关系、批判"经济理性"最终是从"审美现代性"与"经济现代性"关系的角度来揭示新理性精神文学论的学术史意义。与此密切相关,"新理性精神"的提出,既有西方哲学史背景(理性主义与非理性主义的演进史),同时也有西方尤其中国的当代现实背景——本章更关注从中国当代现实背景即市场经济体制转型来揭示其理论价值和现实意义。

有关"新理性精神"的讨论,2000年华中师范大学出版社出版的钱中文的《新理性精神文学论》当是其中的标志性事件,其后,围绕这一理论召开了多次学术研讨会。2003年《文汇读书周报》与《学术月刊》发起"2003年度中国十大学术热点"评选活动将"新理性精神和现代审美性问题"选为十大热点之一:"随着商业社会中消费文化的普及和艺术产品市场化的加剧,现代审美性日益成为突出问题。其标志是审美行为和审美判断越来越强调感性解放和身体欲望的满足,强调审美活动的物质化、生活化和实用化。对此,文艺学美学界以钱中文为首,经过一段时间酝酿和探讨后,明确提出并大力倡导'新理性精神'。这一主张得到全国学界响应。'新理性精神'以重建人文精神为思想主导,试图综合理性和感性及非理性,以解决当前审美文化过分突出感性和身体性的问题。"[1]当事人钱中文后来追溯道:"在反理性主义不断蔓延的情况下,一些人文主义知识分子开始重新寻找自己的立足点。当时,上海的一些学者提出了人文精神的讨论。1995 年,我写下了《文学艺术价值、精神的重建:新理性精神》一文,回应了当时的人文精神讨论。"[2] 以上材料表明:所谓"新理性精神"也是对 20 世纪 90 年代人文精神讨论的一种"回应",其针对的重要时代背景是"随着商业社会中消费文化的普及和艺术产品市场化的加剧"状况,因此,也就可以将其置于有关市场经济体制转型、文艺与经济关系这些问题研究的学术史中来分析。

钱中文所表述的新理性精神的观念,得到了不少著名学者的肯定,后来童庆炳、朱立元、王元骧、许明、徐岱等学者纷纷发表专文进行讨论。《东南学术》2002 年第 2 期刊登了童庆炳的《新理性精神与文化诗学》、王元骧的《"新理性精神"之我见》、徐岱的《"新理性精神"与后形而上诗学》等系列论文,大抵颇能体现理论界围绕"新理性精神"讨论的"有同有异、互为包容、互有特色、互为丰富"的特点。童庆炳的《新理性精神与文化诗学》主要从把"新理性精神"作为"文化诗学"的"主导"展开讨论的:

> 文学的文化研究的根源在中国自身的现实。近 20 年来,随着改革开放的发展,随着市场经济的实行,人民的物质生活有了很大的提高,社会出现了不少可喜的新变化,故步自封的局面被打破,思想解

---

[1] 参见《文汇报》2004 年 1 月 5 日。
[2] 参见吴子林《创建中国现代性文学理论》,《南方文坛》2007 年第 5 期。

放冲破了许多原本是封建刻板的条条框框，这是一方面。但是另一方面也是毋庸讳言的，伴随着市场经济的推行，出现了一些严重的社会文化问题，总起来看是一个人文精神即理性精神丧失的问题，这是由于旧理性走向自我否定造成的。当前，我们面临着感性主义泛滥的局面，主要的是"拜物主义"、"拜金主义"、"商业主义"等。"物"、"金"、"商业"都是好东西，在一定的条件下甚至是我们追求的东西，但是一旦"唯"这些东西为圭臬，为上帝，为神明，人文精神就受到了侵蚀、压迫和消解，道德水准下降，腐败现象蔓延。①

王元骧的《"新理性精神"之我见》则试图从"实践理性"的角度对"新理性"作出诠释，强调"在提出'新理性精神'这个口号时，不仅要立足于现实需要，还应该在学理上作历史的、逻辑的分析"，当然，该文也揭示"新理性精神"提出的现实背景及现实意义：

因此，我认为钱、许二位先生所提倡的"新理性精神"在今天之所以引起学界的广泛共鸣，就因为我们今天同样面临着像欧洲近代社会由于科技文明的片面发展所造成的人的异化与物化的现象。文学上出现一些的消极现象，无非是这一现实在意识领域的一种反映。市场经济的发展固然给我们的经济带来空前的繁荣，但也不能否认它的负面效应如拜金主义、享乐主义、个人主义也在日趋滋长，并有进一步蔓延之势。②

相对而言，徐岱的《"新理性精神"与后形而上诗学》更侧重于从理论上，在"后形而上学"的语境中来阐释"新理性精神"，今天看来，"新理性精神"论的转型意义或许正在于与20世纪80年中前期的"主体性视野"有所不同，该文的基本结论是：

---

① 童庆炳：《新理性精神与文化诗学》，《东南学术》2002年第2期。
② 王元骧：《"新理性精神"之我见》，《东南学术》2002年第2期。

我个人认为，当代诗学与批评思想同样有必要在这种后形而上学语境里，通过对"现代性视野"批判反思获得重建的可能性。我们不仅应区分社会现代性与审美现代性，同样也应意识到"审美现代性"的两重性。这种两重性的表现方式是多样的：大众文化的反专制话语与意识形态的无意识；多边主义的民主性与打着冠冕堂皇的反"单边主义"旗号的拙劣的民族主义；以及审美享受的"在世"性与"超越"性；艺术的人文立场的个体性与个人主义等。所有这些思考事实上也促成了作为一种思想方案的新理性精神的开放性与运动性。①

其实，所谓"审美现代性"的两重性，是与"技术现代性""经济现代性"既对峙又互动的状况密切相关的，而现代性的内在断裂，乃是探讨"文艺与经济关系"的一个极其重要的视角。

从时序上来看，《文学评论》1995年第4期刊登的钱中文的《文学艺术价值、精神的重建：新理性精神》是国内系统讨论"新理性精神"的第一篇学术论文，《文学评论》1996年第1期刊登的许明的《人文理性的展望》也是一篇较早讨论新理性精神的重要论文。《人文理性的展望》试图"就八十年代以来文化主题的转移，看'人文精神'讨论出现的历史合理性，阐述当代人文精神的内涵：新理性"，可以说是自觉地试图用"新理性"论把人文精神的讨论推向深入，而"人文精神"的讨论和提出，"这是中国知识分子90年代试图寻找自己立足点的一个属于自己的问题而不仅仅是外来的话题"。该文首先从逻辑上在超越"非理性"与"旧理性"的意义上探讨新理性如何在"逻辑上建立起一个框架"，其次则从社会转型的角度来探讨新理性精神，探究"在市场条件下社会主义文化建设的可能性"。②该文认为，对自由主义及中国"新的社会主义"的认识的关键点在于对市场经济的认识：

---

① 徐岱：《"新理性精神"与后形而上诗学》，《东南学术》2002年第2期。
② 许明：《人文理性的展望》，《文学评论》1996年第1期。

市场经济无疑是鼓励竞争的，无疑是鼓励合法的个人利益与个人奋斗的，无疑是鼓励人员在更大空间流动的，无疑是鼓励在不妨碍他人幸福的前提下追求个人幸福的，无疑是强调在法制基础上的社会公正的，在这个基础上，无疑是鼓励适度的消费和社会性的休闲的。"市场"，特别是发育不全的中国特定的市场，又不可避免地带来原始的贪欲，道德的失落与个人主义的恶性膨胀，色情文化的泛滥，人与人之间的金钱至上等等……在过去的很长时间与市场经济匹配的所有的精神道德范畴都被认为是资产阶级的意识形态，而今天，在被我们熟知的社会主义框架内，将适度引进产生于自由资本主义时代的观念体系，并构成一个新的社会主义文化观，其创造性和困难性是同时存在的，所以，当前人文精神讨论中的反物欲主义的主题，仅是未完全展开的建设新的理性——建设新的社会主义文化的一个苗头和信号。①

人文精神的讨论昭示了建构"与市场经济匹配"的新的社会主义文化的"苗头和信号"，但相对而言还只是一种消极应对，积极主动的建构还远远没有展开：

进入九十年代以来，从中心挤向边缘已成为文化界的一个时髦的话题。八十年代的中心是在"反文革"的旗帜下集中起来的各个阶层的知识群体。而九十年代的社会主义"市场"将这个以意识形态情结集合的群体彻底地瓦解了。②

于是出现了人文知识分子自身定位的错乱：第一种情况是"恐惧'市场'"，"人文知识界普遍思想认识不足。这种感觉除了被市场带来的现实经济效益挤兑到一边，还有对市场到来引发的人的精神世界的变化（审美观、价值观、生活观）越发茫然"；"第二，如果说，由于对旧体制

---

① 许明：《人文理性的展望》，《文学评论》1996年第1期。
② 同上。

一些弊端的留恋而毫无原则地恐惧市场，是当前知识分子的一种需要重新调整的心态的话，那么从对旧体制的合理性的恐惧转而毫无节制地拥抱市场则是另外一种需要调整的心态。一些本来对纪律、计划、道德理想、利他主义……这些'陈腐'的'条条'心存不快的人，利用'市场'带来的秩序调整，躲避崇高，渴望堕落，对极端的市场主义与'解构实践'推波助澜"——最终，"与一些人对市场经济到来后对知识者的分工世俗化的赞颂相反，市场经济所带来的社会转型及其相关问题，越来越成为一个迫切要解决的严峻的问题"，而所谓"新理性精神"建构的意义也就在于直面"市场经济所带来的社会转型及其相关问题"、建构"与市场经济匹配"的人文精神。① 许明另一篇文章《新理性：当代中国的文化选择》还有相近分析："理性的毁灭象病毒那样也在中国扩展，市场经济象一把双刃剑，一方面给这块沉睡的土地带来了前所未有的活力，一方面，又象打开了的希腊神话中的潘多拉盒子，魔鬼被解除了禁锢获得了它的自由"，为此，许明还倡导"新意识形态批评"，最终，他力图将"中国化的马克思主义"的核心内涵定义为"新理性精神"。② 总之，许明充分突出了"新理性精神"论的转型意义。

按徐岱的说法，钱中文发表于《文学评论》1995年第4期的《文学艺术价值、精神的重建：新理性精神》一文，可谓"新理性精神"建构的"命名"之作，关于新理性精神提出的中国现实背景，该文描述道：

> 80年代上半期，我国文学艺术的探索，是摆脱旧有的束缚、标举着一种人文精神，恢复自身的价值，走向创新之路的运动。随后这一探索深受西方各种社会哲学、文化艺术思潮的影响。令人眼花缭乱的是，当这些思潮如潮水般涌来之时，也正是我国市场经济举步入轨之日。80年代中期，不少知识分子突然发觉，自己已被抛入了物的世界，现今一切都飞速地围绕着物与权在旋转，一切都为实利目的所侵袭。

---

① 许明：《人文理性的展望》，《文学评论》1996年第1期。
② 许明：《新理性：当代中国的文化选择》，《文艺理论》1995年第8期。

80年代中期以后，商潮勃兴，人文精神无疑会形成一些新的积极因素，并在今后逐渐显露出来。但是商潮的消极面与腐败面，正裹挟着整个社会生活，从而使刚刚苏醒过来的人文精神，在社会生活的许多方面，再度失衡与沦丧。①

可见新理性精神提出的背景，从理论上来说主要与西方相应的思潮相关，而从现实上来看则与中国社会的市场经济体制转型密切相关，而该文更是以20世纪全球范围内的人类生存状况为背景展开探讨，这种生存状况表现为：首先，在"生存意义"上，传统文化所信奉的许多美好事物都在不断地被宣判着死亡，信仰崩溃、焦虑蔓延；其次，"物的挤压"不断造成丧失灵魂的"平庸的人"，"高级消费、电视广告，时时提醒人什么是'美满生活'的象征，它们刺激人的需要，教导人如何模仿电影明星，装演员姿态。它们劝导人关心享乐，打破旧禁，放纵情欲，及时行乐。它们影响社会舆论，改造文化。上述情况不仅外国有，在我国也是如此"②；最后，是科技发展的负面影响——凡此种种可谓新理性精神所要面对的挑战。钱中文上文发表后引起学术界较为广泛的反响，他本人也继续着这方面的研究，2000年出版《新理性精神文学论》一书，《东南学术》2002年第2期又刊登了他题为"新理性精神与文学理论"的文章及其他学者讨论新理性精神的一组文章，在此基础上他还不断地修改，后来收入他2008年出版的4卷文集中第3卷第2编题为"新理性精神与文学理论研究"③一文，大抵可以视为修订稿。该文强调"新理性精神是一种新的文化价值观"，是一种"新的实践理性"，并且非常清晰地将"新理性精神"的具体内涵概括为"现代性""新人文精神""交往对话精神""感性与文化问题"等四个相互联系的方面。

那么，该如何审视钱中文的"新理性精神"论呢？对于他个人来说，"新理性精神"乃是他对自己有关现代性、人文精神、交往对话及"审美

---

① 钱中文：《文学艺术价值、精神的重建：新理性精神》，《文学评论》1995年第4期。
② 同上。
③ 参见钱中文《钱中文文集》第3卷，黑龙江教育出版社2008年版，第393—409页。

反映"论、"审美意识形态"论等方面研究成果的一种"综合创新"或理论概括与提升，同时也是他对这些问题进一步进行探讨的基本立足点。而从学术史的角度来看，我们更关注钱中文新理性精神论的现实立足点或者说现实针对性，《中国教育报》2003年2月27日第7版刊登的杜悦的《以"新理性精神"回应现实挑战——钱中文先生访谈》从题目就可见新理性精神的现实针对性，在该访谈中，钱先生指出：

> 中国自20世纪80年代改革开放以来，生产力获得了空前的解放，国家在实行社会主义市场经济之后，经济获得了空前的活力，人民的生活有了很大的提高，城乡的面貌日新月异。但是伴随着经济的发展也出现了许多社会问题，其中最严重的是拜物主义、拜金主义和金权结合的流行，正是这拜物主义和拜金主义增加了多种社会的弊端。不少中国知识分子，大约仍然怀着"士当先天下之忧而忧"的民族忧患意识，既为国家经济发展而高兴，同时也为种种社会文化弊病问题而忧心不已。
>
> 正是在这种现实背景下，我希望以"新理性精神"回应现实，以健康的人的理想来烛照现实。[①]

新理性精神的提出与90年代的市场经济转型密切相关——实际上，其他学者在研究钱中文新理性精神时也都指出了这一点，如刊登于《学术月刊》2003年第4期的朱立元的《试析"新理性精神"文论的内在结构》指出：

> 笔者认为必须从当代（即"新"）人文精神与"三个主义的对立关系中去把握其意义"，具体来说：一是它与已渗透、侵蚀到精神文化学术领域一切方面的商品化原则和商业化现象相对立；二是它与那种以当下物质生活的满足和享受为人生第一目标，而放弃高

---

① 杜悦：《以"新理性精神"回应现实挑战——钱中文先生访谈》，《中国教育报》2003年2月27日。

尚的理想、追求和良知，放纵急剧膨胀的物欲、贪欲、拜金主义等的物质主义相对立；三是它与鼓吹科技至上以致排斥人文学术、瓦解人的自由精神和生命体验、造成人性异化的科技主义相对立。现在回过头来看，笔者的这些看法倒是恰好对钱先生倡导的"新人文精神"之"新"，以及它那种强烈的时代感和鲜明的现实批判性的旁证与说明。①

再如刊登于《文学评论》2001年第5期曾繁仁的《中国文艺美学学科的产生及其发展》也指出：

中国在经济上进入了工业化中期，市场经济逐渐成熟，城市化程度加快，大众文化正在勃兴。在这种情况下，科技拜物与市场本位逐步抬头，价值取向低俗，人们的焦虑与紧张加剧。这一切都要求文艺不能再仅仅局限于纯粹的审美，而应在审美的前提下弘扬一种新的人文精神，以对人们精神生活中的人文精神缺失以某种弥补。钱中文先生将这种新的人文精神称作"新理性精神"。②

从理论的基本逻辑来说，所谓"新"理性力图对"旧理性"有所超越，而要被超越的旧理性既包括"技术理性"，同时也包括支撑市场经济运转的"经济理性"——钱中文对此也有所涉及，其《艺术不仅仅是商品》一文指出："艺术神圣，这与计划经济时代的体制有一定关系。创作人员由国家包养起来，要求文学艺术为政治服务；说文学艺术使命神圣，这是给作家、艺术家戴的高帽子"，"如果国家取消对作家的供养，停发月薪，作家会做什么？""他得卖文为生，绝对得把自己的产品变为商品"，"他得千方百计找出当今的时尚热点"，"文学艺术产品也是商品，而且越是精美绝伦的艺术品，商品的特性就越明显，价格就越高；在资本积累阶段，这种品性表现得让人感到简直近于疯狂乃至

---

① 朱立元：《试析"新理性精神"文论的内在结构》，《学术月刊》2003年第4期。
② 曾繁仁：《中国文艺美学学科的产生及其发展》，《文学评论》2001年第5期。

穷凶极恶，但这只能归之于初入市场经济的过分敏感与市场的供求的法则"①——此处对由计划经济向市场经济转型导致的"文艺与政治关系""文艺与经济关系"的消长现象已有清晰的揭示。钱中文的《躯体的表现、描写与消费主义》更是对市场经济的消费主义逻辑对文化市场的影响作了直接分析：

> 社会进入市场经济时代之后，文学艺术进一步被商品化了……
>
> 当今一种消费主义正在文化市场流行开来，加上媒体与某些文化批评的炒作，好像消费主义成了我们社会生活、文化的主潮，竟和西方发达国家同步了。满足广大人群的正常的消费，自然是极端必要的，但是我要不无遗憾地说，消费一旦变为主义，它的消极一面也就不可避免，而且有如出鞘的剑，残害生灵的美。
>
> 至于在文学理论中，搬用带有某些极端性的消费主义社会的文化理论，来给我们的文化文学艺术、文学理论树立新的标准，恐怕也要分析对待、谨慎而行的。②

新理性精神建构尚在发展之中，如何将对侵蚀"人文理性"的"经济理性"及相应的消费主义逻辑等批判精神整合到新理性精神建构中，既是理论发展的逻辑要求，同时也是时代发展的现实要求。

以上简要的梳理表明：在20世纪90年代以来的大众文化、人文精神、新理性精神等的讨论中，"文艺与经济的关系"凸显出来，相对而言，"文艺与政治的关系"很少被涉及——而在80年代的相关讨论中，"文艺与政治的关系"则非常突出——这两大关系的升降，昭示着中国文论新的转型。当然，这里需要强调的是：以上只是从市场经济转型所带来的商业消费主义文艺观的强劲扩张及理论界的批判性应对的角度所作的简略梳理，此外，有不少学者如陆贵山、金元浦、张来民、陈定家等对文艺与经济关系及马克思主义的文艺经济学思想等有专门深入的研究，兹不多论。

---

① 参见钱中文《钱中文文集》第4卷，黑龙江教育出版社2008年版，第313—314页。
② 同上书，第250—258页。

第四节　有关文艺与市场、文化经济学的讨论

应该说，以上有关大众文化、人文精神、新理性精神等问题的讨论还是具有一定本土性、现实性的。20世纪90年代尤其21世纪以来，从理论上看，中国文艺理论界的主流是大量引进西方大众文化理论，相关研究也有较大发展。从理论演变看，如果说有关"人文精神"的讨论还主要遵循法兰克福学派范式而只看到大众文化的消极面的话，那么，此后中国文论界则开始主要遵循伯明翰学派范式而不再重视对大众文化的负面性的研究。西方大众文化理论总体上存在"去经济学"的倾向，主要关注的是文化消费活动中的身份认同、区隔、竞争等问题，文化与经济、市场之间的关系这一有关大众文化的更基础性的问题，恰恰没有得到充分关注和深入研究——主要跟着西方说的中国文论界总体上也大致如此。随着推进文化产业的发展成为国家战略，有关文化产业发展具体方法的研究以及文化（艺术）经济学等方面的交叉研究获得较大发展，但是，相关基础理论研究却进展不大。总体来说，不顾中国实际、不顾产业化、市场化发展方式对文艺、文化发展的负面影响而简单地跟着西方说，滋生了很多问题。从实践看，文化产业化的发展方式一方面确实大大促进了当代文艺、文化的繁荣发展，但是，另一方面也出现种种乱象，并且许多负面现象有愈演愈烈之势——从这种现实状况和发展趋势来看，2014年习近平《在文艺工作座谈会上的讲话》所提出的"文艺不能当市场的奴隶"的重要论断就具有极强的针对性，此后，理论界对文艺与市场关系开始了更加深入的研究。

习近平《在文艺工作座谈会上的讲话》[①] 是继毛泽东《在延安文艺座谈会上的讲话》后，中国化马克思主义文艺理论又一重要的纲领性的经典文献，其思想内容极其丰富，我们这里重点讨论其中有关文艺与市场关

---

① 参见中共中央文献研究室编《习近平总书记重要讲话摘编》，中央文献出版社、党建读物出版社2016年版，第181—205页。

系的论述：

> 改革开放以来，我国文艺创作迎来了新的春天，产生了大量脍炙人口的优秀作品。同时，也不能否认，在文艺创作方面，也存在着有数量缺质量、有"高原"缺"高峰"的现象，存在着抄袭模仿、千篇一律的问题，存在着机械化生产、快餐式消费的问题。在有些作品中，有的调侃崇高、扭曲经典、颠覆历史，丑化人民群众和英雄人物；有的是非不分、善恶不辨、以丑为美，过度渲染社会阴暗面；有的搜奇猎艳、一味媚俗、低级趣味，把作品当作追逐利益的"摇钱树"，当作感官刺激的"摇头丸"；有的胡编乱写、粗制滥造、牵强附会，制造了一些文化"垃圾"；有的追求奢华、过度包装、炫富摆阔，形式大于内容；还有的热衷于所谓"为艺术而艺术"，只写一己悲欢、杯水风波，脱离大众、脱离现实。凡此种种都警示我们，文艺不能在市场经济大潮中迷失方向，不能在为什么人的问题上发生偏差，否则文艺就没有生命力。

这是一段有关改革开放以来我国文艺创作发展总体状况的一种高度概括，其中出现的种种乱象，皆与"在市场经济大潮中迷失方向"有关，可见处理好文艺与市场关系的至关重要性。

> 繁荣文艺创作、推动文艺创新，必须有大批德艺双馨的文艺名家……在发展社会主义市场经济条件下，还要处理好义利关系，认真严肃地考虑作品的社会效果，讲品位，重艺德，为历史存正气，为世人弘美德，为自身留清名，努力以高尚的职业操守、良好的社会形象、文质兼美的优秀作品赢得人民喜爱和欢迎。

"发展社会主义市场经济"是习近平的"讲话"不同于毛泽东"延安讲话"的新的时代背景，正是在这一新背景下，文艺与经济、市场关系问题凸显出来了，而这一基础性问题，落实到文艺创作者就是要处理好义利关系。

一部好的作品，应该是经得起人民评价、专家评价、市场检验的作品，应该是把社会效益放在首位，同时也应该是社会效益和经济效益相统一的作品。在发展社会主义市场经济的条件下，许多文化产品要通过市场实现价值，当然不能完全不考虑经济效益。然而，同社会效益相比，经济效益是第二位的，当两个效益、两种价值发生矛盾时，经济效益要服从社会效益，市场价值要服从社会价值。文艺不能当市场的奴隶，不要沾满了铜臭气。优秀的文艺作品，最好是既能在思想上、艺术上取得成功，又能在市场上受到欢迎。要坚守文艺的审美理想、保持文艺的独立价值，合理设置反映市场接受程度的发行量、收视率、点击率、票房收入等量化指标，既不能忽视和否定这些指标，又不能把这些指标绝对化，被市场牵着鼻子走。

这是一段有关文艺与市场关系最基本的理论概括。习近平还从全球化角度分析指出：

当今世界是开放的世界，艺术也要在国际市场上竞争，没有竞争就没有生命力。比如电影领域，经过市场竞争，国外影片并没有把我们的国产影片打垮，反而刺激了国产影片提高质量和水平，在市场竞争中发展起来了，具有了更强的竞争力。

如果说以上主要是从文艺创作生产的角度论述了文艺与市场的关系的话，那么，习近平还从文艺批评的角度论述了文艺与市场的关系：

要高度重视和切实加强文艺评论工作。文艺批评是文艺创作的一面镜子、一剂良药，是引导创作、多出精品、提高审美、引领风尚的重要力量。文艺批评要的就是批评，不能都是表扬甚至庸俗吹捧、阿谀奉承，不能套用西方理论来剪裁中国人的审美，更不能用简单的商业标准取代艺术标准，把文艺作品完全等同于普通商品，信奉"红包厚度等于评论高度"。文艺批评褒贬甄别功能弱化，缺乏战斗力、说服力，不利于文艺健康发展。

总之,市场化、产业化的负面影响渗透到文艺创作生产、流通传播、接受批评等诸多环节,在社会主义市场经济条件下,如何处理好文艺与市场关系已成为极其重要的时代课题。

理论界围绕习近平《在文艺工作座谈会上的讲话》(以下简称《讲话》)的讨论,将文艺与市场关系的研究进一步推向深入。仲呈祥指出,《讲话》"根据马克思主义关于艺术生产的理论,提出'文艺不能当市场的奴隶,不要沾满了铜臭气','经济效益要服从社会效益,市场价值要服从社会价值',旗帜鲜明地回答和解决了文艺与资本即市场的关系"。① 董学文分析指出:"《讲话》主张'文艺不能当市场的奴隶',但又要求文艺'能在市场上受到欢迎'。这就在'资本逻辑批判'与'资本逻辑建构'的张力关系中,批判性地反思了资本的逻辑,同时承担了'超越资本逻辑'的历史重任。"② 这些分析揭示了《讲话》相关论述的经典马克思主义的理论基础及其涉及的基本理论问题。

张永清揭示了《讲话》相关论述的时代背景:"我们身处在社会发生巨变的伟大时代,在加快完善社会主义市场经济体制的历史进程中,经济全球化的浪潮滚滚而来,市场、资本等要素对社会生活的影响是全方位的,这些影响有的是积极的,有的则是消极的。《讲话》对社会主义文艺与市场关系的精辟论述,是对马克思主义文艺理论在新时代的新发展,具有十分鲜明的时代性和十分强烈的现实针对性",在这种现实的时代背景下,"社会主义文艺要善于利用市场、资本,要做市场的主人,要正确处理文艺作品的商业属性与价值属性的关系,要正确处理作为事业的文化和作为产业的文化之间的关系,只有这样,才能激发全民族的文化创造活力,在建设社会主义文化强国的伟大征程中阔步前进"。③ 常培杰则具体地分析了作为当代文艺基本处境的"市场"的影响:市场改变了文艺的

---

① 仲呈祥:《习近平总书记在文艺工作座谈会上的讲话是马克思主义文艺理论中国化的最新成果》,《中国艺术报》2016 年 10 月 21 日。
② 董学文:《发展中国的马克思主义文艺理论——学习习近平总书记〈在文艺工作座谈会上的讲话〉精神》,《光明日报》2016 年 3 月 28 日。
③ 张永清:《社会主义文艺不能在市场经济大潮中迷失方向——学习习近平总书记在文艺工作座谈会上的讲话》,《社会科学战线》2015 年第 2 期。

生产方式、市场改变了艺术的评价规则、市场引起了文艺雅俗分野的细化、市场中的文艺作品是一种特殊商品等——正是在这一时代背景下，《讲话》从历史唯物主义和辩证唯物主义的角度出发，站在历史和美学的高度，给出了富于创见的指导性意见：文艺发展离不开市场，文艺发展要充分尊重市场规律；文艺要坚持应有的艺术标准，不能在市场经济大潮中迷失方向，不能当市场的奴隶；文艺发展要兼顾经济效益和社会效益，将社会效益放在首位等。①

张江等根据《讲话》精神，鲜明提出"文学不能依附市场"：中国近年的文化消费方面，市场化倾向越来越突出，作家在坊间的受欢迎程度，往往与其作品的市场表现直接挂钩，形成了市场制约和引导文学消费的格局，文学越来越成为迎合特定趣味的消费品，其生产过程也越来越模式化。文学生产与市场经济发生联系以后，最初的担忧是文学位置的边缘化，而后意识到文学的危机在于价值的边缘化。避免价值边缘化的可能途径，是在市场中坚守文学的审美理想，保持文学的独立价值，否则面临的将不是边缘化，而是文学的死亡。不当市场的奴隶，当然不是不要市场。作家要引导市场，当市场的主人，以自己的美学理想带动美学潮流的形成，让它来影响市场。时代的美学风尚不能只是市场消极选择的结果，而应该是文学创造的结果。② 范玉刚认为，习近平在《文艺工作座谈会讲话》中指出，文艺不能在市场经济大潮中迷失方向，不能在为什么人的问题上发生偏差，否则文艺就没有生命力。《讲话》体现了总书记对当代中国伟大文艺的召唤和期待。理解文艺与市场的关系，需要在文艺与市场之间建立一个缓冲性的，有利于涵润和孵化艺术生产力的健全文艺生态的保护带，完善市场条件下文艺创作的对位性保护机制，由此才能形成中国当代文艺的高峰。③ 张鑫探讨了中国当代文艺工作者如何调整与市场的关系，抵制中国当代文艺的娱乐化、低俗化倾向，以实现文艺工作者的价值

---

① 常培杰：《文艺不能在市场经济大潮中迷失方向》，《中国文学批评》2017 年第 4 期。
② 张江等：《文学不能依附市场》，《人民日报》2014 年 3 月 28 日。
③ 范玉刚：《正确理解文艺与市场的关系——对"习近平文艺座谈会讲话"精神的解读》，《湖南社会科学》2015 年第 3 期。

等问题。① 景小勇、叶青辨析了社会效益与经济效益这两个概念的基本内涵，分析了两者之间的对立统一关系，并探讨了文艺生产中社会效益优先的原因以及如何确保"坚持把社会效益放在首位，社会效益和经济效益相统一"这一原则的实现和实现机制。② 有学者还根据《讲话》相关论述提出"市场批评"的概念，强调要警惕"市场批评"的营销倾向。③

李准认为，响亮地喊出了"文艺不能做市场的奴隶"，是《讲话》在对文艺与市场关系的论述上的重要亮点之一，他还对相关问题作了历史梳理：在现当代的我国，"文化大革命"之前，由于是计划经济体制，这个问题并不太突出；1982年，党的十二大加快了改革开放的步伐；1983年，开始尝试文化体制改革，强调精神生产要以社会效益为最高标准，在社会效益第一的前提下，实现社会效益与经济效益的统一，邓小平在一次重要讲话中批评了"一切向钱看"、把精神产品商品化的倾向；1985年，邓小平强调，文化等部门"要以社会效益为一切活动的唯一准则，它们所属的企业也要以社会效益为最高准则"；"从1983年以后，历届的中央报告、文件和重要讲话，在这个问题上都基本保持了与邓小平1983年讲话一致的提法"；1994年，江泽民增加一个新提法：当经济效益同社会效益发生矛盾时，自觉服从社会效益。李准还提到了自己的一次重要经历："1982年党的十二大提出要建立社会主义市场经济体制后，文艺与市场的关系更加迫切提上日程"，"针对当时文艺体制改革所存在的巨大争议，特别是在精神生产与商品交换关系上的巨大争议，以及究竟如何改革的问题"等，李准建议召开一次小范围的讨论会，就"怎样定义文艺作品的性质，它究竟是不是商品，在何种程度上可以称为商品，市场经济的等价交换原则能不能完全适用于文艺作品的传播"等问题展开讨论，讨论会所请两位经济学家的观点完全一致，"都反对把文艺作品与物质商品等同相看，都反对用经济效益来衡量文艺作品和文艺团体的成败得失"。李准

---

① 张鑫：《消费文化语境下中国当代文艺走向——学习习近平总书记在文艺工作座谈会上的讲话》，《中北大学学报》（社会科学版）2016年第3期。
② 景小勇、叶青：《文艺生产社会效益与经济效益辨析》，《艺术百家》2016年第3期。
③ 黄也平：《对当前文艺"市场批评"的反思》，《红旗文稿》2016年第4期。

指出,"这次会议时间短,讨论却很热烈,会议收到的书面发言出了一本书。但是很可惜,这次会议后,没有能继续组织持续的逐步深入的理论讨论"。他的整体判断是:"自1983年提出这个问题并开展理论讨论以来,关于文艺发展和市场经济的关系在理论原点上并没有得到实质性的推进"——这些历史梳理,对于我们理解改革开放以来"文艺与经济关系"问题在文论整体格局中日渐上升的趋势及其理论研究进展等,有重要启示。

李准自己对相关理论问题有过研究,他指出:在市场经济条件下,"文艺作品也和物质商品一样,是价值和使用价值的统一",同时两者又有本质区别,"根源就在于文艺作品的价值内涵与物质商品的价值内涵的不同"——"这才是考察文艺与市场关系的理论原点"——但这种认识是存在问题的,马克思强调包括文化商品在内的一切商品的基本特性是"交换价值与使用价值"的统一,这两者之间的关系,才是文艺与市场关系问题涉及的第一层面的问题:马克思实际上把"审美价值"也视作一种特殊的"使用价值",李准所谓的"文艺作品的价值内涵与物质商品的价值内涵"涉及的其实就是这种"使用价值",文艺商品的审美价值与一般物质商品的使用价值的不同或特殊性(即相关讨论中反复提到的所谓精神属性、审美属性等)恰恰是文艺与市场关系问题第二层次的问题。李准还对相关政策反思道:"相关部门的有些文件的某些提法,例如'通过商品交换来实现文化产品的价值','要引导文艺生产单位逐步走向市场',不能说完全没有道理,但仔细读却都经不住推敲"——这种判断是有道理的,而其中涉及的"理论原点"问题恰恰是如何协调文艺商品作为"使用价值"的审美价值与"交换价值"之间的关系问题。此外,李准还提出,在市场条件下,政府对文艺进行分类扶持非常重要,一般来说,通俗文艺交给市场就行了,而高雅艺术则需要政府基金等方面的支持——这对在政策层面上如何处理好文艺与市场关系是有重要启示的。[①]

当然,有关李准所谓的"理论原点"问题,理论界还是不断有所探讨的,尤其集中体现在对马克思艺术生产论的讨论上。如季水河分析指

---

① 以上引述李准之语,参见韩宵宵《破解文艺和市场的关系应深化理论原点的研究——专访中国文艺评论家协会名誉主席李准》,《中国文艺评论》2016年第2期。

出：马克思艺术生产论在当今正向着多个维度展开，关乎审美创造中的艺术生产、意识形态中的艺术生产、艺术产业中的艺术生产等——这种三分法是有经典文献依据的；艺术生产发展不平衡现象，在今天发生了重要的变化，呈现了诸多新的特点，既有传统艺术生产与物质生产发展不平衡现象的延续，又出现了艺术生产内部诸要素发展不平衡的新现象；马克思所指出的艺术生产与艺术消费的关系，在当代也发生了新变化，即在艺术生产中注重商品价值与文化价值兼顾，在艺术消费中实现了多种价值功能。[1]此外，有关文化消费主义的讨论中，也多涉及文艺与市场的关系，如张冰分析指出：20 世纪 90 年代以来，国内文学创作、理论与批评等方面表现出道德功能的消解和享乐主义的盛行；在消费主义时代，文学具有双重属性，即文学性和商品性，这是处于市场经济阶段，历史带给文学的特殊品质，文学与市场关系有待深入探讨。[2]

习近平有关"文艺不能当市场的奴隶"重要论断的提出，引发了学术界极其广泛的理论探讨。比如《文学评论》2014 年第 6 期就集中刊发了一组讨论"文学与市场"的文章：（1）高建平的《文学在市场中的生存之道》指出，"文学与市场并没有像两个对手一样在一道打了一场比赛，然后必须分出输赢。文学与市场从来就不是要非此即彼，逼着你二者必选一"，但并不是说市场尤其其竞争规则对作家创作毫无影响，"竞争也能变成恶性的，产生比坏原则。坏才能受到欢迎，才能赢。竞争是良性，还是恶性，不由对手是谁决定，而由竞争的规则决定"，而政府在规范文化市场竞争规则方面应该有所作为；另一方面，创作者本人也可有所选择，"马克思曾经努力区分生产劳动与非生产劳动"，作为"生产劳动者"的作家"向市场妥协，根据书商的指示，直接生产市场所需要的作品"，但是，作家也可选择成为"非生产劳动者"而进行"自由的精神生产"，"可以出售作品，但不是为了出售而生产作品"——而这是一种

---

[1] 季水河：《论马克思艺术生产论的现实价值与当代艺术生产》，《中国人民大学学报》2015 年第 2 期。

[2] 张冰：《消费时代文学的生产与危机——兼论马克思主义艺术生产观的当代启示》，《文学评论》2015 年第 6 期。

"市场经济中的美学原则,它永远不过时"。(2)程巍的《文学与市场,或文人与商人》充分结合中外现代文学史上具体的现象,分析指出,"将文学与市场对立起来,只是欧洲浪漫主义时代的一种反资本主义市场及其精神孑遗的姿态而已,实际上,那些以最凌厉的语言攻击市场的诗人,可能是在市场上获得最大成功的文人",现代许多作家的反市场行动反而成就了作家的"商业地位"——这种悖反现象可见文艺与市场关系的复杂性。(3)刘方喜的《重视文艺与市场的价值冲突与协调》则侧重于从国家政策等角度展开分析,指出:"冲突—协调",是人类社会事物发展的一种模式,把貌似尖锐冲突的事物协调好,最能体现大智慧。从这个意义上说,把原本认为尖锐对立的"市场"和"社会主义"结合起来,确实体现了中华民族的大智慧;而在社会主义市场经济框架下发展文艺,协调好文艺与市场的关系,同样需要大智慧。如果说"社会主义"与"市场"的协调关乎国家整体发展战略,那么,文艺与市场的协调则首先关乎国家文化发展战略。已有不少现象表明,市场给文艺发展所带来的,既有积极影响也有消极影响,有鉴于此,理论界强调,文艺要"面向"而"进入"市场,但不要"顺从"而"依附"市场。文艺商品及其生产的"交换价值"和"使用价值"(认识价值、审美价值)的"二重性",构成了文艺与市场基本的价值冲突。协调两者关系,事关多方,而文艺创作者要树立正确的价值观,充分发挥文艺提升道德境界和引领自由创造的社会功能。(4)赵炎秋的《学科视野下的文学与市场》则从文艺产品、科学产品与市场的不同关系展开分析:"科学产品的价值与市场价值的分离不太明显,越是高精尖的产品,其经济(市场)价值也越高;文学艺术产品的价值与市场价值则往往出现分离现象,高精尖的产品,其市场价值有可能赶不上通俗化的产品",由此提出:"在文学价值的评判中,应该理直气壮地取消以销量论英雄的做法";"文学活动不能完全市场化"等。

从学科研究的角度看,正如文艺与政治的关系的研究需文艺学与政治学的交叉研究,有关文艺与经济关系的研究也需要文艺学与经济学的交叉研究——而主要被文艺理论界所关注的西方大众文化理论恰恰不重视与经济学的交叉研究,近些年来,这种状况有所改观。

首先,文艺、文化与经济的交叉研究可以形成一种"文化经济学",

但是角度、侧重点却可以有所不同。有学者分析指出:"文化经济学在其发展进程中,实际上形成了边界清晰的两种学科方向——以文化艺术产业、文化商品和文化市场为研究对象的'狭义文化经济学'与以文化和经济发展之间的关系为研究对象的'广义文化经济学',这两种不同演进路径的文化经济学在方法论和理论体系上有着明显的区别。狭义的文化经济学实际上是文化产业、文化产品和文化市场的经济学分析",而"广义的文化经济学则探讨文化对经济思想、经济行为以及经济绩效的影响模式、影响渠道和影响效应,文化因素被当作影响经济系统运行的重要变量"①——后者显然主要为经济学学科所关注,而所谓"狭义的文化经济学"则可以与文艺学相融合,如文艺学研究者龚举善就从文论范式转型的角度提出了"文学经济学批评范式"的概念:"经济话语规模化进入当代文学批评场域,与马克思主义艺术生产理论的召唤、文学及其批评现场经济要素的参与、市场经济规则的体制化运作等密不可分。文学经济学批评的动态生成,主要受制于三大机制:客体的经济生活是实现文学经济学批评的前提条件;创作与消费双重主体是达成文学经济学批评的内在动因;文学传播中的媒介因素成为文学经济学批评的运行中介。"② 胡惠林则对中国文化经济学的发展作了历史梳理:"中国文化经济学研究经历了20世纪50—70年代的初始阶段、80—90年代的转型阶段和20世纪90年代后的建构阶段。艺术社会学和马克思主义关于经济基础和上层建筑的理论是中国文化经济学研究初始阶段的价值观与方法论,改革开放后中国从计划经济体制向市场经济体制转变,带动了中国文化经济学研究的市场经济转向,重建了关于文化与经济关系的认知系统,马克思主义政治经济学和现代西方经济学同时对中国文化经济学研究的市场化转向产生影响,形成关于文化商品的双重属性和文化经济运动双重规律理论"——这种历史梳理对于我们理解中国近70年文论范式的转型有重要启示。据胡惠林的统计,"截至2016年,中国已出版文化经济学著作近20种,代表性的有《文化经济学》(胡惠林,2014)、《艺术经济学》(王家新、傅才武,2014)、

---

① 梁碧波:《文化经济学:两种不同的演进路径》,《学术交流》2010年第6期。
② 龚举善:《文学经济学批评范式的生成逻辑与方法论意义》,《河北学刊》2017年第1期。

《文化遗产经济学》(顾江,2013)和《文化产业经济学》(江奔东,2013)、《国际文化贸易》(王婧,2016)"①——由此相关研究还是取得了比较丰硕的成果的。近年来,有关文化创意产业的研究更是在极速发展。

其次,所谓"文化经济学"可以有不同的研究层面,总体来说,目前应用层面的研究成果较多,而基础理论研究相对薄弱。李准认为,"关于文艺发展和市场经济的关系在理论原点上并没有得到实质性的推进":

> 对于包括文艺作品在内的精神产品是不是商品的问题,马克思主义经典作家也没有像对物质商品那样作出系统而又完整的论述。或者说,这是马克思主义经济学和文艺学还没有完全解决的一个难题,现代西方经济学和文艺学的理论也没有解决这个问题。但我认为,文艺界有责任也有能力逐步地将理论原点的讨论向前推进。如果这个基础得不到推进,那么一切文艺体制改革、文艺发展规划的理论前提就都不扎实。哪怕能把这个原点研究问题从理论上向前推进一点点,都是一件很有理论意义和实践意义的事。②

马克思主义经典作家尽管"没有像对物质商品那样作出系统而又完整的论述",但是,马克思政治经济学著述中还是有不少经典论述的,比如其《资本论》第4卷(《剩余价值理论》)"关于生产劳动与非生产劳动的理论"部分所讨论的核心问题之一就是精神生产与物质生产之间的关系,并且其中的"非生产性—生产性"分析框架直接关乎文艺与市场关系的"理论原点"问题——只是中外理论界对此没有足够关注和重视而已。当然,还是有不少学者已经初步关注到马克思这方面的重要论述:

> 中国特色社会主义文艺理论的"价值效益论",继承、丰富、发扬了马克思主义文论关于文艺的非生产劳动与生产劳动相统一的观

---

① 胡惠林:《中国文化经济学:历史、现状与特点》,《福建论坛》2017年第12期。
② 韩宵宵:《破解文艺和市场的关系应深化理论原点的研究——专访中国文艺评论家协会名誉主席李准》,《中国文艺评论》2016年第2期。

点，指明了文艺生产及其作品在市场经济中的二重性，为正确处理文艺的社会效益和经济效益、文艺生产与文艺消费和市场经济的关系奠定了理论基础。中国特色社会主义文艺理论的价值效益论主张，社会主义文艺生产及其产品应该把社会效益放在首位，同时也要兼顾经济效益，应该把社会效益和经济效益统一起来。《讲话》要求文艺工作者，坚持文艺的社会主义党性原则，在社会主义市场经济中，以马克思主义政治经济学的基本原理，辩证处理文艺生产及其产品的非生产劳动性和生产劳动性，创作生产出审美价值、交换价值和使用价值相统一的文艺作品，把文艺生产及其产品的社会效益放在首位，兼顾文艺生产及其产品的经济效益，为人民大众服务，为社会主义服务，而不能为了个人私利，更不能为了金钱、为了市场，而使文艺庸俗化、低俗化、媚俗化，不能当市场的奴隶，不要沾满了铜臭气。《讲话》明确规定：社会主义市场经济决定着文艺的价值效益。社会主义文艺应该把社会效益放在首位。社会主义文艺应该发挥社会效益与经济效益相统一的功能。[①]

"交换价值和使用价值"乃是从价值论角度讨论文艺与市场关系的理论原点，而"非生产劳动性和生产劳动性"则是从发展论角度讨论文艺与市场关系的理论原点——对此，刘方喜专著《批判的文化经济学：马克思理论的当代重构》[②]通过对马克思政治经济学中相关经典文献的详细梳理，进行了集中而专门的研究，实际上已经触及讨论文艺与市场关系的"理论原点"：（1）马克思在讨论货币问题时，揭示了黄金的"美学属性"，而这种"美学属性"属于"使用价值"范畴，而黄金还具有"交换价值"属性——这种"使用价值（审美价值）—交换价值"的分析框架，显然也可以运用于对文艺商品的分析，并且是讨论文艺与市场关系的"理论原点"之一。（2）马克思有关"奢侈品"及"两大部类"生产的

[①] 张玉能：《中国特色社会主义文艺理论的里程碑——学习习近平总书记在文艺工作座谈会上的讲话》，《长江文艺评论》2016年第5期。

[②] 刘方喜：《批判的文化经济学：马克思理论的当代重构》，河北大学出版社2013年版。

理论也可以直接运用于对当今包括文艺在内的文化产业及其与实体经济关系的分析：马克思把物质生产首先分成"生产资料的生产"和"消费资料的生产"两大部类，而"消费资料的生产"又分成"必需品的生产"与"奢侈品的生产"两小部类，而相对于"必需品"，文艺产品显然属于相对意义上的"奢侈品"。马克思强调社会总生产可持续发展，既需要保持两大部类之间的平衡，也需要保持两小部类之间的平衡——这对于我们考察当今文化产业与实体经济之间的平衡，有针对性的指导意义：包括文艺娱乐产业的过度扩张，社会财富过度转移、集中到娱乐产业领域，既会对必需品的生产产生负面影响，也会对作为"生产资料的生产"的实体制造业融入高新科技的机器等生产产生负面影响，进而对社会总生产的平衡形成负面影响：当前娱乐业的过度扩张，娱乐从业者的迅速暴富等，已经引起社会各界的高度关注，政府在相关产业政策等上应该有所作为，而即使从文化经济学的应用决策研究来看，马克思的相关理论也极具有指导价值——遗憾的是：这些理论并未进入当今文化经济学、文化产业研究的主流研究格局中，也未能进入文化产业决策者的视野。（3）马克思有关包括文艺在内的精神劳动"非生产性—生产性"理论，可以说更是关乎文艺与市场关系的"理论原点"问题，对于我们考察在社会主义市场经济框架下，如何繁荣发展社会主义文艺、文化尤其采取什么样的发展方式等，具有直接的指导意义。单纯从经济学角度展开的文化经济学总体来说不会关注文化"非产业化"的发展方式，而对于基于文艺学和美学角度展开的文化经济学来说，文艺"产业化"发展方式与"非产业化"发展方式之间的关系，恰恰是其核心的基础问题，或者，如果说"文艺与市场关系"是文艺学的"外部问题"的话，这一外部问题落实到文艺学内部就转换为文艺发展的"产业化"与"非产业化"之间的关系——而马克思的"生产性—非生产性"分析框架对于这种探讨有直接的指导意义。

第五节　重新审视文艺审美自主化及其与
　　　　政治、经济的关系

　　作为社会整体生活的三个有机组成部分，政治、经济、文化三者并非在相互隔绝、各自完全独立的空间中发展的，而是在相互作用、相互制约的联动中发展的，三者中一者力量的增强必然会影响其他两者：在计划经济体制下，经济及包括文艺在内的文化从属于政治——我们强调的是：这不仅是毛泽东等人在主观上倡导的结果，同时更是计划经济体制的现实力量作用的结果；由计划经济体制向市场经济体制的转型，必然使"经济"在社会整体生活中的力量得到极大的提升，这种日渐增强的力量必然会对政治、文化施加更大的影响，从而使社会力量结构在整体上发生重组——尽管在市场经济体制下"经济"本身的力量及其对政治、文化的作用究竟有多大，可以有不同的估量，但相对于计划经济体制，"经济"力量和作用的极大提升却是非常明显的——这在理论上使传统的政治研究包括文艺在内的文化研究等必然要随之有所调整。

　　政治、经济、文化的分化与自主发展，体现了现代性的重要特征——以此来看，计划经济体制使经济、文化完全从属于政治，某种程度上与现代性是相抵牾的；而市场体制则使"经济"获得了独立性或自主性，这在客观上为政治、经济、文化的分化、自主发展从而现代性的生成提供了某种可能性——但这只是问题的一面，问题的另一面是：尽管政治、经济、文化三者合在一起才构成社会生活整体，但三者之间的力量从来就不是均等、均衡的，其中"文化"大致从来就处于弱势地位——中外许多学者严重忽视了这一点：他们把近代以来的审美自主化视为文艺脱离社会生活，但是他们没有认识或揭示的是：与此同时，经济以更强劲之势也在脱离社会生活整体而追求自主化、独立化——这就是所谓完全按经济自身规律独立发展的"市场"（相对于"为艺术而艺术"的唯美主义表述，市场自由主义的表述是"为生意而生意"）的强劲扩张——卡尔·波兰尼将市场经济的这种独立化称为与社会生活整体的

"脱嵌"①。我们不能说文艺脱离社会生活现象没有问题,但是这种表述本身是存在问题的——社会生活整体的分化、断裂,是现代性的重要现象,可以说政治、经济、文化都在同时脱离社会生活整体,但更准确的表述似乎应是:政治、经济、文化三者之间在相互分裂,而在此分裂过程中,"经济"无疑获得了越来越强大的力量。我们不知道人类社会生活如何达到浑然一体的和谐状态,但显然的是:政治、经济、文化(包括文艺)三者各自的力量,不达到一定程度的均衡,社会生活恐怕是很难走向和谐的——迄今的社会现实是:三者之间的力量极其不均衡。因此,在人类社会生活如何达到浑然一体的和谐状态之前,我们恐怕首先还要强化处于弱势地位的文艺的审美自主化力量,在这种力量还不够强大之前鼓吹文艺融入社会生活,所带来的实际后果,恐怕就是把文艺完全纳入资本逻辑或市场经济运作轨道中。

历史地看,在人类社会的现代化进程中,文艺审美自主化力量并未获得较大发展——相对而言,市场的经济自主化力量倒是越来越脱离整体性的"社会生活"而获得了过度的扩张。粗粗检审一下我们一个世纪的现代化历史,即使我们从理论上倡导文艺审美自主化的时间也是非常短暂的:"五四"新文学运动中的几年,再加上新时期思想解放运动中的几年——与西方相比,我们在这方面的文化精神沉淀其实是相当薄弱的,可以说存在严重的先天不足。如果说在"文化大革命"中,文艺有沦为"政治的工具"的趋向的话,那么,在市场强劲扩张的今天,文艺则有沦为"经济的婢女"的趋势②——正是针对这种现实和趋势,习近平提出了极具时代意义的重大判断:"文艺不能当市场的奴隶"。当然,同样是历史地看,无论是西方还是中国,历史上对审美自主化的倡导确实是以"割裂的"方式提出问题的,即强调文艺审美自主化对政治、经济规则的对抗乃至颠覆作用,并确有躲进"象牙塔"之嫌——我们今天则应以联系的、整体的方式提出问题,也即在"文艺与政治""文艺与经济"之间

---

① 参见[英]卡尔·波兰尼《大转型:我们时代的政治与经济起源》,冯钢、刘阳译,浙江人民出版社2007年版。
② 参见刘方喜《政治的工具·经济的婢女·精神的涵养区》,《探索与争鸣》2009年第1期。

的关系中提出审美自主化问题,而落脚点则是社会生活的整体和谐,而非以审美规则取代经济、政治规则的乌托邦幻想。

改革开放以来,市场经济体制的转型是个充满曲折的缓慢过程。这其中一个重要年份是1992年,邓小平"南方谈话"标志着中国坚定不移地踏上了建立社会主义市场经济体系的发展道路——以此反观,在此之前,官方和学术界对建立市场经济体制其实还是有些犹豫不决的,理论上存在争议,实践上还存在反复乃至倒退。同样,在1992年以前,文论的主要问题依然是"文艺与政治的关系"问题。随着市场经济体系的进一步成熟,在实践上,"文化产业化"已逐步成为得到官方充分认可的文化发展战略口号;在理论上,新世纪以来西方消费社会文化研究理论的大规模引进,成为非常突出的新一轮"西学东渐"现象,在围绕"日常生活审美化"等话题的相关学术论争中,"文艺与经济(市场)的关系"的那种紧张性日趋消失——许多理论研究者认为这已不再成其为问题了——但历史和现实地看,这一问题其实并没有得到很好的解决(参见前面李准的相关说法):20世纪90年代,以文艺研究者为主的人文精神的倡导者对文艺商品化进行了激烈的"先验性""终极性"的道德乃至宗教批判,但是,深刻的审美批判本身反而缺席——这充分暴露了作为中国文艺现代化向度之一的审美自主化方面的理论建构和精神积累的严重不足。改革开放之初"文艺从属于政治"的观念被纠正,审美自主性在"文艺与政治的关系"中得到一定程度的认可;而在今天,虽然没有人提出"文艺从属于经济(市场)"的极端口号,但实际上"文艺从属于经济(市场)"似乎已作为一种强大的现实而被普遍地默认——在大众文化、消费社会、文化研究及所谓的"日常生活审美化"等讨论中就存在这种倾向。

如果说文艺的解放、审美的自主化,在改革开放启动市场经济之初体现为对"文艺从属于政治"的拨乱反正的话,那么,在市场经济体系日趋成熟的今天就应体现为对"文艺从属于经济(市场)"的拨乱反正——而从作为指导思想的马克思主义的基本立场来看,这里要澄清两个问题:一是马克思是如何看待文艺意识形态与审美关系问题的;二是马克思是如何看待文艺商品化问题的。关于第一个问题,马克思指出:"只有立在这个地盘(物质生产)上,一方面,统治阶级的'意识形态'组成部分,另一方面，这个特别社会形态内的'自由的精神生产'，才有可能得到理解"①，"自由的精神生产"显然与审美问题相关，马克思是从意识形态与审美这两个紧密联系的方面来探讨文艺问题的，以此来看，钱中文等提出的"审美意识形态"论其实是有着坚实而具体的原典基础的，极端片面的意识形态论，至少不符合马克思本人的文艺思想。关于第二个问题，有些学者摘录马克思政治经济学中的只言片语，断章取义地认为在马克思看来文艺的审美自由是可以与商品化不加分析地调和起来的——实际上绝非如此，马克思指出："密尔顿出于同春蚕吐丝一样的必要而创作《失乐园》，那是他的天性的能动表现。后来，他把作品卖了 5 镑。但是，在书商指示下编写书籍（例如政治经济学大纲）的莱比锡的一位无产者作家却是生产劳动者，因为他的产品一开始就属于资本，只是为了增加资本的价值才完成的"②——马克思揭示了作为"自由的精神生产""真正自由的劳动"的文艺活动与"只是为了增加资本的价值才完成的"的商品化文艺生产的内在对抗性——更为重要的是，马克思还在"自由时间"论中揭示文艺这两种生产方式的不同：作为"自由的精神生产"的文艺自由创造活动存在于"自由劳动时间"中，是一种"非生产性"劳动；而商品化的文艺生产则存在于"必要劳动时间"中，是一种"生产性"劳动——马克思正是在"文艺与经济（市场）关系"中或者说在经济哲学范式中，非常具体地提出文艺的审美自由问题的。③ 20 世纪 90 年代人文精神的批评者、21 世纪以来大众消费文化的鼓吹者，皆强调当代消费文化可以满足"人的欲望与要求"——问题在于所满足的究竟是一种什么样的"欲望"，在这方面，我们不太同意说消费文化产品所满足的是大众的"物质性"欲望的说法，消费文化产品相对于必需品就是一种奢侈品，不管怎么说总还是文化性的，总体来说，它们所满足的欲望也就是文化性

---

① 马克思：《剩余价值学说史》第 1 卷，郭大力译，人民出版社 1975 年版，第 307 页。
② 《马克思恩格斯全集》第 26 卷第 1 册，人民出版社 1972 年版，第 432 页。
③ 这方面的详细分析，参见刘方喜《试论"自由时间"的双重内涵及两种价值趋向》（《自然辩证法研究》2006 年第 9 期）、《论马克思"自由时间"论的重大美学意义》（《江西社会科学》2005 年第 2 期）、《"自由时间"论：马克思主义美学在消费时代的新拓展》（《湖北大学学报》2008 年第 6 期）等系列论文。

的。马克思指出:"人作为自然存在物,而且作为有生命的自然存在物,一方面具有自然力、生命力,是能动的自然存在物;这些力量作为天赋和才能、作为'欲望'存在于人身上"①,满足这种"欲望",人就会产生"生产的欢乐"——在对商业化的文化产品的消费中,大众所满足的只能是"消费性"的欲望而产生"消费的欢乐",大众的生产性欲望和生产的欢乐总体上则是被压抑着的。市场自由主义鼓吹人的追逐利益的欲望,与自由主义一脉相承的当代消费主义鼓吹人的消费欲望,而马克思则强调人的自由创造的"生产性欲望"——这构成了在经济哲学范式中建构"审美生产主义"及批判当代"审美消费主义"的人性需求论方面的立足点。②

总之,"文艺与政治的关系""文艺与经济的关系",乃是文艺理论研究的两个基本问题,但在不同历史时期,这两大关系在文艺理论体系中的地位不尽相同:改革开放以来的市场经济体制转型,使"文艺(文化)与经济的关系"日益凸显出来,这必然导致文艺理论整体结构的重组,使文艺理论的基本范式发生新的转型——我们以上梳理的新时期以来的相关学术思想史对此有所昭示。综观 70 年中国当代文论的发展史,"文艺与政治的关系""文艺与经济的关系"两大基础问题其实并未得到很好的厘清。

(1) 文艺与政治的关系,在马克思主义论域中,又集中体现在文艺与意识形态的关系上,在 20 世纪 80 年代文论所谓的"向内转"的理论争鸣中,一方倡导要坚持文艺的审美独立性、自律性而消解其政治性、意识形态性,另一方则要坚持马克思主义文论的一元论而坚持文艺的政治性、意识形态性,当然也可以居中而强调两者的统一——但是,问题的复杂性在于,诚如一些论者指出的那样:倡导消解文艺政治意识形态性或

---

① 《马克思恩格斯全集》第 42 卷,人民出版社 1979 年版,第 167 页。
② 这方面的详细分析,参见刘方喜《"文学死亡"事件中的消费主义神话》(《文学评论》2005 年第 5 期)、《"审美消费主义"批判与"审美生产主义"建构》(《文学评论》2007 年第 2 期)、《三种时间、三种活动:马克思"审美生产主义"初探》(《江西社会科学》2006 年第 2 期)、《艺术生产三形态与"审美生产主义"建构》(《河北大学学报》2007 年第 3 期)等系列论文。

"去政治化""去意识形态化"的观念,恰恰也是一种政治意识形态——如果不沉陷在这种貌似悖反的概念游戏中的话,我们就应该意识到:文艺要不要与政治发生关联、要不要反映政治或人的社会政治关系,或许恰恰不是首要的问题,首要问题应该是:反映什么样的政治或人的社会政治关系——20世纪80年代围绕文艺意识形态的纷争,恰恰总体上忽视了这一点。马克思意识形态理论的基本思路其实是非常清晰的:包括文艺在内的意识形态内容,作为观念的上层建筑,是经济基础的反映,而经济基础是生产关系的总和,文艺意识形态最终就是对存在于物质生产中的人的现实客观的生产关系的观念反映。因此,20世纪80年代以来所讨论的文艺与政治、意识形态的关系问题,其实最终涉及的都是对改革开放与社会主义之间关系的认知:社会主义的自我完善是中国改革一直坚持的基本定位,在经济上就意味着对社会主义基本生产关系先进性的坚信——直接或间接地,同时也科学地反映这种人类发展历史大趋势上的先进性,才是中国特色社会主义文艺创作和理论研究最重要的政治问题。

(2)关于文艺与经济或市场的关系问题,马克思"使用价值(审美价值)—交换价值""非生产性—生产性"关系框架,完全可以成为相关探讨的"理论原点"。所谓"审美自主化"相对而言,直接关乎的是文艺精英,而从社会整体看,我们应该关注的是能体现这种审美自主化的"自由的精神生产"(文艺"非生产性"的发展方式)与产业化的文艺生产(文艺"生产性"的发展方式)之间的关系。从70年文艺发展方式的变化来看,前30年是无所谓产业化、市场化的"生产性"发展方式的,而只要搞市场经济,"生产性"就必然会成为文艺的发展方式之一。在市场化改革之初,可以说文艺与市场关系相对而言还只是个"理论性"问题,市场方相对而言还处于弱势地位,在这种状况下,鼓吹文艺商品化、市场化或许还有一定思想解放的味道;但当20世纪90年代以来,市场经济体系日趋成熟,产业化、生产性的发展方式日趋成为文艺的一种更具主导性的发展方式时,再鼓吹什么高雅艺术的保守性云云,不是不合时宜,恐怕就是别有用心了——总体来说,我们关于文艺与市场关系的讨论,缺乏一种历史主义的态度或理念。

在所谓"理论原点"上,强调文艺、文化商品不同于物质性商品的

"审美属性""精神属性"固然有一定道理,两者之间也确实存在一定冲突——但显然并非最基本的冲突。在马克思看来,"使用价值—交换价值"才是资本或市场最基本的冲突,这种冲突既存在于物质生产中,也存在于精神生产中,并不是像许多论者所想象的那样,物质商品生产中就不存在这种冲突:马克思强调资本或市场最基本的目的是"交换价值"而非"使用价值",只是为了获得"交换价值"而不得不生产商品的"使用价值"以满足消费者的"需求"——这两者之间既可以"统一",也会发生"冲突",并且冲突还并非偶发性的,而是植根于资本本性中的:比如,在两小部类生产中,可能社会上还有很多人缺乏必需品,比如食物,但是如果这种必需品生产赚不到钱,资本就会从该领域转移出去,而转向更赚钱的奢侈品生产领域——这在19世纪的西方资本主义社会中大量存在,在当今西方社会也还一定程度存在,而在中国当下也一定程度存在:比如,大量的资本越来越多地转移到作为非必需品生产的文艺娱乐产业而使文艺从业者大发其财,我们每年生产出的影视产品显然不是"不足"而是严重"过剩";而另一方面,我们还存在温饱这种必要需求没有得到满足的人群——而只单纯依靠市场手段,显然是不能解决这种冲突的。在市场框架下,文艺商品生产的最基本目的当然也是"交换价值"(利润),与这种交换价值不同的文艺产品的认识价值(政治意识形态属性)、审美价值(审美属性)等总体上就属于"使用价值"范畴——从当下现实来看,文艺过度市场化不仅冲击文艺的审美价值创造,同时也冲击文艺的政治意识形态作用。由此来看,只单纯强调文艺商品不同于物质商品的独特的审美性、精神性、政治意识形态性,恰恰是无法化解文艺与市场的基本冲突的。

在包括文艺在内的文化产业将成为国家支柱产业的现实语境和发展趋势下,总体来说,文艺的生产性、产业化发展方式的社会价值已不再成其为问题,问题恰恰在于:非生产性、非产业化发展方式究竟具有什么社会意义和作用?在政策层面,强调非营利性的文化事业与营利性的文化产业并存发展,乃是国家文化发展的基本战略。马克思强调:"真正的财富就是所有个人的发达的生产力",这可以说是一种"主体财富",更有利于培育"所有个人的发达的生产力"主体即"全面发展的个人",乃是文艺"非生产性"发展方式的重要社会意义所在。马克思还从联系角度指出:

"节约劳动时间等于增加自由时间,即增加使个人得到充分发展的时间,而个人的充分发展又作为最大的生产力反作用于劳动生产力"①——在"自由时间""自由的精神生产"中培育出的"全面发展的个人""所有个人的发达的生产力"主体,又会反过来大大提高物质生产的生产力。当然,"非生产性"自由的精神生产的充分发展、"所有个人的发达的生产力"主体培育功能的充分发挥,恰恰要以物质生产力的充分发展为基础,而这需要一个历史发展过程。因此,在物质生产力尚未充分发达和社会主义市场经济条件下,文艺精神生产采用"生产性"发展方式,就具有一定历史合理性。

"必须认识到,我国社会主要矛盾的变化是关系全局的历史性变化,对党和国家工作提出了许多新要求。我们要在继续推动发展的基础上,着力解决好发展不平衡不充分问题,大力提升发展质量和效益,更好满足人民在经济、政治、文化、社会、生态等方面日益增长的需要,更好推动人的全面发展、社会全面进步。"② 社会主要矛盾由"人民日益增长的物质文化需要同落后的社会生产之间的矛盾"转化为"人民日益增长的美好生活需要和不平衡不充分的发展之间的矛盾",表明落后生产力、薄弱经济基础已得到改观,这为"更好推动人的全面发展"提供了更坚实的基础。促进人的全面,当然需要很多条件和多方面努力,而文艺"非生产性"发展方式在这方面无疑可以发挥直接的独特作用:新时代也为我们在文艺发展方式上坚持"生产性"与"非生产性"统一这一社会主义方向,提供了更加坚实的基础。从全球发展大势看,当下迅猛发展的互联网、物联网、大数据、人工智能等新技术正在引发新工业革命,正在锻造更适合社会主义的物质生产方式,这种新型生产方式将更有利于"全面发展的个人"主体的培育③——凡此种种,是我们坚持文艺"非生产性"

---

① 《马克思恩格斯全集》第46卷下册,人民出版社1980年版,第222、225页。
② 习近平:《决胜全面建成小康社会夺取新时代中国特色社会主义伟大胜利——在中国共产党第十九次代表大会上的报告(2017年10月18日)》,人民出版社2017年版,第11—12页。
③ 详细分析参见刘方喜《由"创客"而"全面发展的个人":物联网时代社会主义"共建共享"主体建构进程》,《毛泽东邓小平理论研究》2016年第8期。

发展方式这一社会主义方向的底气和信心所在。因此，坚持文艺发展的社会主义方向，在文艺发展方式上就要坚持"生产性"与"非生产性"的统一——而基本教训就是：割裂这两个统一，对于文艺发展的社会主义方向的认识就会产生偏差。中国特色社会主义进入新时代，薄弱经济基础、落后生产力得到改观，社会主义生产关系和制度的优越性必将更充分发挥出来，这将为我们在文艺发展上坚持社会主义方向提供越来越坚实的基础。①

随着中国社会尤其市场经济的进一步发展及经济全球化更强劲的扩张，"文艺（文化）与经济的关系"问题将进一步凸显出来，如何积极应对而不是消极回避乃至刻意掩盖这一问题，对于中国文论、文学、文化乃至整个社会的和谐、均衡发展来说，既是挑战，也是机遇。

---

① 关于以上问题的详细分析，参见刘方喜《文艺意识形态近四十年研究之反思——以意识形态性与非生产性为视点》，《中国文学批评》2018 年第 4 期。

第十五章

"后"语境中的文学理论研究

段吉方

"'后'语境"是一种较宽泛的说法，它一般指的是西方 20 世纪 60 年代以来兴起的"后现代主义""后殖民主义"等文化思潮所产生的语境特征，也被称为"后学"（post-ism）研究。作为一种语境特征（Context Characteristics），"后"具有如下的理论意味：其一，它不仅是一个历史时期的概念，不总是被理解为"现代"之"后"的某个时代或"后"于"现代"的某个时期；其二，它是一个超越时间上的持续性之外的一个范畴，既带有历时性，同时又带有共时性，历时性使它充满了历史意蕴，共时性使它充满了思想张力；其三，在共时性的思想张力中，它体现为一种特有的思维方式、理论观念和研究方法，是在质疑和反抗以往哲学传统基础上的整体理论范式的变革。从这些理论意味出发，"'后'语境"既包括传统"语境"概念的含义，又在哲学文化视野中超越了"语境"概念的语言关系特征，它在整合与提炼"后现代主义""后殖民主义"等"后学"思潮的基础上表现为一种特有的理论、思维、观念和方法的话语环境。从这个意义上而言，"'后'语境"本身代表了一种思维方式和理论观念的展开方式，当它与具体的理论问题相遇之后，它提供的不仅仅是一种社会背景和语言环境，它自身包含的思维方式和理论观念内在地融入了理论问题的研究过程之中。"'后'语境"下的中国当代文学理论研究的学术发展史也具有这样一种学术特性，"'后'语境"与中国当代文学理论研究的关联问题不仅仅是"后现代主义""后结构主义""女性主义"

"新历史主义""后殖民主义"等具有"后学"色彩的理论思潮的影响与接受问题,在更深层次上它与中国当代文学理论观念的变迁是互为创生的。从学术史的眼光来看,"后现代主义"等"后学"思潮的方法、观念部分地被中国当代文学理论所接受、阐释和应用,从而导致了中国当代文学理论研究在整体知识生产和知识建构层面上的变革,文学理论研究在思维方式、理论观念、语言表达、批评实践等诸多层面上发生了深刻的变化,甚至影响了文艺学的学科的发展态势与走向,尽管这期间的观点各异,理论取向与理论应用的方式也比较复杂,但是"后学"思潮的引进、"'后'语境"的影响与散布所导致的理论范式的变革是明显的。就目前而言,"后学"思潮和"'后'语境"的散布与影响仍然与中国当代文学理论研究的现实发展处于同步进行的过程之中,因此,更加需要我们做出客观的分析。

第一节 选择与借鉴:"后"语境与中国当代文学理论的接受取向

从 20 世纪 80 年代开始,中国当代文学理论界开始有选择地引入"后现代主义""后结构主义""女性主义""后殖民主义"等"后学"理论思潮。在近 20 年的时间内,中国当代文学理论界不仅完成了一个"后学"思潮的引介与接受过程,而且完成了一个理论观念的相遇、选择、接受、借鉴以及应用影响的过程。由于社会历史语境、文化哲学传统、文学体验方式以及文学研究方法的差异,"后学"思潮与中国文学的相遇过程不可避免地产生了多重的接受矛盾,甚至至今为止仍然显示出理论融通与对话的困境,但是,尽管如此,在近 20 年内中国当代文学理论仍然对"后学"思潮给予较多的关注,因此导致的中国当代文学理论研究的整体格局的变化也是明显的。

像其他任何一种理论思潮在中国的传播、接受、影响的过程一样,近 20 年内"后学"思潮在中国文学理论界的理论旅行与传播影响也有一个复杂的过程。这期间,虽然具有特殊的文化开放与理论变革的高潮时期所带来希冀、憧憬、惊奇、怀疑、排斥、批判等多重接受心理所导致的接受取向的混乱的一面，但从学术史的眼光来看，我们仍然可以发现一种具有阶段性特征的接受轨迹。从整体来看，这种接受轨迹可以分为以下三个历史时段。

一 "后学"思潮的初步介绍与引进时期

20世纪80年代，中国当代文学理论开始对"后学"思潮进行初步引进与介绍，一直到20世纪90年代初，中国当代文学理论研究者在这方面作了大量的工作。最早介绍"后学"思潮的是外国文学与外国文学理论研究领域中的一些学者，因此，"后学"思潮在中国最早的理论旅行是从中国学者关注"后现代主义小说"等文学文体形式的革新与创造开始的。"后现代小说"是第二次世界大战的产物，第二次世界大战后很多西方作家从深重的社会矛盾中感受到了精神世界的荒芜与痛苦，科技的发展、技术的进步带来了物质生活的完善，但也造成了现代社会与传统的割裂，20世纪60年代以来，西方社会在感受现代社会物质发展的同时，也经受了历史错位所导致的心灵挫折和精神创伤。战后的"后现代小说"深刻地揭示了这种历史与文化境况，在博尔赫斯、卡尔维诺、纳博科夫、品钦、冯内古特、苏克尼克、索尔·贝娄、库弗、厄普代克等人的笔下，这种精神困惑得到了深刻的揭示。同时，在他们的作品中，"后现代小说"的文体形式方面的变革特征也非常明显。他们的作品打破了一直以来文学创作的传统的形式特征，在小说的叙事模式、形式技巧等方面打破了故事的连续性，讲求文本的自我展现、文字的戏仿、素材的编织和缝合等特征。对于中国80年代初期的文学创作来说，"后现代小说"展现了一种新的文学实验，在当时引起了中国文学界的极大的兴趣。1979年《世界文学》杂志率先翻译评介"后现代小说"，汤永宽摘译了索尔·贝娄的长篇小说《赛姆先生的行星》，随后在1980年，《外国文学报道》也介绍了美国的几位后现代小说家，同年，《读书》以及《外国文学报道》杂志发表了董鼎山的两篇文章《所谓后现代主义小说》和《后现代派小说》。1983年《读书》杂志再次发表了董鼎山的文章《六十年代以来的美国小说——"后现代主义"及其他》，1987年《世界文学》第2期推出了"后现代主义"文学专辑，发表了董鼎山的《"后现代主义"小说》、钱青的《当代美国试验小说的技巧》。董鼎山在文章中从"自我"意识、形式结构、文学虚构等方面对"后现代小说"的特点进行了归纳，这是中国学界较早系统地评介"后现代小说"特征的文献。在这一时期，中国文学界对"后现代小说"进行了大量的引进和介绍，但是总的来看，此时的研究工作仍然停留在对"后现代小说"的社会背景、形成过程、创作特征等方面的探索阶段，无论是从数量上，还是从后现代主义的精神特性上，尚未形成整体宏观和深度探索的理论水平，但是，这一时期的译介工作仍然具有重要的意义，为后来"后现代主义"在中国学界的理论旅行奠定了接受的基础。

与"后现代小说"在中国译介传播不同的是，中国当代文学理论界对作为一种文学思潮的"后现代主义"的接受从一开始就体现了整体接受的特征。这一方面是由于"后现代主义文化思潮"与"后现代小说"这两种文学概念存在一定的内在差异，作为一种文学形式与文体特征，在对"后现代主义小说"的接受与描述中，中国学界主要关注的是它的文体特征和形式技巧，而对"后现代主义文化思潮"，中国学界在接受过程中则从一开始就体现出了对它的社会语境、哲学基础、理论观念、思维形式、精神内涵等方面的整体探索；另一方面，"后现代主义文化思潮"在中国的传播并引起学界关注，还在于西方后现代主义理论家在中国的访问交流以及所直接催生的理论热潮，比如，1983年，后现代主义理论家哈桑曾到山东大学讲学，1985年，杰姆逊在北京大学开设了"后现代主义与文化理论"的讲座，1987年，国际比较文学学会主席佛克马到南京大学作了关于后现代主义的学术报告。可以说，这些理论家在中国理论界的"直接出场"为"后现代主义文化思潮"在中国理论界的整体接受起到了直接的催生作用。所以，在这一时期，相比文学领域中的"后学"思潮的介绍和引进而言，文学理论界无论是从数量、声势、重视程度以及影响上都明显大得多。如果说，在这一时期，"后现代小说"在中国学界的评介与引进引起的只是学界对"后学"思潮初步的感性的文学体验的话，那么，随后理论界的研究工作引起的则是对"后现代主义"整体文化精神的重视，因此它的意义更加明显。

中国当代理论界对"后学"思潮的引进集中在"后现代主义文化思潮"的焦点上，在某种程度上，它不仅仅是中国当代文学理论家的自觉行为，更与80年代以来中国学界对西方文化观念的整体引入所导致的文化热潮和理论热度有关。在80年代中期以前，中国理论界对"后现代主义"的评价还处于一种零星的个别介绍阶段。1982年和1983年，袁可嘉分别在《国外社会科学》杂志和《译林》杂志上发表了《关于"后现代主义"思潮》和《后现代主义》的文章，是较早地、整体地直接介绍后现代主义文化思潮的学术研究。后现代主义文化思潮在中国的广泛引介是在80年代中期以后的事情，特别是与1985年中国当代文学理论界的"文化热"和"方法论"论争密切相关。1985年，美国杜克大学詹姆逊教授访问北京大学，首次向中国介绍西方后现代文化，次年，杰姆逊的讲演《后现代主义与文化理论》[①] 在中国出版产生了极大的影响。同年，《后现代主义与文化理论》的翻译者唐小兵在《读书》杂志发表了对杰姆逊教授的访谈《后现代主义：商品化和文化扩张》，1987年《外国文学》杂志连续发表了他对杰姆逊等人的介绍，为中国理论界认识后现代主义提供了一定的理论启发。1988年，英国学者特里·伊格尔顿的《当代西方文学理论》[②] 由中国社会科学出版社出版，1989年赵一凡翻译了英国学者丹尼尔·贝尔的《资本主义文化矛盾》，1988年佛克马、易布思合著的《20世纪文学理论》由生活·读书·新知三联书店出版，这些理论著作不同程度地涉及了后现代主义文化理论，特别是丹尼尔·贝尔的《资本主义文化矛盾》对后现代主义文化理论的社会背景、文化根源、文化表征的分析曾经成为当时理论界认识后现代主义文化的主要理论参照。在这一时期，还有一些研究者从中国当代文化实践的角度对后现代主义文化理论进行分析，主要有沈金耀发表于1989年的《试析近年来小说中的

[①] ［美］弗·杰姆逊：《后现代主义与文化理论》，唐小兵译，陕西师范大学出版社1986年版。

[②] ［英］特里·伊格尔顿的《当代西方文学理论》在国内有四个版本，分别是：《当代西方文学理论》，王逢振译，中国社会科学出版社1988年版；《二十世纪西方文学理论》，伍晓明译，陕西师范大学出版社1986年版；《文学原理引论》，刘峰等译，文化艺术出版社1987年版，《现象学，阐释学，接受理论——当代西方文艺理论》，王逢振译，江苏教育出版社2006年版。

后现代主义》①,王宁、陈晓明的《后现代主义与中国当代先锋文学》②,陈晓明的《现代主义意识的实验性催化——"后新潮"文学的"意识"变迁》等。③ 虽然从整体上看,这一时期中国当代理论界对后现代主义的接受仍然处于引进和评价的初期,但是也表明理论界已经认识到了后现代主义文化理论的重要性,同时也展现出了一定的理论接受的热情,这为后来"后学"思潮在中国的全面引进和接受奠定了基础。

二 "后学"思潮的全面引进与批评论争时期

经过了20世纪80年代以来的初步引进与介绍,到了20世纪90年代,中国文学理论界对"后学"思潮更加表现出了极大的关注,整个20世纪90年代是"后学"思潮在中国理论界蔚为壮观的时期。这一时期,文学理论界对"后学"思潮的热情展现出了以下几方面的特征。首先,文学理论界对"后学"思潮的关注从作为一种整体的"后现代主义"文化思潮开始转向对后现代主义、后结构主义、女性主义、新历史主义、后殖民主义等普遍具有"后学"特征的具体的理论思潮的关注,理论引介和接受的范围更加扩大了,同时理论研究的聚焦和学派研究的趋势也更加明显了。其次,中国当代文学理论界对"后学"思潮的研究已经超越了单纯的引介和评述层面,综合研究的学术接受取向更加明显。再次,"后学"思潮的理论观念和思维方法开始影响中国文学理论界的学术研究过程,"'后'语境"对中国当代文学理论研究格局的影响日益明显,"后学"思潮的理论应用实践也逐渐出现。最后,"后学"思潮的学术研究不断升级,学术会议不断召开,中国文学理论界与西方学界的理论对话与呼应开始呈现,并展示了复杂的理论格局,批评论争不断出现。

在20世纪80年代,中国文学理论界对"后学"思潮的引介与认识还停留在对杰姆逊、佛克马、哈桑、伊格尔顿、丹尼尔·贝尔等少数后现

---

① 沈金耀:《试析近年来小说中的后现代主义》,《小说评论》1989年第2期。
② 王宁、陈晓明:《后现代主义与中国当代先锋文学》,《人民文学》1989年第6期。
③ 陈晓明:《现代主义意识的实验性催化——"后新潮"文学的"意识"变迁》,《当代作家评论》1989年第3、4期。

代主义理论家的身上，对"后学"思潮的精神特征的分析也比较集中地聚焦于作为一种整体的后现代主义文化理论上，到了20世纪90年代，中国学界对"后学"思潮引进和评价的范围更加广阔，后现代主义、后结构主义、女性主义、新历史主义、后殖民主义等普遍具有"后学"特征的理论思潮和流派都得到了充分的重视，弗·杰姆逊、利奥塔、拉康、德里达、福柯、哈贝马斯、斯潘诺斯、海登·怀特、库恩、罗兰·巴特、哈桑、伊格尔顿、克利斯蒂娃、赛义德、霍米·巴巴、保罗·德·曼、米勒、博德里亚等一大批理论家的著作陆续翻译出版，他们的理论观念广为传播，一大批译介、研究后现代主义的论著也相继问世，《走向后现代主义》（佛克马、伯顿斯编，王宁等译，北京大学出版社1991年版）、《后现代主义文化与美学》（王岳川、尚水编，北京大学出版社1992年版）、《后现代主义》（《世界文论》第2辑，中国社会科学院外国文学研究所编，社会科学文献出版社1993年版），"知识分子图书馆""后殖民批评""女性主义批评""新历史主义批评"等专辑的译作不断推出；中国学者的理论研究著作，如盛宁的《人文困惑与反思——西方后现代主义思潮批判》、王岳川的《后现代主义文化研究》、王宁的《多元共生的时代》及《后现代主义之后》、王治河的《扑朔迷离的游戏》、张颐武的《在边缘处追索》、陆扬的《德里达——解构之维》、陈晓明的《解构的踪迹》和《无边的挑战》、徐贲的《走向后现代与后殖民》，等等，都从不同的角度深化了对"后学"思潮的研究。同时，在这一时期，中国理论界、小说界、电影界也召开了多次以"后学"研究为主题的研讨会，极大地拓展了后现代文化理论研究的理论视野。

20世纪90年代"后学"思潮在文学理论界的接受高潮，一时间也使"后学"研究成为理论界的争论话题，对"后学"思潮的不同认识也引发了诸多的辩论。有的研究者积极高调地研究"后学"思潮，并积极将"后学"思潮与中国文学实践相联系，并积极从事文本阐释的研究工作，如陈晓明；有的研究者则坚持客观冷静的态度，从容地分析"后学在中国"所产生的多维多面的问题，如王一川；也有的学者一如既往地坚持对"后学"思潮做长期译介传播工作，并积极呼应西方"后学"的理论问题，如王宁。但更多的研究者对"后学"思潮保持了审慎以及批判的态度，更加强调理论研究中的问题意识与中国语境，对"后学在中国"的问题的正当性、合法性和有效性保持了怀疑的目光。这种客观审视的态度也让中国文学理论界对"后学"思潮保持了一份最终的学术底线，使"后学"思潮所标榜的否定性、非中心化、破碎性、拆解固有结构、反正统性、不确定性、非连续性以及强调多元化、大胆地标新立异、反权威、反基础主义、非理性主义主张没有完全地渗透中国文学理论研究的血脉之中，批评论争既有充分的必要性，同时又有着难得的理论收获，它在展现了不同价值立场和选择方式的差异之后，也客观地使"后学"思潮在中国文学理论界高涨的接受热情与阐释热情转化为一种重视语境分析的学术态度，虽然中国文学理论界最终无法完全抵抗"后学"思潮的理论影响，作为一种文化语境的"后学"思维仍然会在长时期内影响中国文学理论研究的走向，但是，毕竟中国当代文学理论研究并没有亦步亦趋地走向对"后学"思潮的简单认同，批评论争也会让中国当代文学理论研究更加真实地关注文学理论的本土性问题。

20世纪90年代以后，当代西方文学理论研究发生了一定的变化，各种新潮的"后学"理论研究的热度开始降温，特别是1996年美国《社会文本》所炮制的"索卡尔事件"之后，西方人文社会科学研究中关于后现代主义理论均开始报以怀疑和审慎的态度。2004年，英国学者特里·伊格尔顿出版了著名的《理论之后》，宣称当代西方文化理论开始陷入危机，文学研究开始进入所谓的"后理论"时代。伊格尔顿提出，理论的黄金时代已经过去，"随着一场新的全球资本主义叙事的开始，以及所谓的反恐热，人们曾经熟悉的所谓的后现代主义思维方式正在走向终结"。[1]他认为，在这个终结点上，当代西方各种文化理论在资本主义文化体制中被专业化和宰制化了，文化研究也失去了对当代生活最基本的呼应能力，"身体"掏空了它应有的真正的文化属性和思想能量而成了一种符号性的标识，智识生活与日常生活之间不再有任何的缝隙，在这个意义上，"'理论之后'所意味的正是我们现在处于理论发展高潮之后的没落时期，在某些方面，我们已经远离因阿尔都塞、巴特与德里达等思想家的洞见而展

---

[1] Terry Eagleton, *After Theory*, London: Allen Lane, 2004, p. 1.

现的理论富饶的时代"。① 与伊格尔顿提出的"理论之后"相关研究还有米切尔的《反抗理论》、T. M. 卡维纳的《理论的限度》、J. 阿拉克等的《理论的后果》、拉德夫德的《理论状况》、C. 玻格斯的《挑战理论》、M. 麦奎伦等的《后理论：批评新方向》以及苏珊·桑塔格的《反对阐释》等。这些理论观念在中国当代文学理论研究中引起了一定的反响和关注，在某种程度上，也促使中国当代文学理论研究出现了从关注"后学"理论到反思"后学"理论的变化，因而也出现了各种纷繁复杂的言说方式。有的学者提出，"后理论"并不是一种稳定的理论范畴，"'理论之后'的观念的出场与热议恐怕不是'理论'本身的问题，而是当代西方在学科互涉中所展现出的理论融通困难与阐释裂隙问题，说白了，也就是理论的限度问题"，② 有的学者则提出，人们都在谈论"理论之后"，那是因为文学理论已经没有期待，没有什么大的思潮，没有什么大的转向，从而滋生了人们对理论的失望。"对理论的厌腻，对理论的失望，则形成一种合力，产生一种'理论疲劳'。"③ 有的学者则认为，之所以出现"理论之后""后理论"，是因为人们试图从理论范式变化的角度来尝试解答理论的接受和抵抗现象而体现出的一种理论的焦虑感，其目的是想通过分析新的概念体系和范式变化来解决文学研究方法上的分歧，所以它是一种值得尊重的理论努力。④ 还有的学者强调，"后理论的特征之一就是告别'大理论'，不再雄心勃勃地创造某种解释一切的大叙事，转而进入了各种可能的'小理论'探索"。⑤ 从中国当代文学理论对伊格尔顿所提出的"理论之后"问题的复杂态度可以看出，中国当代文学理论对西方"后学"理论思潮仍然较为关注，虽然立场各异，但在基本的理论判断上已经走出了片面依赖的研究路径，理论反思的成分更加明显，并在这种理论反思的过程中形成新的理论研究路径，这也预示着中国当代文学理论在

---

① Terry Eagleton, *After Theory*, London: AllenLane, 2004, p.221.
② 段吉方：《文学研究走向"后理论时代"了吗——"理论之后"问题的反思与批判》，《社会科学家》2011年第9期。
③ 周启超：《在反思中深化文学理论研究》，《江苏社会科学》2009年第6期。
④ 顾明栋：《后理论时代对理论的抵抗及范式构成》，《当代外国文学》2007年第2期。
⑤ 周宪：《文学理论、理论与后理论》，《文学评论》2008年第5期。

完成了"后学"思潮的全面引进之后，也开始了理论层面上的批评论争。

三 "后学"理论的落潮以及"'后'语境"的形成时期

由于20世纪90年代中国文学理论界率先引介后现代主义等"后学"思潮，这使得"后学"思潮在中国迅速地进入了思想界和知识界的主要领域。整个90年代，在"后学"思潮的传播中，中国当代文学理论界也经历了一个前所未有的理论热潮的高涨时期。但是，这种局面随着后现代主义文化理论在西方的衰落而迅速地归于平寂。从20世纪90年代末到新的世纪来临的这几年，中国当代文学理论界对"后学"的热情也逐渐衰退。这种状况的形成大致有两个方面的原因：一方面是作为一种异域思潮，"后学"在西方有一个自然而然的理论发展过程，当"后学"在西方走向理论衰落之时，自然中国文学理论界对它的引介和阐释也随之降温；另一方面，经过了近十年的大规模的引介，中国文学理论界也需要一个逐步消化的过程，而且西方文化思潮与中国问题以及中国语境的阐释间隔也需要中国文学理论界有一个较长的清醒反思时期，我们要反思西方"后学"思潮对我们的理论启发，我们要更准确地寻找"西学"与中国文学理论研究与实践的关节点而不至于流于一贯的介绍评价，因此，理论热度的减退与理论研究格局的平寂在某种程度上也正是一种反思的征兆。但是，理论的落潮并不意味着"后学"理论就消失于中国理论研究的视野，经过了近十年的理论译介和引入，"后学"理论仍然对中国文学理论的整体发展潜在地起着重大的影响作用，虽然在理论研究的焦点上我们不再把"后学"研究作为直接的、正面的内容，但"后学"思维与观念仍然影响着文学理论研究的格局和走向，由此形成了一个潜在的"'后'语境"也是自然的，"后学"理论的落潮之时，也是"'后'语境"的生成之时。

"'后'语境"的产生首先表现为中国文学理论界仍然对西方"后学"理论的走向予以关注。当"后学"理论在西方衰落之时，中国理论界也开始关注这个现象，有关"后理论""理论之后""意识形态终结"的论著开始问世，如伊格尔顿的《理论之后》、丹尼尔·贝尔的《意识形态的终结》、福山的《历史的终结及其最后之人》、阿瑟·丹托《艺术终结之后》、汉斯·贝尔廷《艺术史的终结?》以及保罗·德·曼的"抵抗理论"的呼声、斯坦利·费什的"反理论"观念、苏姗·桑塔格的"反对阐释"的意识、理查德·罗蒂的"后哲学"文化观念,等等,都受到了极大的重视。王宁的《"后理论时代"西方理论思潮的走向》、周宪的《文学理论、理论与后理论》等论著都对"后理论"的问题进行了深入的阐释。其次,"'后'语境"的生成还体现一种理论的衰落所导致的危机意识。在西方"后学"思潮逐渐衰落之后,西方学界理论"终结"的声音不绝于耳,不但理论被判为"终结",甚至还出现了文学的"终结",一时间"小说的危机""理论的死亡""文学的终结"以及由此导致的文学理论的学科危机不断出现。2000 年秋,美国学者 J. 希利斯·米勒在北京召开的"文学理论的未来:中国与世界"国际学术研讨会上发出了"文学终结"的声音①,引起的旷日持久的争论正说明了"'后'语境"下的中国文学理论仍然难以规避"后学"思维的潜在影响。再次,"'后'语境"的生成还表现在理论阐释与文学研究视角上的"后"学思维,诸如"后革命""后叙事""后先锋""后历史"等种种研究主题正方兴未艾,这正说明了"'后'语境"对中国当代文学理论研究的影响已经转化为一种"再叙事"的努力,这也意味着经过了近十年的理论热潮之后,中国文学理论界其实并没有完全抛弃"后学"理论,也更没有完全放弃对"后学"思潮的关注。在某种程度上,这种"'后'语境"的生成将比"后学"理论高潮时代的影响还要大得多,这也正是我们还不能完全拒斥西方"后学"研究的原因。最后,"后语境"的形成还表现为一种理论观念和理论方法的调整,即"后理论"思维与方法的生成。"后理论"思维与方法的生成不是"后学"思潮本身的问题,而是西方理论的本土接受与本土应用问题。在某种程度上,"后理论"研究仍然承续了后现代主义文化发展中质疑宏大叙事、抗拒那种本质主义的、稳定不变的元叙事理论的批判精神,但与之不同的是,"后理论"更强调理论研究的语境化特征,因而在整个理论层面上引起的普遍性的思想策动更加明显,这也为"'后'语境"的生成提供了重要的理论契机。

---

① [美] J. 希利斯·米勒:《全球化时代文学研究还会继续存在吗?》,国荣译,《文学评论》2001 年第 1 期。

第二节 转折与变革:"后"语境下中国当代文学理论范式的转变

"范式"是由美国著名科学哲学家托马斯·库恩提出并在《科学革命的结构》(1962)中系统阐述的概念。在库恩看来,"范式"是一个成熟的科学共同体在某个时期内所形成的研究方法、问题领域和解答标准的整体标示,"取得了一个范式,取得了范式所容许的那类更深奥的研究,是任何一个科学领域在发展中达到成熟的标志"。[①] 每一个新范式的出现,都可能会导致重大科学成就的基本问题的变化。中国当代文艺学研究对于库恩的范式理论的引入,几乎与"后学"思潮的引入和评介同步,因此,它本身是"'后'语境"中的一个概念。20世纪90年代以来,随着"后学"思潮的引进以及"'后'语境"的形成,中国当代文学理论进一步突破了传统的理论范式,研究格局与态势发生了重大的变化,作为人文学科的文艺学研究也在"'后'语境"中体现出了新的问题与挑战,因此也展现了理论范式的转变特征。

"'后'语境"下中国文学理论范式的转变是一个孕育"危机"同时又在"危机"中发生重要的范式转型的过程,"克服危机的过程与解决和回答现存的问题是同步的"[②]。"后学"思潮的引入在引发了中国的理论热潮之后,其内在的思维方式和理论观念以及研究方法必然引起了中国当代文学理论观念的变革,使中国当代文学理论在文学理念、思维形式、研究方法、话语体系、表达方式等方面逐渐摆脱了传统理论思维的局限。但是,在"后学"思潮的影响下,中国当代文艺学也面临着多种学术资源融会与整合的压力。"'后'语境"下的多重理论观念,如后现代主义、女性主义、新历史主义、后结构主义、后殖民主义等既是理论思潮与批评

[①] [美]托马斯·库恩:《科学革命的结构》,金吾伦等译,北京大学出版社2003年版,第10页。

[②] 李衍柱:《范式革命与文艺学转型》,《社会科学辑刊》2005年第2期。

方法，同时又是知识生成的方式与理论建构的形式，这些理论思潮在融入中国当代文学理论生产过程中引发了中国文论话语在思考方式、话语表达乃至理论生态、理论体系、理论建构上的危机，中国当代文学理论中的"失语症"问题、文学边界问题、"文学消亡论"等内在地展现了"'后'语境"中中国文论面临的挑战，"文艺学危机论"更是展现了中国文论在"后学"思潮面前所面对的压力。尽管有的学者提出："文学边缘化不等于文学终结"，文学是人类情感的表现形式，只要人类的情感还需要表现、舒泄，那么，文学这种艺术形式就仍然能够生存下去。[①] 也有的学者认为，媒介与技术的发展，使文学可能失去了其作为特殊研究对象的中心性，但文学模式在向社会各个文化层面渗透中仍然会获得新的存在形态[②]；图像社会的出现，文学受到威胁，但"图像社会"的出现尚不足以使文学消亡，"文学的未来将为它自己优越而深刻的本性所指引"。[③] 这些乐观的探索固然重要，但正像有的学者提出的那样，当代文艺学面临的危机不只是表层的、文学形态意义上的危机，更根本的还是文学本质或文学精神意义上的危机，是一种深层的危机，表现为传统文学所培养起来的文学性阅读的弱化，理性思维与想象感悟能力的萎缩，尤其是精神审美超越性的丧失。[④] 从这个意义上讲，文学理论的范式转型其实也是对文艺学学科的当代处境的一种检验，中国文论是否能够承受"后学"思潮所造成的语境压力仍然是文学理论范式转型中的问题。

认识到了这个问题，其实也就面向了"'后'语境"文学理论研究范式的根本问题，那就是在"后学"思潮的影响下，中国当代文学理论研究逐步转变了文学研究的"理论化"的态度，在文学研究的哲学基础、体系建构、价值观念、方法原则、实践过程中进一步调整了视野与姿态，在理念与经验、本质与现象、整体与过程、综合与个案等多层次的研究模

[①] 童庆炳：《文学独特审美场域与文学入口——与文学终结论者对话》，《文艺争鸣》2005年第3期。
[②] 余虹：《文学的终结与文学性统治》，《问题》第1期，中央编译出版社2003年版。
[③] 彭亚非：《图像社会与文学的未来》，《文学评论》2003年第5期。
[④] 赖大仁：《文学"终结论"与"距离说"》，《学术月刊》2005年第5期。

式和分析格局中加强了审视与评判的力度,从而使文学理论研究强化了面向具体文学事实的能力。这首先体现在文学研究观念与理论思维方式上的转向,其次表现为文学研究方法原则的重视与提升,最后表现为批评实践形式和价值观念上的多元选择。童庆炳认为,20世纪90年代以来,中国文论开始了"综合创新"的时期,这一时期的中国文论体现了"多元共生"的特征,文学研究视角层出不穷,文学观念进一步多样化,每一种视角的背后几乎都存在一种文学观念。[1] 李衍柱则直接认为文学研究观念变化的结果是"逐渐摆脱了前苏联的'马克思主义文艺学'范式,由革命的文艺学转变为建设的文艺学"。[2] 这些看法都深入地揭示了中国当代文学理论研究在理论观念与思维方式上的变化。而实际的情形是"后学"思潮的反本质主义、反对宏大叙事、反传统、多元化的立场对中国文学理论研究的理论观念和思维方式有所促进,其中"反本质主义"思维方式对中国当代文学理论研究的影响最为明显,引起的争论也较多。"反本质主义"涉及了当代文艺学研究中的一些核心问题,比如,文艺学知识格局的陈陈相因、文艺学知识体系的凝固封闭、文艺学知识培养与传授机制的困境、文艺学研究方法的陈旧与失效等,这些思考曾被归结为"各种关于'文学本质'的元叙事或宏大叙事为特征的、非历史的本质主义思维方式严重地束缚了文艺学研究的自我反思能力与知识创新能力"。[3] 对于这一问题,中国当代文学理论界表现出了各种不同的意见,[4] 这些意见既指向了中国当代文艺学研究的本体论困惑,也同时指向了文艺学研究的"'后'语境"问题。当代文艺学研究中的"反本质主义"问题的争论从深层次看是体现了普遍化与本质化的知识生产和知识建构格局与当代文学理论研究具体问题之间的距离,隐含的是对文学理论研究观念和思维模式的深刻反思。在这种反思中,"'后'语境"下的文学理论研究观念以及

---

[1] 童庆炳:《新时期文学理论转型概说》,《江西社会科学》2005年第10期。
[2] 李衍柱:《范式革命与文艺学转型》,《社会科学辑刊》2005年第2期。
[3] 陶东风主编:《文学理论基本问题》,北京大学出版社2004年版,第1页。
[4] 钱中文:《文学理论反思与"前苏联体系"问题》,《文学评论》2005年第1期;王元骧:《文艺理论中的"文化主义"与"审美主义"》,《文艺研究》2005年第4期;方克强:《文艺学:反本质主义之后》,《华东师范大学学报》2008年第3期。

具体实施过程的研究受到了较多的关注，如伊格尔顿在《当代西方文学理论》中对西方文学理论的研究、卡勒的《文学理论》对文学本质的分析、韦勒克与沃伦合著的《文学理论》在文学"内部研究"上的观念等，这些理论著作与理论研究至今仍然对中国文学理论研究的现实有积极的理论参照作用。

倡导"反本质主义文艺学"的研究者希望进一步将文艺学的知识生产和知识建构历史化、个性化与细节化，其中正是蕴涵了"'后'语境"下文学理论研究的启发。但是，从整体上看，文艺学研究观念与理论思维方式的范式转型是一个复杂和深刻的变化，它不仅体现在主导性文学研究观念和理论思维模式上的变化，更体现在对文学研究方法原则的重视与提升。在20世纪80年代中期，中国理论界曾经兴起过"方法论"研究热潮，在那场热潮中，西方文学理论与批评界自19世纪末20世纪初的文学批评方法，如形式主义、新批评、心理分析、原型批评、结构主义等受到了中国文学理论界的重视。20世纪90年代以来，中国文学理论界再度掀起了"方法论"研究的高潮，这一次的"方法论"研究相比上次有更加深刻的变化，这主要体现在两个方面：一方面是20世纪90年代的"方法论"研究热潮主要接受的是"'后'语境"中的文学方法论；另一方面是，此时期的文学方法研究开始将"方法"的研究提升到了"方法本体"的层面上，因此，它产生的理论反响更加深刻。

20世纪60年代以来西方"'后'语境"中的各种文学理论观念无不具有深刻的"方法论"主张和明显的"方法本体"特性。拿解构主义来说，解构主义的立场和它的方法有着极端的同一性，它在语言的立场上对文本自足的世界的解构从而对西方强大的"语音中心主义"和形而上学传统构成挑战，它追寻的那种"永不停息、永不满足的运动的感受"[①] 本身蕴含了一种坚持"不可确定性"的方法论哲学。在西方"后学"思潮中，解构批评的方法蔓延深广，可以说，几乎所有的"后学"思潮都曾感染了解构的特征。

[①] [美] J. 希利斯·米勒：《重申解构主义》，郭英剑等译，中国社会科学出版社1998年版，第132页。

中国当代文学理论研究在接受和借鉴后学"思潮"的过程中，也不可避免地接受了它的方法原则。从20世纪90年代以来的文学理论研究格局来看，方法层面的探索占了很大的比重，陈晓明、王一川、王岳川、南帆等一批学者率先在他们的批评实践中将西方文学批评的方法原则应用于批评实践，出版了《无边的挑战》（陈晓明著，时代文艺出版社1998年版）、《剩余的想象》（陈晓明著，华艺出版社1997年版）、《表意的焦虑》（陈晓明著，中央编译出版社2002年版）、《文化话语与意义踪迹》（王岳川著，四川人民出版社1997年版）、（《后殖民与新历史主义文论》，王岳川著，山东教育出版社1999年版）、《通向本文之路》（王一川著，四川人民出版社1997年版）、《汉语形象与现代性情结》（王一川著，首都师范大学出版社2001年版）、《文学的维度》（南帆著，上海三联书店1998年版）、《隐蔽的成规》（南帆著，福建教育出版社1999年版）等一批注重西方文学批评理论方法研究的著作，以及《文艺学美学方法论》（胡经之、王岳川主编，北京大学出版社1994年版）、《文艺学与方法论》（冯毓云著，黑龙江教育出版社1998年版）、《文艺学方法通论》（赵宪章著，浙江大学出版社2006年版）、《批评美学》（徐岱著，学林出版社2003年版）等一批优秀的方法论研究著作。在对中国当代"先锋文学""新历史小说"等文学创作实践分析中，"'后'语境"中的方法论在弥补了中国传统批评方法的不足之余，更使中国文学批评理论范式在方法层面上拓展了研究视野，深化了文本研究的空间，从而在新的理论语境中展现了文学理论研究突破原有理论范式的努力，它最主要的影响不仅仅是在切入文学问题方式上的多元思考，方法本身的力量更蕴含在文学理论范式变化的过程之中。

批评实践形式和价值观念上的多元选择是"'后'语境"下中国文学理论研究范式转型的又一个表征。在文学理论研究中，批评实践的价值判断问题向来是一个复杂而重要的问题，将价值论维度引入文学理论研究意味着文学理论研究的理性选择和精神追求。20世纪90年代以来，中国当代文学理论在审美价值问题的研究中取得了重要的成绩，敏泽、党圣元的《文学价值论》（社会科学文献出版社1999年版）、杜书瀛的《价值美学》（中国社会科学出版社2008年版）、李咏吟的《价值论美学》（浙江大学出版社2009年版）是这方面的代表作。但是，随着"后学"思潮的涌入，中国当代文学理论研究在价值探讨中面临着深入的挑战。一方面，后现代主义、解构主义等对现代主义的一元论、客观本质、永恒真理、绝对基础、纯粹理性、终极意义等价值观念的质疑影响了中国当代文学理论研究与批评实践的价值立场的选择；另一方面，在"后学"思潮的影响下，中国当代文学文化语境中价值批判问题也面临着自身文化发展的挑战，非理性写作、欲望叙事、身体写作、消费文化等种种感性形式影响着文学写作与文学研究的实际状况。在这种历史语境中，中国当代文学理论研究在价值评判的立场和方式上也发生了复杂的变化，体现了对"'后'语境"的复杂的呼应。这种呼应一方面是以文学理论与批评的多元化态势表现出来的。在"'后'语境"的影响下，中国当代文学理论在批评价值判断上也部分地展现出了对后现代主义等"后学"思潮所标榜的价值观念的信奉；在批评理念上展现出了对主体价值的零散化和去中心立场的追求；在文本解读中赋予文学批评以消解深度模式和瓦解对现实超越性信仰的一种"后现代"式价值取向。其具体表现是在对池莉、方方、刘震云等所谓"新写实主义"作家以及马原、洪锋、苏童、余华，格非等"先锋派"作家的批评研究中强化了文本的零散化立场与价值标准的松散与悬浮姿态；在写作姿态上，重视所谓的"零度写作"与"中止判断"等反传统、反理性、反文化、反历史的价值立场，不再关心所谓"中心价值"，在对韩东、欧阳江河、李亚伟为中坚的"第三代诗人"的批评以及莫言、刘恒、刘震云、贾平凹等人一系列创作为主的"新历史小说"的批评中，强调文学批评对多元文化的追求、对正统史观的背离以及对传统现实主义固有价值情感的反叛；在批评话语上则强化了后现代主义的能指滑动的语言特性。在某种程度上，批评价值判断的多元选择不仅仅体现了文学理论研究的分散的价值立场，其根本性的理论诉求也是对破除既定陈规更新价值观念的追求，更是破除文学理论研究"体系情结"与"理论建构热情"的一种方式，从这个意义上看，文学批评价值立场上的多元选择也是一种对"理论"的反叛方式。在这种反叛面前，中国当代文学理论研究并非体现了全部的认同，更有在对"'后'语境"反思与批判的立场上的价值重建的努力，这体现了中国当代文学理论对"'后'语境"的另一种积极的应对方式。在反思与批判的立场上，学者们重视的是在"'后'语境"启发下中国文论融入世界的可能、观察实践的方式以及实现综合创新的途径。钱中文提出，当代中国社会价值体系的崩溃、文学理论研究的滞后，并非由于什么"前苏联体系"所致，也并非是"后现代真经"所能解决的问题。① 王元骧认为："后现代主义理论在西方社会虽然有一定积极意义，但一旦进入我国，由于文化语境的不同，它的意义也就发生了变化。"② 曾繁仁认为，近 30 年来，我们引进了西方文论，但"事实证明，只有从建构出发才能更有利地吸收，当然吸收也会有利于建构，两者相辅相成"。③ 这正说明了在"'后'语境"下，中国当代文学理论范式的转型将是一个长期复杂的过程，我们既不能忽略文学理论范式转型的客观情势与具体表征，但也绝不能将"'后'语境"提升到理论建构的根本性层面上，毕竟，中国当代文学理论范式的转型仍然是中国文学理论发展的内在的变化中的一部分。

第三节 扩张与批判：中国当代文学理论研究的现代性立场

从"现代性"的立场出发，在传统与现代、中国与西方的双重视野中把握中国当代文学理论逻辑演变的进程，是新时期以来中国文学理论研究中的一个重要的特征，也是特殊历史境遇造成的中国当代文学理论的形态特征。

回望中国文学理论的发展历程我们可以发现，中国文论其实一直处于传统与现代的纠缠之中，中国自身的历史文化传统与文学发展现实历史地生成了中国文论的逻辑展开方式和理论建构形式，这使得百年文论一直以

---

① 钱中文：《文学理论反思与"前苏联体系"问题》，《文学评论》2005 年第 1 期。
② 王元骧：《文艺理论中的"文化主义"与"审美主义"》，《文艺研究》2005 年第 4 期。
③ 曾繁仁：《新时期西方文论影响下的中国文艺学发展历程》，《文学评论》2007 年第 3 期。

来保持了无法消弭的自主性特征。但是，由于特殊的历史情势，中国文论自从开启现代篇章以来，就无法彻底拒绝西方现代文化、哲学与美学问题模式与思想形式的吸引与挑战，特别是从20世纪80年代开始，当中国文论开始不断地融入西方文化思潮所制造的理论问题之中时，中国文论在整体局面上更加表现出了独特的现代性特征。

对于中国当代文学理论研究来说，这是一个无法回避的问题。之所以说它无法回避，是因为现代性与中国文论的内在发展是一个共生的问题。从现代性的立场和视野把握中国文论的发展轨迹既是一种描述的方式和视角，同时又是中国文论问题领域中的一个重要的理论问题。当"失语症"的问题不断出现在文学理论研究中，当"'后'语境"不断影响文学理论的研究范式，当文学理论不断遇到本土化、民族化与全球化，当文学理论不断遇到文化研究的挑战而日益陷入危机，"现代性"既成了面向中国文论的"提问方式"又成了它的"问题之源"。

就当代中国文论的研究现实来看，现代性最初成为一个研究焦点与西方"后学"思潮的引入有直接的联系。从中国当代文学理论对"后学"的接受史来看，当我们对"后学"开始倾注热情的时候，也同时孕育了一个与"后学"思潮的冲突与呼应问题，即作为一个哲学和文化概念的"后现代性"与"现代性"的思想关联问题，因此，在中国当代文学理论研究中，"后学"思潮的接受研究也内在地包含了对"现代性"问题的思考。

最先被中国理论界所接受的杰姆逊、利奥塔、丹尼尔·贝尔、本雅明、福柯、博德里亚等西方哲学家的理论中本身包含深刻的现代性思想，当他们开始被引入中国理论界的时候，他们的现代性思想也得到了深入的阐释。至于哈贝马斯这样的明显有现代性立场的哲学家，自然更是中国学界所关注的对象。但是，毕竟就基本精神来说"现代性"的研究与整体"后学"思潮的基本理论趋向还有很大的区别。在哲学与文化的意义上，作为"后学"基本理论趋向的"后现代性"指的是"后学"思潮所内在地含有的为摆脱传统理性和宏大叙事模式而探寻的一种反传统、非理性、多元化、破碎性、解构性的思想趋向和精神特性，标志着颠覆现代社会以来的"总体性"与"宏大叙事"的能力与策略。而"现代性"既与"后现代主义""后现代性"有一定的理论关联，也有它独特的问题特性，按照英国文化理论家吉登斯的说法,"现代性"标志着一种内在的分裂:即作为资本主义社会制度的建构性意味的现代性和作为资本主义社会持批判旨趣的批判的现代性。前者是理性的建构,后者则意味着文化的批判,而且更多地与感性与体验相联系,也就是齐格蒙·鲍曼所说的现代性还包含关于美、纯洁和秩序的梦想,包含追求美丽、保持纯洁和追求秩序的过程,更加强调从美学体验、艺术实践、审美精神、文化影响理解现代性的意义,即审美现代性。这两种现代性在资本主义社会发展过程中呈现为一种内在的张力,一种二律背反,一种脱节。如何解决这种二律背反,本身构成了现代性的内在问题,同时也预示着"后现代性"成为一个现代性的问题。从这个意义上看,中国当代文学理论界对"后学"思潮的接受又不能完全替代对"现代性"问题的集中探讨,特别是不能代替对现代性的内在"自反性"特征的思考,这也正是当代中国文学理论研究从一开始就强调现代性的"问题之源"的一面的原因。

  作为一种"问题之源"的探讨,从当代中国文学理论研究开始眷顾现代性问题开始,中国文学理论界就没有停止过对"什么是现代性"的探究,因此,对"现代性"的文化根源、哲学精神、理论线索、基本倾向的研究占了当代文学理论中现代性研究的很大比重。在这种研究中,当代文学理论界除了积极地译介西方的现代性研究著作外,也更多地从"现代性"问题在西方思想文化界的促发因素以及现代性思想的问题史和学术史视野上考量,尽可能在还原现代性的文化语境的过程中把握现代性的理论特性与哲学内涵。在这方面,中国当代一批理论家做出了积极的贡献,周宪的《审美现代性批判》(商务印书馆2005年版)与《现代性的张力》(首都师范大学出版社2001年版)、张颐武的《从现代性到后现代性》(广西教育出版社1997年版)、陶东风的《社会转型与当代知识分子》(上海三联书店1999年版)、余虹的《革命·审美·解构——20世纪中国文学理论的现代性与后现代性》(广西师范大学出版社2001年版)、王德胜《扩张与危机》(中国社会科学出版社1996年版)、徐岱《美学新概念》(学林出版社2001年版)、王一川《中国现代性体验的发生》(北京师范大学出版社2001年版)、张法的《文艺与中国现代性》(湖北教育出版社2002年版),这些理论研究著作至少在以下方面展现了研究成绩，1. 在现代性的社会文化根源与现代性哲学理论发展线索上有明显的成果，突出了现代性的基本的理论脉络和理论倾向，为国内学者研究现代性问题提供了较好的学术参照。在这方面，周宪的《审美现代性批判》与《现代性的张力》有集中的探讨，周宪的审美现代性研究从现代性的问题史出发，对现代性概念的历史生成和文化分野过程有集中的探讨，特别是凸显了审美现代性的理论结构和表征形式，更系统地面对了"研究现代性不只是要说出现代性是什么，更重要的是要辨析我们在其中怎么样的问题"。[①] 2. 对现代性的文化立场与精神特征有深刻的认识，对现代性文化内涵与哲学意蕴做了积极的把握。3. 在还原现代性的文化语境的同时，呼应了中国当代文化发展的现实，对中国当代文化裂变与文化转型问题做了积极的探索，集中分析了中国当代文化发展的现代性问题与诸多表现形式，比如张颐武的《从现代性到后现代性》、陶东风的《社会转型与当代知识分子》、张法的《文艺与中国现代性》都突出了现代性与中国文化发展的内在关系，对现代性冲击下的当代文化危机有一定的认识。

  如果说，在中国当代文学理论界，对作为一种"问题之源"的现代性研究主要是在面对"现代性是什么"的问题以及这个问题的问题史引出的文化语境与历史发展脉络的思考的话，那么，对于作为一种"提问方式"的现代性的研究则更加直接和理性地对待现代性的立场与中国文论内在的历史生成和逻辑表达的关系问题。在这方面，中国当代文学理论研究表现出了拨开现代性的历史迷雾重返中国文论基本问题与逻辑表达的直接性特征。中国当代文学理论研究首先认识到了现代性之于中国文论发展的理论关系以及中国文论独特的现代性历程。钱中文在 20 世纪 90 年代率先撰文探讨中国文论的现代性问题，他着眼于百年中国文论的历史化进程，立足于当代中国文论的内在发展和外在影响，深入阐释了中国文论在自主性与现代性的内在勾连中的发展方向。他指出，现代性是一种被赋予历史具体性的现代意识精神，一种历史的指向。文学理论的现代性的要求主要表现在文学理论自身的科学化，使文学理论走向自身，走向自律，获

[①] 周宪：《审美现代性批判·导言》，商务印书馆 2005 年版，第 5 页。

得自主性；表现在文学理论走向开放、多元与对话；表现在促进文学的人文精神化，使文学理论适度地走向文化理论批评，获得新的改造。[①] 他还指出了中国文论独特的现代性选择方式，那就是"我们面临着对文学理论现代性选择，同时我们也将被现代性所选择"。[②] 中国文学理论现代性的生成，面对着强大的传统问题，似乎没有哪个国家的文论像我国那样，在传统问题上总是纠缠不清，在这个意义上，我们的现代性选择还得"在原有的文化、文学理论传统的基础上进行"。[③] 最后，他指出了中国文论的现代性要求，那就是要求文学具有新的人文精神，在现代性的视野中探讨中国文学理论的现实发展，必须"重建新的人文精神，发扬我国原有人文精神的优秀传统，适度地吸取西方人文精神中的优秀成分，融合成既有利于个人自由进取，又使人际关系获得融洽发展的两者互为依存的新的精神；改善与完善人的心灵，重建人的精神家园，协调好人与社会、人与自然、人与人、人与科技的关系，使人逐步成为精神自由的人，全面解放的人"。[④] 这是中国当代文学理论的现代性研究中较全面系统的研究，视野开阔，立论扎实，对中国文学理论的当代发展具有重要的指导意义。

文学理论研究中的现代性是一个突出的值得研究的问题，这不仅表现在理论发展方向的把握上，还体现在具体从中国文学实践与文学生态语境中把握中国文学的现代性特征上，这是中国文学理论的现代性的内在要求，也就是文学理论的现代性必然需要文学实践、文学史视野、文化发展过程的现代性佐证。陈晓明主编的《现代性与中国当代文学转型》（云南人民出版社2003年版）从现代性的立场入手，重新梳理了20世纪中国文学的变革和转型过程，在文学与社会的关系、文学史写作与文学学科的历史与现实、文学实践的现实发展等方面回应了现代性的挑战，坚持回到文学史研究本身，回到文学经验本身，呼唤重新建立现当代文学科学

---

① 钱中文：《文学理论现代性问题》，《文学评论》1999年第2期。
② 钱中文：《再谈文学理论现代性问题》，《文艺研究》1999年第3期。
③ 同上。
④ 钱中文：《文化、文学中的现代性与后现代性问题》，《社会科学辑刊》2002年第1期。

研究的规范，重新思考文学特质的问题，对中国当代文学理论的现代性研究有重要的意义。南帆的《后革命的转移》也提出了类似的问题，在《现代性、民族与文学理论》中，南帆从"失语症"与理论家的民族情绪、中国文论传统与现代性国家建构、文学理论知识形态与学科发展等诸多方面考察了现代性话语的深刻意义，指出中国文学理论的现代性"必须在现代性话语的平台上展开"，如果放弃这个主题，回到"半部论语治天下"的时代，那么，中国文学理论的现代性研究的意义将荡然无存，"现代性是困难的，也是意义所在"。[①] 此外，王晓明的《在新意识形态的笼罩下——90年代的文化和文学分析》（江苏人民出版社2000年版）、程文超的《意义的诱惑——中国文学批评话语的当代转型》（时代文艺出版社1993年版）、何言宏的《中国书写：当代知识分子写作与现代性问题》（中央编译出版社2002年版）、李扬的《20世纪中国文学研究中的现代性问题》（《文艺理论研究》2006年第1期）、庄锡华的《20世纪的中国文艺理论》（上海三联书店2000年版）等一系列论著也深入探讨了这个问题，这些研究恢复了文学理论现代性研究所必须的文学经验和文学事实，对中国当代文学理论的现代性问题研究有重要的经验意义。

文学理论的现代性研究必将最终直面中国文学理论的现代性道路与发展趋势，特别是在深入把握现代性思想精髓的基础上探索当代文学理论深入文学现实的能力和整体创新发展的道路，这既是文学理论的现代性研究的意义同时也是它提出的问题。中国当代文学理论的现代性研究在这方面也做出了积极的呼应，钱中文通过深入总结中国文学理论的现代性历程提出，在今天全球化愈益成为一种社会发展趋势的环境中，中国文学理论的建设面对着中国古代文学理论、西方古代文学理论以及西方现代文学理论三种文化资源或者说三种传统的定位与选择，中国当代文学理论建设应该要以现代文学理论中能经受住反思、批判的部分为基础，广泛吸收西方文学理论批评的长处，以它的科学精神、原创性与独创精神促进中国古代文学理论的现代转化，最大限度地激活其中最具生命力、可与当代审美意识

[①] 南帆：《后革命的转移》，北京大学出版社2005年版，第147页。

融为一体的精华部分，结合当代文化的巨变，沟通中外古今、严肃文学与大众文学、文学与影视、网络文学，在跨学科的多种方法的运用中，建构中国当代文学理论批评话语。① 王杰立足于"中国当前社会主义文学生产方式的雏形已经形成并且不断发展"②的现实，坚持从艺术与意识形态关系的新变化中探索中国文学理论的审美现代性要求和形态，李春青立足于中西文论不同的解释传统——以西方为代表的比较倾向于认知性解释的传统和以中国古代文论为代表的倾向于评价性解释的传统，以及在20世纪所遭受到的困境探索当代文学理论的生长点，认为当代文学理论绝不能将目光局限于解释和评介文学现象本身，而应该关注与之相关的一切文化历史现象，将文学理论拓展为一种综合性的文化研究理论。③ 这些理论研究最突出的意义是切实地提出了现代性视野中的中国问题，因此，它不仅仅是面向现代性理论问题的研究，更是面向问题本身的研究，正是在他们的启发下，中国当代文学理论的现代性问题具有了超越"'后'语境"的可能，中国当代文学理论研究在这方面也开始展现了自身的问题意识与理论精神，这也预示着随着中国当代文学理论研究的深入发展，文学理论的现代性问题已经远远超出了文学理论研究内部的视野，而与更加广阔的社会文化语境联系了起来，在这种情形下，中国当代文学理论不仅仅是面对传统的文学对象的研究，而且更加面临着学科拓展与理论深化的难题。在现代性的视野中，我们不仅应该思考"文学理论是什么"，还要思考"文学理论究竟可以做什么"，更要思考"文学理论将走向何方"，如果我们将这些问题融于文学理论研究的问题之中，我们会发现，现代性给我们提供的不仅仅是一种视野与方法，中国文学理论研究本身也正处于现代性的途中。

---

① 钱中文：《文学理论：走向交往与对话》，《中国社会科学》2001年第1期。
② 王杰：《马克思主义与现代美学问题》，人民文学出版社2004年版，第219页。
③ 李春青：《文学理论还能做什么？——关于新世纪文学理论生长点的思考》，《北京师范大学学报》2003年第3期。

第四节　危机与重建："后"语境与中国当代文学理论重构

早在后现代主义等"后学"思潮开始引入中国的时候，美国学者哈桑曾经建议："中国可以通过了解西方国家所做的错事，避免现代化带来的破坏性影响。这样的话，中国实际上也是'后现代化'了。"① 而英国学者特里·伊格尔顿在了解中国后现代主义研究之后则毫不客气地指出中国在从西方"进口减肥可乐的同时一起进口德里达"，② 并且在他的《后现代主义的幻象》中一本正经"致中国读者"："也许对最新流行的无论什么东西抱有一点怀疑态度总是可取的：今天激动人心的真理是明天陈腐的教条。"③ 对于"'后'语境"下的中国当代文学理论研究来说，这两种态度都是值得认真对待的。由于"后学"思潮的涌入，中国当代文学理论在理论范式上发生了重要的转型，这是新的学术资源对中国文论的客观影响，但是，这个转型的过程并非是直接而简单地发生的，而是裹挟着不同理论传统的矛盾与冲突、多种理论资源融合的压力与焦虑、不同理论话语趋同与求异的危机与挑战，从这个角度上看，"'后'语境"下中国当代文学理论范式的转型仍然需要深刻的理论建构的眼光。在"'后'语境"下，中国当代文学理论并没有放弃理论对话的努力，更没有遗忘理论建构的责任，"'后'语境"在多维地影响了中国文论的理论格局之时更激发了中国当代文学理论建构的信念。

理论建构的信念首先离不开对西方现代文论在中国当代文学理论的话语移植的效果的合理反思和评价。西方现代文论有它自身特殊的社会文化语境和现代性现实，当它在中国文论开启现代性历程之后被中国文论引介之时，不可避免地在表达方式、理论体系、话语实践等诸多方面与中国文

---

① ［美］大卫·格里芬：《后现代精神》，王成兵译，中央编译出版社1998年版，第20页。
② ［英］特里·伊格尔顿：《后现代主义的幻象》，华明译，商务印书馆2000年版，第139页。
③ 同上书，第2页。

论话语产生"时空错位"。从中国当代文学理论开始受西方现代文论影响的时候，中国文学理论研究就没有忽视这种"时空错位"所造成的理论误读及其应用性的偏差。经过了近20年的努力，目前来看，清理这种误读与偏差不仅十分必要，而且构成了中国当代文学理论建构中的一项重要的内容。曾繁仁就曾深入研究了中国当代文艺学研究与西方现代文论之间存在着的"时空错位"问题。在他看来，西方现代文论是西方现代与后现代社会的产物，而我国正处于现代化过程之中，事实上，在我国不仅存在现代的生活文化状况而且存在着大量的前现代生活文化状况。在这样的情况下，我们引进西方后现代理论，特别是"解构"的后现代理论，必然与作为还在"建构"中的我国文学理论存在重大的语境差异，在这种情形下，中国当代文学理论建构应该充分认识到不同语境的差异。[1] 钱中文也认为，20世纪80年代以来，中国当代文学理论在改革开放的形势下相当普遍地厌弃了旧有的理论与研究方法，转向西方现代文学理论，对于中国文学理论来说，这固然满足了求新、求知的欲望，但是也产生了理论的错位，存在一定的盲目性，对于中国文学理论批评来说，必须建立中国自己的具有自主精神的理论话语，确立文学理论的主体性。[2] 有的研究者也深入地探讨了中国当代文学理论在西方文论影响下的理论"过剩问题"，[3] 也是对西方"后学"思潮与中国当代文学理论接受的深入研究，提出了很多有启发性的见解。

从文化语境上看，西方"后学"思潮与中国当代社会思想文化现实存在不可通约的间隔，在一个较长的时期内，系统整理和消化当代西方文论的新现象、新思潮、新发展、新趋势，并有效地与中国当代文学现实相联系，以增强中国文论的生命力，仍然是中国当代文论研究的主要任务之一。尽管这种客观的现实会影响中国当代文学理论研究对西方"后学"思潮的看法，但经过了近20年的时间，这种"间隔论"基本上仍然能够在理论建构与理论发展的眼光中保持借鉴与拓展的适度心态，进而走向深

---

[1] 曾繁仁：《新时期西方文论影响下的中国文艺学发展历程》，《文学评论》2007年第3期。
[2] 钱中文：《文学理论：走向交往与对话》，《中国社会科学》2001年第1期。
[3] 参见《文艺研究》2005年第11期关于"理论过剩"问题的一组讨论文章。

入的理论探索。曾繁仁系统地探索了新时期西方文论影响下的中国当代文学理论研究,他提出,西方后现代文论之"后"的文论也有一种通过对于现代性之反思超越走向建构的意味,特别包含对于现代性中不恰当的唯科技主义、唯经济主义与工具理性的一种反思超越,通过对于这种具有绝对性的形式"结构"进行"解构",进而走向建构一种新的具有"共生"内涵的理论形态,这样的具有"建构"内涵的"后现代"对于我国是有着借鉴价值的。①这种观点很有代表性,对中国当代文学理论在如何借鉴西方"后学"思潮上有一定的启发。高建平近年来致力于中国美学与文化多样性问题研究,在积极参与和构建中国美学、中国文论与西方美学的对话中做了很多积极的工作,取得了很多值得关注的优秀成果,在西方"后学"思潮崛起与文化多样性日益明显的形势下,他的文学理论研究和美学研究更多地强调树立走出"美学在中国"、建立"中国美学"的意识②,他的工作具有深刻的当代意义,特别是对中国美学与文论如何在"'后'语境"下走出"失语症"的阴霾完善理论建构的任务有重要的意义。陶东风、金元浦近年来致力于当代文化研究,陶东风系统地提出并阐释了"日常生活审美化"理论的原则和发展方向,受到了高度关注,同时在文化研究与文学理论范式转化中做出了积极的探索③;金元浦更多地从历史总体发展的大趋势和现实实践发展的需要出发,深入探讨当代文学研究中发生的所谓"文化转向"的根源与表现,④并在当代文学理论建构的层面上做积极的应对,是中国当代文学理论建构中值得认真对待的研究

---

① 曾繁仁:《新时期西方文论影响下的中国文艺学发展历程》,《文学评论》2007年第3期。

② 高建平:《文化多样性与中国美学的建构》,《学术月刊》2007年第5期。高建平的这一观点最早出现在他的《什么是中国美学?》一文中,该文提交给2002年在北京召开的"美学与文化:东方与西方"国际学术研讨会,并收入由高建平和王柯平主编的《美学与文化·东方与西方》(安徽教育出版社2006年版)一书之中。后来,高建平根据这篇文章发展成一篇长篇论文"Chinese Aesthetics in the Context of Globalization",发表在 International Yearbook of Aesthetics, Volume 8, 2004。

③ 陶东风:《日常生活的审美化与文艺社会学的重建》,《文艺研究》2004年第1期,《日常生活审美化与文艺学的学科反思》,《天津社会科学》2004年第4期,《移动的边界与文学理论的开放性》,《文学评论》2005年第1期,等等。

④ 金元浦:《重构一种陈述——关于当下文艺学的学科检讨》,《文艺研究》2005年第7期。

成果。类似的成果还有很多，种种探索的成绩证明在"后学"思潮的涌入下，中国当代文学理论研究并非完全放弃了理论自主性与自律性理想，也并非忽视了中国当代文学与文化现实的具体情境，西方"后学"思潮在中国的"理论旅行"与"话语移植"的过程使得中国文学理论话语与第一世界批评理论界日趋"接轨"，并将中国文论置于多元化、多极化、碎片化的众声喧哗的"后现代"理论大联唱之中，在这个情势下，中国文论对西方"后学"思潮的接受不完全是重建中心的策略与手段，也并不意味着单一的批判，有效借鉴西方"后学"思潮合理因素进而走向理论的超越，对于中国当代文学理论来说，这并不遥远。

任何理论的建构都离不开明确的立场与发展方向，在"'后'语境"下的中国当代文学理论建构中，"在马克思主义文艺理论基本原则指导下，立足于经过百年特别是新时期以来逐步建构起来的现代文论新传统的基础上，不断借鉴吸收现代西方文艺理论与中国古代文论两大理论资源，用以应对、回答、解释、解决文学的新现实和新问题，在文学理论与文学实践逐渐结合过程中综合创新，努力使古今、中西相融合，从而使新世纪文艺学一方面具备源源不断的现实依据，另一方面在理论建构上能够不断破旧立新，在创新中逐步完善，在动态建构中取得与文学现实和实践的相对平衡，进而使文艺学的学科建设获得新的生机，产生新的活力"。[1] 代表了一种集中的看法，同时也预示了理论建构的原则与方向，而"在马克思主义思想指导下创建我们当代具有鲜明中国特色的美学理论，这样才能在21世纪的世界美学中取得我们应有的一席地位，同国外美学界进行平等的对话和真正的思想交流，为美学的发展作出我们的贡献"。[2] 更加提出了明确的目标。这也是我们重视"'后'语境"下中国文学理论研究最终归宿之所在，同时，也意味着我们建设具有中国特色的当代马克思主义文论的任务更加艰巨。在任务面前，中国当代文学理论研究并没有将"建构"流于口号，而是在深入的理论反思与批判中做出了很多富有实效的研究，钱中文的"新理性文论"、党圣元对古代文学批评史学科学术理

---

[1] 朱立元：《关于当前文艺学学科反思和建设的几点思考》，《文学评论》2006年第3期。
[2] 汝信：《21世纪中国美学的使命》，《学术月刊》2002年第5期。

念和方法论的反思以及对古代文论现代化的深入研究,①杜书瀛对全球化问题的深入研究,②都取得了卓有成效的理论拓展,充分体现出了中国当代文论与西方现代文论较为冷静的对话性。

在当代文学理论建构的层面上,近年来中国当代文学理论界认真集中讨论的一个问题就是当代西方文论的有效性辨识问题。20世纪以来,当代西方文论发展了巨大的变化,出现了从本质论美学、认识论美学向存在论美学、语言论美学、文化论美学转型的趋势,并出现了形式主义、英美新批评、精神分析、结构主义、存在主义、现象学、解释学、女性主义、新历史主义、解构主义、后现代主义等众多的美学理论流派。从20世纪80年代开始,中国当代文学理论研究明显受到当代西方文论的影响,当代西方文论的"中国旅行"不但影响了中国当代文学理论研究的思维方式、方法观念及其理论形态,而且极大地拓展了当代美学的问题域。21世纪以来,中国当代学者明确认识到由于西方文论生长于西方文化土壤,与中国文化之间存在着语言差异、伦理差异和审美差异,从而决定了当代西方文论运用于中国文学理论批评上的局限性和有效性。陶东风的《文化研究:西方与中国》(北京师范大学出版社2000年版)对西方文化研究的谱系、问题思路,以及中国文化研究的基本状况与得失做了较为全面的了解。陈厚诚的《西方当代文学批评在中国》(百花文艺出版社2000年版)研究了西方当代批评"在中国"的生存状态,考察了西方当代文学批评引进的历史背景,其在中国语境中得以译介、传播、认同、选择、改造、重构以及运用于批评实践的情况,并分析其在我国新时期文学批评中的地位与作用,以期对这种引进做出正确的评价,并解决好如何正确对待西方当代文学批评、如何正确处理中西文论乃至文化的关系等问题。可以说,对于西方现代文艺理论对中国当代文学的影响,进行了一次卓有成效的整理和总结。朱耀伟的《当代西方批评论述的中国图像》(中国人民大学出版社2006年版)则从后现代主义以降的批评脉络出发,对西方当

---

① 党圣元:《学科范围、体系建构与书写体例——古代文论研究中诸问题的思考》,《甘肃社会科学》2007年第4期。

② 杜书瀛:《再说全球化》,《学习与探索》2005年第5期。

代批评家及在西方写作的海外华人批评家的理论中的"中国"问题做出研究,强调"中国"与"他者"的关系,对中国学界对西方当代文论阐释的正当性问题具有及时而深刻的启示意义。高建平、李春青、陶东风的《反思社会学视野中的文艺学知识建构》(《文学评论》2007年第5期)、李西建的《文化转向与文艺学知识形态的构建》(《文学评论》2007年第5期)等都提出了当代视野中的西方文论反思问题,指出在西方文论发展面前,中国当代文艺学面临着多种学术资源融会与整合的压力,更面临着当代文化发展与社会转型的巨大挑战,在文学理念、思维形式、研究方法、话语体系、表达方式等方面面临着时代与自身理论生命力的双重挑战,由此出现了知识生产与知识建构的危机与焦虑。的确如此,面对西方文论的发展,我们不得不承认,在某种角度上,西方文论的话语阐释遮蔽了中国文论的话语体系建设,如果中国当代文学理论研究仍然凌空蹈虚地围绕西方文论做一般性的阐释研究,不直面中国现实文学经验,提出自己的理论建构路径,那么,当代西方文论话语中的"审美泛化""图像转向""视觉转向""文学边缘化""文学的终结""理论的终结"等各种各样五花八门的声音恐怕将真的是中国当代文论难以摆脱的理论梦魇。这些研究正是在中国当代文学理论发展现实面前提出了西方文论的"现实着陆"问题,因而在理论路径层面上既体现出了宏观的理论视野,又展现了鲜明的问题意识,以大量鲜活的文本阐释个案与批评实践分析确立批评原则,从而体现了深刻的批判精神,中国文论就已经存在理论的本土化和现实化的问题。

近年来,中国当代文学理论研究更是围绕"强制阐释论"的理论观念进行了深入的讨论,并形成一个新的理论研究的高潮。中国社会科学院张江最早在《中国社会科学》杂志上发表文章《当代西方文论若干问题辨识——兼及中国文论重建》,提出"强制阐释论"的基本概念与理论主张。他指出,当代西方文论生长于西方文化土壤,与中国文化之间存在着语言差异、伦理差异和审美差异,从而决定了当代西方文论运用于中国文学理论批评上的局限性,呼吁"面对任何外来理论,必须捍卫自我的主体意识,保持清醒头脑,进行必要的辨析。既不能迷失自我、盲目追随,更不能以引进和移植代替自我建设"。并且强调,"实现与西方平等对话的途径，一定是在积极吸纳世界文艺理论发展经验的基础上，立足本土，坚持以我为主，坚持中国特色，积极打造彰显民族精神、散发民族气息的中国文艺理论体系"。① 随后在《文学评论》《文艺研究》《中国社会科学报》上，张江又分别发表《强制阐释论》《当代文论重建路径——由"强制阐释"到"本体阐释"》《关于"强制阐释"的概念解说》②，明确提出了"强制阐释论"的批评原则，并深入具体的文学文本批评实践领域，深入阐释"强制阐释论"的理论内涵"背离文本话语，消解文学指征，以期在立场和模式，对文本和文学做符合论者主观意图和结论的阐释"。③ 继续对当代西方文论的阐释正当性问题做出深入的理论剖析，并以"本体阐释"的理论建构路径对中国文论的当代文论建设做出系统探讨，极大地丰富拓展了早先提出的"强制阐释论"理论观点。"强制阐释论"的理论观念得到了中国当代学者的热烈呼应，朱立元、王宁、周宪等学者在关于"强制阐释论"的理论论争中都强调，面对当代西方文论的发展实现与西方平等对话的途径，一定是在积极吸纳世界文艺理论发展经验的基础上，立足本土，坚持以我为主，坚持中国特色，积极打造彰显民族精神、散发民族气息的中国文艺理论体系。"强制阐释论"从理论批判的方法与观念入手，深入反思中国当代文学理论研究中的西方文论话语的有效性问题，思考从根本上改变疲于跟进西方文论的中国当代文学理论的发展路径，揭示中国当代文学理论自 20 世纪 80 年代开始整体接受西方文论话语的"合理选择"与"片面冲动"，切实推动了中国当代文学理论知识生产与理论建构的具体过程，对于理性地认识西方文论话语与资源之于中国当代文艺学学科发展的启发，反思中国当代文艺学的知识生产与知识建构方式，进而重建中国当代文学理论的精神品格有一定的理论意义。"强制阐释论"的提出与深入论争也充分说明在"'后'语境"下，中国当代文

---

① 张江：《当代西方文论若干问题辨识——兼及中国文论重建》，《中国社会科学》2014 年第 5 期。

② 张江：《强制阐释论》，《文学评论》2014 年第 6 期，《文艺争鸣》2014 年第 12 期转载，《当代文论重建路径——由"强制阐释"到"本体阐释"》，《中国社会科学报》2014 年 6 月 16 日，《关于"强制阐释"的概念解说》，《文艺研究》2015 年第 1 期。

③ 张江：《关于"强制阐释"的概念解说》，《文艺研究》2015 年第 1 期。

论并没有完全"失语",更没有失去理论对话的正当性和合法性,"后学"与"'后'语境"让中国文论获得了重新检讨理论缺憾与学科局限的机会,让中国文论在文化多样性面前获得了综合发展的可能,在多元复杂的文化时代,中国文论在世界文学理论的格局中正不断前进,在这个意义上,理论没有"终结",中国文论更没有终结。

第十六章

"古代文论的现代转换":来源、内容与反思

吕双伟

20世纪80—90年代，中国文学理论界众声喧哗，各种新主义、新观念争妍斗丽，如文学本体性、日常生活审美化、现代主义和后现代主义等，或杂语共生，或前赴后继。其中，90年代中期明确提出的"古代文论的现代转换"（本文后面简称为"转换"），引起了学术界的广泛讨论和激烈交锋，带动引发了对古代文论特点、价值、古今文论贯通、中西文论融合、文论现代性反思和学科建制等重大问题的深入思考和全面审视。不管"转换"成立与否，就其讨论时间之长，包含内容之广，以及论辩的丰富性、争论的持久性、参与的广泛性、反思的深刻性等来说，都堪称新时期以来最为重要的文论话题，甚至可以说第一大文论话题。韩经太视之为"百年大话题"，有曰："从1996年以来，直到进入21世纪，关于中国古代文论的现代转换问题，无疑是一个最受学界关注的问题。其实，在一定程度上，整个20世纪的中国古代文学理论批评研究，就是以'现代转换'问题为'百年大话题'的。"[①] 这种现象的出现不是偶然的。它不仅与经世致用、古为今用的实践理性传统有渊源关系，也与20世纪末的世纪反思和民族文化意识的高涨有关，更与曹顺庆等学者宣扬当代文论患了"失语症"，主张重建中国文论话语，实现话语转换等有直接关系。当

---

① 韩经太：《中国文学批评史研究》，福建人民出版社2006年版，第445页。

然，最近曹顺庆对自己的观点作了修正，如认为"古代文论的现代转换"："是一个误导中国文论话语建设的口号！第一，当他们说'转换'的前提就是否定中国文化与文论，就是因为中国文化与文论在当代不行了，才需要转换；因为中国文化与文学在当代没有用了，必须进行转换！第二，用什么来转换？那就是用科学的理论来转换。什么是科学的理论？西方理论。显然，根本原因还是西方理论话语权。所以，第三，中国古代文论就是被这样的'转换'整死的。"① 可见，对这一主张再次进行思考，仍然有其必要性。

尽管学术界不时对此问题加以总结和反思②，但是，从当代文学理论建构的角度出发，发掘这一命题出现的背景、立论依据、争论实质及当今走向，对之加以评论和思考，仍然具有较大的发展空间及理论与现实价值。"转换"命题是否成立，为什么要走向现代转换？怎样实现现代转换？为何所谓的现代转换，肯定者讨论时大部分都只是在谈"现代阐释"或者"当代意义"？确实，处在历史存在和当今现象中的"转换"话题，有着耐人寻味的学术史意义。

第一节 古为今用："转换"说萌生的思想渊源

实用思想在中国的无孔不入，古为今用的想法无所不及，这是"转换"说问世的深厚以至于沉重的思想渊源。追求现实性和社会性，相对忽视审美性和艺术性，是中国古代文学和文论的重要特征；追求古为今

---

① 曹顺庆：《中国古代文论建设的路径》，《福建日报》2018年5月14日。
② 陈雪虎：《1996年以来"古代文论的现代转换"讨论综述》，《文学评论》2003年第2期；陶水平：《中国文论现代性的反思与重构——关于近十年"古代文论现代转换"学术讨论的思考》，《东方丛刊》2007年第1期；王庆泽：《"中国古代文论的现代转换"十年巡礼》，《东方丛刊》2007年第1期；赖大仁：《中国文论话语重建：在传统与现代之间——近十年来"古代文论现代转换"及相关问题讨论述评》，《学术界》2007年第4期；高文强：《失语·转换·正名——对古代文论十年转换之路的回顾与追问》，《长江学术》2008年第2期；高迎刚：《中国古代文论"现代转换"说的回顾与反思》，《汕头大学学报》2009年第4期，等等。

用，甚至以复古求创新，堪称中国文学和文论根深蒂固的传统，也自然成为 20 世纪以来我们对待古代文论的一种思维定式和集体无意识。如果以清朝灭亡为古、今界限，那么，民国以来的文论学者大部分都会自觉追求古为今用——只是名目各异，形式不同而已。他们在对古代文论解读和阐释时，无法避免地融入主体的当代性思想、观念，甚至直接使用西方引入的概念和术语。这种解读自然不是古代文论话语含义的原始再现，实际上任何解读都无法再现历史语境中的话语本义，只能力求最大可能地接近其原始意义而已，故这种方式其实是对古代文论的现代阐释，是身处民国之后的学者对古代文论研究所必须采取的研究方式。

20 世纪以来的中国，长期处于内忧外患和积贫积弱之中，与西方现代文明所展现的强大力量和蓬勃气象，简直有天壤之别。要"救亡图存"，就必须"师夷长技"，两者相辅相成，不可或缺。在这种时代主流思潮的影响下，对传统文化的反思和背弃与对西方现代性的向往和追求，实为一体两面。这自然也必然解构中国古代文论的生成语境。对于古代文论中的某些概念、术语或范畴，梁启超、王国维、宗白华、鲁迅等自觉运用西方现代方法和观念，对之进行了多维阐释。在吸取叔本华等人思想的基础上，王国维提出"境界说"；宗白华以意境论为中心构筑了现代美学体系；梁启超、鲁迅则将俄苏现实主义文论拿来，提倡中国文学革命。20 世纪 50 年代，大陆更是全盘引进经过苏联人改造的马克思主义文学理论，借助政治推手，把历史唯物主义机械理解为反映论，将庸俗社会学的文论范式发挥到了极致。如果说王国维、宗白华、朱光潜等对传统文论进行阐释时，古为今用的目的和表现还不太明显；那么，1949 年以后至 80 年代则强烈要求古为今用，甚至主张文学艺术直接服务现实，走向社会大众。

新时期以来，追求古代文论与西方文论的沟通，对之进行现代阐释更是多数文论学者的学术思路与实践方法。"从五十年代开始，在古为今用思想的引导下，为着建设具有民族特色的马克思主义文艺学的需要，对古代文论作现代阐释自然成为主要的研究倾向。到了八十年代，新方法的运用，比较诗学的介入，以及探求跨越中西文学的共同规律被作为研究目的之一，更为古代文论的现代阐释提供了充分的

第十六章 "古代文论的现代转换"：来源、内容与反思

理由。"① 新时期以来的中国古代文学理论学会年会和各种文论会议，大部分都忘不了古代文论的当代意义。1979 年 3 月，中国古代文学理论学会成立。会上倡导古代文论研究的古为今用，呼吁把古代文论研究与现代文论研究结合起来，为建立民族化的马克思主义文艺理论服务。② 20 世纪 80 年代以来，古为今用更是成为中国古代文学理论学会历次年会上的重要话题。如，1989 年第六次年会的中心议题是"中国古代文学理论的价值及其在当代的作用和意义"；1991 年第七次年会也就古代文论研究的古为今用问题进行了集中研讨；1993 年第八次年会也对古代文论的实际运用问题进行了讨论，等等。可以说，追寻古代文论和古代文论研究的当代意义，一直是大部分研究者视为理所当然且孜孜以求的主题。南帆在 1990 年撰文对此做了连串追问，可以说代表了大部分文论研究者的真实心声。

中国的古代文论在当今还具有什么意义，那些古代典籍是否可能以积极的姿态参与当代文论？在学术的意义上，这已经是一个迫在眉睫的问题。重新制定当代文论的版图时，人们再也不可能对这一份文学遗产视若无睹。事实上，当代文论的逐步完善必将遇到对于古代文论的两方面判断：一，古代文论的价值；二，当代的取舍。……然而，对于当代文论来说，人们更为重视的是古代文论所隐含的理论价值。在当今，古代文论是否仍有旺盛的理论生命力？古代的文学观念是否可能因为理论意义而成为当代文论体系不可或缺的内在部分？具体地说，除了一些简单的以古证今，古代文论能否因为独特的理论形态而成为当代文论的重要参照？除了印证一些众所周知的文学常识，古代文论是否还能提出一批独特的范畴作为当代文论的支柱？③

古代文论是否具有现实意义，能否参与当代文论建设，成为当代文学理论体系中不可或缺的内在部分？这些追问直接表达了希望将古代文论范

---

① 张海明：《回顾与反思——古代文论研究七十年》，北京师范大学出版社 1997 年版，第 62 页。

② 古代文学理论研究编委会：《古代文学理论研究丛刊》第 1 辑，上海古籍出版社 1979 年版，第 422 页。

③ 南帆：《古代文论的当代意义》，《文艺理论研究》1990 年第 2 期。

畴融入当代文论,甚至作为当代文论的支柱的想法,距离"转换"说问世,可以说只有一步之遥了。

20世纪90年代中期,在多重外力的挤压下,"古为今用"的思潮更趋激烈。面对传统文化的衰微和传统文学的没落,西方文化和文论在知识和价值层面上的强势渗透,中国诗性批评的消退和落寞,文论界不时陷入现代性带来的迷茫和缺失之中。加上信息化、全球化浪潮加剧,大众文化、消费文化盛行,知识人的精英意识萎缩,人文关怀淡化,研究越来越陷入私人化和自我化之中。这都使得那些秉承经世致用思想的学者备感焦虑,回头凝望之中,落寞失意之下,古代文论的诗性存在空间和浓郁人文情怀,被无限憧憬。古代文论的现代价值和当代意义,也被无意夸大。渴望其能建构当代文学理论,甚至发挥其主体性作用,竟然成为一时风尚。黄维樑、曹顺庆等都倡导古代文论运用到当代文学批评中来,以摆脱中国现当代文论基本上借用西方的一整套话语的尴尬状态。古代文论应该面向时代与世界,参与民族文论的建构;而不是自我封闭,远离当代文论语境,丰富的古代文论遗产要为建设现当代文艺理论服务。[1]"古代文论的现代转换"命题在此时正式破土而出。

令人遗憾的是,虽然关于"转换"的问题发表了许多论著,但是较少有人对此命题斟酌推敲,大量文章忽视了或者根本不关注"转换"说问世的现实背景和话语环境,将20世纪以来对古代文论的研究,以西方新观念或者新方法进行的古代文论研究和阐释,一律视为"现代转换"。原因何在?笔者认为,原因虽然复杂多样,但是这种"转换"泛化论,直接与1996年西安"古代文论的现代转换"会议上对"转换"的解读有关。当时将古代文论的阐释、误读、曲解、翻译、古今意识转换等都被视为"现代转换"。[2] 这种泛化倾向和随意解读在其问世时就存在,从侧面

---

[1] 黄维樑:《〈文心雕龙〉"六观"说和文学作品的评析——兼谈龙学未来的两个方向》,《中国古典文论新探》,北京大学出版社1996年版,第25页;曹顺庆:《文论失语症与文化病态》,《文艺争鸣》1996年第2期。

[2] 屈雅君:《变则通通则久——"中国古代文论的现代转换"研讨会综述》,《文学评论》1997年第1期。

说明了"转换"命题提出时就考虑不周,界定不严;这也是后来此命题被质疑,以至于今天逐渐沉寂的重要原因。最早明确提出此话题的钱中文,其理解的"转换"含义就是"当代目光的阐述",阐述的结果是形成以古代文论为主,适当吸取当代的新理论形态或者以当代文论为主,融会中西的新理论形态。可见,他对"转换"的内涵理解非常广泛,实际上即现代性阐释;"转换"的结果,就是古今文论融合,形成或以古代文论为主,或以当代文论为主的新形态。《文学评论》1997年第1期"关于中国古代文论现代转化的讨论"专栏,对"现代转换"内涵做了泛化的理解。其"编者按"有曰:"文艺理论建设,具有多种形态。对古代文论的阐述,建构古代文论的理论范畴、体系,即使是严格地限于原有范畴、观念之内,即'照着讲',也已是一种现代阐释,一种现代转换。同样,对一些原有理论范畴,给以新的阐释,形成新的理论,即'接着讲',更是一种当代阐释,一种现代转换。"

明确将"照着讲"和"接着讲",即将今人对古代文论范畴、体系的"忠实"建构和对原有理论范畴的创新阐释,都视为"现代转换"。值得注意的是,在这两种"现代转换"之前,分别有"已是一种现代阐释"和"更是一种当代阐释"。可见,这里的"转换"含义,与"阐释"相差无几。这无疑扩大和泛化了"转换"说的内涵。如果"现代转换"等于"现代阐释",那么,古代文论的现代阐释,自20世纪以来就存在,那为何还要劳神费力地提出"古代文论的现代转换"的命题呢?既然"现代转换"就是"现代阐释",那为何还要新造一个没有新意的命题呢?"转换"含义的无边泛化,过度推衍,导致命题失去了特指性和明确性。以至于大部分学者对"现代转换"的内涵不做认真思考,将对古代文论的阐释甚至误读、古今翻译、观念更新、中西对话等,都归属于"现代转换",使其无所不包。当一个概念或者命题无限泛化的时候,那么,其能否成立本身就已是一个疑问。无所不包的概念或命题,往往什么都不能包含,也就什么都不是,实际上为虚假概念或命题。

本文认为,"古代文论的现代转换"中的"现代",规定了古代文论研究的性质,要贯穿现代意识;还指明了其目的是要"转换",即将古代文论转换为"当代文论",即能参与到现当代文学理论建构,成为当代文学理论体系的一部分；还能够运用到当代文学批评实践中去。这才是"古代文论现代转换"的确切内涵，这才是与"文论失语症"和"重建中国文论话语"等当代思潮有直接关系的文论命题。如果只是对古代文论进行翻译、阐释，而没有将阐释后的新理论运用到当代文学批评实践中，那么，无论是否运用了新方法、新观念、新意识，都不是"现代转换"，而只能称作古代文论研究或者现代阐释或者现代意义。"转换"命题的提出，本身就是为了重建中国文论而生，为了在当代文学批评中发挥作用而存。

总之，在追求"古为今用"的过程中，在时代、社会等因素的影响下，这种当代意义的追寻，逐渐演变成为追求古代文论在当代文学理论建构中的主导权、话语权，从而导致了"古代文论现代转换"命题的问世。"转换"说的明确问世与"文论失语症"和"重建中国文论话语"密不可分。当然，这里不是说三者出现存在着鲜明的时间先后关系，而是说，它们在"转换"话题中构成这样的一种事实逻辑关系。

第二节 "文论失语症"与"重建中国文论话语"： "转换"的场域和语境

曹顺庆较早提出"文论失语症"和"重建中国文论话语"命题，又与其弟子就此问题反复发表论文论述。① 这引起了学术界的极大反响和热烈回应，成为20世纪末学坛上不可忽视的重要现象。曹顺庆及其弟子，随着时间的推移，虽然有观点的修正和内容的补充，但肯定"文论失语

---

① 曹顺庆：《21世纪中国文论发展战略与重建中国文论话语》，《东方丛刊》1995年第3辑；曹顺庆：《文论失语症与文化病态》，《文艺争鸣》1996年第2期；曹顺庆、李思屈：《重建中国文论话语的基本路径及其方法》，《文艺研究》1996年第2期；曹顺庆、李思屈：《再论重建中国文论话语》，《文学评论》1997年第4期；曹顺庆、吴兴明：《替换中的失落——从文化转型看古文论转换的学理背景》，《文学评论》1999年第4期；曹顺庆：《从"失语症""话语重建"到"异质性"》，《文艺研究》1999年第4期；曹顺庆、靳义增：《论"失语症"》，《文学评论》2007年第6期；曹顺庆、黄文虎：《失语症：从文学到艺术》，《文艺研究》2013年第6期，等等。

症"和"重建中国文论话语"的合理性和科学性始终没变。

"失语症"最早不是出现在文论界,而是在文学界,是文学界对模仿和借鉴西方现代文学创作方法的反思,主要针对莫言、马原、残雪和格非等先锋小说家的"语言的革命"。提出之后,即遭到有些学者的否定,因而没有在文学创作界流行。[①] 但文学界对"失语症"问题的探讨,很快影响到了本已焦灼不安的中国文论领域。1995 年,曹顺庆在《21 世纪中国文化发展战略与重建中国文论话语》一文中首先提出文论失语症和重建中国文论话语,主张以重建中国文论话语来医治"失语症",而重建的主要途径是借助于古代文论的话语转换。其提出的核心问题是:近代以来中国文论话语却"全盘西化",没有自己的文论话语,怎样在世界文论中发出自己的声音?"失语症"的症状是:"中国现当代文化基本上是借用西方的理论话语,而没有自己的话语,或者说没有属于自己的一套文化(包括哲学、文学理论、历史理论等)表达、沟通(交流)和解读的理论和方法",而"一个患了失语症的人,怎么能够与别人对话?""对话"为他的急切目的,而第一步则是"确立中国文化自己的话语"。其随后发表的《文论失语症与文化病态》一文对"失语症"现象同时也是其内涵做了更为明确的叙述,指的是中国现当代文论基本上借用西方话语表达、沟通和解读,没有我们民族自己的文论话语和学术规则,离开了西方话语,我们无法言说,无法在世界文论界发出自己的声音。

无疑,对于中国现当代文论失语,曹顺庆是站在中西民族立场,而不是西方文论话语是否适合现当代文学批评实践的立场来立论的。既然中国现当代文论失语,那么,传统文论就只能是古代文论了。因此,中国现当代文论的"失语症",很自然就滑向古代文论在当代文论中的"失语"。如果是这样,那么,这种现象不是自今天起,"五四"以来的整个中国传统文化在现代化和西方化的大潮下,早就"失语"了。其实,西方文论话语的涌入,只是"失语"的现象,而不是原因;真正原因则是中国社

---

① 黄浩:《文学失语症——新小说"语言革命"批判》,《文学评论》1990 年第 2 期;唐跃、谭学纯:《文学尚未失语——关于黄浩同志〈文学失语症〉一文的不同意见》,《文学评论》1991 年第 1 期,等等。

会性质、经济基础、文化风俗、思维方式和语言载体等改变的必然结果。因此，所谓文论"失语"就有其不可逆转的必然性，绝不是西方文化殖民的结果。至今而言，现代化的路径可以多样，但是殊途同归——都是西方的现代化，暂无东方的现代化。所以，至今为止，中国现当代文论还要借鉴西方，不能作茧自缚，这实在是情感上令人难堪，但事实上却无法避免的事。

曹顺庆还认为文论失语症的病根，在于文化大破坏，在于对传统文化的彻底否定，在于与传统文化的巨大断裂，在于长期而持久的文化偏激心态和民族文化的虚无主义。要重建中国文论话语，首先要接上传统文化的血脉，才可能重新铸造出一套具有自我血脉气韵而又富有当代气息的有效的话语系统。这需要对传统文论进行"现代化转型"：

> 立足于中国五千年生生不息的文化内蕴，复兴中华民族精神，在坚实的民族文化地基上，吸纳古今中外人类文明的成果，融会中西，自铸伟辞，从而建立起真正能够成为当代中国人生存状态和文学艺术现象的学术表达并对其产生影响的、能有效运作的文学理论话语体系。为了实现这一设想，对传统话语的发掘整理，并使之进行现代化转型的工作，将成为重建过程中至关重要的一环。[①]

此文提出重建途径和方法则是："首先进行传统话语的发掘整理，使中国传统话语的言说方式和文化精神得以彰明；其次使之在当代的对话运用中实现其现代化的转型，最后在广取博收中实现话语的重建，并在批评实践中检验其有效性与可操作性。"虽然也注意到了传统话语经过现代化转型后需要实践检验，但本质上是从古代文论的现代演绎中实现当代文论话语的重建，这违反了当代文论应从当代文学批评实践中生成的规则。这种治疗"失语症"的思路，朱立元概括为："以中国古代文论为基础，实现现代转换，重建我们自己的文论话语，正是根据这个失语症的论断开出

---

① 曹顺庆、李思屈：《重建中国文论话语的基本路径及其方法》，《文艺研究》1996年第2期。

的药方。"① 在肯定和否定声交织的情况下，特别是在吸取否定意见的基础上，2005年，曹顺庆自己承认"失语症"只是一个"策略性的口号"，有偏激之嫌，但他并没有否定"失语症"的合理性，2006年和2007年，他分别以《再说"失语症"》和《论"失语症"》应对蒋寅、陶东风等人的质疑。2009年，他和学生再撰《失语症与现代性变异》。2013年，他和学生又以"失语症"为题，将"失语症"现象从文学扩大到艺术，认为文学的"失语"是一场跨文明文化语境下的话语危机，随着时间推移，"失语"现象的讨论逐渐从文学领域扩展到艺术及其他领域，演变为一场整体性的文化论辩。要应对这场文化困境，我们需要注重传统话语的建构，辨别异质话语之间的异质性和变异性，促使传统审美话语与新话语的融合，从而摆脱"失语"状态，使文学和艺术走向积极的发展之路。曹先生重申了"失语症"和"重建中国文论话语"的内涵及论争意义：

> 概括地说，所谓"失语症"，指的就是20世纪以来，在西方强势文化的强烈冲击之下，西方所代表的话语规则逐渐成为一种主导的、普世性的权力话语，而中国传统话语的自身特质反而被边缘化，从而陷入"失语"的状态，中西话语之间无法形成平等、有效的跨文明对话。重建中国文论话语的意义则在于，恢复和挖掘中国文论话语的内在生命力，建立不依附西方话语规则的文化自觉和自信。这并不是要在中国传统话语与西方话语之间设立一条泾渭分明的界线，而是要在多元话语体系之下寻找到一条切实有效的跨文明对话和交流的途径。②

值得注意的是，这里对"失语症"的理解与其早期《文论失语症与文化病态》一文中的表述差异较大，由之前的中国现当代文论基本上借用西方话语表达、沟通和解读，没有我们民族自己的文论话语和学术规则，到这里的西方的话语规则逐渐成为一种主导型、普世性的权力话语，

---

① 朱立元：《走自己的路——对于迈向21世纪的中国文论建设问题的思考》，《文学评论》2000年第3期。
② 曹顺庆、黄文虎：《失语症：从文学到艺术》，《文艺研究》2013年第6期。

中国传统话语的自身特质反而被边缘化，实现了由侧重于话语表象到偏重于话语规则的演变。这里的重建中国文论话语，也只是恢复和挖掘中国文论话语的内在生命力，建立不依附西方话语规则的文化自觉和自信，而不是开始时的以中国传统文论为主体，重建当代中国文论话语。应该说，这种转变，正是曹顺庆先生吸收了质疑论者的观点后的自我修正。

"文论失语症"命题自诞生之日起，就遭到一些学者的批评与否定。1997年底，张卫东较早从"语境"角度对"文论失语症"与"重建中国文论话语体系"的逻辑矛盾做了反思，认为两者都是一种"虚妄的理论幻象"：

> 实际上，将人们公认的理论、知识、思想以至真理称为"话语"，首先就是一个反讽。它意味着将以上现存秩序表面上所具备的绝对性、普遍性、恒久性悬置一边，并要求对其前提结构进行理性的重新分析和检验。在此意义上，"话语"不仅不能与理论、知识、思想等概念混同，而且正是对以上概念的怀疑和批判，是对以上概念所隐含的肯定和独断倾向的预先否定。因此，"话语"这一名称隐含着一种冷眼旁观的立场，它更适宜指称既定的理论知识、思想等有待反思的思维成果，而不大适宜指称我们自身尚未成形并得到广泛承认的理论——我们正要去表达、确认并置身其中，而非预先拆除、分析和检验。……我以为，"话语"和"体系"是相互抵触的两种东西，所谓"重建中国文论话语体系"只是一种虚妄的说法。①

针对"失语症"，张卫东此文进一步指出："仅仅是缺乏自己独特'体系'的文论界现状，而非缺乏'言说'的现状。曹先生可能未曾注意，医学上的失语症，并非指患者失去了可以凭借的语言，也并非缘于他不通某种语法规则或词汇缺乏（当然更非他突然想用不熟练的外语说话）；失语症患者不能说话或听不懂话，仅仅标志着患者自身的大脑言语中枢发生了病变，与语言的种类和好坏并无关系。而'失语症'不过是对当前文论困境的一种命名，在搞清楚产生这一现象的原因之前，就将这一现象当

---

① 张卫东：《回到语境——关于文论"失语症"》，《文艺评论》1997年第6期。

成'导致中国没有理论的最深层、最本质的一个重要因素',至少是极其匆忙的论断。"应该说,这种否定性反思,比随声附和更有学术意义。此文最后强调,将文论失语现象和文化危机感仅仅归咎于西方文化的冲击和传统的断裂,演绎为中西之争,这实际上回避了现实问题,也推卸了我们今天应该承担的责任。在与传统疏离的情况下,以为可以"立足"古代文论,展开"对话","广取博收",从而"重建"体系,只能是一种梦想。1998年7月,王志耕则从对西方文论接受不够、没有学通的角度来否定"失语症"所指问题:"我认为,与其说我们已被这种话语(西方文论)的权力所征服,不如说我们对这种话语接受得还不够。所谓'够',不是说要学得像,而是要学通,从而摆脱倾听者的身份,而与之建立起真正的对话关系,立足于中国的本土文化,最终化为己有,生成中国自己新的文论话语。……即是说,将外来之物化为己有需要一个过程。而西方的现代文论成规模进入中国文坛还不过十几年时间,这时便大声疾呼,我们已被西方中心主义边缘化了,毋乃太过杞人忧天。"[①] 客观地说,我们学习西方文论过程虽已过百年,但真正自由全面学习的时间其实很短,更加不要说融会贯通和据为己有了。既然学得不像,那就不存在中国当代文论被西方文论边缘化之说。

在大部分学人认同"失语症"和重建中国文论话语的时候,张卫东和王志耕对"失语症"和"重建中国文论话语"加以质疑,实属不易。稍后,蒋寅则明确表达了对"失语症"和"转换"命题的否定。1998年9月,蒋寅指出"失语症"是一个虚假命题,文学理论应该对应特定的文学经验。他认为"失语症"本来是医学术语,指左脑中的语言发动神经中枢受损而导致的语言机能的丧失;借用到文论中来,则意味着话语能力的丧失。至于"文论失语症"提法,蒋寅认为:第一,我们根本没有真正借到西方的一整套话语,流于外表和语词形式,并没有学到真正的西方式的批评。第二,当代文学理论不在于用什么语言说,而在于说什么。如果说当今通行的文学理论框架是西方的,因而没有自己的认识基点,那么,"失语"也不始于今日,起码从20世纪初就开始了。如果按传统文

[①] 王志耕:《"话语重建"与传统选择》,《文学评论》1998年第4期。

学观念构造文学概论，那么这样的理论体系显然不合乎当今的文学实况。第三，文学理论是一门经验性的学科，带有很强的工具性质，为文学诠释和文学批评提供一套工具理论。文学不断发展，理论随之更新。不同种族、不同文化背景中孕育出的文学理论，固然在思维方式和表达方式上具有不同的特色，但这种特色根植于不同的文学经验，只要中国文学有自己的文学经验，就必然有自己的文论话语。因为任何民族的文学理论都是在表述自己的文学经验。比较诗学和比较文学所有的对话都只是文学经验的对话和交流，因此，不存在对外交流中没有自己的话语之说。第四，当代中国文学理论的所谓"失语"，并不是我们没有自己的言说方式，而是根本没有言说的对象。"失语"绝不是知识论或信息交流意义上的无话可说，而是语言操作者的话语指涉对生存真相和命运重心的偏离。我们不是丧失了学术表达的话语能力，而是丧失了对自己生存方式和价值的自我解释能力，说白了就是对生存本身的无可言说。第五，一种文学理论是对一种文学观念的阐释，对一种文学实践的反思。当文学在现实中不能直面一种生存状态和它最深刻的本质时，它就不能构成一种真实的、独特的文学形态，加上感觉方式和书写风格的盲目模仿，真正的文学经验始终若有若无，相应的文学理论当然也就无从谈起。西方辛勤耕耘了一百年，才建构起那么有数的几家理论和一套范畴、术语；我们才二十年，就想攒弄出一套可以和西方并驾齐驱的理论体系，有点异想天开。第六，中国文论的"失语"是个伪命题。失语的不是中国文论，而只是一部分中国文论学者，更多的也许是比较诗学学者。第七，要回归母语，更应该是立足于中国文学经验，这是拥有自己话语的必然选择。没有母语文化的基础，不能真正深入人类的文学经验，就永远不会获得对文学的真正理解，也就永远不会有自己的文学观和文学理论。文论对话时，更应该用历史的而不是地域的方式来谈论。现代西方文论早已不是单纯的西方思想，而是多地域、多种族文学经验的融合，其中当然也包括中国思想的精华。因此，对一种理论学说而言，历史语境中的时间点差异比共时空间的国别差异要大得多。第八，知识积累差异无形中给中国学者带来不同程度的自卑和焦虑，这可以理解，但不必摆出一副决战的架势。中国文学理论是世界的一部分，我们能否为世界提供一些理论命题，取决于文学经验的资源和理论家的开掘能力，取决于中国学者普遍知识贫乏局面的根本改变，而不是依靠古代文论的现代转换。① 客观说，在"文论失语症"风靡学界的时候，蒋寅能从言说对象、文学经验、文学创作和批评实践、学习西方的偏差、学者知识贫乏等方面来全面分析这一话题的本质和偏颇，指出其为"伪命题"。这不仅需要丰富的学识，更需要脱俗的勇气。后来否定"失语症"论者，其观点和理由，大抵没有超出此文范围。

1999 年，高楠指出，20 世纪以来的中国文论并没有"失语"，它"始终在说着历史要求它说的话，时代要求它说的话，它说出了自己的思想理论，它并未'失语'"。② 2000 年，朱立元指出，看一种理论话语是否有效，是否存在危机，首先只能从现实的需要和语境出发加以衡量，至于有无自己的独特话语方式和话语系统倒在其次。"'失语症'论对当代中国文论的缺陷和危机的判断，存在着明显的错位。它只就中国文论话语系统较多吸纳西方文论话语的某些表面现象而推断中国当代文论缺少自己的话语，进而认为'失语'是其最根本的危机。它完全没有顾及当代中国文论与现实的关系，没有分析它是否贴近当今现实，是否能回答新现实提出的新问题，即是否适合现实语境。"③ 指出中国当代文论的问题或危机不在话语系统内部，不在所谓的"失语"，而在同文艺发展现实语境的某些疏离或脱节，即在某种程度上与文艺发展现实不相适应。张海明也认为"失语症"的提法有些杞人忧天："就古代文论研究而言，'文论失语症'应该是指用现代文论观念、术语以至文体去考察分析古代文论，如果这也算'失语'，那么，是否只有回到古代，重操古人话语，我们才能发出自己的声音呢？说到底，问题的关键并不在于是否借用了俄苏或欧美文论话语，而在于我们考察的对象，在于说的内容。"④ 中国文论的失落，根本上

---

① 蒋寅：《学术的年轮》（增订本），凤凰出版社 2010 年版，第 80—85 页。原文最早以《文学医学："失语症"诊断》发表于《粤海风》1998 年第 5 期；后略微修改后收入《学术的年轮》。
② 高楠：《中国文艺学的世纪转换》，《文艺研究》1999 年第 2 期。
③ 朱立元：《走自己的路——对于迈向 21 世纪的中国文论建设问题的思考》，《文学评论》2000 年第 3 期。
④ 张海明：《古代文论研究的"先见"与"后见"》，《清华大学学报》2009 年第 5 期。

不是在于借鉴了西方文论话语，而在于我们面对当代文学创作的无语，在于当代文学批评的无声！这些观点在蒋寅的文章中都已经明确提出了。

2005年，蒋寅《对"失语症"的一点反思》一文再次强调文学经验对文学理论形成的重要性：文学理论的对话无非是不同文学经验的交流，在总体文学的研究尚未积累到一定程度之前，可以涵盖人类文学经验的文学理论只能是空想，对话中不存在"失语"的问题。一种文学理论体系，只要适合它的经验基础，就必定是圆满自足的，中国古代文论就是如此。现代中国文学已变成一个开放的经验系统，吸收了不少异族文学的素质，古代文论当然也就失去了解释力，于是我们需要建构一个新的理论体系。所以文论话语不是个得失的问题，而是有无的问题；更不是理论建构的问题，而是文学经验积累和总结的问题。没有真正的文学经验，就没有相应的文学理论。这不是失语而是无语。因此，文学理论对话中的"失语"，就绝不是中国文论的失语，而只是某些学者的失语；这也不是什么失语，说白了就是不学无术。① 虽然单独来看，"失语"并不全是"失学"，博学与否与是否"失语"不能完全等同。② 但是，如果结合"文论失语症"的来龙去脉和前因后果，那么，"失语"确实与"失学"紧密相连。中华人民共和国成立以来的学者，受到持续不断的政治运动或经济大潮的影响，无力为学或者是无心向学，导致喜欢追逐时髦，捕捉所谓的学术热点，对民族传统和西方文论都没有沉潜把玩，更不必说融会贯通，结果是学问造诣上不古不今、非中非西，这自然影响了学者的学术素养和创新能力，因而蒋先生才会有如此"刺耳"的结论。如果整体学问水平提高了，对中国文学经验的关注增强了，理论创新能力提高了，所谓的"失语症"当然就消失了。

此外，还有学者从不同的角度对"失语症"加以质疑。杨曾宪认为所谓"失语"不是西方文论输入导致的，而是因为古代文论脱离了当代中国哲学、美学经验，失去了与当代文学进行对话的能力：

---

① 蒋寅：《对"失语症"的一点反思》，《文学评论》2005年第2期。
② 曹顺庆、翁礼明：《"失语症"再陈述——兼与蒋寅教授商榷》，文化研究网，2005年11月。

文论，或文学理论，顾名思义就是以文学为言说阐释批评对象的理论，它的生存，一方面要依赖一定哲学美学理论，为之提供思想营养或武器，另一方面要依赖一定的文学创作，作为其提炼并操练理论的对象。任何文论一旦失去特定的哲学美学灵魂，脱离所寄生或依存的文学现象，则只能是一种僵死的学问体系，而不是鲜活的理论话语。中国古文论在当代，并不是因它失去与西方文论对话的能力而"失语"，而首先是因它脱离中国当代哲学、美学，失去与中国当代文学对话的能力而"失语"，是因其自身的"失聪"而"失语"。①

因为历史和现实的原因，我们长期习惯于以引进代替创造，以冷漠对待传统，导致当代文论、哲学和美学等缺乏原创精神，民族的理论创造力和主体意识萎缩。古代文论话语在当代的运用，不是想用就用，必须有言说对象，即能在当代文学对话中获得生命。否则，即使本身内容再丰富，再自成理论体系，也终究是古董。杨曾宪进一步指出："因此，只要古文论研究者能如其所倡导的让当代文论家'重视'古文论那样，'重视'一下当代文学，有那么三、五人率先垂范，每年用古文论固有或转化后的'话语'系统写出那么三、五篇漂亮的批评当代文学的文章，让那些只会操作西方话语的当代评论家们集体'失'一次'语'，那么，古文论'失语'问题就可以圆满地解决。"② 能够运用古代文论话语分析当代文学，写出批评当代文学的文章，这样才完成"转换"，才能"复语"。李建中认为中国文论不是"失语"而是"失体"，即丢失了古代文论批评文体的文学性传统和尊体意识、破体规律和原体思路；应该重开其文学性传统，重建其尊体意识。③ 赵宪章以新时期以来我们关于20世纪西方形式美学的评介为例，说明借鉴西方文论并没有忘却本民族之固有思想："由此观之，新时期以来我们和20世纪西方形式美学的对话并未真正形成，我们的'文

---

① 杨曾宪：《有关古文论"失语"、"复语"问题的冷思考》，《人文杂志》1999年第5期。
② 同上。
③ 李建中：《尊体·破体·原体——重开古代文论现代转换的理路和诗径》，《文艺研究》2009年第1期。

以载道'文学观及其'思想史'研究方法并没有太多的改变,所谓'失语症'的忧患纯系子虚乌有。"① 所谓"失语症"的担心纯属子虚乌有。

实际上,从近代以来,只要追求现代化,那么,吸取西学就是中国文化和学术创新无法回避的重要途径,堪称不可抗拒的宿命。无论我们怎样抵制西方话语,最终还是要运用或者依傍它来阐释当代文学特征与规律。"文论失语症"论者显然预设了这一前提:对建设中国文论来说,母语优于西方,西方文论为"他者"话语,母语文论才是自我本真,因此,以母语为本,才是治疗"文论失语症"的良方。而母语中,现代文论深受西方文论影响,只有古代文论才是母语的根本。因此,建设当代文论,其主要来源自然就是古代文论。其实,对于当代文论建构来说,封闭自足的古代文论和西方文论一样,对今天来说都是"他者"话语;西方文论相对而言更加接近于中国的当代文学实际。所以,"文论失语症"命题的非真性,自然会影响受这一语境产生的"转换"命题的真实性和科学性。

此外,近年张江提出"强制阐释论",引发学术界的争议。"失语症"强调我们离开西方文论话语就无话可说,"强制阐释论"则指出当代西方文艺理论的重大缺陷,两者堪称当代中国文学理论建构中的内外"两面"。张先生认为,强制阐释是指背离文本话语,消解文学指征,以期在立场和模式,对文本和文学作符合论者主观意图和结论的阐释。其基本特征有四:第一,场外征用。广泛征用文学领域之外的其他学科理论,将之强制移植文论场内,抹杀文学理论及批评的本体特征,导引文论偏离文学。第二,主观预设。论者主观意向在前,前置明确立场,无视文本原生含义,强制裁定文本意义和价值。第三,非逻辑证明。在具体批评过程中,一些论证和推理违背基本逻辑规则,有的甚至是逻辑谬误,所得结论失去依据。第四,混乱的认识路径。理论构建和批评不是从实践出发,从文本的具体分析出发,而是从既定理论出发,从主观结论出发,颠倒了认识和实践的关系。② 相较而言,"强制阐释论"更是釜底抽薪,原来几十

---

① 赵宪章:《文学理论如何免去"失语症"类的无谓争吵?——从形式美学的东渐及批判说起》,《中华读书报》2008年10月22日。

② 张江:《强制阐释论》,《文学评论》2014年第6期。

年来我们学习和化用的西方文论，竟然存在如此大的问题。这对当代中国文学理论的建设，有重要的参考价值。

第三节 重建中国文论话语："转换"说的主要目的

按照"失语症"论者的逻辑，重建中国文论话语，关键在于以本民族的话语言说本民族的存在，而中国古代文论无疑最为典型地体现了本民族话语的特点，这直接导致了"转换"说的问世；"转换"的目的和指向无疑是为了重建中国文论话语。三者关系紧密，不可孤立解读。正如罗宗强所言："三年前，曹顺庆先生提出文学理论研究最严峻的问题是'失语症'。同一时期，他又提出医治此种'失语症'的办法是重建中国文论话语。而重建中国文论话语的途径，主要是借助于古文论的'话语转换'。对于文学理论界来说，这个问题的提出确实反映了面对现状寻求出路的一个很好的愿望。因它接触到当前文学理论界的要害，因此引起了热烈的响应，一时间成了热门话题。学者们纷纷提出利用古文论以建立我国当代文论话语的各种可能性。"[①] 从中可见三者之间的紧密关系，特别是"转换"论产生的现实语境离不开"失语症"和"重建"论。虽然"转换"思想渊源由来已久，但"转换"口号在20世纪90年代才明确提出。钱中文认为，"古代文论现代转换"作为一个口号和问题，实际上在1992年的开封会议上就提出来了。1995年8月，在济南召开的中国中外文学理论国际学术研讨会上，又有学者提出。1996年钱中文在《文学评论》上发表《会当凌绝顶》一文，也提到这个问题。1996年10月，在陕西师范大学召开的"中国古代文论的现代转换"学术会上，来自全国各地的四十多名学者专门就这一问题展开了深入的研讨，古代文论的现代转换的问题，才引起文论界的重视。[②] 西安会议后，此后十余年间，以"转换"或

[①] 罗宗强：《古文论研究杂识》，《文艺研究》1999年第3期。
[②] 刘飞采访，钱中文语：《中国文论：直面"浴火重生"》，《社会科学报》2005年3月31日。

"转化"为主题或者专题的会议不断推出,一些重要刊物也推出专题或专栏,发表大量论文对"转换"理由、内容和方法及否定原因等加以探讨,引发了一股"转换"研究的热潮。除了从古为今用、古今文学观念和精神存在共同点的角度支持"转换"说之外,还有学者从不同的角度否定"转换"说法与实践的可能。他们有的强调古代文论研究要追求"无用之用",尊重其历史意义和价值,不宜刻意追求"转换";有的倡导古今对话,寻求其现代价值而不是现代转换;还有的完全否定古今、中西文论的可通约性,强调"转换"的艰难,指出"转换"为虚假命题等。

在肯定"转换"的论著中,大部分站在建立民族话语的本位主义立场,论述的其实是古代文论的现代阐释或当代价值。他们有的直接将"现代阐释""现代意义"或"当代价值"等同于"现代转换";有的则将之视为"转换"的首要环节,希望"阐释"之后,再融入当代文学理论体系和运用到当代文学批评实践中去。然而,当代文学理论体系尚没有建立,运用到当代文学批评实践中更是鲜见,因此,这些论著其实也只是谈了古代文论现代阐释的方法和方向等。

张少康从追求民族话语权的角度,肯定古代文论的现代转换"非常正确",为建设当代文艺学的历史必由之路:"现在文论界的有识之士和一些学界的老前辈,清醒地认识到这种局面再也不能继续下去了,提出要使当代文艺学走出困境,在世界文论讲坛上有中国的声音,必须'改弦更张',要在中国传统文论的基础上发展,要有我们自己的'话语',实现古代文论的'现代转换',我以为这是非常正确的,因为这才是建设当代文艺学的历史必由之路。"[①] 为了说明古代文论和现当代文论的相通性,张少康对所谓西方重再现、中国重表现,思维方法上西方是理性的逻辑思维,中国是感性的直觉思维等传统看法做了反驳;又对古代文论中的奋斗精神、抗争精神和不平则鸣精神加以赞扬,特别指出古代文论的当代价值不仅在它的主要精神,而且还在它的审美理论,后者对我们构建有中国特色的当代文艺学,有着更为直接的现实意义。这其实都说明了"转换"

---

① 张少康:《走历史发展必由之路——论以古代文论为母体建设当代文艺学》,《文学评论》1997年第2期。

第十六章 "古代文论的现代转换":来源、内容与反思

的可能性和必要性,这也是后来很多支持"转换"说的历史依据和思维模式。如,张文勋就从四个具体方面说明古代文论在现代的融通与转换,即言志抒情理论的延伸与转换、意境理论的发展与运用、文艺社会功能的拓展及其特殊性、神思妙悟式艺术思维的肯定。① 杜书瀛将"转换"视为对中国文论传统的继承和超越、在新的历史条件下的发展和更新,指出其关键是要找到这种创造性转换的内在机制和途径。受傅伟勋"创造的诠释学模型"的五个辩证层次的影响,杜先生提出了创造性诠释的途径和步骤:"实谓""意谓""蕴谓""当谓"和"创谓"。② 通过这五个层次的诠释,不但要弄清古代文论原来的面貌、含义、可能有和应当有的意思,而且要找出突破性的创新理路和对今天有价值的新含义。蒲震元认为"转换"在提法上存在弊端和值得商榷,但肯定"转换"的思路和价值,认为古代文论可以"现代价值转化":

> 我以为,"转换"二字提法上是否恰当固可商榷,但对于一种渊源有自、至今仍具生命活力,并与当代中国文学艺术创作思想乃至创作方法与技巧血脉相通的中国传统文学艺术理论,怎么能说成是"拒斥现代化",或像有的人所理解的与当今的文学艺术理论无"通约"性呢?我以为:哲学社会科学理论成果虽具一定的时代性、本土性特征,但因为它们是科学理论,就应该有古今、中外的继承借鉴意义和通约性,表层的"拒斥"并不能掩盖科学精神的接续与相通,如文艺学、美学方面亚里士多德的《诗学》、传为朗吉努斯撰写的《论崇高》、莱辛的《拉奥孔》等名著,能简单地说它们"拒斥现代化",不可以进行现代价值转化吗?③

对传统进行"现代价值转化",有利于启发研究工作者立足当代,对

---

① 张文勋:《中国古代文论在现代文艺理论中的融通与转换》,《思想战线》2001年第3期。
② 杜书瀛:《面对传统:继承与超越》,载钱中文、杜书瀛、畅广元主编《中国古代文论的现代转换》,陕西师范大学出版社1997年版,第26—27页。
③ 蒲震元:《重视中国古代文论的现代价值转化工作》,《中国文化研究》2002年冬之卷。

丰富的传统文论资料的深层意义及当代价值作出多方位、多角度的探讨，有利于加强对作者、原典与读者之间的多重对话关系的研究，有利于知识结构的更新和发扬学者的个性。这种"价值转化"工作无疑是时代的必然要求，但很显然，它不是"转换"论者的初衷，当然也不是大部分"转换"论者主张重建中国文论话语的原意。

在"转换"话题的深入讨论和古代文论的现代意义的实践中，童庆炳对"古今对话"和"中西对话"进行现代阐释，取得了突出成就。虽然他明确说过不同意使用"转换"，而是用"转化"，但仍被大部分研究者不分青红皂白地视为新时期以来"转换"取得实际成果的代表人物。笔者认为，"转换"和"转化"不能等同，而且童先生所说的"转化"，其实就是用现代视野来观照、考察和研究古代文论，这其实是一种现代阐释。童庆炳有云："参照系的重大改变，要求我们以更新的现代视野来观照、考察、研究中华古代文论。换言之，研究中华古代文论究竟要经过怎样的现代转化才能走进中国当下的文学理论园地里，融化到现代的文学理论中。现在有不少学人正从事这一'转化'工作。我们尝试以宏观的视野、开放的心态、严谨的态度，对中华古代文论作一番现代阐释，参与到这一有意义的研究工作中。"① 以"转化"而不是"转换"来指称古代文论融化到现代文学理论的工作，以现代阐释作为目前的"转化"方法，其含义与重建中国文论话语中的"转换"呼吁，存在重大差别。童先生的论著从来不以"现代转换"为题，而是用"现代转化""现代视野"或"现代意义""现代阐释"等。他既肯定"转换"说的意义，但不赞同使用"转换"，"转换"与"转化"意义有别："中西对话、古今对话是实现新形态的文艺理论建设中的基本途径。我不太同意用'转换'这个词，我喜欢用'转化'这个词。古文论不可能'转换'成现代文论，但古代文论可以融化、转化到现代形态的文论中来。就是说，对于古代文论的研究，不是单纯'发思古之幽情'，而是现实的文论建设之一个方面，因此揭示古代文论的现代意义是古今对话的根本目的。"② 明确指出

---

① 童庆炳：《中国古代文论的现代阐释》，中国人民大学出版社2010年版，第1页。
② 童庆炳：《中国古代文论的现代意义·导言》，北京师范大学出版社2001年版，第3页。

古文论不可能"转换"成现代文论，但可以融化、转化到现代形态的文论中来。整合古今对话、中西对话成果，以之实现古代文论的现代价值，建设有中国特色的当代形态的文论成为童先生的追求："在整合古今中外文论的基础上，在总结现代文学创作实践的基础上，建立起一种与我们当代的创作实践相适应的、具有时代精神和民族特色的文论体系。而要整合古今中外，就要从'古今对话'和'中西对话'开始。"① "中国文论中古今关系问题已经取得了比较一致的答案，那就是在古今对话的基础上，进行古代文论的'现代转化'或进行现代阐释，从而凸显中国现代文论的民族个性。"② 进行现代转化或现代阐释，这是今天古代文论研究的应有之义，也不会引起误解，这与"转换"论者也存在明显区别。童庆炳还针对胡明、郭英德强调现代与古典之间的"不可通约性"，从古今文论可以"转化"的角度，指出这种说法是片面之词：没有看到"现代"对于传统在反叛的同时，也对传统加以吸收，尤其是对于传统中的"民主性精华"加以吸收和改造；中国现代文论就是在吸收传统资源的基础上进行建构的。③ 20世纪以来，王国维、鲁迅、朱光潜、宗白华等人以现代观念对古代文论作出的阐释，使之"转化"融入了现代文论话语中，而不是"转换"成了现代文论话语。"转化"为转变融化，本义还在；"转换"则是转变更换，旧体已去，形成新质，两者有根本不同。所以，很多学者视为"转换"的古代文论研究成果，童庆炳都认为是"转化"而已。

与童庆炳主张古今对话、中西对话，强调古代文论的现代意义和现代阐释相比，顾祖钊肯定中西文论融合与古代文论现代转换才是当代文论建设的重要途径，希望在平等的基础上，将我们民族的文艺理论资源，输入现代语境，与我们现代视野中的一切西方文论，进行平等的对话与沟通，从中挑选出更符合文艺现象实际的理论范畴和命题，进行创造性的整合和

---

① 童庆炳：《中国古代文论的现代意义》，北京师范大学出版社2001年版，第328页。
② 童庆炳：《再论中华古代文论研究的现代视野——兼与胡明、郭英德二位先生商榷》，《中国文化研究》2002年冬之卷。
③ 同上。

建构，从而创造出具有中国理论资源参与的人类历史上的文艺理论新形态。其中西文论融合不是以古代文论为本体建设当代中国文论，而是将经过现代阐释或现代转化后的古代文论融入当今的文学理论建设尤其是文论教材建设之中。这种融入不是点缀和注解，而是内在的、有机的精神实质的融会贯通。对于"转换"，顾祖钊指出了其根本目的——进入当代文学批评实践中来。要立足于当代中国问题，面向当今社会的精神文明建设、人的全面发展与文学实践中出现的问题，使古代文论的范畴、观点、观念和精神与当代中国问题相结合，使经过现代阐释的古代文论直接介入或进入当代批评活动之中。但是，古代文论进入当代批评活动中，实在不易。顾祖钊也主要是对古代文论的现代理论建设意义做了详细论述，指出古代文论对西方文论来说具有印证性、互补性、对接性、激活性特征；具有辨伪、救正、补白等作用；还有方法论意义、重构性创新意义和超越性创新意义等价值类型。又从中西文论融合的角度，提出了意境、意象与典型三元式的"艺术至境观"主张，[1] 这些对当代文论建设有一定的影响。但是，经过现代阐释后的意境、意象概念，也并没有真正运用到当代文学批评实践中来。因此，尽管童庆炳、顾祖钊被多数"转换"论者视为转换实践的成功代表，[2] 但其实他们也只是完成了一些现代阐释的工作，没有"转换"出一批真正有效地进入当代文学批评实践的话语。陈良运赞同"转换"说，甚至认为对古代文论的"照着讲"和"接着讲"，都是"转换"，即对古代文论的体系建构、当代接受和当代意义的研究都是"转换"。"建构古代文学理论体系，应该看作是当代文论建设一种辅助形态，一个组成部分，它运用经过梳理、清理的古代文论话语、观念范畴，既'照着讲'也'接着讲'（当然还是以'照着讲'为主），给当代文艺学建设提供总体的参照。"[3] 这种宽泛的理解，导致他将能为当代文艺学提

---

[1] 顾祖钊：《中西融合与中国文论建设》，《文艺理论与批评》2005 年第 2 期；《论古代文论的现代理论建设意义》，《文艺理论研究》2009 年第 5 期。

[2] 参见张金梅《中国古代文论的现代转换及其融合中西文论的努力——以钱中文、童庆炳为例》，《当代文坛》2005 年第 6 期；方国武《"中国古代文论的现代转换"实践成果探析》，《文化与诗学》2009 年第 1 期。

[3] 陈良运：《当代文论建设中的古代文论》，《文学评论》2000 年第 2 期。

供总体参照的成果都视为古代文论的现代转换。陶水平认为"古代文论现代转换"的要义是通过对古代文论作出现代阐释，进而开掘古代文论的现代性价值，其实质是反思与重建中国文论的现代性，追求理论原创性、理论有效性和民族独特性。界定同样非常宽泛，故他将王国维、鲁迅、宗白华、朱光潜、钱锺书、朱自清、徐复观的古代文论研究成果，甚至王元化、童庆炳、杨义、顾祖钊和蒋寅的古代文论研究成果，都视为"现代转换"；各种古代文论范畴、术语，经过今天学者的阐释后，也被视为"现代转换"所取得的突出成果。[①] 虽然他也知道"现代阐释"为"现代转换"的途径，但是，在论述中，因为缺乏"转换"的实际成果，就将途径含义等同于概念内涵了。这些无疑都是"转换"内涵泛化之后的宽泛理解，实际针对性不强。古风对1980—2010年的文论教材、文论论文和文论工具书做了调查，指出"目前存活在现代文论里的传统文论话语中，常用话语大约有56个。这些话语主要是围绕着'诗''文'等正统文学所展开的，真正是属于'诗文评'的理论话语"。[②] 但是，文论教材和工具书以及大部分的文论研究论文，其中的古代文论话语大部分属于历史上的文论研究对象，而不是当代文学创作中的批评主体，因此，这种所谓的"存活"意义，实际上还是没有完成"转换"论者的根本指向。这种"存活"，其实是研究中的存在，而不是当代文学批评中的在场。"言志""传神""意境""神韵""境界""豪放""婉约"等，至今还在今天的文论研究中存在，但较少在今天的文学批评实践中运用，也难以对当代文学经验和生存体验产生律动，更不必说成为一种普遍的当代批评话语。因此，这种"存活"现象与"转换"的实质，截然不同。

在肯定"转换"说的学人中，陈伯海对其当代批评指向论述较为深刻。陈先生对以古代文论话语、精神建构当代文学理论、参与当代文学批评实践非常重视。其《中国诗学之现代观》还从天人合一、群己互渗的生命本体观，实感与超越相融的生命活动观，文辞与质性一体同构的生命

[①] 陶水平：《中国文论现代性的反思与重构——关于近十年"古代文论现代转换"学术讨论的思考》，《东方丛刊》2007年第1期。

[②] 古风：《中国传统文论话语存活论》，社会科学文献出版社2013年版，第74页。

形态观，从情志、境象、言辞体式等古代文论的核心范畴的探究出发，探讨中国生命论诗学的构成体系。1998年，他和黄霖、曹旭对中国古代文论研究的民族性与现代转换的方法作了集中讨论。针对肯定、反对"转换"和以"发展"来代替"转换"的中间路线三种态度，陈伯海表明他是倾向于"转换"的。不仅古文论需要现代转换，整个古代的学术传统、文化传统都需要转换。"转换"必然包含发展，但不限于在既定框架里的扩充、延伸；"转换"就意味着改造、翻新，免不了同原来面目拉开距离，但改造并非臆造，也不同于另起炉灶，事物固有的材质、性能自然还有留存的余地。转换过程中要把握两个关节点——比较和分解：

  古文论要实现现代转换，首先必须放在古今与中外文论沟通的大视野里来加以审视，这就形成了比较的研究。比较研究的基础是在两种理论形态之间找寻相同或相异之处，近年来搞的人不少，流于形式的也多。依笔者之见，要真能深入事物的核心，比较的着眼点不能停留于简单的求同和求异，而应注重于辨析"同中之异"和"异中之同"。道理也很简单：如果纯然求同，则古文论一经与现代及西方文论沟通，其理论特色便会消融散失，这绝非真正意义上的现代转换。反过来说，如果只求立异，一味强调古文论的特殊性，则"国粹"虽存，而其现代意义和世界意义不复彰显，也就谈不上什么转换。只有注目于同中有异、异中有同，古今中外的文论才有交流对话的必要，也才能通过交流对话实现会通。

  比较研究是古文论现代转换的前提，而要实现这一转换，还有赖于对古文论进行现代诠释，使古文论获得其现代意义。这绝不是说要搞古今比附，更不等于将今人的思想硬加在古人头上，而是要立足于古文论自身意义的解析和阐发，剥离和扬弃其外表的、比较暂时的意义层面，使其潜在的、具有持久生命力的内涵充分显露出来。这样的诠释工作便叫分解。[①]

从"比较""分解"两方面提出了实现"转换"的具体途径，力求使古代文论中尚富于生命力的成分，在解脱了原有的意义纠葛，得到合理的阐发、拓展、深化后，进入新的文学实践和文化建构的领域，与外来的

[①] 陈伯海、黄霖、曹旭：《中国古代文论研究的民族性与现代转换问题——二十世纪中国古代文论研究三人谈》，《文学遗产》1998年第3期。

理论思想相交融，共同组建新的民族性的文学理论话语系统。在陈伯海看来，"现代诠释"只是"现代转换"的一个环节。2000年，陈伯海用专文论述"古代文论的现代转换"。他承认古今文论生存环境之间的巨大差异，但还是主张激活传统中的活性因子，使之实际参加到民族新文化乃至人类未来文明的建构中去，这样才能实现"转换"：

> 任何一种理论都是人的特定的实践经验的总结与升华，古文论的传统也是建筑在古代文学创作与文化生活的基础上的。中国古代有高度发展的精神文明和绵延不绝的文学源流，从而产生了自成体系、各具特色的文论传统，其丰富的内涵至今尚未得到充分的揭示和运用。然而，作为一个已经完成了的、封闭的理论体系，古文论的传统显然又有与现实生活的演进不相适应的一面。本世纪以来，我们的文学语言由文言转成白话，文学样式由旧体变为新体，文学功能由抒情主导转向叙事大宗，文学材料由古代事象演化为当代生活，这还只是表层的变迁。更为深沉的，是人们的人生感受、价值目标、思维方式、审美情趣都已发生实质性的变异。面对这一巨大的历史反差，古文论兀自岿然不动，企图以不变应万变，能行得通吗？"转换"说的提出，正是要在民族传统和当代生活之间架起桥梁，促使古文论能动地参与现时代人类文化精神的建构，其积极意义无论如何也不能低估。……古文论传统中至今尚富于生命力的成分，在解脱了原有的意义纠葛，得到合理的阐发，拓展、深化其历史容量之后，开始进入新的文学实践与文化建构的领域，同现时代以及外来的理论因子相交融，共同组建起新的话语系统的过程。它标志着古文论现代转换的告成。①

"转换"工作需要经过比较、分解和综合三个阶段。"综合"内涵即古代文论得到合理的阐发后，"进入新的文学实践与文化建构的领域，同现时代以及外来的理论因子相交融，共同组建起新的话语系统的过程"，

---

① 陈伯海：《"变则通，通则久"——论中国古代文论的现代转换》，《文学遗产》2000年第1期。

它才标志着古文论现代转换的告成。参与当代文学实践和文化建构，是"综合"阶段的重要特征，也是"转换"最重要的一环。选择与重新阐释过的古代文论命题、范畴、观念与外来的、现代的文论话语处于"兼容"状态，被运用于当代文论研究与批评实践之中，从而真正获得现实的生命活力，即成为"被用的"而不仅仅是"被说的"东西；不再是一个供人们研究的陌生的"他者"，而是成为言说者的一部分。无疑，"综合"抓住了"转换"说产生的现实背景——"失语症"的呐喊和重建中国文论话语的诉求，反映了"转换"论者的根本内涵。当然，古今中外文论的巨大差异，使得三个环节看起来可行，但实际操作起来非常艰难。朱立元近年再次指出，我们面临着：19世纪以前的与今天有时空距离的古代文论旧传统和20世纪以来的现当代文论新传统。两个传统之间既有断裂和异质变动，又有承继和局部的同质保存。"我们应该立足于现当代文论新传统的基础上，更自觉地关注古代文论的研究，用现代意识去审视、整理、发现、选择、阐释、激活和吸纳其中仍有生命力的优秀成分，进行创造性的现代转换，使之融为当代中国文论建构中的有机组成部分。"[①]

第四节 "转换"说反思：如何建构当代中国文学理论

在肯定"转换"说的学者中，大部分都是从"现代阐释"或者现代意义的角度来理解"现代转换"，很少从"转换"说诞生的直接背景——"失语症"与重建中国文论话语出发，来思考通过"转换"来重构中国当代文学理论体系的指向。如所谓："转换者，转化、变换之谓也。通过转换，似乎可以使一种事物转变成为另一种事物。也许是用词不够恰当才导致了现代转换与文论建构的混同，而古代文论的现代转换，实质指古代文论的现代阐释。经过现代阐释使古代文论进入现代学术语境，从而能够为

[①] 朱立元：《关于中国古代文论现代转换的再思考》，《中国社会科学》（英文版）2015年第3期。

现代学术所理解和吸收。"① 或者虽然有所认识，但是实际上还是在理论上说明如何转换，能完成转换并取得实绩的成果很少。对于"转换"，否定声音较多。有的从古代文论自有其历史价值，无法通过"转换"来适用的角度出发，认为"转换"是虚假命题；有的认为"转换"本身是无中生有，不切实际。

如果说陈伯海是从肯定角度探讨古代文论通过"转换"运用到现当代文学实践和批评中，那么，以蒋寅为代表的学者则从否定角度，即虚假命题的角度，说明通过"转换"以建构当代文学理论，发挥当代文学批评价值的困难。早在1998年，蒋寅《文学医学："失语症"诊断》一文就对"失语症"者同时倡导的"转换"略有论述；2000年，《学术的年轮》初版时，对"转换"的论述内容大为拓展。他认为"转换"是一个含糊概念，其实质就是阐释。指望以古典文论为基础建立当代文学理论，看来不太实际：

> 其实，所谓"转换"，同样也是个彻头彻尾的含糊概念，不知道是指扬弃，指阐释，还是指改造？陈伯海将转换理解为通过比较研究和分解诠释，使潜藏在传统里的隐性因子转化为显性因子，这我很同意。但他发挥开来，说转换也是发展、改造、翻新，发展并不只限于在既定的框架里扩充和延伸，改造和翻新也不同于另起炉灶，关键是"如何在'似与不似之间'掌握一个合适的度"。……他怕古代文论成为僵死的古董，因而希望加以发展、丰富，同时其"固有的材质、性能自还有留存的余地"，最终转换成一个推陈出新的民族文论体系。我觉得，古代文论就是古董，但古董决不是僵死的，古董天生就有古董的价值。众所周知，伴随近代语文转型而来的中国新文学是完全脱离古代文论立足的创作经验的，其艺术表现的丰富和细腻更是古代文论所难以包容和解释，指望以古典文论为基础建立当代中国文学理论，看来不太实际。……为使古代文论能顺利地进入当代理论视野，需要在古代文论和现代文论之间建立起交流和对话的关系，以便

---

① 刘凤泉：《也论古代文论的现代转换》，《韩山师范学院学报》2016年第2期。

古典文论的资源能最大程度地向世界敞开。所谓转换，正是实现这一期望的重要环节。随之而来的一个不可回避的问题是阐释。接受的前提是理解，而理解离不开阐释。所谓转换，依我看实质就是阐释。古典文论只有经过阐释，才能与当代文论的话语方式沟通，才能为今人理解和接受。……古典文论的诠释和价值估量也只能借用当代的范畴和术语，不外是现行的一套文学理论术语和心理学术语。这些范畴和术语虽出于西人创造，但它们一旦为世人接收，就在世界范围内流通，成为人类共通的语码。……一个话语系统要和别人对话、沟通，就必须借助于共通的语码。①

蒋先生反对的是以古代文论为基础来建立当代中国文论，并不否定古代文论资源进入当代文论视野。毕竟古典文学是华夏文学经验的基础，传统审美趣味历史地积淀于现代人的意识深处，表现在今天的文学中，完全拒绝古代文论的当代价值是不可能的。更何况，总体文学理论的建立也有赖于各民族文论资源的开发和吸取，而古代文论正是民族文论的重要组成部分，因此不可能回避。而理解接受离不开阐释，"所谓转换，依我看实质就是阐释"，阐释时只能借用当代使用的范畴和术语。后来，蒋寅进一步指出，所谓"转换"，属于"对理论前提未加反思就率尔提出的一个虚假命题"：

然而在我看来，所谓"转换"，与"失语"说一样，也属于对理论前提未加反思就率尔提出的一个虚假命题，是不能成立的。何以这么说呢？根据现有的文学史知识，每个时代的各种文学理论都是在特定的文学经验上产生的，是对既有文学经验的解释和抽象概括（鼓吹和呼唤新文学的文本，都是宣言而不是理论）。当新的文学类型和文学经验产生，现有文学理论丧失解释能力时，它的变革时期就到来了。概念、术语、命题的发生、演化、淘汰过程都是顺应着文学创作

---

① 蒋寅：《古典文学研究三"执"》，《学术的年轮》（增订本），凤凰出版社2010年版，第85—87页。

的。明确了这一点，就不难理解为什么有关"转换"的讨论难以深入了。一种文学经验消亡，它所支持的文学理论便也随之枯萎；一种文学经验旺盛，它所支持的文学理论也相应活跃，或被新的理论所吸收。①

蒋先生从文学理论都是在特定的文学经验上产生的角度否定"转换"命题的可行性。将失去当代文学经验的古代文论"转换"到当代文论体系中来，无异于缘木求鱼。理论遗产的历史价值，应该尊重，但没有一种文学理论能够概括从古到今的文学："我实在很难理解所谓'转换'的实质意义究竟何在。古代文学理论是古代文学的理论，21世纪的文学理论是新世纪文学的理论。没有一种文学理论能概括从古到今的文学，一个民族文学的古今差异常远甚于同一时代文学的民族差异，文学理论体系总是反映一种共时性的认知结果。如果一种文学理论抱有涵盖古今文学的野心，那就必然会像抽象地谈论艺术本质一样落入荒谬的逻辑困境：每个时代、每种主义的艺术理念都不一样，你取哪种艺术为代表呢？达·芬奇的蒙娜丽莎，还是杜桑添上的胡子？希望将古代文论进行转换，在此基础上生成新的中国文学理论，窃以为恐不免缘木求鱼。"② 蒋先生认为，由于没有解决哲学基础的问题，又脱离中国当下文学经验，一味稗贩西方现代文论，缺乏对文学的基本理解和言说立场，当代中国文学理论始终没有形成自己的理论体系和知识结构，更不具有对当代文学创作的解释能力。虽然理论界也不断有种种新概念和新命题提出，但这些时髦的衣装终究裹不住萎弱贫血的理论身躯。"五四"至今，实用主义思想日益强化。具体到古代文论研究上，特别关注其当代价值和作用，因而"转换"之声不绝于耳。目前首要之事，是改变研究立场，回归认知本位，采取超越功利和实用的态度，坦然承认纯粹认知本身的价值。古代文论研究应该追求

---

① 蒋寅：《古典诗学的现代诠释》，中华书局2003年版，第4页。原文以《如何面对古典诗学的遗产》刊于《粤海风》2002年第1期，后略有修改，以《引论：古典诗学的遗产及其价值》收入该书。

② 蒋寅：《古典诗学的现代诠释》，中华书局2003年版，第5页。

"无用之用"。但是，从根本上说，人文社会科学领域原本没有纯粹的知识研究："人文—社会科学固有的价值判断色彩，使它的一切知识都基于某种文化立场。古代文学理论的知识同样也是在某种认识框架和价值尺度下形成的历史认识，它不仅受当代学术观念支配，也为文学史的研究水平所局限，同时它更与文学史研究相发明，小则可以深化中国文学史研究，大则能充实甚至改造当代文学理论的知识体系。这看似与'转换'殊途同归，但学术立场完全不一样。"① 陈良运对蒋寅断定"转换"为虚假命题有不同看法，对"转换"的可能性做了肯定。② 不过，陈先生理解的"转换"内涵即蒋寅所说的"阐释"；也忽视了蒋寅反对的是以古代文论为基础建构当代文学理论，而不是反对古代文论的现代阐释：

> 陈先生说我主张的"解释"与"对话"已近乎转换的语义，既然如此，何不用大家都清楚的概念，而要争议一个内涵、外延都不易规定的概念呢？"古代文论的现代转换"一个命题讨论了几年，含义还是不清楚，是不是该反省一下命题本身有问题？……如果"转换"真近乎解释和对话也就罢了，据我所见各家论说，出发点都是要为建设当代文学理论服务，从中开掘理论资源，甚至以之为基础建立当代中国文学理论。我认为"转换论"不成立，正是针对这一出发点说的。③

在这里，蒋先生明确指出，所谓"转换"为虚假命题，是指以"转换"为基础建构当代文学理论而言。确实，"转换"说诞生的初衷，确实是希望以此为基础，医治"文论失语症"，重建当代中国文论话语。只是在怀疑声中，才走向现代阐释和古今对话之义。蒋寅不仅不反对古代文论的现代阐释，而且一直在对古代文论进行着融汇古今中西观念的现代阐释，通过对概念、命题在历史过程中不同含义的梳理，展示其在不同时代

---

① 蒋寅：《古典诗学的现代诠释》，中华书局2003年版，第7页。
② 陈良运：《古代文论的转换是虚假命题吗》，《粤海风》2003年第1期。
③ 蒋寅：《就古代文论的"转换"答陈良运先生》，《粤海风》2003年第2期。

第十六章 "古代文论的现代转换"：来源、内容与反思　535

的不同内涵，取得了突出成就。①蒋寅认为："古代文论的主要概念和基本命题始终都处在不断的解释中，古代文论的承传和接受史也就是它的解释史。每一次解释都是传统话语与当下主体的对话，对话的结果形成概念和命题在不同语境下的历史内涵。……我们有理由强调，古代文论的阐释基点只能建立在一种历史研究上，在理论的历史展开中把握其发生、发展、转变的逻辑进程。这是一种历史与逻辑相统一的研究，也是我一直倾心并付诸努力的目标。这样一种学术理念，不仅是方法论的终极体认，也是现时学术状况下的策略选择。尽管我也认为古代文论的理论阐释非常重要，需要有一批理论素养好的学者致力于此，也需要比较诗学学者参与，做理论内容、民族特征和历史发展的对比研究，但作为学科在现有学术积累下的策略选择，我认为首先还是应加强历史的研究，具体说就是加强文献研究，加强文论和文学的关系的研究。"②历史与逻辑相统一的研究，正是蒋寅的中国诗学研究的方法，也是他对古代文论进行现代阐释的方法。

蒋寅结合"转换"说产生历史渊源和现实语境，将之视为"虚假命题"，对他人影响较大。后来有的继续以"伪命题"来批评"转换"说，相比之下，虽略有差异，但总体上显得笼统和简单。如尹奇岭认为古今文论价值内核、观念和表达方式等迥异，"转换"没有实际的可行性，因而是一个没有意义的"伪命题"。③赵玉认为："这一命题本身就是一个很具误导性的命题。一方面，它把'现当代文论的失语'偷换成了'古代文论在现当代的失语'；另一方面，则把'中国当代文论的重建'偷换成了'中国古代文论的现代转换'。从而才引起了许多不必要的纷争和混乱，并给我们带来了一系列的误导性后果，概而言之，主要表现为两个方面：一是误导我们错把中国古代文论看成新的当代文论的本根；二是使学者们

---

① 蒋寅的《中国诗学的思路与实践》（广西师范大学出版社2001年版）、《古典诗学的现代诠释》（增订本）（中华书局2009年版）、《清代诗学史》第1卷（中国社会科学出版社2012年版）等著作都堪称古代文论现代诠释研究的突出代表。
② 蒋寅：《古典诗学的现代诠释》，中华书局2003年版，第8—9页。
③ 尹奇岭：《伪命题：中国古代文论的现代转型》，《理论与创作》2003年第3期。

几乎都把研究的重心定位在古代文论及其现代转换上，反而忽视了'重建中国当代文论'的真正目的。"① 刘科军认为："西方文论由于追求形式规则的普遍有效性而采取了逻辑性陈述，中国古代文论由于追求语境中个别经验的有效性而坚持诗性言说，两者互不兼容。形式化规则构成了现代性的学术话语，成为中国古代文论的现代转换所追求的坐标系统。中国古代文论在知识类型和言说方式上都难以转换为形式化规则，其现代转换存在理论与实践的诸多障碍，具有自身不可解决的困难。因此，所谓'中国古代文论的现代转换'只能是一个伪命题，是中国学术现代性进程中难以实现的良好愿望。"② 高迎刚指出"转换"根本上就是一件既没有可能，也没有必要的事情。我们所能做的，只能是根据中国当代文学发展的实际情况，以历史上曾经出现过的一切文论传统作为理论资源，发展出具有现时代特征的文学理论。③

如果古代文论的现代转换不是为了当代文论的建构，那么，"转换"命题的表述本身就存在问题，内涵开始就游移不定。如果将之等同为"现代意义"和"现代阐释"，那么，这些概念早已经存在于 20 世纪以来的古代文论研究中了，不必重新以一个模糊概念加以强调。在中国当代文论话语重建中，应该重视中国古代文论资源的开掘，通过现代性的观照与阐释，进入当代文学理论的建构中来，而不是通过古代文论的转换来建构当代文论体系。

除了对通过古代文论的现代转换来建构当代文论的否定外，还有些论者侧重从古代文论研究的求真而不是求用性、古今中西文学创作和批评的异质性、文学理论应该来自当代语境、古今文化环境的差异性等方面，论述"转换"的不切实际。古代文论作为一种历史存在，自有其存在的价值。它是从古代文学经验中概括、提炼出来的，对应的是古代文化与语

---

① 赵玉：《古代文论的现代转换：一个误导性命题——对十年来"转换"讨论的冷思考》，《求索》2005 年第 12 期。

② 刘科军：《形式化的困境——对"中国古代文论的现代转换"的思考》，《湖北大学学报》2009 年第 4 期。

③ 高迎刚：《中国古代文论"现代转换"说的回顾与反思》，《汕头大学学报》2009 年第 4 期。

境。它所依据的文学经验，所面对的阐释对象，所依存的意识形态与文化语境，所形成的思维方式与表达方式，所建构的话语系统与理论形态等都与今天不同，"异质性"明显。在今天追求现代性的语境和文化背景下，古代文论难以"转换"，也不必转换。求真而不是求用，应该是对待古代文论的合理态度。罗宗强堪为此说的代表。他认为，研究古代文学、古代文论要有一颗平常心，重在求真，不必反复讨论如何古为今用，"古代文论的现代转换"实无可能，也缺乏现实操作性：

> 90年代初有"话语转换"问题的提出，就是说，为了建立具有我国的民族特色的马列主义文艺理论，应该从我国的古代文论中引进话语，加以现代的转换。这一主张曾引起了极其热烈的讨论，出现了种种不同的认识，但随后又渐归于沉寂，且也未见有付之实践者。这除了今古观念差异极大，要以反映古代观念之范畴，仅仅借助于"话语转换"就用之于现代完全变化了的现实，实无可能之外，或者还与缺乏可操作性有关。①

罗宗强认为，把古文论术语和范畴转换为今日之话语，把它当作具有普遍意义的理论，用以说明今日复杂的文学现象，难度会很大。文学、文论都是一种历史现象，古今时移事异，要用古代标准，即使是经过改造的标准来批评今天的文学创作，不仅困难，还不合理：

> 我国的古文论范畴有的在文学创作发展之后评论古代文学也存在不尽适用的现象，用来评论今天的文学，要它适用当更为困难。我们今天的文学理论建构，虽也要用于研究和评论古代文学，但主要的还是用于批评或者引导今天的文学创作，这应该是着眼点。今天的文学创作形态已大异于古代文学，给古文论范畴以新解恐怕就会遇到许多限制，可选择的对象，数量不会太多。又由于我国古文论大量的是诗

---

① 罗宗强：《20世纪古代文学理论研究之回顾》，载罗宗强编《古代文学理论研究》，湖北教育出版社2002年版，第19—20页。

文理论，这些诗文理论范畴许多并不适于用来评论或要求其他文体。最具普遍适应性的一些范畴和命题，如意象、意境、形神关系等，数量有限。这些有限的数量，能否构成一个有中国特色的体系，就不好说了。①

古今文论话语，差异性大于同质性，文学创作形态的改变，自然要求理论话语的更新。依靠古代文论话语转换来建构一个有中国特色的文论体系，实在扞格难通。不如古代文论和文学理论学者相互加强对对方的学习和了解，走向融通；同时，加强对当代文学创作实际和理论需要的考察，不汲汲于当代运用，这样才会有更大的收获。当代文论体系的创造，需要深入理解今天的现实、文学创作实际、国外的文学理论动向和具备高度的理论素养，而不是一种简单的技术操作。这实际上否定了"转换"命题的必要性、合理性和科学性。陈洪、沈立岩指出"重建中国文论话语"者应有清醒认识，避免情绪化的鼓吹和不切实际的建构两个误区。古代文论有自我特色与优势，但这并不意味着它会再生、复兴，发挥重建中国文论话语的当代功能，因为它的自身弱点妨碍其"重建"功能。概念、术语使用随意，欲确定其内涵非常困难；分体文论极不平衡，诗论一枝独秀，小说、戏剧理论薄弱；理论创新的动力不足，主流理论发展不明显等都阻碍了"转换"的实现，幻想以此来"重建"，无疑困难重重。②

古今文学文论载体、语言表达、思维方式不同；批评对象也由诗文等抒情体裁为主到以小说等叙事文学为主；文化、批评观念上，古代政教、伦理等社会性批评多，而今天更加重视文学的审美性批评。批评主体上，古代批评家多兼士大夫、官僚和文人身份，传统知识深厚渊源，而今天随着学科专业化越来越细，批评家走向职业化，文化结构和素养迥异古人，等等，这都使得"转换"缺乏坚实的基础和实现的可能。王志耕以古今

---

① 罗宗强：《古文论研究杂识》，《文艺研究》1999年第3期。
② 陈洪、沈立岩：《也谈中国文论的"失语"与"话语"重建》，《文学评论》1997年第3期。

文论的差异，特别是古代文论运用到当代文学批评实践中的失败来说明"转换"之难：

> 中国古代文论在今天看来，只能作为一种背景的理论模式或研究对象存在，而将其运用于当代文学的批评，则正如两种编码系统无法兼容一样，不可在同一界面上操作。有人试用之进行批评，如黄维樑的《重新发现中国古代文化的作用——用〈文心雕龙〉"六观"法评析白先勇的〈骨灰〉》，证明是失败的。曹顺庆也认为完全可以用"虚实相生"这一"中国传统话语"去解释荷马史诗中那一段著名的对海伦的侧面描写，这样做可以"进一步检验中国文论话语的有效性、普遍适用性及其独特性"。曹先生的分析是这样的：史诗中"写海伦登上城墙观战，没有一个字描写她的美貌，而是从特洛伊王公贵族们的轻声赞叹中，烘托出她那倾国倾城的绝色。这就是以虚求实，'不着一字，尽得风流'。"恕我鄙陋，没有看到曹先生的专文分析，但我想，既是解释，大概总不能只是得出一个"以虚求实，不着一字，尽得风流"的结论便罢，而必须解释为什么"以虚求实"就能够产生特殊的艺术效果。也就是说，应当从方法论的层面上做出分析，才能满足现代人的阐释需求。①

如果说他人多从古今文论语境的改变和差异性来否定"转换"说，那么，陶东风则主要是在反驳倡导者系列论文观点矛盾和立论缺陷的基础上，指出"转换"之不可能。陶东风认为，"现代转换"只能是在传统整体框架内变化，不可能适应中国社会的现代化转型，曹顺庆所说的中国文化的现代转化必须以传统文化为基础难以成立。曹顺庆《21世纪中国文化发展战略与重建中国文论话语》一文中的"风骨"解释只能划到"以古释古"，不能叫"现代转换"；曹文既断言中西文论话语完全不同，无法互释；又认定可以相互阐释，这存在矛盾：

---

① 王志耕：《"话语重建"与传统选择》，《文学评论》1998年第4期。

曹文一方面大谈文化对话的重要性，另外一方面又认定："不同的文化之间，有着不同的规则，因此不同的话语之间，常常难以相互理解，这是话语规则不同使然。"比如，作者用"风骨"为例，说明西方文论话语无法对它进行有效阐释。问题是：既然西方文论不能有效解释中国文论，而我们"五四"以来的文论"基本上是西方的"，那么我们的最后选择只能是"以古释古"，而这种以古释古怎么能够叫"现代转换"呢？作者自己也意识到这点，于是开出了这样的药方：选择一些古代文论中重要的、涵盖面广的理论"原命题"，"同时用中西方文论对这些文学理论基本问题进行阐释。……人们将会惊异地发现人类智慧的共同之处。"一方面作者断言中国文论话语与西方文论话语是完全不同的，无法相互阐释；另一方面又认定可以"相互阐释"，而且可以发现"人类"智慧的"共同处"。既然已经说了西方文论不能解释古代文论，那么，它又怎么能够对于从古代文论中选择出来的"原命题"做出阐释呢？[1]

西方文论不能有效阐释中国文论，而现代文论基本上是西方的，那最后选择的只能是用古代文论来阐释中国文论，这不能称为"现代转换"。"转换"论者意识到这点，希望以西方文论来阐释古代文论中选择出来的"原命题"，以实现转换，而这又和"转换"内涵矛盾。对于曹顺庆、李思屈的《重建中国文论话语的基本路径及其方法》一文，陶东风进行了全面质疑，对该文观点一一加以反驳。曹文认为中国古代文论只有在与西方文论的"平等对话"中才能实现"现代转化"，陶东风分析其对话前提或基础存在悖论：

> 如果说曹顺庆的多数文章都在强调中西方文论的差异与不可通约性，那么，这篇文章却重在论证相通性与对话可能性。但"平等对话"之说已成老生常谈，问题是如何实施对话，对话的基础是什

---

[1] 陶东风：《关于中国文论"失语"与"重建"问题的再思考》，《云南大学学报》2004年第5期。

么？由于作者原先一直认定中国与西方的文论差异甚大乃至不可通约，所以对话的基础或前提就非常重要。在此文中，作者提出的理由是：中西方文论尽管在言说方式上存在重大的差异，但是"话语所指涉的对象和话语的功能是大体相同的。"这里的问题很多。中国文论的"对象"与"功能"与西方文论相同吗？中国的什么文论？古代文论还是现代文论？西方的什么文论？古代的还是现代的？我认为，文章有一个未加充分反思的假设是：古今中外的文论具有一个共同的对象也有共同的功能。这是一个本质主义的界定。世界上不存在抽象的文学理论，只有具体的文学理论，而具体的文学理论的对象只能是具体的——特定历史条件与地域环境中、带有特殊性的文学活动，因而不存在抽象的文章所谓"文学艺术现象""艺术""人生"的。[①]

曹文还认为中西方的文学理论所扎根的东西方人的"生存样态"和"体验"是不同的，而其作为"人"的"存在论基础上的根源"却是相同的，因此可以"对话"。如，作为艺术的本质论或艺术与现实的关系论，西方的模仿论、表现论和中国的"虚实相生"论虽然内涵有差异，但都是对于艺术与现实的关系的探讨，因而可以对话。陶东风指出，如果内涵不同而只是有共同的论题——"艺术与现实的关系"，这样的"对话"没有什么意义；把"虚实相生"纳入"艺术与现实"的关系范畴，犯了作者一直批评的以西（艺术与现实的关系）释中（虚实相生）的弊端；"艺术与现实的关系"之所以成为西方文论的重要问题，是因为西方哲学有关注认识论的传统，而这个问题在注重道德伦理的中国传统文化中基本上不成为中国文论家的重要关切。在这个意义上对中西方的文论的差异进行"横向的比较"，无助于中国古代文论的"现代转化"。陶东风还指出，曹顺庆此文随后举出的对话中的"互照""互译""互释"法也同样存在类似的问题，搞得不好就很可能成为作者自己曾经否定的那种"贴

[①] 陶东风：《关于中国文论"失语"与"重建"问题的再思考》，《云南大学学报》2004年第5期。

标签"法。即使是比较成功的"互照""互释",在朱光潜、宗白华等老一辈学贯中西的学者那里,早就存在并取得一定成绩;但如果这就是古代文论的现代转换,那么,"失语"之说就无从谈起。曹文提出综合古今中西的文论,大概只能是他自己所说的"杂语共生态",即把它们糅合在一起,但这不是真正的融合或转化而是拼凑。这是完全办不到的。总之,陶东风认为,作者在这篇文章中似乎意识到自己先前的观点有点偏颇绝对,所以试图变得辩证;但实际上却走向折中:强调中国古代文论的差异性、独特性会导致不可对话的结论;而强调中西方文论的对话性、互释性则又走向拼凑和折中。这是古代文论现代转换论者至今没有解决的困境。[①] 不可否认的是,陶东风对曹顺庆及其弟子的文章,做了深入细读和逻辑思辨,就事论事,清晰地指出了"失语症"和"现代转换"说的不能周延,因而也难以成立的问题。

近年,曹顺庆对其重建中国文论话语的路径有所修正。虽然他坚持"失语症",但觉得从提出至今已经二十多年,中国文论话语体系仍未建设起来,原因在于:"中国文论话语体系建设的路径出现了问题,原因在于'古代文论的现代转换'这一口号和路径误导了学术界。"[②] 反复指出:"古代文论的现代转化,我今天要指出来'此路不通'!那么,我们需不需要转化?要!中国古代文论建设的路径,我认为有三个方面:第一,中国古代文论的古今通变;第二,西方文论的中国化;第三,走向世界的中国当代文论。"[③] 此路不通,需要另辟蹊径,因此,提出中国古代文论与当地西方文论的对话是建设当代中国文论的新路径:"中国话语的重建应以实际的生存经验为基础,充分利用好当下现有的文论学术资源,实现对中西文论的整合,在继承的基础上创新。中国古代文论与当代西方文论的对话就是促成中国话语建设的新路径。古代文论是中国传统的话语资源,西方文论又是当代主要的言说语境,两者的对话对于中国文论的重建和今

---

① 陶东风:《关于中国文论"失语"与"重建"问题的再思考》,《云南大学学报》2004年第5期。
② 曹顺庆、杨清:《对中国古代文论现代转换的反思》,《华夏文化论坛》2018年第2期。
③ 曹顺庆:《中国古代文论建设的路径》,《福建日报》2018年5月14日。

后的发展都有极为重要的意义。"① 其实,古代文论与当代西方文论的对话,从清末民初以来就在践行,似乎谈不上是新路径。

二十多年来,中国文论界对"失语症""重建中国文论话语"及"古代文论的现代转换"的讨论,热烈而深入,引发了系列思考,提升了对中国文学理论的全面认识。古今中外文论的异质性、同构性及对话可能性和方法等都被充分探讨,这无疑深化了学者古今中外文论的认识。虽然,至今为止,它对于当代中国文学理论的实际建设,并没有产生多少效用,因为并没有"转换"出公认的、批量的理论话语,能够运用到当代文学创作和批评中。"以古代文论为基础或者本根,重新建构中国文学理论话语",就只是一时的宣传或者口号,实际效果很不明显。当然,这里还有一个时间的问题。古今贯通、中西融合是一个艰难的过程,即使能够"转换",也是一个漫长的过程。概言之,作为理论命题,"失语症""重建"及"转换"说本身问世的动机和背景值得研究,带来的争论值得反思;但是,作为命题本身,关于它们的提法和争论将逐渐消退,取而代之的是古代文论的现代阐释或者现代意义或者当代价值等早已存在的命题。当然,通过"转换"说推向高潮的古今、中西文论的对话和交融话题,将会长期存在下去,只是可能不会再像 20 世纪末那样大规模地以"转换"之名进行而已。

20 世纪,西方的各种理论、观念、思潮体系的形成与建构,实际上都受益于批评活动本身,是批评实践产生了思想,形成了理论本身。因此,建构中国文论话语必须首先考虑到与文学批评实践接轨,脱离了批评实践,"建构"就成为失去对象与方向的活动。文学理论要直面当下,关注人文现实环境,关注人的生存与发展现状,站在解决当代人精神困惑与精神文明的高度去研究文学,从事批评,提出观点。即使中国古代文论具有类似西方文论的系统性与思辨性,也不能通过"转换"形成一种独具民族特色的、现代性的能与西方文论相抗衡的体系。理论和批评的繁荣,一般在文学创作繁荣之后。每一种文论话语都有一定的文学现象作为其理

---

① 曹顺庆:《中国话语建设的新路径——中国古代文论与当代西方文论的对话》,《深圳大学学报》2017 年第 5 期。

论依据，这些文学现象成了相应的文论话语得以产生和发展的基础。古代文论的现代价值、理论观点、思维方式等的发扬，只有在现实参与之中，才可真正发挥文化精神，才有可能进入当代文论的主潮之中，才有可能实现意义的现实生成。从当代文学创作实践与批评出发，实现古代文论的现代价值。以西方视域中的现代性，来对古代文论进行"转换"，本身就难以避免西学的移植。古代文论体现了民族主义精神，而现代转换则体现了世界主义潮流，无论是回到古代文论还是接受西方话语，都是一种"失语"，因此"转换"实为悖论。我们不可能从两者中找到"转换"的标准，而只能从当代中国文学和文化实践中，只有从当代中国的社会生活和人的生存状态出发，对古代文论进行整理、反省，将之运用到当代文学批评与理论中。还要坚持文化人类学的普遍标准，避免民族主义情绪，避免以新的独断的意识形态代替"转换"前的当代文论话语。这就要求研究主体博学多思，视野开阔，必须深入研究中国古代文学文论、外国文学文论和中国现当代文学创作、理论及社会文化情况，自觉将三者融会贯通。但是，在目前学科分类细化的体制下，研究者大多局限于自我专业之内，极难兼通、打通，因此，当代中国文论的建构，必将是一个长期的艰苦的过程，无法一蹴而就，更不能急于求成。

  总之，当代文学理论建设无法也不可能丢弃古代文论资源，也不可能排斥西方文论资源，古今相遇、中西相会，是无法避免的事实。而建立现代的、中国的文学理论，不仅可能，而且必要，依旧有一个从引进到创造的过程："第一是'拿来主义'继续引进和学习外来文化和学术理论；第二是'实践标准'，要从当代实践出发，从文学艺术的实际出发，而不能从一种虚拟出来的'中国性'出发；第三是'自主创新'，在当代实践的基础之上，创造出既是现代的，也是中国的文学理论来。"[①] 这种建设当代文学理论的观点和方法，已经成为学者的共识。盲目排斥外来文论文化，主张以中国古代文论为母体和本根的方法，基本上被学界抛弃。因此，在今天，纠缠于古代文论能否现代转换、如何转换、转向何处等学理

[①] 高建平主编：《当代中国文艺理论研究（1949—2009）》，中国社会科学出版社 2011 年版，第 31 页。

性话题的争论，已经没有多少学理意义和学术价值。重要的是，脚踏实地、持之以恒地提升自我学术水平，开拓学术视野，真正将古代文论中适应当今文学实践、文化实践中的话语和精神，融入今天的社会文化生活中来，这才是"古代文论现代转换"说的变异和归宿。

今后关于"古代文论现代转换"本身的学理性、理论性的讨论，会趋于少谈或者不谈。这从中国古代文学理论学会年会主题中也可窥见一斑。2005—2009年，"转换"还是会议的主要议题；2013年至今，"转换"说完全退潮，部分演变成了"古代文论研究的当代意义"或者"当代走向"等。但是，与古代文论的当代意义或现代阐释等相关的学术实践活动，将会越来越多。因为，无论是建构当代文学理论，还是研究中国文论，都无法回避古代文论的概念、精神或思维方式的影响，无法自绝于中华传统文化之外。中国文论的民族、地域特色，当代文学创作批评实践等都离不开古代文论思想或精神的参与，只有程度轻重而不会完全消失，这点永远不会改变。

"五四"以来形成的现当代文论传统，距离今天最近，我们不能回避也无法回避。今天的政治、经济、文化和思维模式，都与现当代传统密切相关，文学理论也概莫能外。最明显的是，理性思维与辩证方法逐渐占据了主流地位，形成了较为清晰和系统的文学理论，在文学属性、功能、历史、批评等方面有了自己的话语，研究者也具备了一套较具操作性的认知方法和逻辑思维。1949年以来，我们的文学批评和理论著作基本上是用这套话语来书写的。无疑，这套话语既有对西方术语与观念的移植或借鉴，也必然有经传统转化而来的命题或范畴。因此，"重建"中国文论话语，不能忽视已经和正在形成的现当代文论传统，而一味推崇古代文论的价值。

第十七章

"文化研究"热的孕育和发展

周兴杰

我们这里讨论的"中国文化研究",并非一般意义上对"中国文化"的研究,而是专指20世纪90年代以后在中国文论界出现的、主要受西方"文化研究"(Cultural Studies)范式影响而形成的、以中国社会文化现实为主要研究对象的研究方式。它作为一种最新出现的研究方式或学术思潮,从研究对象、研究方法到学术理念,都对传统的文艺理论研究有所突破,并产生了,而且还在产生着重大影响,可以说是"热点"中的"热点",值得关注。

第一节 当代中国文论"文化"维度的孕育

"文化研究"在中国迅速成为显学,诚然是其内在的学术魅力和国际影响力综合作用的结果,但是,如果将之放到当代中国文论的整体场域中观照,则可以说,当代中国文论的发展已经为"文化研究"的"着床"创造了条件。具体来说,这个"条件"就是当代中国文论的发展脉络中已经孕育了"文化"之维。

当代中国文论的"文化"维度具体表现在如下几个方面。

一 "审美文化研究"的兴起

"审美文化研究"首先是新时期中国美学研究方向的一次重要转折。走入新时期的中国美学,就其自身而言,面临的首要问题是清算前一个时期的过度政治化造成的思想负债。为此,当时的美学家们通过一些年的努力,通过确定康德式的艺术自律观念,帮助文艺也帮助美学自身去挣脱政治"他律"的束缚。同时,在社会文化层面,作为思想解放的先锋,美学还肩负着启蒙的重任。在这一方面,美学家们和文艺理论家们主要是通过高扬人的"主体性",来实现对人性扭曲的救赎和对社会异化的超越。但是,改革开放推动的社会转型,很快使美学家们失去了新时期之初被赋予的社会角色。因为,西方现代派文学艺术的涌入动摇了现实主义的主导地位,而现代派的先锋理念和颠覆倾向与中国美学家们刚刚建立起来的艺术自律观念格格不入,他们难以理解现代派文艺,也就无从认可其价值。还因为,市场经济的发展推动社会思潮的世俗化转向,也与美学家们的"主体性"观念所蕴含的启蒙精神相悖,这也就事实上使美学家们不再成为社会思潮方向的引领者,转而成为它的批判者(这在"人文精神"的大讨论中充分得以体现)。因此,到了20世纪80年代中后期,美学实际上既与正在发展着的文学艺术有所脱节,也与社会现实拉开了距离,美学发展遇到了新的瓶颈和困难。"审美文化研究"于此时出场,是美学界为了突破自我、摆脱困难而进行的探索与尝试,它主要呼应的就是20世纪八九十年代大众文化崛起与消费文化勃兴的现实,在丰富了中国当代美学的理论图景的同时,也秉持了中国当代美学一以贯之的实践品格,给予我们诸多的理论启发。

尽管时至今日,关于"审美文化"的概念内涵仍然莫衷一是,但是,审美文化研究的确通过引入"文化"的观念而丰富了美学研究的学科定位,甚至可以说,它已经挑战了传统的美学理念。从"美学大讨论"到"美学热",中国美学的主流都是认识论(甚至反映论)美学。当然,我们还可以补充,由于确立艺术自律观念的需要,本体论的研究方向也非常受重视。但不管认识论,还是本体论,都是专注于美学元话语阐释的哲学美学。审美文化研究却强调面向现实,综合运用各学科方法去分析各种文化现象，因而从理念上突破了哲学美学的研究范畴，使美学的学科定位出现了新的可能和方向。例如，审美文化研究的倡导者叶朗就在其《现代美学体系》中将"审美文化"作为审美社会学的核心范畴，是"人类审美活动的物化产品、观念体系和行为方式的总和"。① 有的研究者则强调，审美文化研究"着重研究审美现象的'文化'层面，用'审美文化'这个核心概念把握审美现象的本质和审美活动的规律"。② 当然，正如王德胜所说："尽管'当代审美文化研究'的发生直接联系着以'美学学科定位'为目标的'美学话语转型'的努力。然而，实际上，当代审美文化研究的展开及其具体表现，却又无疑在另一个层面上做着另外的一件工作。换句话说，进入 90 年代以后，当代审美文化研究的出现不仅没有减少'美学学科定位'问题的难度，甚而也没有改变这一问题的存在维度。"③

更为显著的研究效应是，审美文化研究为呼应当代社会文化现实而大大拓展了美学的研究对象。一方面，它转变了对西方和受西方影响而兴起的先锋派文学和艺术的态度，将之作为严肃的研究对象予以对待。例如，肖鹰的《形象与生存——审美时代的文化理论》通过对先锋派文学的研究，提出"先锋已经实现它与现实的结构性缝合"④；另一方面，它向日常生活中的大众文化、消费文化倾注了更多的研究目光。朱立元在谈到审美文化研究时，就把迅捷走向大众化、世俗化的当代生活作为审美文化研究的重要对象，认为它关注的是"当代文学中经典文本的匮乏以及对'经典'的颠覆和消解；文艺关注和描写的对象世俗化、生活化；雅俗界限日趋模糊甚至消失"⑤ 等问题。甚至，有的研究者提出，"流行歌曲、摇滚乐、卡拉 OK、迪斯科、肥皂剧、武侠片、警匪片、明

---

① 叶朗：《现代美学体系》，北京大学出版社 1988 年版，第 260 页。
② 李林：《美学研究的新思维：审美文化学》，《广西大学学报》1991 年第 2 期。
③ 王德胜：《当代审美文化研究的学科定位》，《文艺研究》1999 年第 7 期。
④ 肖鹰：《形象与生存——审美时代的文化理论》，作家出版社 1996 年版，第 153 页。
⑤ 朱立元等：《迅捷走向大众化、世俗化——对 20 世纪 90 年代中国审美文化的几点反思》，《海南师范学院学报》2001 年第 5 期；另见朱立元《雅俗界限趋于模糊——90 年代"全球化"语境中的中国审美文化之审视》，《常德师范学院学报》2000 年第 6 期。

星传记、言情小说、旅行读物、时装表演、西式快餐、电子游戏、婚纱摄影、文化衫"都可以包括在审美文化研究之列。① 对此,滕守尧特别强调,不能将大众文化与审美文化混为一谈。② 朱立元也认为,把"审美文化"直接等同于当代大众文化,是对"审美的"(Aesthetic)一词的片面理解:"'等同'说对它仅仅从形式上(即'形象游戏'的外表且'游戏'亦非康德的'自由游戏'之意)把当代大众文化的商业化、技术化包装上升为'审美的',却忽略了此词在西方文化传统中更为实质性的一些涵义,如'自由性''非功利性''超越性''愉悦性'等,这就把'审美'降低为一种纯粹低级的功利的感官享乐,也是对'审美的'一词的反传统新解。更确切地说,这是对'审美'一词的反审美解释。"③

还值得注意的是,审美文化研究的思想资源体现了某种驳杂性,呈现中西杂糅的复杂面目。例如,吴中杰主编的《中国古代审美文化论》(上海古籍出版社 2000 年版)、陈炎主编的《中国审美文化史》(山东画报出版社 2000 年版)等成果体现了审美文化研究对中国古代文化和思想资源的重视。当然,审美文化研究更多援引的还是西方的理论资源。但是我们注意到,英国文化理论家雷蒙·威廉斯的理论和法兰克福学派的文化工业理论,这两种在理论态度上基本对立的理论都成为审美文化研究的学理参照。

思想资源上的驳杂性与理念上的挑战性、研究对象上的扩大化一道,体现了审美文化研究的探索性和过渡性。审美文化研究注意到了新的审美现象,却自始至终在"审美"与"文化"之间摇摆,未能对这些新现象的"审美"内涵界说清楚,这也在相当大的程度上影响了其方法论层面的操作,因而当立场更为鲜明的文化研究引入后,它逐渐走向衰落,也就在所难免了。不过,它通过引入"文化"观念而更新了人们的学术理念,拓展了研究视野却是事实。这也为文化研究的登场做

---

① 姚文放:《当代审美文化批判论纲》,《北京社会科学》1999 年第 1 期。
② 滕守尧:《大众文化不等于审美文化》,《北京社会科学》1997 年第 2 期。
③ 朱立元:《"审美文化"概念小议》,《浙江学刊》1997 年第 5 期。

了一定的铺垫和准备。

二 "人文精神"大讨论中进行的大众文化讨论

"人文精神"大讨论以 1993 年 6 月《上海文学》发表的陈晓明等人的文章《旷野上的废墟——文学和人文精神的危机》为起点，到 1996 年就基本结束，持续的时间并不长，涉及的范围却很广，包括了"什么是人文精神？""中国的人文精神失落了吗？""理想主义与乌托邦的关系""人格操守和道德准则""终极关怀与世俗社会""知识分子的岗位问题""人文精神如何重建？"等议题，当时影响很大，其后也余响不绝，常被人提及和回顾。在此，我们无意全面清理和分析这一学案，只想提请注意两个与本文议题相关的方面。

其一，是"人文精神"大讨论的出现直接与市场经济的发展推动的社会的世俗化转型、文化的商业化转向有关，或者说就是人文知识分子面对以"决堤之势"汹涌而来的商业化大潮而产生的分化与思想碰撞。20世纪90年代初的中国，政治压力缓解，市场经济方兴未艾，社会的重大转变正在酝酿和发生。人们的生活方式、价值观念，包括文学在内的文化形态都正在经历深刻的变化。著名作家韩少功将自己的体验描述为"真理的末日和节日就这样终于来到了"，"个人从政治压迫下解放出来，最容易投入金钱的怀抱。中国的萨特发烧友们玩过哲学和诗歌以后，最容易成为狠宰客户的生意人，成为卡拉 OK 的常客和豪华别墅的新住户"。[①]但是这些变化，却是许多自觉肩负启蒙理想的知识分子始料未及的，因此，他们惊呼：文学、文化，乃至国人的精神都出现了危机。有人用"诗人死了，谁还写诗？""长篇小说在喧哗与骚动中堕落""贫血的青春美文与贫困的名家随笔""报告文学等于广告文学""沉默与聒噪的文学批评"来描述当时的文学状况，认为作家或者说知识分子面对"市场经济这场深刻的革命"，"他们由产生失落、困惑、焦虑、浮躁、愤怒直至放弃理想、责任、操守、良知、道德，以极其庸俗的精神和相当卑劣的姿态出现在崭新的历史舞台上。他们和那些假冒伪劣产品制造商混在一起，

[①] 韩少功：《夜行者梦语》，《读书》1993 年第 5 期。

以消极的态度投机于市场经济，以丑恶的方式追逐着商业利润。在市场经济面前，我们的一些作家缺乏理性的认识和积极的适应，他们只关心商业利润，不在乎文学价值，从而使自己的作品丧失了文学意义"。① 今天看来，这种危机意识有其现实根源，也有情绪化的因素在其中，社会的快速变化导致人文知识分子的社会角色定位迅速转变，使他们在"角色错位"中产生了危机感和救赎意识。这种"错位"是由"启蒙者"向"专业人士"（陈思和定义为"岗位意识"）的转变而产生的不适，而"危机"与"救赎"则与文学、哲学（美学）的"载道"功能弱化和社会价值裁决权与话语权的失落有关。因此可以说，"人文精神"大讨论是秉承启蒙理想的人文知识分子在市场经济社会中为争夺对大众的引导权而作出的一次悲壮努力。但是其结果，却是对启蒙理想愈加广泛的质疑和人文知识分子的进一步分化。

其二，是围绕大众文化、或者说文艺商业化展开的批判与争鸣构成了这场大讨论的重要内容。商品经济大潮推动的社会世俗化转型、文化商业化转向的大情势促使人文知识分子产生分化。有人顺应情势作出了改变，有人对此改变表示理解和宽容，更有人意图坚守原有的启蒙理想和人文精神。人文精神的倡导者不满于世俗化、商业化的转变，对与之相应的文化现象和文化人予以尖锐批判。被批判者自然要为自己辩护，并作出反击，于是就有了这场大讨论。大讨论中，《废都》、张艺谋的电影，特别是王朔的小说成了文艺媚俗、自娱和商业化的代表，受到重点批判。例如，在张宏看来，王朔小说的总基调是与"讽刺"存在本质差别的"调侃"。调侃图的只是一时的轻松和快意，它取消了生命的批评意识，不承担任何厚重的东西，而且，"还把承担本身化为笑料加以嘲弄。这只能算作是一种卑下和孱弱的生命表征。王朔正是以这种调侃的姿态，迎合了大众的看客心理，正如走江湖者的卖弄噱头"。② 他们所追求或希冀的文学，仍然如张承志所言，"它具有的不是消遣性、玩性、审美性或艺术性——它具有

---

① 陈耀明：《中国文学，世纪末的忧虑》，《齐齐哈尔社会科学》1996年第1期。
② 王晓明、张宏、徐麟、张柠、崔宜明：《旷野上的废墟——文学和人文精神的危机》，《上海文学》1993年第6期。

的，是信仰"。① 对此，被批判者当然不会保持沉默，而要予以回应。早已"下海"的吴滨就辩称："这个社会给人们提供了一种机会，我们可以利用它寻找一种状态。我始终觉得自己是在搞文化建设，在国家顾不上或无力顾及的地方搞一些文化事业上的拾遗补阙。同时，也利用这个机会，使收益比过去增加一些。"② 王朔更是反击道："有些人大谈人文精神的失落，其实是自己不像过去那样为社会所关注，那是关注他们的视线的失落，崇拜他们的目光的失落，哪是什么人文精神的失落。现在有一些人冒充文明火炬的传递者，或者说自以为是文明使者，以为自己手持火炬必定引人注目，而人们又没有把他太当回事。"③ 而且，王蒙也发表《躲避崇高》，对王朔表示理解和支持。

今天看来，论辩的双方制造了一种人文精神与世俗精神的对立，构成了文艺的严肃性、价值坚守与载道功能与文艺的轻松性、消费性和娱乐功能不可兼得的两难局面，形成了终极关怀、道德理想主义和审美主义与文艺的市场化、实用化与商品化的绝缘对抗格局，却忽略或有意无视了两者从精神理念到实然形态上存在的交流与对话。但是在这场大讨论中，像功利主义、工具理性、消费主义、享乐主义、拜金主义等在后来的文化研究当中被反复讨论的议题，也不同程度地以中国学者自己的思维方式和表达方式被提出和讨论了。

三 "文化诗学"的提出

"文化诗学"的提出稍晚于审美文化研究。一般而言，"文化诗学"一词被视为"新历史主义"的别名。但是，在世纪之交的中国文论语境中，它又被一些理论家赋予了新的含义。1995年，蒋述卓在《当代人》第4期发表《走文化诗学之路——关于第三种批评的构想》，率先界说了"文化诗学"，使之正式进入文艺学学科领域。此后，李春青连续发表

---

① 张承志：《以笔为旗》，《以笔为旗——世纪末文化批判》，湖南文艺出版社1997年版，第175—179页。
② 王朔、吴滨：《选择的自由与文化态势》，《上海文学》1994年第4期。
③ 同上。

《走向一种主体论的文化诗学》(《文艺争鸣》1996年第4期)、《文化诗学视野中的古代文论研究》(《文学评论》2001年第6期)、《论文化诗学的研究路向》(《河北学刊》2004年第3期)、《论文化诗学与审美诗学的差异与关联》(《社会科学文摘》2017年第2期)等文,提出了文化诗学的方法论设想。接着,刘庆璋、程正民、顾祖钊、祖国颂、沈金耀等学者也就文化诗学问题发表了大量论文。

尤需注意的是,在诸多文化诗学研究者中,童庆炳通过《中西比较文论视野中的文化诗学》(《文艺研究》1999年第4期)、《文化诗学的学术空间》(《东南学术》1999年第5期)、《植根于现实土壤的"文化诗学"》(《文学评论》2001年第6期)、《文化诗学——文学理论的新格局》(《东方丛刊》2006年第1期)以及《文化诗学:理论与实践》(北京大学出版社2015年版)等论著,对文化诗学进行了全面系统的探讨和阐释,将文化诗学研究推上了一个新的学术思想层面。

虽然"文化诗学"之名的提出不可否认是受到了新历史主义的启发,但中国语境中的文化诗学研究一直有着属于自己的、明确的针对性。在"文化诗学"的首倡者蒋述卓那里,"文化诗学"意在建构一种有别于"历史批评或意识形态批评"和深受西方后现代主义、第三世界文化理论影响的"文化批评理论"的"第三种批评"。尤其对于后者热衷的对西方后现代学术话语的辞藻戏仿、概念"狂欢"和套路沿袭,论者甚为不满,认为它"不仅得不到大众的承认,也得不到作家们的承认"。[1] 而在童庆炳那里,一开始,"文化诗学"针对的是当代中国文论面临的"内部研究"与"外部研究"两分对峙的格局,意图综合创新,寻求新的研究方向,同时,也包含了对先锋派的文学艺术,特别是市场经济带动的商业文化的回应。到了20世纪,童先生又在其学术思想的发展中将之与"文化研究"构成了一种批判对话关系。而在李春青那里,"文化诗学"主要关涉当代研究中国古代文论的一种阐释方法,即根据中国古代诗学这一研究对象自身的特点,将之纳入整体性的文化观念中进行考察。"文化诗学"研究的鲜明针对性体现了倡导者们的问题意识、价值导向和积极回应现实

---

[1] 蒋述卓:《走文化诗学之路——关于第三种批评的构想》,《当代人》1995年第4期。

的努力，但因为各自着眼点不同，这也使得各自的"文化诗学"探索路径存在着一定的差异。

在具体的界说和使用中，文化诗学的倡导者们也存在差异。在蒋述卓那里，"文化诗学"主要赋予了一种从文化层面去"观照"文学的整体性视角，并"揭示出作品所具有的文化内涵以及所反映出来的社会文化心态"①。李春青与此类似，但更关注理论的方法论层面，更强调文化观照的动态性、"事件性"和历史维度。②而在童庆炳那里，首先，基于当前的文学理论可以向微观层面的文学文体学、文学语言学、文学修辞学和宏观层面的文学与哲学、文学与政治学、文学与社会学等的交叉研究"双向拓展"，他提出"文学与文化的交叉、相关研究，但我想给它一个更美丽的词，这就是'文化诗学'"③。随着其学术思想的发展，特别是出于对文化研究可能导致的文艺理论研究失范的忧虑，他更加强调"诗意"和"人文关怀"："文化诗学的基本诉求是通过对文学文本和文学现象的文化解析，提倡深度的精神文化，提倡人文关怀，提倡诗意的追求，批判社会文化中一切浅薄、庸俗、丑恶、不顾廉耻和反文化的东西。"④

尽管存在上述的差异性，但是"文化诗学"的提出进一步强化了文论界走出"内部研究"的狭隘视野，从"文化"这一更宏阔的角度去研究文学艺术的思维方向。当然，"文化诗学"的"文化"意涵不同于"文化研究"的"文化"观念。综合来看，文化诗学研究中的"文化"，很多时候指称文学艺术作品所关涉的历史或现实语境，有时候也指涉文学艺术作品生发的广阔的意义空间和高深的精神蕴含。甚至，在童庆炳那里，"文化诗学"对应的实为一种"深度精神文化"："深度精神文化应该是本民族的优秀的传统文化与世界的优秀文化的交融的产物。这种深度精神文

---

① 蒋述卓：《走文化诗学之路——关于第三种批评的构想》，《当代人》1995年第4期。
② 参见李春青、程正民、赵勇等《中国"文化诗学"研究的来路与去向》（专题座谈），《河北学刊》2017年第2期。
③ 童庆炳：《文化诗学的学术空间》，《东南学术》1999年第5期。
④ 童庆炳：《"文化诗学"作为文学理论的新构想》，《陕西师范大学学报》（哲学社会科学版）2006年第1期。

化的主要特性,是它的人文的品格。以人为本,尊重人,关心人,保证人的心理健全,关怀人的情感世界,促进人的感性、知性和理性的全面发展,就是这种深度精神文化的基本特性。"① 而在具体的批评实践中,"文化诗学"则落实为跨学科综合研究的方法,这一方面与文化研究就几乎没有差别了。

当然,"文化诗学"与"文化研究"的最大不同在于,它从一开始就坚持了批评和阐释的审美品格。例如,蒋述卓就说:"之所以称为'文化诗学',就是要求文学的文化批评必须保持审美性。这种文化批评的审美性亦着重在发扬中国传统批评理论与方法的优势,使传统文学理论与方法在现代化的转化过程中得到审美维度的再确立和审美意义的再开掘。"② 而童庆炳也说,"文化诗学也是对现实生活的一种积极的回应。……对于文学理论来说,文化诗学的旨趣首先在它是诗学的,也即它是审美的,是主张诗情画意的,不是反诗意的,非诗意的,它的对象仍然是文学艺术作品,而不是流行的带有消费主义倾向的大众文化作品"。③ 质言之,这种"审美"观,仍然是康德式的非功利、自律性审美观。尽管如李春青所说:"经过了后现代思潮的洗礼,经过了文化研究以后,完全的回到康德、席勒那个意义上的审美,即无功利的审美,可能是有问题的,其可能性是值得怀疑的。"④ 不过,这对于我们今天反思文化研究的局限,仍然是有启发性的。

总体来看,上述三个方面的学术研讨为文化研究的出场从学术思维、研究对象到人员训练等方面都做了必要的准备。经过上述学术研讨,一些传统的学术理念和思维方式已经受到挑战,"文化"维度的学术思维已经在当代中国文论界广泛展开,大众文化已然成为不容回避的研究对象,特别是许多后来的中国文化研究的代表人物已经出场,并在这些研讨中经受

---

① 童庆炳:《文化诗学——文学理论的新格局》,《东方丛刊》2006 年第 1 期。
② 蒋述卓:《走文化诗学之路——关于第三种批评的构想》,《当代人》1995 年第 4 期。
③ 童庆炳:《"文化诗学"作为文学理论的新构想》,《陕西师范大学学报》(哲学社会科学版)2006 年第 1 期。
④ 李春青、程正民、赵勇等:《中国"文化诗学"研究的来路与去向》(专题座谈),《河北学刊》2017 年第 2 期。

了训练，发展了自己的学术思想。可以说，经过上述学术研讨，文化研究在中国出场的学术条件已经具备。

第二节　文化研究在中国的发展

中国的文化研究在20世纪80年代末就已萌芽，经过20世纪90年代的发展，特别是在英国伯明翰学派的"文化研究"（Cultural Studies）成果大量译介之后，文化研究终于在中国成为显学。它不只在中国的文论界引发巨大反响，成为具有撬动格局意义的研究方式，而且向社会学、传播学、哲学等诸多学科或研究领域渗透，影响同样不容小觑。

中国的文化研究留有明显的西方学术话语的印记，或者说深受相关译介成果的影响。根据这一点，我们可以这样来描述中国文化研究的发展：

中国的文化研究发轫的标志性事件，应该是1985年秋美国著名"左翼"理论家弗雷德里克·杰姆逊（亦译为弗雷德里克·詹明信）应邀在北京大学做的为期四个月的讲学。讲稿后由唐小兵翻译整理成《后现代主义与文化理论》一书，于1986年在陕西师范大学出版社出版。他的学术讲演和这本著作，在当时产生了强烈反响，被称为"打开了中国学人了解世界前沿学术的窗口"，这其中的"前沿学术"就包括了"文化研究"。

不过，当时中国学人没有对"文化研究"一词表现出特别的敏感。究其原因，可能有两个方面。其一，当时的大众文化发展状况。20世纪80年代，中国的大众文化虽然已经有所发展，也引发了对流行歌曲、武侠小说、言情小说、港台电视剧的批判，但其整体状态还未引起学术界足够的重视，或者说学界还未将这些新事物归入"大众文化"的名下加以审视，因而也就缺乏所谓"文化研究"的意识。其二，杰姆逊的话语表达方式。杰姆逊话语中的"文化研究"已经是伯明翰学派的"文化研究"理论旅行到美国后的产物了。就讲演内容来看，他将理论兴趣更多地集中在了美国学界更关注的"后现代主义"（伯明翰学派中前期的研究较少受到后现代主义影响，中后期则受影响程度日趋明显。这可与斯图尔特·霍尔的思想发展轨迹相印证）和"种族"之维上，而且他分析得比较多的也是文学作品，这都与"文化研究"关注的"文化"有一定差异。这也使中国学人未能迅速聚焦到"文化研究"上。不过，杰姆逊的理论对于推动中国学人的学术研究视野由"文学"转向"文化"还是功不可没的。

对中国的文化研究的发生有着重要影响的另一本著作是霍克海姆与阿多诺合著的《启蒙辩证法》（重庆出版社1990年版）。严格说来，他们进行的是大众文化批判，或者用他们自己的术语说是"文化工业"批判，也不是"文化研究"。不过，他们和包括马尔库塞在内的其他法兰克福学派成员的理论迅速成为20世纪90年代中国学人批评正在快速发展的大众文化的重要理论资源，因而也被视为中国文化研究的重要源头。

因为这一阶段"文化研究"声名不显，故而可以称为中国文化研究的萌芽期或者潜行期。

20世纪90年代中期，中国的文化研究有了进一步发展。其标志性事件，是著名的《读书》杂志于1993年连续发表了评介赛义德和其他后殖民主义理论家的文章。文化研究学者陶东风认为，"赛义德的《东方学》，这部书对中国文化研究乃至整个中国思想界的影响都是非常大的，甚至是最大的"。[①] 如果说西方文化研究有三个关键词："阶级""种族"和"性别"，那么，在中国，则还可以加上一个："地缘"。而这一关键词的凸显，就是以赛义德为代表的后殖民主义理论影响的结果。诚然，后殖民主义视角的引入，引发了人们对"五四"以来的中国文学、文化的价值重估，引发了人们对中国启蒙话语内含的"他者化"逻辑的批判，推动了人们在历史观念层面的转变。但是从现实反响来看，它引发的则是对全球化进程中中西方文化地位和权力关系的批判性认识，甚至是焦虑性的思考，以至于从"自我—他人"关系维度切入的"看"与"被看"问题成为那个时期文论的焦点问题。而与此相呼应的则是文化民族主义和文化保守主义的复兴。在此转变中，历史性的"落后"意识蜕变成了空间

[①] 陶东风：《文化研究在中国——一个非常个人化的思考》，《湖北大学学报》（哲学社会科学版）2008年第4期。

性的"边缘"意识。这实际是地缘政治意识在中国文论、文化研究话语中的体现。

可以与之佐证,并且与中国后殖民批评有着密切关联的,仍然是杰姆逊的话语在中国产生的理论效应。北大讲演后,杰姆逊又写成《处于跨国资本主义时代中的第三世界文学》一文,由张京媛翻译后在《当代电影》1989年第6期发表。受此影响,一时间,"第三世界文学"和"民族寓言"成为文学批评热点。而张艺谋的电影也就此成为贯穿"第三世界文学"批评和中国后殖民批评的主要批判对象。

这一状况提醒我们,在中国,"文化研究"与20世纪90年代以来的许多其他名目的学术话语彼此交织,关系密切。例如,在文学研究中,它不仅与后殖民主义理论话语关系密切,而且与新历史主义、女性主义、文学人类学,以及许多以"后"为前缀的理论、批评话语有关。不止于此,它还与社会学、传播学等学科关系密切。也因为如此,"文化研究"在20世纪90年代中期是与这些学术话语交织在一起的,仍未显现出独领风骚的姿态。

到了世纪之交,"文化研究"的话语张力和思想影响彻底显现出来,中国的文化研究正式成为一种"显学"。这一态势的形成,一方面固然是此前的研究积累的结果;另一方面也有新的学术动态的影响在里面。新的学术动态的表现之一,就是围绕"日常生活审美化"展开的广泛讨论。这一讨论在引起人们对一些新的西方理论成果的关注的同时,更重要的还是引起了对已经蓬勃兴起的中国大众文化现象,特别是文化消费现象的关注。另一个新的学术动态就是伯明翰学派,或者明确地打上了"文化研究"标签的成果以一种规模化的方式在中国理论界登陆。这其中流传的比较广泛的有商务印书馆出版的"文化和传播译丛"、中国社会科学出版社出版的"传播与文化译丛",以及中国人民大学出版社出版的"方向标读本文丛"等。与之相应,《天津社会科学》《社会科学战线》等学术期刊也在世纪之交专门组织专栏文章来探讨文化研究问题。

这样的学术研究态势也产生了规模性的研究效应。它表现在:一、涌现了一批研究名家,如陶东风、周宪、金元浦、金惠敏、戴锦华、王德胜、陆扬等,他们活跃在文化研究的各个领域,已经成为中国文化研究的领军人物；二、涌现了层出不穷的研究中国当代大众文化的成果，这些成果不仅包括从权威学术期刊到一般刊物的大量学术论文，还有每年出版的文化研究的学术专著，以及大量的以文化研究为主题的博士、硕士学位论文；三、涌现了大量研究国外"文化研究"的成果，这方面的突出表现是外语界的研究，而且他们的研究许多都是译介与研究并行，对我们了解和深入吸收国外文化研究理论成果有着不可取代的作用；四、形成了国内外频繁学术交流的态势，及至"文化研究"引入中国，我国文论界有了一种终于"追上"国际学术前沿的感觉，而且，随着条件的改善，国内外学者之间的学术研讨、学术访问、学术座谈日趋频繁，杰姆逊、米勒、德里达、托尼·本奈特、迈克·费瑟斯通、霍米·巴巴等国际文化研究大家，都曾亲临中国进行研讨，而许多中国学者亦赴国外参与交流，已经形成一种国际、国内频繁对话的交流态势。

就目前看来，这种火热的研究态势在中国仍在持续。如果说有些什么新动向的话，那就是随着"当代文化研究中心"（CCCS）的解散产生的扩散效应，以及西方学界对"文化研究"范式的反思，2010年以来，中国的文化研究界也出现了"文化研究向何处去？"的思考，但总体看来，中国的文化研究者对文化研究在中国的前景仍然是乐观的。

以上是基于西方学术话语的影响效果而进行的中国文化研究进程的描述，如果转换参照物，则有可能形成不同的判断。比如，如果以中国的"大众文化"为聚焦点，那么，则可以把当代中国的文化研究的出现提前到中华人民共和国成立初期。因为，1952年，音乐学者李元庆就应邀著文批判过爵士乐。[①] 不过，当时，李元庆所依据的主要是高尔基的话语。而且，不仅他的理论来源是苏联化的，就连他的批判对象也是一种苏联化的爵士乐。在今天的中国文化研究领域，无论是理论上，还是对象上，这种"苏联化"的影响都很小了。这些都表明，当时的批判话语与今天我们讨论的"文化研究"之间还是存在谱系断裂的。而今天我们所说的文学理论、文学批评领域的"文化转向"也主要是后者推动的。这也是我们最终选择基于西方学术话语的影响来描述中国文化研究进程的原因。

[①] 李元庆：《怎样认识和批判爵士音乐？》，《文艺报》1952年第9期。

第三节 "文化转向"带来的转变与挑战

以"文化研究"为代表的学术潮流,在研究方法、路径和观念方面都带来了新的变化,形成了中国文艺理论研究中的"文化转向"。在梳理了文化研究等学术思潮的发展轨迹之后,我们也有必要对这些变化作出更为具体的总结。

首先,从研究路向上来看,"文化转向"使中国当代文艺理论研究从"内部研究"又迅速转向了"外部研究"。

把文学研究分为"内部研究"和"外部研究"两种方式的做法,显然是受到了韦勒克、沃伦《文学理论》的影响。[①] 韦勒克、沃伦把从作品形成的原因去评价和诠释作品的因果式研究称为文学的"外部研究";而关于文学作品本体结构和价值的文本研究称为文学的"内部研究"。显然,他们更重视的是"内部研究"。韦勒克、沃伦的观念在20世纪80年代的中国获得热烈响应的一个重要原因在于,中国文艺界亟须摆脱极左思潮影响下形成的,文艺附庸于政治的工具论地位。为此,中国文艺理论研究曾有意识地引入了俄国形式主义文论等强调文艺形式的独立自主性的理论,以重塑文艺和文艺理论研究的品格。这些新引入的西方文论在美学观念上承认审美的非功利性,在理论上重视文艺的自律性发展规律的总结,在批评实践中重视对文艺作品文本精细的、深入的解读,这就促使中国文艺理论研究发生了"向内转"的研究转向(当然,对此的批评也是一直存在的)。但是,中国的文艺理论界还没有来得及深入实践这种在操作上具有高难度、高技巧性的研究方式,"文化转向"的出现就推动中国文艺理论研究的风潮转向了与文本联系着的、广阔的社会空间,出现了所谓的"向外转"的研究转向。

这种"向外转"的研究转向在形态上突出地表现为两个方面。一是运用一些新的理论方法重新思考文艺文本与其外部世界的关联。这方面最

---

① [美]韦勒克、沃伦:《文学理论》,刘象愚等译,生活·读书·新知三联书店1984年版。

具有时代性的代表成果就是文学与媒介之关系的研究。如对各种文学期刊的研究，以及新媒体中的文学形态的研究，等等。二是中国的许多文艺学者在"文化研究"思潮的影响下纷纷转向了对文化产品的研究。有学者这样描述道："如果说，以往的文学研究与文学教学时常围绕着文学史上的经典展开，那么，文化研究显然不赞同这种过于精英主义的倾向。所以，文化研究重视的是大众文化——特别是一些大众传播媒介的文化生产。这个意义上，从电视肥皂剧、广告、流行歌曲到酒吧的风格、玩具设计、时装表演，这些不登大雅之堂的科目统统进入了批评家的视域。对于主流文化所排斥的种种边缘文化和亚文化，文化研究也表现出了特殊的兴趣。因此，性别问题、同性恋问题、种族问题、移民问题、身份问题均是文化研究的重点所在。"[1] 可见，"文化转向"引领的"向外转"的研究转向，不仅使文学研究在对象上转向了非文学研究，而且在问题意识上转向了非文学问题的研究。

应该看到，"向外转"的研究转向的出现，除了在理论上受到新兴的"文化研究"路数的影响之外，还有着更为直接的现实根由。那就是随着我国文化体制转轨和市场经济的发展，越来越多的商业形态的大众文化产品涌入了人们的日常生活。对于这种新的态势，专注于"文学性""艺术性"或"审美性"的文艺研究是有些反应不及的。这一点，即使质疑"文化研究"方式的学者也是承认的。[2] 相反，"向外转"的研究转向表现出的则是一种积极应对的姿态，而且这样的理论言说中饱含着现实关怀。因此，"向外转"的研究转向诚然使"文艺理论到底应该研究什么？"成为一个问题，但是也在新的时代意义上提出了"文艺理论研究何为？"的问题，这一点是值得重视和认真思考的。

其次，从研究方法上来看，"文化转向"使中国当代文艺理论研究从传统意义上的学科研究转向了跨学科研究。

文艺理论、或者说文艺学一直以阐明有关文学本质、特征、发展规律

---

[1] 南帆：《文学批评与文化研究》，《镇江师专学报》（社会科学版）2001年第4期。
[2] 参见朱立元、王文英《对文艺学"文化研究转向"论的反思》，《天津师范大学学报》（社会科学版）2005年第3期。

和社会作用，揭示创作过程及作品构成的基本原理为己任，它因此而获得了明确的学科地位。但是，"文化转向"后的文艺理论，或者说"文化研究"则突破了文艺学的学科边界，变成了一种杂糅各种学术研究方法的跨学科研究。我国著名文化研究者金元浦就认为文化研究是"学科大联合的事业"："文化研究作为学科大联合的事业，是艺术学、社会学、人类学、民族学、哲学、美学、伦理学、政治学、历史学、传播学、文献学，甚至经济学、法学所共同关注的对象。它的出现是社会巨大转型的产物；是文化在当代世界社会生活中的地位相对经济、政治发生了重大跃升的产物；是人文社会领域范式危机、变革，需要重新'洗牌'——确定学科研究对象、厘定学科内涵与边界的产物。"[1]

　　由于"文化"这个概念本身的复杂性，人们很难用一个既定的学科框架去框定它的研究范围与研究方法。在文化研究内部，人们主要是在雷蒙·威廉斯的"文化作为生活方式"的意义上去理解和运用这个概念。严格来说，这一界定并没有使"文化"的内涵变得更加明确，而是随着"生活方式"的广阔关联性弥散出了更多的考察维度。就此而言，"文化研究"走向一种根据需要调取各种学术研究方法的跨学科研究具有某种必然性。跨学科的研究方法的确使文化研究能在各学科界限形成的罅隙、空白、疏漏之处发现许多问题，见人所未见，但是，这种在各学科之间的频繁穿梭，也使"文化研究"其实缺少理论的原创性，因而被一些学者讥讽为话语"掮客"。

　　还应注意到，"文化研究"的跨学科化、非学科化，甚至反学科化是有意为之的话语实践策略，是对学科化的西方传统学术思维的批判和颠覆，但是，就连文化研究者们自己也注意到，随着"文化研究"的全球播撒，它涵盖的内容越来越多，几乎无所不包，由于缺少明确的学科边界和领域，它的创造性和活力正在消失，其自身也存在着即将消失在各学科之中的危险。比如，在美国，"文化研究"就出现了学科化的趋势。但是这不免又使一些文化研究者们担心，它会因此而蜕化为"书斋里的学问"，而有违初衷。因而在是否要学科化上，文化研究者内部

---

[1] 金元浦：《文化研究：学科大联合的事业》，《社会科学战线》2005年第1期。

也存在矛盾。

而坚守文艺学、文学理论学科定位的一些学者则对"文化研究"频繁跨界造成的学科边界模糊和研究方法失范提出了严厉批评。这种争鸣姿态使得重新划定文艺学、文学理论的学科边界问题成了一个不容回避的重要问题。

最后，我们认为，"文化转向"带来的最深刻的转变或者说最严峻的挑战，还是观念上的，即它使中国文艺理论研究由对"审美性"的关注转向了对"政治性"的关注。

西方的"文化研究"具有明确的，甚至可以说激进的政治意图。总体来说，"文化研究"通过赋予大众文化、边缘性文化以抵抗性、反叛性内涵，来转变人们对这些文化的刻板印象，以实现对主流文化、或者说霸权性文化的挑战。当然，西方"文化研究"内部对"政治性"意义的建构也有一个转变过程，并且由于文化研究者之间的立场、旨趣的差异，对"政治性"的意义内涵的认识也存在一定分歧。中国文论界普遍注意到了，最早出现的"文化主义"是对以马修·阿诺德为代表的英国本土文化贵族主义的挑战，但还应该注意到的是，它也是对英国本土庸俗马克思主义的挑战。因为这种立场，在霍加特、汤普逊等的著作中，大众文化被描述成英国工人阶级自己的文化，并赋予它以积极意义。由于英国当时相对封闭的学术思想氛围，"文化主义"带有比较明显的经验主义色彩。在此影响下形成的文化观念，用今天的学术观念来评价就是"本质主义"的。因此，当英国"左翼"学者大举吸收欧洲大陆的哲学理论后，出现了与"文化主义"对峙的"结构主义"，在观念上，工人阶级"自己的文化"的认识也逐渐被应唤性的、操控性的文化判断所取代。"结构主义"对大众文化的性质判断与我们熟知的法兰克福学派的判断基本一致，只是缺少后者的人道主义色彩。当然，"结构主义"同样被认为是本质主义的。为解决"文化主义"与"结构主义"的对立，也为摆脱本质主义的思维逻辑，"文化研究"内部出现了著名的"葛兰西转向"，形成了更为辩证的认识，即将大众文化视为一个文化权力博弈场，因为主导性力量与从属性力量的反复协商，在意识形态上形成了"主导/从属""操控/抵抗"并存的形态。但是，随着后现代主义影响的扩大，"文化研究"中又出现了像约翰·菲克斯这样的具有消费主义倾向的见解，他们意识到大众文化产品的文化工业属性，便转而从大众消费实践入手，强调在微观政治层面大众文化实践具有的抵抗性、反叛性意义。当然，我们也注意到，最新涌现的后"亚文化"研究者则质疑大众文化实践中政治抵抗性意义的存在，不过仍然认可大众文化在青少年的自反性身份建构中的积极作用。

由以上可知，当前对大众文化的政治意义的解读存在着葛兰西主义、消费主义和后"亚文化"研究范式等多种解读方式。不过，总体上西方的"文化研究"还是倾向于赋予大众文化积极的甚至激进的政治意义的。"种族""阶级"和"性别"能成为"文化研究"的关键词，很大程度上就是因为它们成为具有激进政治意图的西方文化研究者的聚焦点和突破口。质言之，西方文化研究者的理论言说是他们介入社会实践的一种方式，以此为处于社会下层的大众、男权社会中的女性、白人世界中的其他种族以及一切被认为受到了压迫、歧视的社会群体辩护，为维护他们的权益呐喊。

这种"深入骨髓"的政治性关怀当然也影响到了"文化转向"后的中国文艺理论研究。这首先表现在中国的文化研究者对西方"文化研究"的这种取向的欣赏上："西方文化研究的实践品格、语境取向、批判参与精神以及边缘立场（即始终为弱势群体伸张正义），相对于它的具体批判对象与价值取向而言，更具跨文化的有效性与适用性。"[1] 当然，这种影响更突出地体现在他们的研究成果中。比如，陶东风关注"后集权社会中青年一代的特殊精神状态"，[2] 戴锦华的电影研究其实是"共同铺演中国电影百年的性别风景"，[3] 以及金惠敏的媒介后果分析、周宪的视觉文化解读、汪民安的身体政治表达等，都承载着这样或者那样的政治意味和批判意图。不过，总体上看，中国的文化研究的批判性意图表达呈现一种耐人寻味的复调性，即一方面他们也试图建构大众文化和其他边缘性文化

---

[1] 陶东风：《文化研究在中国——一个非常个人化的思考》，《湖北大学学报》（哲学社会科学版）2008年第4期。

[2] 同上。

[3] 戴锦华：《性别中国》，麦田出版社2006年版。

的抵抗性和激进性，特别是当他们意识到压迫性文化力量和西方文化中心主义时更是如此；但另一方面又对当下文化状态中存在的利益操控、意义编码和逃避主义态度等忧心忡忡。这种复调性的表达使中国文化研究的认识结论更为辩证，也在一定程度上削弱了他们的实践品格和社会参与效果，使中国的文化研究呈现一些有别于西方"文化研究"的风貌。但是，中国的文化研究存在特有的政治关怀却是确凿无疑的。

尽管如此，中国的文化研究在观念上与一度非常强调"审美性"的文艺理论研究还是显得"格格不入"。回顾当代文艺理论发展史，可以看到，再度强调"审美性"是新时期以来文艺理论研究的重要使命。由于过度的政治干预和对文学的意识形态性的过度强调，文学一度沦为服务政治的工具而出现生存危机。为走出危机，摆脱文学作为政治附庸的地位，人们回到康德以来的经典美学立场，重申文艺的非功利性，通过引入弗洛伊德、萨特等的理论，凸显文艺实践中的人的主体性，通过引入俄国形式主义与英美新批评，确证文艺形式的自主性，通过引入胡塞尔、海德格尔等的理论，以图超越认识论、反映论而建构文艺的本体论地位。凡此种种，都体现了新时期以来中国文艺理论重构文艺的"审美性"的努力。或者说，通过确认文艺的"审美性"实现文艺的自律发展是当代中国文艺寻求自我救赎的基本策略，它本身就是中国当代文艺理论发生重大转折的体现和成果。

当然，由于中国语境的特殊性，人们也一直没有彻底忘怀对文艺的意识形态性的思考。"审美意识形态"论就是其中的代表。有趣的是，"审美意识形态"论的来源也是英国。这个概念的发明人特里·伊格尔顿在谈到自己的理论意图时说："美学既是早期资本主义社会里人类主体性的秘密原型，同时又是人类能量的幻象，作为人类的根本目的，这种幻象是所有支配性思想或工具主义思想的死敌。"[1] 可见"审美意识形态"是一个试图辩证把握审美实践的意识形态性和超意识形态性的概念。而在中国，这个概念主要被用来把握文艺的"特殊本质"和"一般本质"之关

---

[1] [英]特里·伊格尔顿：《美学意识形态》"导言"，王杰等译，广西师范大学出版社1997年版，第10页。

系（审美是其特殊本质，而意识形态是其一般本质）。① 也就是说，新时期以来人们既通过反思文艺的过度政治化而确认了文艺的审美本质，但也没有否认它的意识形态性，即它与政治的应然关联。不过，当面对更强调"政治性"的中国文化研究理论话语时，他们不约而同地选择了强调"审美性"的立场，而其基本的理论支撑，则仍然是康德。

包含政治意图的文化研究理论话语与坚持审美特质的文艺理论话语在当前形成对峙并不奇怪。因为这是在新时期以来的思想时空中中国文艺理论发生两次急剧转折的结果。在短短不到40年的时间里，中国的文艺理论从"政治性"转向"审美性"，又很快从"审美性"转向"政治性"，当然会引发许多思想观点的冲撞。

那么，应如何看待这种观念的碰撞，或者说看待文化研究对经典文艺理论观念的挑战呢？我们认为，应该有必要重新审视文艺的"政治性"和"审美性"的内涵所指。应该看到，文化研究的"政治"已经不同于新时期以前的"政治"。受福柯等后现代主义理论家的影响，文化研究的"政治"已不再指向"文艺为政治服务"时期的宏观政治，而转向了考察渗透在日常生活、私人领域中的权力博弈的微观政治。尽管文化研究不否认两种政治之间的关联，但与其说它关心国家统治，不如说它更关心既定国家统治形式中的社会治理。因而，文化研究对"政治性"的凸显，不等于回到此前让审美臣服于政治的"政治性"话语中，甚至两种"政治"的取向还是冲突的。同时，文化研究对康德美学的挑战也使我们有必要思考，当我们在谈论"审美"时，是否现实中就存在有别于康德美学意义上的"审美"？应该说这是一个非常艰难的理论议题，不过，这个议题已经启动。而在思考这一议题时，我们应该跳出将"政治性"与"审美性"对立起来的思维模式。因为，从创造更美好的生活这个意义上来说，"审美"与"政治"是可以统一起来的。

---

① 参见朱立元、王文英《对文艺学"文化研究转向"论的反思》，《天津师范大学学报》（社会科学版）2005年第3期。

第十八章

新媒介时代的文学理论

陈定家

从文学艺术发展的历史看，文艺的每一次大的变革和进步都与科学和技术的发展有关。艺术创新与技术进步总是如影随形的。几乎每一种新艺术形式的产生都以某种新技术的问世为基础。印刷的发明，使士大夫的诗文得以大量刊印和广泛流布与传播，使拥有图书的人数大大增加。在西方由印刷引起的第一次信息技术革命对文艺复兴起到了极大的推动作用，知识冲破教会的束缚走向平民，文艺从王公贵族的深深庭院走向大众。实际上，在过去的几百年间，印刷术一直在不停地影响和改变着艺术生产的内容和形式。

麦克卢汉认为，印刷术具有连续性、同一性和可重复性的特点，可重复性使书的价格相对缮写的书籍价格便宜得多，而且便于携带；同一性使职业文人应运而生；连续性使作家能够尽情地表情达意，能对世界放声吟诵、直抒胸臆，表现手段狂放无羁。印刷术"造成诗与歌、散文与讲演本、大众言语与有教养的言语的分离"。[①] 直接改变了艺术生产的形式。印刷术不仅造就了成功的出版商，也培养出第一批职业小说家，并且对音乐和美术的普及和发展起了极大的推动作用。

随着社会文明的进步和科学技术的发展，静态传播信息的印刷媒体已

---

① ［加］麦克卢汉：《人的延伸——媒体通论》，何道宽译，四川人民出版社1992年版，第205页。

越来越不能满足日新月异地快速变化着的现代生活的需要，于是，新的媒体应运而生。近百年来，广播、电影和电视的相继出现，一次又一次猛烈地冲击着印刷媒体曾数百年独步天下的霸主地位。然而，对印刷媒介的致命一击也许来自计算机技术的诞生和应用。早在20世纪中叶，日本学者提出过铅字行将消失的论断，认为以纸张为媒体的书籍已是日薄西山。在美国，托夫勒在他的《第四次浪潮》中也曾预言："即使目前的词在以后仍然会被使用，但我们目前所谓的书却很可能消亡。"与此同时，诸如《书籍的终结》（罗伯特·库佛）、《报纸的消失》（菲利普·迈耶）、《艺术的终结》（阿瑟·丹托）、《艺术史的终结》（汉斯·贝尔廷）、《文学死了吗》（希利斯·米勒）、《文学会消亡吗》（杜书瀛）、《不死的纯文学》（陈晓明）、《媒介的后果》（金惠敏）等著作与译著纷纷涌现，种种迹象表明，印刷文明的千年帝国也许真的到了改朝换代的前夕。

美国著名后现代小说家罗伯特·库弗说："当今现实世界，我说的是这个由声像传播、移动电话、传真机、计算机网络组成的世界，尤其是'先锋黑客''赛伯蓬客'和'超空匪客'，使我们生活在一个纷扰嘈杂的数字化场域里。在这种背景下，人们常常听到这样一些说法：印刷媒介已到了穷途末路的时刻，命中注定要成为过时的技术，它只能作为明日黄花般的古董，并即将被永远尘封于无人问津的博物馆——即我们今天所说的图书馆里。"[①]

今天，即将代替纸张出版物的电子出版物已经杀进书刊市场并开始争夺信息源和读者。与传统印刷出版物相比，电子出版物是立体的，充满趣味的，它的人机交互和自动检索功能极大地解放了读者接受信息的主动性、积极性和创造性。多媒体电子出版物融文本、视频、音频、图形、图像于一体，绘声绘色，图文并茂，既增加了读者的阅读兴趣，又提高了总体信息获取量，体积小、容量大、操作简便、易于携带、查阅迅速，无论从哪一个角度看，它都是出版业的一次意义深远的革命，同时也必然会引发一场艺术生产的革命。

就在电视如日中天、不可一世的时候，日本讲谈社出版了一本名为

[①] ［美］罗伯特·库弗：《书籍的终结》，陈定家译，《南阳师范学院学报》2007年第2期。

《电视的消失》的书。书的封带上印着"仅仅用于观看的电视已落后于时代,双向式电视创造新的未来",该书认为,"今后将是'电视电脑'的时代。光缆把全世界的电脑连接起来。与电视的单向式不同,它能够像电话一样进行双向式的传输。如同在语言的传送中电话胜过了电报一样,在图像的传送中电视电脑也将完全超过电视"。该书进而预言,在21世纪全世界的信息无论何时何地都能在电视电脑上得到。[1]

只要翻翻齐林斯基的《媒体考古学》就不难发现,当下流行的形形色色"终结论"绝不是空穴来风,综观人类社会进化的历程,多少辉煌灿烂的文明早已灰飞烟灭!谁也不知道,因为媒介链条的脆弱易断,历史上曾有多少经典著作被永远遗失于忘川。作为人类传递和保存信息方式的媒介,可以说就是在这种与遗忘博弈的过程中成长壮大起来的。从结绳记事到刻木为文,从龟甲兽皮到布帛纸张,从专人缮写到活字排版,人类认识自然和改造自然的智慧和经验,越来越真实、具体、有效地以图文及其他形式保存了下来。现代书刊从铅字排版到激光照排,从"铅"与"火"的时代到"光"与"电"的时代,从用笔写稿到键盘敲入、网络传输,现代人思想情感的传递和资料信息的交流已准确和便捷到前人无法想象的程度。

对于文学艺术而言,以网络为发展方向的现代传媒,无疑会带来一场全新的革命。这场革命的深入性、广泛性和彻底性必定是前所未有的。以文艺接受为例,由于网络艺术的传播是数字化的、多媒体的、互动式的,所以网络艺术的接受者就像逛一个网络大超市一样自由选择艺术对象,同时还可以随时发表自己的意见,如果有兴趣的话,还可以把作品下载到个人主机上,在个人电脑上对网络艺术作品进行随心所欲的修改,接受者对艺术的鉴赏变成了名副其实的"二度创作"。在网络上人人都可以是艺术家,任何一个网民都可以把自己的哪怕是即兴涂鸦的"作品"送上网络。无论艰深奇奥还是通俗浅显的作品,网络一概来者不拒。诗人与大众之间已不再有鸿沟。

马克思曾经在《〈政治经济学批判〉导言》中说过,希腊神话和它对

---

[1] [日]富原照夫:《多媒体商业成功的关键》,陈旻译,《中国电子出版》1998年第2期。

自然的观点以及对社会关系的观点，是无法同自动纺机、铁道、机车和电报并存的。他认为，在避雷针面前，丘比特是无容身之地的。我们过去一直把这些话理解为艺术生产与社会的一般发展的"不平衡"，这无疑是正确的。但是马克思的论述分明也包含着一种惋惜。他认为就像阿基里斯不能同火药和弹丸并存一样，《伊利亚特》也不能同活字盘或者印刷机并存。他感慨地说，随着印刷机的出现，歌谣、传说和诗神缪斯岂不是必然要绝迹，因而史诗的必要条件岂不是要消失吗？现代传媒确实极大地改变了传统艺术的"必要条件"。

在这种背景下，媒介与文学理论的关系问题已成为文论界关注的热门话题，现代传媒境遇下文学的生存与发展状况得到了比较广泛的关注，特别是网络等新媒介出现以后，文学与媒介的相互关联、相互影响以及数字化语境中文学理论所面临的挑战与机遇，等等，都已成为当前文学理论研究迫切需要探讨的重大学术问题。越来越多的人开始相信，随着科学技术的迅猛发展，现代媒介不仅在改变文学艺术存在的本质，而且在改变文学艺术生产方式的同时，还改变了文艺生存的基础。

事实上，20世纪以来的文学发展史已让我们清楚地看到，文学与媒介之间存在着一种极为复杂的多重互动关系，对于作家来说，媒介绝不只是文学创作的工具和手段，对于作品及传播来说，媒介也不只是作品储存的载体与流布的通道，对于读者来说，媒介也不仅仅是认识理解文学的门径与渠道。在一定意义上说，媒介作为文学跨时空传播的物质载体，它们既是文学生存发展的重要历史条件，也是文学实现社会价值的主要依托，而且还是艺术理念与审美精神的寄身寓所。媒介在与文学长期相互依存的互动过程中，已逐渐由"是其所在"向"在其所是"生成转化，即媒介在对文学活动的"媒而介之"的过程中，已日渐深入地由形式因素转化为文学的内容与本质因素。

第一节 媒介的概念与文学新媒介

从文论史的视角看，文学媒介并不是一个新生概念。事实上，媒介及其相关研究是一个十分古老的诗学命题。有关文学媒介的讨论，至少可以追索到古希腊时代。例如，亚里士多德的《诗学》，开篇就以"首要原理"谈及媒介问题。他说："关于诗的艺术本身，它的种类，各种类的特殊功能，各种类有多少成分，这些成分是什么性质，诗要写得好，情节应该如何安排，以及这门研究所有的其他问题"，也就是说有关诗学的一切问题，都要"先从首要的原理开头"："史诗和悲剧、喜剧和酒神颂以及大部分双管箫乐和竖琴乐——这一切实际上是模仿，只是有三点差别，即模仿所用的媒介不同，所取得对象不同，所采取的方式不同。"[1] 亚里士多德这里所提出的艺术和媒介的重要关联，直接启发了莱辛对诗和画的差异的研究。莱辛的研究表明诗与画之间主要分别在于它们分属于时间艺术和空间艺术的范畴，但其最直接的差异却在于两者使用的媒介不同。艺术的品质固然取决于情趣意象等心理因素，但其物化传媒也同样是直接决定艺术作品之成败精粗的重要因素之一。

一 "媒介为先"的诗学传统

我们注意到，亚里士多德在讨论《诗学》的问题时，开门见山地讨论"首要的原理"，而在讨论首要原理时，他首先涉及的就是模仿的"媒介"问题。尽管亚里士多德所谓的媒介与我们所说的媒介有这样或那样的区别，但一个不容忽视的事实是，在亚里士多德这一著名的文论与美学著作中，媒介即便不能说是"首要原理"的重要组成部分的话，那至少可以说是引导我们走向诗学原理的第一门径。

亚里士多德是从创作的视角发掘出了媒介的重要意义，当代学者王一川则从文学接受的视角重申了一个所谓"媒介优先"的原则。王一川认为，语言并不是直接地向读者呈现的，而是借助特定的文学传播媒介而间接呈现的。不同时代的读者透过不同的媒介而"接触"语言。《诗经》中有"昔我往矣，杨柳依依。今我来思，雨雪霏霏"的诗句。当孔子收集、整理和阅读的时候，首先接触的可能是沉甸甸的"竹简"媒介，而不是这诗的四言句式；曹雪芹阅读时接触的可能是手工印刷书；鲁迅读的是印

---

[1] ［古希腊］亚里士多德：《诗学》，罗念生译，人民文学出版社1962年版，第3页。

制精美的机器印刷书；今天的读者则可能通过鼠标在网上点击浏览"电子书"。这种读者阅读文学作品时必须首先接触媒介的状况，即"媒介优先"。① 当然，人们对文学媒介的认识总会存在着方方面面的差异，即便同是优先考虑媒介因素，其内涵与结论也会颇不相同，毕竟，任何媒介都要依托于其传载物而存在。

中国古代文献中也有相当丰富的媒介论思想。例如，《庄子·天道》说："世之所贵道者书也，书不过语，语有贵也。语之所贵者意也，意有所随。意之所随者，不可以言传也，而世因贵言传书。世虽贵之，我犹不足贵也，为其贵非其贵也。"庄子区分"书"与"语"的不同。世人所珍贵的"道"通过"书"这种媒介来传输，而书不过是承载语言的媒介，语言自有其可贵处。语言的可贵处不在它本身而在它所呈现的意义。意义总有所指。意义的所指又不能用语言来表达，世人因为珍贵语言才传之于书。世人虽然以书为贵，我却以为书不足珍贵，因为所珍贵的并不是真正应珍贵的。庄子揭示了"书"这一文字媒介在他那个时代文学传输中的基本作用：书是传输语言的媒介。

值得注意的是，文学媒介在中国真正受到足够重视的历史却并不太长。近代以降，报纸与刊物对文学的影响快速凸现出来，媒介力量在文学生产与消费过程中也迅速崛起，并越来越明显地占据着举足轻重的地位。在这种背景下，这才有了梁启超关于"报章兴"而"文体变"的论断。尽管当时也出现过黄伯耀《中外小说林》那样明确论及小说对报业依存关系的文字，甚至还出现过阿英把印刷与新闻之发达看作近代小说繁荣原因的文章，但那些闪光的只言片语，毕竟与学术研究还有一定距离。就文学与媒体关系的研究而言，大约只是到了近20年，学术界才真正比较普遍地不再只是把媒介当作文学之载体看待，而是对媒介造成的文体观念、文体特征、创作意识、叙事模式等方面的变革进行了深入探究，并取得了一系列令人瞩目的成果。其中陈平原、王晓明、王富仁等人的相关研究颇有影响。②

---

① 王一川：《文学媒介》，http://hi.baidu.com/blog/item/51462c.html。
② 周海波：《传媒时代的文学》，人民文学出版社2007年版，第11—12页。

新媒介与文学艺术的关系问题一向十分复杂。一方面，新媒介就是一个不断变化的概念。仅以一个普通中国人的艺术消费经验而言，近70年文学艺术之媒体的更新换代，便足以令人生出沧海桑田的感慨。比如说，广播对于墙报可能是新媒体，而对于收音机它则可能是旧媒体，电影对于收音机可能是新媒体，对于电视则又可能划归"旧媒体"的范畴，当以互联网为代表的数字化媒介出现以后，无论报纸、书刊等印刷品传统媒介，还是以模拟信号系统为核心的"先锋媒介"，有时候就都被一股脑地归入传统媒体或"旧媒介"的行列中了。另一方面，媒介与非媒介之间也常常没有一个明确的界限。我们看到，媒介相对于文学艺术而言，其本质特征也具有极为复杂的多面性。譬如，文学艺术相对于语言来说是内容，而相对于审美意识来说却又成了媒介，语言相对于文字或声音来说是内容，但相对于文艺作品来说却又只能说是媒介，符号相对于纸墨等物质载体来说是内容，相对于可以传情达意的文字与声音来说却又是媒介。

二 "媒介即讯息"的文学意义

这种情形让人联想到麦克卢汉"媒介即讯息"的著名论断。[①] 按照麦克卢汉的解释："所谓媒介即讯息不过是说：任何媒介（即人的任何延伸）对个人和社会的影响，都是由于新的尺度产生的；我们的任何一种延伸（或曰任何一种新技术）都要在外面的事务中引进一种新的尺度。"[②] 传统文论认为，文学媒介属于形式的范畴，仅仅是主题、情节、观念、意象等所谓"内容"的载体，媒介本身是空洞消极且毫无意义的，麦克卢汉的看法则不同，他看清了"内容"与媒介之间相互依存和潜在的可转换性特征，创造性地揭示了媒介自身的价值与功能。认为媒介对"内容"具有强烈的反作用，在很大程度上，正是媒介的性质决定着"内容"的

---

① 麦克卢汉的"媒介即讯息"是当代文论家们引用得最多的名言之一。不过，这里的"讯息"（Message）被中国文论界的许多学者误写做"信息"（Information）。这类误读显然与吴伯凡《孤独的狂欢》中提出的"媒介即按摩"（Message is massage）等妙解存在本质差别。

② [加] 马歇尔·麦克卢汉：《理解媒介》，何道宽译，商务印书馆2000年版，第33页。

形态特征和结构方式。用麦克卢汉的话来说,"对人的组合与行动的尺度和形态,媒介正在发挥着塑造和控制的作用"①。当然,麦克卢汉的媒介理论是复杂多变且矛盾重重,与我们所理解的"媒介""新媒介",尤其是"文学新媒介"之间存在着许多差异。

当下学术界比较流行的一种广义的媒介观念认为,古今中外一切既有文献无一不是历史与文化的媒介。例如,中国儒家的"六经"就是今人得以了解先秦文化的重要媒介。自孔子从问道于老子,得知夏、商、周三代的精神文化遗产,他历经五十余年,遍访多国诸侯,审读"三坟""五典""八索""九丘",如切如磋,如琢如磨,终于缔造出旷世的典范性文化媒介结构。有学者认为,孔子开创的"六经"体系,作为一种文化传播媒介,与殷商的甲骨文献、西周的铜器铭文、埃及法老的泥版文书、巴比伦先知的旧约、印度释迦的贝陀罗经相比,编辑得更为严谨、系统和完整,因而成为更加成熟的"东方精神文化媒介"。② 由此可见,无论是甲骨纸草还是金石简帛,不管是"四书""五经"还是"旧约""新约",任何能充当文化信息载体的东西,都可以看作文化媒介。如此说来,人们将我们生活其中的网络社会称为"泛媒介时代",不仅言之有据,而且恰如其分。

尽管如此,为了避免概念的混乱,我们首先还是要把讨论的范围定位在当代文论一般意义之"文学媒介"的范围内。那么,什么是文学媒介呢? 王一川认为,文学媒介是文学的感兴修辞得以传播的外在物质形态及渠道,包括口语媒介、文字媒介、印刷媒介、大众媒介和网络媒介等类型。这个定义对媒介"内在"的本质特征似乎缺乏应有的开掘,因此,定义者在"外在物质形态及渠道"的定义之后,补充了一句看似多余却意味深长的断语——"没有媒介就不存在文学。"意在弥补其定义忽视了媒介之于文学的重要性的缺憾。

我们注意到,无论我们说的"媒体""媒介"或"传媒",如翻译为

---

① [加]埃里克·麦克卢汉等:《麦克卢汉精粹》,何道宽译,南京大学出版社2000年版,第172页。
② 王振铎:《孔子对中国文化传播媒介的编辑创构》,《河北学刊》2006年第5期。

英文都可使用同一个单词："medium"（其复数为 media）。其核心词无疑是这个"媒"字。"媒"在《现代汉语大词典》中有 10 项释义：1. 说合婚姻的人；2. 指说合婚姻；3. 引荐的人；4. 指引荐，推荐；5. 媒介、诱因；6. 导致、招引；7. 向导；8. 谋取、营求；9. 射猎时用作诱饵的鸟兽；10. 酒母。何为"媒介"呢？《现代汉语大词典》的解释是：1. 说合婚姻的人；2. 使二者发生关系的人或事物。适合于文学媒介的解释大约只能是第二项意义。不过，麦克卢汉的《理解媒介》似乎将《现代汉语大词典》中的多数释义都囊括其中了。如"引荐""诱因""导致""招引""向导""谋取""营求"等，都可看作使文学各要素（作者、作品、读者、社会等）之间"发生关系"的基本方式。在麦克卢汉的一系列著作中，他列举了大量的文学经典作品作为媒介发挥各种奇特功能的例证。

基于上述理解，我们倾向于把"文学媒介"定为使作者、作品、读者、社会等文学要素之间发生关系的人或事物。譬如说，行吟诗人荷马曾是《伊利亚特》和《奥德赛》说唱形式的"媒介"，电影《特洛伊》是"荷马史诗"的影视形式的媒介，《塞壬女仙》是史诗《奥德赛》和相关希腊神话的网络游戏版的媒介。如此定义媒介最大的优越性在于，它顺应了当代文学大众化、影视化、图像化、网络化等走向形态多元化的时代潮流，使媒介概念顺理成章地突破了期刊、书籍等传统物质形态的束缚，而将广播、电视、电影、光盘、网络、MP3 等多种文学生产与消费的新方式和新方法，以及规范其存在和发展空间的物质形态悉数囊括其中。更为重要的是，媒介的概念已不局限于创作与作品或作品与消费之间的关联物，我们还可以进一步将它理解为文学各要素之间互动的舞台，并直接将媒介理解为文学要素之一。值得注意的是，近年来，关于媒介与文学的研究受到了越来越多的学者的关注，相关新著陆续出版，如黄鸣奋的《新媒体与西方数码艺术理论》、单小曦的《现代传媒语境中的文学存在方式》等，都是文论界研究媒介问题的专精之作；特别是相关译著的大量涌现，极大地拓宽了研究者的视野，如，何道宽翻译的"麦克卢汉研究书系"等，提供了大量可资借鉴的新观点、新方法和新材料。

按照黄鸣奋的说法，对媒体新与旧的区分，是某种发展观的体现，或更准确地说是进化观的体现。这是将媒体的演变理解为历史过程。"新媒体"通常是时间上较晚出现的，功能上或特性上与既有媒体存在某种区别的。当然，上述演变并不一定以新媒体淘汰旧媒体的方式进行。新媒体出现之后，往往和"旧媒体"并存，只不过职能各有所司，彼此之间既竞争又合作，通常情况是"新旧互补，相辅相成"。正是这种错综复杂的关系构成了我们所说的媒体生态。黄鸣奋以电子媒体与印刷媒体、数码媒体与模拟媒体、线性媒体与非线性媒体的关系为例，详细阐释了新媒体的三种定位。

人们所说的"新媒体"，无疑属于电子媒体范畴。在历史上，电子媒体之"新"，首先是相对于印刷媒体而言。电子媒介与印刷媒介传递的信息类型的差别可以用三对矛盾的概念来解释，即传播与表情、抽象与表象、数字与模拟。黄鸣奋说："印刷媒介仅包含传播，而大部分的电子媒介也传递了个人的表情。电子媒介将过去限于私下交往的信息全部公开了。电子媒介将过去人们直接而密切观察时所交换的信息也播放了出来"；"抽象/表象这对矛盾提供了另一种区分印刷媒介和电子媒介的方法。印刷媒介去除了讯息大部分的表象形式，它仅传递抽象的信息，但大多数的电子媒介传递的信息除了抽象符号外还有大量的表象信息"。[①]

总之，"媒介即讯息"的论断，正日益得到网络文化和日常生活的验证。从根本上说，文学和任何其他艺术形式一样，最基本的功能无非是传播思想与情感的信息而已。从传播学的视角看，任何文学作品，无论对于作者还是读者而言，它们都既是媒介，又是信息。

单就文学创作而言，以网络为代表的新媒介，在激发灵感、搜集素材、辅佐构思、调动心智存储、规范语言表述、简化校阅修改程序等方面都已显示出有助于写作的惊人潜力，更为重要的是，新媒介正在塑造着自己的现实，即所谓"超现实"（superreality），在这个所谓的"超现实"世界里，无论表意"抽象符号"还是传情的"表象信息"，一切都将"数字化"为"讯息"，包括"媒介"本身也不例外。姑且撇开"文学即讯息"这一简单的事实，即便单从"工具"层面来考察媒介，新型网络的

[①] 黄鸣奋：《新媒体与西方数码艺术理论》"后记"，学林出版社2009年版，第8页。

力量也绝不容小觑,它在改造人类社会生活的过程中,同时也使人的精神世界和情感世界悄然发生了变化,于是,关注内心世界的文学艺术也因之必然相应发生本质变化。

三 "传媒语境中的文学存在方式"

现代传媒对文学的生产与消费模式、储存与传播方式、批评与鉴赏模式等都带来了重大变化。其中具有革命性意义的变化是新媒介造成的审美观念转型。仅就初出茅庐的网络化写作而言,至少有以下几个方面的变化是显而易见的:其一,文艺载体日趋多元化,从单一的文字读写和带着原始气息的口头传播形式到电子文化时代的多种"有声有色"传播工具的不断创新和发展,传统文艺的疆域已经变得接近于无限宽广;其二,创作主体出现群体化趋向,"网络社会"的开放性使所有网民都有机会参与创作,各种新兴艺术式样也使艺术生产的分工与合作变得越来越细化;其三,极大地改变了艺术的创作方式,单个作家依靠"文房四宝"打天下的传统写作方式正渐渐被键盘操作所替代,文字的神韵逐渐散失而其符号功能得到了加强。而且,按照西方学者的看法,现代传媒还破坏了传统文学和艺术的本源的权威性,破坏了传统艺术模仿现实的权威性。导致了美和艺术的生产方式、结构方式、作用方式、知觉方式、接受方式、传播方式、评价方式的巨大变革,并改写了关于美和艺术的审美观念。

过去艺术与生活两者之间的清晰界限如今已经不复存在了。实际上,经过电子文化包装的现实早已像幻影一样迷离,而美和艺术因为高技术文化所提供的新手段(新闻报道、电影、电视、摄影)却反而成为现实,本源性、唯一性、原作的观念悄然退出了艺术神坛。例如,在一系列古典名著的游戏软件中,文献所载的"已经发生了的事"实实在在地被无数库存在"阅读"者和电脑的合作过程中的"可能发生的事"代替了。即使用亚里士多德的观点来看,电子艺术也应该比纸媒艺术更有"诗"的意味和"哲学的意味"。

在互联网络这一媒体中,融入了文学、绘画、音乐、舞蹈、电影、电视等多种艺术样式,是各种媒介相互渗透、取长补短的产物。它将多种文化的优点集中起来,加以创造性地发展和发挥,极大地提高了艺术生产的创造力并使艺术消费变得通俗直观、简单便捷。以光速传播的网络艺术作品是传统的印刷文化艺术难以比拟的。

总之，在网络化为代表的现代传媒语境下，文学的生存与发展方式发生了深刻的变化。在这个历史性的大变革中，"文学不是'终结'了或'消亡'了，而是转型了。西方19世纪中期以来形成的以'纯文学'或自主性文学观念为指导原则的精英文学生产支配大众文学生产的统一文学场走向了裂变，统一的文学场裂变之后，形成了精英文学、大众文学、网络文学等文学生产次场，按照各自的生产原则和不同的价值观念各行其是，既斗争又联合，既相互独立又相互渗透的多元并存格局"。①

有学者将这种变化概括为传媒语境中"文学场"的裂变：20世纪90年代之后，随着互联网的发展，以互联网为传播媒介，网络文学在广大网民之间形成了一种既不同于精英文学，又不同于大众文学的文学活动空间。网络文学的自由性、去中介化、在场性、互动性等传统文学活动所没有的特点，完全有理由要求重新划定文学存在的边界和文学存在的属性。当代社会中统一的"文学场"不再存在了，但精英文学、大众文学、网络文学等均形成了各自的"次文学生产场"，不仅每个"次场"内部充满了斗争，它们相互之间也竞争激烈，并未显示出"终结"迹象。

在《现代传媒语境中的文学存在方式》一书中，单小曦提出并论证了文学活动第五要素论。他认为，在今天的现代传媒文化语境下，文学传媒是继世界、作家、作品、读者之后文学活动的第五要素。如果考虑到传媒要素在文学活动和文学作品中的存在，对于重新确认文学存在方式意义重大。这样就可以把文学存在方式赖以构成的主要物质性因素由四要素、三元素扩展为五要素、四元素；更为重要的是，这不仅仅是个要素、元素增加的问题，系统、场域中新元素特别是较活跃的新元素的增加，会给系统、场域的整体存在带来革命性的影响。

因此，在现代传媒文化语境中，相类似的本体性构成要素已不单单是语言问题，而应扩展为包括语言在内的范围更广的文学信息传播媒介，即文学存在的传媒要素。这些传媒要素包括四种类型：一是符号媒介，如

---

① 单小曦：《现代传媒语境中的文学存在方式》，中国社会科学出版社2008年版，第4页。

口语、书面文字符号等；二是载体媒介，包括石头、泥版、纸张、胶片、光盘等；三是制品媒介，如册页、扇面、手抄本、印刷书刊、电子出版物等；四是传播媒体，如期刊、电影、电视、网络公司等相关部门。这些传媒机构集生产职能与传播职能为一身，从传播学角度说，就是传播媒介。

批评家黄发有曾将多种形式的媒体比作一张无形的大网，它纵横交错，四通八达。文学的跨媒体传播之网，更像城市地下盘根错节的各种管线，有煤气管道、通信光缆、自来水管，它们输送的资源点燃了城市的炊火，迅捷地给城市带来各种信息，滋养着城市中的生命。不能忽视的是，在城市的地层深处，最为庞大而复杂的管道网络是排污系统，它汇聚了城市最肮脏的液体，将它们排泄出城市的躯体。今日的媒体和文学同样如此，其中既包含着像水、火、通信一样的不能或缺的精神资源，也不断地生产出大量的文化垃圾，如果不能正常地将它们排泄出去，文学和文化的生态都将遭到摧毁性的破坏。而且，这个年代的媒体和文学，产量最高的一定是日常化的精神消耗品，就像煤气、自来水和信息一样，它们带来了种种便利，但它们在被消耗之后，也会留下废气、废水和垃圾信息。①

由此不难想见，技术在创造出许许多多的文化消费新花样的同时，也在把技术自身的逻辑和规则强加给文化。如果说在我们面前有两种逻辑，即技术的逻辑和文化的逻辑的话，那么，这两种原本并不兼容的逻辑如今出现了新的局面，技术的逻辑在文化中，特别是大众文化中，占有越来越大的比重。技术的逻辑一步步地消解着文化固有的逻辑，并有取而代之之势。这样一来，在中国当代审美文化的转型过程中，一个尖锐的矛盾不可避免地呈现出来：即周宪等学者所说的"工具理性对表现理性的凌越"。

当文化的媒介化趋势已经变得不可遏止时，当技术的作用在文化中不断上升时，技术自身的工具理性逻辑便不可避免地增强起来。甚至有可能超越审美固有的表现理性，并大有取而代之的势头。于是，正如马尔库塞

---

① 黄发有：《媒体制造》，山东文艺出版社 2005 年版，第 190 页。

说的，技术的解放力量转而成了解放的桎梏，对技术因素的迁就和依赖，在艺术生产领域也变成了一种潜在的足以造成创造力衰减的危机。

我们应该清醒地看到，当代现代媒介无休止的更新换代不断助长了技术力量向艺术生产的本体性渗透。由于当代艺术生产对科学和技术的依赖，不知不觉间，传统的、手工艺性质的艺术生产活动和鉴赏型的艺术消费行为逐渐消失了；对艺术创造性的追求渐渐变成了对技术和工具革新的追求。在科技意识形态的不可拒绝的影响下，技术作为操纵艺术行为的幕后指挥，正在渐渐走向艺术舞台的中心。说到底，媒介对以文学艺术最深层的影响是它已作为一种意识形态悄然改变人们的思维模式和审美习惯，对于网络时代的文学艺术来说，新媒介绝不仅仅是工具和手段。

第二节　媒介研究现状与文论发展动向

近十年来，有关文学媒介的研究著述持续呈现激增态势，其中有关数字文化与网络文学的著作最为引人注目。在此之前，媒介在中国传统文论中基本处在一种不被重视的边缘地带，直到希利斯·米勒关于新媒介导致"文学终结"的言论在世纪之交引发关于文学终结论之争，媒介才变得如此引人注目，[①]从一定意义上说，"终结论"为媒介文化与网络文学研究的兴起充当了助产婆的角色。

一　媒介革命与文学终结问题

当然，"终结论"并不是米勒的专利，早在1988年阳雨发表了《文学失去轰动效应以后》，文学边缘化问题就引起了批评界比较广泛的重视，随着文学市场化的日益深入，"文学终结"的观念开始弥漫开来，20

[①] 2000年秋，"文学理论的未来：中国与世界"国际学术会议在北京召开，美国学者希利斯·米勒提出了"文学的时代将不复存在"的命题，次年第1期的《文学批评》上发表了米勒的会议发言《全球化时代文学研究还会继续存在吗?》该文在学术界引起了热烈的讨论与争鸣。

世纪 90 年代，批评家李洁非甚至断言，现代意义的"文学"一词将从 21 世纪的词典中消失。如果说 80 年代末文学的生存危机主要是市场化的冲击造成的，那么，在世纪之交出现的"终结论"则是新媒介冲击的结果。

值得注意的是，有关"终结论"的讨论似乎一直没有"终结"的迹象。2006 年，米勒《文学死了吗》的中译本与陈晓明的《不死的纯文学》同时出版，且在许多大型书店里同架出售，使文学终结论的讨论又一次成为读者和评论界关注的焦点。更为终结论火上浇油的是叶匡正的一系列博客文章，他对文学王国及其继续存在的理由进行了地毯式的连续轰炸，也引起了相关研究领域比较普遍的关注。

叶匡正在"揭露中国当代文学的十四种死状"的博客文章中指出："文学死了，不是一句口号，而是一种思想，可以让我们重估文学在今天的价值。关于文学有太多的伪问题，而'文学死了'是一个值得我们面对的真问题。对作家而言，如果文学死了，你将如何写作？对大众来说，如果文学死了，是否意味着一种观念的解放？""文学这具尸体，现在已被运进了停尸房，我们目前还不能把它开膛破肚，查明死因。"他认为，中国当代文学确实死了，任何对当代文学体制有所了解的人会得出这个结论：

1. 文学理论死了！文学理论人士都在叫喊"文学理论危机"。知名文学理论教授们纷纷转行，很多人转向了文化、图像、媒介、思想史的研究。人们惊叹文学研究人员流失，文学理论教学也举步维艰。其实早在 2004 年，中国社科院文学所孟繁华就说文学理论死了，他认为传统的文学理论无法在新时代生存。

2. 文学批评死了！文学批评的"造假"与"甜蜜"，文学圈内人所共知。文学批评臣服于商业利益，批评变成了炒作，商业早已改变了文学批评的本质。读者对文学批评毫不买账，要么说的听不懂，要么说的都是假话。作家对文学批评更懒得理睬，认为隔靴搔痒，自说自话。批评家自己也牢骚满腹，抱怨批评劳动不受尊重。批评家谢有顺认为今天的文学批评"表扬信"铺天盖地，"和稀泥"者比比皆是。他总结过,"文学批评更像是文学族类里的贱民"。

3. 文学史死了!中国现当代文学史一直是政治意识的附庸,是不争的事实。近二十年来,文学史家们又开始对文学界不断涌出的"运动""圈子""口号"有了热情,这种"准政治法则"使文学史家们漠视文本,作家、诗人们也热衷生产观念,文学史沦为"文学观念运动史",文本沦为图解观念的奴隶。此外,产生于大众中的一切新的文本样式,皆被斥为庸俗文学,被排斥在主流文学之外,永不可能进入文学史。文学史,成了一部分人、一部分意识的文学史。①

在叶匡正看来,"参与到今天文学机制中的每个人,都曾经心怀对文学的梦想。然而,因为这个梦想,却与文学成为相互谋杀的一对凶手。我们为何还要继续假借文学的名义,苟延残喘在这样的机制下?我们为何要把我们的文本,称之为文学?"②叶匡正的言论,与其说是在"揭露中国当代文学的十四种死状",不如说是在为一桩假想的谋杀案寻找可能存在的"凶手",在这个嫌疑犯的名单里,凡是与文学有关的对象几乎都被一网打尽。不幸的是,这种看似愤世嫉俗的笑骂式的批评,竟然不同程度地说中了现存文学形态的病根与伤痛处。当然,"伤病"并不等于"死亡",它们往往是新生的起点,生命辉煌的徽章,即便在最糟糕的情况下,它们至少可以算作"仍然活着"的证明。

高建平在论及"美学与艺术向日常生活的回归"时指出,当前某种意义上的"艺术终结",实际上是另一种意义上的"新生":"这是第二次终结,也是第二次新生。这种艺术的新生,应该与马克思所说的,'按照美的规律来建造'结合在一起。艺术会走出象牙之塔,走出孤岛,走出

---

① 除了文学"史、论、评"之外,接着被宣判"死刑"的有:4."大搞形式主义"的文学研究机构;5."只要花钱就可发表论文"的文学学术刊物;6. 制造"学术泡沫"的文学教授与研究者;7. 沦为教授义工的文学硕士生与博士生;8. 千部一腔腐朽不堪的文学教材;9. 枉耗资源以供闲人意淫的文学报刊;10. 靠卖书号度日的出版社文学编辑;11. 豢养文学官僚、奴才与假作家的作家协会;12. 创作欲望只随市场行情波动的作家;13. 醉心于偷窥、猎奇的文学读者;14. 假借既往大师之名炒作非文学作品文学奖。

② http://blog.sina.com.cn/yekuangzheng.

分区化形成的鸽笼，走向大众。只有在这个意义上，日常生活审美化才成为历史的必然。"① 在众多促进艺术向日常生活回归的因素中，媒介化生存无疑是其最重要的因素之一。从哲学的层面看，这与陈晓明所谓的"向死而生"、米勒的"终结"与"永存"之矛盾颇有相似之处，它们都包含着超越"生存与死亡"之辩的深刻思想。媒介对文学的影响问题，也当从这种"终结"与"新生"的复杂关系中寻求答案。

从历史的视角看，文学遭遇"生存危机"并非史无前例。事实上，人类文学史上"起码"有过四次"为诗辩护"，即为文学"生存权"辩护的事例：1. 亚里士多德为被柏拉图驱逐出"理想国"的诗所作的"诗学"式辩护；2. 但丁为中世纪被神学贬为婢女的诗歌作出的"神曲"式辩护；3. 湖畔诗人和雪莱等人在科学浪潮中为趋于落寞的诗歌辩护；4. 在电子图像时代为诗辩护。为此，童庆炳等学者对"文学已经在电信王国的海啸中濒临灭亡"的结论深表怀疑。不过，他们也承认，"旧的印刷技术和新媒介都不完全是工具而已，它们在某种程度上具有影响人类生活面貌的力量"。譬如说，网络写手不可能再像巴尔扎克那样"啰啰唆唆"，像巴金那样娓娓道来。网络时代的小说往往放弃"描写"而专情于"对话"，作家期望在"触电"（即影视改编）过程中一炮走红。总之，电子时代的来临，文学自身的存在方式也会随之改变，旧的写法被淘汰了，新的写法出现了，但文学不会消亡。第一层理由是"人类情感表现的需要"；第二层理由是文学拥有"独特审美场域"，即其他审美文化无法替代的"内视性"特点。②

在有关终结论的讨论中，杜书瀛、童庆炳、李衍柱、彭亚非、金惠敏等学者的意见引起了学术界比较广泛的关注。杜书瀛以"学术前沿沉思录"为副标题的"讲演集"干脆以《文学会消亡吗》为书名。在《艺术哲学读本》和《价值美学》等著作中，杜先生还专门讨论过文学与媒介的关系问题。尤其是《价值美学》研讨"媒介的意义和作用"一章，提出了"媒介直接就是生产力""媒介通过改变主体而影响和改变审美和艺

---

① 高建平：《美学与艺术向日常生活的回归》，《北京大学学报》2007年第4期。
② 童庆炳：《美学与当代文化讲演录》，广西师范大学出版社2007年版，第266—300页。

术""媒介通过改变对象来改变审美和艺术"的观点,他认为,特定的审美价值只能由特定的艺术媒介来实现,一种新的媒介的产生可能意味着一种新的审美价值形态的诞生。尤为值得注意的是,作者在一系列著作中从美学的高度比较深入地探讨了文学与媒介的关系问题。与"终结论"密切相关的文学媒介研究的更详细的情况,可参阅本章本节中"文论视角的媒介研究现状"的论述。

二 媒介多样性的发展态势

文学与媒介的关系一向十分复杂。众所周知,媒介革新常常是文学发展的重要动力。书写之于史诗的定型,印刷之于现代小说的兴盛,影视之于通俗文学的勃兴,媒介都扮演着举足轻重的角色。从一定意义上说,当前"文学终结论"的出现也正是媒体快速发展的必然结果。自 19 世纪以来,由信息科技的突飞猛进所推动,媒体以令人眩目的速度发展,迅速完成了由慢媒体向快媒体、由贫媒体向富媒体、由单媒体向多媒体等转变。报纸越来越厚,广播电视频道越来越多,网页甚至增长到了天文数字。媒体不仅早就是产业,而且在并购中形成不容小觑的"帝国"。媒介加速发展,也给文艺带来巨大变革,各种形式的"终结论"以前所未有的高分贝一再宣布文艺之死,但事实上文艺以前所未有的高能量显示出推陈出新的活力:生产效率越来越高,发表门槛越来越低,流派兴迭越来越快,门类界限越来越模糊,作者队伍越来越庞大,受众的参与热情越来越看涨。文艺早已走出了象牙之塔,融入审美的日常生活,并在这一过程中"泛化"。①

特别是从 20 世纪下半叶开始,"电视霸权"的形成和"网络幽灵"的出现,对文学艺术的生存与发展产生了强烈的冲击和重大影响,批评家用"创深痛巨"来形容这种形同"脱胎换骨"的范式转换可谓恰如其分,新媒介对文学的影响,甚至使当年印刷技术对传统文学的革命性影响也无法望其项背。早在 20 世纪 80 年代,有"非洲莎士比亚"之美誉的诺贝

---

① 黄鸣奋:《"媒体与文艺丛书"总序》,载王烨《新文学与现代传媒》,学林出版社 2008 年版,第 1 页。

尔文学奖得主索因卡就曾发出过"诗歌与小说已死于电视机下"的感慨。进入21世纪以后，讨论媒介兴起与文学终结的声音更是不绝于耳。但与此同时，一种欢呼文学媒介革命的意见渐渐占了上风。如今，越来越多的学者倾向于将电视和网络看作带给文艺全新希望的主体媒介。事实上，潜力巨大的"艺术媒介"在其快速成长过程中，也正在演变为前景辉煌的"媒介艺术"。

在网络化全球互动语境下，文学艺术的生产、传播与消费媒介发生了本质性变化，传统媒介与网络媒介在资源共享、优势互补、综合创新的前提下，其图像化、影视化、数字化、大众化、娱乐化的倾向已成不可阻挡之势。就发展态势看，业已占主导地位且影响日渐深远的主要是以电视/网络传播方式为载体的文艺生产、文艺消费与文艺传播。如，电视/网络连续剧、戏剧、散文、诗歌、小说、摄影、舞蹈、雕塑、绘画、音乐、曲艺、相声、小品、综艺晚会等多种形式，可谓应有尽有。毫无疑问，文艺式样的媒介化与多样化一直是摧毁与瓦解原有文学场、建构起新型文学生态系统的主要因素之一。

当然，我们也应该看到，牢固地占据当下艺术消费市场的大多数影视艺术，就其审美价值取向和基本叙事模式而言，它们大都仍然可以看作文学的史诗传统的延续与改造，即便在那些画面和音乐的元素占有极高比例的影视艺术中，语言仍是其具有决定性意义的媒介根基；即便是影像与声音所呈现的所谓"无言之韵"，说到底也终归要以"语言家园"为依托。

与此相关的一个传统理论命题是，究竟应该如何理解书面文学与影视艺术的关系？这个问题，现在显然要比莱辛在《拉奥孔》中所讨论的情况复杂得多。不过，一个常识性的事实使我们可以越过复杂的理论之争，而直接把影视艺术纳入文论研究的视野，理由很简单——既然莎士比亚、关汉卿的戏剧被看作无可争辩的文学经典，那么，被现代影视媒介搬到银幕或荧屏上的戏剧，理所当然也应该在文学王国里占有一席之地。暂且撇开影视脚本、字幕等与书面文学完全相同的部分不论，单从艺术哲学的视角看，我们也可以找到影视艺术与时下流行的"大文学"观念的高度相容性。

黑格尔在《美学》中讨论戏剧时有一个著名的论点：在艺术所用的感性材料之中，语言是唯一适宜展示精神的媒介，而诗（文学）正如亚里士多德所说，是以语言为媒介的艺术；不仅如此，戏剧还实现了史诗原则与抒情诗原则的统一。因此，黑格尔把戏剧看作诗乃至一般艺术的最高范例。假如我们将电影电视剧看作虚拟舞台的戏剧，我们应该也有足够的理由将大多数影视艺术划归为语言艺术。譬如，在颇有中国特色的"春晚"舞台上，相声小品等作品就被官方媒体界定为"语言类"节目。可见，把那些偏重以语言为媒介的影视艺术看成文学"相似家族"的成员，不仅在理论上有根有据，而且在实践中也已形成定则。

在大众传媒时代，我们看到，"文学借传媒艺术的风帆达于天下所能达之处，文学从未有今日这样传播之广；传媒艺术以文学为内蕴，为运思之具，得到了深刻的滋养。文学固然不同于传媒艺术，二者不可混用，但其互补共济的美好的前景已越来越清晰地展现在人们的眼前"。[①] 很多业已成为文学媒介化的经典案例的网站，如，起点中文、榕树下、17K、玄幻书盟等各具特色的网站，已然为日渐沉寂的传统文学开辟了一个辉煌灿烂的全新世界。总之，传媒时代，文学非但不是明日黄花，它反倒凭借新生传媒的力量更加有效地滋养着受众。人类借有感情的语言创造出具有独特审美特征的文学艺术，传媒时代也因为文学艺术魅力而更加丰富多彩。新媒介语境下文学与传媒已然走上了一条相互融通、共赢互利的生生不息之路！当然，也有不少人文学者对此巨变而深皱眉头。

媒介艺术研究领域的专家们都清楚地意识到，现代媒介对传统艺术的影响是革命性的，"革命"，意味着颠覆与重构。在传统艺术的生产与消费过程中，艺术家的形式创造特征是显性的，欣赏者在面对艺术品的时候，所感悟到和鉴赏的首当其冲是艺术家的形式创造能力和独特的艺术风格。与传统艺术相比，主体的形式创造因素在欣赏者面前日渐淡化、日渐退后。距离感的消解，审美主体对于对象的融入，在传媒艺术的审美过程中是普遍的。传统美学主张"无利害"的审美，也就是远离欲望，传媒艺术的审美则是和欲望密切相关的。在传统艺术中，娱乐的功能只是诸多

---

① 张晶：《传媒艺术的审美属性》，http://blog.sina.com.cn/zhangxunyi。

功能之一，而且绝不会占有首要的位置；而在传媒艺术中，快感成为人们最主要的审美需要，娱乐提供了最为普遍、广受欢迎的快感资源。① 这一切对文学而言究竟是"进步"还是"退步"，或者说在哪些方面"进步"了，在哪些方面又"退步"了？诸如此类的问题，目前学术界看法还很不一致。不过，相关学术论争中的种种理论疑团，就像艺术史上的许多理论难题一样，即将在未来的艺术实践中烟消云散。

值得注意的是，网络时代的文学与印刷时代的文学绝非水火不容。事实上，电视和网络非但没有"终结"书面文学的可能，它们甚至对口头文学的生存与发展也助益多多。口传文学时期，说书艺人们有句自况的说辞："满台风云吼，全凭一张口。"在今天的文艺舞台上，我们看到，这种荷马时代就已经普遍流行的艺术生产与消费形式，直到今天非但没有过时，而且凭借现代声光媒体的支持，舞台艺术获得了更加"辉煌灿烂的舞台魅力"。我们看到，虽然评书、相声等传统舞台艺术早已"非当其时"，但在文艺广播节目和网站曲艺专区，"全凭一张口"的说唱艺术，包括歌曲、小品等语言类大众节目，仍然具有极强的艺术生命力，所不同的是，如今说唱艺人通过影视和网络建构的"空中舞台"，能将自己的表演瞬时传扬于五湖四海。

与具有数千年历史的文学相比，电影艺术充其量也只能算作一个蹒跚学步的孩童。也许正因为如此，电影模仿和改写文学经验就像孩子模仿成人一样，可以说是一种近乎本能的事情。从电影诞生之日起，它就与文学一"拍"即合地结下情缘。可以毫不夸张地说，从最古老的文学名著如希腊神话到某些著名作家尚未公开发表的文学手稿，只要是文学名著，哪怕只是处于萌芽状态的"潜在的名著"，都有可能牢牢地吸引住精明的影视人的眼睛。如今，只要是足够优秀的文学作品，必然"逃脱不了'触电'的命运"，影视媒介的"霸道"，于兹可见一斑。

在中央电视台的《百家讲坛》（包括相应的网络视频）中，文学经典与"历史演义"牢固地占据主流地位。如，易中天讲《三国演义》和"读诸子百家"、刘心武揭秘《红楼梦》、钱文忠解读玄奘与《西游记》、

---

① 张晶：《传媒艺术的审美属性》，http://blog.sina.com.cn/zhangxunyi。

鲍昆山讲《水浒》人物、马瑞芳讲《聊斋》故事、刘扬体讲中国古典爱情诗、于丹讲《论语心得》和《庄子心得》、王立群读《史记》、孔庆东讲鲁迅和金庸、莫砺锋讲唐诗、康震讲"李杜"和苏轼、赵林解读"荷马史诗"等，虽然未必如易中天所说的"坛坛都是好酒"，但这些时或给人以视听震撼的"讲坛"，也常会给受众带来赏心悦目的感受。类似的文艺节目在中央电视台的"子午书简"等"读书栏目"中也有不俗的表现。其他电视台类似的节目更是数不胜数，如，中国教育电视台主办的辜正坤的《探秘莎士比亚》，浙江卫视的电视散文系列"江南"都是以影视媒介传播文学的艺术精品。电视/网络视频讲堂无疑是新媒介的产物，但在这个没有围墙的大学里，我们却可以看到"柏拉图学院"和"孔子杏坛"的影子。

随着移动电视、楼宇电视、手机电视等新兴信息媒介的日渐普及，我们不经意间都成了"电视王国"的公民。如鸟巢和水立方旁边的盘古大厦上那面"电视墙"，在数公里之外都可以看到清晰的图像。形形色色的程控电视与数字视屏广告，更是无孔不入。如今，如论我们身在何处，都能尽享现代媒介提供的全球化信息之便利。无论我们在机场、车站、超市、商场，还是在剧院、书店、体育馆，五光十色的流媒体总是不离左右，即便是医院、学校、政府办公大楼，也无不畅游于现代媒介制造的声波光影之中……总之，流媒体之媒体流，可谓无孔不入，无处不在。

虽然各种新型媒体所传达的信息多为大众新闻与商业广告，从内容到形式几乎与文学没有关系，但从发展的眼光看，越来越多的广告艺术短片，在借鉴和挪用经典文艺资源的过程中，也不知不觉地成了文学艺术的潜在的传播工具。事实上，楼宇电视就像地铁与公共汽车上的移动电视一样，为了更好地传播商品信息，也会经常播放一些隐含广告意图的文艺短片，如动画片《三个和尚》等。即便是纯粹的商业广告，也会以"艺术的，太艺术的"形式呈现于观众。令人痴迷的优美音乐，如《神秘园》《瑶族舞曲》《春江花月夜》等，让人沉醉的精妙诗文，如老子的"上善若水"、海子的"面朝大海，春暖花开"、顾城的"黑夜给我一双黑眼睛，我却用它们寻找光明"等，一切经典或流行的艺术元素，在那些主要依靠视觉冲击波俘获人心的"审美化"广告中只是点缀与陪衬，真正吸引人眼球的是那些美轮美奂的高清画面。如梦如幻的光影交错之间,商品叫卖变成了唯美主义的视听盛宴,一些手不释卷的读者,不知不觉地将曾经心爱的书本收进了手袋或行囊。

随着视像霸权对寻常百姓衣食住行的深度渗透,阅读的时空日渐被"视听"蚕食与挤占,大众的艺术消费方式与审美接受习惯,在信息化传播过程中悄然发生了改变。如今,优秀的诗歌和文学经典作品用于商品广告的情景,比超级明星充当产品代言人还要普遍,这一切虽然不像商家标榜的那样是市场与艺术的双赢,却也未必像某些批评家所说的那样斯文扫地。在这个"艺术产业化"和"产业艺术化"双流合一的时代,审美意识成了觊觎心灵世界的文化企业最具潜力的宝藏。长期以来,这个领域停留在作家、艺术家的手工经营阶段,随着全球化文化产业、传媒产业的快速崛起,大规模的商业化与技术化开发,正在颠覆和重建审美文化及文学艺术的结构与生态。如今,商家对产品的过度美化在日趋奢靡的文化时尚中如鱼得水,以致让中央政府不得不颁布"商品包装法"加以限制,这个反面例子折射出了许多令人深思的信息,它甚至在提醒我们:日常生活本身已经或必将成了艺术化生存或曰"诗意栖居"的中心舞台。更重要的是,多媒体的巨大潜能远未全部释放,这个所谓的"读屏时代"究竟会把文学生产与消费带往何处去,还有待我们细加审察,认真总结。

总之,现代传媒语境下的文学正在经历着纷繁芜杂的裂变与聚变,要从如此复杂的变化过程中探索出规律性的东西确非易事,但我们欣喜地看到,在这个求真务实的时代,涌现出了一大批博学笃志、切问近思的新一代文学研究者,他们已经为新传媒时代文学的生存发展开辟了全新的理论空间。

三 文论视角的媒介研究现状

如前所述,媒介与文学及其相互影响一直是文学研究者关注的话题。整个20世纪,有关文学媒介的研究始终都与文学的命运相生相伴。现当代文学领域出现的名家名著,不胜枚举。从张元济、张静庐、邹韬奋、茅盾、赵家璧、巴金、叶圣陶、黄源、柯灵等著名编辑家的回忆录,到唐弢、黄裳、姜德明、倪墨炎、陈子善等的书话;从李欧梵、陈平原、王晓明、吴福辉、陈万雄等的报纸副刊与文学期刊研究，到龚明德、王建辉、杨扬、金宏宇、孙晶、路英勇等的文学出版与版本变迁研究，再到汪晖、旷新年、马以鑫、王本朝、栾梅建等对文学制度与文学接受的研究，真可谓"阵容壮观，成绩斐然"。黄发有还分门别类地罗列了一个文学媒介研究领域的长长的名录。在黄发有的媒介研究关键人物与文献的名录里，既包括20世纪80年代中期以来的黄秋耘、节君宜、秦兆阳、范用、沈昌文、何启治、黄伊、许觉民、龙世辉、朱正、范若丁、丁景唐、古维玲、崔道怡、张守仁、聂震宁等编辑家的著述，还涉及潘旭澜、洪子诚、陈思和、孟繁华、施战军、吴俊、程光炜、吴秉杰、於可训、洪治纲、李频、靳大成、陈霖、邵燕君等学人的编著和论著，他认为，这些人的研究与著述从不同侧面考察媒体文化与文学变迁的复杂关系，具有重要的史料价值。① 这些多姿多彩的宝贵文献，可以说是一部部新鲜活泼的原生态的《20世纪媒介文学史》或《20世纪文学媒介史》。

我们看到，70年来中国文学与媒介生存与发展状况，可谓曲折多变，历尽沧桑。特别是改革开放之后的40年来，包括期刊与出版业在内的文学与媒介业，几经起落，发生了一系列惊人的变化，相关研究也取得了令人欣喜的进展，学术专著和学位论文纷纷涌现。当然也毋庸讳言，新时期文学创作所特有的"井喷"现象，文论与批评频频出现的"轰动效应"，从传播学与消费论的视角看，大都可以说是"媒介制造"的结果。关于这方面的情况，参见"文学与期刊"一节中的专门讨论。

文学真正"遭遇"媒介巨变，并相应成为"生死攸关"的大问题，这实际上是近十多年来才发生的事情。随着网络文化的快速兴起，数字文化与网络文学的研究也相应出现了"井喷"现象，关于这一点，近年来文论与美学界出版了一批又一批"媒介书系""网络丛书"或"传媒译丛"等就是例证。其中黄鸣奋的《电脑艺术学》《超文本诗学》《数码艺术学》，欧阳友权的《网络文学论纲》《网络文学本体论》《数字语境下的文艺学》，南帆的《双重视域》，金惠敏《媒介的后果》，蒋原伦主编的《媒介批评》，张邦卫的《媒介诗学》，单小曦的《现代传媒语境中的文学

---

① 黄发有：《媒体制造》，山东文艺出版社2005年版，第2—5页。

存在方式》,王一川的《文学与媒介》等著作在文论界和传媒理论界都有较大影响。

黄鸣奋的《电脑艺术学》(1998)是率先将电脑媒介作为研究对象的专著,作者着眼于计算机科学和艺术的相互渗透,立足现实,寻找联结过去与未来的艺术纽带,以电脑艺术学的背景、基础和方法为开端,重点讨论了这样一些问题:"换笔:电脑与艺术主体","机读:电脑与艺术手段","数码:电脑与艺术方式","机器人:电脑艺术对象","后人:电脑与艺术内容","信息社会:电脑与艺术环境"。在《新媒体与西方数码艺术理论》(2009)一书的后记中,黄鸣奋以该书作为一面镜子,对自己十多年来的一系列著作逐一进行了比照与简评,他说:"《新媒体与西方数码艺术理论》不像《电脑艺术学》(1998)那样使我充满新鲜感,不像《电子艺术学》(1999)那样给我带来许多观赏精彩作品的机会,不像《比特挑战缪斯》(2000)那样惹人冲动,不像《超文本诗学》(2001)那样和手边有待开发的课件密切结合,不像《数码戏剧学:影视、电玩与智能偶戏研究》(2003)那么容易和新新人类对话,不像《网络媒体与艺术发展》(2004)那样容易梳理历史线索,不像《数码艺术学》(2004)那样有与逻辑分类相伴的理智感,不像《互联网艺术》(2006)那样专门,不像《互联网艺术产业》(2008)那样尽力贴近现实。"[1]

近二十年来,欧阳友权等学者在网络文学研究领域取得了令人瞩目的学术成果。其中《网络文学论纲》(2003)、《网络文学本体论》(2004)、《数字化语境中的文艺学》(2005)、《网络文学的学理形态》(2008)等重要著作,为中国网络文学学科建设奠定了理论基础。欧阳友权主编的"网络文学教授论丛"[2]"文艺学前沿丛书""网络文学新视野丛书"[3]《网

---

[1] 黄鸣奋:《新媒体与西方数码艺术理论》"后记",学林出版社2009年版。

[2] 该丛书包括:欧阳有权的《网络文学本体论》、蓝爱国和何学威的《网络文学的民间视野》、聂庆璞的《网络叙事学》、杨林的《网络文学禅意论》、谭德晶的《网络文学批评论》,中国文联出版社2004年版。

[3] 丛书包括以下六部著作:杨雨的《网络诗歌论》、苏晓芳的《网络小说论》、蓝爱国的《网络恶搞文化》、欧阳文风和王晓生的《博客文学论》、李星辉的《网络文学语言论》、柏定国的《网络传播与文学》,中国文联出版社2007年版。

络传播与社会文化》《网络文学概论》《网络文学发展史》等都是当代中国网络文学研究领域颇为重要学术文献。其中"新视野丛书"是国内第一个"网络文学研究基地"规划项目成果和教育部"985行动计划"建设项目子课题成果。与其他相关论著相比,"新视野丛书"的学术定位更为切近网络文学理论研究与教学实践的现实,选题标准具有更鲜明的学院派色彩,学科建构意识相当明确。在新兴学科研究方法的创新和学术范式的确立之间建立了一种新的平衡。特别是关于"恶搞"与"博客"的论著,堪称"破冰"之作。

其中,《网络文学论纲》(2003年)是国内第一部网络文学研究方面的专门著作;《网络文学本体论》第一次全面而系统地将网络文学理论与批评提升到了诗学与美学的高度,堪称是中国网络文学研究领域里一部里程碑式的著作。《数字化语境中的文艺学》是一部探讨数字化技术背景下文艺学基础理论变迁的学术专著,它从历史逻辑和理论逻辑的双重背景上,揭示了数字化技术对我国文艺学的深刻影响及其所涉猎的理论问题,是对数字化媒介时代文艺理论观念转型和学理变迁的一种原创性学术探索和理论构建。该著获得中国第四届鲁迅文学奖·文学理论评论奖,这无异于为网络文学与数字文化研究赢得了一份主流文坛准许入内的身份证书。

欧阳友权认为,20世纪末,市场与媒介先后给文学带来的这两次巨大的冲击各有其根源。"如果说前者是源于经济体制转轨的社会掣肘,那么,后者则是信息科技的革故鼎新对文学渗透和与文学博弈的必然结果。时至今日,第一次变动形成的文学震荡庶几归于平静,而数字媒介下的文学转型才刚刚拉开序幕。问题的重要性还在于,数字媒介对当今中国文学的影响已远远超出媒介和技术层面,而关涉到其生存与走向,因而特别引人注目。"[①] 因此,相关研究领域也出现了一种百花竞放的可喜局面。

与媒介影响不无关系的另一个重要现象是文化研究的兴起与流行。世纪之交,不少学者以逐渐趋热的大众文化为研究对象,或从文论与美学的视角考察大众文化的来龙去脉,或从传播学视角探讨传媒与大众文化的相

---

① 欧阳友权:《数字媒介与中国文学的转型》,《中国社会科学》2007年第1期。

互关系，或对大众文化的产生与流行、特征与表现进行审美意识形态化剖析。文论的"越界"与"扩容"顺着媒介开辟的道路，迅速覆盖了广播、电视、电影、网络、MTV、报刊、书籍、广告、流行音乐，以及时尚生活方式等方方面面，日常生活审美化潮流成为文论研究的一大热点。譬如潘知常的《美学的边缘：在阐释中理解当代审美文化》(1998)①，作者从当代审美文化的"观念转型"为切入点，重点探讨了审美活动与非审美活动之间的边缘地带、审美价值与非审美价值的碰撞，以及艺术与非艺术的换位等诸多问题。作者重点探讨了"电子文化与当代审美观念的转型"，并将这一"转型"上升到"本体视界的转换"的美学高度，对此后文学媒介的意义研究具有一定启发性。此外，该书也是较早将"媒介即讯息"观念引入文论与美学研究领域的重要文献。

值得一提的是，在文论与美学领域以外，有关文学与媒介的研究也取得了相当可观的新成果。例如，在现当代文学研究领域，部分学者的传媒研究也取得了令人瞩目的成果。如周海波《传媒时代的文学》②将中国现代文学置于现代传媒语境中，重新认识与考察其审美观念、诗学体系的建构，探讨传媒与中国文学的现代转型、现代传媒语境文学的雅与俗、传媒与现代文学场的形成，及其文学主体的构成，从而提出建构新的中国现代文学的诗学体系的设想。作者认为，任何新的媒介的出现都会带来一种新的价值尺度，现代传媒在消解传统的文学法则、文学秩序和诗学体系，并将文学边缘化的同时，也重构了新的文学法则、文学秩序和现代诗学体系，被传统文学排除在外的世俗文学成为文学的"正宗"。现代传媒语境中形成的中国现代文学是在承传中国传统文学并借鉴外国文学的基础上所形成的一种新的文学形态，具有新的质素和文学体式。

此外，吴玉杰、宋玉书的《冲突与互动——新时期文学与大众传媒研究》③论述了新时期文学与大众传媒的关系以及相关研究的概况，探讨

---

① 潘知常：《美学的边缘：在阐释中理解当代审美文化》，上海人民出版社1998年版。
② 周海波：《传媒时代的文学》，人民文学出版社2007年版。
③ 吴玉杰、宋玉书：《冲突与互动——新时期文学与大众传媒研究》，辽宁人民出版社2006年版。

了大众传媒的快速发展及其所掌控的话语权力对新时期文学的重要影响，阐释了大众传媒时代多媒体格局下文学观念、文学生产的嬗变，分析了传媒批评对文学批评的消解和重构，提出了文学受众的多元需求和文学传播的效果问题，揭示了大众传媒时代文学对生产和发展模式的理性选择。值得一提的是，该书作者选取当代文学研究的前沿性问题作为研究对象，运用文学、文化学、传播学、社会学、消费学等多学科知识，分析各种文学现象和媒介现象，对新时期文学与大众传媒的关系进行了比较全面、系统、深入的研究，廓清了一些重要的理论问题，构建了一个科学的理论框架，为新媒介时代的文学与文论研究提供了新的思路。

在近年出版的许多与媒介文化相关研究著作中，有不少论著与文艺理论关系密切。例如，张邦卫的《媒介诗学——传媒视野下的文学与文学理论》[1]着重考察信息时代与媒介社会中，作为语言艺术的文学文本所面临的文化困境与发展前景，探讨文学在新形势下与新格局中的一种可能，从而为走向媒介诗学的必要性与可能性，推动媒介形态的文艺理论的重构，开拓了一条极具创意的思想路径。作者宣称其研究目标是：第一，加深对现代与后现代文学的"媒介性"与"媒介化"的研究；第二，以文化传播为视域，以"媒介与文学"为支点，阐释诗学重构的迫切性与可能性；第三，探究媒介/"媒介场"的文学影响力与生成力；第四，建构媒介时代的文学场，并探析新增因素的文学意义；第五，阐释"媒介诗学"的内涵与文艺学研究范式"走向媒介诗学"的必要性，并初步界定"媒介诗学"的研究视域；第六，对文学的未来与未来文学进行前瞻性展望，并对媒介文学的审美价值进行学理性剖析。概而言之，《媒介诗学》的根本任务是，把传统文学研究向当代形态的文学研究转型放到媒介社会/"媒介文化场"的结构逻辑内部，放到媒介社会文学形态转折的大背景下来加以解释，并以此为契机来寻求给予文学与诗学一个新的命意。

我们看到，20世纪90年代之后，随着互联网的发展，以互联网为传播媒介，网络文学在广大网民之间形成了一种既不同于精英文学，又不同

---

[1] 张邦卫：《媒介诗学——传媒视野下的文学与文学理论》，社会科学文献出版社2006年版。

于大众文学的文学活动空间。网络文学的自由性、去中介化、在场性、互动性等传统文学活动所没有的特点,完全有理由要求重新划定文学存在的边界和文学存在的属性。当代社会中统一的"文学场"不再存在了,但精英文学、大众文学、网络文学等均形成了各自的"次文学生产场",不仅每个"次场"内部充满了斗争,它们相互之间也竞争激烈,并未显示出"终结"迹象。① 当然,现代机械印刷与自主性"文学场"、电子传媒与当代"文学场"的裂变、文学信息的现实生成、传播与接受等问题,以及对现代传媒是如何参与文学审美活动整体过程等复杂的理论问题还有待我们进行更深入的研究。

第三节 网络文学的发展对文艺理论的挑战

已有20多年历史的中国网络文学,充满活力,潜力巨大,取得了有目共睹的创作实绩和社会影响,但在累累硕果背后也潜藏着重重危机。如何应对网络文学的当前困境和发展阻力,例如,如何克服理论滞后、批评缺席、观念创新乏力、研究方法老套的现象,如何化解产业化与艺术化的矛盾,如何保护原创作品的知识版权等,诸如此类的一系列现实问题,还有待更深入、更扎实、更有效的研究。要切实解决这些问题,还必须与时俱进,使用"全新的眼光""全新的政策"和"全新的方法"。

近年来,新媒介文化和网络文学进入了快速发展时期。日渐深入的"数字化生存"对当代文学理论与批评可谓是冲击巨大,影响深远。快速崛起的网络社会无边无际,无穷无尽,无奇不有,生成了一种广博浩大、独具特色的网络文化形态。但其中也不乏腐朽无聊、害处甚大的反文化陷阱。正是在这种背景下,习近平指出:"互联网技术和新媒体改变了文艺形态,催生了一大批新的文艺类型,也带来文艺观念和文艺实践的深刻变化。……我们要扩大工作覆盖面,延伸联系手臂,用全新的眼光看待他们,用全新的政策和方法团结、吸引他们,引导他们成为繁荣社会主义文

---

① 陈定家:《传媒时代的"文学场"裂变》,《中国社会科学院报》2009年2月10日。

艺的有生力量。"① 在习近平《在文艺工作座谈会上的讲话》发表前后，十八大报告也发出了"加强和改进网络内容建设，唱响网上主旋律"的号召；《中共中央关于繁荣发展社会主义文艺的意见》更是明确提出"大力发展网络文艺。网络文艺充满活力，发展潜力巨大。……加强内容管理，创新管理方式，规范传播秩序，让正能量引领网络文艺发展"。② 无论是习近平提出的"全新的眼光""全新的政策"，还是十八大强调的"改进"与"管理"，其主要目的都十分明确，那就是要"唱响网上主旋律""让正能量引领网络"。就网络文学理论与批评而言，这不仅是文化与文学数字化生存必然要面对的现实，而且也是文学艺术网络化发展的必然要求，同时也是时代赋予文论工作者的历史使命。

目前，网络文学理论与批评，尤其是网络文化与文学研究呈现风生水起之势，形形色色的媒介学会纷纷成立，媒介与网络期刊遍地开花，"媒介转型""媒介创新"等词组在各种学术研讨会词频统计表中高居榜首，"网络""媒介"等关键词是近几年博士、硕士学位论文中最热门的词语。从"中国知网"检索的年度学术论文数量看，与网络文学理论相关的学术文章，也呈现一种有增无减的上升势头。在网络媒介与数字艺术理论研究方面，新观念、新范畴、新方法可谓层出不穷。就具体的文艺创作与接受情况而言，网络文学和网络艺术可谓春风得意，势头正健，尤其是日新月异的网络文学与数字艺术，其智能化、交互性、织造性、游牧化、沉浸性等审美特征与艺术取向，使传统文论话语纷纷失效，不少研究者试图从媒介大师如英尼斯、麦克卢汉、墨顿等人的著作中寻找理论资源，以期借石攻玉，创立新说。部分西方学者如莫尔、瑞安、霍尔等人给当代文论赋予了虚拟化、激进化和流动化色彩，也确为当代文论创新提供了足资借鉴的材料。这方面的译介与研究虽然已经取得了一定实绩，但总体来说，还与中国当代文论创新和网络文化研究的现实需求相差甚远。网络文学理论与批评的这种理论资源严重缺失的状况亟待改进。

---

① 习近平：《在文艺工作座谈会上的讲话》，载《习近平总书记重要讲话文章〈选编〉》，中央文献出版社2016年版，第190页。

② 《中共中央关于繁荣发展社会主义文艺的意见》，人民出版社2015年版，第12—13页。

就近几年网络文学理论与批评的情况看,这个领域的热点问题主要集中在网络文艺理论建构、产业与发展、出版与版权、类型化写作和网络文学影视改编等方面。根据我们对《中国社会科学》《文学评论》《文艺研究》《文艺争鸣》等知名刊物所发表的相关文章的统计与分析,现参照"中国知网"和"中国文学网""中国作家网"等数十家网站搜集的相关资料,对当下网络文学理论与批评现存问题及其应对策略谈几点粗浅看法。

一 网络文学研究的当前困境与理论突围

当代学术研究在"大跃进"、大繁荣的背后,也存在着某些恶风陋习,包括学院体制改革中的盲目躁动,学术写作中的蓄意失范,学术出版业的生存艰难,知识生产体系的"造血"乏力,以及通识教育的无根漂浮,等等,这一切都与当下日趋严重的"学术生态污染"有关。这种大环境的"污染"与"损害",也不同程度地影响到新媒体文论与批评领域:学术转向的盲目躁动,学术写作的拼贴复制,学术出版的举步维艰,理论体系的创新乏力,以及学术话语的无根漂浮,等等,在网络文学理论与批评领域也都有相应的表现。

以网络文学研究为例。众所周知,网络的"强"交互性和"弱"可控性使去中心化与双向交流成为网络文学的主要特征。从实际效果看,网络传播的自由性开拓了文学写作的新空间,网络链接实现了文学内容的非线性组织,多媒体技术赋予作品图文并茂、旁征博引的能力,网络文学的双向交互建立了灵活开放的读/写者关系,引发文化意义的内爆。然而,网络文学也出现了本体缺失和主体混乱的趋势。相关研究表明,当下网络文学的发展迫切需要正确的观念引导和学理阐释,但眼下的网络文学理论与批评还远远滞后于网络文学发展的实际需要,并且存在着研究对象隔膜和研究重心偏失等问题,可以说,当前的网络文学总体上呈现一种"理论滞后"和"批评缺席"的状态。[①]

这种"理论滞后"和"批评缺席"状态主要表现在以下几个方面。

---

① 徐洪军:《网络文学研究热中有忧》,《中国社会科学报》2012 年 10 月 19 日。

（1）名实矛盾与身份焦虑甚为突出。时至今日，网络文学概念仍颇有争议，相关研究至今没有得到权威学术机构、知名学者和重要学术期刊应有的重视。某些著名学者，在一些重要场合仍会把网络文学的"野蛮发展"视为文学衰败表征。摇篮中的网络文学在传统文学面前，常常会遇到"未成年人请勿入内"的劝阻。

（2）理论与批评两不相顾，隔膜甚深，理论与创作的脱节现象更为普遍。在多数情况下，研究者所论述的网络文学与网络批评者所言说的作家作品大相径庭，理论与批评视域中的网络文学与鲜活、丰富的网络终端上呈现的文学作品更是迥然有别。

（3）研究对象过于单一，理论话语系统远未形成。有关网络文学的新情况、新问题通常难以受到及时关注，譬如说，二十多年来，网络文学研究过分聚焦于痞子蔡、慕容雪村、安妮宝贝、李寻欢等少数作家身上，言及作品，通常也只是《第一次亲密接触》《成都，今夜请将我遗忘》《天堂向左，深圳往右》《悟空传》《告别薇安》《成都粉子》《成都，爱情只有八个月》等数量颇为有限的几部小说。至于网文批评的"快速反应部队"，往往只聚焦于媒体关注的影视改编作品上，如近期热播的《旋风少女》《盗墓笔记》《花千骨》《琅琊榜》等，这一类网文批评大多如同媒介浪潮中随波逐流的浮萍，应景空话居多，真情实感偏少。

（4）学术话语老套，研究方法陈旧。不少学者生硬照搬传统文学的研究模式，以致对象与方法之间的方枘圆凿现象比比皆是。早期的研究者对网络文学不够了解，缺乏必要的新媒体知识，在研究过程中借用一些既定理论模式，作为权宜之计，这也是情理之中的事情。但传统文论在网络文学面前，往往有如"前朝古剑"，作为礼器固然不失威严，作为兵器则不堪一击。即便是一些时髦的外来理论武器，如后现代主义、消费理论和狂欢化理论等，在当下中国网络文学的批评实践中也多如隔靴搔痒，其学术阐发的有效性往往大打折扣。

（5）"印象式批评多、学理化分析少""宏观概述式综论多、作家作品个案分析少"。凡此种种，固然与网络文学作品的自身质量普遍不高有关，同时也与批评家对网络文学比较普遍的轻慢态度不无关系。在不少学者心目中，网络文学研究似乎还算不上真正的学术研究，重要的学者与批评家很少将自己的主要精力花费在网络文学的文本解读上。即便是进行网络文学研究，往往也是采取一种宏观的视角对网络文学进行整体评估，关注的焦点多是网络文学存在的合法性问题、网络文学的特征问题、网络文学创作的缺陷问题等。更为可悲的是，这些大而化之的研究文章存在着极为严重的观点重复和"话语空转"现象，但学术界对这类缺失不是视而不见，就是以弄臣心态一笑置之。

网络文学批评难以跟进创作现实的另一个重要原因在于，小荷初露的新媒介批评理论一时还难以纳入当代文学理论的框架。有一种观点认为，读屏者没法启用惯常的文本批评方法、媒介要素对网络文学流通的作用远大于作品生产，媒介批评在市场供需原则之外无所建树；大众趣味相当程度上折射了当代市民社会的多元与混杂，专属的标准审美体系的引领作用日益式微。网络文学批评需要借助媒介批评带来新方法，通过市场原则下的文学制作人角色带来新任务，认同大众趣味的混杂不是降低文学的品格，而是将文学拉到更现实、更接近读写真相的新位置。

针对"理论失语""批评乏力"的现状，网络文学产业界采取了商业化运作措施，企图以此刺激或激发文艺批评的潜在活力。例如，2012年，盛大文学云中书城推出百位白金书评人招募活动启示，吸引数千网友提交书评。尽管此举引来了批评与质疑，即有人担忧为稿费写作的书评人，是否具有真正的批评能力，这种以广告形式招募的"书托"，对书评事业有无助益？但无论如何，盛大此举的美好愿望还是得到了多方面的理解与支持，招募书评人旨在引领网络文学创作，提升网络作家写作水平，新建网络文学评价体系，"让正能量引领网络"，这才是"唱响网络主旋律"的当务之急。

二 产业化的累累硕果与重重危机

据中国互联网络信息中心（CNNIC）发布的第36次《中国互联网络发展状况统计报告》显示，截至2015年6月，中国网民规模达6.68亿，互联网普及率为48.8%。网络影响力伴随着网络的普及和用户数量的增长而急剧扩大。相关统计数据表明，近20年来，每年诞生的长篇小说都在3—5万部左右，每年存量都超过了当代文学纸质作品60年数量的总和；根据欧阳友权主编的《网络文学五年普查（2009—2013）》提供的数据，2013年的大型原创文学网站百余家，网络写手超过200万，女性写手能顶半边天，当红大神年收入高达数千万元！

我们注意到，近20年间，庞大的创作与阅读群体，使得网络文学自成"江湖"，写手、网络编辑、平台、版权经纪人、出版商、读者形成了一条完整的生态链。签约写作，付费阅读，可谓一路高歌猛进，庞大的写作队伍和海量的读者，使中国网文与好莱坞大片、日本动漫和韩国电视剧成了当下通俗文化的四大奇观。线下出版风风火火，早已侵占了传统文学产业的半壁江山。影视与游戏改编更是炙手可热，从《第一次亲密接触》到《成都，今夜请将我遗忘》《和空姐同居的日子》《杜拉拉升职记》《山楂树之恋》《泡沫之夏》《蜗居》《宫锁心玉》《美人心计》《步步惊心》《后宫甄嬛传》《裸婚时代》《搜索》《失恋33天》《倾世皇妃》《千山暮雪》《致我们终将逝去的青春》《花千骨》《琅琊榜》等，几乎是"无'网'不胜"。不仅网文影视化成了时代文化亮丽的风景线，网文游戏改编也不乏大获成功者，从《诛仙》到《星辰变》《斗破苍穹》《星辰变》《兽血沸腾》《凡人修仙传》《将夜》都有不俗的表现。总之，网文产业增速之快，令人咋舌！

必须指出的是，网文产业如此高速增长，对每一个环节而言都意味着高强度的支出。曾几何时，熬夜码字、疯狂更新成了网络写手创作生活的真实写照，YY（意淫，不切实际地胡思乱想）、注水、"泥沙俱下"成了网络文学作品的代名词。然而，这个产业链上的每一环都心存疑虑和怨言：作者在抱怨，身为网络写手，长期被传统作家鄙视，始终难登大雅之堂；逐渐受到媒介认可后，又发现百万元、千万元收入者只是一个传说，即便是真的，那也只是凤毛麟角，大多数人写小说的钱还不够支付电费、网费，根本是"白辛苦一场"。读者在抱怨，网络文学作品质量越来越差，好不容易发现一篇好小说，付费阅读之后要忍受作者的大量注水，"太浪费读者感情"。网络文学平台在抱怨，辛辛苦苦耕耘10多年，终于等来了产业大繁荣，在与作者分成、支付高昂的运营费用之后，细细一算，发现赚的钱远没有花出去的多。出版商也在抱怨，从上亿本网络小说中精挑细选了一本出版，还没来得及收回成本，网上的全本盗版内容就已经满天飞,即便红得发紫也难敌猖狂盗版。

但这些抱怨并没有影响人们对网络文学的"一网情深":无数写手蜂拥而至,哪怕不能获得一分钱;无数读者闻风而来,一边痛骂作者注水一边定期充值消费;无数平台商先后涌入,不计投入也要往这个"人气堆"里扎一回……网络文学究竟魅力何在?起点中文网推出了千字二分、三分钱的收费制度,向作者付稿酬、向读者收阅读费的运营模式,这才解决了诸多网站难以逾越的生计问题,网络文学具备了自己造血的能力。[①]

我们知道,网络文学模式原本就是市场化的产物,网络文学具有精神内容与传媒经济的双重属性。与网络文学早期的非功利的"心灵化"写作不同,近十年网络文学在商业化利益驱动下,作品数量暴涨,经营活力激增,因为这一时期的网络写作被盛大之类的网络公司纳入了市场化的轨道,文学写作变成了真正意义上的"文学生产",并初步形成了网络写作的商业化模式。根据欧阳友权的研究,网络文学的商业模式有两大环节:一是签约写手和付费阅读;二是"全版权营销"的产业链。签约写手是文学网站为了保证站点作品的质量和更新量,主动与一些写作水平较高的作者签约,用发工资或支付稿酬等手段吸引作者将作品的发表、转载及出版权交给签约网站来打理。付费阅读则是通过线上或线下(通常是在线支付)的支付途径来阅读一些被网络运营商加密或隐藏的文学内容。签约写手与付费阅读是相辅相成的——有了更多高水平的签约写手能够保证网站作品的质量和储量,以吸引网民阅读;付费阅读能为作者和网站经营者带来经济效益,以最大化利润支撑网络文学的可持续发展。

依赖技术与市场双重推力打造的网络文学商业模式,在助推网络文学繁荣局面的同时也导致了这一文学艺术旨趣和审美品格的逐渐消融乃至缺失。要化解这一矛盾,方法很多,但传统文学体制的吸纳与改造,主流文学批评的引导与教化,以及意识形态与法律法规的影响与制约将是确保网络文学在产业驱动下仍能秉持其"艺术审美正向"特质的重要手

[①] 任晓宁:《网络文学生态调查:十年疯狂生长,且待大浪淘沙》,《中国新闻出版报》2012年7月12日。

段与途径。① 习近平要求"扩大工作覆盖面，延伸联系手臂"，若能用之于此，或许正合其宜。

概而言之，网络文学的发展过程是一个艺术与商业资本磨合与接轨的过程，是文化资本携带"文学行囊"追寻文化产业资本保值增值的过程。资本掌控文学媒介载体、传播渠道，也操控着文学内容，没有幕后资本市场这只"看不见的手"，网站就玩不下去。问题在于，网络文学如何在"市场化"与"艺术化"、"效益追求"与"文学追求"之间找到一个适当的平衡点，解决好"艺术方向"与"市场焦虑"的矛盾，这是一个需要认真对待的问题。②

三　网络文学研究现状与发展态势

如前所述，新媒介文学的发展模式以及版权维护都是当下最热门的问题。稍加考察就不难发现，网络文学是在文学市场化风生水起的语境下呱呱坠地的，自其问世之日起，网络文学就遭到了商品经济意识的彻底浸泡，所以，网络文学与市场化之间有一种与生俱来的亲密联系，关于这一点，我们只要看看盛大文学的昨天与今天，个中奥秘就昭然若揭了。从一定意义上说，盛大文学可谓是网络文学市场化的集大成者。众所周知，盛大文学（全称盛大文学有限公司）是盛大集团旗下文学业务板块的运营和管理实体，2008 年 7 月宣布成立。盛大文学运营的原创网站包括起点中文网、红袖添香网、言情小说吧、晋江文学城、榕树下、小说阅读网、潇湘书院七大原创文学网站以及天方听书网和悦读网。盛大文学拥有三家图书策划出版公司："华文天下""中智博文"和"聚石文华"。2010 年 12 月开卷数据显示：盛大文学已经成为国内最大的民营出版公司。2011 年 4 月 20 日，盛大文学已经以保密形式向美国证券交易委员会（SEC）递交了上市申请草案，以此为可能的 IPO 做准备。盛大文学旗下的网络文学网站，占据汉语网络原创文学 90% 市场份额。在网络文学业界内外，盛大文学几乎就是网络文学产业化的代名词。盛大公司打造的网络文学帝

---

① 刘新少：《网络文学产业驱动与艺术审美的矛盾》，《社会科学战线》2014 年第 12 期。
② 欧阳友权：《近十年网络文学的六大热点》，《中国艺术报》2012 年 9 月 17 日。

国,在短期内获得如此快速的发展,引起了业界人士和相关媒体的广泛关注,盛大以版权交易为核心的产业链及其各种制约因素,也引起了不少研究者浓厚的兴趣。

众所周知,网络文学产业化已是不争的事实。网络文学产业化创造了巨大的经济效益,给网络文学的发展提供了新的契机,它不仅为原创网络文学提供了优质的技术平台和更多的自由空间,而且也为逐渐兴盛的创意产业的发展起到了推波助澜的作用。但是,产业化运作通过各种途径与模式试图重新把网络文学大众化、社会化、程序化、市场化,并首先使得网络文学成为制度化的文学样式,和传统文学一样,它仍然被批评家群体、人文价值观念、社会制度进行福柯式的权力与意识形态的规范,网络文学发展最终进入制度性掌控之中。网络写手宣称充满自由与激情式的抒写,最终沦为满足网民窥视他人隐私欲望的一次替代性满足,成为职业化链条的螺丝钉;不断地文字狂欢,夜以继日地滴滴答答,最终沦为互联网写作制度与协议的一名文字雇员,在某种意义上这与中国现代文学家为稿费写作而生存的情形没有根本的区别。①

此外,网络文学版权问题的重要性,也已引起了越来越多的学术关注,就连博士、硕士学位论文也开始以此为选题对象。例如,华东师范大学王光文的博士学位论文《论我国视频网站版权侵权案件频发的原因与应对》通过对典型案例的纵深剖析,发掘视频网站版权侵权案件频发的原因,通过对不同国家、地区相关法制理念、理论、适用的比较,寻求解决视频网站版权侵权问题的最佳途径,在对现实难题的观照、对相关理论的创新、对相关法律的解读以及原因分析方面,这篇学位论文也提出了许多令人深思的问题。产业模式与版权问题或许与传统文论毫不相干,但对于网络文学研究者来说,却是一个无可回避的重大理论课题。

随着互联网技术的不断升级,文学边界扩张(被扩张/弥散)到了想象所及的一切领域,有人进行了这样的描述:文学与人类学、心理学、哲学、性别学、生态学亲密结缘,文学与广告、装潢、酒吧、广场、公园等热烈拥抱,文学不再只躺在书架上守在文人的身旁,也走向市井、工地和

---

① 代湖鹃:《浅析我国网络文学的产业化》,《剑南文学》2012年第1期。

车船中间，文学也不再只以语言文字作为自己的表达方式，还选择了电影、电视、DV等，文学不再只钟情于传统意义上的高雅文学如托尔斯泰们，也钟情于大众文学如韩剧与金庸们。大众文学的票房收入一路上涨，玄幻、穿越、鬼怪、网游、修侠、灵异、言情、身体等文学的网络点击率远远高于《安娜·卡列尼娜》《平凡的世界》等名著，在专家的担忧中，文学一边被消费着，一边被边缘着，诗性的光环失去了，传统的美感被快感取代了。文学"成为游乐场、荷尔蒙的宣泄地和急功近利的交易所，诱使读者沦为欲望的窥视者，逐渐丧失审美力和判断力"。"文学既无功利又有功利、既是形象的又是理性的、既是情感的又是认识的""文学是一种审美意识形态""文学是一种感兴修辞"等理解都不能完全解读消费时代的这种文学实践，普适性的结论遇到了新的问题。这种传统文论者眼中文学精神式微、诗性光环消逝的末世乱象，如果换一个视角来审视这些现象，或许能做出不同的结论，我们期待着相关研究取得突破性进展。

值得注意的是，有关网络文学理论与批评也出现了一种新的趋势，那就是相关研究已从一般的基础问题的讨论，逐渐转向专、深、精的前沿问题的探索，尤其在一些具体问题的研究方面，学者们已经取得了不少令人欣喜的研究成果。例如，对网络文学类型化写作的研究，近年来取得了不少成果。按照欧阳友权的说法，类型化写作适于分众、小众的点击期待，吸引读者付费阅读，但由于一些作者的"类型化想象"缺少深厚的文化底蕴和坚实的生活积累，用于想象的创作素材囿于有限的生活阅历、知识视野，有的甚至就来自某些网络游戏，久而久之很容易陷于"枯竭焦虑"。

也有研究者认为，类型化写作的过度膨胀，隔断了文学与现实的依存性关联，使网络文学面临自我重复、猎奇猎艳、凌空蹈虚的潜在危机。这样的写作与我们的民族和文化，与我们生活的这块土地是隔膜的，对现实是回避的，与读者实现内心交流的东西很少。无论是类型化写作还是其他创作，都需要对文学心怀敬畏，对网络志存高远，真正建立起文学承传、创造、担当和超越意识，能够更多地与我们的人民、我们的时代、我们的这块土地接近起来，真正做到"打深井，接地气"[①]，提升自己艺术创造

[①] 欧阳友权：《近十年网络文学的六大热点》，《中国艺术报》2012年9月17日。

的高度，挖掘作品思想内涵的深度，描绘时代的精神影像，赋予文学更强健的精神品质，提供给读者更多具有人性温暖和心灵滋养的东西，而不仅仅为时尚阅读提供一份类型化时尚读物。

不少学者还注意到，网络小说越来越成为影视剧着力开掘的一处"富矿"。影视产业与网络文学"联姻"，不仅是相互需要，也是相互依存，甚至是相互"寻租"。陈凯歌导演的《搜索》、湖南卫视收视率第一的《步步惊心》、江苏卫视收视率第一的《裸婚时代》、林心如主演的《美人心计》、何润东主演的《我的美女老板》等，无不源自网络小说。与此同时，不少网站也都瞪大了眼睛盯着影视这片回报丰厚的领地。有消息称，仅2012年1—9月份，盛大文学旗下七家文学网站就售出75部小说的影视版权。影视剧向网络小说频抛橄榄枝缘于网络小说在内容与技术上的便利性。目前，各文学网站海量的网络小说中，不乏能引起影视公司关注的适宜之作，这些网络文学作品，往往贴近现实，具有很强的故事性，不仅在网上凝聚大量人气，而且，由于其富于现场画面感，也使得将之改编为影视剧以镜头语言重现具有了先天便利。综观当今影视行业形势，进口影视剧对我国影视产业的冲击越来越强烈，我国影视业是满足于现状，还是谋求长远发展，的确到了该认真面对的时候。既然网络文学的介入为实现影视业长远发展创造了条件，影视业确需尽可能利用并带动它走向互利共赢。[①]

众所周知，理论创新要符合社会现实的实际需要，当代文论创新，必须面对文学艺术数字化生存的现实。为唱响网上主旋律，促进网络文化的健康和谐发展，当代文论面临着诸多亟待深入研究的论题，例如：网络文化语境下文学研究的守正与创新；跨文化视界中网络文学与媒介批评；新媒介文化冲击下的文艺创新与理论创新；数字化语境下的文艺生产与消费；网络文学的审美观念与伦理意识；文化研究视角下的媒介技术、图像文化及影视艺术的共生互动；文学网站的私人空间、民间视野及公共领域，等等，这些论题，都是网络文学理论和网络文学研究不可回避且必须花大力气深入研究的重要课题。

[①] 周慧虹：《影视与网络文学应互利共赢》，《文学报》2012年11月15日。

第四节　直面新媒介：当代文论如何守正与创新

如前所述，21世纪以来，中国经济发展速度举世瞩目，互联网体技术突飞猛进，在不少领域处于国际领先地位。在此背景下，中国文艺也相应出现了两次具有划时代意义的重大转向，即市场转向和网络转向。尤其是在网络技术的推动和影响下，当代文艺正在经历一场革命性的巨变。我们注意到，互联网和新媒体技术不仅改变了文艺的传播和接收方式，催生了新的文艺类型，也带来了文艺观念和文艺实践的深刻变化。习近平《在文艺工作座谈会上的讲话》（2014年10月15日）、《在网络安全和信息化工作座谈会上的讲话》（2016年4月19日）等一系列重要讲话，都对网络发展给予高度好评，寄予殷切期望，对包括网络文艺在内的网络文化中的"显著进步与成绩"深感欣慰，对其存在的"不少短板和问题"极为关切。习近平系列讲话在网络文艺生产、传播和消费领域引起了巨大反响，对当前网络文艺创作与实践具有极为重要的指导意义。

以互联网为代表的新媒介技术极大地改变了文艺生存与发展态势，对当代文艺观念和文艺实践产生了巨大的冲击和深远的影响。正如习近平所指出的："由于文字数码化、书籍图像化、阅读网络化等发展，文艺乃至社会文化面临着重大变革。要适应形势发展，抓好网络文艺创作生产，加强正面引导力度。近些年来，民营文化工作室、民营文化经纪机构、网络文艺社群等新的文艺组织大量涌现，网络作家、签约作家、自由撰稿人、独立制片人、独立演员歌手、自由美术工作者等新的文艺群体十分活跃。这些人中很有可能产生文艺名家，古今中外很多文艺名家都是从社会和人民中产生的。我们要扩大工作覆盖面，延伸联系手臂，用全新的眼光看待他们，用全新的政策和方法团结、吸引他们，引导他们成为繁荣社会主义文艺的有生力量。"[①] 这段话涉及网络文艺的本质特征、表现形式、发展

---

① 习近平：《在文艺工作座谈会上的讲话》，载《习近平总书记重要讲话文章选编》，中央文献出版社2016年版，第190页。

动向等重要理论问题,也为网络时代文艺理论研究提出了新时代的新问题,以及研究新问题的新思路。

一 文艺"数据化生存"的机遇与困境

1997年2月,尼葛洛庞帝(N. Negroponte)的《数字化生存》(*Being Digital*)一书被译成汉语在中国出版,一时间,"数字化生存"似乎成了一个划时代的标识语。20多年后的今天,我们却进入了一个"数据化生存"的时代,地铁、超市、车站、工厂等无处不在的摄影头,全天候地对人类与非人类的一切进行数据化采集,所有人的上网痕迹,都会被记录下来作为可资利用的分析数据,大有"万物聚散于数据"的意味,"大数据""云终端"成为日常生活用语。这是机遇也是挑战,虽然从"数字化"到"数据化"是一个必然的过程,现实世界的数据化不断挑战传统行业,可是其中也存在着风险,我们每天接收到的垃圾邮件和短信,当我们的隐私被泄露的时候,数据化这把双刃剑就显示出与"令人欣喜"相反的一面,各种可怕的风险所带来的深深隐忧,足以让"数据化诗意栖居"的理想蓝图黯然失色。

数据化生存的标志之一是《大数据时代》成为热门话题。该书作者纵观全局,着意前瞻,宣称大数据带来的信息风暴正在变革我们的生活、工作和思维,大数据开启了一次重大的时代转型。就像望远镜让我们能够感受宇宙,显微镜让我们看清微生物一样,大数据要改变的是我们的生活方方面面以及理解世界的方式。比如,谷歌通过全球搜索分析,比国际疾病控防中心更早更准地预测了流感爆发。作者明确指出,大数据时代最大的转变就是,放弃对因果关系的渴求,而取而代之关注相关关系。也就是说只要知道"是什么",而不需要知道"为什么"。这就颠覆了千百年来人类的思维惯例,对人类的认知和与世界交流的方式提出了全新的挑战。[①]

在大数据带来的各种转型中,原本状况堪忧的文化生态也必将受到更

[①] [英]维克托·迈尔-舍恩伯格、[英]肯尼斯·库克耶:《大数据时代》,盛杨燕、周涛译,浙江人民出版社2013年版,第19—21页。

强大的冲击,其中,正在接受网络文化大洗礼的学术生态也在快速发生变化。我们注意到,当代学术界一系列的恶风陋习已到积重难返的程度,学院体制改革中的盲目躁动,学术写作中的蓄意失范,学术出版业的生存艰难,知识生产体系的"造血"乏力,以及通识教育的无根漂浮,等等,这些"被污染和被损害的"学术生态问题所指向的,无一不是当代中国知识界的"重污染源"。① 这种被污染与被损害的学术生态,使新媒体文化研究领域也不同程度地受到"污染"与"损害"。与学术领域相比,教育界、书画界、影视界的混乱情况更是令人担忧,过去局部存在的问题,在整个网络文化领域也都有相应的表现。

以网络文学的传播为例。众所周知,网络的强交互性和弱可控性使去中心化与双向交流成为网络文学的主要特征。从实际效果看,网络传播的自由性开拓了文化生存与发展的空间,网络链接实现了精神产品的非线性组织,多媒体技术赋予文艺作品图文并茂、声光并作的魅力,网上的双向交互建立了灵活开放的对话与交流模式,引发文化意义的内爆。但这种"多元混杂"的对话与交流也导致了本体缺失和主体混乱,以网络为代表的新媒介文化生态呈现良莠不齐、鱼龙混杂的景象。由是,不少专家学者呼吁新媒介文化的发展迫切需要正确的观念引导和学理阐释,但眼下的网络文化研究还远远滞后于新媒介发展实际需求,就既有的研究成果看,研究对象隔膜和研究重心偏失等问题不容忽视。

媒介文化,日新月异。一个代表性的事例是阿里云的兴起。阿里云是阿里巴巴集团旗下全球领先的云计算及人工智能科技公司。提供云服务器、云数据库、云安全等云计算,以及大数据、人工智能服务,精准定制基于场景的行业解决方案。2012 年,马云呼唤大数据并构思阿里数字媒介生态圈时,许多人一笑置之,随着淘宝魔方、阿里全息大数据模型等浮出水面,阿里巴巴与淘宝的结合,人们才惊异于一种新兴市场体系的耀世绽放:"遍布全球,持续扩张的数据中心让跨域体验更流畅。无论是硅谷核心区,还是迪拜贸易枢纽区,全球无缝覆盖,提供 CN2 高速网络,BGP 接入支持。"新媒介背景下的大数据资产,由集团化大市场发展成为

---

① 刘东:《我们的学术生态:被污染与被损害的》,《中华读书报》2012 年 11 月 18 日。

一个生机勃勃的新文化产业生态系统，新媒介资本的强大动力喷薄而出，这种力量将给新的经济生态文化带来什么样的影响或许难以预测，但可以肯定的是，这种基于大数据的媒介生态文化已成不可阻挡之势。在这种以相关关系凸显，因果关系淡出的大数据新媒介文化背景下，网络文学生产与传播究竟会发生什么样的变化？这显然是一个我们希望却尚未能来得及关注，更遑论深入探究的问题，大数据背景下的许多新问题，来如飘风、去如闪电，我们尚未来得及做出应对策略就已倏尔而逝，而更新的问题又如雪片般地纷至沓来，令我们目不暇接、不知所措。

就以大数据、云计算为代表的新媒介文化而言，这场爆发于世纪之交的文化生态革命，给当代文学乃至整个中国文化带来了气势如虹、蔚为大观的万千气象，但相关研究还相对薄弱和沉寂。事实上，新媒介文化产生的时代背景、身份认同和资质接纳等一系列理论和实践问题，目前还缺乏应有的深入探讨和研究。尤其是大数据背景下的网络文艺理论与批评究竟何去何从，究竟如何实现从"数字化生存"到"数据化生存"的理论范式转换，这个直接关系到网络文化与文学能否健康持续发展的根本性问题，目前还基本处于一种待开发状态。

关于新媒介文化理论对现实跟进迟缓、观念滞后、研究乏力等，是人文学科比较普遍存在的现象。研究对象过于单一，研究方法缺乏创新，就既有研究成果而言，综述评介性的文字较多，专注于学理化的分析太少。在研究方法上存在着盲目移植和挪用后现代理论，生搬硬套传统文化研究模式的现象。必须说明的是，在"数字化"转向"数据化"的过程中，传统的文化传播模式遭到了更深入的变革，人与人之间、人机之间真正实现了对话的畅通无碍，人类历史上从未出现过如此方便快捷的交流方式，信息的传播与接收真正超越了时空的局限。这一切神奇的变化，无疑会给文化与文学生态带来革命性冲击和暴风骤雨式的洗礼。因此，关注数字化时代的文化生态，明确厘定网络文学的价值取向，重构数据化生存时代的精神家园，无疑是当前亟须学术界大力探讨的迫切问题。

互联网是最快捷而简单的信息传递，我们接受的信息，特别是资讯类的信息，其真实性往往是要大打折扣的，因而其权威性也必然要大打折扣。而且"每一个信息所提供的都是一个碎片，对于每一个事件的真相，是在一个压着一个的碎片式传递过程中解构对世界的整体感知"。① 由于这些碎片来得太快，清洗得也太快，我们根本就来不及对这些"碎片"进行有效的拼接，因为这些暴风雨一样的碎片信息侵占了我们的"独立思考"空间。

信息碎片化、数量多、体积大，对个人的信息消化能力构成了严峻的考验。由是之故，现实生活中一桩鸡毛蒜皮的小事，可能给事主带来一场不亚于车祸的突发变故，如某官员下意识的一个微笑，某明星饭桌上的一句活跃气氛的"戏词儿"，一经网络聚焦，都有可能引发人生道路戏剧性的逆转，这不禁让人联想到一位著名笑星主演的一部电视剧——《鸡毛蒜皮没小事》。尤其是某些原本微不足道的小事也会炒作为表征性新闻，它们或因精心策划，或因机缘巧合，被强制性放大，使某一种情绪瞬间地、同步地、呈极大倍数地放大，鸡毛蒜皮的事也会造成出人意料的轰动效应。

数字化语境下的各种隐患都与网络强大的引擎搜索功能有关，例如，"人肉搜索"，对于单个网民而言，"人肉"是令人闻之色变的"无影剑"，其能量足以铄金毁骨，因此有人把它说成"诛心无影""杀人无形"的利器。尤其是那些无辜的"人肉搜索"受害者，"铄金毁骨"的说法，似乎一点也不夸张。对此，文雨的小说《搜索》为我们提供了一个精彩的例证。

文雨的这篇网络小说，曾经三易其名，这也为信息碎片化提供了一个注脚。2007 年，文雨在晋江网上首发《请你原谅我》，这是文雨这篇小说的第一个名字。2010 年小说获得鲁迅文学奖时更名为《网逝》，小说被陈凯歌拍成电影后，就有了第三个名字《搜索》。作者自称"潜伏"网络社区多年，媒体认为小说以旁观者的眼光敏锐捕捉到了网络社会中的市井百态。较好地描述了网络信息之"蝴蝶效应"对文化生态的冲击。作品深度刻画了网络社会的现实病症，对直击"人肉搜索"、媒体底线、网络暴力等数字化时代的文化生态问题，表现出了悲天悯人的关切。

这篇小说，提出了许多与数字化时代相关的文化生态问题，如当传统

---

① 韩少功、龚曙光：《数字化时代的文化生态与精神重构》，《芙蓉》2013 年第 3 期。

的人性遭遇网络这个假面舞会式的随意挥洒时，会以何种样态呈现出来？《搜索》由一个报道引发的连锁悲剧，深刻反映出网络时代中人性的浮躁。作者紧抓时代脉搏，围绕媒体暴力这一随网络发展而兴起的现象勾勒市井小人物的起伏命运，其中"人肉"及其后果等看似戏剧化的虚构事件，实则是一幅近乎赤裸的时代社会生活的真实剪影。[①] 这是一部立足于都市情感话题的现实主义文学作品，是对当下网络浮躁现象的一次呐喊，饱含着作者对社会现实的尖锐质疑与深刻思考。小说主题冷酷深刻。网友评价此书能"让人找回早已丢失的平和内心，反思自己在网络上的激烈言论"。

有一种意见认为，每一个人对一个事件的情绪是分时间、层次去消解的。在网络上，哪怕每一个人轻轻地"嘘"一声，上亿个人同时发出这个声音，这是一种什么样的力量？对每一个人而言只是经意与不经意地"嘘"一声而已，但对于广大网民来讲，亿万嘘声就能爆发出排山倒海般的力量。所以，一个良善人的网络嘘声有可能最终会形成媒介暴力，或者形成对某个事件的不恰当评价或无意伤害。互联网确实是把每一个人的道德正义，全部集中在一起，虚幻地变成了整个社会的道德正义，其结果往往大大超出人们的想象，某些匪夷所思的雷人雷语，经过类似原子裂变与聚变的方式在网络上形成了一种令人恐惧的嘘声，这种"媒介嘘声"对传统道德与秩序的破坏作用之巨令人咋舌。如今，互联网把一些很小的事情变为了重大新闻的例子可谓俯拾即是，一条微信所产生的蝴蝶效应往往会对某些当事人甚至某种社会风尚造成巨大影响。例如，青年演员王宝强的一条宣布离婚的短讯，居然一夜之间让四年一度的奥运新闻风头尽失。

此外，互联网导致了人际关系的远近变化，譬如说，平时跟爸妈打个电话或是用短信沟通就代替了面对面的探视，由此造成的感情欠缺，积累到春节就变成了思乡之情的大爆发。从这个意义来讲，虽然春运的人流很可怕，但同时也让我们看到了，中国未来不管是社会重建还是精神重建，可能有一个很重要的就是基于家庭和乡土的伦理重建。在这个基础上，才

---

① 文雨：《搜索》，湖南人民出版社2012年版，封底。

有可能让中国的道德秩序在一个哪怕是互联网深入每一个村落、每一片乡土，也能与时俱进地构建一个完整社会，一个秩序社会，一个均衡社会。这无疑是文化生态系统建设的一个重要方面。正如龚曙光所指出的，"如何重建中国的乡村、乡土和乡愿，这是中国社会建设的重大问题，这个问题建设好了，就可以把我们的身体安顿好，进而把心灵安顿好。……使我们个人在互联网急速推进时精神不失衡，文化不失重；使我们民族在这个扁平的世界里精神不失身，文化不失语"。①

二 重建网络批评观："褒优贬劣，激浊扬清"

正是在互联网和新媒体的影响和推动下，网络文艺，尤其网络文学的崛起，极大地改变了文艺生产、传播和消费的方式。文艺乃至社会文化呈现快速变化和不断更新的趋势。其中最有代表性的文艺新现象是网络小说的异军突起。近年来，网络小说呈现爆发式增长态势，作品数量空前增多，生产规模急剧扩大，成为受众面广、关注度高、社会影响巨大的文学新领域。

今天，数字化生存已成不可阻挡之势，文字数码化改造成果卓著，书籍图像化艺术日趋完美，阅读网络化潮流不可阻挡，文艺观念和文艺实践也相应地发生了深刻变化，文艺乃至社会文化都静悄悄地发生着革命性的升级与换代。"新技术平台，为人们提供的一个观察世界的新窗口，拓展了新的视野和新的思维。传统的文艺生态和表现形式在新技术力量的引导下，被革新、拓展甚至颠覆，为今天的文艺超越传统、形成新的格局提供了无限可能性。"②

习近平指出："要加强和改进文艺理论和评论工作、褒优贬劣、激浊扬清，更加有效地引导创作、推出精品、提高审美、引领风尚。"③ 网络

---

① 韩少功、龚曙光：《数字化时代的文化生态与精神重构》，《芙蓉》2013 年第 3 期。
② 中共中央宣传部：《习近平总书记在文艺工作座谈会上的重要讲话学习读本》，学习出版社 2015 年版，第 47 页。
③ 习近平：《在中国文联十大、中国作协九大开幕式上的讲话》，人民出版社 2016 年版，第 21 页。

时代，人们的日常生活和文化环境都在经受着大河改道式的巨变。尤为令人大开眼界的是，雄霸哲学王座两千余年的"因果关系"，在大数据时代居然被迫禅位给了"相关关系"！在举头"云端"抬手"终端"的数据化生存语境下，有人惊呼"事实已不再是事实！"以事实为基础的知识大厦在虚拟世界非线性"相关"条件下已轰然倒下。知识爆炸，信息冗余，资讯超载，现代人已变成了深不可测的知识海洋中不知何去何从的小鱼。众声喧哗却又不知所云的网络批评，在这种背景下，更是遭遇了前所未有的"标准"危机。

（1）大数据语境下，评判标准变得飘忽不定，必须加强价值观的引导。众所周知，"事实胜于雄辩"是传统文学批评的一条重要原则。讲事实、摆道理是文学批评最常用的方法。但是，在数据化生存语境中，这个基本原则发生了根本性动摇。因为，在"什么都是数据说了算"的数据化海洋里，所谓"网络事实"已不再是印刷时代那种"被视为社会基石的事实"，"我们正在见证牛顿第二定律的事实版本：在网络上，每个事实都有一个大小相等、方向相反的反作用力。这些反作用的事实可能错得彻头彻尾"。[①] 事实决定数据的原则在"数据化生存"过程中出现了逆转，因为我们新的信息技术设施恰好是一个超链接的出版系统，它将我们"眼见的事实"链接到一个不受控制的网络之中。

任何事实都不再"确切地"拥有人们"各是其是"的"真相"，人们遭遇的大量信息都是已经被数据化处理过的碎微化的"网络事实"。至于我们所关注的作家、作品以及与此相关的文论与批评，也都毫无例外地相应启动了脱胎换骨的"数据化"程序。在这个"相关关系"替代了"因果关系"的大数据语境中，那些以文学史实/事实为根基的传统文学观念，也都相应地发生了不同程度的变化，在一系列的变化中，"用事实说话"的文学批评可谓首当其冲。

从表面上看，网络批评似乎并不违背以事实为准绳的原则，但在"事实已不再是事实"的情况下，批评的标准则往往会被"沉默的螺旋"

[①] ［美］戴维·温伯格：《知识的边界》，胡泳、高美译，山西人民出版社2014年版，第62页。

所左右。当评判标准变得飘忽不定时，批评的可靠性就必然要大打折扣。尤其是对文学艺术这样复杂的精神现象做出评判时，标准至关重要。如果评判者"随其嗜欲""准的无依"，其结果必然是美丑不分、褒贬失据。大数据语境下微批评失据的混乱状况尤为突出，微博微信中的"莫言批评"就是一个典型例证。

（2）在网评的喧嚣声中，偏离实情越远，收获点赞反而越多，这一现象不能听之任之。不言而喻，莫言获得诺贝尔文学奖是中国当代文坛的一件大事，由诺奖引发的"莫言热"对当代文学批评产生了巨大影响。百度"莫言吧"、新浪读书频道、天涯社区，以及各种移动终端上形形色色的相关评论，形成了一道"网评莫言"的大数据文化风景线。

我们注意到，博客、微博，尤其是微信，五光十色的"网评莫言"一再被夸大，经过反反复复的剪切、复制、粘贴和无休止的戏拟和模仿，"顺理成章"地构成了一系列"自相矛盾"且"分崩离析"的"网络事实"。从当时井喷式的"网评莫言"的众多说法看，莫言被演绎成了一个如同"诺奖神话"一样的传奇人物。"挺莫派"微友说，莫言获诺奖是"名至实归"，"早该如此"。"倒莫派"则认为，莫言获奖是又一件"皇帝的新装"，甚至还出现过"莫言获奖是诺贝尔奖的耻辱""莫言是中国文学的耻辱"这类"雷人热帖"。有微友因莫言的"汪洋恣肆"拍案叫绝，也有网评为其"泥沙俱下"而吐槽拍砖。在作家李洱看来，莫言写得比曹雪芹还要好；但王安忆则认为，莫言往往写得非常糟糕……这一类评论通常出自"标题党"和"口号派"的炒作，看上去熠熠生辉，实则严重缺乏其应有的含金量。争议原本是批评的应有之义，但令人疑惑的是，在网评莫言的喧嚣声中，往往是偏离实情越远，收获点赞反而越多！这种情形显然有违批评常识了。如何理解这股非理性的"网评"浪潮，如何对其有效施加价值导向方面的引导，传统理论思维，显然难以奏效。笔者认为，应以大数据思维探索"网络事实"的内在规律，因势利导，倡导新理性批评，与时俱进地重建批评新标准。若能如此，或许有望使"微批评"逐渐从"准的无依"的混乱状态中摆脱出来。

微友"但以理"的微博短论认为，莫言小说构造出了独特的主观感觉世界，他那天马行空的叙述，魔法式的陌生化想象，神秘超验的对象化呈现，凡此种种，无不带有明显的"幻觉/魔幻"色彩。诺奖评委们以"幻觉/魔幻"相标，确乎有画龙点睛之妙。更为有趣的是，鱼龙混杂的网络媒体在轰炸莫言的过程中，制造了大量令人晕眩、令人产生"幻觉"的文本狂潮，这也从另一个方面让我们见识了"幻觉/魔幻现实主义"的厉害，见识了莫言的厉害，也见识了网评的厉害。

（3）回到常识，重建大数据时代"微批评"的价值观。值得一提的是，十多年前，莫言曾一语惊人："人一上网就变得厚颜无耻，马上就变得胆大包天，我之所以答应在网上开专栏，就是要借助网络厚颜无耻地吹捧自己，胆大包天地批评别人。"有趣的是，莫言"厚颜无耻"地"落网"不久，其"网态"出现了180度的逆转：莫言不仅自嘲《人一上网就变得厚颜无耻》是"歪船野马，偏激文章"，而且热情著文盛赞"网络文学是个好现象"![1] 更为出人意料的是，他甚至欣然出任"中国网络大学"首任校长。

莫言在谈论创作经验时说，他曾经努力尝试"把坏人当好人写"或"把好人当坏人写"。例如，《丰乳肥臀》，就是既要拷问出罪恶背后的善良，也要拷问出善良背后隐藏的罪恶。对此，有人认为这是莫言小说叙事之"人性美学"的精彩表述，是文学大师的"写作秘诀"。但也有人认为，这是"历史虚无主义"的自我暴露，是"调扭颠丑"的"反面教材"。所谓"调扭颠丑"，即"调侃崇高，扭曲经典，颠覆历史，丑化人民群众和英雄人物"的缩略语。网评针锋相对，究竟谁是谁非，不能一言以蔽之。但莫言只有一个，网评千差万别，我们究竟应该相信谁呢？观点可以不同，但必须坚持"褒优贬劣，激浊扬清"的价值标准。

和网评莫言一样，莫言的网络言论，在网评语境中具有极大的争议性，但值得注意的是，即便是他那些调侃与反讽之语，也没有打破常识底线，与"语不惊人死不休"的"雷人雷语"相比，莫言的随笔与批评文字，尤其是他获奖后的一些言论，明显具有一种回归常识的趋向。

---

[1] 莫言：《网络文学是个好现象》，《人民日报》2008年12月1日。

或许，我们应该向莫言学习，回到常识，重建大数据时代"微批评"的价值观。

网络文学经历了20多年的发展变迁，在当代中国文坛已经形成了"三分天下有其一"的局面。但与网文迅猛发展的势头相比，相关理论研究与批评却明显处于滞后状态，即便如此，在当代文论与批评领域，在网络文学的研究与批评方面，仍有不少热点问题值得关注。就近些年网文研究的统计资料看，网络文学的审美导向问题、网络小说的精品意识问题、网站编辑管理机制问题、网文市场主体培育问题、网文评论引导问题都算得上热点论题的一时之选，在有关网文影视改编、产业开发、政策扶持、人才培养、行业自律等方面的文章与专著也不在少数。但相较而言，下面几个方面的问题受到了学术界更为持久的关注或更为深入的研究：一是如何推动网络文学的健康发展；二是当前网文研究与批评的缺失及其对策；三是网络文学的IP热与泛娱乐化问题。这些问题都与网络文学价值导向关系密切，应当引起我们的高度重视。

三 "抓好网络文艺创作生产，加强正面引导力度"

习近平说："做好网上舆论工作是一项长期任务，要创新改进网上宣传，运用网络传播规律，弘扬主旋律，激发正能量，大力培育和践行社会主义核心价值观，把握好网上舆论引导的时、度、效，使网络空间清朗起来。"[1]"要本着对社会负责、对人民负责的态度，依法加强网络空间治理，加强网络内容建设，做强网上正面宣传，培育积极健康、向上向善的网络文化，用社会主义核心价值观和人类优秀文明成果滋养人心、滋养社会，做到正能量充沛、主旋律高昂，为广大网民特别是青少年营造一个风清气正的网络空间。"[2]

不少研究者注意到，中国网络学已经体现出世界性的影响，业已成为与美国好莱坞大片、日本动漫和韩国偶像剧并驾齐驱的"四大文化奇观"

---

[1] 习近平：《在全国宣传思想工作会议上的讲话》，http://www.cac.gov.cn/2014-08/09/c_1115324460.htm。

[2] 习近平：《在网络安全和信息工作座谈会上的讲话》，人民出版社2016年版，第9页。

之一,"从全球看,以中文写作的网络文学在活跃程度、读者数量、影响力和鲜明特色等方面,都是其他语言的网络文学难以匹敌的。这和阿里巴巴、微信等一样,都是具有本土特色的网络文化的创新产物。许多网络作品也为影视改编提供了素材,不少喜闻乐见的影视剧都来自网络改编。当然,网络文学的质量还良莠不齐,有不少粗制滥造之作,但社会和公众以及传统文学界需要对十多年来中国网络文学的发展予以高度重视,也需要对它的未来持续关注"。[①]

事实上,网络文学如何健康发展是其诞生至今一直颇受关注的重要问题。2014年年底,国家新闻出版广电总局甚至出台专门文件隆重发布"指导意见",为此后的网络文学发展起到了定调作用。众所周知,网络文学迅速发展,已成为中国数字出版产业的重要组成部分和网络文艺的重要类型,广受众多文学爱好者及青少年喜爱。但同时也存在数量大、质量低,有"高原"缺"高峰",抄袭模仿、内容雷同、机械化生产、快餐式消费以及片面追求市场效益,侵权盗版屡打不绝,市场主体良莠不齐,管理规则不健全,市场监管不完善等突出问题。在上述背景下,国家新闻出版广电总局印发了《关于推动网络文学健康发展的指导意见》(以下简称《意见》),并提出了多项推动网络文学健康发展的保障措施。《意见》强调,网络文学要坚持为人民服务,为社会主义服务的根本方向,紧跟时代发展,把握人民需求,始终把创作生产优秀作品作为中心环节,坚持百花齐放、百家争鸣的方针,把社会效益和社会价值放在首位,形成精品力作不断涌现,优秀人才脱颖而出的生动局面,构建优势互补、良性竞争、有序发展的产业格局。

这份有关网络文学如何健康发展的纲领性文件,高屋建瓴,内容广泛,在坚持"二为方向"和"双百方针"的前提下,《意见》提出了明确的发展目标:"用3—5年时间,使创作导向更加健康,创作质量明显提升,陆续推出一批思想精深、艺术精湛、制作精良、深受群众喜爱的原创网络文学精品;使运营和服务的模式更加成熟,与图书影视、戏剧表演、动漫游戏、文化创意等相关产业形成多层次、多领域深度融合发展,

---

[①] 张颐武:《中文网络文学追上世界脚步》,《中关村》2015年第4期。

在网络内容建设和文艺创新中的作用更加突出；培育一批原创能力强、投送规模大、覆盖范围广、管理有章法的网络文学出版和集成投送骨干企业，打造一批具有市场竞争力的品牌，为弘扬社会主义先进文化、丰富人民群众精神文化生活，推动数字出版和文化产业繁荣发展发挥重要作用。"①

我们注意到，作为一种新的文艺样态和样式，网络文学扮演着越来越重要的角色，在日渐延伸的网络文艺产业链中，网文被公认为创意产业的活水源头。近年来出现了一大批改编成热门影视、游戏的网络文学作品，如反复重播的电视剧《亮剑》《甄嬛传》《杜拉拉升职记》等，炙手可热的网游《诛仙》《星辰变》《斗罗大陆》，广受关注的电影《失恋33天》《裸婚时代》《寻龙诀》，等等，这些作品在价值观念和审美趣味等方面都具有与时俱进的特点，客观上发挥着大众文化的整合功能，在文娱领域具有不可小觑的影响力。

习近平指出："网络空间是亿万民众共同的精神家园。网络空间天朗气清、生态良好，符合人民利益。网络空间乌烟瘴气、生态恶化，不符合人民利益。谁都不愿生活在一个充斥着虚假、诈骗、攻击、谩骂、恐怖、色情、暴力的空间。互联网不是法外之地。利用网络鼓吹推翻国家政权，煽动宗教极端主义，宣扬民族分裂思想，教唆暴力恐怖活动，等等，这样的行为要坚决制止和打击，决不能任其大行其道。利用网络进行欺诈活动，散布色情材料，进行人身攻击，兜售非法物品，等等，这样的言行也要坚决管控，决不能任其大行其道。"② 毋庸讳言，人们所"不愿意看到"的网络乱象在网络文艺领域并不鲜见。就网络文学当前状况及其发展态势而言，媒介、资本和制度是驱动网络文学变化的三股主要力量。三股力量各自发挥作用，也相互牵制。一方面，资本使技术得到广泛应用，使网络文学形成一个可持续发展的盈利模式，另一方面，资本的唯利是图本性又会束缚技术创新和文学生产利益之外的追求，此时，管理制度便在市场利

---

① 国家新闻出版广电总局：《关于推动网络文学健康发展的指导意见》，《文艺报》2015年1月12日。

② 习近平：《在网络安全和信息工作座谈会上的讲话》，人民出版社2016年版，第8页。

益和技艺创新之间发挥调控作用。三者在相互博弈和制衡中形成合力，共同驱动网络文学健康发展。不难看出，"管理制度"有如保障车辆安全行驶的制动器，具有维护网络文艺健康发展的重要作用。

就网络文艺发展现状而言，相关理论与批评无疑是管理制度中的重要环节。我们注意到，相对于网络文学创作的海量，网络文学批评呈现明显缺位滞后态势，明显存在着"单腿行走"、线上线下"两张皮"、脱离文本、针对性差、创作与批评良性互动缺乏等现象和问题。批评的镜子作用、良药作用未能得到较好发挥，因此，要倡导网络批评家提前介入、跟读网络作品，敢于"剜烂苹果"，提高针对性影响力。要创新批评阵地，"网上来网上去"，充分利用网络开展批评，推动网站随同作品上线开通批评平台。要推动和鼓励传统文学评论家"华丽转身"，在网上发声，影响和引导网民阅读，提升网络文学评论水平。要注重从网络作家和网站编辑中发现培养网络文学批评家，逐步形成一支素质优良、熟悉互联网的网络文学批评家队伍。[1]

有学者希望学院派网络文学批评能够对具有精英倾向的作品进行深入解读，若如此，则有望在点击率、月票和网站排行榜之外，再造一个真正有影响力的精英榜，影响粉丝们的"辨别力"与"区隔"，那么，就能真正"介入性"地影响网络文学的发展，并参与主流文学的打造了。[2]

中国网络文学已有20多年的历史，从其产生、发展到如今已经基本被纳入商业化的轨道之中，从最初的自由抒写到如今的商业操控，网络文学完成了它的商业化蜕变。在这一过程中，资本的介入不断改变着文学的格局，网站和网络写手们获得了巨大的经济收益，整个网络文学市场的规模不断扩大。从根本上说，网络文学的商业化是中国消费文化语境下文学与时代博弈的必然结果。[3]

单就2015年度热点问题而言，作为商业化产物的"IP开发"无疑当

---

[1] 陈鲁：《谈谈网络文学的几个问题》，《文艺报》2015年1月28日。
[2] 邵燕君：《媒介革命视野下的网络文学》，《名作欣赏》2015年第2期。
[3] 李海平：《从"自由抒写"到"利益驱动"中国网络文学的商业化历程》，《福建江夏学院学报》2015年第6期。

在年度屈指可数的热词之列。这是一个事关网络文学产业创新的关键词，当前的网文产业主要依托移动互联网技术，围绕 IP 版权开发，全方位打通行业壁垒，将原创作品与 IP 开发直接对接。相关研究资料表明，以咪咕数字传媒有限公司（原中国移动手机阅读基地）2015 年正式启动运营为代表；此外，还有如掌阅科技推出原创平台，阿里进入内容渠道；中文在线上市后，相继推出"汤圆创作"APP 原创平台作为数字出版的补充等多个案例。2015 年，最大的战略重组案例当属阅文集团挂牌成立。在资本市场，湖南电广传媒收购成都古羌科技有限公司（看书网）；浙江华媒控股股份有限公司收购精典博维旗下的明月阁；半壁江两大原创文学网站以及军事题材类的铁血科技股份公司（铁血网）向新三板提交《公开转让说明书》，正式挂牌转让等。这些均为 2015 年资本市场亮眼看点。[①]

此外，网络文学 IP 价格虚高，泡沫化严重，这也是一个值得密切关注的问题。中国式发展，一窝蜂地行动并不罕见。当下对于热门 IP 的追捧也是如此。2012 年之前，一部网络小说的改编版权，用 10 万元左右便可买到。到了 2014 年，知名作家的作品可以突破百万元，如今，诸如南派三叔、天下霸唱、唐家三少等，一部作品版权费更是达到千万元以上。但事实上，拥有优质 IP 并不等同于一劳永逸，并非毫不费力的就能创造不菲的市场价值。[②]

尤为值得注意的是，当前"泛娱乐"竟然被作为多家互联网公司的巨头写入战略规划并大力推进。随着明星 IP（Intellectual Property，知识产权）价值不断上涨，网络文学在泛娱乐潮流中如鱼得水，BAT（百度、阿里、腾讯）加大在网络文学上的布局，新一轮的竞争即将引爆。但我们也应该看到，在泛娱乐大背景下，尤其是在"互联网+"的风口浪尖上，网络文学作为传统信息消费的信息化转型典型模式之一，其受众特点发生了巨大变化。众多网民在切实感受到网络文学所带来的

---

① 吴长青：《2015 网络文学产业发展三大趋势：跨界、调整、重组》，《中国出版传媒商报》2015 年 12 月 22 日。

② 李丹凤：《浅析泛娱乐背景下网络文学的 IP 价值》，《新闻传播》2015 年第 12 期。

知识获取途径变革的同时,网络文学的一些特点也给网民带来了不少困扰。

网络文学的泛娱乐化倾向引起了文论与批评界的高度关注。有研究者指出,网络文学泛娱乐化自2012年腾讯率先提出打造泛娱乐生态圈的概念后,以BAT为首的各大互联网公司都开始着手打造泛娱乐的产业生态链,同时将网络文学视为其中重要环节,网络文学也因此成为BAT们在泛娱乐生态中重点关注和投入的领域之一。由于移动互联网的到来,使得所有东西都不再是孤立的存在,相互之间的关系越来越紧密。用户对娱乐的碎片化需求也日益扩大,传统相对独立的阅读、视听、游戏等娱乐方式无法满足人们任何时间、任何地点对娱乐的需求,打破娱乐产业间的界限,建立全新的娱乐消费形态,形成传统互联网和移动互联网联结下的多领域共生模式已是大势所趋,泛娱乐的发展理念也因此应运而生。网络文学产业本身也开始变革,网络文学与游戏、影视等其他文化娱乐产业深度的交叉融合也不断加深,衍生出了一系列涉及范围更为广泛的泛娱乐文化产业。网络文学不仅能够提供用户纯粹文学作品的阅读体验,还能通过由网络文学衍生出的网络游戏、影视作品等周边产品,为网民提供一系列的娱乐体验。由热门网络文学作品培养大量用户、制造口碑,再通过影视剧改编、游戏改编、实体书出版等连带产生一系列衍生产品,实现了文学、游戏、影视、动漫等产业的交叉融合,不断在原有内容上创造出更多价值。网络文学自出现以来,因其低门槛和内容的非传统性,迅速获得了广大网民的认同并蓬勃发展,目前已经形成一条相当成熟的产业链。[①] 但商业模式单一、精品内容稀缺等事实仍然是网络文学泛娱乐化颇遭诟病的难题。

必须指出的是,网络文学和相关视频的过度娱乐化已到了泛滥成灾的程度,"娱乐至死"已不再是一个与网络文学无关的概念,在这种背景下,如何以有筋骨、有道德、有深度的优秀作品来引领网络文学的发展方向,这是一个值得认真探讨的问题。尽管网络文学出现了令人欣喜的繁荣局面和快速发展的大趋势,但确实还存在着有数量缺质量,有"高原"

[①] 盛海刚、王荦亦:《泛娱乐背景下的网络文学发展的几点思考》,《商》2015年第9期。

没"高峰"的现象,抄袭模仿、千篇一律的问题仍然比较严重。如何下大力气扭转这种局面,有学者提出了网络文学要深入创新创优,适度遏制娱乐化的设想,网络文学理论研究与学术批评也要注意提升质量,多出精品,充分发挥理论引导作用,为网络文学创作与传播的"正导向、讲格调、提品质"做出应有的贡献。